MO

jojo moyes

Fata pe care ai lăsat-o în urmă

Traducere din limba engleză și note
DANIELA TRUȚIA

LITERA®

The Girl You Left Behind
Jojo Moyes

LITERA®
Editura Litera
O.P. 53; C.P. 212, sector 4, București, România
tel.: 021 319 63 93; 0752 101 777

Ne puteți vizita pe
www.litera.ro

Fata pe care ai lăsat-o în urmă
Jojo Moyes

Editor: Vidrașcu și fiii
Redactor: Diana Calangea
Corector: Cătălina Călinescu
Copertă: Flori Zahiu
Tehnoredactare și prepress: Anca Suciu

Romanul *Fata pe care ai lăsat-o în urmă*
a apărut în anul 2013 cu titlul *Jertfa iubirii*.

Descrierea CIP a Bibliotecii Naționale a României
MOYES, JOJO
Fata pe care ai lăsat-o în urmă / Jojo Moyes; trad.: Daniela Truția. –
București: Litera, 2016
ISBN 978-606-33-1069-0

I. Truția, Daniela (trad.)

821.111(73)-31=135.1

PARTEA ÎNTÂI

Capitolul 1

ST. PÉRONNE, OCTOMBRIE 1916

Visam mâncare. Baghete crocante, cu miezul de un alb imaculat, încă aburinde, abia scoase din cuptor, și brânză cu gust minunat prelingându-se spre buza farfuriei. Struguri și prune brumării și parfumate, așezate morman în boluri, aroma lor răspândindu-se în aerul din jur. Tocmai voiam să întind mâna și să iau una, când sora mea m-a oprit.

– Lasă-mă în pace, am murmurat. Mi-e foame.

– Trezește-te, Sophie.

Simțeam pe limbă gustul brânzei. Tocmai voiam să mușc din brânza Reblochon întinsă pe un colțuc de pâine caldă și apoi să vâr în gură un bob de strugure. Deja îl simțeam în gură dulce ca mierea, deja aromele intense îmi gâdilau nările.

Numai că sora mea mă prinsese de încheietura mâinii și nu-mi dădea voie. Farfuriile dispăreau, miresmele se estompau. Am întins mâna după struguri, dar boabele au început să plesnească, asemenea unor baloane de săpun.

– Sophie.

– *Ce e?*

– L-au luat pe Aurélien.

M-am întors pe o parte și am clipit de câteva ori. Sora mea purta pe cap o bonetă de bumbac, la fel ca mine, ca să-i țină de cald. Chiar și în lumina palidă a lumânării pe care o ținea în mână, părea că i se scursese tot sângele din obraji și mă privea cu ochii măriți de spaimă.

– L-au luat pe Aurélien. La parter.

Mintea mea a început să se limpezească. De undeva de sub noi răzbăteau strigătele unor bărbați, glasurile lor stârnind ecouri în curtea de piatră, și auzeam găinile cotcodăcind în coteț. În întunericul dens, aerul vibra amenințător. M-am ridicat în capul oaselor, strângându-mi halatul în jurul trupului și m-am chinuit să aprind lumânarea de pe noptieră.

M-am împleticit până la fereastră și am privit înmărmurită în curte, la soldații luminați de farurile mașinii în care veniseră, și la fratele meu mai mic, care-și acoperea capul cu brațele, încercând să se ferească de ploaia de lovituri date cu paturile puștilor.

– Ce se întâmplă?

– Au aflat de purcel.

– Poftim?

– Probabil că ne-a turnat *monsieur* Suel. Le-am auzit strigătele din camera mea. Amenință că, dacă Aurélien nu le zice unde-i porcul, îl iau cu ei.

– N-o să sufle un cuvânt, am spus eu.

Am tresărit amândouă auzind țipătul fratelui nostru. Abia îmi mai recunoșteam sora: arăta cu douăzeci de ani peste vârsta ei reală, adică douăzeci și patru. Știam că aceeași spaimă se oglindea și pe chipul meu. Era exact lucrul de care ne temuserăm.

– Cu ei e și un *Kommandant*[1]. Dacă găsesc purcelul, o să ne aresteze pe toți, mi-a șoptit Hélène, cu glasul gâtuit de spaimă. Știi ce s-a întâmplat la Arras. O să facă din noi un exemplu. Ce se va întâmpla cu copiii?

Îmi roiau prin minte zeci de gânduri, teama că fratele meu ar putea vorbi îmi paraliza capacitatea de a judeca limpede. Mi-am înfășurat un șal în jurul umerilor și m-am apropiat tiptil de fereastră, privind pe furiș în curte. Prezența unui *Kommandant* lăsa să se înțeleagă că nu era vorba doar de niște soldați beți care-și descărcau

[1] Comandant al unei unități militare (în limba germană în original)

frustrările prin amenințări și lovituri: chiar aveam necazuri. Prezența lui însemna că ne făceam vinovați de un delict grav.

– O să-l găsească, Sophie. Nu le trebuie decât câteva minute. Pe urmă...

Vocea surorii mele era stridentă din pricina fricii.

Mintea mi s-a înnegurat. Am închis ochii. Apoi i-am deschis din nou.

– Du-te jos, am îndemnat-o. Insistă că noi n-am făcut nimic rău. Întreabă-l pe *Kommandant* de ce se face vinovat Aurélien. Ține-l de vorbă, distrage-i atenția. Dă-mi puțin timp până să intre soldații în casă.

– Ce vrei să faci?

I-am strâns brațul cu putere.

– Du-te. Dar să nu le spui nimic, ai înțeles? Să negi absolut *tot*.

Sora mea a șovăit, apoi a alergat spre coridor, cu cămașa de noapte fluturând în urma ei. Nu știu dacă m-am mai simțit vreodată atât de singură ca în acele câteva clipe, când spaima mă strângea de gât și când soarta familiei apăsa pe umerii mei. Am dat fuga în biroul tatei și am scormonit prin sertarele masivei mese de scris, azvârlind pe jos tot ce era înăuntru – tocuri vechi, bucăți de hârtie, piese ale unor ceasornice stricate, vechi facturi –, mulțumind lui Dumnezeu când în sfârșit am găsit ce căutam. Apoi am coborât în fugă scările, am deschis ușa de la pivniță și am sărit două câte două treptele reci de piatră, atât de sigură pe mișcările mele în întuneric încât aproape nu aveam nevoie de lumina pâlpâitoare a lumânării. Am ridicat zăvorul greu al pivniței cândva plină ochi de butoiașe cu bere și vin bun, am dat deoparte unul dintre poloboacele goale și am deschis ușa vechiului cuptor de pâine din fier forjat.

Purcelușul încă mic a clipit adormit. S-a ridicat pe picioare, s-a uitat atent la mine din culcușul lui de paie și a grohăit ușor. Oare nu v-am spus de purceluș? Îl scăpasem când fusese rechiziționată ferma lui *monsieur* Girard. Se rătăcise în tot haosul de atunci, ca un dar de la Dumnezeu, îndepărtându-se de purceii încărcați în spatele unui camion nemțesc și dispăruse rapid sub fustele groase ale bunicii Poilâne. Săptămâni la rând îl îngrășaserăm cu ghindă și cu resturi de mâncare, în speranța că se va face îndeajuns de mare ca să avem cu toții niște carne. De o lună încoace gândul la șoriciul crocant, la carnea fragedă, menținuse moralul locatarilor hotelului Le Coq Rouge[1].

L-am auzit din nou, afară, pe fratele meu scoțând un țipăt ascuțit, apoi vocea surorii mele, grăbită și disperată, întreruptă de replici aspre rostite de un ofițer neamț. Purcelușul mă privea cu ochi inteligenți și plini de înțelegere, de parcă ar fi știut dinainte ce-l așteaptă.

– Îmi pare rău, *mon petit*, am șoptit, dar nu există altă cale.

Apoi mi-am repezit mâna în jos.

Am ieșit de acolo în câteva secunde. O trezisem pe Mimi, spunându-i să vină și ea, dar să-și țină gura. Copila văzuse atât de multe în ultimele luni, încât mă asculta fără crâcnire. A privit scurt în sus, spre mine, apoi s-a dat jos din pat, ținându-și frățiorul în brațe, și m-a apucat de mână.

Aerul înțepător prevestea apropierea iernii, iar mirosul de fum de la focul aprins pentru scurt timp în seara precedentă încă zăbovea în aer. L-am văzut pe *Kommandant* prin arcada de piatră a ușii din spate și am ezitat. Nu era *Herr* Becker, pe care îl cunoșteam și-l disprețuiam. Acesta era un bărbat mai zvelt, proaspăt bărbierit și impasibil. Chiar și prin întuneric citeam pe chipul lui inteligență, nu ignoranță și brutalitate, și asta m-a înfricoșat.

Acest nou *Kommandant* privea gânditor spre ferestrele noastre, poate gândindu-se dacă nu cumva clădirea asta ar fi fost un loc mai bun de încartiruire decât ferma Fourrier, unde dormeau ofițerii superiori nemți. Presupun că-și dădea seama de faptul că, fiind situată ceva mai sus, locuința noastră îi oferea o privire de ansamblu asupra întregului orășel. Aveam grajduri de cai și zece dormitoare, din vremea când aici fusese hotelul cel mai prosper din localitate.

Hélène era în curtea pietruită, apărându-l pe Aurélien cu brațele.

Unul dintre soldați a ridicat pușca, dar *Kommandant*-ul a înălțat o mână.

– Ridică-te, a ordonat el.

Hélène s-a tras înapoi, departe de el. I-am zărit fața crispată de frică.

---

[1] Cocoșul Roșu (în limba franceză în original)

Am simțit cum Mimi mă strânge de mână și i-am răspuns în același fel, deși eram cu inima cât un purice. Pe urmă am ieșit hotărâtă afară.

– Pentru numele lui Dumnezeu, ce se întâmplă aici?

Vocea mea a răsunat puternic în curte.

Kommandant-ul m-a privit scurt, surprins de tonul meu: o femeie tânără care ieșise pe ușa boltită a hotelului, cu un copil sugându-și degetul, atârnat de fusta ei, și încă unul înfășat și agățat de piept. Boneta îmi alunecase puțin într-o parte, iar cămașa de noapte albă din bumbac era atât de uzată, încât aproape nu-mi mai acoperea trupul. M-am rugat Cerului să nu se audă cum îmi bubuia inima.

M-am adresat direct *Kommandant*-ului:

– Pentru ce presupusă vină au venit oamenii dumneavoastră să ne pedepsească?

Îmi închipui că nici o femeie nu-i mai vorbise astfel de când fusese acasă, în permisie, ultima oară. În curte s-a așternut o tăcere uluită. Fratele și sora mea, care zăceau la pământ, s-au răsucit în loc să mă vadă mai bine, perfect conștienți de posibilele urmări ale unei asemenea atitudini îndrăznețe.

– Dumneata ești...?

– *Madame* Lefèvre.

Am văzut că se uita să vadă dacă purtam verighetă. Nu era cazul să se mai obosească: o vândusem de mult, ca să cumpăr mâncare, la fel ca majoritatea femeilor din zonă.

– *Madame*, avem informații că deții ilegal animale vii.

Vorbea într-o franceză acceptabilă – semn că mai comandase posturi în teritoriile ocupate – și nu-și pierduse calmul. Nu era genul care să se teamă de situații imprevizibile.

– Animale vii?

– O sursă de încredere ne-a spus că ai aici un porc. Probabil știi foarte bine că pedeapsa prevăzută de regulament pentru cei care ascund animale vii e închisoarea.

I-am susținut privirea.

– Iar eu știu precis cine anume v-a informat. *Monsieur* Suel, *așa-i*?

Aveam obrajii îmbujorați, iar părul meu, împletit într-o coadă lungă care-mi atârna pe umăr, parcă se electrizase și mă înțepa la ceafă.

Kommandant-ul s-a întors spre unul dintre subordonații lui. Felul în care acesta și-a ferit privirea i-a confirmat că așa stăteau lucrurile.

– *Monsieur* Suel, *Herr Kommandant,* vine aici cel puțin de două ori pe lună, tot încercând să ne convingă că, în lipsa soților noștri, am avea nevoie de consolarea pe care ne-ar putea aduce-o el. Și fiindcă noi am ales să nu-i acceptăm așa-zisa amabilitate, iată că se răzbună răspândind zvonuri și punându-ne viața în pericol.

– Autoritățile nu s-ar sesiza dacă sursa n-ar fi credibilă.

– *Herr Kommandant,* aș zice că prezența dumneavoastră aici dovedește exact contrariul.

M-a privit cu o expresie de nepătruns. S-a răsucit pe călcâie și a pornit spre ușa casei. L-am urmat, aproape împiedicându-mă de poalele cămășii de noapte în încercarea de a ține pasul cu el. Știam că simplul fapt că-i vorbisem atât de îndrăzneț putea fi socotit drept un delict. Și totuși, în clipa aceea, frica îmi dispăruse.

– Uitați-vă la noi, *Herr Kommandant.* Oare arătăm ca niște oameni care se ospătează cu carne de vită, cu friptură de miel sau cu file de porc?

S-a întors și s-a uitat scurt la încheieturile mele osoase, ieșite din mânecile cămășii de noapte. Numai în anul acela talia mi se subțiase cu cinci centimetri.

– Suntem cumva ridicol de grași în urma bunăstării pe care ne-o aduce hotelul nostru? Mai avem trei găini din douăzeci și cinci. Trei găini pe care avem plăcerea să le îngrijim și să le hrănim pentru ca oamenii dumneavoastră să vină să ia ouăle. Între timp, noi trăim cu ceea ce autoritățile germane consideră a fi un regim alimentar: rații din ce în ce mai mici de carne și făină, pâine făcută din tărâțe și mălai, atât de puțin hrănitoare că n-am da-o nici măcar la animale.

El ajunsese în partea cealaltă a holului și cizmele lui stârneau ecouri pe dalele de gresie. A șovăit, apoi s-a îndreptat spre bar și a dat răstit un ordin. Un soldat a apărut ca din senin și i-a întins o lampă.

– N-avem lapte pentru copii, copiii noştri plâng de foame, noi ne îmbolnăvim din pricina hranei insuficiente. Şi cu toate astea, veniţi aici în crucea nopţii să înspăimântaţi două femei, să brutalizaţi un băiat nevinovat, să ne bateţi şi să ne ameninţaţi, numai fiindcă aţi auzit de la un individ imoral că ne *ghiftuim*?

Îmi tremurau mâinile. El a văzut că bebeluşul începuse să se agite şi mi-am dat seama că eram atât de încordată încât îl strângeam prea tare în braţe. M-am dat înapoi, mi-am potrivit şalul şi am încercat să-l liniştesc. Pe urmă am ridicat capul. Nu mi-am putut ascunde furia şi amărăciunea din glas.

– Atunci căutaţi prin toată casa, *Herr Kommandant.* Întoarceţi totul cu susul în jos şi distrugeţi tot ce n-a fost distrus până acum. Căutaţi prin toate acareturile, cele pe care oamenii dumneavoastră încă nu le-au despuiat ca să-şi ia tot ce pofteau. Când o să daţi de faimosul porc, sper că oamenii dumneavoastră se vor sătura din el.

I-am susţinut privirea o clipă mai mult decât s-ar fi aşteptat. Vedeam pe fereastră cum sora mea ştergea rănile lui Aurélien cu poalele fustei, încercând să-i oprească sângerarea. Trei soldaţi nemţi stăteau aplecaţi deasupra lor.

Acum ochii mi se obişnuiseră cu întunericul şi l-am văzut pe *Kommandant* descumpănit. Oamenii lui aruncau priviri nesigure, aşteptând un ordin de la el. Le-ar fi putut ordona să distrugă casa până în temelii şi să ne aresteze pe toţi, drept pedeapsă pentru ieşirea mea nemaiîntâlnită. Dar ştiam că se gândea la Suel şi se întreba dacă nu cumva fusese indus în eroare. Părea a fi genul de om care nu suporta să fie prins pe picior greşit.

Pe vremea când jucam poker cu Édouard, el îmi spusese odată că eram un partener imposibil, pentru că niciodată nu-mi putea citi pe faţă ce gândeam. Mi-am impus să-mi amintesc vorbele lui: acum jucam jocul cel mai important din viaţa mea. Eu şi *Kommandant*-ul ne-am privit în ochi. Pentru o clipă, am avut senzaţia că întreaga lume se oprise în jurul nostru: auzeam bubuitul îndepărtat al tunurilor de pe front, tusea surorii mele, cotcodăcitul găinilor noastre amărâte şi slăbănoage, deranjate din somn în coteţul lor. Toate zgomotele s-au topit până când am rămas doar noi doi privindu-ne în ochi, fiecare încercând să ghicească ce era în mintea celuilalt. Aş fi putut jura că-mi auzeam bătăile inimii.

– Ce-i ăsta?

– Ce anume?

A ridicat lampa şi lumina palidă şi aurie a învăluit portretul pe care mi-l făcuse Édouard când ne căsătoriserăm. Portretul mă înfăţişa în primul an de căsnicie, cu părul des şi lucios revărsat pe umeri, cu pielea curată şi sănătoasă, cu privirea încrezătoare a femeii care se ştie adorată. Cu câteva săptămâni în urmă scosesem portretul din locul unde fusese ascuns, spunându-i surorii mele că nu voi accepta cu nici un chip ca nemţii să-mi impună la ce mă pot uita şi la ce nu în propria casă.

El a ridicat lampa ceva mai sus, ca să poată privi mai bine tabloul. „Nu-l pune aici, Sophie", mă prevenise Hélène. „O să ai necazuri."

Într-un târziu s-a întors spre mine, de parcă abia s-ar fi îndurat să-şi ia ochii de la portret. S-a uitat la mine, apoi din nou la tablou.

– Soţul meu l-a pictat.

Nu ştiu de ce am simţit nevoia să-i spun asta.

Poate fiindcă eram convinsă că aveam tot dreptul să fiu indignată. Poate din pricina văditei diferenţe dintre fata din tablou şi cea care stătea în faţa lui. Poate pentru fetiţa blondă care plângea la picioarele mele. Era foarte posibil ca până şi cei numiţi în funcţia de *Kommandant* să se fi săturat să ne mai hărţuiască pentru mici abateri, după doi ani de ocupaţie.

S-a mai uitat o dată la tablou, apoi a privit în jos.

– Cred că ne-am făcut înţeleşi, *madame*. Discuţia noastră nu s-a încheiat. Dar n-am să te mai deranjez astă-seară.

A surprins expresia de mirare pe care nu reuşisem s-o ascund şi am văzut că asta îi dădea o oarecare satisfacţie. Poate pentru el era suficient să ştie că mă crezusem pierdută. Omul acesta era inteligent şi subtil. Trebuia să fiu cu ochii în patru.

– Soldaţi!

Oamenii lui au făcut stânga-mprejur, supunându-se orbeşte, ca de obicei, şi au pornit spre camionul în care veniseră, cu uniformele profilându-se în lumina farurilor. Am pornit după *Kommandant* şi m-am oprit în pragul ușii. Ultima oară când i-am auzit vocea, ordona şoferului să pornească spre oraş.

Am aşteptat ca vehiculul militar să ajungă din nou pe şosea şi să-şi croiască drum printre gropile descoperite de bătaia farurilor. Hélène începuse să tremure. S-a ridicat cu greu în picioare şi şi-a dus mâna la frunte, strângându-şi pleoapele. Aurélien şedea derutat lângă mine, ţinând-o de mână pe Mimi, ruşinat că plângea ca un copil. Am aşteptat să se stingă huruitul motorului. Maşina a trecut dealul, scârţâind din toate încheieturile, de parcă ar fi protestat şi ea.

– Eşti rănit, Aurélien?

I-am pipăit capul. Avea doar răni superficiale. Şi vânătăi. Ce fel de oameni puteau să atace un băiat neînarmat?

El s-a ferit.

– Nu m-a durut, mi-a spus. Și nu mi-a fost frică de ei.

– Am crezut că o să te aresteze, a spus sora mea. Că o să ne aresteze pe toţi.

Mi-era teamă când o vedeam aşa: parcă s-ar fi clătinat pe marginea unui abis. Şi-a şters ochii şi s-a silit să zâmbească, îngenunchind să-şi îmbrăţişeze fetiţa.

– Nemţi idioţi. Tare ne-au speriat, aşa-i? Şi mami a fost o proastă că s-a speriat.

Fetiţa şi-a privit mama în tăcere, cu un aer solemn. Uneori mă întrebam dacă am s-o mai văd vreodată pe Mimi râzând.

– Îmi pare rău, acum mi-am revenit, a continuat sora mea. Hai să mergem cu toţii înăuntru. Mimi, avem puţin lapte, am să ţi-l încălzesc.

Şi-a şters mâinile de halatul mânjit de sânge şi a întins braţele spre mine, să-i dau bebeluşul.

– Vrei să-l ţin eu pe Jean?

Am început să tremur convulsiv, de parcă abia atunci mi-aş fi dat seama cât ar fi trebuit să fiu de înspăimântată. Mi se înmuiaseră picioarele, ca şi cum toată vlaga din ele s-ar fi scurs pe dalele curţii. Îmi doream cu disperare să mă aşez undeva.

– Da, am răspuns. Cred că ar trebui.

Sora mea a întins brațele, apoi a scos un țipăt scurt. Cuibărit între pături și înfășat cu grijă, ca nu cumva să-l atingă aerul rece al nopții, era botul trandafiriu și păros al unui purceluș.

– Jean doarme sus, am spus.

M-am sprijinit cu o mână de perete, ca să mă țin pe picioare.

Aurélien s-a uitat peste umărul ei. Toți au rămas cu ochii la purceluș.

– *Dumnezeule mare!*

– E mort?

– L-am adormit cu cloroform. Mi-am amintit că tata avea în birou o sticluță, de pe vremea când colecționa fluturi. Cred că-i pe cale să se trezească. Va trebui totuși să ne gândim la altă ascunzătoare, pentru când se vor întoarce nemții. Și știi bine că se vor întoarce.

Atunci Aurélien a zâmbit și buzele i s-au deschis încet, într-un surâs plin de încântare. Hélène s-a aplecat să-i arate lui Mimi purcelușul care dormea tun și toți au zâmbit cu gura până la urechi. Hélène îi tot atingea botișorul, acoperindu-și obrazul cu cealaltă mână, de parcă nu i-ar fi venit să creadă ce ținea în brațe.

– Ai ținut purcelul în brațe de față cu ei? Au venit aici și tu strângeai la piept purcelul chiar sub nasul lor? Și i-ai luat la rost pentru că *au venit aici*?

În glasul ei se citea uluirea.

– Chiar sub râtul lor, a comentat Aurélien, care părea să-și fi recăpătat dintr-odată aplombul dintotdeauna. Ha! L-ai ținut chiar sub râtul lor!

M-am așezat pe dalele curții și am început să râd. Am râs până când m-a luat frigul și n-am mai știut dacă râdeam sau plângeam. Fratele meu, temându-se că poate făceam o criză de isterie, m-a luat de mână și s-a sprijinit de mine. Avea paisprezece ani și uneori se zbârlea ca un bărbat, alteori voia să fie alinat ca un copil.

Hélène căzuse pe gânduri.

– Dacă aș fi știut... a spus ea. Cum de-ai devenit atât de curajoasă, Sophie? Surioara mea cea mică! Cine te-a făcut așa? În copilărie erai fricoasă ca un șoarece. Ca un șoarece!

Nici eu nu știam prea bine.

Când în cele din urmă am intrat din nou în casă, Hélène și-a făcut de lucru cu oala cu lapte, Aurélien s-a dus să-și spele obrazul învinețit, iar eu m-am oprit în fața portretului.

Fata aceea cu care se însurase Édouard mă privea cu o expresie pe care n-o recunoșteam. El o văzuse la mine înaintea tuturor: o expresie atotștiutoare, surâsul cuiva fericit, și care îi făcea pe alții fericiți. O expresie care trăda mândrie. Când amicii lui parizieni aflaseră că era îndrăgostit de mine - o vânzătoare - în mod inexplicabil, el se mulțumise să zâmbească, fiindcă citise toate acele lucruri în expresia mea. N-am știut niciodată dacă înțelesese că aceasta i se datora lui.

Am rămas o clipă pe loc, cu ochii țintă la portret și, timp de câteva clipe, mi-am amintit cum mă simțeam pe vremea când eram tânără, când nu știam ce-i foamea sau frica și când singurul meu gând era la clipele de intimitate pe care le-aș fi petrecut cu Édouard. Chipul pictat îmi amintea că lumea putea fi și frumoasă, că odinioară existaseră alte lucruri - artă, bucurie, dragoste - care-mi umpleau existența, nu teama, supa de urzici și camuflajul de acum. În expresia mea îl vedeam pe el. Și abia atunci am înțeles ce făcusem cu puțin timp înainte. Portretul îmi amintise de forța care zăcea în mine, de câtă putere mai aveam încă pentru a lupta.

Când ai să te întorci, Édouard, îți jur că am să fiu din nou fata pe care ai pictat-o.

Capitolul 2

Până la ora prânzului, povestea cu purcelușul-bebeluș făcuse înconjurul întregului St. Péronne. Barul de la Le Coq Rouge nu ducea niciodată lipsă de clienți, deși nu avea mare lucru de oferit în afara cafelei de cicoare. Aprovizionarea cu bere se făcea când și când, iar noi aveam doar câteva sticle de vin care costau o avere. Eram uluiți câtă lume venea numai ca să ne dea binețe.

– Și te-ai rățoit la el? I-ai zis să plece de-acolo?

Moș René chicotea pe sub mustață, ținându-se de spătarul scaunului și ștergându-și lacrimile de râs. Era a patra oară când ne cerea să-i povestim toată tărășenia și, de fiecare dată, Aurélien o mai înflorea puțin, până când ajunsese să-l înfrunte pe *Kommandant* cu un iatagan în mână, în timp ce eu strigam „*Der Kaiser ist Scheiss!*"[1]

Eu și Hélène am zâmbit una către cealaltă, în timp ce ea mătura pe jos prin cafenea. Nu mă deranja. Și așa nu fuseseră prea multe ocazii de sărbătoare în localitatea noastră în ultima vreme.

– Trebuie să fim cu băgare de seamă, a spus Hélène în timp ce René ieșea pe ușă, ridicându-și pălăria în semn de salut.

L-am urmărit din ochi cum trecea de oficiul poștal, cuprins de un nou acces de veselie și oprindu-se în loc să-și șteargă lacrimile.

– Povestea asta se întinde cam mult.

– Nimeni nu va sufla o vorbă. Toți îi detestă pe nemțălăi, am ridicat eu din umeri. În plus, fiecare râvnește la o bucățică de carne

---

1 Împăratul e un rahat! (în limba germană în original)

de porc. Greu de crezut că o să ne denunțe înainte să-și primească porția.

Purcelul fusese mutat discret la vecinii de alături încă din primele ore ale dimineții. În urmă cu câteva luni, în timp ce ciopârțea cu toporul câteva butoaie vechi ca să facă din ele lemne de foc, Aurélien descoperise că pivnița noastră de vinuri, semănând cu un labirint, se despărțea de cea a vecinilor, familia Foubert, doar printr-un singur zid subțire. Cu ajutorul familiei Foubert, desprinsesem cu grijă câteva cărămizi, creând astfel o cale de scăpare pentru orice eventualitate. Când vecinii adăpostiseră un tânăr englez și se treziseră cu nemții la ușă înspre seară, *madame* Foubert se prefăcuse că nu înțelege ce voia ofițerul neamț, dându-i astfel englezului răgazul să se strecoare în pivniță și să treacă la noi. Nemții scotociseră casa până la ultimul ungher, ba căutaseră chiar și în pivniță, dar în lumina slabă nici unul nu observase că mortarul peretelui avea niște adâncituri suspecte.

Cam asta era viața noastră: mici nesupuneri, victorii neînsemnate, o scurtă ocazie de a ne bate joc de ocupanți, asemenea unor minuscule corăbii de speranță în mijlocul unei imense mări de nesiguranță, lipsuri și frică.

– Și zici că l-ai cunoscut pe noul *Kommandant*?

Primarul ședea la una dintre mesele de la fereastră. Când i-am adus niște cafea, mi-a făcut semn să stau jos. De când fusesem ocupați, viața lui fusese mai grea decât a oricui: în permanență negocia cu nemții ca orășelul să primească cele necesare traiului și, periodic, era luat ostatic, pentru a-i determina pe locuitorii recalcitranți să se supună ordinelor.

– Nu ne-am prezentat oficial, am răspuns eu, așezând ceașca de cafea în fața lui.

El s-a aplecat spre mine și mi-a spus cu glas coborât:

– *Herr* Becker a fost trimis în Germania să se ocupe de unul dintre lagărele de represiune. Se pare că existau nereguli în registrele lui de contabilitate.

– Nici nu mă miră. E singurul din toată Franța ocupată care și-a dublat greutatea în doi ani.

Glumeam, dar plecarea lui îmi trezea sentimente amestecate. Becker fusese un om dur și aplicase pedepse excesiv de aspre, pornite dintr-un sentiment de nesiguranță și teamă că oamenii lui nu-l vor socoti suficient de tare pe poziție. Numai că fusese prea prost – și prea orb la multe acte de rezistență ale celor din oraș – ca să cultive unele relații ce l-ar fi ajutat să-și susțină cauza.

– Deci, ce părere ai?

– Despre noul *Kommandant*? Nu știu ce să zic. Presupun că putea fi și mai rău. Nu ne-a făcut casa praf, cum poate ar fi procedat Becker, numai ca să arate cine-i stăpânul. Numai că, mi-am încrețit nasul, ăsta-i un tip inteligent. Va trebui să fim cu mare băgare de seamă.

– Amândoi gândim la fel, *madame* Lefèvre, așa cum se întâmplă întotdeauna.

Mi-a zâmbit, dar nu și cu ochii. Mi-am amintit de vremea când primarul fusese un om vesel și plin de viață, renumit pentru bonomia lui. Cel mai răsunător glas la toate întrunirile orașului.

– Mai primim ceva săptămâna asta?

– Cred că va veni niște costiță. Și cafea. Foarte puțin unt. Sper să am rațiile exacte în cursul zilei de azi.

Amândoi am rămas cu privirea ațintită afară pe fereastră. Moș René ajunsese la biserică și se oprise să stea de vorbă cu preotul. Nu era greu de ghicit despre ce anume discutau. Când preotul a început să râdă și René s-a îndoit de șale pentru a patra oară, nu m-am putut stăpâni și am pufnit și eu în râs.

– Ai vreo veste de la soțul tău?

M-am întors către primar.

– Nimic din august, când am primit o ilustrată. Era undeva lângă Amiens. Nu zicea mare lucru.

„Mă gândesc la tine zi și noapte", îmi scria el cu litere frumoase și buclate. „Tu ești steaua mea călăuzitoare în lumea asta nebună." Două nopți după primirea ilustratei nu-mi găsisem somnul și zăcusem în pat, pradă temerilor, până când Hélène îmi atrăsese atenția că „lumea asta nebună" se aplica la fel de bine și lumii în care se trăia cu o pâine neagră atât de tare încât trebuia tăiată cu cosorul și unde porcii trebuiau ascunși în cuptorul de pâine.

– Ultimele vești pe care le-am primit de la fiu-meu cel mare au fost acum aproape trei luni. Zicea că se forțează înaintarea spre Cambrai. Și că moralul era bun.

– Sper să fie bine cu toții. Ce face Louisa?

– Binișor, mulțumesc.

Fiica lui cea mică se născuse cu paralizie. Nu se dezvoltase normal, nu putea mânca decât anumite feluri de hrană și, la vârsta de unsprezece ani, se îmbolnăvea adeseori. Întregul orășel se îngrijea s-o țină sănătoasă. Dacă se primea lapte sau legume uscate, întotdeauna se găsea un prisos care să ajungă la casa primarului.

– Când se mai întremează, spune-i că Mimi a întrebat de ea. Hélène îi coase o păpușă care să semene leit cu cea a lui Mimi. Louisa a vrut ca păpușile să fie surori.

Primarul m-a bătut ușor pe mână.

– Sunteți tare drăguțe, fetelor. Mulțumesc lui Dumnezeu că te-ai întors aici, când ai fi putut sta în siguranță la Paris.

– Eh! Nu garantează nimeni că într-o bună zi nemții nu vor defila pe Champs-Élysées. Și pe urmă, nu puteam s-o las pe Hélène singură aici.

– N-ar fi scăpat cu viață din încercarea asta fără tine. Ai crescut și te-ai făcut o fată pe cinste. Ți-a prins foarte bine Parisul.

– Mi-a prins bine viața cu soțul meu.

– Atunci, Dumnezeu să-l aibă în pază. Pe el și pe noi toți.

Primarul a zâmbit, și-a pus pălăria pe cap și s-a ridicat să plece.

St. Péronne, unde familia Bessette ținuse Le Coq Rouge vreme de generații întregi, se număra printre primele orașe căzute sub ocupație nemțească în toamna anului 1914. Eu și Hélène, de mult rămase orfane și cu soții plecați pe front, luaserăm hotărârea să administrăm hotelul în continuare. Nu eram singurele care preluaseră munci făcute în general de bărbați: prăvăliile, fermele de prin partea locului, școala erau toate administrate numai de femei, ajutate de bătrâni și băiețandri. În 1915, în orășel nu mai rămăsese aproape nici un bărbat.

În primele luni, când treceau pe aici soldați francezi, urmați îndeaproape de britanici, afacerile ne-au mers bine. Mâncare încă aveam din belşug, trupele mărşăluiau însoţite de muzică şi urale, şi mulţi dintre noi îşi închipuiau că războiul va dura în cel mai rău caz câteva luni. Mai răzbătea până la noi câte un zvon despre ororile ce se petreceau la o sută cincizeci de kilometri depărtare. Ofeream mâncare refugiaţilor belgieni aflaţi în trecere prin oraş, cu toate catrafusele îngrămădite în căruţe. Unii încă purtau papucii şi hainele pe care le avuseseră pe ei când plecaseră de acasă. Când şi când, dacă vântul sufla dinspre est, distingeam vag bubuit de tunuri. Dar, deşi ştiam că războiul era aproape, puţini şi-ar fi închipuit că St. Péronne, mândrul nostru orăşel, va cădea şi el sub ocupaţie nemţească.

Dovada măsurii în care ne înşelasem a venit într-o dimineaţă rece de toamnă, pe fundalul bubuiturilor de tun, când *madame* Fougère şi *madame* Dérin, pornite în plimbare spre *boulangerie*[1] la 6.45, cum aveau obiceiul, fuseseră împuşcate mortal în timp ce traversau piaţa.

Auzind împuşcăturile, dădusem deoparte perdeaua şi avusesem nevoie de câteva minute ca să înţeleg ce aveam în faţa ochilor: trupurile celor două femei de aproape şaptezeci de ani, văduve şi prietene, prăbuşite la pământ, cu basmalele căzute într-o parte, cu coşurile răsturnate la picioarele lor. În jur se întindea o băltoacă roşie şi lipicioasă, formând un cerc aproape perfect, ca şi cum cele două trupuri ar fi fost unul.

Ulterior, ofiţerii nemţi aveau să susţină că nişte lunetişti traseseră asupra lor, drept care fuseseră nevoiţi să răspundă cu foc de arme. (Pare-se aşa declarau în fiecare sat pe care-l ocupau.) De-ar fi vrut să stârnească revoltă în orăşel, nici că ar fi găsit cale mai bună decât să le omoare pe cele două bătrâne. Dar abuzurile nu se opriseră aici. Dăduseră foc la hambare şi dărâmaseră statuia primarului Leclerc. Douăzeci şi patru de ore mai târziu mărşăluiseră în formaţie pe strada principală, cu căştile lor cu *Pickelhaube*[2] strălucind în lumina soarelui de iarnă, în timp ce noi stăteam în pragul caselor sau în faţa magazinelor, privindu-i într-o tăcere consternată. Ordonaseră celor câţiva bărbaţi rămaşi în oraş să iasă din case, ca să-i poată număra.

---

[1] Brutărie (în limba franceză în original)

[2] Cască prevăzută cu ţepuşă, specifică armatei prusace şi introdusă de regele Friedrich Wilhelm al Prusiei la mijlocul secolului al XIX-lea

Patronii de prăvălii și piețarii pur și simplu își închiseseră magazinele și tarabele, refuzând să-i servească. Cei mai mulți dintre noi își făcuseră rezerve de mâncare. Știam cum să supraviețuim. Probabil ne închipuiam că, în fața unei asemenea îndârjiri, vor ceda și vor porni în marș către alt sat. Însă *Kommandant* Becker decretase că orice comerciant care va refuza să-și deschidă magazinul între orele obișnuite va fi împușcat. Rând pe rând, *boulangerie, boucherie*[1], tarabele, ba chiar și Le Coq Rouge s-au redeschis. Împotriva voinței sale, micul nostru orășel a fost împins într-o existență mohorâtă și protestatară.

Un an și jumătate mai târziu, nu mai rămăsese mare lucru de cumpărat. St. Péronne era izolat de localitățile învecinate, așa că nu primea vești și depindea de ajutoare sporadice, suplimentate de o aprovizionare costisitoare de pe piața neagră, atunci când existau provizii. Uneori ne venea greu să credem că Franța Liberă era la curent cu suferințele noastre. Nemții erau singurii care mâncau bine. Caii lor (adică ai noștri) erau grași și străluceau de sănătate, fiindcă mâncau boabe de grâu zdrobite, din care ar fi trebuit să ne facem noi pâine. Nemții făceau razii prin pivnițele noastre și confiscau produsele fermelor.

Dar nu era vorba numai de mâncare. În fiecare săptămână cineva auzea temutele ciocănituri în ușă, urmate de o nouă listă de obiecte care aveau să fie rechiziționate: linguri, perdele, farfurii, cratițe, pături. Din când în când, un ofițer venea mai întâi în inspecție, își nota obiectele care meritau atenție, după care revenea cu o listă pe care figurau obiectele respective. Ne scriau niște note de mână, care teoretic puteau fi schimbate pe bani. Nimeni din St. Péronne nu auzise să fi fost cineva într-adevăr plătit.

– Ce faci?

– Mut ăsta de aici.

Am luat portretul din bar și l-am dus în holul din spate, departe de priviri străine.

---

1 Măcelărie (în limba franceză în original)

– Cine-i femeia? a întrebat Aurélien în timp ce atârnam din nou portretul, potrivindu-l astfel încât să stea drept pe perete.

– Eu! am răspuns, întorcându-mă spre el. Nu ți-ai dat seama?

– O!

Și-a îngustat pleoapele, privind cu atenție. Nu voise să mă jignească: fata din tablou era foarte diferită de femeia slabă și severă, cu pielea cenușie, care mă fixa zilnic din oglindă cu o privire obosită și precaută. Mă străduiam să nu mă uit prea mult la ea.

– L-a pictat Édouard?

– Da. Când ne-am căsătorit.

– Nu i-am văzut niciodată tablourile. E... altfel decât m-aș fi așteptat.

– Ce vrei să spui?

– Păi... e ciudat. Culorile sunt bizare. Ți-a făcut pielea verde și albastră. Oamenii n-au pielea verde și albastră! Și uite... e pictat neglijent. N-a respectat contururile.

– Aurélien, ia vino încoace.

M-am apropiat de fereastră.

– Uită-te la fața mea. Ce vezi?

– Un spectru.

L-am lovit ușor cu palma peste cap.

– Nu. Uită-te... uită-te bine. La culoarea pielii.

– Ești doar palidă.

– Uită-te mai atent... sub ochi, în scobitura gâtului. Nu-mi spune ce te aștepți să vezi. Dar uită-te bine și spune-mi ce culori vezi de fapt.

Fratele meu mi-a privit cu atenție gâtul. Apoi ochii lui mi-au studiat fără grabă chipul.

– Sub ochi văd albastru, a răspuns el. Albastru și purpuriu. Văd verde coborând pe gâtul tău. Și portocaliu. *Alors*[1]... cheamă un doctor! Fața ta are un milion de culori. Ești un clovn!

– Toți suntem niște clovni, am replicat. Numai că Édouard vede asta mai limpede decât oricine.

---

1 Atunci (în limba franceză în original)

Aurélien a dat fuga la etaj, ca să se studieze în oglindă și să-și bată capul cu nuanțele de albastru și de purpuriu pe care fără îndoială avea să le descopere. Nu că pe atunci n-ar fi avut motive. Îi căzuseră cu tronc cel puțin două fete și petrecea o groază de timp bărbierindu-și pielea catifelată de copil cu vechiul brici tocit al tatei, într-o zadarnică încercare de a-și grăbi maturizarea.

– E superb, a spus Hélène, făcând un pas înapoi ca să privească tabloul. Numai că...

– Numai că ce?

– E riscant să-l ținem la vedere. Când au trecut prin Lille, nemții au ars operele de artă considerate subversive. Tabloul lui Édouard e... foarte diferit. De unde știi că n-au să-l distrugă?

Biata Hélène își făcea griji. Își făcea griji pentru picturile lui Édouard și pentru firea fratelui nostru. Își făcea griji pentru scrisorile și însemnările notate de noi pe hârtiuțe pe care le îndesam în crăpăturile dintre bârne.

– Vreau să stea aici, unde-l pot vedea. Vreau ceva *viu*. Nu vreau să mă uit la Napoleon sau la prostiile alea de poze ale tatei, cu căței îmbufnați. Și n-am să-i las pe ăia – am făcut semn cu capul spre locul unde soldații nemți, aflați în timpul liber, fumau lângă fântâna orașului – să decidă la ce am voie să mă uit în propria casă.

Hélène a clătinat din cap, de parcă aș fi fost o țicnită căreia trebuia să-i facă pe plac. Pe urmă s-a dus să le servească pe *madame* Louvier și pe *madame* Durant, care, deși comentaseră adesea că cicoarea cu care înlocuiam cafeaua avea un gust de apă de canal, totuși veniseră să afle povestea cu purcelul-bebeluș.

În noaptea aceea, eu și Hélène am dormit în același pat, cu Mimi și Jean între noi. Uneori era atât de frig până și în octombrie, încât ne temeam să nu-i găsim înghețați bocnă în pijamale, așa că ne îngrămădeam toți laolaltă. Era târziu, dar știam că sora mea nu doarme. Lumina lunii pătrundea prin crăpătura dintre perdele și vedeam că stătea cu ochii larg deschiși și cu privirea ațintită într-un punct fix. Presupun că se întreba unde putea fi soțul ei în clipa aceea, dacă-i era cald, dacă era încartiruit într-o casă ca a noastră sau dacă tremura în tranșee, privind tot la lună.

De la mare distanță a răzbătut până la noi un bubuit înfundat, semn că, undeva departe, se purta o bătălie.

– Sophie?

– Da?

Vorbeam amândouă în șoapte abia auzite.

– Te-ai întrebat vreodată cum va fi... dacă nu se mai întorc?

Stăteam lungită în pat, pe întuneric.

– Nu, am mințit eu. Pentru că știu că se vor întoarce. Și nu vreau să le dau nemților satisfacția de a-mi fi frică de ei de acum încolo nici măcar o clipă.

– Eu da, a spus ea. Uneori nici nu-mi mai aduc aminte cum arată. Mă uit la poza lui și, din păcate, nu-mi mai amintesc nimic.

– Asta fiindcă te uiți prea des. Câteodată mă gândesc că ne uzăm pozele de la atâta uitat.

– Dar nu-mi amintesc chiar nimic. Nici mirosul lui, nici cum îi sună vocea. Nu-mi amintesc cum era să dorm alături de el. Ca și cum nici n-ar fi existat vreodată. Pe urmă îmi spun: „Dar dacă așa se va întâmpla? Dacă nu se mai întoarce? Dacă va trebui să ne petrecem toată viața așa, la cheremul unor oameni care ne urăsc?" Și nu știu dacă... nu știu dacă am să pot...

M-am proptit într-un cot și m-am întins peste Jean și Mimi, prinzând-o pe sora mea de mână.

– Ba da, poți, am spus. Sigur că poți. Jean-Michel se va întoarce acasă și ai să duci o viață bună. Franța va fi eliberată și existența noastră va redeveni cea dintotdeauna. Ba chiar mai bună ca înainte.

Ea continua să păstreze tăcerea. Începusem să tremur, fiindcă ieșisem de sub pături, dar n-am îndrăznit deloc să mă mișc. Sora mea mă speria când vorbea așa. Ca și cum în mintea ei ar fi existat un noian de spaime cu care trebuia să se lupte de două ori mai înverșunat decât noi ceilalți.

A răspuns cu glas tremurat, de parcă s-ar fi străduit să-și stăpânească lacrimile.

– Știi, după ce m-am măritat cu Jean-Michel am fost atât de fericită. Pentru prima oară în viață m-am simțit liberă.

Înțelegeam ce voia să spună: tata, una-două, lua cureaua sau folosea pumnii. Orașul îl socotea cel mai cumsecade om din lume, un stâlp al comunității, „bunul moș François Bessette", în orice clipă pus pe glume și dispus să bea un păhărel. Dar noi știam că era capabil de o violență fără seamăn. Singurul nostru regret era că mama nu mai trăise după moartea lui, ca să se bucure de câțiva ani de tihnă, fără a se mai simți amenințată.

– Am senzația... am senzația că am trecut de la un agresor la altul. Uneori mă tem că am să-mi petrec întreaga viață supunându-mă voinței altcuiva. Pe tine, Sophie, te văd râzând. Te văd hotărâtă, curajoasă, expui tablouri, te răstești la nemți, și nu pricep cum poți să fii așa. Eu, una, nu-mi mai amintesc cum este să nu-ți fie frică.

Am continuat să stăm lungite în pat, în tăcere. Îmi auzeam bătăile inimii. Ea credea că nu știu ce-i frica. Dar nimic nu mă înspăimânta mai mult ca temerile surorii mele. În ultimele luni, constatasem la ea o fragilitate pe care n-o avusese înainte. Încordarea îi săpase cearcăne în jurul ochilor. Am strâns-o de mână. Ea nu mi-a răspuns la gest.

Între noi, Mimi s-a foit prin somn, ridicând un braț deasupra capului. Hélène a dat drumul degetelor mele și am zărit prin întuneric cum s-a răsucit pe o parte, vârând cu blândețe brațul fiicei ei sub pături. Surprinzător de liniștită de gestul ei, m-am culcat din nou pe locul meu, trăgându-mi păturile până sub bărbie, ca să-mi potolesc tremurăturile.

– Porc, am spus.

– Poftim?

– La asta să te gândești. Friptură de porc, cu șoriciul frecat cu sare și ulei, fript până când devine crocant. Gândește-te la pliurile moi, cu grăsime albă și fierbinte, la carnea trandafirie care se desface în șuvițe la atingere, poate cu garnitură de *compôte*[1] de mere. Gândește-te ce gust bun va avea.

– Porc?

– Da. Porc. Când simt că-mi pierd cumpătul, mă gândesc la purcel și la pântecul lui mare și gras. Mă gândesc la urechiușele crocante, la pulpele lui fragede.

---

1 Peltea (în limba franceză în original)

Aproape am auzit-o cum zâmbea.

– Ești nebună, Sophie.

– Tu gândește-te, Hélène. N-o să fie gustos? Poți să-ți închipui fetișoara lui Mimi, cu grăsime de porc picurându-i pe bărbie? Ce bucurie va fi pe stomăcelul ei? Îți imaginezi plăcerea ei când va încerca să-și scoată bucățele de crustă dintre dinți?

Nu și-a putut stăpâni râsul.

– Nici nu știu dacă n-a uitat cumva gustul cărnii de porc.

– Nu-i va trebui mult să-și amintească, am spus. La fel cum nici ție nu-ți va trebui mult ca să-ți amintești de Jean-Michel. Într-o bună zi va intra în casă, iar tu îi vei sări de gât și atunci mirosul lui, atingerea brațelor lui cuprinzându-ți talia, îți vor redeveni la fel de familiare ca mirosul propriului trup.

Aproape îi auzeam gândurile călătorind spre o astfel de clipă. O trăsesem înapoi de pe marginea prăpastiei. Era una din micile mele victorii.

– Sophie, m-a strigat ea după un timp. Ție ți-e dor să faci dragoste?

– În fiecare zi, am răspuns. Mă gândesc la asta de două ori mai des decât la porc.

A urmat o scurtă tăcere, după care amândouă am pufnit în râs. Apoi, nu știu cum se face, dar ne-a apucat așa un râs, încât am fost nevoite să ne astupăm gura cu palma, ca nu cumva să trezim copiii.

Nu mă îndoiam că *Herr Kommandant* se va întoarce. De fapt, asta s-a și întâmplat, după patru zile. Ploua cu găleata, era rupere de nori, așa că puținii noștri clienți ședeau la mese, cu ceștile goale în față, privind în gol afară prin ferestrele aburite. Moș René și *monsieur* Pellier jucau domino în separeu. Câinele lui *monsieur* Pellier – care trebuia să plătească o taxă nemților pentru privilegiul de a-l deține – stătea culcat la picioarele lor. Mulți veneau zilnic la noi, pentru a nu fi nevoiți să rămână singuri cu spaimele lor.

Tocmai admiram părul lui *madame* Arnault, pe care sora mea îl prinsese cu agrafe, când s-a deschis ușa de sticlă și *Kommandant*-ul a pășit în bar, flancat de doi ofițeri. În încăperea cu aer înăbușitor de fum de ţigară, unde până atunci lumea stătuse la taclale amical, s-a aşternut brusc tăcerea. Eu am ieşit de după tejghea, ştergându-mi mâinile de şorţ.

Nemţii nu călcau în barul nostru decât când veneau să rechiziţioneze câte ceva. Altfel frecventau Bar Blanc, din centrul oraşului, mai încăpător şi poate mai primitor. Noi lăsaserăm întotdeauna să se înţeleagă că forţele de ocupaţie nu erau bine-venite aici. M-am întrebat ce mai voiau să ne confişte. Dacă ne mai rămâneau abia câteva ceşti şi farfurii, aveam să fim puse în situaţia de a cere clienţilor să vină cu vesela de acasă.

– *Madame* Lefèvre.

L-am salutat din cap. Simţeam ochii clienţilor aţintiţi asupra mea.

– S-a decis ca unii dintre ofiţerii noştri să ia masa aici. La Bar Blanc nu-i suficient spaţiu ca nou-veniţii să mănânce în largul lor.

Abia acum îl vedeam pentru prima oară bine pe *Kommandant*. Era mai vârstnic decât crezusem la început, poate spre cincizeci de ani, deşi în cazul combatanţilor era greu de ghicit. Toţi arătau îmbătrâniţi.

– Mă tem că nu se poate, *Herr Kommandant*, am spus eu. N-am mai servit mese aici, la hotel, de peste un an şi jumătate. Abia dacă avem de-ale gurii pentru mica noastră familie. Nu vă putem hrăni oamenii la înălţimea pretenţiilor dumneavoastră.

– Ştiu asta foarte bine. Începând de săptămâna viitoare, veţi avea suficiente provizii. Aş dori să pregătiţi mese ca pentru ofiţeri. Înţeleg că hotelul dumneavoastră era înainte unul de înaltă ţinută. Sunt convins că sunteţi în măsură să faceţi ce v-am cerut.

Am auzit-o pe sora mea răsuflând adânc în spatele meu şi am înţeles că şi ea simţea la fel ca mine. Teama viscerală de a primi nemţi în hotelul nostru se mai topea la gândul care ne ocupa mintea de luni întregi: gândul la *mâncare*. Vor fi resturi de la masă, oase cu care să încropim câte ceva. Va mirosi a mâncare, vom putea fura câteva înghiţituri de ici, de colo, vor exista raţii suplimentare, felii de carne şi de brânză pe care le vom curăţa de pieliţe sau de coajă în mare taină.

Şi totuşi...

– Nu ştiu dacă barul nostru e potrivit pentru dumneavoastră, *Herr Kommandant.* Nu avem confortul necesar.

– Eu sunt singurul în măsură să aprecieze confortul necesar oamenilor mei. Aş vrea să văd şi camerele de care dispuneţi. S-ar putea să încartiruiesc câţiva militari de-ai mei aici.

– *Sacrebleu!*[1] l-am auzit murmurând pe moş René.

– Sunteţi bine-venit să vedeţi camerele, *Herr Kommandant.* Veţi constata, însă, că toţi cei care-au trecut pe aici înaintea dumneavoastră ne-au lăsat cu foarte puţin. Paturile, păturile, perdelele, ba chiar şi ţevile de cupru de la chiuvete sunt deja în proprietatea germanilor.

Ştiam că riscam să-l înfurii: în barul plin de lume afirmasem limpede că *Herr Kommandant* nu era la curent cu faptele propriilor camarazi şi că informaţiile lui în privinţa orăşelului nostru erau departe de realitate. Însă era esenţial ca lumea din oraş să mă vadă îndărătnică şi lipsită de bunăvoinţă. Prezenţa nemţilor în barul nostru avea să facă din Hélène şi din mine subiect de bârfă şi ţinta unor zvonuri răutăcioase. Era important să fim văzute încercând să facem tot ce ne stătea în putinţă pentru a-i împiedica să stea la noi.

– Încă o dată, *madame,* eu sunt cel care decide dacă încăperile hotelului sunt potrivite sau nu. Te rog să mi le arăţi.

A făcut semn celorlalţi doi ofiţeri să rămână în bar. Tăcerea avea să se prelungească până după plecarea lor.

Mi-am îndreptat umerii şi am ieşit în hol fără grabă, luând în treacăt cheile. Am simţit ochii tuturor aţintiţi asupra mea în timp ce ieşeam, cu poalele fustei foşnindu-mi în jurul picioarelor şi cu neamţul păşind greoi în urma mea. Am descuiat uşa care dădea în coridorul principal (ţineam totul sub cheie: nu era neobişnuit ca hoţi francezi să fure ceea ce nu fusese încă rechiziţionat de către nemţi).

Această aripă a clădirii mirosea a mucegai şi a umezeală. Nu mai călcasem pe aici de luni de zile. Am urcat scările în tăcere. Îmi părea bine că el venea la câteva trepte în urma mea. M-am oprit în capul scării, aşteptându-l să ajungă pe coridor, apoi am descuiat prima cameră.

---

1 La naiba! (în limba franceză în original)

Fusese o vreme când simplul fapt de a-mi vedea hotelul ajuns în asemenea hal mă făcea să-mi dea lacrimile. Camera Roșie fusese cândva mândria hotelului Le Coq Rouge, dormitorul în care atât eu, cât și sora mea ne petrecuserăm noaptea nunții, încăperea în care primarul îi aducea pe demnitarii aflați în trecere prin oraș. Acolo fusese înainte un pat enorm, cu baldachin și draperii de culoare sângerie, iar fereastra dădea spre grădinile noastre aranjate în forme geometrice. Covorul era italienesc, mobilierul provenea dintr-un castel din Gasconia, cuvertura grena era din mătase chinezească. În cameră existase un candelabru aurit și un uriaș șemineu din marmură, unde focul era aprins în fiecare dimineață de o cameristă și ardea până noaptea târziu.

Am deschis ușa și m-am dat deoparte, lăsându-i loc neamțului să intre. Camera era goală, cu excepția unui scaun pe trei picioare, aflat într-un colț. Scândurile dușumelei rămase fără covor erau cenușii și acoperite de un strat gros de praf. Patul dispăruse de mult, odată cu perdelele: ambele fuseseră printre primele obiecte furate la venirea nemților în orașul nostru. Șemineul de marmură fusese smuls din perete. Din ce motiv, habar n-aveam, doar nu putea fi folosit în altă parte. Cred că Becker voise pur și simplu să ne demoralizeze, să ne lipsească de tot ce era frumos.

Neamțul a făcut un pas în cameră.

– Fiți atent unde călcați, l-am prevenit eu.

El a privit în jos și a înțeles la ce mă refeream: era vorba de colțul camerei, de unde în primăvara trecută încercaseră să smulgă scândurile dușumelei ca să le facă lemn de foc. Casa fusese prea trainic construită și scândurile fixate mult prea bine, așa că nemții renunțaseră după vreo câteva ceasuri, timp în care nu reușiseră să desprindă decât trei scânduri lungi. Prin gaura rămasă, ca o gură căscată în semn de protest, se vedeau bârnele de dedesubt.

Kommandant-ul a rămas pe loc vreme de un minut, privind țintă podeaua. Apoi a ridicat capul, uitându-se atent în jur. Niciodată până atunci nu fusesem singură în cameră cu un neamț și inima îmi bătea să-mi spargă pieptul. Dinspre el plutea spre mine un vag miros de tutun și-i vedeam petele lăsate de ploaie pe uniformă.

Am rămas cu ochii la ceafa lui și am lăsat cheile să-mi alunece între degete, gata să-l lovesc în caz că s-ar fi repezit brusc asupra mea. N-aș fi fost prima femeie nevoită să lupte ca să-și apere onoarea.

Dar el s-a răsucit spre mine.

– Toate arată atât de rău? m-a întrebat.

– Nu, i-am răspuns. Celelalte arată și mai jalnic.

M-a privit atât de stăruitor, încât aproape m-am îmbujorat la față. Dar refuzam să-l las pe acest om să mă intimideze. I-am susținut privirea, studiindu-i părul grizonant, tuns milităreşte și ochii de un albastru transparent, care mă iscodeau pe sub cozorocul chipiului de ofițer german.

Într-un târziu s-a întors, a trecut pe lângă mine și a coborât scările, întorcându-se în hol. Aici s-a oprit brusc, s-a uitat atent la portretul meu și a clipit de două ori, de parcă abia atunci și-ar fi dat seama că-i schimbasem locul.

– Am să trimit pe cineva să-ți dea de știre când va sosi primul transport de provizii, mi-a spus.

A pășit în grabă peste prag și a intrat în bar.

Capitolul 3

– Ar fi trebuit să refuzi.

Madame Durant m-a împuns în umăr cu un deget osos. Am tresărit. Purta o bonetă albă cu volănașe și o pelerină croșetată, de un albastru spălăcit, prinsă cu un ac în jurul umerilor. Cei care se plângeau că sunt lipsiți de vești acum când nu ni se îngăduia să mai citim ziare, precis nu avuseseră de-a face cu vecina mea.

– Cum?

– Să faci mâncare pentru nemți. Ar fi trebuit să refuzi.

Era o dimineață geroasă și-mi ridicasem fularul până sub ochi. L-am tras în jos ca să-i pot răspunde.

– Ar fi trebuit să-i refuz? Și dumneavoastră o să-i refuzați când vor decide să vă ocupe casa, nu-i așa, *madame*?

– Tu și sora ta sunteți mai tinere ca mine. Voi aveți destulă forță să le țineți piept.

– Din păcate nu dispun de un batalion înarmat. Ce-ați vrea să facem? Să ne baricadăm toți înăuntru? Să aruncăm în ei cu cești și farfurioare?

Ea a continuat să mă dojenească, în timp ce-i deschideam ușa. Brutăria nu mai mirosea a brutărie. Înăuntru era tot cald, dar aroma de cornuri și baghete dispăruse de mult. Acest simplu fapt mă întrista de fiecare dată când treceam pragul prăvăliei.

– Jur că nu știu unde va ajunge țara asta. Dacă ar fi văzut taică-tău picior de neamț în hotelul lui...

Evident, *madame* Louvier fusese pusă la curent. A clătinat din cap dezaprobator în timp ce mă îndreptam către tejghea.

– Tata ar fi făcut exact același lucru.

Domnul Armand, brutarul, le-a închis gura.

– N-o puteți critica pe *madame* Lefèvre! Acum toți jucăm după cum ne cântă ei. Pe mine mă învinovățiți că le coc pâine, *madame* Durant?

– Socotesc că nu-i patriotic să facem ce vor ei.

– Ușor de zis când nu riști să te alegi cu un glonț.

– Adică să vină peste noi din ce în ce mai mulți? Din ce în ce mai mulți să dea iama în cămările noastre, să ne mănânce mâncarea, să ne fure animalele? Nu știu, zău, cum vom reuși să trecem de iarna asta.

– Ca de fiecare dată, *madame* Durant. Cu stoicism și bună dispoziție, rugându-ne ca Dumnezeu, dacă nu cumva chiar bravii noștri soldați, să le dea nemțălăilor un șut zdravăn în fund.

Domnul Armand mi-a făcut cu ochiul.

– Și acum, *mesdames,* cu ce vă pot servi? Avem pâine neagră veche de o săptămână, pâine neagră veche de cinci zile și niște pâine neagră veche de cine știe când. Garantat fără gândăcei de făină.

– Sunt zile când și gândăceii de făină mi s-ar părea un aperitiv bine-venit, a comentat abătută *madame* Louvier.

– Atunci, *chère madame,* am să vă pun deoparte un borcan întreg. Credeți-mă, sunt multe zile când ni se livrează din belșug odată cu făina. Prăjitură cu gândăcei, plăcintă cu gândăcei, profiterol cu gândăcei. Grație generozității nemților, avem de toate.

Am râs cu toții. Nici nu se putea altfel. *Monsieur* Armand reușea să smulgă un zâmbet chiar și în zilele cele mai posomorâte.

Madame Louvier și-a luat pâinea și a așezat-o în coș, cu o grimasă de dezgust. *Monsieur* Armand nu s-a simțit jignit: vedea asemenea expresii de sute de ori pe zi. Pâinea era neagră, pătrată și lipicioasă. Avea iz de mucegai, de parcă ar fi început să mucegăiască din clipa în care fusese scoasă din cuptor. Era atât de tare, încât bătrânele se vedeau adesea nevoite să ceară ajutorul unora mai tineri doar ca s-o taie.

– Ai auzit că au schimbat numele tuturor străzilor din Le Nouvion? m-a întrebat ea, înfășurându-se bine în palton.

– Au schimbat numele străzilor?

– Au înlocuit numele franțuzești cu altele germane. A aflat domnul Dinan de la fiu-său. Știți cum se cheamă acum Avenue de la Gare?

Toți am clătinat din cap. *Madame* Louvier a închis ochii o clipă, ca și cum ar fi vrut să se asigure că reținuse corect numele.

– Bahnhoffstrasse, a spus ea într-un târziu.

– Bahnhoff... cum?

– Vă vine să credeți?

– Prăvăliei mele n-o să-i schimbe nimeni numele, a exclamat supărat *monsieur* Armand. O să le schimb eu numele la fundurile lor. *Brot*[1] ici, *brot* colo. Aici e o *boulangerie*. Pe rue de Bastides. Așa a fost întotdeauna și așa va rămâne. Auzi acolo, Bahnhoff! Ce caraghioslâc!

– Dar e îngrozitor!

Madame Durant era înspăimântată.

– Eu nu vorbesc nemțește.

Toți ne-am holbat la ea.

– Păi cum să mă orientez în propriul oraș dacă nu cunosc numele străzilor?

Câteva clipe am râs cu atâta poftă încât n-am observat că se deschide ușa. Apoi în brutărie s-a făcut brusc liniște. M-am răsucit pe călcâie și am văzut-o pășind înăuntru pe Liliane Béthune, cu fruntea sus, dar fără să privească în ochii nimănui. Era mai împlinită la față decât cei mai mulți dintre noi și avea obrazul pudrat și fardat. A spus „*Bonjour*" fără a se adresa cuiva anume, apoi a vârât mâna în poșetă.

– Două franzele, vă rog.

Mirosea a parfum scump și avea părul adunat în cârlionți în creștetul capului. Într-un oraș în care majoritatea femeilor erau prea istovite sau prea sărace ca să-și asigure mai mult de o îngrijire elementară, ea ieșea în evidență ca un giuvaier sclipitor. Însă ceea ce

[1] Pâine (în limba germană în original)

mi-a atras atenția a fost paltonul ei. Nu-mi puteam lua ochii de la el. Negru ca smoala și făcut din cea mai fină piele de astrahan, deasă ca un covor de blană. Avea luciul molcom al unui obiect nou și foarte scump, iar gâtul ei lung ieșea din gulerul ridicat în jurul obrazului ca dintr-o baltă de melasă. Am văzut că femeile mai vârstnice remarcaseră paltonul și privirile li se înăspreau pe măsură ce ochii lor se plimbau pe toată lungimea hainei.

– Una pentru dumneata și alta pentru neamț? a mormăit *madame* Durant.

– V-am rugat să-mi dați două franzele. S-a întors spre *madame* Durant. Una pentru mine și una pentru *fiica* mea.

De astă dată domnul Armand n-a mai zâmbit. A vârât mâna sub tejghea, fără să-și ia ochii de la Liliane, și cu degetele lui cărnoase a trântit în fața ei două franzele. Fără să le împacheteze.

Liliane i-a întins o bancnotă, dar el nu i-a luat-o din mână. A așteptat câteva secunde, până când ea a pus bancnota pe tejghea, apoi a apucat-o cu două degete, de parcă i-ar fi fost teamă să nu se infecteze. A scos din sertarul casei de marcat două monede, pe care i le-a azvârlit drept rest, deși ea întinsese mâna să ia banii.

Liliane s-a uitat la el, apoi la mărunțișul de pe tejghea.

– Păstrați restul.

Pe urmă, aruncând o căutătură furioasă către noi, a înșfăcat pâinea și a ieșit valvârtej din brutărie.

– Cum are tupeul să...

Madame Durant era în culmea fericirii când o scandaliza purtarea altcuiva. Din fericire, Liliane Béthune îi oferise o ocazie unică să-și reverse furia adunată în ultimele luni.

– Îmi închipui că și ea trebuie să mănânce, la fel ca toată lumea, am spus eu.

– În fiecare noapte se duce la ferma Fourrier. În fiecare noapte. O puteți vedea străbătând orașul pe furiș, ca un hoț.

– Are două haine noi, a intrat în vorbă *madame* Louvier. Cealaltă este verde. Un palton de lână verde nou-nouț. De la Paris.

– Și pantofi. Din piele de ied. Sigur că nu-i dă mâna să-i poarte ziua în amiaza mare. Știe că ar fi omorâtă cu pietre.

– Ba nu, așa ceva nu s-ar întâmpla. Nu când îi poartă de grijă nemții.

– Dar după plecarea lor o să se schimbe socoteala, nu-i așa?

– N-aș vrea să fiu în pielea ei, ied sau altceva.

– Zău că mă calcă pe nervi s-o văd cum se împăunează și cum ne dă la toți peste nas cu bunăstarea ei. Cine se crede?

Monsieur Armand a urmărit-o cu privirea cum traversa piațeta. Deodată a zâmbit.

– Eu, unul, nu mi-aș face griji, *mesdames*. Nu-i merge bine chiar în toate.

Ne-am uitat toate la el.

– Puteți păstra un secret?

Nu știu de ce se mai obosea să întrebe. Cele două bătrâne nu erau în stare să-și țină gura nici zece secunde.

– Ce secret?

– Să zicem doar că unii dintre noi se asigură că *madame* Chiloțeicu-Danteluță capătă ce merită atunci când se așteaptă mai puțin.

– Nu înțeleg.

– Franzelele alea ale ei duc sub tejghea o viață proprie. Conțin niște ingrediente speciale. Ingrediente care vă dau cuvântul meu că nu se află în nici o altă pâine vândută aici.

Cele două bătrâne au făcut ochii cât cepele. Eu n-am îndrăznit să întreb la ce se referea brutarul, dar licărul din ochii lui sugera câteva posibilități la care nici nu-mi venea să mă gândesc.

– *Non!*

– *Monsieur* Armand!

Deși scandalizate, bătrânele au început să chicotească.

Mi s-a făcut rău. N-o simpatizam absolut deloc pe Liliane Béthune, nici nu-mi plăcea ce face, dar eram revoltată de ce auzisem.

– Eu... trebuie să plec. Hélène are nevoie...

Am întins mâna să-mi iau pâinea. M-am grăbit spre relativa siguranță a hotelului, cu râsul lor încă răsunându-mi în urechi.

Proviziile au sosit vinerea următoare. Mai întâi ouăle, două duzini, livrate de un tânăr caporal neamț, care le-a adus acoperite cu o pânză albă, de parcă ar fi venit cu marfă de contrabandă. Apoi a sosit pâinea, albă și proaspătă, în trei coșuri. Eu cam renunțasem la pâine după cele auzite la *boulangerie*, dar ținând în mână franzelele proaspete, calde și crocante, aproape amețeam de poftă. A fost nevoie să-l trimit pe Aurélien la etaj, de teamă că nu-și va putea înfrâna tentația de a rupe o bucățică.

Pe urmă ne-au venit șase găini cu pene cu tot și o lădiță cu varză, ceapă, morcovi și usturoi sălbatic. După aceea au fost aduse borcane cu roșii conservate, orez și mere. Lapte, cafea, trei calupuri mari de unt, făină, zahăr. Nenumărate sticle de vin din podgoriile din sud. Eu și Hélène am primit fiecare transport în tăcere. Nemții ne-au dat niște formulare pe care erau notate cu mare grijă cantitățile. Nu era deloc simplu să subtilizăm câte ceva: unul dintre formulare cerea să fie notate cantitățile exacte pentru fiecare rețetă.

Ni se mai cerea și să depozităm într-o găleată toate resturile, ele urmând a fi date ca hrană la vite. Când am văzut toate astea, mi-a venit să scuip.

– Să pregătim ceva pentru diseară? l-am întrebat pe ultimul caporal venit cu livrarea.

El a ridicat din umeri. Eu am arătat spre ceas.

– Azi?

Am făcut semn spre alimente.

– *Kuchen?*[1]

– *Ja*, a răspuns el, dând din cap entuziasmat. *Sie kommen. Acht Uhr.*[2]

– La ora opt, a spus Hélène din spatele meu. Vor să mănânce la opt.

Propria noastră masă constase dintr-o felie de pâine neagră și niște sfeclă fiartă. Să fim nevoite să gătim friptură de pui, să umplem bucătăria cu arome de roșii și usturoi, de tartă cu mere mi se părea aproape o tortură. În acea primă seară mi-a fost teamă și să-mi ling degetele, deși văzându-le picurând suc de roșii sau lipicioase de la mere mă tenta cumplit. În câteva rânduri, în timp ce întindeam

---

1 A găti (în limba germană în original)

2 Dânșii vin. Ora opt. (în limba germană în original)

aluatul sau curățam de coajă merele, mi-a venit să leșin de poftă. Am fost nevoite să-i izgonim pe Mimi, pe Aurélien și pe micul Jean la etaj, de unde răzbăteau când și când urlete de protest.

Nu voiam să le gătesc nemților o masă gustoasă. Dar îmi era prea frică să n-o fac. La un moment dat, mi-am spus, în timp ce scoteam din cuptor puii rumeniți ca să torn peste ei sosul sfârâind, poate m-aș mulțumi cu simpla vedere a mâncării. Poate aș savura ocazia de a revedea și a adulmeca o asemenea priveliște. De a simți mirosurile. Dar în seara aceea nu eram în stare. Când a sunat clopoțelul de la intrare, dându-ne de știre că sosiseră ofițerii, deja aveam o gheară în stomac și nădușisem de foame. I-am urât pe nemți cum n-o făcusem niciodată până atunci și nici de atunci încoace.

– *Madame.*

Kommandant-ul a intrat primul. Și-a scos chipiul împroșcat cu stropi de ploaie și a făcut semn ofițerilor să-i imite gestul.

Am rămas în picioare, ștergându-mi mâinile de poalele șorțului, neștiind cum să reacționez.

– *Herr Kommandant.*

Aveam chipul lipsit de orice expresie.

În încăpere era cald. Nemții trimiseseră trei coșuri de lemne, ca să putem face focul. Ofițerii își scoteau chipiurile și fularele, adulmecând aromele și zâmbind larg la gândul mesei care-i aștepta. Mirosul de carne de pui rumenit, cu sos de roșii și usturoi, umpluse încăperea.

– Cred că vom mânca imediat, a spus el, aruncând o privire spre bucătărie.

La bucătărie, Aurélien deschisese câteva sticle. A intrat în sala de mese ținând câte una în fiecare mână. Tortura la care fusesem supuși astă-seară îl tulburase mai mult decât pe oricare dintre noi. Cu firea lui impulsivă de adolescent și după bătaia încasată nu demult, mă temeam să nu intre în belea. I-am luat sticlele din mână.

– Du-te și spune-i lui Hélène că trebuie să servească masa.

– Dar...

– Du-te! am repetat eu cu asprime.

Am ocolit barul şi am turnat vin. Am pus paharele pe mese, fără să mă uit la nici unul din ofiţeri, deşi le simţeam privirile aţintite asupra mea. „Da, uitaţi-vă la mine“, i-am îndemnat în gând. „Iată încă o franţuzoaică numai piele şi os, pe care aţi supus-o prin înfometare. Sper ca halul în care arăt să vă strice pofta de mâncare.“

Sora mea a adus primele farfurii, stârnind murmure apreciative. După câteva minute ofiţerii înfulecau de zor, zăngănind tacâmurile în farfurii şi scoţând exclamaţii în limba lor. Eu umblam încoace şi încolo, ducând farfuriile pline, străduindu-mă să nu trag pe nări aromele delicioase şi să nu mă uit la carnea friptă strălucind alături de legumele multicolore.

În cele din urmă, am terminat de servit pe toată lumea. Eu şi Hélène am rămas una lângă cealaltă în spatele barului, în timp ce *Kommandant*-ul rostea un lung discurs în germană. Nici nu pot spune ce am simţit auzindu-le glasurile în casa noastră, văzându-i cum mănâncă felurile gătite de noi cu atâta grijă, cum se destind, cum râd şi cum beau. Eu le dau puteri acestor oameni, mi-am spus îndurerată, în timp ce Édouard al meu poate că abia se ţine pe picioare de foame. Gândul acesta, alături de foamea şi de oboseala resimţită, m-a făcut să disper pentru o clipă. Din gâtlej mi-a scăpat un scurt suspin. Hélène s-a întins şi m-a apucat de mână, strângând-o într-a ei.

– Du-te la bucătărie, mi-a murmurat ea.

– Eu...

– Du-te la bucătărie. Vin şi eu după ce le umplu iar paharele.

Măcar de data asta am făcut aşa cum îmi spusese sora mea.

Masa a durat vreo oră. Eu şi sora mea am rămas tăcute în bucătărie, frânte de oboseală şi pradă gândurilor noastre confuze. De fiecare dată când auzeam un hohot de râs sau vreo exclamaţie entuziastă ridicam privirea. Era foarte greu de ştiut ce anume ar fi putut să însemne.

– *Mesdames.*

În uşa bucătăriei şi-a făcut apariţia *Kommandant*-ul.

Ne-am ridicat repede în picioare.

– Masa a fost excelentă. Sper ca și de acum încolo să fie de aceeași calitate.

Am coborât ochii în podea.

– *Madame* Lefèvre.

Am ridicat privirea, fără prea mare tragere de inimă.

– Te văd trasă la față. Ești cumva bolnavă?

– Suntem toți foarte bine.

Am înghițit în sec. Simțeam cum mă arde privirea lui. Hélène stătea lângă mine, cu degetele împletite și înroșite de la apa fierbinte, de care ne dezobișnuisem.

– *Madame,* dumneata și sora dumitale ați mâncat?

Mi-am zis că ne punea la încercare. Am crezut că verifică dacă respectasem întocmai blestematele alea de formulare. M-am gândit că ar putea cântări resturile, ca să se asigure că nu vârâsem pe furiș în gură vreo coajă de măr.

– Nu ne-am atins nici măcar de un bob de orez, *Herr Kommandant,* aproape m-am răstit la el.

Foamea putea determina și o astfel de reacție.

El a clipit.

– Atunci ar trebui s-o faceți. Nu puteți găti bine dacă nu mâncați. Ce-a mai rămas de la masă?

N-am fost în stare să fac vreo mișcare. Hélène a făcut semn spre tava de friptură de pe aragaz. În tavă mai erau patru pulpe de pui, ținute la cald în caz că ofițerii ar fi dorit să mai servească.

– Atunci așezați-vă. Mâncați aici.

Nu puteam să cred că nu era o cursă.

– E un ordin, a spus el.

Aproape că zâmbea, deși eu nu vedeam nimic de râs.

– Vorbesc serios. Hai, dați-i drumul.

– S-ar.... s-ar putea să le dăm puțin și copiilor? Este multă vreme de când nu s-au mai atins de carne.

El s-a încruntat puțin, de parcă n-ar fi înțeles ce voiam să spun. Îl uram. Uram sunetul propriei mele voci care implora un neamț pentru niște resturi de mâncare. „O, Édouard“, am rostit în gând. „Dacă m-ai putea auzi.“

– Hrăniţi-vă copiii şi mâncaţi şi voi, a spus el scurt, după care s-a răsucit pe călcâie şi a ieşit din bucătărie.

Ne-am aşezat în tăcere, cu vorbele lui încă răsunându-ne în urechi. Apoi Hélène şi-a apucat poalele şi a dat fuga în sus pe scări, urcând treptele câte două odată. De luni întregi n-o mai văzusem mişcându-se atât de repede.

După câteva secunde şi-a făcut din nou apariţia, cu Jean în braţe, încă în cămăşuţă de noapte, cu Aurélien şi Mimi în faţa ei.

– E adevărat? a întrebat Aurélien.

Privea ţintă puiul, cu gura căscată.

N-am reuşit decât să încuviinţez din cap.

Ne-am năpustit asupra bietei orătănii. Aş fi vrut să afirm despre mine şi despre sora mea că eram două doamne, că am ciugulit elegant din mâncare, cum fac pariziencele, că ne-am oprit din mestecat ca să mai schimbăm o vorbă, că ne ştergeam la gură între două îmbucături. Dar noi eram ca nişte sălbatici. Sfâşiam carnea, ne vâram degetele în orez, mâncam cu gura deschisă, culegând cu disperare fărâmele căzute pe masă. Puţin îmi mai păsa dacă era sau nu vreo şmecherie a *Kommandant*-ului. În viaţa mea nu mâncasem ceva mai gustos ca puiul acela. Usturoiul şi roşiile îmi umpleau gura de o încântare de mult uitată şi nările, de arome pe care le-aş fi adulmecat o veşnicie. În timp ce mâncam, scoteam toţi mici gemete de plăcere, nişte sunete nestăpânite, animalice, fiecare dintre noi ferecat în propria plăcere. Bebeluşul Jean râdea, cu obrazul mânjit de grăsime. Mimi mesteca bucăţele de piele, sugându-şi zgomotos degetele unsuroase, în culmea încântării. Eu şi Hélène mâncam fără să vorbim, asigurându-ne că cei mici aveau mâncare după pofta inimii.

Când n-a mai rămas nimic şi fiece oscior fusese supt de carne, iar tăvile golite de ultimul bob de orez, am rămas aşezaţi, uitându-ne unii la alţii. Dinspre bar răzbăteau frânturi de conversaţie în germană, punctate de hohote de râs, glasurile devenind din ce în ce mai zgomotoase pe măsură ce sticlele de vin se goleau. M-am şters la gură cu dosul palmei.

– Nu trebuie să spunem nimănui, am zis, clătindu-mă pe mâini. Mă simţeam asemenea cuiva trezit brusc din beţie. S-ar putea ca asta să nu se mai întâmple niciodată. Iar noi trebuie să ne purtăm ca și cum nu s-ar fi întâmplat nici măcar de data asta. Dacă se află că am mâncat din mâncarea nemților, o să fim socotite trădătoare.

Ne-am uitat la Mimi și Aurélien, încercând să-i facem să priceapă că vorbele noastre trebuiau luate foarte în serios. Aurélien a dat din cap. La fel și Mimi. Cred că în acele momente ar fi fost de acord și să vorbească nemțește pentru tot restul vieții. Hélène a înșfăcat o cârpă de bucătărie, a umezit-o și s-a apucat să șteargă urmele festinului de pe fețele celor doi copii mai mici.

– Aurélien, a spus ea, du-i la culcare. Noi o să strângem pe-aici.

Aurélien nu era bântuit de temerile mele. Zâmbea. Umerii lui fragili de adolescent se îndreptaseră pentru prima oară după luni de zile și aș fi putut să jur că, în timp ce-l lua pe Jean în brațe, ar fi fluierat de-ar fi putut.

– Să nu spui nimănui, l-am avertizat eu.

– Știu, a răpuns el pe tonul atotștiutor al unui copil de paisprezece ani.

Micul Jean deja își lăsase capul greu pe umărul lui, cu pleoapele pe jumătate închise. Prima lui masă pe săturate după luni întregi îl istovise. Amândoi au dispărut în sus pe scări. Râsetele lor răzbătând de la etaj m-au făcut să mă doară sufletul.

Când au plecat nemții era deja trecut de ora unsprezece. De aproape un an trăiam sub camuflaj. Când se stingeau luminile, dacă nu aveam nici lumânări, nici lămpi cu acetilenă, eu și Hélène luaserăm obiceiul să mergem la culcare. De la ocupație, barul se închidea la șase, așa că nu mai rămăseserăm treze atât de târziu de luni întregi. Eram frânte de oboseală. Ne chiorăiau burțile de la șocul unei mese bune după atâta vreme în care făcusem o foame cruntă. Am văzut că sora mea abia se mai ținea pe picioare în timp ce freca tăvile de friptură. Eu nu mă simțeam la fel de obosită. În minte îmi licărea amintirea puiului, ca și cum niște nervi îndelung amorțiți ar fi fost treziți la viață.

Încă îi mai simțeam gustul și mirosul. Amintirea îmi ardea vie în minte, ca o minusculă comoară sclipitoare.

Cu puţin timp înainte ca bucătăria să fie din nou lună, am trimis-o pe Hélène în dormitor. Ea şi-a strâns părul la spate. Tare frumoasă fusese sora mea! Constatând cât o îmbătrânise războiul, m-am gândit la propriul chip şi m-am întrebat cum m-ar vedea soţul meu.

– Nu-mi place ideea de a te lăsa singură cu ei, mi-a spus ea.

Am clătinat din cap. Nu mi-era teamă. E greu să stârneşti bărbaţi care au mâncat pe săturate. Băuseră – vinul din sticle însemnase cam trei pahare de fiecare –, dar nu atât cât să-i facă să-şi dea în petic. Dumnezeu mi-era martor că nu rămăsesem cu prea mare lucru de la tata, cu toate astea, ne învăţase când să ne fie frică. Puteam să mă uit la un străin şi să-mi dau seama din încordarea maxilarului, din îngustarea pleoapelor, de fracţiunea de secundă când încordarea psihică avea să se dezlănţuie într-o explozie de violenţă. În plus, bănuiam că *Herr Kommandant* nu va tolera asemenea ieşiri.

Am rămas la bucătărie, făcând curat, până când hârşâitul scaunelor pe pardoseală mi-a dat de înţeles că nemţii plecau. M-am dus în bar.

– Acum puteţi închide, mi-a spus *Kommandant*-ul.

M-am străduit să-mi ascund iritarea.

– Oamenii mei mă roagă să-ţi spun că-ţi sunt recunoscători pentru această masă excelentă.

Am aruncat o privire către ofiţeri. Am dat scurt din cap. Nu voiam să mă arăt mulţumită că primisem complimente de la nişte nemţi.

El nu părea să aştepte vreun răspuns. Şi-a pus chipiul, iar eu am vârât mâna în buzunar şi i-am înmânat chitanţele pentru mâncare. El le-a cercetat scurt şi mi le-a îndesat în palmă, oarecum agasat.

– Nu mă ocup de astfel de lucruri. Dă-le celor care vor veni cu aprovizionarea mâine.

– *Désolée*[1], am spus, deşi ştiusem foarte bine ce făceam.

Un grăunte de răutate din mine mă îndemnase să-l cobor, fie şi pentru o clipă, la statutul de personal auxiliar.

---

1 Îmi pare foarte rău. (în limba franceză în original)

Am rămas în picioare în timp ce ei își luau hainele și chipiurile, unii aranjând scaunele cu o reminiscență de comportament civilizat, alții neglijenți, de parcă ar fi avut dreptul să se poarte oriunde ca acasă. Deci aici ajunseserăm, mi-am spus. Urma să gătim pentru nemți până la sfârșitul războiului.

M-am întrebat o clipă dacă n-ar fi trebuit să gătim prost, să nu ne dăm atâta osteneală. Dar *maman* ne repetase întotdeauna că a găti prost era un păcat. Și oricât am fi fost de imorale sau de trădătoare, știam că ne vom aminti cu toții de seara cu friptura de pui. Gândul că s-ar putea să avem parte și de o altă mâncare îmi dădea amețeală.

În acel moment mi-am dat seama că *Herr Kommandant* se uita la portret.

Brusc, m-a cuprins spaima, amintindu-mi vorbele surorii mele. Tabloul părea subversiv, culorile erau prea vii în atmosfera ternă a barului, chipul fetei – prea inteligent, prea voluntar și prea încrezător. În clipa aceea mi-am dat seama că fata din tablou avea un aer aproape batjocoritor.

Kommandant-ul continua să privească cu multă atenție tabloul. În spatele lui, ofițerii începuseră să plece, vorbind tare și răstit, pornind să traverseze piațeta cu pași mari. De fiecare dată când se deschidea ușa mă trecea un fior.

– Seamănă foarte mult cu dumneata.

Am fost șocată că-și dăduse seama. N-am vrut să-i dau dreptate.

Faptul că mă vedea pe mine în chipul acela de fată implica un fel de intimitate. Mi-am înghițit nodul din gât. Îmi încleștasem degetele de mi se albiseră încheieturile.

– Da. Ei, asta a fost demult.

– Aduce puțin cu... Matisse.

Am fost atât de uimită, încât am răspuns fără să mă mai gândesc:

– Édouard a studiat cu el, la Académie Matisse din Paris.

– Am auzit de ea. Ai cunoscut cumva un artist pe nume Hans Purrmann[1]?

Cred că am tresărit, pentru că l-am văzut privind scurt spre mine.

---

1 Pictor german din prima jumătate a secolului XX, elev al lui Matisse

– Sunt un mare admirator al lucrărilor lui.

Hans Purrmann. Académie Matisse. Faptul că auzeam aceste cuvinte din gura unui *Kommandant* german aproape că-mi dădea o senzaţie de ameţeală.

În clipa aceea mi-am dorit să plece. Nu voiam să-l aud rostind acele nume. Amintirile acelea îmi aparţineau mie, erau nişte mici daruri pe care le puteam scoate la iveală ca să-mi aducă mângâiere în zilele când existenţa pe care o duceam mă copleşea. Nu voiam ca zilele cele mai frumoase din viaţa mea să fie pângărite de remarcile întâmplătoare ale unui neamţ.

– *Herr Kommandant,* trebuie să fac curat. Vă rog să mă scuzaţi.

Am început să adun farfuriile şi paharele. Însă el nu s-a mişcat din loc. Îi simţeam privirea aţintită asupra tabloului, de parcă m-ar fi privit pe mine.

– E mult de când n-am mai purtat o conversaţie despre artă.

Vorbea ca şi cum s-ar fi adresat tabloului. În cele din urmă, şi-a împreunat mâinile la spate şi s-a întors spre mine.

– Ne vedem mâine.

Nu m-am putut uita la el când s-a îndreptat spre ieşire.

– *Herr Kommandant,* am spus, cu braţele pline de farfurii.

– Noapte bună, *madame.*

Când în sfârşit am urcat şi eu în dormitor, Hélène dormea cu faţa în jos peste cuvertură, îmbrăcată tot cu hainele în care trebăluise la bucătărie. I-am descheiat corsajul rochiei, i-am scos pantofii şi am acoperit-o cu cuvertura. Apoi m-am suit şi eu în pat, cu mintea bântuită de gânduri până aproape de zorii zilei.

Capitolul 4

PARIS, 1912

– *Mademoiselle!*

Am ridicat privirea de la mănușile expuse în vitrină și am coborât capacul de sticlă peste ele, clinchetul fiind acoperit de zarva vastului atrium al zonei comerciale centrale La Femme Marché.

– *Mademoiselle!* Aici! Mă puteți ajuta?

L-aș fi remarcat și dacă n-ar fi strigat. Era un bărbat înalt și voinic, cu un păr ondulat, care-i acoperea urechile, în contrast cu tunsorile scurte ale celor mai mulți bărbați care călcau pragul magazinului nostru. Avea trăsături îngroșate și bine definite, despre care tata ar fi spus disprețuitor că aparțin unui *paysan*. Mi-am zis că arăta ca o combinație de împărat roman și urs rusesc.

În timp ce mă îndreptam spre el, a făcut semn spre eșarfe, dar fără să-și ia ochii de la mine. De fapt, mă privea atât de stăruitor, încât m-am uitat peste umăr, de teamă ca nu cumva să observe *madame* Bourdain, șefa mea.

– Aș vrea să-mi alegeți o eșarfă, mi-a spus el.

– Ce fel de eșarfă, *monsieur?*

– De damă.

– Îmi puteți spune ce culoare? Sau poate *madame* preferă un anumit material?

El continua să se uite țintă la mine. *Madame* Bourdain era ocupată să servească o femeie purtând o pălărie cu pană de struț. Dacă ar fi ridicat ochii de la cremele de faţă, ar fi remarcat că mi se înroşiseră urechile.

– Orice vă place dumneavoastră, a răspuns el. Are acelaşi ten ca şi dumneavoastră.

Am căutat cu atenţie printre eşarfele de mătase, simţind cum mi se înfierbântă pielea tot mai tare, şi am ales una dintre preferatele mele: fină, uşoară ca un fulg, într-o nuanţă sidefie.

– Culoarea asta se potriveşte oricui, am spus.

– Da... da. Ţineţi-o puţin în dreptul dumneavoastră, mi-a cerut el. Aici.

A arătat spre propria claviculă. Am aruncat o privire către *madame* Bourdain. Magazinul avea reguli stricte privind limitele familiarităţii în conversaţie şi nu-mi dădeam prea bine seama de nu cumva le încălcam ţinând eşarfa în dreptul gâtului meu dezgolit. Dar clientul meu aştepta. Am şovăit, apoi mi-am apropiat eşarfa de obraz. El m-a studiat un timp atât de îndelungat, încât mi s-a părut că tot parterul s-a topit în jurul meu.

– O alegere perfectă! Superb! Poftiţi! a exclamat el, vârând mâna în buzunarul hainei ca să-şi scoată portofelul. Mi-aţi uşurat sarcina.

A zâmbit larg şi m-am trezit răspunzându-i la zâmbet. Poate dintr-un simplu sentiment de uşurare pentru că încetase să mă mai privească fix.

– Nu ştiu dacă...

Tocmai împachetam eşarfa în hârtie de mătase şi mi-am plecat capul văzând că se apropia şefa mea.

– Vânzătoarea dumneavoastră a făcut o treabă minunată, *madame,* a declarat el cu glas tunător.

Am furişat o privire către ea, văzând cum încerca să împace înfăţişarea grosolană a clientului cu exprimarea elegantă caracteristică persoanelor foarte bogate.

– Ar trebui s-o avansaţi. Are ochiul format!

– Facem tot posibilul ca vânzătoarele noastre să fie întru totul pe placul clienţilor, *monsieur,* a răspuns ea politicos. Totuşi, sperăm că şi calitatea mărfii noastre permite fiecărui client să plece mulţumit. Vă costă doi franci patruzeci.

I-am înmânat pachetul și l-am urmărit croindu-și drum agale prin cel mai mare magazin universal parizian, ticsit de lume. Mirosea parfumurile, admira pălăriile viu colorate, schimba câte o vorbă cu vânzătoarele sau chiar cu câte cineva întâlnit în drum. Cum era să fii măritată cu un astfel de bărbat? m-am întrebat eu, căzând pe gânduri. Cu cineva pentru care fiecare clipă părea să ofere o plăcere a simțurilor? Și totodată - mi-am reamintit eu - un bărbat care nu se sfia să fixeze cu privirea vânzătoarele, până când le făcea să se înroșească. Când a ajuns la ușile mari de sticlă, bărbatul s-a întors și s-a uitat direct la mine. Și-a ridicat pălăria timp de trei secunde, apoi a dispărut în dimineața pariziană.

Venisem la Paris în vara anului 1910, la un an după moartea mamei și la o lună după ce sora mea se măritase cu Jean-Michel Montpellier, un librar din satul învecinat. Eu îmi luasem o slujbă la La Femme Marché, cel mai mare magazin universal din Paris, unde avansasem de la cabinieră la șefă de etaj, locuind în spațioasa pensiune a magazinului.

Eram mulțumită la Paris, odată ce dispăruse sentimentul inițial de singurătate și câștigasem destui bani ca să pot purta pantofi și nu saboții care mă etichetau drept provincială. Îmi plăcea spiritul comercial al orașului, îmi plăcea să fiu la lucru la 8.45 dimineața, când se deschideau ușile magazinului, făcând loc pariziencelor elegante, cu pălării înalte, cu talii dureros de înguste, cu chipurile încadrate de blănuri sau de pene. Îmi plăcea grozav să mă simt eliberată de agresivitatea tatălui meu, care-mi umbrise toată copilăria. Nu mă speriau bețivii și degenerații din *9e arrondissement*.

Și îmi plăcea magazinul, suprafața lui vastă, aglomerația, abundența de lucruri frumoase. Parfumurile și priveliștea pe care le oferea erau amețitoare, stocul de mărfuri permanent reînnoit, aducând lucruri noi și frumoase din toate cele patru colțuri ale lumii: pantofi italienești, stofe englezești, cașmir scoțian, mătăsuri chinezești, articole la modă la Londra și în America. La parter, raionul de alimente oferea ciocolată elvețiană, pește afumat și sclipitor, brânzeturi cremoase, cu arome intense. O zi petrecută în aglomeratul magazin La Femme Marché însemna să ai zilnic acces la o lume mai largă și mai exotică.

Nu mă tenta să mă căsătoresc (nu voiam să ajung ca mama mea), iar perspectiva de a rămâne acolo unde eram, la fel ca *madame* Arteuil, croitoreasa, sau ca *madame* Bourdain, șefa de magazin, îmi convenea de minune.

Două zile mai târziu, am auzit din nou aceeași voce:

– Domnișoară! Domnișoară!

Tocmai îi arătam unei doamne o pereche de mănuși elegante din piele de căprioară. L-am salutat din cap și am continuat să ambalez cu grijă cumpărătura femeii.

Numai că el n-a avut răbdare.

– Am mare nevoie de încă o eșarfă, mi-a dat de știre.

Femeia mi-a luat pachetul din mână, fără a-și ascunde o exclamație de nemulțumire. Clientul meu n-a dat nici un semn că ar fi auzit-o.

– Mă gândeam la ceva pe roșu. Un roșu înfocat, intens. Aveți vreuna așa?

Eram ușor iritată. *Madame* Bourdain îmi tot repetase că magazinul nostru era un mic colț de paradis: clientul trebuia să aibă întotdeauna sentimentul că aici putea găsi o oază de liniște după forfota străzii (fie și una în care i se golea cu eleganță portofelul). Mă temeam ca nu cumva clienta de adineauri să facă vreo plângere. Dar femeia a ieșit cu bărbia ridicată.

– Nu, nu, nu, nu acelea, a protestat el, în timp ce eu căutam prin stocul de mărfuri. Cele de acolo.

A arătat undeva în jos, spre vitrina de sticlă, unde erau expuse eșarfele cele mai scumpe.

– Aceea.

Am scos din vitrină eșarfa. Era de un roșu rubiniu și intens ca sângele proaspăt și strălucea pe mâinile mele ca o rană.

El a privit-o și a zâmbit.

– Puneți-o la gât, mademoiselle. Ridicați puțin capul. Da. Așa.

De astă dată eram conștientă de gestul meu. Știam că șefa nu mă scăpa din ochi.

– Aveți un ten minunat, a murmurat el, vârând mâna în buzunar ca să plătească. M-am grăbit să-mi iau eșarfa de la gât și am început s-o împachetez în hârtie de mătase.

– Nu mă îndoiesc că soția dumneavoastră va fi încântată de cadouri, am spus.

Mă ardea pielea de privirea lui.

Atunci el m-a privit și colțurile ochilor i s-au încrețit într-un zâmbet.

– De unde e familia dumneavoastră, de aveți așa un ten? Din nord? Lille? Belgia?

M-am prefăcut că nu-l aud. Nu ne era permis să purtăm discuții personale cu clienții, mai ales cu clienți bărbați.

– Știți care-i mâncarea mea preferată? *Moules marinières*[1] cu smântână de Normandia. Și cu puțină ceapă. Și un păhărel de *pastis*[2]. Mmm.

Și-a dus degetele la buze și a luat pachetul pe care i-l întindeam.

– *À bientôt*[3], *mademoiselle!*

De data asta n-am mai îndrăznit să-l urmăresc cu privirea plimbându-se prin magazin. Dar după cum mă frigea ceafa, am știut că se oprise din nou să mă privească. M-a cuprins furia pentru o clipă. La St. Péronne un astfel de comportament ar fi fost de neconceput. La Paris existau zile în care aveam impresia că mă plimb pe stradă în lenjerie intimă, atât de îndrăzneț mă priveau parizienii.

Cu două săptămâni înainte de 14 Iulie[4], la magazin a fost mare agitație: la parter venise celebra cântăreață Mistinguett. Înconjurată de un grup de amici și vânzătoare, ieșea în evidență prin surâsul cuceritor și pălărioara cu trandafiri, de parcă ar fi venit din altă lume. Cumpăra lucruri fără a se mai obosi să le studieze, arăta veselă spre vitrine și lăsa vânzătoarele să adune obiectele în urma ei. Noi o priveam de pe margine, ca niște porumbei parizieni cenușii care se

---

1 Midii marinate (în limba franceză în original)

2 Lichior aperitiv cu anason (în limba franceză în original)

3 Pe curând. (în limba franceză în original)

4 Ziua națională a Franței

uită la o pasăre exotică. Eu i-am vândut două eşarfe: una de mătase crem, cealaltă pufoasă, din pene vopsite în albastru. Am privit eşarfa înfăşurată la gâtul ei, cu senzaţia că se impregnase cu puţin din strălucirea cântăreţei.

Zile la rând după aceea m-am simţit cumva debusolată, ca şi cum acel exces de frumuseţe şi stil m-ar fi făcut conştientă de lipsa acestor însuşiri în propria persoană.

Între timp, Omul Urs a mai venit de trei ori. De fiecare dată a cumpărat câte o eşarfă, având grijă ca eu să fiu cea care-l servea.

– Să ştii că ai un admirator, mi-a spus Paulette (de la Parfumuri).

– Domnul Lefèvre? Fii cu băgare de seamă, a pufnit Loulou (de la Poşete şi portofele). Marcel de la Oficiul poştal l-a văzut în Place Pigalle, stând la taclale cu prostituatele. Hm! Vorbeşti de lup...

Loulou s-a întors la raionul ei.

– *Mademoiselle.*

M-am crispat şi m-am răsucit spre el.

– Iertaţi-mă, vă rog. S-a aplecat peste tejghea, sprijinindu-şi mâinile uriaşe de geamul vitrinei. N-am vrut să vă sperii.

– Nici vorbă să fiu speriată, *monsieur.*

Ochii lui căprui mi-au studiat faţa cu o asemenea intensitate, încât părea să poarte o conversaţie cu sine însuşi, la care eu nu aveam acces.

– Doriţi să vă mai uitaţi la nişte eşarfe?

– Astăzi nu. Voiam... să vă întreb ceva.

Mi-am dus mâna la gât.

– Aş dori să vă pictez.

– Poftim?

– Numele meu este Édouard Lefèvre. Sunt pictor. Aş dori nespus să vă pictez, dacă mi-aţi putea acorda un ceas sau două.

Am crezut că glumeşte. Am aruncat o privire spre raioanele unde serveau Loulou şi Paulette, întrebându-mă dacă trăgeau cu urechea la discuţia noastră.

– De ce... de ce doriţi să mă pictaţi pe *mine?*

Era prima oară când îl vedeam uşor descumpănit.

– Chiar vreţi să vă răspund?

Mi-am dat seama că întrebarea sunase ca şi cum aş fi cerşit complimente.

– Domnişoară, nu-i nimic necuviincios în rugămintea mea. Dacă doriţi, puteţi veni cu încă cineva. Eu vreau doar... Mă fascinează mult chipul dumneavoastră. Îmi rămâne în minte mult timp după ce plec din La Femme Marché. Vreau să-l pun pe pânză.

Mi-am stăpânit pornirea de a duce mâna la bărbie. „Chipul meu? Fascinant?"

– Va fi acolo... va fi acolo şi soţia dumneavoastră?

– Nu sunt căsătorit.

A vârât mâna în buzunar, apoi a scris ceva în grabă pe o bucată de hârtie.

– Însă am o mulţime de eşarfe.

Mi-a întins hârtia şi m-am surprins privind pe furiş în jur, ca un hoţ, după care am acceptat.

N-am spus nimănui. Nici nu ştiam ce aş fi putut să spun. M-am îmbrăcat cu rochia cea mai bună, apoi mi-am scos-o. De două ori.

Am pierdut mai mult timp ca de obicei prinzându-mi părul cu agrafe. Am rămas în uşa dormitorului vreo douăzeci de minute, repetându-mi în gând motivele pentru care n-ar fi trebuit să mă duc.

Când în cele din urmă am plecat de acasă, proprietăreasa m-a privit ridicând din sprânceană. Renunţasem la pantofii cei buni şi-mi încălţasem saboţii, ca să-i înlătur bănuielile. Am pornit pe stradă, răsucind în gând situaţia pe toate părţile.

„Dacă află şefii tăi că ai pozat pentru un pictor, o să se îndoiască de moralitatea ta. Ţi-ai putea pierde slujba!

Vrea să mă picteze! Pe mine, Sophie din St. Péronne, care prin înfăţişarea mea comună puneam în valoare frumuseţea surorii mele Hélène.

Poate chipul meu era unul banal, de-asta fusese sigur că nu voi refuza. Stă la taclale cu fetele din Place Pigalle...

Dar ce altceva mai înseamnă viaţa mea în afară de muncă şi de somn? Oare e chiar atât de rău să-mi ofer această unică experienţă?"

Adresa pe care mi-o dăduse era la două străzi distanţă de Panthéon. Am pornit pe străduţa strâmtă şi pietruită, m-am oprit la poartă, am verificat numărul și am bătut. Nu mi-a răspuns nimeni. De undeva de la etaj se auzea muzică. Poarta era ușor întredeschisă, așa că am împins-o și am intrat. Am urcat în liniște scara îngustă până am dat de o ușă. Din spatele ei răsuna un gramofon, un glas de femeie cântând ceva legat de dragoste și disperare, apoi s-a auzit o voce de bărbat în duet cu ea, o voce generoasă de bas, în mod inconfundabil a lui. Am rămas pe loc o clipă și am ascultat, zâmbind fără voia mea. Apoi am deschis ușa.

Era o încăpere vastă, inundată de lumină. Unul din pereți era din cărămidă netencuită, altul aproape în întregime din sticlă, cu ferestre dispuse una lângă alta pe toată lungimea lui. Primul lucru care m-a izbit a fost un haos absolut. De fiecare perete erau sprijinite pânze. Pe fiecare suprafață liberă se vedeau borcane cu pensule încărcate de vopsea uscată, înghesuite lângă cutii cu cărbune pentru desen, precum și șevalete pe care sclipeau stropi de culoare încă umezi. Foi de desen, creioane, o scară, farfurii golite pe jumătate. Și pretutindeni plutea atotputernic mirosul de terebentină, amestecat cu cel de vopsea în ulei, un vag iz de tutun și miros oțetit de vin stătut. În toate colțurile zăceau sticle de un verde întunecat, unele cu câte o lumânare înăuntru, altele păstrând urmele vizibile ale vreunui chef. Pe un taburet de lemn era un morman de bani, bancnote și monede amestecate la întâmplare. Iar în mijlocul tuturor acestor lucruri, pășind înainte și înapoi cu un borcan de pensule în mână și cufundat în gânduri, era domnul Lefèvre, îmbrăcat într-o bluză largă și pantaloni țărănești, de parcă s-ar fi aflat la sute de kilometri de inima Parisului.

– *Monsieur?*

El a clipit de două ori în direcția mea, parcă încercând să-și dea seama cine sunt, apoi a pus încet borcanul cu pensule pe masa alăturată.

– Dumneavoastră!

– Păi... da.

– Minunat!

A clătinat din cap, de parcă încă s-ar fi îndoit de prezența mea acolo.

– Minunat. Intrați, intrați. Stați să vă fac loc să stați undeva.

Părea și mai uriaș, cu trupul profilat vizibil prin țesătura subțire a halatului. Am rămas în picioare, strângând stânjenită în mâini poșeta, iar el s-a apucat să dea deoparte niște maldăre de ziare, eliberând un vechi *chaise-longue*.

– Vă rog, luați loc. Doriți să beți ceva?

– Doar puțină apă, mulțumesc.

Pe drum nu fusesem stânjenită, în ciuda situației neobișnuite. Puțin îmi păsase de cartierul sordid, de studioul lui ciudat. Acum însă mă simțeam umilită și puțin ridicolă, ceea ce mă făcea să am o atitudine rigidă și nefirească.

– Nu v-ați așteptat să vin, *monsieur*.

– Iertați-mă. Pur și simplu n-am crezut că veți veni. Dar mă bucur foarte mult. Foarte mult.

A făcut un pas înapoi și s-a uitat la mine.

Îi simțeam privirea lunecând pe pomeții mei, pe gâtul și pe părul meu. Stăteam în fața lui, țeapănă ca un guler apretat. Răspândea un vag iz de nespălare. Nu neplăcut, dar în acele împrejurări era aproape insuportabil.

– Sigur nu vreți un pahar cu vin? Ceva care să vă ajute să vă destindeți puțin?

– Nu, mulțumesc. Aș vrea să trecem la treabă. Nu... nu pot rămâne decât o oră.

De unde-mi venise ideea asta? Cred că o parte din mine deja își dorea să plece.

El a încercat să-mi găsească o poziție, să mă facă să las geanta din mână, să mă sprijin puțin de brațul acelui *chaise-longue*. Dar nu eram în stare. Mă simțeam umilită, fără a putea spune de ce. Și, în timp ce domnul Lefèvre lucra, ridicând din când în când privirea de pe șevalet și abia scoțând câte un cuvânt, în mintea mea s-a strecurat încet-încet ideea că nu mă simțeam importantă și admirată, așa cum îmi închipuisem în sinea mea, și că el privea cumva prin mine. Mi se părea că devenisem un *obiect*, un subiect, cu nimic mai însemnat decât sticla cea verde sau merele din tabloul cu natură moartă de lângă ușă.

Era limpede că nici lui nu-i plăcea. Pe măsură ce se scurgeau minutele din ora acordată, părea din ce în ce mai dezamăgit și scotea mici mormăieli nemulțumite. Am rămas neclintită ca o statuie, de teamă că nu făceam ce trebuie, dar într-un târziu el mi s-a adresat:

– Să încheiem, domnișoară. Se pare că zeii desenului nu prea-mi sunt favorabili astăzi.

Mi-am îndreptat spatele, oarecum ușurată, și m-am răsucit spre el.

– Pot să mă uit și eu?

Fata din tablou eram eu, fără îndoială, totuși am schițat o grimasă. Părea lipsită de viață, ca o păpușă de porțelan. Avea o expresie sumbră, îndârjită, și pedanteria unei fete bătrâne. Am încercat să nu-i arăt cât mă simțeam de mâhnită.

– Am impresia că nu sunt deloc modelul sperat de dumneavoastră.

– Ba nu. Nu-i vina dumneavoastră, domnișoară, a ridicat el din umeri. Sunt... sunt nemulțumit de mine însumi.

– Dacă doriți, aș putea veni din nou duminică.

Nu știu de ce-i spusesem asta. Doar nu-mi plăcuse din cale-afară experiența.

El mi-a zâmbit. Privirea lui exprima o nemărginită bunătate.

– Ar fi... foarte amabil din partea dumneavoastră. Sunt convins că în altă împrejurare v-aș putea reda așa cum sunteți în realitate.

Dar nici duminică n-a mers mai bine. M-am străduit, zău că da. Mi-am sprijinit brațul de *chaise-longue*, mi-am răsucit trupul la fel ca Afrodita culcată pe care el mi-a arătat-o într-o carte și mi-am adunat fusta în falduri peste picioare. Am încercat să mă destind, să-mi îmblânzesc expresia feței, dar în poziția aceea corsetul mă înțepa în talie, o șuviță de păr scăpase din agrafe și tentația de a o aranja la loc era aproape irezistibilă. Ședința a durat câteva ore lungi și chinuitoare. Încă înainte de a vedea tabloul, am știut din expresia domnului Lefèvre că era la fel de dezamăgit.

„Asta sunt eu?“ m-am întrebat, cu ochii la fata încrâncenată care aducea cu Venus mai puțin decât o gospodină acră verificând dacă nu cumva a mai rămas pe mobilă vreun fir de praf.

De data asta cred că i-a fost chiar milă de mine. Presupun că eram cel mai urât model pe care-l avusese vreodată.

– Asta nu sunteți dumneavoastră, domnișoară, a insistat el. Uneori... ia ceva timp până descoperi adevărata esență a cuiva.

Asta mă întrista însă cel mai tare. Mă temeam că deja o descoperise.

L-am revăzut de 14 Iulie. Păşeam pe străzile înţesate de lume ale Cartierului Latin, trecând pe sub uriaşele drapele cu roşu, alb şi albastru şi pe sub ghirlandele parfumate atârnate la ferestre, croindu-mi drum prin mulţimea care venise să privească parada militarilor ce mărşăluiau cu puştile pe umăr.

Întregul Paris era în sărbătoare. De regulă, mă mulţumeam cu propria companie, dar în ziua aceea mă simţeam neliniştită şi ciudat de singură. Când am ajuns la Panthéon, m-am oprit. În faţa mea, rue Soufflot devenise o mare agitată de trupuri în mişcare, cenuşiul ei cotidian făcând loc oamenilor care dansau, femeilor cu fuste lungi şi pălării cu boruri mari, orchestrei instalate în faţă la Café Léon. Lumea se mişca în hore graţioase sau se oprea pe bordura trotuarului, privind şi stând la taclale, ca şi cum strada ar fi fost o sală de bal.

Şi atunci l-am văzut, în mijlocul întregii agitaţii, cu o eşarfă viu colorată la gât. Mistinguett, cu suita care roia în jurul ei, îşi sprijinea posesivă o mână pe umărul lui, spunându-i ceva care l-a făcut să izbucnească în hohote de râs.

L-am privit uimită. Şi atunci, probabil atras de intensitatea privirii mele, a întors capul şi m-a văzut. M-am tras repede în cadrul unei porţi şi am pornit în direcţia opusă, cu obrajii arzând. Am ocolit perechile care dansau şi am pornit grăbit, cu saboţii bocănind pe strada pietruită. Dar după câteva secunde i-am auzit glasul tunător în urma mea.

– *Mademoiselle!*

Nu mă puteam preface că nu-l auzisem. M-am întors spre el. O clipă a părut gata să mă îmbrăţişeze, dar probabil l-a oprit ceva din atitudinea mea. Atunci m-a atins uşor pe braţ şi mi-a făcut semn spre puhoiul de lume.

– Ce bine îmi pare că te-am întâlnit, a spus el.

Am început să mă scuz, găsindu-mi cu greu cuvintele, dar el a ridicat o mână uriaşă.

– Vino, domnişoară. Este o sărbătoare publică. Până şi cei mai harnici tot trebuie să se distreze din când în când.

În jurul nostru, steagurile fluturau în adierea după-amiezii târzii. Le auzeam zbătându-se în aer la fel ca inima mea care bătea nebunește. M-am chinuit să găsesc o scuză politicoasă ca să-mi văd de drum, dar el m-a întrerupt din nou.

– Domnișoară, mi-am dat seama, spre rușinea mea, că deși ne cunoaștem, nu știu cum te cheamă.

– Bessette, am răspuns. Sophie Bessette.

– Atunci te rog să-mi permiți să-ți ofer ceva de băut, domnișoară Bessette.

Am clătinat din cap. Mă încerca o senzație de amețeală, de parcă prin simpla mea venire aici dezvăluisem prea multe despre mine. Am aruncat o privire în spatele lui, unde Mistinguett continua să fie înconjurată de grupul ei de prieteni.

– Mergem? mi-a oferit el brațul.

În clipa aceea, celebra Mistinguett s-a uitat drept la mine.

Ca să fiu cinstită, am citit în privirea ei un licăr de iritare când el mi-a dat brațul. Acest bărbat, Édouard Lefèvre, avea darul de a o face chiar și pe una dintre cele mai strălucitoare stele ale Parisului să pară ternă și invizibilă. Iar el mă alesese pe mine, nu pe ea.

Am ridicat ochii către el.

– Doar puțină apă, mulțumesc.

Ne-am dus la masa lui.

– Misty, scumpa mea, ți-o prezint pe Sophie Bessette.

Ea a continuat să zâmbească, dar privirea cu care m-a măsurat din cap până în picioare i-a rămas de gheață.

M-am întrebat dacă-și mai amintea că o servisem la magazinul universal.

– Saboți, a murmurat unul dintre domnii din spatele ei. Ce... ciudat!

Chicotelile lor mi-au făcut pielea ca de găină. Am tras aer în piept.

– Magazinul va fi plin de ei pentru sezonul de primăvară, am răspuns eu netulburată. Sunt ultima modă. *Mode paysanne.*[1]

Am simțit degetele lui Édouard atingându-mă ușor pe spate.

---

[1] Moda țărănească (în limba franceză în original)

– Când are cele mai frumoase glezne din Paris, eu zic că domnişoara Bessette poate purta orice doreşte.

Grupul a tăcut brusc pentru o clipă, înțelegând sensul cuvintelor lui Édouard. Mistinguett şi-a luat privirea de la mine.

– *Enchantée*[1], a spus ea, cu un surâs cuceritor. Édouard, dragule, eu trebuie să plec. Sunt foarte, foarte ocupată. Treci pe la mine cât de curând, da?

I-a întins mâna înmănușată și el i-a sărutat-o.

Am făcut eforturi ca să-mi iau ochii de la buzele lui. Ea a plecat, făcându-și loc prin aglomerație, în murmurele mulțimii, de parcă ar fi despărțit niște ape.

Noi doi ne-am așezat. El s-a tolănit comod pe scaun, ca și cum ar fi supravegheat o plajă, în timp ce eu am rămas tot țeapănă și încordată. Fără un cuvânt, mi-a întins o băutură, cu o vagă expresie de scuze în priviri și cu un zâmbet abia stăpânit – sau poate mi se părea? Ca și cum situația – grupul acela de oameni – ar fi fost atât de ridicolă, încât nu era cazul să mă simt jignită.

Înconjurată de lumea care dansa veselă, de râsete și de cerul de un albastru strălucitor, am început să mă relaxez. Édouard mi se adresa cu o politețe desăvârșită, întrebându-mă despre viața mea dinainte de a veni la Paris, despre politica magazinului, întrerupându-se doar când și când, ca să-și vâre o țigară în colțul gurii și să strige „*Bravo!*" spre orchestră, aplaudând cu palmele lui mari sus în aer. Cunoştea aproape pe toată lumea. Am pierdut socoteala celor care se opreau să-l salute sau să-i ofere ceva de băut: artiști, patroni de magazine, femei care-și încercau norocul. Parcă aș fi fost în compania cuiva de viță regească. Numai că le simțeam privirile cercetându-mă pe furiș, în timp ce se întrebau cum de un bărbat care ar fi putut s-o aibă pe Mistinguett alesese compania mea.

– Fetele de la magazin spun că stai de vorbă cu *les putains*[2] din Place Pigalle.

Nu mă putusem abține. Eram curioasă.

---

1 Încântată (în limba franceză în original)

2 Prostituate (în limba franceză în original)

– Este adevărat. Şi cu multe dintre ele îmi face mare plăcere să discut.

– Le pictezi?

– Când îşi permit să-mi acorde din timpul lor.

A salutat din cap pe cineva care-şi dusese degetul la pălărie în direcţia lui.

– Sunt modele excelente. În general nu dau mare importanţă propriului corp.

– Spre deosebire de mine.

A observat că mă îmbujorasem. După o scurtă ezitare, şi-a pus palma peste mâna mea, parcă cerându-şi scuze. Gestul m-a făcut să mă înroşesc şi mai tare.

– *Mademoiselle,* mi-a spus el şoptit. Picturile acelea sunt eşecul meu, nu-i vina dumitale. Eu am... A schimbat vorba. Dumneata ai alte calităţi. Mă fascinezi. Nu te intimidează prea multe lucruri.

– Nu, am încuviinţat. Aşa cred şi eu.

Am mâncat pâine, brânză şi măsline, cele mai bune măsline pe care le gustasem în viaţa mea. El a băut *pastis*, dând pe gât fiecare pahar cu o exclamaţie zgomotoasă de satisfacţie. După-amiaza se scurgea încet. Am început să râdem din ce în ce mai tare, băutura ne era adusă din ce în ce mai des. Mi-am permis şi eu două păhărele de vin şi am început să mă simt în largul meu. Aici, pe stradă, în acea zi înmiresmată, nu mai eram fata din provincie, vânzătoarea aflată pe penultima treaptă a scării sociale. Eram doar cineva venit să se distreze la fel ca toţi ceilalţi, bucurându-mă de sărbătoarea naţională.

Pe urmă, Édouard a împins masa şi s-a ridicat în picioare în faţa mea.

– Dansăm?

Nu mi-a venit în minte nici un pretext să-l refuz. L-am luat de mână şi el m-a tras în marea de trupuri. Nu mai dansasem încă de la plecarea din St. Péronne. Acum simţeam briza mângâindu-mi urechile, greutatea mâinii lui pe talie, pe spate, saboţii neobişnuit de uşori în picioare. Mirosul lui era un amestec de tutun, anason şi ceva nedefinit, masculin, care-mi tăia răsuflarea.

Nu-mi dădeam seama ce se întâmplă. Băusem foarte puțin, așa că n-aș fi putut da vina pe tăria vinului. Édouard nu era din cale-afară de atrăgător și nici eu nu simțisem până atunci lipsa unui bărbat în viața mea.

– Pictează-mă din nou, i-am spus.

El s-a oprit și m-a privit nedumerit. Nici nu m-a mirat reacția lui: și eu eram uimită de propria reacție.

– Pictează-mă din nou. Astăzi. Acum.

El n-a spus nimic, ci s-a înapoiat la masă, și-a luat țigările și am pornit amândoi prin mulțime, pe străzile ticsite de lume, îndreptându-ne spre studioul lui.

Am urcat scările înguste de lemn, el a descuiat ușa care dădea în studioul cel scăldat în lumină și am așteptat până și-a scos sacoul, a pus un disc la gramofon și a început să amestece culorile pe paletă. Pe urmă, în timp ce el fredona o melodie, am început să-mi deschei bluza. Mi-am scos pantofii și ciorapii, apoi mi-am dat jos fusta, până am rămas numai în bluză și în juponul cel alb de bumbac. M-am așezat, m-am dezbrăcat până la corset și mi-am desfăcut părul din agrafe, lăsându-l să se reverse pe umeri.

Când s-a întors spre mine, l-am auzit icnind.

A clipit de mai multe ori.

– E bine așa? l-am întrebat.

Pe chipul lui a trecut o umbră de neliniște. Poate se temea că nici de data asta penelul nu va reuși să mă redea așa cum eram. Am rămas cu ochii la el, cu capul sus. L-am privit de parcă mi-ar fi lansat o provocare. Apoi instinctul lui artistic l-a făcut să uite de orice altceva și a rămas contemplându-mi pielea albă ca laptele, părul roșcat lăsat liber pe umeri, lăsând deoparte orice preocupare pentru morală.

– Da, da. Întoarce capul puțin spre stânga, te rog, mi-a spus. Și mâna. Așa. Deschide puțin palma. Perfect.

A început să picteze, în timp ce eu îl priveam. Studia intens și concentrat fiecare părticică a trupului meu, de parcă n-ar fi suportat gândul de a nu-l reda pe pânză exact așa cum era. Am văzut cum pe chip i se instala o expresie de mulțumire și am simțit că era oglinda propriei mele mulțumiri. Nu mai aveam nici un fel de inhibiții. Eram

Mistinguett sau o femeie de stradă din Place Pigalle, îndrăzneață și sigură pe ea. Doream să-mi privească pielea cu atenție, scobitura de la baza gâtului, strălucirea ascunsă dedesubtul părului. Doream să privească fiece părticică din mine.

În timp ce picta, i-am studiat și eu trăsăturile, felul în care murmura în timp ce amesteca nuanțele pe paletă. L-am urmărit cum se mișca târșâind picioarele, ca și cum ar fi fost mai vârstnic decât era în realitate. Era o simplă impresie: era mai tânăr și mai puternic decât majoritatea bărbaților care intrau în magazinul nostru. Mi-am amintit cum mânca, cu vădită poftă și plăcere. Cânta împreună cu gramofonul, picta atunci când avea chef, vorbea cu cine poftea și spunea ceea ce gândea. Îmi doream să pot trăi ca Édouard: vesel, absorbind esența fiecărei clipe și cântând de bucurie că avea un gust atât de bun.

Deodată, mi-am dat seama că se întunecase. El a încetat să-și mai curețe pensulele și a privit în jur, de parcă abia atunci ar fi văzut că se lăsase seara. A aprins niște lumânări și o lampă cu petrol, pe care le-a așezat în jurul meu, apoi a oftat, constatând că întunericul ieșise învingător.

– Ți-e frig? m-a întrebat.

Am clătinat din cap, dar el s-a dus la șifonier, a scos de acolo un șal de lână de un roșu aprins și mi l-a înfășurat cu grijă în jurul umerilor.

– Pe ziua de azi s-a terminat cu lumina. Vrei să vezi ce am pictat?

Mi-am strâns șalul în jurul trupului și m-am îndreptat spre șevalet, pășind cu picioarele goale pe podeaua de lemn. Mă simțeam ca într-un vis, de parcă viața reală s-ar fi evaporat în ceasurile cât stătusem acolo. Mi-era teamă să mă uit și să rup vraja.

– Vino!

Mi-a făcut semn să mă apropii.

Pe pânză era o fată pe care n-am recunoscut-o. Mă privea sfidător, cu părul lucind arămiu în penumbră, cu pielea transparentă ca alabastrul, o fată impunătoare și sigură pe ea ca o aristocrată.

Era stranie, mândră și frumoasă. De parcă cineva m-ar fi așezat în fața unei oglinzi fermecate.

– Am ştiut, a spus el aproape în şoaptă. Am ştiut că aşa eşti de fapt.

Acum avea ochii obosiţi de atâta încordare, dar era mulţumit. Am privit câteva clipe chipul de pe pânză. Apoi, fără să-mi dau seama de ce, am făcut un pas şi i-am prins obrazul în palme ca să se uite iar la mine. I-am ţinut faţa la câţiva centimetri de a mea, silindu-l să mă privească fix, vrând parcă să absorb ceea ce vedea în mine.

Nu-mi dorisem niciodată intimitate cu un bărbat. Sunetele şi icnetele animalice care răzbăteau cândva din camera părinților mei – de regulă când tata era beat – mă îngroziseră şi-mi fusese milă de mama când o vedeam a doua zi cu obrazul învinețit și mergând anevoie. Dar eram copleşită de ceea ce simţeam pentru Édouard. Nu-mi puteam lua ochii de la buzele lui.

– Sophie...

Abia dacă l-am auzit. I-am tras faţa spre mine. Lumea din jurul nostru s-a topit. I-am simţit barba ţepoasă sub degetele mele şi căldura răsuflării pe pielea mea. Ochii lui priveau cercetător şi grav într-ai mei. Puteam să jur că până şi în acele clipe parcă m-ar fi văzut pentru întâia oară.

M-am aplecat puţin în faţă, cu răsuflarea tăiată, şi i-am atins buzele cu ale mele. Mâinile lui mi-au cuprins mijlocul, apoi m-au strâns cu putere. Gura lui s-a lipit de gura mea și i-am respirat răsuflarea, mirosind a tutun și a vin, simțindu-i gustul cald și dulce. *O, Doamne, aş fi vrut să mă devoreze.* Am închis ochii și trupul mi-a devenit o flacără tremurătoare. El și-a înfipt degetele în părul meu și buzele lui mi-au coborât pe gât.

Afară, chefliii de pe stradă au izbucnit în râsete zgomotoase și, în timp ce drapelele fâlfâiau în adierea serii, ceva în mine s-a schimbat pentru totdeauna.

– O, Sophie, aş fi în stare să te pictez zi de zi până la sfârșitul vieţii, mi-a murmurat cu gura lipită de pielea mea.

Cel puţin asta cred că spusese: „să te pictez". Dar acum era prea târziu ca să-mi mai pese.

Capitolul 5

Pendula lui moş René Grenier începuse să bată. Toată lumea ştia că era un adevărat dezastru. Luni de zile pendula zăcuse îngropată sub straturile de legume din dreptul casei lui, alături de ceainicul de argint, patru monede din aur şi ceasul pe care bunicul lui îl purtase prins la vestă, ca nu cumva să încapă în mâinile nemţilor.

Stratagema funcţionase bine. Într-adevăr, tot oraşul călca pe lucruri de valoare îngropate în grabă prin grădini şi sub alei, până când, într-o dimineaţă răcoroasă de noiembrie, *madame* Poilâne a intrat grăbită în bar, întrerupând jocul de domino al lui moş René cu vestea că din sfert în sfert de oră se auzeau bătăi înăbuşite de sub ceea ce mai rămăsese din morcovii lui.

– Le aud şi eu, aşa surdă cum sunt, i-a şoptit ea. Şi, dacă le aud eu, fii sigur că le vor auzi şi ei.

– Sunteţi sigură că asta aţi auzit? am întrebat şi eu. E mult de când n-a mai fost întoarsă.

– Poate se aude cum se răsuceşte în groapă *madame* Grenier, a intervenit domnul Lafarge.

– Nu mi-aş fi îngropat nevasta sub legume, a mormăit René. Altfel creşteau chiar mai amare şi mai pipernicite ca acum.

M-am aplecat să golesc scrumiera şi i-am spus cu glas coborât:

– Va trebui s-o dezgropi pe întuneric, René, şi s-o înfăşori în nişte saci. La noapte vei fi în siguranţă, au adus mai multe provizii pentru cină ca de obicei. Dacă majoritatea vin aici, vor fi mai puţini de santinelă.

Trecuse o lună de când nemții începuseră să mănânce la hotelul Le Coq Rouge, și pe teritoriul restaurantului se instalase un armistițiu incomod. De la zece dimineața până la cinci și jumătate, barul aparținea francezilor, primindu-și clientela obișnuită, formată din bătrâni și oameni singuri. Pe urmă, eu și Hélène făceam curat și găteam pentru nemți, care soseau cu puțin înainte de ora șapte, așteptându-se ca mâncarea să le fie adusă la masă aproape imediat ce intrau pe ușă. Aveam și avantaje: când rămâneau ceva resturi, de câteva ori de săptămână, le împărțeam între noi (deși acum rămâneau mai degrabă bucăți de carne sau legume, nimic de genul festinului cu friptură de pui). Pe măsură ce vremea se răcea, nemții deveneau și mai flămânzi, iar eu și Hélène nu aveam destul curaj ca să oprim câte ceva și pentru noi. Cu toate acestea, până și acele câteva îmbucături ocazionale făceau o mare diferență. Jean nu se mai îmbolnăvea la fel de des, pielea noastră începuse să fie mai curată, iar de câteva ori am izbutit să punem deoparte câte un borcănel de supă făcută din oasele rămase, pe care l-am dus la casa primarului, pentru Louisa cea suferindă.

Mai existau și alte beneficii. De cum plecau nemții, eu și Hélène ne năpusteam să stingem buștenii cu care făcuserăm focul, după care îi lăsam în pivniță să se usuce. După vreo câteva zile, acea grămadă de resturi pe jumătate arse ne permiteau să facem un mic foc în timpul zilei, atunci când afară era deosebit de frig. În zilele când făceam focul, barul era de regulă plin până la refuz, chiar dacă puțini dintre clienții noștri comandau vreo băutură.

Dar, cum era de așteptat, exista și o latură neplăcută. *Mesdames* Durant și Louvier ajunseseră la concluzia că, deși eu nu stăteam la taclale cu ofițerii, nu le zâmbeam, nici nu-i consideram altceva decât niște persoane aduse cu forța în casa mea, probabil că aveam parte de generozitatea lor. Simțeam privirile celor două ațintite asupra mea în timp ce primeam proviziile obișnuite de alimente, vin și combustibil. Știam că noi toți eram subiectul unor discuții aprinse în piațetă. Singura mea consolare era că seara, datorită camuflajului, nu puteau vedea bucatele excelente pe care le găteam pentru nemți, nici că hotelul se umplea de zgomot și de conversații însuflețite în acele ore întunecate ale serii.

Eu şi Hélène ne obişnuiserăm să auzim vorbindu-se într-o limbă străină în casa noastră. Îi recunoşteam pe unii dintre ofiţeri. Unul înalt şi slab, cu urechi foarte mari, care mereu încerca să ne mulţumească în limba noastră. Altul morocănos, cu mustaţă înspicată, care de regulă găsea la tot pasul ceva de criticat şi care cerea sare, piper sau încă o porţie de carne. Mai era mărunţelul Holger, care se întrecea cu băutura, ca apoi să rămână cu privirea aţintită afară pe fereastră, de parcă ar fi fost doar pe jumătate atent la ce se petrecea în jurul lui. Eu şi Hélène încuviinţam politicos la comentariile lor, cu grijă să ne arătăm amabile, dar nu prietenoase. Sinceră că fiu, în unele seri era aproape o plăcere să-i avem acolo. Nu ca nemţi, ci ca fiinţe omeneşti. Atâta timp fusesem lipsite de prezenţa unui bărbat şi de o atmosferă însufleţită. Dar mai erau şi seri în care era limpede că era ceva în neregulă, seri când nu vorbeau, când chipurile lor erau încordate şi severe, iar conversaţia consta din şoapte repezite. În astfel de ocazii ne priveau scurt, pe furiş, de parcă şi-ar fi amintit că noi reprezentam inamicul. Ca şi cum am fi putut înţelege aproape tot ce-şi spuneau.

Aurélien învăţa. Luase obiceiul să se lungească pe jos în camera numărul trei, cu obrazul lipit de spărtura din podea, sperând că într-o bună zi va da cu ochii de vreo hartă sau de vreo instrucţiune care să ne ofere un avantaj din punct de vedere militar. Devenise extrem de bun la germană: când ei lipseau, le imita accentul sau spunea lucruri care ne făceau să râdem. Când şi când chiar înţelegea frânturi de conversaţie: care ofiţer era în *Krankenhaus* (spital), câţi oameni erau *tot*[1]. Îmi făceam griji pentru el, dar eram şi mândră. Aveam impresia că faptul că-i hrăneam pe nemţi ar fi putut avea şi o finalitate încă neştiută.

Între timp, *Herr Kommandant* era de o politeţe fără cusur. Mă saluta, dacă nu cu căldură, măcar cu tot mai multă amabilitate şi familiaritate. Lăuda mâncarea, fără a încerca să ne flateze, şi-şi ţinea oamenii în frâu, neîngăduindu-le să bea prea mult sau să se comporte prea liber.

---

1 Morţi (în limba germană în original)

De mai multe ori m-a căutat ca să vorbim despre artă. Nu mă simţeam prea în largul meu în cursul acestor conversaţii în doi, dar trăiam şi o mică bucurie, amintindu-mi de soţul meu. *Kommandant*-ul vorbea despre admiraţia lui pentru Purrmann, despre originea germană a artistului, despre pânzele lui Matisse pe care le văzuse şi care-l făcuseră să-şi dorească să călătorească la Moscova sau în Maroc.

La început nu prea mă trăsese aţa să vorbesc, apoi însă am constatat că nu mă mai puteam opri. Era ca şi cum mi-aş fi amintit de o altă viaţă, de o altă lume. *Kommandant*-ul era fascinat de dinamica de la Académie Matisse, unde artiştii fie erau rivali, fie ţineau cu adevărat unii la alţii. Vorbea ca un avocat: repede, inteligent, nerăbdător faţă de cine nu înţelegea imediat ce voia să spună.

Cred că-i făcea plăcere să stea de vorbă cu mine, fiindcă nu mă simţeam stingherită în faţa lui. Cred că în firea mea exista ceva ce mă împiedica să mă arăt intimidată, chiar dacă în adâncul sufletului mă simţeam aşa. Această trăsătură a mea îmi prinsese bine în ambianţa somptuoasă a magazinului parizian şi-mi prindea bine şi acum.

Îi plăcea în mod deosebit portretul meu din bar. Rămânea cu ochii la el şi discuta tehnica lui Édouard, tuşa şi modul în care folosea culoarea, astfel încât pe moment nu mai eram stânjenită că portretul mă înfăţişa pe mine.

Mi-a mărturisit că părinţii lui nu erau oameni „cultivaţi", în schimb îi stârniseră pasiunea pentru studiu. Mi-a spus că spera ca după război să studieze în continuare, să călătorească, să citească, să înveţe. Pe soţia lui o chema Liesl. Avea şi un copil, mi-a dezvăluit el într-o seară. Un băieţel de doi ani pe care nu-l văzuse niciodată. (Când i-am relatat lui Hélène acest lucru, m-am aşteptat să văd pe chipul ei o undă de compătimire, dar ea mi-a replicat scurt că neamţul ar trebui să nu-şi petreacă atâta vreme invadând ţările altora.)

Kommandant-ul mi-a povestit în treacăt toate aceste lucruri, fără a încerca să afle, la rândul lui, informaţii personale despre mine. Nu din egoism, ci mai curând fiindcă înţelegea că, venind în casa mea, deja îmi invadase viaţa, aşa că încercarea de a afla şi alte lucruri despre mine ar fi fost o constrângere în plus. Mi-am dat seama că, în felul lui, era un om de caracter.

În acea primă lună mi s-a părut din ce în ce mai greu să-l etichetez pe *Kommandant* drept un ticălos, un „nemţălău", cum făceam cu ceilalţi. Presupun că ajunsesem să cred că toţi nemţii erau nişte barbari, aşa că-mi venea greu să-mi imaginez că aveau şi ei soţii, mame, copii. Şi iată, el mânca în faţa mea seară de seară, conversând, discutând despre culori şi forme, despre talentul altor artişti, la fel cum poate ar fi făcut şi soţul meu. Din când în când zâmbea, şi obrazul i se încreţea adânc în jurul ochilor albaştri şi strălucitori, de parcă fericirea ar fi fost un sentiment mult mai familiar decât lăsa el să se vadă.

Eu nici nu-l apăram, nici nu vorbeam despre *Kommandant* în faţa oamenilor din oraş. Dacă cineva încerca să mă tragă de limbă despre corvoada de a-i avea pe nemţi la hotelul Le Coq Rouge, eu răspundeam pur şi simplu că, dacă aşa va fi voia Domnului, în curând se vor întoarce soţii noştri şi toate astea vor rămâne doar o amintire îndepărtată.

Dar mă rugam Cerului să nu fi observat nimeni că, de la venirea nemţilor, casa noastră nu fusese supusă nici măcar unui singur ordin de rechiziţionare.

Puţin înainte de prânz, am renunţat la aerul stătut al barului şi am ieşit afară, sub motiv că trebuia să bat un covor. Pământul încă era acoperit de o pojghiţă de gheaţă cu sclipiri cristaline, acolo unde nu bătuse soarele. Tremurând de frig, am cărat covorul cale de câţiva metri, până pe străduţa laterală, unde era grădina lui René şi atunci am auzit şi eu bătăile înăbuşite care vesteau ora douăsprezece fără un sfert.

Când m-am întors, un grup amestecat de oameni vârstnici tocmai ieşeau din bar.

– O să cântăm, mi-a dat de ştire *madame* Poilâne.

– Poftim?

– O să cântăm. Aşa o să acoperim bătăile pendulei până se lasă seara. O să le zicem nemţilor că-i un obicei francez. Cântece din Auvergne. Orice ne vine în minte. Ce ştiu ei?

– O să cântați toată ziua?

– Nu, nu. Doar la ore fixe. Și numai dacă sunt nemți prin preajmă.

Am privit-o fără să-mi cred urechilor.

– Dacă sapă după pendula lui René, atunci o să sape în tot orașul, Sophie. N-am de gând să las perlele mamei să ajungă la gâtul vreunei *hausfrau*[1] nemțoaice.

Și-a țuguiat buzele într-o *moue*[2] de dezgust.

– Păi atunci ar fi bine să începeți. Când o să bată ora douăsprezece o s-o audă jumătate din St. Péronne.

Era aproape amuzant. Am zăbovit pe ultima treaptă în timp ce bătrâneii s-au adunat în capul aleii, cu fața la nemții rămași în piațetă și au început să cânte. Au cântat cântecele din copilăria mea, *La Pastourelle*[3], *Bailero*[4], *Lorsque j'étais petit*[5], fals și cu glasurile gâjâite. Cântau cu fruntea sus, umăr la umăr, privind din când în când pieziș unii la alții. René era când morocănos, când neliniștit. *Madame* Poilâne își ținea mâinile împreunate la piept, pioasă ca o profesoară de la școala de duminică.

Așa cum stăteam, cu cârpa de vase în mână, străduindu-mă să nu zâmbesc, prin fața mea a traversat strada *Herr Kommandant*.

– Ce fac oamenii aceștia?

– Bună dimineața, *Herr Kommandant*.

– Știi bine că este interzis ca oamenii să se adune în stradă.

– Nu-i nici o adunare. E o sărbătoare, *Herr Kommandant*. O tradiție franceză. La oră fixă, în noiembrie, bătrânii din St. Péronne cântă cântece populare ca să alunge iarna, am declarat eu pe un ton convingător.

Kommandant-ul s-a încruntat, apoi s-a uitat la bătrânei. Glasurile lor s-au înălțat la unison și mi-am imaginat că, dincolo de ei, pendula începuse iar să bată.

---

1 Gospodină (în limba germană în original)

2 Mutră (în limba franceză în original)

3 Poezie lirică din Evul Mediu

4 Vechi cântec din Auvergne

5 Când eram copil (în limba franceză în original)

– Dar cântă îngrozitor! a spus el, coborând glasul. În viața mea n-am auzit pe cineva cântând mai prost.

– Vă rog... nu-i opriți. Sunt cântece nevinovate, de la țară, după cum vă puteți da seama. Bătrânilor le place să cânte cântece despre patria lor, măcar pentru o zi. Sunt sigură că înțelegeți.

– Și așa o să cânte toată ziua?

Nu adunarea în sine îl deranja. Era la fel ca soțul meu: simțea o durere aproape fizică pentru orice formă de artă care nu era frumoasă.

– Tot ce se poate.

Kommandant-ul a rămas aproape nemișcat, cu toate simțurile concentrate asupra sunetelor. Brusc m-a cuprins neliniștea: dacă avea o ureche muzicală la fel de bună cum avea și ochi pentru pictură, ar fi putut să sesizeze dincolo de cântece bătăile pendulei.

– Mă întrebam ce-ați dori să mâncați diseară, am spus eu pe nepusă-masă.

– Poftim?

– Dacă ați dori să mâncați ceva anume. Adică, sigur, nu dispunem de cine știe ce ingrediente, totuși există unele feluri pe care vi le-aș putea găti.

O vedeam pe *madame* Poilâne cum îi îndeamnă pe ceilalți să cânte mai tare, gesticulând sugestiv pe furiș.

Kommandant-ul a părut nedumerit câteva clipe. I-am zâmbit și, pentru scurt timp, chipul i s-a îmblânzit.

– E foarte...

S-a întrerupt brusc.

Thierry Arteuil venea în fugă pe stradă, cu fularul de lână fluturând, în timp ce el arăta cu mâna undeva în spate.

– *Prizonieri de război!*

Kommandant-ul s-a răsucit brusc spre oamenii lui, care deja se adunau în piață, fără să-mi mai acorde vreo atenție. Am așteptat să plece, apoi m-am grăbit spre grupul de bătrâni care cântau. Hélène și clienții din barul Le Coq Rouge, probabil auzind zarva crescândă, se ițeau pe la ferestre, unii chiar făcând un pas afară pe trotuar.

S-a așternut o scurtă tăcere. Apoi, în celălalt capăt al străzii, și-a făcut apariția un scurt convoi, numărând vreo sută de oameni. Lângă mine, bătrânii au continuat să cânte, dar când au început să-și dea seama ce se întâmplă glasurile le-au devenit șovăielnice, apoi și-au reluat cântarea, mai tare și mai hotărât.

Aproape fiecare dintre noi cerceta figurile soldaților care pășeau împleticindu-se, în căutarea vreunei fețe cunoscute. Dar faptul că nu descopereau nici un chip familiar nu le aducea nici un sentiment de ușurare. Oare erau francezi? Arătau atât de slăbiți, de învinși, cu hainele atârnând pe trupurile înfometate, cu rănile înfășurate în bandaje vechi și murdare. Au trecut la câțiva pași de noi, cu capetele plecate, păziți de soldați germani în fruntea și la capătul convoiului, în timp ce noi, neputincioși, nu puteam face altceva decât să ne uităm la ei.

Am auzit în jurul meu corul bătrânilor din ce în ce mai hotărât și, dintr-odată, mai corect și mai armonios: „Stau în vânt și ploaie și cânt bailero, lero..."

Mi s-a pus un nod în gât la gândul că, undeva, la mulți kilometri depărtare, așa ar fi putut arăta și Édouard. Am simțit mâna lui Hélène apucând-o strâns pe a mea și mi-am dat seama că și ea gândea la fel.

Aici toată iarba e mai verde
Cântați bailero lero
Am să vin și am să te iau cu mine...

Înmărmuriți, le priveam cu atenție chipurile. Lângă noi și-a făcut apariția *madame* Louvier. S-a strecurat prin grupul nostru, rapid ca un șoarece, și, cu basmaua fluturându-i în jurul obrazului, a vârât pâinea neagră abia cumpărată de la *boulangerie* în mâinile unuia dintre scheletele acelea umblătoare. El a ridicat ochii, fără să-și dea seama cu ce se trezise în mână. Apoi, cu un strigăt, s-a ivit un soldat neamț care a lovit prizonierul peste mâini cu patul puștii, aruncând pâinea cât colo, chiar în momentul în care omul înțelesese ce primise. Pâinea a căzut ca o cărămidă în șanțul de scurgere. Bătrânii au încetat să mai cânte.

Madame Louvier a rămas cu ochii la pâine, apoi a ridicat fruntea și a început să țipe, străpungând aerul cu vocea ei ascuțită:

– Animalule! Voi toți, nemții! Ați fi în stare să-i înfometați pe oamenii ăștia ca pe niște câini! Ce naiba aveți? Sunteți toți niște nemernici! Niște jigodii!

Niciodată nu auzisem asemenea limbaj din gura ei. Ca și cum ar fi plesnit ceva în ființa ei, făcând-o să se dezlănțuie fără opreliști.

– Vreți să bateți pe careva? Bateți-mă pe mine! Hai, criminalule! Lovește-mă pe mine!

Vocea ei răsuna în aerul rece și încremenit.

Am simțit-o pe Hélène strângându-mă de braț. Am îndemnat-o în gând pe bătrână să-și țină gura, dar ea a continuat să țipe, mișcându-și arătătorul zbârcit și osos prin fața tânărului soldat neamț. Brusc, mi s-a făcut frică pentru ea. Neamțul o privea cu o furie abia stăpânită. Încheieturile degetelor i se albiseră pe patul puștii și m-am temut să n-o lovească. Era atât de firavă. Dacă ar fi lovit-o, i-ar fi fărâmat oasele.

Dar în timp ce noi nici nu îndrăzneam să respirăm, neamțul s-a aplecat, a ridicat pâinea din șanțul drumului și i-a întins-o.

Ea l-a privit de parcă ar fi înțepat-o cu ceva.

– Crezi că am s-o pot mânca știind că ai smuls-o din mâna unui om flămând? Toți sunt frații mei! Fiii mei! *Vive la France!*[1] a strigat ea, cu ochii ei bătrâni strălucind sfidător. *Vive la France!*

Parcă simțindu-se obligați să-i urmeze exemplul, bătrânii din spatele meu au murmurat ca un ecou, uitând pentru moment să cânte:

– *Vive la France!*

Soldatul cel tânăr a aruncat o privire în spate, poate așteptând un ordin de la superiorul lui, dar atenția i-a fost distrasă de un strigăt de undeva în mijlocul convoiului. Un prizonier profitase de zarva creată și încercase să evadeze. Tânărul, cu un braț imobilizat într-o eșarfă improvizată, ieșise din rând și acum traversa în fugă piața.

Kommandant-ul, care stătea lângă statuia spartă a primarului Leclerc împreună cu doi ofițeri de-ai lui, a fost primul care l-a zărit.

– *Halt!*[2] a strigat el.

1 Trăiască Franța! (în limba franceză în original)

2 Stai! (în limba germană în original)

Tânărul a început să alerge şi mai repede, cu încălţările prea mari alunecându-i din picioare.

- *HALT!*

Prizonierul şi-a lepădat sacul cu lucruri şi, pentru câteva clipe, a părut să iuţească pasul. S-a poticnit pierzându-şi şi al doilea bocanc, dar cumva şi-a recăpătat echilibrul. *Kommandant*-ul şi-a scos fulgerător pistolul din toc. Înainte să-mi dau seama ce face, a ridicat braţul, a ochit şi a tras. Tânărul s-a prăbuşit cu o bufnitură care s-a auzit până la noi.

Lumea s-a oprit în loc. Păsările au încetat să mai ciripească. Toţi ne holbam la trupul neînsufleţit prăvălit pe pietrele pavajului. Hélène a gemut încet. A vrut să se ducă până acolo, dar *Kommandant*-ul ne-a ordonat tuturor să rămânem pe loc. A strigat un ordin în germană şi oamenii lui şi-au ridicat puştile, aţintindu-le spre ceilalţi prizonieri.

Nimeni nu se clintea. Prizonierii priveau în pământ. Nu păreau surprinşi de ce se întâmplă. Hélène îşi dusese mâinile la gură şi tremura, murmurând ceva neauzit. Am prins-o cu braţul pe după mijloc. Aproape îmi auzeam răsuflarea întretăiată.

Kommandant-ul s-a îndreptat cu paşi grăbiţi spre prizonierul împuşcat. Când a ajuns lângă el, s-a lăsat în jos şi a prins obrazul tânărului între degete. O baltă de sânge de un roşu întunecat îi păta deja vestonul ponosit şi-i vedeam ochii fără viaţă privind în gol din celălalt capăt al pieţii. *Kommandant*-ul a rămas chircit cam un minut, apoi s-a ridicat în picioare. Doi ofiţeri nemţi s-au apropiat de el, dar el le-a făcut semn să rămână în formaţie. S-a înapoiat, vârându-şi pistolul în toc. Când a ajuns în dreptul primarului, s-a oprit câteva clipe.

– Vă veţi ocupa de cele necesare, a spus el.

Primarul a dat din cap. Vedeam cum îi zvâcneşte uşor maxilarul.

Fără ca nimeni să strige vreun ordin, convoiul s-a pus din nou în mişcare, prizonierii au pornit la drum cu capetele plecate, în timp ce femeile din St. Péronne plângeau acum fără fereală, cu feţele îngropate în batiste. Cadavrul a continuat să zacă nu departe de rue des Bastides.

La mai puţin de un minut după plecarea nemţilor, pendula lui moş René Grenier a răsunat în liniştea din piaţă, bătând tânguitor sfertul de oră.

În seara aceea, atmosfera din hotelul Le Coq Rouge a fost sumbră. *Kommandant*-ul n-a venit să-mi facă vreun pic de conversaţie şi nici eu n-am lăsat să se înţeleagă vreo clipă că mi-aş fi dorit aşa ceva. Eu şi Hélène am servit masa, am spălat cratiţele şi am stat la bucătărie cât am putut de mult. Nu aveam chef să mănânc. Nu-mi ieşea din minte priveliştea acelui biet tânăr, cu zdrenţele fluturând în jurul lui, cu bocancii prea mari scăpându-i din picioare, în timp ce fugea în întâmpinarea morţii.

Mai mult decât atât, nu-mi venea să cred că ofiţerul care-şi scosese pistolul şi-l împuşcase fără nici o milă era omul care şedea la masa mea, gândindu-se cu nostalgie la copilul pe care nu-l văzuse niciodată şi exclamând încântat când venea vorba despre artă. Mă simţeam o proastă, ca şi cum *Kommandant*-ul şi-ar fi ascuns adevărata fire. Acesta era motivul pentru care nemţii se găseau aici, nu ca să discute despre artă şi mâncăruri delicioase. Erau aici ca să ne împuşte fiii şi soţii. Erau aici ca să ne distrugă.

În acea clipă dorul de soţul meu m-a săgetat ca o durere fizică. Se făceau aproape trei luni de când nu mai primisem veşti de la el. Habar nu aveam prin ce trecea. Atâta timp cât noi trăiam izolaţi ca într-un straniu glob de sticlă, îmi puteam impune să cred că şi el era bine şi în putere, că se mişca în lumea reală, bând un păhărel de coniac cu camarazii sau poate schiţând ceva pe un petic de hârtie în orele de răgaz. Când închideam ochii, îl revedeam pe Édouard aşa cum mi-l aminteam de la Paris. Dar de când îi văzusem pe francezii aceia vrednici de milă mergând în convoi, îmi era mai greu să mă amăgesc cu imaginile din mintea mea. La ora aceea Édouard putea fi prizonier, rănit, lihnit de foame. Poate suferea la fel ca oamenii aceia. Poate era chiar mort.

M-am sprijinit de chiuvetă şi am închis ochii.

În aceeaşi clipă am auzit zgomot de sticlă spartă. Smulsă din gândurile mele, am ieşit în fugă din bucătărie. Hélène stătea cu spatele la mine, cu mâinile ridicate, cu tava și un morman de pahare sparte la picioare. Lângă perete, *Kommandant*-ul își înfipsese degetele în gâtul unui tânăr ofițer. Îi striga ceva în germană, cu chipul schimonosit de furie, cu obrazul la câțiva centimetri de al lui. Victima ridicase mâinile într-un gest de supunere.

- Hélène?

Ea era albă ca varul.

– A pus mâna pe mine când am trecut pe lângă el. Dar... dar *Herr Kommandant* și-a *ieșit din minți* de furie.

Ceilalți ofițeri se adunaseră în jurul lor, străduindu-se să-l liniștească pe *Kommandant*, să-l tragă deoparte, răsturnând scaunele, strigând unii la alții, încercând să se facă auziți. Pentru câteva minute, sala de mese a fost cuprinsă de hărmălaie. În cele din urmă, *Kommandant*-ul a părut să-i audă și și-a slăbit strânsoarea în jurul gâtului ofițerului mai tânăr. Am avut impresia că ochii lui i-au întâlnit pentru o clipă pe ai mei, apoi însă, făcând un pas înapoi, el și-a repezit pumnul și l-a lovit cu putere pe tânăr în tâmplă, dându-l cu capul de perete.

– *Sie können nicht berühren die Frauen!*[1] a urlat el.

– Hai la bucătărie.

Am împins-o pe sora mea spre ușă, fără să mă mai sinchisesc să adun cioburile de pe jos. Am auzit voci cu tonul ridicat, bufnetul unei uși, și m-am grăbit s-o ajung din urmă pe Hélène pe coridor.

– *Madame* Lefèvre.

Tocmai spălam ultimul pahar. Hélène se dusese la culcare. Întâmplările de peste zi o istoviseră pe ea mai mult decât pe mine.

– *Madame?*

– *Herr Kommandant.*

M-am întors spre el, ștergându-mi mâinile cu o cârpă. La bucătărie nu aveam dreptul decât la o singură lumânare, un fitil înfipt în niște seu pus într-o cutie de sardele. Abia dacă-i puteam distinge chipul.

---

1 N-aveți voie să vă atingeți de femei! (în limba germană în original)

– Îmi pare rău pentru pahare. Voi lua toate măsurile să fii despăgubită.

– Vă rog, nu vă deranjaţi. Avem suficiente cât să ne descurcăm.

Ştiam că paharele ar fi fost rechiziţionate de la vecinii mei.

– Îmi cer scuze pentru... tânărul ofiţer. Te rog s-o asiguri pe sora dumitale că asta nu se va mai întâmpla.

Nu aveam nici o îndoială. Văzusem pe fereastra din spate cum tânărul fusese ajutat de un camarad să se înapoieze la cazarmă, ţinându-şi o cârpă umedă la tâmplă.

Mi-am zis că de acum *Kommandant*-ul avea să plece, dar el a rămas pe loc. Am simţit prin întuneric cum mă sfredeleşte cu privirea. Ochii lui erau neliniştiţi, aproape îndureraţi.

– Mâncarea de astă-seară a fost... excelentă. Cum se numeşte?

– *Chou farci.*[1] A aşteptat şi, când tăcerea a devenit stânjenitoare, am adăugat: carne tocată, legume, verdeaţă, toate învelite în foi de varză şi fierte în zeamă de carne.

El îşi privea vârfurile cizmelor. A făcut câţiva paşi prin bucătărie, apoi s-a oprit, plimbându-şi degetele pe un borcan cu ustensile de gătit. M-am întrebat indiferentă dacă avea de gând să le rechiziţioneze.

– A fost foarte bună. Aşa au spus toţi. Azi m-ai întrebat ce-aş dori să mănânc. Ei bine... ne-ar plăcea să ne găteşti din nou mâncarea asta în curând, dacă nu te deranjează.

– Cum doriţi.

În seara asta *Kommandant*-ul era cumva altfel, avea un soi de nelinişte pe care o răspândea în jur valuri-valuri. M-am întrebat ce simţi când ucizi un om şi dacă un *Kommandant* neamţ făcea diferenţa între a ucide şi a bea încă o ceaşcă de cafea.

El m-a privit de parcă ar fi fost gata să adauge ceva, dar eu mi-am văzut mai departe de cratiţele mele. În spatele lui am auzit hârşâit de scaune pe podea, semn că ceilalţi ofiţeri se pregăteau să plece. Afară ploua, o ploaie fină şi insistentă, care lovea în ferestre aproape orizontal.

– Trebuie să fii foarte obosită, a spus el. Am să te las liniştită.

---

[1] Varză umplută (în limba franceză în original)

Am luat o tavă cu pahare și l-am urmat până în ușa bucătăriei. Ajuns în prag, s-a întors și și-a pus chipiul, așa că am fost nevoită să mă opresc și eu.

– Tot am vrut să te întreb. Ce mai face bebelușul?

– Jean? E bine, mulțumesc, chiar dacă puțin...

– Nu. Celălalt bebeluș.

Am fost cât pe ce să scap tava. Am șovăit o clipă, încercând să-mi vin în fire, dar am simțit cum mi se suie sângele în obraz. Mi-am dat seama că el mi-a remarcat reacția. Am vorbit din nou, abia rostind cuvintele, fără să-mi iau ochii de la paharele din fața mea.

– Cred că suntem toți bine, date fiind împrejurările.

El a chibzuit la cele auzite.

– Ai grijă de el, mi-a spus liniștit. E bine să nu iasă prea des noaptea din casă.

S-a mai uitat la mine o clipă, apoi mi-a întors spatele și a plecat.

Capitolul 6

În noaptea aceea am rămas cu ochii în tavan, deși eram frântă de oboseală. Mă uitam la Hélène cum doarme dusă, murmurând prin somn, întinzând brațul din reflex să vadă dacă avea copiii alături. La ora cinci, când afară era încă întuneric, m-am dat jos din pat, m-am înfășurat în câteva pături și am coborât la parter în vârful picioarelor, să pun apa la fiert pentru cafea. Sala de mese încă mai mirosea de la mâncarea din seara precedentă: lemn ars de la grătar, un vag iz de carne tocată, care m-a făcut să-mi chiorăie stomacul. Mi-am făcut o cafea fierbinte și m-am așezat în spatele tejghelei de la bar, privind în gol la piațeta pustie, în timp ce soarele se ridica pe cer. Pe măsură ce lumina albăstrie căpăta luciri portocalii, puteam distinge o umbră nedeslușită în depărtare, în dreapta, unde căzuse prizonierul. Oare omul acela avea o soție, un copil? Cumva în clipa aceea familia tocmai îi scria o scrisoare sau se ruga ca el să se întoarcă teafăr și nevătămat? Am sorbit din cafea și m-am silit să mă uit în altă parte.

Tocmai voiam să mă întorc în camera mea ca să mă îmbrac când am auzit ciocănituri în ușă. Am tresărit văzând o umbră în spatele perdelei de bumbac. Mi-am tras pătura în jurul meu, fără să-mi iau ochii de la silueta aceea, încercând să-mi dau seama cine ar fi putut veni la noi la o astfel de oră și dacă nu cumva era *Kommandant*-ul, venit să mă chinuie cu ceea ce știa. M-am dus în tăcere până la ușă. Am ridicat perdeaua și am văzut-o de cealaltă parte a ușii pe Liliane Béthune. Avea buclele adunate în creștet cu agrafe, purta haina de astrahan negru și avea cearcăne la ochi. S-a tot uitat peste umăr cât timp am tras zăvoarele de sus și de jos și am deschis ușa.

– Liliane? Ești... ai nevoie de ceva? am întrebat.

Ea a vârât mâna în buzunar și a scos un plic, pe care mi l-a întins.

– Pentru tine, mi-a spus.

Am aruncat o privire la plic.

– Dar... cum ai...?

Ea a ridicat o mână palidă și a clătinat din cap.

Erau luni întregi de când nici unul din noi nu mai primise vreo veste. Nemții ne tăiaseră de multă vreme orice posibilitate de comunicare. Țineam plicul în mână, fără să-mi vină a crede, apoi deodată mi-am amintit bunele maniere.

– Nu vrei să intri? Să bei o cafea? Am pus deoparte puțină cafea adevărată.

Ea a schițat o umbră de surâs.

– Nu, mulțumesc. Trebuie să mă întorc repede acasă, la fiica mea.

Până să apuc să-i mulțumesc, s-a îndepărtat tropăind pe stradă cu tocurile înalte, adusă de spate din pricina frigului.

Am închis din nou ușa și am zăvorât-o. Pe urmă m-am așezat și am rupt plicul. Glasul lui Édouard, care-mi lipsise atâta timp, mi-a inundat urechile.

Scumpa mea Sophie,

E atâta vreme de când n-am mai primit nici o veste de la tine. Mă rog la Dumnezeu să fii în siguranță. În clipele grele îmi spun că, probabil, dacă ți s-ar întâmpla ceva, o părticică din minte ar simți asta, la fel ca pe vibrațiile unui clopot îndepărtat.

N-am prea multe să-ți spun. Pentru prima oară în viață nu simt nici o dorință să transpun în culori lumea pe care o văd în jurul meu. Vorbele nu-mi sunt de nici un folos. Vreau doar să știi, iubita mea soție, că sunt sănătos la minte și la trup și că tot ce-mi ține sufletul întreg e gândul la tine.

Pe aici, soldații țin în mâini fotografiile celor dragi ca pe niște talismane menite să-i apere de forțele întunericului – imagini boțite și murdare, devenite mici comori. Eu n-am nevoie de nici o fotografie ca să-ți evoc chipul, Sophie: mi-e de ajuns să închid ochii ca să-mi amintesc figura ta, vocea ta, parfumul tău și nici nu știi câtă mângâiere îmi aduci.

Să știi, iubita mea, că însemnez fiecare zi, nu ca pe încă una în care am reușit să supraviețuiesc, cum fac camarazii mei, ci mulțumind Celui de Sus că fiecare zi înseamnă că au mai trecut douăzeci și patru de ore până când am să mă întorc la tine.

Al tău,
Édouard

Scrisoarea era datată în urmă cu două luni.

Nu știu dacă din pricina oboselii sau poate a șocului întâmplărilor din ziua precedentă – nu sunt o persoană care să plângă des, de fapt aproape niciodată –, dar am pus cu grijă scrisoarea la loc în plic, mi-am cuprins capul în mâini și, în bucătăria rece și pustie, am început să plâng în hohote.

Nu le puteam spune celorlalți de ce sosise timpul să mâncăm porcul, dar apropierea Crăciunului mi-a oferit scuza cea mai bună. Ofițerii urmau să servească masa de Ajun la hotelul Le Coq Rouge, unde aveau să se adune în număr mai mare ca de obicei, și am stabilit ca în timp ce ei vor fi aici, *madame* Poilâne să găzduiască un *réveillon* clandestin la ea acasă, la două străzi distanță de piațetă. Cât timp aș fi reușit să-i țin la mine pe ofițerii nemți, ceilalți ar fi putut mânca în tihnă porcul, fript în cuptorul de pâine din pivnița lui *madame* Poilâne. Hélène urma să mă ajute să le servesc nemților cina, pentru ca apoi să ne strecurăm prin gaura din zidul pivniței, să ne furișăm pe alee și să ne alăturăm copiilor în casa lui *madame* Poilâne. Sătenii care stăteau prea departe de locuința ei ca să străbată orășelul neobservați aveau să rămână la ea acasă pe timpul camuflajului, ascunzându-se în caz că nemții ar fi venit să facă vreun control.

– Dar nu-i cinstit, a comentat Hélène, când i-am expus primarului planul, de față cu ea. Dacă tu rămâi aici, ai să fii singura care nu va lua parte la sărbătoare. Nu-i corect, dat fiind câte ai făcut ca să salvezi purcelul.

– Una din noi trebuie să rămână, am întărit eu. Și e mult mai sigur dacă toți ofițerii sunt adunați într-un singur loc.

– Dar n-o să fie ca altădată.

– Ei bine, nimic *nu mai e* ca altădată, am replicat eu scurt. Și știi la fel de bine ca mine că *Herr Kommandant* ar observa lipsa mea.

Am văzut-o schimbând o privire cu primarul.

– Nu te mai agita, Hélène. Eu sunt *la patronne*. Se așteaptă să mă vadă aici în fiecare seară. Dacă lipsesc, își va da seama că se întâmplă ceva.

Chiar și în propriile urechi părea că protestam prea mult.

– Uite ce e, am continuat, silindu-mă să adopt un ton împăciuitor. Pune-mi deoparte niște carne. Adu-mi-o înfășurată într-un șervețel. Îți promit că, dacă nemții primesc suficiente provizii pentru un festin, am să-mi iau și eu partea mea. N-am să rabd de foame, îți dau cuvântul meu.

Au părut mai îmbunați, totuși nu le puteam spune adevărul. De când descoperisem că *Herr Kommandant* știa de purcel, îmi pierdusem orice poftă de a gusta din carne. Faptul că el nu dezvăluise că știa de existența porcului și nici măcar nu ne pedepsise nu mă bucura, nici nu-mi dădea vreun sentiment de ușurare, ci doar mă făcea să nu mă simt în largul meu.

Mai nou, când îl vedeam uitându-se la portretul meu, nu mai eram încântată că până și un neamț recunoștea talentul soțului meu. Când *Kommandant*-ul venea în bucătărie ca să stăm de vorbă de una, de alta, mă crispam și mă încordam, de teamă să nu aducă în discuție povestea cu purcelul.

– Și totuși, a spus primarul, cred că-ți suntem toți datori.

Arăta abătut. Fiica lui zăcea bolnavă de o săptămână. Cândva, soția lui îmi spusese că, de fiecare dată când Louisa făcea o criză, el abia dacă închidea ochii de neliniște.

– Nu spune bazaconii, m-am grăbit eu să răspund. Asta nu-i nimic pe lângă ce fac bărbații noștri, doar o zi de muncă în plus.

Sora mea mă cunoștea bine. Nu mi-a pus nici o întrebare directă: nu-i stătea în fire. Dar o simțeam cu ochii pe mine, sesizam ușoara iritare din glasul ei de fiecare dată când se deschidea discuția despre *réveillon*. Într-un târziu, cu o săptămână înainte de Crăciun, i-am dezvăluit tot. Şedea pe marginea patului, aranjându-şi părul. A încremenit cu peria în mână.

– De ce crezi că n-a spus nimănui? am întrebat-o când am încheiat povestea.

Ea a rămas privind ţintă cuvertura. Când a ridicat din nou ochii spre mine, am citit în ei un fel de teamă.

– Cred că te place, mi-a spus.

Săptămâna dinaintea Crăciunului a fost foarte plină, deşi aveam prea puţine ca să ne pregătim de sărbători. Hélène şi câteva bătrâne cususeră păpuşi de cârpă pentru copii. Erau nişte jucării primitive, cu rochiţe făcute din pânză de sac, cu feţele confecţionate din ciorapi pe care brodaseră ochii şi gura. Dar pentru copiii rămaşi în St. Péronne era important să aibă parte de nişte surprize cu ocazia acelui Crăciun mohorât.

Eu am devenit ceva mai îndrăzneaţă. De două ori am furat cartofi din raţiile nemţilor şi i-am dus, ascunşi în buzunare, celor mai slăbiţi, făcând piure din cei rămaşi, să nu se vadă că erau mai puţini. Am furat morcovi mai mici şi i-am vârât în tivul fustei, astfel încât chiar când am fost oprită şi percheziţionată, nemţii n-au găsit nimic. I-am dus primarului două borcane cu zeamă de carne de pui, din care soţia lui să poată face puţină supă pentru Louisa. Fata era palidă şi avea febră. Soţia primarului mi-a spus că voma des şi părea să se fi închis în sine însăşi. Uitându-mă la ea, pierdută în imensitatea vechiului lor pat, acoperită cu pături uzate, inertă şi tuşind din când în când, m-am gândit o clipă că-i dădeam dreptate. Ce fel de viaţă era asta pentru un copil?

Noi încercam din răsputeri să ascundem copiilor ce era mai rău, dar ei trăiau într-o lume în care bărbaţii erau împuşcaţi pe străzi, străinii le smulgeau mamele din pat, trăgându-le de păr, pentru cine ştie ce vină neînsemnată, de pildă fiindcă se duseseră într-o pădure unde nu aveau voie să calce sau nu arătaseră suficient respect vreunui ofiţer german. Mimi privea această lume a noastră cu o expresie tăcută și temătoare care-i frângea inima lui Hélène. Aurélien creștea plin de mânie: vedeam furia adunându-se în el la fel ca forța unui vulcan și mă rugam zilnic la Dumnezeu ca atunci când, în sfârșit, avea să izbucnească, Aurélien să nu fie nevoit să plătească prea scump.

Dar lucrul cel mai extraordinar din săptămâna aceea a fost să găsesc strecurat pe sub ușă un ziar, tipărit primitiv și denumit *Journal des Occupés*. Singurul ziar permis la St. Péronne era *Bulletin de Lille*, controlat de nemți, plin de o propagandă atât de ostentativă, încât puțini dintre noi îl foloseau la altceva decât la aprinsul focului. Însă acest ziar dădea informații militare, numind orașele și satele aflate sub ocupație germană. Comenta pe marginea comunicatelor oficiale și conținea articole umoristice la adresa ocupației, poezioare despre pâinea neagră și benzi desenate reprezentând ofițeri din rândul ocupanților. Ziarul își implora cititorii să nu se intereseze de unde provenea publicația și să-l ardă după ce-l citeau.

În paginile lui era și o listă intitulată „Cele zece porunci ale lui Von Heinrich"[1], care ridiculiza multe reguli absurde ce ne fuseseră impuse.

Nici nu vă pot spune ce mult i-a însuflețit fițuica aceea de patru pagini pe locuitorii micului nostru orășel. În cele câteva zile rămase până la *réveillon*, la bar s-a perindat în permanență multă lume, care fie răsfoia ziarul la toaletă (pe timpul zilei îl țineam ascuns pe fundul unui coș de hârtii), fie comunicau știrile și glumele din om în om. Petreceam atâta timp la toaletă, încât nemții ne-au întrebat dacă nu cumva izbucnise vreo epidemie.

Din ziar am aflat că și alte sate din vecinătatea noastră avuseseră aceeași soartă. Am citit despre temutele lagăre de represiune, unde oamenii erau înfometați și puși să muncească până la epuizare. Am descoperit că la Paris nu se cunoștea aproape deloc situația grea în care ne găseam și că patru sute de femei și copii fuseseră evacuați din Roubaix, unde proviziile de alimente erau și mai reduse decât la St. Péronne. Nu că aceste vești în sine ne-ar fi folosit la ceva. Dar ne

---

1 Referire la generalul german von Heinrich, guvernator militar al orașului Lille

reaminteau că totuşi eram încă parte din Franţa şi că orăşelul nostru nu era singur în suferinţa lui. Lucru şi mai important, ziarul însuşi era un motiv de mândrie: francezii încă erau în stare să submineze regulile impuse de nemţi.

Se purtau discuţii aprinse despre modul în care ajunsese la noi ziarul. Faptul că fusese lăsat la hotelul Le Coq Rouge mai compensa cumva nemulţumirile crescânde legate de mesele pregătite de noi pentru germani. Eu mă uitam la Liliane Béthune care trecea grăbită prin faţa hotelului în paltonul ei de astrahan, ducându-se să cumpere pâine, şi-mi păstram părerea pentru mine.

Kommandant-ul insistase să mâncăm şi noi. Era privilegiul bucătarilor în Ajunul Crăciunului, a spus el. Crezusem că pregătim masa pentru optsprezece persoane şi când colo ne treziserăm că două dintre ele eram eu şi Hélène. Ore întregi ne învârtiserăm de colo-colo prin bucătărie, uitând de oboseală la gândul plăcut şi nerostit legat de ceea se petrecea la două străzi mai încolo, de perspectiva unei sărbători clandestine şi de carnea pe care urmau s-o mănânce copiii noştri. Două mese copioase aproape că ni se părea prea mult.

Şi totuşi nu. Niciodată n-aş fi putut refuza o masă. Mâncarea era delicioasă: raţă friptă cu felii de portocale şi ghimbir din conservă, cartofi *dauphinoise*[1] cu fasole verde, toate urmate de un platou cu brânzeturi. Hélène şi-a mâncat porţia ei, minunându-se de faptul că va avea parte de două cine.

– Pot lăsa altcuiva porţia mea de carne de porc, a spus ea, sugând un os. Mi-aş păstra doar puţin şorici rumenit. Ce zici?

Era grozav s-o văd atât de veselă. În seara aceea în bucătăria noastră domnea fericirea. Aveam lumânări mai multe şi era mai lumină ca de obicei. Simţeam în nări aromele specifice ale Crăciunului – Hélène înfipsese câteva cuişoare într-o portocală pe care o atârnase deasupra plitei, astfel că mireasma ei umplea întreaga încăpere. Dacă nu te furau gândurile, puteai să auzi clinchet de pahare, râsete şi frânturi de conversaţie, uitând că alături chefuiau nişte germani.

1 Cartofi cu smântână şi parmezan la cuptor

Pe la nouă și jumătate am îmbrăcat-o gros pe sora mea și am ajutat-o să coboare scările și să treacă în pivnița vecinilor, de unde apoi să iasă afară prin ferestruica pentru cărbuni. Pe urmă, Hélène trebuia să străbată în fugă aleile întunecoase până la casa lui *madame* Poilâne, ca să se alăture lui Aurélien și copiilor, pe care-i dusesem acolo mai devreme, în cursul după-amiezii. Porcul fusese transportat cu o zi înainte. Între timp crescuse destul de mare și Aurélien trebuise să-l țină nemișcat, în timp ce eu îi îndesasem un măr în gură ca să nu guițe, iar domnul Foubert, măcelarul, îi tăiase gâtul cu o mișcare sigură de cuțit.

Am pus la loc cărămizile, astupând deschizătura în urma lui Hélène, tot timpul cu urechile ciulite la bărbații din barul de deasupra. Mi-am dat seama cu oarecare satisfacție că pentru prima oară după luni întregi nu-mi mai era frig. Foamea face să-ți fie frig aproape tot timpul: era o lecție pe care știam sigur că n-am s-o uit vreodată.

– Édouard, sper să-ți fie cald, am șoptit în pivnița pustie, în vreme ce pașii surorii mele se îndepărtau de cealaltă parte a zidului. Sper să mănânci la fel de bine cum am mâncat și noi în astă-seară.

Când m-am înapoiat în hol, am tresărit. *Kommandant*-ul se uita țintă la portretul meu.

– Te-am căutat, mi-a spus el. Credeam că ești la bucătărie.

– Am... am ieșit să iau puțin aer, m-am bâlbâit eu.

– De fiecare dată când privesc tabloul văd altceva în el. Femeia din portret - adică dumneata - are ceva enigmatic. Aproape a zâmbit de propria greșeală. Dumneata ai ceva enigmatic.

N-am spus nimic.

– Sper că nu te pun într-o situație stânjenitoare... totuși trebuie să-ți spun. De câtva timp îmi tot repet că acesta este cel mai frumos tablou pe care l-am văzut vreodată.

– Așa e, e o pictură minunată.

– Nu ții cont și de model?

Nu i-am răspuns. El și-a învârtit vinul în pahar. Apoi a vorbit, fără să-și ia ochii de la lichidul rubiniu:

– Chiar ești convinsă că ești o femeie oarecare, *madame?*

– Cred că frumusețea e în ochii celui care privește. Când soțul meu îmi spune că sunt frumoasă, îl cred, fiindcă știu că în ochii lui chiar sunt.

Atunci el a ridicat fruntea. Ochii lui s-au ațintit în ochii mei. Mi-a susținut privirea atât de mult, încât am simțit cum mi se iuțește răsuflarea.

Ochii lui Édouard erau ferestrele sufletului lui. Tot sufletul i se dezvăluia în privire. Privirea *Kommandant*-ului era intensă, inteligentă și totuși parcă acoperită de un văl, ca și cum ar fi vrut să-și ascundă adevăratele trăiri. Mi-era teamă ca nu cumva să observe că și eu abia reușeam să-mi țin cumpătul, să nu vadă dincolo de minciunile mele, dacă-l lăsam să-mi citească în ochi. Am fost prima care și-a desprins privirea.

El s-a întins peste masă spre lada adusă de nemți mai devreme și a luat dinăuntru o sticlă de coniac.

– Bea cu mine un păhărel, *madame*.

– Nu, mulțumesc, *Herr Kommandant*.

Am aruncat o privire spre ușa care dădea în sala de mese, unde ofițerii probabil își terminau desertul.

– Un singur păhărel. E noaptea de Crăciun.

Știam să recunosc un ordin. M-am gândit la ceilalți, care mâncau friptură de porc la câteva case mai încolo. M-am gândit la Mimi, cu stropi de grăsime prelinși pe bărbie, la Aurélien, zâmbind și glumind, lăudându-se cu felul în care-i dusesem de nas pe nemți. Avea și el nevoie de puțină fericire: în săptămâna aceea fusese trimis de două ori acasă de la școală fiindcă se bătuse, dar refuzase să-mi destăinuie motivul. Trebuia să știu că toți se bucură măcar de o masă bună.

– Atunci... foarte bine.

Am acceptat un pahar și am sorbit o înghițitură. Coniacul mi-a ars gâtlejul ca o dâră de foc. Am simțit cum îmi dă brusc putere și încredere.

El și-a golit paharul dintr-o înghițitură, m-a urmărit cum îl beam pe al meu, apoi a împins sticla spre mine, făcându-mi semn să-mi torn din nou.

Am continuat să stăm acolo în tăcere. Mă întrebam câți veniseră să mănânce din porc. Hélène socotise că ar fi fost vorba de vreo paisprezece oameni. Doi dintre bătrâni se temuseră să iasă din casă după ora de camuflaj. Preotul promisese să ia resturile şi să le ducă celor rămaşi acasă, după liturghia de Crăciun.

L-am studiat din ochi în timp ce-mi sorbeam coniacul. Avea bărbia fermă, sugerând un caracter neînduplecat, dar, fără chipiu, părul tuns aproape zero îi dădea un aer vulnerabil. Am încercat să mi-l imaginez fără uniformă, un om ca toţi ceilalţi, care-şi vede de treburile zilnice, cumpărând un ziar, mergând în vacanţă. Dar n-am reuşit. Nu puteam privi dincolo de uniforma lui.

– Războiul înseamnă singurătate, aşa-i?

Am sorbit din coniac.

– Dumneavoastră îi aveţi pe oamenii dumneavoastră. Eu am familia. Nici unul din noi nu-i chiar singur.

– Totuşi, nu-i acelaşi lucru, nu crezi?

– Ne descurcăm cum putem mai bine.

– Oare? Nu ştiu dacă cineva ar putea descrie situaţia drept „mai bine".

Coniacul m-a făcut să uit de politeţe.

– Dumneavoastră sunteţi cel care stă acum în bucătăria mea, *Herr Kommandant.* Cu respect, vă atrag atenţia că numai unul din noi are posibilitatea de a alege.

Chipul i s-a umbrit pentru o clipă. Nu era obişnuit să fie sfidat. S-a îmbujorat uşor şi l-am revăzut în gând cu braţul ridicat, cu pistolul aţintit spre prizonierul care alerga.

– Chiar crezi că vreunul din noi are de ales? m-a întrebat el liniştit. Chiar crezi că aşa ar alege cineva să-şi ducă viaţa? Înconjurat de distrugere? De oameni care distrug? De-ai putea asista la ce vedem noi pe front, te-ai considera… Glasul i s-a stins şi a clătinat din cap. Iartă-mă, *madame.* E din pricina acestei sărbători. Ajunge un păhărel ca omul să devină sentimental. Şi ştim cu toţii că nimic nu-i mai rău decât un soldat sentimental.

A zâmbit, cu aerul că-şi cere scuze, şi m-am mai destins puţin. Şedeam acolo amândoi, fiecare în câte un capăt al mesei din bucătărie, sorbind din pahare şi înconjuraţi de resturile festinului. În încăperea alăturată, ofiţerii începuseră să cânte. Le-am auzit vocile intonând colindele cunoscute, cu versuri pe care nu le înţelegeam.

Kommandant-ul și-a plecat capul într-o parte ca să asculte. Apoi a pus paharul pe masă.

– Ne urăști pentru faptul că suntem aici, așa-i?

Am clipit de câteva ori.

– Am încercat întotdeauna...

– Îți închipui că nu ți se poate citi nimic pe față. Dar te-am privit cu atenție. Anii de experiență în meseria asta m-au învățat multe despre oameni și secretele lor. Bun. Putem încheia un armistițiu, *madame*? Măcar pentru aceste câteva ore?

– Un armistițiu?

– Dumneata să uiți că eu fac parte din armata inamică, iar eu să uit că ești o femeie care se gândește aproape în permanență cum să saboteze acea armată. Putem fi doar... doi oameni obișnuiți?

Chipul i s-a îmblânzit pentru o clipă. A întins paharul către mine. Aproape fără voie l-am ridicat și eu pe al meu.

– Să lăsăm deoparte Crăciunul, în singurătate sau nu. Aș vrea să-mi povestești despre ceilalți artiști de la Académie. Spune-mi cum i-ai cunoscut.

N-am idee cât am stat acolo. Sinceră să fiu, orele s-au scurs una după alta, stând de vorbă și simțind în trup căldura dată de alcool. *Kommandant*-ul voia să afle totul despre viața artistică de la Paris. Ce fel de om era Matisse? Dusese o viață la fel de scandaloasă cum îi era și arta?

– O, nu. Avea o rigurozitate intelectuală ca nimeni altul. Foarte strict. Și foarte conservator, atât în munca lui, cât și ca tabieturi. Dar cumva... M-am gândit o clipă la profesorul cu ochelari, cum privea în jur ca să se convingă că înțeleseseși tot, înainte să-ți arate și alte lucruri. Cumva... bucuros. Cred că tot ceea ce face îi dă un sentiment de bucurie.

Kommandant-ul s-a gândit la ce-i spusesem, ca și cum răspunsul meu l-ar fi mulțumit.

– Cândva am vrut și eu să mă fac pictor. Sigur, nu aveam talent. Am fost nevoit să mă confrunt cu acest adevăr încă de timpuriu.

A învârtit între degete piciorul paharului.

– De multe ori îmi spun că a-ți câștiga existența făcând ce-ți place cel mai mult este probabil cel mai mare dar pe care ți-l poate oferi viața.

Atunci m-am gândit la Édouard, la figura lui concentrată din spatele șevaletului. Dacă închideam ochii, încă simțeam pe piciorul drept căldura focului din șemineu, în timp ce stângul, dezgolit, se înfiora ușor. Îl vedeam ridicând din sprânceană și momentul precis în care gândul îi zbura departe de pictură.

– Așa cred și eu.

– Prima oară când te-am văzut, îmi spusese Édouard cu ocazia primului nostru Crăciun împreună, te-am privit stând în mijlocul acelui magazin aglomerat și mi-am zis că erai femeia cea mai stăpână pe sine pe care o întâlnisem vreodată. Arătai de parcă lumea ar fi putut exploda în jurul tău și tu ai fi rămas tot acolo, cu fruntea sus, privind-o mândră pe sub părul tău superb.

Îmi luase mâna și mi-o sărutase cu tandrețe.

– Iar eu mi-am zis că ești ca un urs rusesc, îi povestisem eu.

Édouard ridicase din sprânceană. Ne găseam într-o braserie aglomerată de lângă rue de Turbigo.

– MRRRRRRRR, mârâise el, făcându-mă să râd cu lacrimi. Mă strânsese în brațe chiar acolo, pe loc, pe mijlocul banchetei, acoperindu-mi gâtul cu sărutări, fără să-i pese de cei care mâncau în jurul nostru. MRRRRRRR.

Alături, colindele încetaseră. Deodată, mi-am adus aminte unde eram și m-am ridicat, ca și cum aș fi vrut să strâng masa.

– Te rog, a spus *Kommandant*-ul, făcându-mi semn să mă așez la loc. Mai rămâi puțin. În definitiv, este Ajunul Crăciunului.

– Oamenii dumneavoastră vă așteaptă să mergeți alături de ei.

– Dimpotrivă, se distrează mai bine când nu-i de față *Kommandant*-ul. Nu-i cinstit să le impun prezența mea toată seara.

În schimb, era cinstit să-mi impună prezența lui mie, mi-am spus. Atunci m-a întrebat:

– Unde-i sora dumitale?

– I-am spus să meargă la culcare, am răspuns. Nu se simte prea grozav și astă-seară, după ce a terminat de gătit, a fost foarte obosită. Am vrut să fie în formă mâine.

– Şi ce-o să faceţi mâine? O să sărbătoriţi?

– Avem mare lucru de sărbătorit?

– Armistiţiu, *madame*?

Am ridicat din umeri.

– O să mergem la biserică. Poate o să mergem în vizită la rudele mai vârstnice. Este o zi în care le e greu să fie singuri.

– Te îngrijeşti de toţi, aşa-i?

– Nu-i o crimă să fii un bun vecin.

– Coşul de lemne l-am trimis ca să-l foloseşti dumneata. Ştiu că ai dus lemnele la casa primarului.

– Fata lui e bolnavă. Are nevoie de căldură mai mult decât noi.

– *Madame,* ar trebui să ştii că mie nu-mi scapă nimic din ce se petrece în orăşelul dumitale. Nimic.

N-am îndrăznit să-i întâlnesc privirea. Mi-era teamă că de data asta chipul meu, inima care-mi bătea nebuneşte, mă vor trăda. Aş fi dorit să-mi şterg din minte că la câteva sute de metri de noi avea loc un festin. Aş fi vrut să scap de sentimentul că *Herr Kommandant* se juca de-a şoarecele şi pisica cu mine.

Am mai sorbit o înghiţitură de coniac. Ofiţerii începuseră din nou să cânte. Cunoşteam acel colind. Aproape că înţelegeam cuvintele.

Stille Nacht, heilige Nacht,
Alles schlaft, einsam wacht.[1]

De ce oare continua să mă privească? Mi-era teamă să vorbesc, să mă ridic iarăşi de pe scaun, ca nu cumva să-mi adreseze vreo întrebare care să mă pună în încurcătură. Dar şi stând acolo şi lăsându-l să mă privească ţintă, îmi dădea senzaţia că mă face complice la ceva. Într-un târziu, am tras aer în piept şi am ridicat ochii. El continua să se uite la mine.

– *Madame,* dansezi cu mine? Un singur dans? De dragul Crăciunului?

– Să dansez?

---

1 *Noapte liniştită, noapte sfântă,/ Toate dorm, singur veghează.* (în limba germană în original)

– Numai un dans. Aş vrea... aş vrea să-mi amintesc de partea frumoasă a omenirii măcar o dată anul acesta.

– Nu... nu cred...

M-am gândit la Hélène şi la ceilalţi aflaţi câteva străzi mai încolo, liberi măcar pentru o seară. M-am gândit la Liliane Béthune. Am privit atent chipul *Kommandant*-ului. Rugămintea lui părea să fie sinceră. *Vom fi doar... doi oameni...*

Şi atunci mi-am amintit de soţul meu. I-aş fi dorit să aibă parte de două braţe înţelegătoare care să-l cuprindă pe timpul unui dans? Doar pentru o seară? Nu speram oare ca undeva, la mulţi kilometri depărtare, vreo femeie bună la suflet, dintr-un bar liniştit, să-i aducă aminte că lumea putea să fie şi un loc unde domnea frumosul?

– Am să dansez cu dumneavoastră, *Herr Kommandant,* am răspuns. Dar numai în bucătărie.

El s-a ridicat, mi-a întins braţul şi, după o scurtă ezitare, l-am prins de mână. Avea palma neaşteptat de aspră. M-am apropiat câţiva paşi, fără să mă uit la el, iar el şi-a pus cealaltă mână pe mijlocul meu. În timp ce ofiţerii din sala de mese cântau, noi doi am început să ne învârtim încet în jurul mesei, eu foarte conştientă de trupul lui la numai câţiva centimetri de al meu şi de apăsarea degetelor lui pe corset. Îi simţeam asprimea uniformei de serj pe braţul gol şi vibraţiile pieptului în timp ce fredona încet. Aveam impresia că sunt gata să iau foc de încordare, fiecare simţ în parte îmi comanda mişcările degetelor, braţelor, în încercarea de a nu mă apropia prea mult, temându-mă că în orice moment m-ar fi putut lipi de trupul lui.

Şi în permanenţă, în mintea mea, un glas îmi repeta: „*Dansez cu un neamţ*“.

Stille Nacht, heilige Nacht,
Gottes Sohn, o wie lacht...[1]

Dar el n-a făcut nimic. Fredona şi mă ţinea cu delicateţe, mişcându-se mereu în cerc în jurul mesei din bucătărie. Şi atunci,

---

[1] *Noapte liniştită, noapte sfântă,/ O, cum râde Fiul lui Dumnezeu...* (în limba germană în original)

pentru doar câteva minute, am închis ochii și am redevenit o fată veselă, care nu știa ce-i foamea sau frigul, dansând în noaptea de Ajun, ușor amețită de la coniacul de calitate, respirând aroma de mirodenii și de mâncăruri delicioase. Trăiam la fel ca Édouard, savurând fiece mică plăcere, îngăduindu-mi să văd frumusețea acelor clipe. Trecuseră doi ani de când nu mai fusesem ținută în brațe de un bărbat. Am închis ochii, m-am relaxat și m-am lăsat în voia simțurilor, dându-i voie partenerului meu să mă învârtă în cerc, cu glasul lui încă fredonându-mi la ureche:

Christ, in deiner Geburt!
Christ, in deiner Geburt![1]

Colindele au încetat și, în clipa următoare, a făcut un pas înapoi și s-a desprins de mine, aproape împotriva voinței lui.

– Mulțumesc, *madame*. Mulțumesc mult.

Când în sfârșit am îndrăznit să ridic privirea, am văzut că avea lacrimi în ochi.

A doua zi ne-a fost adusă la ușă o lădiță. Înăuntru erau trei ouă, un mic *poussin*[2], o ceapă și un morcov. Pe o latură era scris cu o caligrafie îngrijită: „*Fröhliche Weihnachten*". Adică „Crăciun fericit", ne-a tradus Aurélien. Din nu știu ce motiv, fratele meu s-a ferit să mă privească în ochi.

---

1 *Hristos, prin nașterea Ta* (în limba germană în original)

2 Pui (în limba franceză în original)

Capitolul 7

Odată cu scăderea temperaturii, nemţii au instituit un control şi mai strict în St. Péronne. Orăşelul nu privea cu ochi buni numărul tot mai mare de soldaţi care soseau aici zilnic. Discuţiile ofiţerilor la bar deveniseră intense şi preocupate, astfel că eu şi Hélène petreceam mai tot timpul în bucătărie. *Kommandant-ul* abia dacă mi se adresa, stând o bună parte din vreme alături de câţiva ofiţeri de încredere. Părea istovit şi, când îl auzeam vorbind în sala de mese, se întâmpla adesea să fie furios.

În acel ianuarie s-a întâmplat de câteva ori ca prizonieri francezi să treacă pe strada principală, prin faţa hotelului, dar nu ni s-a mai permis să stăm pe trotuar ca să-i privim. Alimentele s-au împuţinat, raţiile oficiale s-au redus şi se aştepta din partea mea să încropesc ospeţe din cantităţi mereu mai mici de carne şi legume. Se apropiau vremuri grele.

Când ajungea la noi, *Journal des Occupés* relata ştiri despre sate pe care le cunoşteam. Noaptea nu era lucru neobişnuit ca bubuitul tunurilor să facă să ne zăngăne paharele pe mese. Cu câteva zile în urmă îmi dădusem seama că sunetul care lipsea era ciripitul păsărilor. Ne ajunsese la ureche că toate fetele peste şaisprezece ani şi toţi băieţii peste cincisprezece vor fi obligaţi să muncească pentru nemţi, scoţând din pământ sfeclă de zahăr sau îngrijind răsaduri de cartofi, ori chiar aveau să fie trimişi departe de casă, la muncă în fabrici. Cum Aurélien mai avea doar câteva luni până să împlinească cincisprezece ani, eu şi Hélène eram din ce în ce mai neliniştite.

Circulau nenumărate zvonuri despre ce se întâmplase cu astfel de tineri, despre fete cazate alături de bande de răufăcători sau, și mai rău, forțate să-i „distreze“ pe soldații nemți. Băieții erau înfometați sau bătuți, mutați de colo-colo în permanență, ca să li se piardă urma și să fie obedienți. În pofida vârstei noastre, eu și Hélène am fost scutite, așa ni s-a spus, fiind socotite „indispensabile bunăstării militarilor germani“ la hotel. Acest singur fapt ar fi fost de ajuns să stârnească resentimente în orășel în momentul în care s-ar fi aflat.

Și mai era ceva. O schimbare subtilă, pe care eu o sesizasem. În timpul zilei, Le Coq Rouge primea tot mai puțini clienți. De la vreo douăzeci de persoane, care constituiau obișnuiții casei, acum veneau numai vreo opt. La început mi-am închipuit că oamenii rămâneau acasă din pricina frigului. Pe urmă mi-am făcut griji și am trecut pe la moș René, să văd dacă nu cumva era bolnav. Dar el m-a întâmpinat în prag și mi-a declarat morocănos că prefera să stea acasă. Nu m-a privit în ochi când mi-a vorbit. La fel mi s-a întâmplat și când am trecut pe la *madame* Foubert, apoi pe la soția primarului. Am rămas cu o stranie senzație de descumpănire. Mi-am spus că totul era doar în mintea mea, dar într-o bună zi când s-a întâmplat să trec prin fața localului Bar Blanc în drum spre farmacie, i-am văzut pe moș René și pe *madame* Foubert așezați înăuntru la o masă și jucând table. Am fost convinsă că mă înșelau ochii. Când mi-a fost clar că nu era așa, mi-am lăsat bărbia în piept și mi-am văzut grăbită de drum.

Numai Liliane Béthune îmi mai adresa câte un zâmbet amical. Într-o dimineață, cu puțin înainte de ivirea zorilor, am surprins-o strecurând un plic pe sub ușa mea. A sărit ca arsă în clipa când am tras zăvoarele.

– O, *mon Dieu*[1], slavă Domnului că ești tu, mi-a spus ea, ducându-și mâna la gură.

– E ceea ce cred eu că este? am întrebat, cu ochii la plicul voluminos, pe care nu figura nici o adresă.

– Cine știe? a replicat ea, deja pornind înapoi spre piațetă. Eu nu remarc nimic.

---

1 Doamne! (în limba franceză în original)

Dar Liliane Béthune era singura. Pe măsură ce treceau zilele am observat și alte lucruri: dacă veneam din bucătărie ca să intru în bar, conversația se oprea puțin, ca și cum cei care stătuseră de vorbă până atunci ar fi ținut neapărat ca discuția să nu ajungă la urechile mele. Dacă interveneam într-o conversație, nu mi se acorda nici o atenție. De două ori i-am oferit soției primarului câte un borcan cu supă sau cu zeamă de carne, doar ca să mi se răspundă „avem și noi, mulțumesc". Soția primarului se deprinsese să-mi vorbească într-un fel anume, nu tocmai neprietenos, dar cu un oarecare sentiment de ușurare când renunțam să-i mai adresez cuvântul. N-aș fi recunoscut asta niciodată, dar aproape mă bucuram când se lăsa seara și restaurantul răsuna din nou de glasuri, chiar dacă acestea vorbeau în germană.

Cel care m-a lămurit a fost Aurélien.

– Sophie?

– Da?

Tocmai pregăteam aluatul pentru o plăcintă cu carne de iepure și cu legume. Aveam mâinile și șorțul pline de făină și mă întrebam dacă din resturile de aluat aș mai fi putut coace niște biscuiți pentru copii.

– Pot să te întreb ceva?

– Sigur.

Mi-am șters mâinile pe șorț. Frățiorul meu mă privea într-un fel ciudat, ca și cum ar fi încercat să-și dea seama de ceva.

– Îți... îți plac nemții?

– Dacă-mi *plac* nemții?

– Da.

– Ce întrebare ridicolă! Sigur că nu. Aș vrea să plece toți, ca să ne întoarcem la viața noastră de dinainte.

– Dar îți place *Herr Kommandant.*

Am încremenit cu mâinile pe ruloul de patiserie, apoi m-am răsucit brusc spre el.

– Știi bine că-i o discuție periculoasă, genul de conversație care ne poate vârî pe toți în belea.

– Nu conversația cu mine ne vâră în belea.

Dincolo, în bar, îi auzeam vorbind pe clienții noștri din oraș. M-am dus și am închis ușa, ca să rămânem doar noi doi în bucătărie. Apoi m-am adresat din nou lui Aurélien, cu glas coborât și măsurat.

– Spune ce ai pe suflet, Aurélien.

– Se zice că nu ești cu nimic mai bună decât Liliane Béthune.

– Cum?

– *Monsieur* Suel te-a văzut dansând cu *Herr Kommandant* în noaptea de Ajun. Aproape de el, cu ochii închiși, cu trupul lipit de al lui, ca și cum l-ai iubi.

Am fost atât de șocată, încât m-a încercat o senzație de leșin.

– *Poftim?*

– Cică de-asta n-ai vrut să vii la *réveillon*, ca să rămâi singură cu el. Lumea zice că de-aia avem noi provizii mai multe. Ești favorita neamțului.

– De asta te-ai bătut la școală?

Mi-am adus aminte de ochiul lui umflat și învinețit, de refuzul îmbufnat de a vorbi când îl întrebasem ce se întâmplase.

– E adevărat?

– Nu, *nu*-i adevărat.

Am trântit ruloul pe masă.

– El m-a întrebat... m-a întrebat dacă nu vreau să dansez, măcar un singur dans, fiindcă era Crăciunul, și mi-am zis că era mai bine să se gândească la dans și la faptul că era aici decât să risc să se întrebe ce se întâmpla acasă la *madame* Poilâne. Atât și nimic mai mult: în seara aceea sora ta încerca să vă protejeze.

– Dar l-am văzut și eu. Am văzut că te admiră.

– Îmi admiră portretul. Este o diferență ca de la cer la pământ.

– Am auzit cum ți se adresează.

M-am încruntat la el și și-a dat ochii peste cap. Bineînțeles, stând atâtea ore să privească printre scândurile din camera trei, Aurélien probabil văzuse și auzise tot.

– Nu poți să zici că nu-i place de tine. Când ți se adresează, îți spune „dumneata“ în loc de „dumneavoastră“, și tu îi dai voie.

– E *Kommandant* german, Aurélien. Nu prea am de ales în ce privește modul lui de adresare.

– Toată lumea vorbește despre tine, Sophie. Eu stau la etaj, aud ce cuvinte urâte spun despre tine și nu știu ce să cred.

Ochii îi ardeau de supărare și frustrare.

M-am dus la el și l-am apucat de umeri.

– Atunci să crezi ce-ți spun acum: n-am făcut nimic, dar *nimic*, care să aducă rușine asupra mea sau a soțului meu. Zilnic caut alte și alte căi de a asigura o viață bună acestei familii, de a aduce vecinilor și prietenilor noștri alimente, mângâiere și speranță. Nu simt nimic pentru *Kommandant*. Încerc să-mi amintesc că este și el un om la fel ca noi. Dar dacă tu, Aurélien, crezi că aș fi vreodată în stare să-mi înșel soțul, ești un mare nerod. Îl iubesc pe Édouard cu fiecare părticică a ființei mele. În fiecare zi când e departe de mine îi simt lipsa ca pe o durere fizică. Noaptea nu-mi găsesc somnul de teama a ceea ce i s-ar putea întâmpla. Și nu vreau să te mai aud vreodată rostind astfel de vorbe. Ai înțeles?

El s-a scuturat, dându-mi mâinile deoparte.

– Ai înțeles?

A dat din cap îmbufnat.

– O, am continuat eu. Poate n-ar fi trebuit să spun asta, dar deja mi se suise sângele la cap. Și nu te pripi s-o condamni pe Liliane Béthune. S-ar putea să descoperi că-i datorezi mai mult decât îți închipui.

Fratele meu m-a privit mânios și a ieșit cu pași apăsați din bucătărie, trântind ușa în urma lui. Am rămas cu ochii la aluat câteva minute, până să-mi amintesc că aveam de gând să fac o plăcintă.

Ceva mai târziu în cursul dimineții am ieșit să mă plimb puțin prin piațetă. În mod normal, Hélène era cea care cumpăra pâine – *Kriegsbrot*[1] –, dar simțeam nevoia să-mi limpezesc gândurile, iar atmosfera din bar devenise prea apăsătoare. Aerul era atât de rece în acel ianuarie încât mă usturau plămânii, iar crenguțele golașe ale copacilor se înveliseră într-o pojghiță de gheață. Mi-am tras boneta pe frunte și mi-am pus fularul la gură. Străzile erau aproape pustii, dar chiar și așa, o singură persoană, *madame* Bonnard, m-a salutat

---

1 Pâine de război (în limba germană în original)

din cap. Mi-am spus că probabil fiindcă nu mă recunoscuse, așa înfofolită.

M-am dus până în rue des Bastides, redenumită Schieler Platz (noi refuzam să folosim acest nou nume). Ușa de la *boulangerie* era închisă și a trebuit s-o împing. Înăuntru erau *madame* Louvier și *madame* Durant, într-o discuție animată cu *monsieur* Armand. În clipa când ușa s-a închis în urma mea, toți trei au tăcut brusc.

– Bună dimineața, i-am salutat, aranjându-mi coșul de cumpărături pe braț.

Cele două femei, înfofolite în nu știu câte șaluri de lână, au dat vag din cap în direcția mea. *Monsieur* Armand n-a făcut decât să-și sprijine palmele pe tejgheaua din fața lui.

Am așteptat, apoi m-am întors către bătrâne.

– Sunteți bine, *madame* Louvier? Nu v-am mai văzut pe la Le Coq Rouge de săptămâni întregi. Mă temeam să nu fiți bolnavă.

Vocea mea răsuna nefiresc de tare și de ascuțită în mica brutărie.

– Nu, a răspuns femeia. Zilele astea am preferat să stau acasă.

A vorbit fără să mă privească în ochi.

– Ați primit cartoful pe care vi l-am lăsat acum o săptămână?

– Da.

S-a uitat pieziș spre monsieur Armand.

– I l-am dat lui *madame* Grenouille. Ea e... mai puțin pretențioasă, n-o deranjează de unde provine hrana.

Am rămas încremenită. Deci așa stăteau lucrurile. Nedreptatea îmi lăsa pe limbă un gust ca de cenușă.

– Domnule Armand, aș dori niște pâine, dacă se poate. Franzela mea și a lui Hélène, dacă nu vă supărați.

Ah, ce dor îmi era de una din glumele lui! De vreo aluzie mai puțin cuviincioasă sau de vreun joc de cuvinte rostit cu ochii în tavan. Dar brutarul s-a mulțumit să mă fixeze cu o privire ostilă. Nu s-a dus în cealaltă încăpere, așa cum mă așteptasem. De fapt, n-a schițat nici un gest. Chiar când voiam să repet rugămintea, s-a aplecat și a scos de sub tejghea două franzele negre, pe care mi le-a pus în față.

Am rămas cu ochii la ele.

Aerul din mica *boulangerie* a devenit aproape înghețat, deși eu simțeam cum mă ard privirile celor trei. Pâinile stăteau pe tejghea, pătrate și negre.

Am ridicat ochii și mi-am înghițit nodul din gât.

– De fapt, m-am înșelat. Azi n-avem nevoie de pâine, am spus încet și mi-am pus portofelul înapoi în coș.

– Îmi închipui că n-ai nevoie de prea multe la ora actuală, a mormăit *madame* Durant.

M-am întors spre ea și am privit-o pe bătrână în ochi. Apoi, cu fruntea sus, am ieșit din brutărie. Ce rușine! Câtă nedreptate! Am văzut privirile batjocoritoare ale celor două bătrâne și mi-am dat seama cât fusesem de naivă. Cum de-mi luase atâta timp să înțeleg ce se petrecea chiar sub nasul meu? M-am întors repede la hotel, cu obrajii arzând, cu mintea roind de gânduri. Îmi vuiau urechile atât de tare, încât la început nici n-am auzit vocea.

– *Halt!*

M-am oprit și am privit în jurul meu.

– *Halt!*

Spre mine venea un ofițer neamț, cu mâna ridicată. Am așteptat lângă statuia spartă a primarului Leclerc, cu obrajii încă arzând. El a venit direct la mine.

– Te faci că nu mă auzi!

– Iertați-mă, domnule ofițer, nu v-am auzit.

– E o jignire să nu acorzi atenție unui ofițer german.

– V-am spus că nu v-am auzit. Iertați-mă.

Mi-am coborât puțin fularul de pe obraz și am văzut cu cine aveam de-a face: era tânărul ofițer care băuse cam mult și pusese mâna pe Hélène la bar, după care fusese dat cu capul de perete. I-am văzut mica cicatrice de la tâmplă și mi-am dat seama că și el mă recunoscuse.

– Actele dumitale.

Nu aveam actele în buzunar. Fusesem atât de tulburată de vorbele lui Aurélien, încât le lăsasem la hotel, pe masa din hol.

– Le-am uitat acasă.

– E interzis să pleci de-acasă fără acte.

– Locuiesc chiar aici.

Am arătat către hotel.

– Dacă mergeți cu mine, vi le pot arăta...

– Nu merg nicăieri. De ce-ai plecat de acasă?

– Am... am fost la *boulangerie.*

El s-a uitat în coșul gol.

– Ca să cumperi o pâine invizibilă?

– M-am răzgândit.

– Probabil că mănânci bine la hotel. Toți ceilalți abia așteaptă să-și primească rațiile.

– Nu mănânc mai bine decât ceilalți.

– Golește-ți buzunarele.

– Poftim?

El a făcut semn cu arma înspre mine.

– Golește-ți buzunarele. Și dă deoparte șalurile, să văd ce duci acolo.

Temperatura era de minus un grad. Vântul înghețat îmi șfichiuia fiecare centimetru pătrat de piele neacoperită. Am pus jos coșul și mi-am scos încet primul șal.

– Dă-i drumul, a ordonat el. Lasă-l să cadă la pământ. Și pe celălalt.

M-am uitat în jur. În celălalt capăt al pieții, clienții hotelului Le Coq Rouge probabil urmăreau scena. Mi-am scos încet și al doilea șal, pe urmă paltonul meu greu. Am simțit toate privirile ațintite asupra mea din spatele ferestrelor din piață.

– Golește-ți buzunarele.

A împins cu baioneta paltonul, tăvălindu-l prin gheață și noroi.

– Întoarce-le pe dos.

M-am aplecat și mi-am vârât mâinile în buzunare. Începusem să tremur și degetele învinețite refuzau să mă asculte. După mai multe încercări, am reușit să scot cartela de alimente, două bancnote de cinci franci și o bucățică de hârtie.

El a înșfăcat-o.

– Ce-i asta?

– Nimic important, domnule ofițer. Doar... doar un dar de la soțul meu. Vă rog să mi-l dați înapoi.

Mi-am dat seama că glasul meu trăda panica. De cum am rostit acele vorbe, am înțeles că făcusem o greșeală. El a despăturit micul desen făcut de Édouard înfățișându-ne pe noi doi: el un urs în uniformă, eu cu un aer grav, în rochie albastră și apretată.

– Se confiscă, a spus el.

– Poftim?

– E interzis să ai asupra ta orice seamănă cu uniforma militară franceză. Am s-o distrug.

– Dar...

Nu-mi venea să-mi cred urechilor.

– Nu-i decât o glumă, un desen cu un urs.

– Un urs în uniforma militară franceză. Poate fi un cod.

– Dar nu-i decât o glumă... o glumă între mine și soțul meu. Vă rog, n-o distrugeți.

Am întins mâna, dar el mi-a dat peste degete.

– Vă rog, am atât de puține lucruri care să-mi amintească...

În timp ce stăteam acolo dârdâind, el s-a uitat în ochii mei și a rupt desenul în două. Apoi a rupt cele două bucăți în bucățele mici, fără să-și ia ochii de la mine, lăsând să cadă bucățelele ca niște confetti pe pământul umed.

– Data viitoare să-ți aduci aminte să-ți iei actele la tine, târfă, mi-a spus și s-a înapoiat la camarazii lui.

Hélène mi-a ieșit în cale chiar în clipa în care am intrat pe ușă, ținându-mi strâns în jurul trupului șalurile ude și înghețate. De cum am pășit înăuntru, am simțit privirile clienților ațintite asupra mea, dar nu aveam ce să le spun. Am străbătut barul și m-am dus pe holișor, unde m-am chinuit cu degetele înghețate să atârn șalurile pe niște umerașe de lemn.

– Ce s-a întâmplat?

Sora mea venise după mine.

Eram atât de tulburată, încât abia puteam vorbi.

– E același ofițer care a pus atunci mâna pe tine. A rupt desenul lui Édouard. L-a făcut bucăți, să se răzbune pe noi pentru lovitura primită de la *Kommandant*. Și n-avem nici pâine, fiindcă se pare că *monsieur* Armand mă crede o târfă.

Aveam obrazul amorţit de frig şi abia reuşeam să mă fac înţeleasă. Deşi eram albă ca varul, glasul meu se auzea destul de tare.

– Ssst!

– De ce? De ce să tac? Ce rău am făcut *eu*? Aici e plin de lume care şuşoteşte, dar *nimeni* nu spune adevărul.

Tremuram de furie şi disperare.

Hélène a închis uşa care dădea spre bar şi m-a tras la etaj, spre dormitoarele goale, unul dintre puţinele locuri unde nu puteam fi auzite.

– Linişteşte-te şi vorbeşte. Ce s-a întâmplat?

I-am povestit. I-am povestit ce-mi spusese Aurélien, cum îmi vorbiseră bătrânele de la *boulangerie*, i-am povestit despre *monsieur* Armand şi pâinea lui, pe care acum nu mai puteam risca s-o mâncăm. Hélène m-a ascultat până la capăt, cu capul rezemat de al meu, scoţând exclamaţii compătimitoare. Până când a rostit întrebarea:

– Ai *dansat* cu el?

Mi-am şters ochii.

– Păi, da.

– Ai *dansat* cu *Herr Kommandant*?

– Nu te mai uita aşa la mine. Ştii bine ce făceam în seara aia. Ştii că aş fi făcut orice să-i ţin pe nemţi departe de *réveillon*. Faptul că i-am reţinut aici a însemnat că v-aţi putut bucura cu toţii de o masă ca lumea. Chiar tu mi-ai spus că a fost cea mai frumoasă zi de când a plecat Jean-Michel.

Ea s-a uitat la mine.

– Ce, n-ai spus aşa? Nu astea au fost vorbele tale?

Ea continua să tacă.

– Ce? Acum ai să-mi spui şi tu că sunt o târfă?

Hélène şi-a coborât privirea spre vârful picioarelor. Într-un târziu mi-a spus:

– Eu una n-aş fi dansat cu un neamţ, Sophie.

Am lăsat să mi se întipărească în minte semnificaţia vorbelor ei. Apoi m-am ridicat şi, fără un cuvânt, am coborât scara. Am auzit-o chemându-mă pe nume şi, undeva, într-un cotlon întunecat al fiinţei mele, mi-am dat seama că acea chemare venea prea târziu.

*

În seara aceea, eu și Hélène am trebăluit în tăcere. Vorbeam doar strictul necesar, cât să confirmăm că da, plăcinta va fi gata pentru ora șapte jumătate, că da, sticlele de vin fuseseră destupate și că, într-adevăr, erau cu patru sticle mai puțin față de săptămâna trecută. Aurélien rămăsese la etaj cu copiii. Numai Mimi a venit la mine și m-a îmbrățișat. Am strâns-o în brațe aproape sălbatic, respirând adânc parfumul ei dulce de copil și simțindu-i obrazul catifelat lipit de al meu.

– Te iubesc, micuța mea Mi, i-am șoptit.

Ea mi-a zâmbit pe sub buclele blonde.

– Și eu te iubesc, mătușă Sophie, mi-a răspuns.

Am vârât mâna în buzunarul șorțului și i-am îndesat repede în gură o bucățică de aluat copt, pe care i-o păstrasem pentru mai târziu. În timp ce ea îmi surâdea larg, Hélène a condus-o la etaj, să meargă la culcare.

În contrast cu starea de spirit a surorii mele și a mea, ofițerii nemți păreau neobișnuit de veseli în seara aceea. Nimeni nu se plângea de rațiile reduse, aparent nu le păsa că vinul era mai puțin. Singur *Kommandant*-ul era încruntat și preocupat. Ședea deoparte, în timp ce toți ceilalți ofițeri toastau și aclamau. M-am întrebat dacă Aurélien era sus, ascultând, și dacă înțelegea ce vorbeau nemții.

– Hai să nu ne certăm, mi-a spus Hélène târziu, când ne-am vârât în pat, epuizate. Starea asta mă seacă de puteri.

A întins mâna și a apucat-o pe a mea, iar eu am strâns-o pe a ei, în semiîntuneric. Dar amândouă știam că se schimbase ceva.

În dimineața următoare, Hélène a fost cea care a mers la piață. În perioada aceea nu funcționau decât vreo câteva tarabe, unele cu carne conservată, altele cu ouă înspăimântător de scumpe și câteva legume. Mai era și un bătrân venit din departamentul Vendeea, care confecționa lenjerie de corp din țesături vechi. Am rămas în barul hotelului, servindu-i pe puținii clienți rămași și încercând să nu țin seama de faptul că în mod clar continuam să fiu subiectul unor discuții deloc amicale.

Pe la zece și jumătate am auzit zarvă mare afară. M-am întrebat o clipă de nu cumva trecea un nou convoi de prizonieri, dar Hélène a dat buzna înăuntru, cu părul despletit și ochii cât cepele.

– N-ai să ghicești niciodată. E vorba de Liliane.

Inima a început să-mi bată năvalnic. Am lăsat din mână scrumierele pe care tocmai le spălam și am dat fuga la ușă, odată cu ceilalți clienți, care se ridicaseră toți ca unul de pe scaune. Pe drum venea Liliane Béthune. Purta același palton de astrahan, dar nu mai arăta ca un model parizian. Nu avea nimic pe dedesubt. Avea picioarele învinețite, în parte de frig, în parte fiindcă era plină de vânătăi. Pășea cu tălpile goale și însângerate, iar ochiul stâng îi era umflat și pe jumătate închis. Cu părul desfăcut și căzut peste obraz, șchiopăta de parcă fiecare pas i-ar fi cerut un efort supraomenesc. De o parte și de alta mergeau doi ofițeri, care o tot hărțuiau, în timp ce un grup de soldați îi urma la mică depărtare. De data asta nu le păsa că locuitorii ieșiseră afară să-i privească.

Frumoasa haină de astrahan era murdară de noroi. Pe spate se vedeau nu numai pete lipicioase de sânge, dar și urme inconfundabile de scuipat.

Cum stăteam fără să-mi pot lua ochi de la Liliane, am auzit un glas tânguitor: *Maman! Maman*![1] În spatele femeii am văzut-o pe Édith, fetița ei în vârstă de șapte ani, ținută de soldați. Copilul țipa și se zbătea în mâinile soldaților, luptându-se să ajungă la mama ei, cu obrazul schimonosit de plâns. Un soldat a apucat-o zdravăn de braț, nelăsând-o să se apropie. Un altul a zâmbit disprețuitor, de parcă ar fi asistat la o scenă amuzantă. Liliane continua să înainteze parcă ruptă de realitate, închisă într-o lume a propriei dureri, cu capul în piept. Când a trecut prin dreptul hotelului, s-a iscat un potop de comentarii batjocoritoare.

– Ia uitați acu' la târfa asta, na că i-a pierit mândria!

– Crezi că te mai vor nemții, Liliane?

– S-au plictisit de ea. Ducă-se!

Nu-mi venea să cred că erau vecinii mei. M-am uitat în jur la chipurile lor pline de ură, la zâmbetele disprețuitoare. Brusc, n-am mai putut suporta și am alergat spre Édith.

[1] Mamă (în limba franceză în original)

– Dați-mi mie fetița, le-am cerut.

Acum vedeam bine că întreg orașul ieșise să asiste la spectacol. O huiduiau pe Liliane de la ferestrele de la etaj și tocmai din celălalt capăt al pieții.

Édith plângea cu sughițuri, strigând cu glas rugător: *Maman!*

– Dați-mi fetița! am țipat. Acum persecutați și copiii?

Ofițerul care ținea copilul a privit peste umăr și atunci l-am văzut pe *Kommandant*, în fața oficiului poștal. A spus ceva ofițerului de lângă el și, în câteva clipe, fetița a fost lăsată să vină la mine. Am strâns-o la piept cu putere.

– Liniștește-te, Édith. Vino cu mine.

Ea și-a îngropat fața în umărul meu, plângând deznădăjduit, cu un braț încă întins zadarnic înspre mama ei. Mi s-a părut că o văd pe Liliane întorcând ușor fața către mine, dar de la distanță îmi era imposibil să-mi dau seama.

Am dus-o repede pe Édith în bar, departe de ochii celorlalți, departe de vocile batjocoritoare care răsunau din nou, tocmai în încăperile din spate, unde nu mai putea auzi nimic. Fetița plângea isteric, dar cum se putea altfel? Am dus-o în dormitorul nostru, i-am dat puțină apă, după care am luat-o în brațe și am început s-o legăn. I-am repetet iar și iar că totul va fi bine, că vom face în așa fel încât totul să fie bine, deși știam că nu stătea în puterea noastră să schimbăm ceva. A plâns până la epuizare. După obrajii umflați se vedea că plânsese aproape toată noaptea. Doar Dumnezeu știe la ce fusese martoră. Într-un târziu, s-a lăsat moale în brațele mele și am culcat-o cu grijă în patul meu, acoperind-o cu păturile. Pe urmă am coborât la parter.

Când am intrat în bar s-a făcut liniște. Le Coq Rouge era plin cum nu fusese de săptămâni întregi. Hélène umbla grăbită de colo colo cu o tavă încărcată. În prag l-am văzut pe primar, apoi am studiat pe rând fețele celor adunați acolo și mi-am dat seama că de fapt nu-l cunoșteam pe nici unul din ei.

– Acum sunteți mulțumiți? am întrebat cu glas sugrumat. La etaj zace o fetiță care v-a văzut scuipând-o și batjocorind-o pe mama ei, după ce fusese brutalizată. Pe voi, oameni pe care i-a crezut prieteni. Acum sunteți mândri?

Sora mea mi-a pus mâna pe umăr.

– Sophie...

M-am scuturat de atingerea ei.

– Mai lasă-mă şi tu. Habar n-aveţi ce-aţi făcut. Credeţi că ştiţi totul despre Liliane Béthune. Ei bine, nu ştiţi nimic. NIMIC! Am izbucnit în lacrimi de furie. Toţi vă repeziţi s-o judecaţi, dar vă grăbiţi să luaţi ce vă oferă ea, atunci când vă convine.

Primarul s-a apropiat de mine.

– Sophie, trebuie să stăm de vorbă.

– Nu zău, acum vrei să stăm de vorbă! Săptămâni la rând v-aţi uitat la mine ca la o ciumată, doar fiindcă *monsieur* Suel mă crede o trădătoare şi o târfă. Pe mine! Care am riscat tot ca să-i aduc fetei dumitale de mâncare. Mai curând îl credeţi pe el decât pe mine! Ei bine, *monsieur*, poate că eu nu vreau să stăm de vorbă. Ştiu eu ce ştiu, aşa că prefer să stau de vorbă cu Liliane Béthune!

Eram furioasă la culme. O nebună dezlănţuită, scoţând foc pe nări. M-am uitat la chipurile lor prostite, la gurile căscate şi am scuturat mâna care încerca să mă calmeze.

– De unde credeţi că a venit *Journal des Occupés*? Credeţi că l-a adus vreun porumbel călător? Că a sosit cu covorul fermecat?

Hélène a început să mă împingă afară din bar.

– Puţin îmi pasă! Cine-şi închipuie că i-a ajutat? Liliane a fost cea care v-a ajutat! Ea v-a ajutat pe toţi! Chiar când vă făceaţi nevoile în pâinea ei, ea tot vă ajuta!

Acum ieşisem pe hol. Hélène era albă la faţă, iar primarul venea în spatele ei, împingându-mă cât mai departe de ceilalţi.

– Ce este? am protestat eu. Vă deranjează adevărul? N-am voie să vorbesc?

– Stai jos, Sophie. Pentru numele lui Dumnezeu, stai jos şi taci din gură.

– Nu mai cunosc oraşul ăsta. Cum puteţi sta cu toţii aici, ţipând la ea? Chiar de s-ar fi culcat cu nemţii, cum vă puteţi purta aşa cu o fiinţă omenească? Au scuipat-o, Hélène, n-ai văzut? Au scuipat-o din cap până-n picioare. De parcă n-ar fi fost şi ea om.

– Îmi pare foarte rău pentru *madame* Béthune, a spus calm primarul. Dar n-am venit aici ca să discut despre ea. Am venit să stau de vorbă cu tine.

– N-am ce să discut cu dumneata, i-am replicat, ştergându-mi obrazul cu palmele.

Primarul a răsuflat adânc.

– Sophie, am veşti despre soţul tău.

Mi-au trebuit câteva clipe ca să înţeleg despre ce vorbea.

El s-a aşezat greoi pe trepte, alături de mine. Hélène continua să mă ţină de mână.

– Mă tem că nu sunt veşti prea bune. Azi-dimineaţă, când a trecut ultimul convoi de prizonieri, unul a lăsat un mesaj în dreptul poştei. Un petic de hârtie. Funcţionarul meu l-a ridicat de jos. Scria acolo că Édouard Lefèvre se numără printre cei cinci trimişi luna trecută într-un lagăr de represiune din Ardennes. Îmi pare rău, Sophie.

Capitolul 8

Édouard Lefèvre, ajuns în lagăr, fusese acuzat că dăduse unui prizonier un codru de pâine mare cât un pumn. Când fusese bătut pentru asta, răspunsese cu aceeași monedă. Aproape mi-a venit să râd auzind cele întâmplate: era exact firea lui Édouard.

Dar râsul n-a ținut prea multă vreme. Fiecare informație care ajungea la mine nu făcea decât să-mi sporească temerile. Se pare că lagărul unde era ținut prizonier era unul dintre cele mai temute: oamenii dormeau câte două sute la un loc, pe scânduri goale, se hrăneau cu zeamă chioară plus câteva boabe de orz și, ocazional, câte un șobolan mort. Erau puși să spargă piatră, să construiască linii feroviare și să care pe umeri bare grele de fier cale de kilometri întregi. Cei care cădeau din picioare din pricina epuizării erau pedepsiți, bătuți sau înfometați. Bolile făceau ravagii, iar deținuții erau executați pentru cele mai mărunte abateri de la disciplină.

Am ascultat până la capăt, fiecare dintre acele imagini înfigându-mi-se în creier.

– O să fie bine, așa-i? l-am întrebat pe primar.

El m-a bătut ușurel pe mână.

– Ne vom ruga cu toții pentru el, mi-a răspuns.

A oftat din rărunchi și s-a ridicat să plece. Oftatul lui a sunat ca o sentință la moarte.

După întâmplarea cu Liliane Béthune, primarul a trecut pe la noi aproape în fiecare zi. Pe măsură ce în oraș se afla adevărul despre ea, imaginea ei în ochii oamenilor a început să se schimbe. Lumea nu mai ţuguia buzele dispreţuitor când îi auzea numele. Cineva a scris cu cretă cuvântul „eroină" în piaţa publică, la adăpostul întunericului şi, deşi inscripţia a fost ştearsă imediat, toţi ştiam la cine se referea. Cele câteva lucruri de preţ furate din locuinţa ei atunci când fusese arestată au fost returnate în taină.

Desigur, mai existau şi oameni care, la fel ca *mesdames* Durant şi Louvier, ar fi refuzat să aibă o părere bună despre ea chiar de-ar fi văzut-o sugrumând nemţi cu mâinile goale. Totuşi, în micul nostru bar se auzeau şi unele cuvinte de regret, mai existau unele gesturi de bunăvoinţă faţă de Édith, constând în haine rămase mici sau diverse resturi de alimente. Se pare că Liliane fusese trimisă într-un lagăr de detenţie aflat la miazăzi de orăşelul nostru. Primarul mi-a mărturisit că avusese noroc că nu fusese împuşcată imediat. El bănuia că numai intervenţia vreunuia dintre ofiţeri o salvase de o execuţie grabnică.

– Dar n-are rost să încerci să pui o vorbă bună, Sophie, mi-a spus el. A fost prinsă spionând pentru francezi, aşa că nu cred să mai fie cruţată prea mult timp.

Cât despre mine, încetasem să mai fiu *persona non grata*. Nu că mi-ar fi păsat din cale-afară. Îmi venea greu să am aceleaşi sentimente de odinioară faţă de vecinii mei. Édith nu se dezlipea de mine, ca o umbră palidă. Mânca foarte puţin şi întreba mereu de mama ei. I-am spus deschis că nu ştiam ce se va întâmpla cu Liliane, dar că ea, Édith, va fi în siguranţă lângă noi. Luasem obiceiul să dorm împreună cu ea în fosta mea cameră, ca nu cumva coşmarurile şi ţipetele ei să-i trezească pe cei doi copii mai mici. Seara, se strecura până pe a patra treaptă, punctul cel mai apropiat de unde putea privi în bucătărie. Acolo o găseam noaptea târziu, dormind dusă, înlănţuindu-şi genunchii cu braţele.

Temerile mele pentru mama ei se amestecau cu teama pentru soţul meu. Îmi treceam zilele într-un vălmăşag tăcut de îngrijorare şi epuizare. În orăşel ajungeau prea puţine veşti, iar de aici nu pleca nici una. Undeva, cine ştie pe unde, soţul meu poate murea de foame, zăcea bolnav sau era bătut. Primarul a fost anunţat oficial de trei decese, două pe front, unul la un lagăr de lângă Mons, şi aflase că în apropiere de Lille izbucnise o epidemie de febră tifoidă. Eu raportam toate aceste frânturi de ştiri la propria situaţie. În mod paradoxal,

Hélène părea să înflorească în această atmosferă sumbră și rău-prevestitoare. Cred că, văzându-mă cum mă prăbușesc în mine însămi, ajunsese să-și închipuie că ce era mai rău probabil se și întâmplase. Dacă Édouard, cu toată forța și vitalitatea lui, se găsea la un pas de moarte, atunci pentru un om blând și înclinat spre studiu ca Jean-Michel nu exista nici o speranță. Era cu neputință să fi supraviețuit, așa judeca ea, ca atare trebuia să se împace cu situația. Părea să capete puteri și mă încuraja când mă găsea plângând în taină în pivnița de bere. Mă obliga să mănânc sau cânta cântece de leagăn celor trei copii, Édith, Jean și Mimi, cu glas straniu și sigur pe el. Îi eram recunoscătoare pentru forța ei interioară. Noaptea țineam în brațe copilul altei femei și-mi doream să nu mai fiu niciodată nevoită să mai gândesc.

Spre sfârșitul lunii ianuarie a murit Louisa. Faptul că ne așteptam toți la acest deznodământ n-a ușurat situația. Primarul și soția lui păreau să fi îmbătrânit peste noapte.

– Îmi tot spun că este o binecuvântare să nu mai vadă în ce hal a ajuns lumea asta, mi-a spus el și eu am încuviințat.

Nici unul din noi nu era convins că așa stăteau lucrurile.

Înmormântarea urma să aibă loc peste cinci zile. Am decis că nu era indicat să luăm cu noi copiii, așa că i-am spus lui Hélène să meargă ea în locul meu, eu urmând să-i duc pe cei mici în pădurea din spatele vechiului post de pompieri. Dat fiind că era cumplit de frig, nemții îngăduiseră oamenilor să meargă timp de două ore zilnic, în pădurile din jur, ca să adune lemne de foc. Nu eram convinsă că voi găsi prea multe: la adăpostul întunericului, copacii fuseseră despuiați de orice crenguță folositoare. Dar simțeam nevoia să ies din orășel, să plec departe de durerea, teama și ochiul permanent cercetător al nemților sau al vecinilor.

Era o după-amiază rece și tăcută, iar soarele lucea fără putere printre siluetele scheletice ale puținilor copaci rămași, pare-se prea istovit și el ca să se înalțe la mai mult de câțiva metri peste linia orizontului. Era simplu să privești peisajul, așa cum făceam eu în acea după-amiază, și să te miri de nu cumva venea sfârșitul lumii.

Mergeam vorbind în gând cu soțul meu, așa cum se întâmpla pe atunci adeseori. „Fii tare, Édouard. Rezistă. Rămâi în viață și știu că vom fi iarăși împreună." Édith și Mimi au mers mai întâi în tăcere, de o parte și de alta a mea, cu frunzele înghețate trosnind sub pașii lor, dar când am ajuns în pădure, au cedat unui impuls copilăresc, iar eu m-am oprit o clipă să mă uit la ele cum aleargă către un trunchi de copac ros de putregai, cum sar pe el și de pe el, ținându-se de mâini și râzând. Aveau să-și zgârie pantofii și să-și murdărească rochițele de noroi, dar nu voiam să le lipsesc de acea simplă mângâiere.

M-am aplecat și am pus în coș câteva crenguțe, sperând ca glasurile lor să acopere teama ce mocnea în permanență în mintea mea. Pe urmă, când m-am îndreptat de spate, l-am văzut: în luminiș, cu arma pe umăr, stând de vorbă cu unul din oamenii lui. A auzit glasurile copiilor și s-a întors brusc. Édith a țipat, s-a uitat cu disperare după mine și s-a repezit în brațele mele, cu ochii măriți de spaimă. Mimi, nedumerită, a venit în urma ei cu pași poticniți, încercând să-și dea seama de ce era prietena ei atât de speriată de bărbatul care venea la noi în restaurant în fiecare seară.

– Nu plânge, Édith, n-o să ne facă nici un rău. Te rog, nu plânge.

L-am văzut privindu-ne și am desprins fetița de picioarele mele. M-am lăsat pe genunchi și am început să-i vorbesc.

– Dânsul e *Herr Kommandant.* Acum am să discut cu el despre masa de diseară. Tu stai aici și joacă-te cu Mimi. N-o să mi se întâmple nimic. Uite, vezi?

Încă tremura din toate încheieturile când i-am pus mâna în mâna lui Mimi.

– Mergeți și jucați-vă mai încolo câteva minute. Eu mă duc să stau de vorbă cu *Herr Kommandant.* Uite, luați coșul meu și vedeți dacă mai găsiți niște crenguțe. Vă promit că n-o să se întâmple nimic rău.

Când în cele din urmă am reușit s-o desprind de fustele mele, m-am îndreptat spre el. Ofițerul de lângă el a spus ceva cu glas coborât, iar eu mi-am înfășurat șalurile în jurul trupului și mi-am încrucișat mâinile la piept, așteptând ca *Herr Kommandant*-ul să-i dea liber ofițerului.

– Mă gândeam să mergem să vânăm ceva, a spus el, cu ochii la cerul pustiu. Păsări, a adăugat.

– N-a mai rămas nici o pasăre, am explicat eu. Toate au plecat demult.

– Și bine au făcut.

În depărtare se auzea bubuitul înăbușit al tunurilor de mare calibru. Aerul părea că se contractă în jurul nostru.

– Acesta-i copilul târfei?

Și-a sprijinit arma de braț și și-a aprins o țigară. Am aruncat o privire peste umăr, la fetele care stăteau lângă trunchiul cel putrezit.

– Fetița lui Liliane? Da. Locuiește la noi.

El a privit fetița îndelung. Nu-mi dădeam seama ce era în mintea lui.

– E doar un copil, am spus. N-a înțeles nimic din ce s-a petrecut.

– Ah! a exclamat el, trăgând puternic din țigară. O ființă nevinovată.

– Da. Există și așa ceva.

El m-a privit cu severitate și m-am văzut nevoită să-mi plec privirea.

– *Herr Kommandant.* Vreau să vă rog ceva.

– Să mă rogi ceva?

– Soțul meu a fost dus într-un lagăr de represiune din Ardennes.

– N-am să te întreb de unde ai această informație.

Nu puteam citi nimic în ochii lui. Avea privirea complet lipsită de expresie.

Am răsuflat adânc.

– Mă întreb... aș vrea să vă întreb dacă-l puteți ajuta. E un om bun. Artist, cum bine știți, nu soldat.

– Și vrei să-i trimit vorbă din partea ta.

– Vreau să-l scoateți de acolo.

El a ridicat o sprânceană.

– *Herr Kommandant.* V-ați purtat cu mine ca un prieten. Așa încât vă implor. Vă rog din suflet, ajutați-mi soțul. Știu bine ce se întâmplă în acele lagăre, știu că n-are șanse prea mari să rămână în viață.

El n-a spus nimic, aşa că am profitat de prilej şi am continuat să-i vorbesc. Erau cuvinte pe care le repetasem de mii de ori în minte în ultimele ore.

– Ştiţi că şi-a pus toată viaţa în slujba artei şi a frumosului. Este un om paşnic şi blând. Îi place să picteze, să danseze, să mănânce şi să bea. Ştiţi bine că pentru cauza germană contează prea puţin dacă e mort sau viu.

El s-a uitat în jurul nostru, printre copacii dezgoliţi, parcă pentru a verifica dacă ceilalţi ofiţeri se îndepărtaseră, apoi a mai tras o dată din ţigară.

– Rişti mult cerându-mi acest lucru. Ai văzut cum tratează concetăţenii dumitale o femeie pe care o bănuiesc de colaborare cu germanii.

– Deja sunt convinşi că şi eu sunt colaboratoare. Prezenţa dumneavoastră la hotel mă face vinovată în ochii lor, chiar fără judecată.

– Asta şi faptul că ai dansat cu duşmanul.

A fost rândul meu să mă arăt surprinsă.

– Ţi-am mai spus, *madame*. Nu-mi scapă nimic din ce se întâmplă în acest oraş.

Am rămas tăcuţi, privind linia orizontului. Undeva, departe, o bubuitură puternică a făcut pământul să vibreze uşor sub tălpile noastre. L-au simţit şi fetiţele, fiindcă le-am văzut privindu-şi pantofiorii. El a mai tras un ultim fum, apoi a strivit mucul ţigării cu cizma.

– Uite cum stau lucrurile. Eşti o femeie inteligentă. Cred că te pricepi să judeci caracterul unui om. Și totuşi te comporţi în feluri care m-ar îndreptăţi pe mine, ca soldat inamic, să te împuşc fără judecată. Cu toate astea, vii aici şi te aştepţi nu numai să trec cu vederea acest lucru, ba chiar să te ajut. Pe tine, care eşti duşmanul meu.

Mi-am înghiţit nodul din gât.

– Pentru că... pentru că eu nu vă văd doar ca pe un duşman.

A aşteptat.

– Chiar dumneavoastră aţi spus... că uneori nu suntem decât doi oameni la fel ca toţi ceilalţi.

Tăcerea lui mi-a dat curaj. Am coborât glasul.

– Știu că sunteți un om foarte puternic. Știu că sunteți influent. Dacă veți spune că trebuie eliberat, va fi eliberat. Vă rog.

– Nu știi ce-mi ceri.

– Știu doar că dacă va rămâne acolo, va muri.

În ochii lui a străfulgerat un licăr aproape insesizabil.

– Știu că sunteți un om de onoare. Un om cult. Știu că vă pasionează arta. Sunt convinsă că salvarea unui artist pe care-l admirați ar fi...

Nu-mi găseam cuvintele. Am făcut un pas înainte. Am întins mâna și l-am atins pe braț.

– *Herr Kommandant.* Vă rog. Știți bine că nu v-aș cere niciodată nimic, dar de data asta vă implor. Vă rog mult, ajutați-mă.

Avea un aer grav. Pe urmă a făcut un gest neașteptat. A ridicat mâna și mi-a dat ușor deoparte o șuviță de păr de pe obraz. Un gest blând, făcut cu un aer gânditor, de parcă și l-ar fi imaginat de ceva vreme. Mi-am ascuns uimirea și am rămas nemișcată.

– Sophie...

– Am să vă dăruiesc tabloul, am spus. Cel care vă place atât de mult.

El și-a lăsat brațul să cadă pe lângă corp. A oftat și mi-a întors spatele.

– E lucrul cel mai de preț pe care-l am.

– Du-te acasă, *madame* Lefèvre.

Am simțit cum îmi crește în piept un nod de panică.

– Ce trebuie să fac?

– Du-te acasă. Ia copiii și du-te acasă.

– Fac orice. Fac orice, numai să-mi eliberați soțul.

Glasul meu stârnea ecouri în pădure. Am simțit că se duce și ultima șansă a lui Édouard. El a continuat să se îndepărteze.

– Ați auzit ce-am spus, *Herr Kommandant*?

Atunci el s-a răsucit spre mine, brusc furios. S-a apropiat cu pași mari și nu s-a oprit decât când fața lui a fost la câțiva centimetri de a mea. Îi simțeam răsuflarea pe obraz. Vedeam cu colțul ochiului cum fetițele încremeniseră de spaimă. Eu însă refuzam să mă arăt speriată.

M-a privit intens, apoi a coborât glasul.

– Sophie... A privit în spate, către ceilalţi. Sophie... nu mi-am văzut soţia de aproape trei ani.

– Eu nu mi-am văzut soţul de doi ani.

– Trebuie să ştii... trebuie să ştii că ce-mi ceri tu...

A întors încet capul, parcă decis să nu mă privească în ochi.

Am înghiţit în sec.

– Vă ofer un tablou, *Herr Kommandant.*

Un muşchi începuse să-i zvâcnească în maxilar. A privit fix undeva peste umărul meu drept, apoi a dat din nou să plece.

– *Madame,* eşti ori prea nechibzuită, ori prea...

– Pot cumpăra astfel libertatea soţului meu? Pot... pot cumpăra astfel libertatea soţului meu?

El s-a întors din nou spre mine, cu o figură chinuită, de parcă l-aş fi silit să facă ceva împotriva voinţei lui. Şi-a privit ţintă cizmele. Într-un târziu, a făcut doi paşi spre mine, exact atât de aproape încât să mi se adreseze fără a putea fi auzit de ceilalţi.

– Mâine-seară. Vino la cazarmă. După ce termini treaba la hotel.

M-am întors în oraş cu fetiţele de mână, pe poteci ocolite, ca să evit să trec prin piaţetă, aşa că atunci când am ajuns la hotel, aveam poalele rochiilor murdare de noroi. Fetele erau tăcute, deşi mă străduisem să le asigur că neamţul era supărat doar fiindcă nu găsise porumbei pe care să-i vâneze. Le-am pregătit câte o băutură caldă, apoi m-am dus în camera mea, închizând uşa după mine.

M-am lungit pe pat şi mi-am astupat ochii cu palmele, ferindu-mă de lumină. Am rămas acolo cam jumătate de oră.

Pe urmă m-am ridicat, mi-am scos din dulap rochia albastră şi am întins-o pe pat. Édouard spusese întotdeauna că mă făcea să arăt ca o învăţătoare. Spunea asta ca şi cum a fi învăţătoare ar fi fost ceva minunat. Mi-am scos rochia cenuşie, cea plină de noroi, lăsând-o să cadă la podea. Mi-am scos corsetul cel gros, şi el cu tivul murdar de noroi, şi am rămas numai în cămaşă şi jupon. În cameră era frig, dar nu-mi păsa.

Am rămas privindu-mă în oglindă.

Nu-mi mai privisem corpul de luni întregi, şi de ce aş fi făcut-o? Acum silueta răsfrântă în oglinda pătată din faţa mea părea să fie a unei străine: sânii mi se lăsaseră şi se făcuseră mai mici, nu mai erau plini ca nişte globuri de carne sidefie. La fel şi fesele. Eram slabă, aproape că mi se vedeau oasele prin piele: clavicula, oasele umerilor, coastele, toate ieşeau în evidenţă. Până şi părul, cândva plin de culoare, îşi pierduse strălucirea.

Am venit mai aproape de oglindă şi mi-am privit cu atenţie chipul: umbrele de sub ochi, uşoara cută dintre sprâncene. M-a trecut un fior, dar nu de frig. M-am gândit la fata pe care Édouard o lăsase în urmă cu doi ani. M-am gândit la mâinile lui pe talia mea, la buzele lui moi apăsându-le pe ale mele. Şi am închis ochii.

De zile întregi era într-o dispoziţie oribilă. Lucra la un tablou înfăţişând trei femei aşezate în jurul unei mese şi nu-i ieşea aşa cum ar fi vrut. Eu pozasem pentru fiecare dintre ele şi-l urmărisem în tăcere cum pufnea şi se strâmba, ba chiar la un moment dat azvârlise paleta cât colo, trecându-şi mâinile prin păr şi înjurându-se printre dinţi.

– Hai să ieşim puţin la aer, l-am îndemnat, îndreptându-mi trupul.

Mă durea tot corpul de cât stătusem în aceeaşi poziţie, dar nu voiam să-i spun.

– N-am chef să ies la aer.

– Édouard, n-ai să realizezi nimic în dispoziţia asta. Hai să ieşim pentru vreo douăzeci de minute. Vino.

Mi-am luat haina, mi-am înfăşurat o eşarfă la gât şi m-am oprit în prag.

– Nu-mi place să fiu întrerupt, a bombănit Édouard, luându-şi şi el haina.

Nu-i luam în seamă proasta dispoziţie. Deja mă obişnuisem. Când treaba mergea bine, Édouard era cel mai drăguţ om din lume, vesel şi gata să vadă frumuseţe la tot pasul. Când însă nu reuşea ce-şi propunea, căsuţa noastră părea învăluită de un nor negru. În primele luni de căsnicie mă temusem că asta se întâmpla cumva din vina mea, că nu eram în stare să-i ridic moralul. Dar auzindu-i pe ceilalţi artiști vorbind în La Ruche[1] sau în barurile din Cartierul Latin, ajunsesem să înțeleg că toți treceau prin asemenea schimbări de dispoziție: fericire când terminau cu bine sau vindeau ceva, încruntare când nu înaintau cu lucrul, când munceau prea mult la un tablou sau erau aspru criticați. Aceste schimbări de dispoziție erau asemenea schimbărilor de vreme: trebuia să le suporți și să te adaptezi la ele.

Numai că eu nu eram întotdeauna atât de docilă.

Édouard a mormăit tot timpul cât am parcurs rue Soufflot, gata-gata să-i sară țandăra. Nu pricepea de ce trebuia neapărat să ne plimbăm. De ce nu putea fi lăsat în pace. Eu nu-l înțelegeam. Nu știam la ce presiune era supus. Păi cum, Weber[2] și Purrmann deja primeau oferte de la diverse galerii de pe lângă Palais Royal, deja li se propunea să deschidă expoziții proprii. Se zvonea că *monsieur* Matisse prefera lucrările lor, nu pe ale lui Édouard. Când am încercat să-l liniștesc, spunându-i că lucrurile nu stăteau așa, a dat din mână a lehamite, ca și cum părerea mea nu valora doi bani. A continuat să bombăne furios până am ajuns pe malul stâng al Senei, clipă în care mi-am pierdut răbdarea.

– Foarte bine, am spus, dându-i drumul la braț. Nu sunt decât o vânzătoare nepricepută la pictură. Cum aș putea înțelege tensiunile artistice din viața ta? Eu nu sunt bună decât să-ți spăl rufele, să pozez ore întregi, până-mi înțepenește corpul cât timp tu îți faci de lucru cu cărbunele de desen, și să scot bani de la persoane față de care vrei să faci pe generosul. Ei bine, Édouard, te las cu viața ta. Poate că lipsa mea o să-ți aducă oarecare mulțumire.

M-am îndepărtat pe cheiul Senei, furioasă la culme. El m-a ajuns din urmă în câteva minute.

– Iartă-mă.

Mi-am văzut de drum, cu o figură încruntată.

– Nu fii supărată, Sophie. Sunt pur și simplu mâhnit.

– Nu văd de ce trebuie să mă mâhnești și pe mine din pricina asta. Eu doar încerc să te ajut.

---

1 Clădire pariziană ale cărei camere erau închiriate ca studiouri de artiști

2 Max Weber (1881–1961), pictor cubist de origine americană

– Știu. Știu. Hai, te rog, domolește-ți pasul și plimbă-te cu soțul tău cel lipsit de maniere.

Mi-a întins brațul. Chipul lui era trist și rugător. Știa că nu-i pot rezista.

L-am privit supărată, pe urmă l-am luat de braț și am mers amândoi un timp în tăcere. El și-a pus palma peste mâna mea și a văzut că aveam degetele reci.

– Unde-ți sunt mănușile?

– Le-am uitat acasă.

– Dar căciula? m-a întrebat el. Ai înghețat toată.

– Știi bine că n-am căciulă. Pălăria de catifea e mâncată de molii și n-am avut timp să-i pun petice.

El s-a oprit.

– Nu poți să ieși pe stradă cu o pălărie peticită.

– E o pălărie foarte bună. Atâta doar că n-am avut răgaz să mă ocup de ea.

N-am mai adăugat că asta se întâmpla fiindcă tot timpul alergam pe malul stâng al Senei ca să-i găsesc lui materialele trebuincioase și să adun banii care i se datorau, ca să le pot plăti.

Am ajuns în fața unuia dintre cele mai mari magazine de pălării din Paris. El l-a văzut și m-a oprit.

– Hai înăuntru, mi-a spus.

– Lasă prostiile.

– Nu cumva să mi te împotrivești, nevastă. Știi bine că îndată-mi ies din fire.

M-a luat de braț și, înainte să apuc să protestez, m-a și tras în magazin. Ușa s-a închis în urma noastră, cu clopoțelul sunând, și am privit fascinată în jurul meu. Pe rafturile și pe standurile înșiruite pe pereți, reflectate în uriașele oglinzi aurite, erau expuse cele mai frumoase pălării pe care le văzusem vreodată: creații enorme și complicate, negre ca pana corbului sau de un stacojiu strălucitor, cu boruri largi, garnisite cu blană sau cu dantelă. Penele de păun tremurau în aer din pricina curentului stârnit de ușa abia închisă. Magazinul mirosea a trandafiri uscați. Vânzătoarea care și-a făcut apariția de undeva din spate purta o fustă strâmtă la genunchi, la mare modă pe străzile Parisului.

– Cu ce vă pot servi?

Privirea ei a zăbovit pe paltonul meu vechi de trei ani şi pe părul ciufulit de vânt.

– Soţia mea ar dori o pălărie.

În clipa aceea am vrut să-l opresc. Voiam să-i spun că, dacă insista să-mi cumpere o pălărie, atunci puteam să mergem la magazinul La Femme Marché, unde poate aş fi reuşit să beneficiez de o reducere. El habar nu avea că aici era, de fapt, un atelier de croitorie dincolo de posibilităţile unei femei ca mine.

– Édouard, eu...

– O pălărie cu totul specială.

– Desigur, domnule. Vă gândiţi la ceva anume?

– Ceva în genul ăsta.

A arătat o pălărie uriaşă, de un roşu-închis, cu boruri late, împodobită cu pene negre. Penele de păun vopsite în negru se arcuiau peste bor ca un jet ţâşnit dintr-o arteziană.

– Édouard, doar nu vorbeşti serios, am murmurat.

Dar vânzătoarea deja ridicase cu veneraţie pălăria de pe suportul ei şi, cum eu rămăsesem cu gura căscată la Édouard, mi-a aşezat-o cu grijă pe cap, vârându-mi părul sub guler.

– Cred că ar arăta mai bine dacă doamna şi-ar scoate eşarfa.

M-a condus în faţa oglinzii şi mi-a desfăcut eşarfa cu atâta delicateţe de parcă ar fi fost ţesută din fir de aur. Aproape că nici nu i-am simţit degetele. Pălăria mă schimba total. Pentru prima oară în viaţă arătam la fel ca una dintre doamnele pe care altădată le serveam în magazin.

– Soţul dumneavoastră are ochiul format, a comentat vânzătoarea.

– Asta-i perfectă pentru tine, a declarat Édouard fericit.

– Édouard.

L-am tras deoparte, vorbindu-i cu glas coborât şi îngrijorat.

– Uită-te la etichetă. Costă cât trei tablouri de-ale tale.

– Ei şi? Vreau să-ţi cumpăr pălăria asta.

– Dar ai să te uiţi urât la ea. Ai să te uiţi urât la mine. E vorba de banii pe care ar trebui să-i dai pe pânze şi pe materiale. Asta... asta nu-s eu.

El mi-a tăiat vorba. A făcut semn vânzătoarei.

– O cumpăr.

Apoi, în timp ce vânzătoarea cerea colegei ei să-i aducă o cutie, el s-a întors spre mine, care continuam să stau în fața oglinzii. Și-a plimbat ușor degetele pe gâtul meu, mi-a aplecat cu blândețe capul spre el și mi-a întâlnit privirea în oglindă. Pe urmă m-a sărutat în scobitura dintre gât și umăr, împingând pălăria într-o parte. A zăbovit cu buzele pe gâtul meu îndeajuns de mult ca să mă înroșesc la față și ca femeile să întoarcă ochii, șocate, prefăcându-se ocupate. Când am ridicat din nou capul, cu privirea puțin încețoșată, el continua să se uite la mine prin oglindă.

– Ești tu, Sophie, mi-a spus încetișor. Întotdeauna ești tu...

Pălăria era și acum în apartamentul nostru de la Paris. Imposibil de atins, de parcă s-ar fi aflat la un milion de kilometri depărtare.

Am strâns din dinți, am plecat din fața oglinzii și am început să mă îmbrac cu rochia albastră de lână.

În seara aceea, după ce a plecat și ultimul ofițer, i-am povestit lui Hélène. Măturam amândouă podeaua restaurantului și ștergeam ultimele firimituri de pâine de pe mese. Nu că ar fi fost prea multe: până și nemții luaseră obiceiul să culeagă resturile – rațiile făceau ca fiecare să-și dorească să poată avea mai mult. Am rămas cu mătura în mână și am rugat-o să se oprească o clipă. Pe urmă i-am povestit despre plimbarea din pădure, despre rugămintea adresată *Kommandant*-ului și despre ce-mi ceruse el în schimb.

Ea s-a albit la față.

– Sper că n-ai acceptat?

– N-am spus nici da, nici nu.

– O, slavă Domnului!

A clătinat din cap, cu palma lipită de obraz.

– Slavă Domnului că nu te are cu nimic la mână.

– Dar... asta nu înseamnă că n-am să mă duc.

Sora mea s-a lăsat brusc să cadă pe un scaun și, după o clipă, m-am așezat și eu pe scaunul din fața ei.

– Sophie, știu că ești speriată, dar trebuie să-ți dai seama ce spui. Gândește-te ce i-au făcut lui Liliane. Chiar te-ai dărui unui neamț?

– Nu... n-am promis așa ceva.

Ea s-a holbat la mine.

– Cred că... în felul lui, *Herr Kommandant* e un om de onoare. Și pe urmă, s-ar putea să nici nu vrea să... N-a spus asta explicit.

– O, doar nu ești chiar așa naivă! a ridicat ea brațele spre cer. *Kommandant*-ul a împușcat un om nevinovat! L-ai văzut dând cu capul de pereți un ofițer de-al lui pentru un gest neînsemnat! Și tu vrei să te duci singură la el, în cazarmă? Nu se poate să faci una ca asta! Gândește-te!

– Nici nu fac altceva decât să mă gândesc. *Herr Kommandant* mă place. Cred că, în felul lui, mă respectă. Și dacă nu fac asta, Édouard va muri cu siguranță. Știi bine ce se întâmplă în acele locuri. Primarul deja nu-i mai dă nici o șansă.

S-a aplecat peste masă.

– Sophie, mi-a spus ea cu vocea tremurând de îngrijorare. N-ai nici o garanție că *Herr Kommandant* se va comporta onorabil. Doar e neamț! De ce naiba ai crede vreun cuvânt din tot ce spune? S-ar putea să te culci cu el fără să primești nimic în schimb!

Niciodată n-o văzusem pe sora mea atât de mânioasă.

– Trebuie neapărat să merg și să vorbesc cu el. Nu există altă cale.

– Dacă se află, Édouard nici n-o să vrea să mai audă de tine.

Ne-am privit în ochi.

– Crezi că ai să-i poți ascunde așa ceva? N-ai să poți. Ești prea cinstită. Și chiar de-ai încerca, crezi că nu i-ar spune tot orașul?

Avea dreptate.

Și-a privit mâinile. Pe urmă s-a ridicat și și-a turnat un pahar cu apă. A băut încet, ridicând de două ori privirea către mine și, pe măsură ce se prelungea tăcerea, am început să-i simt dezaprobarea, întrebarea nerostită și atunci m-am înfuriat.

– Crezi că fac asta cu inima ușoară?

– Nu știu, mi-a răspuns. În momentul de față, simt că nu te mai cunosc deloc.

Parcă m-ar fi plesnit peste față. Ne-am privit furioase una pe cealaltă și am simțit că urma să se întâmple ceva. Cu nimeni nu te poți certa cum te cerți cu propria soră. Nimeni altcineva nu-ți cunoaște mai bine punctele vulnerabile și nimeni nu lovește mai crâncen chiar acolo unde doare mai tare. Amândouă eram bântuite de imaginea mea dansând cu *Kommandant*-ul și brusc am avut senzația că între noi nu mai exista nici o opreliște.

– Bine, am spus. Atunci, răspunde-mi la o întrebare, Hélène. Dacă asta ar fi singura cale de a-l salva pe Jean-Michel, tu ce-ai face?

În sfârșit, am văzut-o cum șovăie.

– Viață sau moarte. Ce-ai face să-l salvezi? Știu că-l iubești ca pe ochii din cap.

Ea și-a mușcat buza și s-a întors către fereastra întunecată.

– Lucrurile ar putea lua o întorsătură tare proastă.

– Asta n-o să se întâmple.

– N-ai decât să crezi ce vrei. Dar ai o fire impulsivă. Și nu-i în joc doar viitorul tău.

Atunci m-am ridicat. Am vrut să ocolesc masa ca să mă duc la sora mea. Voiam să mă las pe genunchi lângă ea, s-o strâng în brațe și s-o aud spunându-mi că totul va fi bine și că vom fi toți în siguranță. Dar expresia de pe chipul ei îmi dădea a înțelege că nu mai e nimic de spus, așa că mi-am netezit fusta și, cu mătura în mână, m-am îndreptat spre ușa care dădea în bucătărie.

În noaptea aceea am dormit dusă. L-am visat pe Édouard, cu chipul schimonosit într-o grimasă de dezgust. Am visat că ne certam, că eu încercam a nu știu câta oară să-l conving că făcusem ce trebuie, iar el îmi întorcea spatele. Într-unul din vise, el își depărta scaunul de masa la care ședeam amândoi, certându-ne, și când m-am uitat mai bine, îi lipsea partea de jos a trupului: picioarele și jumătate din corp.

– Poftim! îmi spunea el. Acum ești mulțumită?

M-am trezit plângând și am dat cu ochii de Édith, care mă privea cu o expresie de nepătruns în ochii ei negri. A întins mâna și mi-a mângâiat ușor obrazul ud de lacrimi, parcă înțelegându-mi suferința. M-am întins spre ea și am luat-o în brațe, după care am rămas amândouă îmbrățișate în tăcere, în vreme ce zorii se iveau încet-încet.

În ziua aceea m-am mișcat ca prin vis. Am pregătit micul dejun pentru copii în timp ce Hélène s-a dus la piață, apoi m-am uitat cum

Aurélien, care era într-una din zilele lui proaste, a plecat s-o ducă pe Édith la școală. La ora zece am deschis barul și am servit puținii clienți care veneau la noi așa devreme. Moș René râdea de nu știu ce vehicul militar german care intrase în șanț în apropiere de cazarmă și nu putea fi tras afară. Incidentul a stârnit un timp veselia celor din bar. Eu zâmbeam vag și dădeam din cap, semn că da, o să vadă ei, și da, halal șoferi aveau nemții. Urmăream și ascultam tot ca din interiorul unui balon de săpun.

La ora prânzului, Aurélien și Édith au venit să mănânce un coltuc de pâine și o bucățică de brânză. În timp ce ședeam la bucătărie, am primit înștiințare de la primar, care cerea câteva pături și niște tacâmuri pentru o nouă cazarmă aflată la vreun kilometru și jumătate depărtare, pe șosea. Înștiințarea a stârnit mare nemulțumire printre clienți, care au înțeles că și pe ei îi așteptau acasă mesaje asemănătoare. Undeva în adâncul ființei mele, mă bucuram că rechiziționarea mă viza și pe mine.

La ora trei am stat să privim un convoi medical german aflat în drum pe acolo: pământul vibra sub caii și vehiculele care treceau. Cei din bar au păstrat tăcerea încă vreo câteva minute după aceea. La ora patru a venit soția primarului ca să ne mulțumească tuturor pentru scrisorile și vorbele noastre bune. Noi am rugat-o să mai rămână la o ceașcă de cafea, dar ea a refuzat. S-a scuzat, spunând că nu era o companie prea plăcută. S-a înapoiat acasă, traversând piațeta cu pași șovăielnici, sprijinită de cot de soțul ei, de parcă nu s-ar fi ținut prea bine pe picioare.

La patru jumătate au plecat ultimii clienți și, odată cu lăsarea întunericului, am știut că nu va mai veni nimeni, deși noi mai țineam deschis încă o jumătate de oră. M-am dus pe rând la ferestrele sălii de mese, trăgând în jos obloanele, astfel ca în interior să fie iarăși întuneric. La bucătărie, Hélène verifica ortografia lui Édith, întrerupându-se din când în când ca să cânte cântecele cu Mimi și cu Jean. Édith prinsese drag de micuțul Jean, iar Hélène remarcase de mai multe ori ce mult o ajuta fetița lui Liliane, jucându-se cu el aproape tot timpul. Hélène nu comentase nici măcar o dată hotărârea mea de a o lua pe Édith sub acoperișul nostru. Nici nu i-ar fi trecut prin minte să refuze s-o primească, deşi asta însemna mai puţină mâncare pentru fiecare dintre noi.

Când am urcat la etaj, mi-am luat jurnalul zilnic de pe grindă. Am vrut să fac nişte însemnări, dar mi-am dat seama că nu era nimic de scris. Orice aş fi notat acolo m-ar fi învinovăţit. Am vârât jurnalul la loc în ascunzătoarea lui, întrebându-mă dacă voi mai avea vreodată ceva de spus soţului meu.

Nemţii au venit fără *Kommandant*, iar noi le-am servit masa. Erau tăcuţi şi m-am trezit sperând, aşa cum mi se întâmpla adesea, că asta însemna veşti proaste pentru ei. Cât timp am trebăluit, Hélène mi-a tot aruncat priviri piezişe. Vedeam cum încearcă să ghicească ce aveam de gând să fac în continuare. Am servit la masă, am turnat vin în pahare, am spălat vasele şi am ascultat laudele celor care ne-au felicitat pentru mâncare, dând uşor din cap. Pe urmă, după ce a plecat şi ultimul ofiţer, am luat-o în braţe pe Édith, care adormise iar pe scări, şi am dus-o în camera mea. Am culcat-o pe pat şi i-am tras cuvertura până sub bărbie. Am privit-o o clipă, îndepărtându-i cu blândeţe o şuviţă de păr de pe obraz. Ea s-a foit, cu chipul chinuit până şi în somn.

Am vegheat-o ca să mă asigur că nu se va trezi. Pe urmă mi-am periat părul şi l-am prins în agrafe, cu mişcări lente şi atente. Aşa cum mă priveam în oglindă la lumina lumânării, ceva mi-a atras privirea. M-am întors şi am văzut un bilet care-mi fusese strecurat pe sub uşă. Am rămas cu ochii la cuvintele scrise de mâna lui Hélène.

Odată făcut pasul, nu mai e cale de întoarcere.

Atunci mi-a venit în minte tânărul prizonier ucis, cu bocancii lui prea mari, şi convoiul de oameni zdrenţăroşi care se târau pe stradă în după-amiaza aceea. Şi dintr-odată totul mi s-a părut foarte simplu: nu aveam de ales.

Am strecurat biletul în ascunzătoare şi am coborât scările tiptil. Ajunsă la parter, am privit portretul de pe perete, apoi l-am luat cu grijă din cui şi l-am înfăşurat într-un şal, acoperindu-l bine.

M-am înfăşurat cu grijă în alte două şaluri şi am ieşit afară în întuneric. În timp ce închideam uşa în urma mea, am auzit şoapta surorii mele la etaj, ca un clopoţel de alarmă.

– *Sophie.*

Capitolul 9

După atâtea luni de camuflaj, mi se părea ciudat să merg pe stradă pe întuneric. Străzile înghețate ale orășelului erau pustii, ferestrele acoperite, perdelele nu se clinteau. Am pornit cu pas grăbit printre umbre, cu șalul tras mult pe frunte, în speranța că și de-ar fi privit cineva afară, n-ar fi văzut decât o siluetă nedeslușită iuțind pasul pe niște străduțe dosnice.

Era un ger mușcător, dar eu aproape nu-l simțeam. Eram ca amorțită. În acel sfert de oră cât am parcurs distanța până la marginea orășelului, unde era ferma Fourrier, la care fuseseră încartiruiți nemții cu aproape un an în urmă, mi-am pierdut puterea de a gândi. Eram un obiect umblător. Mi-era teamă că, dacă îmi îngăduiam să mă gândesc unde mergeam, n-am să mă mai pot mișca, n-am să mai pot pune un picior în fața celuilalt. De m-aș fi gândit, aș fi auzit avertismentul surorii mele, vocile necruțătoare ale concetățenilor la aflarea veștii că mă dusesem la *Kommandant,* la adăpostul întunericului. Aproape că-mi auzeam propria frică.

În schimb, am început să murmur numele soțului meu, ca pe o rugăciune: *Édouard. Am să-l eliberez pe Édouard. E în puterea mea s-o fac.*

Țineam strâns, sub braț, portretul.

Am ajuns la marginea orașului. Am cotit la stânga în locul unde drumul nepietruit începea să fie plin de gropi și șleauri, suprafața lui deja denivelată fiind distrusă și mai mult de vehiculele militare care treceau în ambele direcții. Cu un an în urmă, bătrânul cal al tatălui meu își rupsese un picior într-unul din acele șleauri: fusese mânat prea tare de un neamț care nu se uitase pe unde calcă. Aurélien plânsese când primise vestea. Încă o victimă nevinovată a ocupației. În zilele acelea, nimeni nu mai plângea pentru un cal.

Am să-l aduc pe Édouard acasă.

Luna s-a ascuns după un nor și am înaintat poticnindu-mă pe drumul de fermă, afundându-mi de câteva ori picioarele în șanțurile pline cu apă înghețată. Aveam pantofii și ciorapii uzi leoarcă și-mi țineam degetele rebegite încleștate pe portret, de teamă să nu-l scap. În depărtare, am deslușit luminile fermei și am continuat să merg în direcția lor. În fața mea, pe marginea drumului, se mișcau siluete vagi, poate iepuri, după care mi-a tăiat calea o vulpe, oprindu-se o clipă să mă fixeze cu privirea sfidătoare și netemătoare. Câteva momente mai târziu am auzit țipătul înspăimântat al unui iepure și a trebuit să înghit amăreala care mi-a venit pe gât.

Acum ferma se vedea limpede în fața mea, cu toate luminile aprinse. Am auzit huruitul unui camion și mi s-a iuțit răsuflarea. Am sărit după un gard viu, ferindu-mă din raza farurilor unui vehicul militar care a trecut hurducându-se și scârțâind din toate încheieturile. Pe bancheta din spate am distins chipurile unor femei așezate una lângă alta. Le-am urmărit cu privirea până când au dispărut, pe urmă m-am ridicat din spatele gardului viu, agățându-mi șalurile prin tufișuri. Umblau zvonuri că nemții aduceau femei din afara orașului. Până acum crezusem că nu era nimic de capul lor. M-am gândit din nou la Liliane și m-am rugat în tăcere pentru ea.

Am ajuns la poarta fermei. La vreo treizeci de metri depărtare am văzut oprind camionul, apoi siluetele întunecate ale femeilor îndreptându-se în tăcere către o ușă din stânga, cu pasul sigur al cuiva care cunoștea bine locul. Am auzit glasuri înăbușite de bărbați cântând un cântec.

– *Halt.*

Soldatul a făcut un pas în direcția mea. Am tresărit violent. El a ridicat arma, apoi m-a privit cu mai multă atenție și mi-a făcut semn s-o iau pe urma celorlalte femei.

– Nu... Eu am venit să-l văd pe *Herr Kommandant.*

El a repetat gestul, iritat.

– *Nein,* am spus eu, ceva mai tare. *Herr Kommandant.* Mă aşteaptă.

– *Herr Kommandant?*

Nu-i puteam vedea obrazul. Dar silueta din faţa mea a părut să mă privească atent, după care a traversat curtea cu paşi mari până undeva unde se distingea o uşă. A bătut la uşă şi mi-a ajuns la ureche murmur de conversaţie. Am aşteptat cu inima bătând să-mi spargă pieptul, cu tot trupul înfiorat de nelinişte.

– *Wie heist?*[1] m-a întrebat soldatul, revenind lângă mine.

– Sunt *madame* Lefèvre, am şoptit.

Soldatul a făcut un gest spre şalul meu, pe care m-am grăbit să mi-l dau jos de pe cap, ca să-mi arăt obrazul. El a făcut semn cu mâna către o uşă din celălalt capăt al curţii.

– *Diese Tur. Obergeschosse. Grüne Tur auf der rechten Seite.*[2]

– Poftim? am exclamat eu. Nu înţeleg.

El şi-a pierdut din nou răbdarea.

– *Da, da*[3], a gesticulat el, prinzându-mă de cot şi împingându-mă fără menajamente înainte.

M-a şocat felul în care se purta cu cineva venit să-l vadă pe *Kommandant.* Apoi, în mintea mea s-a făcut lumină: faptul că eram măritată nu avea nici o importanţă. Nu eram decât o altă femeie venită la nemţi odată cu lăsarea întunericului. Mi-a părut bine că nu putea vedea cum mă înroşisem la faţă. Mi-am eliberat cotul din strânsoarea lui şi am pornit cu paşi apăsaţi spre clădirea joasă din dreapta.

Nu mi-a fost greu să-mi dau seama care era camera lui: doar de sub o singură uşă răzbătea o geană de lumină. Am şovăit în dreptul uşii, apoi am bătut, spunând încetişor:

– *Herr Kommandant?*

---

1 Cum te cheamă? (în limba germană în original)

2 Uşa de acolo. Sus pe scări. Uşa verde din dreapta. (în limba germană în original)

3 Acolo, acolo (în limba germană în original)

Am auzit paşi, uşa s-a deschis şi am făcut un mic pas înapoi. El nu purta uniformă, ci o cămaşă în dungi, fără guler, şi pantaloni cu bretele. Într-o mână ţinea o carte, pare-se că-l întrerupsesem din lectură. S-a uitat la mine, a schiţat o umbră de surâs, cumva în semn de salut, apoi s-a dat la o parte, făcându-mi loc să intru.

Camera era mare, cu multe grinzi, iar podeaua era acoperită cu covoare: pe unele mi s-a părut că le recunosc ca fiind ale unor vecini de-ai mei. Se mai vedeau o masă şi un scaun, o ladă de campanie cu colţurile de alamă sclipind în lumina celor două lămpi cu acetilenă, un cuier pentru haine, în care atârna uniforma lui, un şezlong mare, aşezat lângă un foc ce duduia. Căldura se simţea până în cel mai îndepărtat ungher al încăperii. În colţ era un pat cu două cuverturi groase. M-am uitat la pat, apoi mi-am mutat privirea în altă parte.

– O clipă.

S-a oprit în spatele meu şi mi-a luat şalurile de pe spate.

– Dă-mi voie să iau astea.

L-am lăsat să le ia şi să le aşeze pe un umeraş, în timp ce eu continuam să ţin strâns la piept portretul. Deşi încremenisem locului, parcă paralizată, tot îmi era ruşine de hainele mele sărăcăcioase. Pe aşa un frig nu ne puteam spăla hainele prea des: lâna se usca după săptămâni întregi sau pur şi simplu îngheţa bocnă afară.

– E un ger de crapă pietrele, a remarcat el. Se simte pe hainele tale.

– Da, am încuviinţat cu un glas ce parcă nu era al meu.

– E o iarnă grea. Şi cred că va mai dura câteva luni. Vrei să bei ceva?

S-a îndreptat către o măsuţă şi a turnat două pahare de vin dintr-o carafă. Am luat unul din ele, fără un cuvânt. Continuam să tremur după drumul făcut.

– Poţi pune jos pachetul, mi-a spus el.

Uitasem că-l aveam în mână. L-am pus încet pe podea, continuând să rămân în picioare.

– Te rog, ia loc, m-a îndemnat el.

Părea aproape agasat de şovăiala mea, de parcă emoţia şi neliniştea mea l-ar fi jignit.

M-am aşezat pe unul dintre scaunele de lemn, ţinând o mână sprijinită de tablou. Nu ştiu de ce, dar să-l ating mă liniştea.

– În seara asta n-am venit să iau masa la hotel. M-am gândit la ce mi-ai spus, că deja eşti considerată o trădătoare din pricina prezenţei noastre în casa ta.

Am sorbit o înghiţitură de vin.

– Nu vreau să-ţi fac şi alte necazuri, Sophie... mai multe decât ţi-am provocat deja din pricina ocupaţiei.

N-am ştiut ce să-i răspund. Mi-am mai înmuiat o dată buzele în vin. Ochii lui nu mă slăbeau o clipă, de parcă ar fi aşteptat o reacţie din partea mea.

Din cealaltă parte a curţii răsunau voci cântând. M-am întrebat cine erau fetele care ţineau companie nemţilor şi din ce sate veneau. Oare şi ele aveau să fie plimbate într-o bună zi pe străzi, ca nişte criminale, pentru ceea ce făcuseră? Oare ştiau ce se întâmplase cu Liliane Béthune?

– Ţi-e foame?

A făcut semn către o tăviţă cu pâine şi brânză. Am clătinat din cap. Nu-mi fusese foame toată ziua.

– Trebuie să recunosc: ce-ţi ofer nu-i la înălţimea a ceea ce găteşti tu. Mai deunăzi mă gândeam la mâncarea aceea din carne de raţă pe care ai pregătit-o luna trecută. Raţa cu portocale. Poate o mai faci o dată. Dar proviziile noastre se împuţinează, a continuat el. Duc dorul unei prăjituri de Crăciun care se cheamă *Stollen*[1]. O aveţi şi voi în Franţa?

Am clătinat din nou din cap.

Ne-am aşezat de o parte şi de alta a focului. Mă simţeam de parcă ar fi trecut prin mine un curent electric şi fiece părticică a mea ar fi vibrat, devenind transparentă. El ştia tot. Controla tot. Am ascultat glasurile îndepărtate, cutremurându-mă din când în când la gândul că eram acolo. *Sunt singură cu un* Kommandant, *în cazarma nemţilor. Într-o cameră cu un pat.*

– V-aţi gândit la ce v-am spus? mi-a scăpat pe neaşteptate întrebarea.

---

[1] Prăjitură cu nuci şi fructe uscate

El m-a privit ţintă un minut.

– Nu vrei să profităm de prilej pentru a avea o conversaţie plăcută?

Am înghiţit în sec.

– Iertaţi-mă, dar trebuie să ştiu.

El a sorbit din vin.

– Aproape că nici nu m-am gândit la altceva.

– Atunci...

Mi s-a tăiat răsuflarea. M-am aplecat, am pus paharul pe jos şi am dezvelit tabloul. L-am sprijinit de scaun, în lumina focului, ca să-l poată privi în toată frumuseţea lui.

– Îl acceptaţi? Îl acceptaţi în schimbul libertăţii soţului meu?

Aerul din încăpere a încremenit în loc. Nu s-a uitat la tablou. A continuat să mă fixeze cu o privire de nepătruns, fără să clipească.

– Dacă v-aş putea explica tot ce reprezintă pictura asta pentru mine... dacă aţi şti cum mi-a adus mângâiere în cele mai întunecate zile... aţi înţelege că nu mi-e uşor să mă despart de ea. Dar... n-aş avea nimic împotrivă ca tabloul să ajungă la dumneavoastră, *Herr Kommandant.*

– Friedrich. Te rog să-mi spui Friedrich.

– Friedrich... Am ştiut de mult că înţelegi arta soţului meu. Că înţelegi frumosul. Înţelegi că artistul pune o părticică din sufletul lui în ceea ce creează, înţelegi de ce e valoroasă o operă de artă. Aşa că, deşi mă doare inima să renunţ la tablou, acum îl dăruiesc cu dragă inimă. Ţi-l dăruiesc ţie.

El nu-şi lua ochii de la mine. I-am susţinut privirea. Totul depindea de acest moment. Am văzut o veche cicatrice care se întindea de la urechea lui stângă, coborând pe gât, ca o dungă uşor argintie. Am văzut că albastrul ochilor lui era încercuit cu negru, de parcă fiecare iris ar fi fost astfel conturat pentru a-i scoate culoarea în evidenţă.

– Nici o clipă n-a fost vorba de tablou, Sophie.

Iată, primisem confirmarea a ceea ce mă aştepta.

Am închis o clipă ochii, străduindu-mă să accept realitatea.

Kommandant-ul a început să vorbească despre artă. A pomenit de un profesor de artă pe care-l cunoscuse în tinereţe şi care-i deschisese ochii asupra unor opere mult diferite de stilul clasic în care fusese educat. A vorbit despre cum încercase să-i explice tatălui său acest stil aspru, primitiv de a picta, şi cât fusese de dezamăgit că acesta nu-l înţelesese.

– Tata mi-a spus că picturile păreau „neterminate", mi-a povestit el cu glasul încărcat de tristeţe. Avea convingerea că îndepărtarea de tradiţie era în sine un act de răzvrătire. Cred că la fel gândeşte şi soţia mea.

Îl auzeam ca prin vis. Am ridicat paharul şi am băut o înghiţitură zdravănă.

– Aş mai dori puţin vin, am spus.

Am golit şi acest pahar, apoi i-am cerut să mi-l umple iarăşi. În viaţa mea nu băusem aşa, şi nici de atunci încoace. Puţin îmi păsa dacă păream prost crescută.

Kommandant-ul a vorbit în continuare cu glas coborât şi monoton. Nu mi-a cerut să-i fac destăinuiri la rândul meu, ca şi cum n-ar fi vrut decât să-l ascult.

Voia să-mi dea de înţeles că, dincolo de uniformă şi de chipiul cu cozoroc, era cu totul un alt om. Dar eu abia îl auzeam. Voiam să nu mai văd limpede ce era în jurul meu, pentru ca decizia să nu-mi aparţină.

– Ce zici, dacă ne-am fi întâlnit în alte împrejurări, am fi putut fi prieteni? Mie îmi place să cred că da.

M-am străduit să uit că eram acolo, în acea cameră şi că un neamţ nu-şi lua ochii de la mine. Aş fi vrut să fiu un simplu obiect, să nu simt şi să nu ştiu nimic.

– Poate.

– Vrei să dansezi cu mine, Sophie?

Doamne, cum îmi rostea numele, de parcă ar fi avut dreptul s-o facă!

Am pus jos paharul şi m-am ridicat, cu braţele căzute pe lângă corp, în timp ce el s-a dus la gramofon şi a pus un vals lent. A venit spre mine, a şovăit doar o clipă, apoi m-a cuprins cu braţele. Când s-au terminat pârâiturile şi a început muzica, am început să dansăm. Mă mişcam încet prin cameră, cu mâna în mâna lui, cu cealaltă mână pusă uşor pe cămaşa lui moale de bumbac. Dansam cu mintea golită de gânduri, conştientă de capul lui rezemat de al meu. Mi-a venit în nări miros de săpun şi tutun şi am simţit cum pantalonii lui îmi ating uşor fusta. Mă ţinea în braţe fără să mă lipească de el, cu mare grijă, ca pe un obiect fragil. Am închis ochii, lăsându-mă să alunec într-un fel de ceaţă, încercând să urmăresc în minte muzica, să-mi imaginez că sunt în altă parte. De câteva ori m-am străduit să-mi închipui că dansam cu Édouard, dar n-am reuşit. Omul acesta era mult prea diferit: atingerea lui, înălţimea, mirosul pielii lui, toate erau altfel.

– Uneori, mi-a spus el încet, mi se pare că a rămas prea puţină frumuseţe în lume. Şi prea puţină bucurie. Tu socoteşti că viaţa în orăşelul tău este foarte grea. Dar de-ai şti ce vedem noi dincolo de locul ăsta… Nimeni nu câştigă. Nimeni nu câştigă într-un astfel de război.

Părea că vorbeşte cu el însuşi. Mâna mea i se odihnea pe umăr. Îi simţeam muşchii prin cămaşă în timp ce respira.

– Sunt un om bun, Sophie, mi-a murmurat. Pentru mine e important să înţelegi asta. E important să ne înţelegem unul pe celălalt.

Pe urmă muzica s-a oprit. El mi-a dat drumul din braţe, fără prea mare tragere de inimă şi s-a dus să pună alt cântec. A aşteptat să înceapă iarăşi muzica, apoi, în loc să danseze, a rămas câteva clipe cu ochii la portretul meu. În sufletul meu a încolţit un licăr de speranţă – poate totuşi se va răzgândi? – apoi, după o scurtă ezitare, a întins mâna şi mi-a tras o agrafă din păr. Am rămas încremenită locului, iar el mi-a scos şi celelalte agrafe, încet, una câte una, punându-le pe masă şi lăsându-mi părul să cadă moale pe umeri. Nu băuse aproape nimic, dar mă studia cu o privire înceţoşată şi melancolică. Ochii lui i-au căutat întrebători pe ai mei. Eu stăteam fără să clipesc, ca o păpuşă de porţelan. Fără să-mi desprind privirea de a lui.

Când mi-a eliberat tot părul din agrafe, a ridicat mâna şi a lăsat să alunece o şuviţă printre degete. Încremenirea lui era cea a vânătorului care se teme să se mişte, ca nu cumva să-şi sperie prada. Pe urmă mi-a prins cu blândeţe faţa în mâini şi m-a sărutat. O clipă m-a cuprins panica: nu găseam în mine forţa să-i răspund la sărut.

Dar mi-am desfăcut buzele pentru el și am închis ochii. Din pricina șocului aveam senzația că propriul trup îmi e străin. I-am simțit degetele strângându-se în jurul taliei și împingându-mă în spate, către pat. Și în permanență îmi repetam în gând că făceam un târg. Cumpăram libertatea soțului meu. Nu trebuia decât să respir. Am rămas cu ochii închiși și m-am lungit pe cuverturile incredibil de moi. I-am simțit mâinile pe tălpile mele, scoțându-mi pantofii, apoi pe picioare, lunecând încet pe sub fustă. Pe măsură ce degetele lui urcau mai sus, mă ardea pielea de privirea lui.

Édouard.

M-a sărutat. M-a sărutat pe buze, pe piept, pe pântecele dezgolit, răsuflând pripit, pierdut într-o lume a propriei imaginații. Mi-a sărutat genunchii și coapsele acoperite de ciorapi, zăbovind cu buzele pe pielea dezvelită, ca și cum ar fi trăit o plăcere nemăsurată.

– Sophie, a murmurat el. O, Sophie…

Când mâna lui a ajuns sus, între coapse, ceva din ființa mea m-a trădat, trezindu-se la viață: o căldură care nu avea nimic de-a face cu focul. O parte din mine s-a desprins de inima mea și a dat frâu liber dorinței de a simți atingerea unui bărbat și greutatea unui trup lipit de al meu. În timp ce buzele lui îmi lunecau pe piele, m-am mișcat ușor și un geamăt mi-a scăpat pe neașteptate de pe buze. Dar febra dorinței lui și răsuflarea tot mai grăbită pe obrazul meu mi-au stins protestul în aceeași clipă. Am simțit cum îmi ridică fusta, cum îmi descheie bluza, buzele lui pe sânii mei, și m-am preschimbat în stană de piatră, ca un personaj de poveste.

Buzele unui neamț. Mâinile unui neamț.

Acum era deasupra mea și greutatea lui mă țintuia pe pat. Îi simțeam mâinile trăgând de lenjeria mea, căutând cu disperare să-și facă loc sub ea. Mi-a depărtat un genunchi, aproape prăvălindu-se pe pieptul meu de nerăbdare. I-am simțit sexul tare și rigid pe piciorul meu. Un foșnet de pânză sfâșiată, după care, cu un icnet scurt, m-a pătruns, iar eu mi-am strâns cu putere pleoapele și mi-am încordat maxilarul ca să nu-mi scape un țipăt de protest.

Înăuntru. Înăuntru. Înăuntru. Îi auzeam în ureche răsuflarea precipitată și-i simțeam pe piele pojghița de sudoare. Catarama de la cureaua lui mă înghiontea în coapsă. Trupul mi se cutremura sub forța mișcărilor lui. *O, Doamne, ce-am făcut? Înăuntru. Înăuntru. Înăuntru.* Mi-am încleștat degetele ambelor mâini pe cuvertură, cu frânturi de gânduri străfulgerându-mi prin minte. Undeva în adâncul ființei mele, mă deranja mai mult ca orice moliciunea și căldura cuverturilor. Erau furate de la cineva. La fel cum furau nemții tot ce le cădea în mână. Sub ocupație. Eram sub ocupație. Mintea mi-a zburat în altă parte. Eram în rue Soufflot. Soarele strălucea și treceam pe lângă parizience în haine elegante și porumbei pășind țanțoși pe trotuarul pătat de umbrele copacilor. Soțul meu își ținea brațul petrecut pe sub al meu. Am vrut să-i spun ceva, dar n-am fost în stare decât să scot un mic suspin. Scena a încremenit, apoi mi s-a topit din minte. Atunci am fost vag conștientă că se terminase. Mișcările dinlăuntrul meu au încetinit, apoi au încetat cu totul. Totul s-a oprit. Lucrul acela. Nu mai era în mine, ci rămăsese flasc, parcă cerându-și scuze, pe pubisul meu. Am deschis ochii și m-am trezit privind direct în ochii lui.

Obrazul *Kommandant*-ului, aflat la câțiva centimetri de al meu, era congestionat și avea o expresie chinuită. Am înțeles în ce situație se afla și mi s-a tăiat răsuflarea. Nu știam ce să fac. Dar ochii lui s-au ațintit într-ai mei și a înțeles că eu înțelesesem. S-a tras greoi deoparte, eliberându-mi trupul de sub greutatea lui.

– Tu... a început el.

– Poftim?

Eram conștientă de sânii mei dezgoliți, de fusta adunată în talie.

– Expresia ta... atât de...

S-a ridicat și am întors capul, să nu-l văd. Am auzit cum își trage pantalonii și-și încheie nasturii. Și-a ferit cu încăpățânare privirea de a mea, punându-și palma pe creștetul capului.

– Îmi... îmi pare rău, am îngăimat eu, fără să știu prea bine pentru ce-mi ceream iertare. Ce-am făcut?

– Tu... tu... n-ai dorit asta!

A făcut semn spre mine.

– Chipul tău...

– Nu înțeleg.

Aproape mi-am ieşit din fire, atât de nedrept era totul. Oare avea cât de cât idee prin ce trecusem? Ce mult mă costase să-l las să mă atingă?

– Am făcut ceea ce voiai tu!

– Eu nu te-am vrut aşa! Eu am vrut...

A ridicat mâna înciudat.

– Eu am vrut *asta*! Am vrut fata din tablou.

Amândoi am privit portretul în tăcere. Chipul din tablou ne întorcea privirea fără teamă, cu părul lăsat în jurul gâtului, cu o expresie provocatoare, triumfătoare, debordând de sexualitate. Chipul meu.

Mi-am tras fusta în jurul picioarelor şi mi-am strâns bluza la piept.

– *Herr Kommandant*... am rostit eu anevoie, cu glasul tremurând. V-am dat... tot ce eram în stare să dau.

Privirea lui a devenit opacă, la fel ca o mare îngheţată. Maxilarul a început să-i zvâcnească spasmodic.

– Ieşi afară, mi-a ordonat, fără să ridice vocea.

Am clipit fără să înţeleg.

– Îmi cer iertare, m-am bâlbâit, când mi-am dat seama că înţelesesem bine. Dacă... pot...

– AFARĂ! a urlat el.

M-a înşfăcat de umăr, înfigându-mi degetele în carne şi m-a îmbrâncit în celălalt capăt al încăperii.

– Pantofii mei... şalurile!

– AFARĂ, LUATE-AR DRACU'!

Abia am avut timp să înşfac tabloul că am şi fost împinsă pe uşă afară, poticnindu-mă şi căzând în genunchi în capul scărilor, încă încercând să înţeleg ce se întâmpla. În spatele uşii a răsunat un trosnet înfiorător. Apoi un altul, de data asta însoţit de zgomot de sticlă spartă. M-am uitat peste umăr. Apoi, în picioarele goale, am coborât în goană scările şi am luat-o la fugă.

Mi-a luat aproape o oră ca să ajung acasă. După vreo jumătate de kilometru nu mi-am mai simţit picioarele. Când am intrat în oraş erau atât de înghețate, încât nu mai simțeam zgârieturile și tăieturile cu care mă alesesem din pricina pietricelelor de pe drumul spre fermă. Am continuat să merg, poticnindu-mă prin întuneric, cu tabloul sub braț, dârdâind în bluza mea subțire, fără să simt nimic. Tot mergând, mi-am revenit din șoc și am devenit conștientă de ceea ce făcusem, de ceea ce pierdusem. La gândul acesta m-a luat cu amețeală. Pășeam pe străzile pustii ale orășelului în care locuiam, fără să-mi mai pese dacă m-ar fi zărit careva.

Am ajuns la hotelul Le Coq Rouge cu puțin înainte de ora unu noaptea. Am auzit bătaia solitară a ceasului, stând afară și întrebându-mă pentru o clipă dacă n-ar fi mai bine să nu mă mai întorc acasă niciodată. Pe urmă, în timp ce continuam să stau în fața ușii, în spatele perdelelor de muselină s-a aprins o luminiță și am auzit trăgându-se zăvoarele. În prag s-a ivit Hélène, cu boneta de noapte pe cap, cu șalul alb înfășurat în jurul trupului. Probabil mă așteptase.

Am ridicat privirea către ea, către sora mea, și în clipa aceea am înțeles că avusese dreptate tot timpul. Am înțeles că ceea ce făcusem punea în pericol soarta întregii noastre familii. Aș fi vrut să-i spun că-mi părea rău. Aș fi vrut să-i spun că înțelegeam ce greșeală enormă făcusem și că dragostea mea pentru Édouard, dorința mea disperată ca viața noastră împreună să continue mă făcuseră oarbă la orice altceva. Dar nu eram în stare să vorbesc. Pur și simplu stăteam în pragul ușii, fără un cuvânt.

A făcut ochii mari văzând că aveam umerii dezgoliți și picioarele goale. A întins mâna și m-a tras înăuntru, închizând ușa în urma ei. Mi-a înfășurat umerii cu șalul ei și mi-a dat deoparte părul de pe obraz. Fără o vorbă, m-a dus în bucătărie, a închis ușa și a aprins focul la plită. A încălzit o ceașcă de lapte și, în timp ce eu o țineam între palme (fără să pot bea din ea), a desprins cada de cositor din perete și a pus-o pe podea, în fața plitei. A umplut pe rând cu apă vase de aramă pe care le-a pus la fiert, apoi a luat vasele de pe foc și a turnat apa în cadă. După ce a umplut-o, mi-a luat șalul de pe umeri. Mi-a desfăcut șiretul bluzei, mi-a ridicat-o și mi-a scos-o peste cap, ca unui copil. Mi-a descheiat nasturii de la spatele fustei, mi-a lărgit corsetul, apoi mi-a desfăcut agrafele juponului, punând toate hainele pe masa din bucătărie, până când am rămas în pielea goală. Cum începusem să tremur, m-a luat de mână și m-a ajutat să intru în cadă.

Apa era clocotită, dar aproape n-o simţeam. M-am lăsat în jos, până ce apa mi-a acoperit tot trupul, rămânând doar cu genunchii şi umerii afară, fără să iau în seamă usturimile tăieturilor de pe picioare. Pe urmă sora mea și-a suflecat mânecile, a luat o cârpă de spălat şi a început să mă săpunească, întâi părul, apoi umerii, spatele şi picioarele. Mi-a făcut baie în tăcere, cu mişcări mângâietoare, ridicându-mi pe rând mâinile şi picioarele, ștergându-mă cu grijă între degete, să fie sigură că fiece părticică din trupul meu era curată. Mi-a spălat tălpile picioarelor, îndepărtând cu blândeţe pietricelele rămase în tăieturi. Mi-a spălat părul, clătindu-l cu apă dintr-un bol până când apa a rămas curată, apoi mi l-a pieptănat şuviţă cu şuviţă. A luat cârpa și mi-a şters lacrimile care mi se rostogoleau în tăcere pe obraji. Şi în tot acest timp eu n-am scos o vorbă. Într-un târziu, când apa a început să se răcească şi eu am pornit din nou să dârdâi, a luat un prosop mare şi m-a înfăşurat în el. M-a ajutat să ies din cadă, să trag pe mine un halat şi m-a condus în sus pe scări.

– O, Sophie, am auzit-o murmurând în timp ce mă lua somnul. Cred că în acel moment am ştiut ce abătusem asupra noastră a tuturor. Ce-ai făcut?

Capitolul 10

Zilele treceau. Eu și Hélène ne vedeam de treburile zilnice de parcă am fi jucat niște roluri pe o scenă. Din afară poate că amândouă arătam la fel ca întotdeauna, dar ne simțeam din ce în ce mai stingherite una în prezența celeilalte. Nici una din noi nu pomenea de cele întâmplate. Eu dormeam foarte puțin, uneori numai două ore pe noapte. Mă sileam să îmbuc ceva. Mi se strângea stomacul de teamă chiar și când tot restul ființei mele amenința să se destrame.

Mă întorceam cu gândul iar și iar la evenimentele din seara aceea blestemată, învinovățindu-mă pentru naivitatea, prostia și mândria mea. Pentru că, pare-se, mândria mă împinsese la una ca asta. Dacă m-aș fi prefăcut că-mi face plăcere atenția acordată de *Kommandant*, dacă mi-aș fi imitat propriul portret, poate aș fi ajuns să mă bucur de admirația lui. Poate mi-aș fi salvat soțul. Oare mi-ar fi fost chiar atât de greu s-o fac? În schimb, mă agățasem de ideea neghioabă că, lăsându-mă să devin un obiect, un receptacul, sentimentul infidelității n-ar mai fi fost așa puternic. Și că, într-un fel, aș fi rămas credincioasă nouă, amândurora. Ca și cum, pentru Édouard, asta ar fi făcut vreo diferență.

În fiecare zi așteptam cu sufletul la gură și priveam în tăcere cum ofițerii veneau la masă unul câte unul, dar *Kommandant*-ul nu era printre ei. Mă îngrozea gândul de a da ochii cu el, dar mă îngrozea și mai mult absența lui și semnificația acestei absențe. Într-o seară, Hélène și-a luat inima în dinți și l-a întrebat pe ofițerul cu mustață căruntă unde era *Kommandant*-ul, dar el s-a mulțumit să dea din mână și să spună că era „prea ocupat". Ochii surorii mele i-au întâlnit pe ai mei și am văzut că răspunsul nu o liniștea pe nici una din noi.

O priveam pe Hélène și mă copleșea greutatea vinovăției mele. De fiecare dată când ea se uita la copii știam că se întreabă ce se va întâmpla cu ei. O dată am văzut-o stând de vorbă cu primarul și mi s-a părut că o aud rugându-l să-i ia la el, în caz că ei i s-ar întâmpla ceva. Spun asta fiindcă am văzut figura înspăimântată a primarului, parcă uluit că ei îi trecuse prin minte așa ceva. Am observat cum îi apar în jurul ochilor și pe bărbie noi riduri din pricina îngrijorării și am știut că asta se întâmpla din vina mea.

Copiii mici nu păreau să observe temerile fiecăreia din noi. Jean și Mimi se jucau la fel ca întotdeauna, scâncind și plângându-se de frig sau unul de celălalt pentru tot felul de nimicuri. Foamea îi făcea certăreți. Acum nu mai îndrăzneam să iau nici cele mai neînsemnate resturi din proviziile nemților, dar ne era greu să-i refuzăm pe copii. Aurélien se închisese din nou în propria nefericire. Mânca în tăcere și nu ne adresa cuvântul nici uneia din noi. Mă întrebam dacă se bătuse iar la școală, dar eram prea preocupată ca să mă mai gândesc mult la asta. Însă Édith știa. Avea o intuiție ieșită din comun. Tot timpul era în preajma mea. Noaptea dormea cu pumnul încleștat pe cămașa mea de noapte, iar când mă trezeam, primul lucru pe care-l vedeam erau ochii ei mari și întunecați cercetându-mă cu atenție. Când dădeam cu ochii de imaginea mea în oglindă, constatam că aveam o expresie rătăcită, de nerecunoscut.

Ne-au ajuns la ureche vești despre alte două orășele ocupate de nemți, la nord-est de noi. Rațiile au devenit mai mici. Fiecare zi părea și mai lungă decât precedenta. Serveam la masă, făceam curat și găteam, dar gândurile îmi umblau vraiște din pricina epuizării. Poate că *Herr Kommandant* pur și simplu nu avea să mai apară. Poate rușinea pentru cele întâmplate între noi îl punea în situația de a nu putea da ochii cu mine. Poate și pe el îl încerca un sentiment de vinovăție. Poate murise. Poate că Édouard avea să se ivească în prag. Poate că războiul avea să se sfârșească a doua zi. Când ajungeam cu gândurile în acest punct, de regulă eram silită să mă așez ca să-mi trag sufletul.

– Du-te sus și încearcă să dormi puțin, îmi murmura Hélène.

Mă întrebam dacă mă urăște. În locul ei, mi-ar fi fost greu să n-o fac.

De două ori am deschis scrisorile pe care le țineam ascunse, scrisori datând dinainte de ocupația germană. Am citit cuvintele lui Édouard despre prietenii pe care și-i făcuse, despre rațiile lor mizere, despre moralul lor ridicat și aveam senzația că ascult vorbele unui strigoi. Am citit frazele lui încărcate de tandrețe, făgăduiala că se va înapoia curând și că eram prezentă în gândul lui zi și noapte.

> *Fac asta pentru Franța, dar – în mod egoist – o fac mai degrabă pentru noi, ca să pot străbate o Franță liberă când mă voi întoarce la soția mea. La confortul casei noastre, la studioul nostru, la cafeaua din Bar du Lyons, la după-amiezile petrecute în pat, când tu îmi dai felii de portocală curățate de coajă... Lucrurile obișnuite dintr-o casă au căpătat acum strălucirea unor comori. Știi cât îmi doresc să-ți pot aduce cafeaua? Să te privesc cum îți piepteni părul? Știi cât îmi e de dor să te privesc râzând în fața mea la masă și să știu că eu sunt cel care-ți aduce fericirea? Evoc aceste amintiri ca să-mi aducă mângâiere, să-mi amintească motivul pentru care sunt aici. Ai grijă de tine, de dragul meu. Și să știi că rămân*
>
> *Soțul tău credincios*

I-am recitit cuvintele. Acum aveam un motiv în plus să mă întreb dacă-l voi mai auzi rostindu-le vreodată.

Eram jos în pivniță, unde tocmai deschideam un alt butoi de bere, când am auzit pași pe dalele de gresie. În prag a apărut silueta lui Hélène, blocând lumina de afară.

– Primarul e aici. Zice că vin nemții după tine.

Mi s-a oprit inima în piept.

Ea a alergat la peretele despărțitor și a început să scoată cărămizile netencuite din lăcașul lor.

– Fugi... dacă te grăbești, ai să poți scăpa prin casa vecinilor.

A scos cărămizile, zdrelindu-și mâinile din pricina grabei. Când gaura a fost de mărimea unui butoi, s-a întors spre mine. Și-a privit scurt mâinile, și-a smuls verigheta, mi-a întins-o, apoi și-a luat șalul de pe umeri.

– Ia-le. Hai, fugi. Eu mă duc sus să-i țin pe loc. Grăbește-te, Sophie, nemții tocmai traversează piața.

Am privit verigheta din palmă.

– Nu pot, am răspuns.

– De ce?

– Dacă totuși el își respectă promisiunea?

– *Herr Kommandant?* Să-și respecte promisiunea? Cum naiba poate s-o respecte? Vin nemții după tine, Sophie! Vin să te pedepsească, să te ducă într-un lagăr. I-ai adus o ofensă gravă! Vin să te ducă cine știe unde!

– Dar gândește-te, Hélène. Dacă voia să mă pedepsească, ar fi ordonat să mă împuște sau m-ar fi plimbat pe străzi, în văzul lumii. Ar fi făcut cu mine așa cum a făcut cu Liliane Béthune.

– Dar riscul de a se afla motivul pentru care te pedepsește? Chiar ți-ai pierdut mințile?

– Nu.

Am simțit cum încep să mi se limpezească gândurile.

– A trecut câtva timp, și-a mai domolit mânia și acum mă trimite la Édouard. Știu că despre asta-i vorba.

Ea m-a împins spre gaura din zid.

– Nu știi ce spui, Sophie. În tine vorbește oboseala, teama, obsesia... Curând ai să-ți vii în fire. Acum însă trebuie să fugi. Primarul zice să te duci la *madame* Poilâne, să stai ascunsă în seara asta în hambarul cu podeaua falsă. Eu am să încerc să-ți dau de veste mai încolo.

I-am scuturat mâna de pe mine.

– Nu... nu. Nu vezi? *Kommandant*-ul n-are cum să-l aducă aici pe Édouard, nu fără să se afle ce a făcut. Dar, dacă mă trimite pe mine afară din oraș, cu Édouard, atunci ne poate elibera pe amândoi.

– Sophie! Gata cu vorbăria!

– Eu mi-am respectat partea mea de înțelegere.

– FUGI!

– Nu.

Ne-am privit în ochi în semiîntuneric.

– Nu fug nicăieri.

I-am luat mâna și i-am pus verigheta la loc pe inelar, strângându-i degetele pumn.

– Nu plec nicăieri, am repetat încet.

Chipul ei a luat o expresie disperată.

– Nu-i poți lăsa să te ia de aici, Sophie. Este o nebunie. Nemții te trimit într-un lagăr de detenție! Mă auzi? Într-un lagăr! Exact locul despre care spuneai că-l va ucide pe Édouard!

Dar eu aproape că n-o auzeam. Mi-am îndreptat spatele și mi-am golit plămânii de aer. Trăiam un straniu sentiment de ușurare. Dacă nemții veneau numai după mine, atunci Hélène era în siguranță, la fel și copiii.

– Sunt convinsă că am avut dreptate în privința lui tot timpul. A cântărit toată situația cu mintea limpede și știe că am încercat cu orice preț să-mi respect partea mea de înțelegere. E un om de onoare. A spus că suntem prieteni.

Sora mea începuse să plângă.

– Te rog, Sophie, te rog, nu face asta. Nici nu știi ce vorbești. Încă mai e timp...

A încercat să-mi ațină calea, dar eu am dat-o deoparte și am început să urc scara.

Când mi-am făcut apariția, nemții erau deja la intrarea în bar – doi militari în uniformă. În bar s-a așternut tăcerea și douăzeci de perechi de ochi s-au ațintit asupra mea. L-am văzut pe moș René cu mâna tremurând pe marginea mesei, pe *mesdames* Louvier și Durant șușotind între ele. Primarul era împreună cu unul dintre ofițeri și gesticula vehement, încercând să-l facă pe neamț să se răzgândească, să-l convingă că era vorba de o greșeală.

– E ordinul *Kommandant*-ului, a spus ofițerul.

– Dar fata asta n-a făcut nimic! E o absurditate!

– *Courage, Sophie!* mi-a strigat cineva.

Aveam senzația că trăiesc un vis. Timpul a părut să-și încetinească pasul, vocile din jur s-au estompat.

Unul din ofiţeri mi-a făcut semn să vin spre el şi am ieşit afară. Lumina lăptoasă a soarelui scălda piaţeta. Pe stradă era lume care se oprise să vadă ce-i cu atâta zarvă la bar. M-am oprit o clipă și am privit în jur, clipind de prea multă lumină, după întunericul din pivniţă. Totul mi s-a părut dintr-odată limpede ca cristalul, redesenat într-o imagine mai subtilă și mai strălucitoare, care parcă mi se întipărea în memorie. În faţa oficiului poştal stătea preotul, care și-a făcut semnul crucii când a văzut vehiculul trimis să mă ridice. Mi-am dat seama că era acelaşi care dusese femeile la cazarmă. Noaptea aceea părea să fi fost cu secole în urmă.

Primarul striga:

– N-am să permit una ca asta! Vreau să înaintez o plângere oficială! Aţi întrecut orice măsură! N-am să vă dau voie să luaţi fata înainte de a discuta cu *Herr Kommandant*!

– E chiar ordinul lui.

În jurul nemţilor a început să se adune un mic grup de persoane, parcă pentru a forma o barieră între ei și mine.

– Nu puteţi persecuta femei nevinovate! striga *madame* Louvier. Puneţi stăpânire pe casa ei, faceţi din ea o servitoare și acum o duceţi la închisoare? Fără nici un motiv?

– Sophie, uite aici.

În spatele meu s-a ivit sora mea.

– Măcar ia-ţi nişte lucruri cu tine.

Mi-a întins un sac de pânză din care se revărsau diverse obiecte personale îndesate în grabă înăuntru.

– Ai grijă de tine. M-ai auzit? Ai grijă de tine şi întoarce-te la noi.

Oamenii murmurau revoltaţi. Se aduna tot mai multă lume. Mulţimea era înfierbântată și înfuriată. Am privit într-o parte şi l-am văzut pe Aurélien, mânios şi roşu la faţă, stând pe trotuar alături de *monsieur* Suel. Nu voiam să se implice. Dacă se lua la harţă cu nemţii tocmai acum, ar fi fost un dezastru. Era important ca Hélène să aibă în el un aliat în următoarele câteva luni. Mi-am făcut drum până la el.

– Aurélien, acum tu eşti bărbatul casei. În lipsa mea trebuie să ai grijă de toţi, am început eu, dar Aurélien mi-a tăiat vorba.

– E numai vina ta! s-a răstit el. Știu bine ce-ai făcut! Știu ce-ai făcut cu neamțul ăla!

Totul a încremenit în jurul meu. M-am uitat la fratele meu, la amestecul de furie și îngrijorare de pe chipul lui.

– Te-am auzit vorbind cu Hélène. Te-am văzut când te-ai întors în seara aia!

Am văzut cum oamenii din jur priveau unii la alții. *Aurélien Bessette chiar spusese ceea ce tocmai li se păruse că spusese?*

– Nu-i ce... am dat eu să protestez.

Dar el mi-a întors spatele și a intrat glonț în bar.

S-a așternut din nou tăcerea. Acuzația lui Aurélien era repetată în șoaptă pentru cei care n-o auziseră. Am remarcat expresia șocată de pe chipurile celor din jurul meu și am văzut cum Hélène își ferește privirea, îngrozită. Acum eu eram Liliane Béthune. Dar lipsită de circumstanțele atenuante ale unei relații cu Rezistența. Atmosfera din jurul meu a devenit vizibil ostilă.

Hélène s-a întins și m-a apucat de mână.

– Ar fi trebuit să pleci, mi-a șoptit ea cu glas întretăiat. Ar fi trebuit să pleci, Sophie...

A vrut să mă îmbrățișeze, dar a fost trasă deoparte.

Unul din nemți m-a înșfăcat de braț și m-a împins spre remorca vehiculului. Cineva a strigat ceva de la distanță, dar nu mi-am dat seama dacă era un protest la adresa nemților sau vreo insultă destinată mie. Pe urmă am auzit: „*Putain! Putain!*“ și m-am înfiorat. „Mă trimite la Édouard“, mi-am spus eu când mi-am simțit inima bătând să-mi spargă pieptul. „Știu că asta face. Trebuie să am încredere.“

Pe urmă am auzit-o, i-am auzit glasul sfâșiind tăcerea:

– *Sophie!* Un glas de copil, ascuțit și deznădăjduit. *Sophie! Sophie!* Édith s-a repezit prin mulțimea adunată acolo și mi s-a aruncat în brațe, înlănțuindu-mi piciorul cu brațele. Nu pleca! Mi-ai spus că n-ai să pleci de lângă mine!

De când o luasem la noi, niciodată nu rostise atâtea cuvinte. Mi-am înghițit nodul din gât, cu ochii înecați în lacrimi. „Cum s-o părăsesc?“ Gândurile mi s-au învălmășit și toate simțurile s-au redus la unul: atingerea mânuțelor ei pe piciorul meu.

Pe urmă am ridicat ochii și am văzut privirile ofițerilor nemți ațintite asupra ei, parcă vrând să-și dea seama ce se întâmplă. Am ridicat mâna și i-am netezit părul.

– Édith, trebuie să rămâi cu Hélène și să fii curajoasă. Eu și *maman* a ta ne vom întoarce să te luăm. Îți promit.

Nu m-a crezut. Avea ochii măriți de spaimă.

– N-o să mi se întâmple nimic rău. Îți făgăduiesc. Mă duc să-l văd pe soțul meu.

Am încercat s-o fac să mă creadă, să-i vorbesc pe un ton încrezător.

– Nu, a protestat ea, strângându-mă și mai tare. Nu. Te rog, nu mă părăsi.

Mi s-a frânt inima. Am implorat-o în gând pe sora mea: „Ia-o de aici. N-o lăsa să vadă asta". Hélène mi-a dat drumul la mână. Plângea cu sughițuri.

– Vă implor, n-o luați pe sora mea, i-a rugat ea pe ofițeri, trăgând-o deoparte pe Édith. Nu știe ce face. N-o luați pe sora mea, vă rog. Nu merită așa ceva.

Primarul a luat-o pe după umeri, cu o expresie nedumerită, cu orice încercare de a protesta zădărnicită de vorbele lui Aurélien.

– O să fie bine, Édith. Fii tare, i-am strigat eu, încercând să acopăr larma mulțimii.

Pe urmă cineva m-a scuipat și am văzut o dâră subțire și urâtă pe mânecă. Mulțimea a început să huiduie. M-a năpădit panica.

– Hélène? am strigat. Hélène?

Mâinile nemților m-au îmbrâncit fără menajamente în remorcă. M-am trezit în întuneric, pe o banchetă de lemn. Un soldat s-a instalat pe bancheta din fața mea, cu arma rezemată de îndoitura cotului. Prelata a fost coborâtă și motorul a început să duduie. Huruitul a devenit și mai puternic, la fel și vacarmul mulțimii, de parcă zgomotul motorului i-ar fi dezlănțuit pe cei dornici să mă insulte. M-am întrebat o clipă dacă aș fi putut sări prin mica deschizătură din prelată, apoi însă am auzit un strigăt: „Târfă!", urmat de vaietul subțire al lui Édith și de pocnetul sec al unei pietre care lovise o latură a camionului, făcându-l pe soldat să strige un avertisment scurt. M-am chircit auzind și a doua piatră, chiar în spatele banchetei pe care şedeam. Neamţul s-a uitat fix la mine. Expresia lui vag dispreţuitoare m-a făcut să-mi dau seama de greşeala enormă pe care o săvârşisem.

Am rămas aşezată, cu mâinile încleştate pe sacul de pânză şi am început să tremur. Când camionul a demarat, n-am încercat să ridic colţul prelatei să văd ce se întâmpla afară. Nu voiam să simt ochii oraşului aţintiţi asupra mea. Nu voiam să le aud sentinţa. Aşa cum şedeam pe curbura roţii, mi-am lăsat uşor capul în mâini, murmurând:

– *Édouard, Édouard, Édouard.* Şi: *Iartă-mă.*

Nici eu nu ştiam prea bine cui îi ceream iertare.

De abia când am ajuns la marginea oraşului am îndrăznit să ridic privirea. Prin deschizătura prelatei care flutura în vânt am putut zări firma roşie a hotelului Le Coq Rouge sclipind în lumina soarelui de iarnă şi rochia de un albastru intens a lui Édith la marginea mulţimii. Toate au devenit din ce în ce mai mici până când au dispărut în depărtare, odată cu oraşul.

PARTEA A DOUA

Capitolul 11

LONDRA, 2006

Liv aleargă pe malul fluviului, cu poşeta vârâtă sub braţ, cu telefonul ţinut strâns între umăr şi ureche. Undeva pe cheiul Tamisei, cerul cenuşiu şi jos al Londrei s-a deschis, dând frâu liber unei ploi aproape tropicale, cu descărcări electrice, abătute peste centrul capitalei. Traficul s-a oprit, ţevile de eşapament ale taxiurilor fumegă, iar geamurile s-au aburit de la răsuflarea pasagerilor.

– Ştiu, spune ea pentru a cincisprezecea oară, cu sacoul ud leoarcă şi părul lipit de cap. Ştiu... Da, sunt perfect conştientă de condiţii. Aştept câteva plăţi care...

Se adăposteşte în cadrul unei uşi, scoate din poşetă o pereche de pantofi cu tocuri înalte pe care şi-i trage în picioare, apoi rămâne cu ochii la pantofii de pânză uzi, dându-şi seama că nu are unde să-i pună.

– Da, da, sunt... Nu, împrejurările sunt aceleaşi. Nu în ultima vreme.

Iese din cadrul uşii şi se înapoiază pe trotuar, traversează strada şi se îndreaptă spre Aldwych, cu pantofii uzi în mână. Trece o maşină care-i împroaşcă picioarele cu apă, iar ea se opreşte în loc, holbându-se la roţile care se îndepărtează, nevenindu-i să-şi creadă ochilor.

– *Îţi baţi joc de mine?* urlă ea. Apoi: Nu, nu vorbeam cu dumneavoastră, domnule... Dean. Nu cu tine, Dean. Da, chiar apreciez că nu-ți faci decât datoria. Uite, spune ea, am să fac plata până luni. OK? Nu că aş fi întârziat vreodată cu plățile. OK. O singură dată.

Se apropie un alt taxi, dar de data asta ea se adăposteşte repede în pragul altei uşi.

– Da, înțeleg, Dean... Știu. Probabil că-ți vine greu. Uite... îți promit că vei avea banii până luni... Da. Da, absolut. Și iartă-mă că am țipat... Sper să obții slujba cea nouă, Dean.

Închide mobilul, îl îndeasă în poşetă şi ridică ochii spre reclama de la intrarea restaurantului. Se apleacă să se privească în oglinda retrovizoare a unei maşini şi o apucă disperarea. Nu-i nimic de făcut. Deja a întârziat patruzeci de minute.

Liv își îndepărtează părul ud de pe obraz şi se uită cu jind în lungul străzii. Pe urmă răsuflă adânc, deschide uşa restaurantului și intră.

– Uite-o!

Kristen Solberg se ridică de pe scaunul aflat la mijlocul unei mese lungi și-și deschide brațele ca s-o întâmpine, sărutând cu zgomot aerul la câțiva centimetri de obrajii ei.

– O, Doamne, eşti udă leoarcă!

Evident, părul ei castaniu străluceşte şi era aranjat perfect.

– Da. Am venit pe jos. N-a fost o idee prea fericită.

– Oameni buni, v-o prezint pe Liv Halston. Face minuni în societatea noastră de binefacere. Și are cea mai minunată casă din Londra.

Kristen zâmbeşte binevoitor, apoi coboară glasul.

– Să nu-mi ziceți mie pe nume dacă până-n Crăciun nu pică-n mrejele vreunui Făt-Frumos.

Toți murmură în semn de întâmpinare. Liv se înfioară, stingherită. Se sileşte să zâmbească, străduindu-se să nu se uite în ochii nici unuia din cei aşezați în jurul mesei. Sven o priveşte țintă, cu un aer de scuză pentru ceea ce urmează.

– Ți-am păstrat un scaun, spune Kristen. Lângă Roger. E o dulceață.

Se uită cu subînțeles la Liv şi o conduce către scaunul gol.

– O să-ți placă la nebunie.

Toți sunt perechi. Bineînțeles că da. Opt perechi. Și Roger. Simte cum femeile o privesc cercetător din spatele unor surâsuri politicoase, încercând să-și dea seama dacă, fiind unica femeie singură de aici, nu reprezintă o potențială amenințare. Expresia de pe chipurile lor îi este de mult familiară, ba chiar s-a săturat de ea. Bărbații aruncă priviri piezișe, studiind-o din cu totul alte motive. Simte răsuflarea caldă, cu iz de usturoi, a lui Roger, care se apleacă, bătând cu palma în scaunul de lângă el.

Roger îi întinde mâna.

– Sunt Rog. Ești udă leoarcă.

Reușește să-i spună asta pe un ton vag lasciv, ca un licean care nu poate vorbi despre femei fără să adauge o tentă sexuală.

Ea își învelește coapsele cu sacoul.

– Da. Așa e.

Își adresează unul altuia o umbră de surâs. El are părul rar, de culoarea nisipului, și obrazul rumen al cuiva care petrece mult timp la țară. Îi toarnă un pahar cu vin.

– Deci, cu ce te ocupi, *Liv*?

Îi rostește numele de parcă ea și l-ar fi născocit, iar el i-ar face un hatâr rostindu-l.

– În general, de redactare.

– Aha. De redactare.

Tac amândoi.

– Ai copii?

– Nu. Tu?

– Doi. Amândoi băieți. Amândoi interni. Sincer vorbind, e cel mai bine pentru ei. Deci... zici că n-ai copii, da? Și nu-i nici un bărbat în viața ta. Câți ani ai, în jur de treizeci?

Ea își înghite nodul din gât, încercând să nu ia în seamă ofensa subînțeleasă din spatele întrebării.

– Treizeci.

– Nu-ți place să pierzi vremea. Sau poate ești una din femeile alea... Ridică degetele, schițând din degete semnul ghilimelelor. Interesate de carieră?

– Da, răspunde ea, surâzând. Ultima oară când mi-am actualizat CV-ul mi-am extirpat și ovarele. Ca să nu risc.

El rămâne cu gura căscată, apoi râde scurt.

– O! Foarte nostim! Da. Ești o femeie cu simțul umorului. Foarte tare... ovarele... ha!

Tace. Mai ia o gură de vin.

– Soția mea m-a părăsit la treizeci și nouă de ani. Se pare că-i o vârstă critică pentru femei.

Golește ce-i mai rămăsese în pahar și întinde mâna după sticlă, să și-l umple din nou.

– Nu și pentru ea, vezi bine, din moment ce s-a cuplat cu un portorican pe nume Viktor, ba a mai pus mâna și pe casa noastră din Franța și pe jumătate din salariul meu. Femeile...

Se întoarce către ea.

– Nu poți trăi cu ele, dar nici nu le poți împușca, nu-i așa?

Ridică brațele și trage niște gloanțe imaginare în tavanul restaurantului.

Va fi o noapte lungă. Liv zâmbește tot timpul, își toarnă un al doilea pahar de vin și se concentrează asupra meniului, promițându-și că, oricât de convingătoare avea să fie Kristen data viitoare, nu va accepta să mai meargă la vreo astfel de masă nici în ruptul capului.

Seara trece încet, perechile bârfesc despre oameni pe care Liv nu i-a cunoscut în viața ei, iar felurile de mâncare sunt aduse chinuitor de încet. Kristen trimite înapoi la bucătărie felul principal, cerând să-i fie preparat exact așa cum îl ceruse. Scoate un ușor oftat plictisit, de parcă faptul că spanacul nu fusese pus pe altă farfurie ar fi fost cea mai complicată pretenție. Sven o privește indulgent. Liv e prizonieră între spatele lat al unui bărbat pe nume Martin, a cărui nevastă pare decisă să-l acapareze cu totul, și Roger.

– Afurisita! exclamă acesta la un moment dat.

– Poftim?

– Mai întâi a deranjat-o părul meu din nas. Pe urmă, unghiile mele de la picioare. Mereu găsea câte un motiv ca să nu facem... înțelegi tu ce.

Face un O cu degetul mare și cu arătătorul și-și vâră celălalt arătător prin el.

– Sau o durea capul. Cu Viktor n-a mai durut-o, vezi bine. Pun pariu că nu-i pasă nici cât de lungi are ăla unghiile la picioare.

Mai ia o înghițitură de vin.

– Nemernicii, se regulează ca iepurii.

Friptura de miel i se răcește în farfurie. Liv pune alături furculița și cuțitul.

– Deci, tu ce-ai pățit?

Liv ridică privirea spre el, sperând că nu se referă... dar bineînțeles că da.

– Kristen ne-a spus că ai mai fost măritată. Cu partenerul de afaceri al lui Sven.

– Adevărat.

– Și te-a părăsit, nu?

Ea înghite în sec. Încearcă să rămână complet inexpresivă.

– E un fel de a spune.

Roger clatină din cap.

– Nu știu. Ce se întâmplă cu lumea asta? De ce nu se mulțumește fiecare cu ceea ce are?

Ia o scobitoare și se scormonește cu sârg într-un molar din fundul gurii, oprindu-se să examineze ce colectase pe vârful scobitorii, cu un aer satisfăcut și încruntat.

Liv se uită în lungul mesei, întâlnind privirea lui Kristen. Aceasta ridică sugestiv ambele sprâncene, făcându-i pe furiș un semn cu degetul mare ridicat. *Ai dat lovitura!* articulează ea mut.

– Îmi cer scuze, spune Liv, împingându-și scaunul deoparte. Trebuie să merg la toaletă.

Zăbovește în cabina toaletei cât poate de mult fără să se alarmeze cineva, ascultând câteva femei care intră și se spală pe mâini. Verifică niște e-mailuri inexistente și joacă scrabble pe mobil. În cele din urmă, după ce scrie „flux", se ridică, trage apa și se spală pe mâini, privindu-și chipul în oglindă cu un fel de satisfacție perversă. E mânjită cu rimel sub un ochi. Își corectează machiajul, întrebându-se de ce-şi mai dă osteneala, dat fiind că urmează să se aşeze iarăşi lângă Roger.

Se uită la ceas. Când ar fi momentul să pretexteze o întâlnire la prima oră, ca să plece acasă? Cu puţin noroc, la înapoierea ei Roger va fi atât de beat încât nici nu-şi va mai aminti de prezenţa ei acolo.

Liv se mai uită o dată în oglindă, îşi mai înlătură din nou părul de pe obraz şi se strâmbă la propria reflexie în oglindă. „La ce bun?" Pe urmă deschide uşa.

– Liv! Liv, vino încoace! Vreau să-ţi spun ceva!

Roger stă în picioare, gesticulând vehement. Este şi mai roşu la faţă şi are părul zbârlit într-o parte a capului. Poate că e jumătate om, jumătate struţ, îşi spune ea. Intră pentru o clipă în panică la perspectiva de a fi nevoită să petreacă încă o jumătate de oră în compania lui. E un sentiment obişnuit: dorinţa fizică aproape copleşitoare de a se izola, de a fi singură pe străzi întunecate, de a rămâne anonimă.

Se aşază cu grijă, ca şi cum ar fi gata în orice moment s-o ia la goană, şi mai bea o jumătate de pahar de vin.

– Eu ar cam trebui să plec, spune ea, stârnind murmure de protest de jur împrejurul mesei, ca şi cum le-ar fi adresat o jignire personală.

Rămâne. Zâmbetul i s-a transformat în rictus. Se trezeşte urmărind celelalte cupluri, fiecare dându-şi la iveală problemele casnice cu fiecare pahar în plus. Uneia dintre femei îi displace propriul soţ. Ridică ochii în tavan la fiecare comentariu al lui. Bărbatul de colo este plictisit de toată lumea, poate şi de nevastă-sa, şi-şi verifică insistent mobilul sub tăblia mesei. Liv ridică ochii spre ceasul din perete, dând mecanic din cap la litania presărată de exclamaţii a lui Roger privitoare la nedreptăţile căsniciei. Joacă în gând un joc de bingo Masă la Restaurant. Câştigă puncte la Taxe şcolare şi Preţuri imobiliare. E pe punctul de a face scor maxim la Concediul de anul trecut în Europa, când cineva o bate uşor pe umăr.

– Iertaţi-mă. Vă caută cineva la telefon.

Liv se răsuceşte pe scaun. Chelneriţa are tenul palid şi părul lung şi negru, aranjat de o parte şi de alta a obrazului asemenea unei cortine pe jumătate trase. Îi face semn cu carnetul de socoteli. Liv e conştientă de licărul de înţelegere din privirea ei.

– Poftim?

– Un telefon urgent. Cred că-i cineva din familie.

Liv şovăie. Din *familie*? Dar, oricum, e o luminiţă la capătul tunelului.

– O, spune ea. Da, bine.

– Vreţi să vă arăt unde-i telefonul?

– Un telefon urgent, schiţează Liv din buze către Kristen, arătând spre chelneriţă, care la rândul ei îi face semn în direcţia bucătăriei.

Kristen adoptă o expresie de îngrijorare exagerată. Se apleacă să-i spună ceva lui Roger, care aruncă o privire peste umăr şi întinde o mână, de parcă ar vrea s-o oprească. Dar Liv dispare pe urmele fetei scunde şi brunete, străbătând restaurantul pe jumătate gol, trecând prin dreptul barului şi luând-o pe coridorul lambrisat.

După semiîntunericul din sala de mese lumina din bucătărie pare orbitoare, iar lustrul suprafeţelor din inox reflectă lumina încă din celălalt capăt al încăperii. Doi bărbaţi în alb îşi trec unul altuia nişte tigăi, dirijându-le spre spălătorul de vase, fără să-i acorde vreo atenţie lui Liv. Într-un colţ se prăjeşte ceva şi uleiul sfârâie şi sare în toate părţile. Cineva vorbeşte repezit în spaniolă. Fata face semn către o uşă batantă şi dintr-odată Liv se trezeşte într-un alt hol, unde se vede o garderobă.

– Unde-i telefonul? întreabă Liv când amândouă se opresc pe loc.

Fata scoate din buzunarul şorţului un pachet de ţigări şi aprinde una.

– Care telefon? întreabă ea sec.

– Spuneai că mă caută cineva la telefon.

– O, da. Nu-i vorba de nici un telefon. Era limpede că ai fi vrut să te scoată careva de-acolo.

Trage din ţigară, dă afară o şuviţă lungă de fum şi aşteaptă o clipă.

– Nu mă recunoşti, aşa-i? Mo. Mo Stewart.

Oftează, văzând că Liv se încruntă.

– Am fost la cursul tău de la universitate. „Renaşterea şi pictura italiană". Şi la „Desen după natură".

Liv se duce cu gândul la cursul respectiv. Și deodată și-o amintește: fata micuță și brunetă din colț, îmbrăcată în negru, care nu scotea aproape nici un cuvânt la curs, cu privirea inexpresivă și unghii vopsite într-un roșu intens și sclipitor.

– Ia te uită! Nu te-ai schimbat deloc.

Nu-i o minciună. Dar rostind cuvintele se gândește că poate nu-i face chiar un compliment.

– Tu da, spune Mo, cercetând-o cu privirea. Arăți... nu știu cum... ca o tocilară.

– Tocilară...

– Poate nu chiar tocilară. Altfel. Obosită. Sigur, nu-mi închipui că stând lângă cel mai frumos și mai deștept dintre pământeni te prăpădești de râs. Ce-i acolo? Seara celibatarilor?

– Numai pentru mine, după câte se pare.

– Dumnezeule. Poftim. Îi oferă lui Liv o țigară. Aprinde-ți-o, iar eu mă duc să le spun că a trebuit să pleci. O strămătușă a făcut o criză de epilepsie. Sau vrei ceva mai rău? SIDA? Ebola? Ai vreo preferință în privința gravității sau a gradului de suferință?

Îi întinde lui Liv bricheta.

– Nu fumez.

– Nu-i pentru tine. Așa am să pot trage două pipe până să-și dea seama Dino. Tipa o să vrea să-ți plătești consumația?

– O, bună întrebare.

Liv își caută portofelul în poșetă. Dintr-odată se simte în al nouălea cer la gândul libertății.

Mo ia bancnotele și le numără cu grijă.

– Și bacșișul meu? întreabă ea fără să clipească.

Pare să vorbească serios.

Liv clipește, apoi mai scoate din portofel o bancnotă de cinci lire și i-o întinde.

– Așa! zice Mo, vârând bancnota în buzunarul șorțului. Am un aer suficient de tragic?

Schițează o grimasă de dezinteres, apoi, parcă acceptând ideea că nu-i capabilă să-și ia o expresie îngrijorată, dispare pe coridor.

Liv nu știe dacă să plece sau să aștepte înapoierea fetei. Se uită în jur prin garderobă, la hainele ieftine de pe umerașe, la găleata murdară, la mopul de dedesubt, și în cele din urmă se așază pe un scăunel, cu țigara neaprinsă în mână. Când aude pași, se ridică în picioare, dar e un bărbat cu ten măsliniu și ras în cap, cu creștetul strălucind în lumina slabă. Să fie patronul? Bărbatul ține în mână un pahar cu un lichid arămiu.

– Poftiți, îi întinde el paharul.

Când ea protestează, el adaugă:

– Ca să vă treacă șocul.

Îi face cu ochiul și dispare.

Liv se așază și soarbe din pahar. În depărtare, prin zăngănitul vaselor din bucătărie, îl aude pe Roger protestând, apoi scaune hârșâind pe pardoseală. Liv se uită la ceas. E unsprezece și un sfert. Bucătarii ies din bucătărie, își iau hainele de pe umerașe și se fac nevăzuți, salutând-o cu un semn discret din cap, ca și cum un client care zăbovește douăzeci de minute sorbindu-și coniacul pe coridorul personalului ar fi o priveliște cât se poate de obișnuită.

Când Mo își face iarăși apariția, nu mai poartă șorț. Cu o legătură de chei în mână, trece pe lângă Liv și încuie ușa de la scara de incendiu.

– Au plecat, spune ea, înnodându-și la spate părul negru. Minunăția de bărbat de lângă tine zicea că ar fi vrut să te consoleze. În locul tău mi-aș închide pentru un timp mobilul.

– Mulțumesc, spune Liv. Ai fost foarte amabilă.

– N-ai pentru ce. Vrei niște cafea?

Restaurantul e gol. Liv se uită spre masa la care fusese așezată, în timp ce chelnerul mătură ca un expert podeaua, după care așază tacâmurile cu eficiența mecanică și ritmică a omului care a făcut așa ceva de mii de ori. Mo pregătește automatul de cafea și-i face semn să ia loc. Liv ar prefera să meargă acasă, dar înțelege că libertatea ei are un preț, probabil o conversație scurtă și forțată despre vremurile de odinioară.

– Nu pot să cred că au plecat așa deodată, spune ea, în timp ce Mo își aprinde încă o țigară.

– Oh! Cineva a văzut pe un BlackBerry un mesaj pe care ea n-ar fi trebuit să-l vadă. Lucrurile au cam scăpat de sub control, explică

Mo. Nu cred că dineurile de afaceri din zilele noastre implică și discuții despre cleme pentru sfârcuri.

– Ai auzit tu asta?

– Aici se aude totul. Majoritatea clienților nu se întrerup din conversație când se apropie chelnerul. Apasă butonul pentru spumarea laptelui și adaugă: Șorțul de chelneriță îți dă puteri supranaturale. De fapt, aproape că te face invizibilă.

Liv își spune stânjenită că nu remarcase prezența lui Mo în jurul mesei. Mo o privește cu un început de zâmbet, de parcă i-ar fi auzit gândurile.

– Fii liniștită, sunt obișnuită să fiu Marea Nebăgată în Seamă.

– Deci, spune Liv, acceptând o ceașcă de cafea. Ce-ai mai făcut de atunci?

– De vreo zece ani încoace? Hm, una, alta. Munca de chelneriță îmi convine. N-am suficientă ambiție ca să lucrez la bar.

Vorbește serios.

– Tu?

– O, câte ceva pe cont propriu. Muncesc pentru mine. N-am suficientă personalitate ca să lucrez într-un birou, zâmbește Liv.

Mo trage cu sete din țigară.

– Mă mir, comentează ea. Întotdeauna ai fost una din Fetele alea Poleite cu Aur.

– Poleite cu Aur?

– O, tu și prietenele tale frumos bronzate, cu picioare lungi, cu păr frumos și cu bărbații roind în jurul tău ca niște sateliți. Ca într-un roman de Scott Fitzgerald. Credeam că o să... nu știu. Să faci televiziune. Sau media, sau actorie, ceva de soiul ăsta.

Dacă Liv ar fi citit asemenea cuvinte într-o carte, poate ar fi sesizat în ele o undă de invidie. Dar tonul lui Mo nu trădează nimic în acest sens.

– Nu, răspunde ea, privindu-și tivul fustei.

Liv își termină cafeaua. A plecat și ultimul chelner. Și ceașca lui Mo e goală. Mai e un sfert de oră până la miezul nopții.

– Trebuie să încui aici? Încotro mergi?

– Nicăieri. Aici locuiesc.

– Ai un apartament aici?

– Nu, dar Dino n-are nimic împotrivă.

Mo striveşte mucul ţigării, apoi se ridică şi goleşte scrumiera.

– De fapt, Dino nici nu ştie. El crede că sunt doar conştiincioasă. Ultima care pleacă în fiecare seară. „De ce n-or fi şi ceilalţi ca tine?"

Arată cu degetul undeva în spate.

– Am în dulap un sac de dormit şi pun ceasul să sune la cinci şi jumătate. În momentul de faţă am o problemă cu locuinţa. Adică, nu-mi permit una.

Liv face ochii mari.

– Nu fi aşa şocată. Îţi garantez că bancheta aia e mai confortabilă decât unele camere în care am fost cazată.

Nici ea nu-şi dă seama ce i-a venit să spună aşa ceva. Rareori invită pe cineva acasă, mai ales persoane pe care nu le-a mai văzut de ani de zile. Dar aproape fără să ştie ce face, deschide gura, dând drumul cuvintelor:

– Poţi veni să stai la mine. Numai în seara asta, adaugă ea, dându-şi seama ce spusese. Am o cameră liberă. Cu duş.

Conştientă că poate a sunat autoritar, continuă:

– Mai stăm şi noi de vorbă. O să fie plăcut.

Chipul lui Mo îşi pierde orice expresie. Apoi fata se strâmbă, de parcă i-ar face o favoare lui Liv.

– Dacă zici tu, spune ea şi se duce să-şi ia haina.

Îşi zăreşte casa cu mult înainte să ajungă acolo: pereţii de sticlă albăstruie sar în ochi deasupra vechiului depozit de zahăr, ca o farfurie zburătoare aterizată pe acoperiş. Asta-i plăcea lui David: îi plăcea să se vadă de departe casa când îşi aducea pe jos prietenii sau posibilii viitori clienţi. Îi plăcea aspectul ei ciudat, profilat pe cărămida de un maroniu-închis a magaziilor victoriene, îi plăcea cum capta lumina sau cum prelua reflexiile apei aflate mai la vale. Îi plăcea cum construcţia devenise o parte din peisajul fluvial londonez. Ca o reclamă permanentă pentru munca lui, aşa îi plăcea să spună.

Când fusese construită, în urmă cu zece ani, David preferase sticla. Casa fusese dotată cu rafinamentele facilităţilor de încălzire şi cu utilităţi ecologice. Creaţia lui era inconfundabilă în toată

Londra. „Cuvântul-cheie e transparența", repeta el. Clădirile trebuie să-și dezvăluie scopul și structura.

Singurele camere întunecate erau băile, dar chiar și acolo fusese nevoie de multe insistențe ca să nu instaleze un perete din sticlă fumurie. Așa era David, nu-i venea să creadă că nu-i deloc plăcut să te poți uita afară când stai pe closet, chiar dacă știi cu siguranță că nimeni nu poate privi înăuntru.

Prietenele o invidiau pentru casă, pentru amplasament, pentru ocaziile în care apărea fotografiată în cele mai bune reviste cu interioare, dar Liv știa că, între patru ochi, își spuneau una alteia că ar fi înnebunit să trăiască într-o ambianță atât de austeră. David avea tendința de a epura, de a elimina tot ce nu era necesar. Toate obiectele din casă trebuiau să treacă testul William Morris[1]: e funcțional, e frumos? Și în al doilea rând: e absolut necesar? Când veniseră împreună în casă prima oară, ei i se păruse o experiență epuizantă. David își mușcase buza văzând-o că-și lasă hainele pe jos peste tot prin dormitor, că umple bucătăria cu buchete de flori ieftine și cu bibelouri de doi bani din piață. Acum era recunoscătoare pentru austeritatea casei ei. Pentru aspectul ei ascetic.

– Așa... Nemaipomenit. Tare de tot.

Ies amândouă din ascensorul cel șubred și intră în Casa de Sticlă. Mo se însuflețește dintr-odată, cum nu prea-i stă în fire.

– Asta-i casa ta? Zău? Cum dracu' poți sta într-o asemenea casă?

– A construit-o soțul meu.

Liv străbate veranda, agățând cu grijă cheile pe singurul cârlig de argint și aprinzând pe rând luminile din interior.

– Fostul tău soț? Dumnezeule! Și te-a lăsat s-o păstrezi?

– Nu chiar. Liv apasă un buton și se uită cum se trag deoparte, fără zgomot, obloanele din tavan, lăsând bucătăria sub cerul spuzit de stele. A murit.

Rămâne pe loc, privind drept în sus, pregătindu-se pentru șuvoiul stânjenitor de cuvinte compătimitoare.

Niciodată nu-i vine prea ușor să dea o explicație. După patru ani, cuvintele încă o fac să se crispeze din reflex, ca și cum absența lui David ar fi o rană încă deschisă undeva în adâncul trupului ei.

---

1 Designer britanic din secolul al XIX-lea

Dar Mo tace. Când într-un târziu deschide gura nu spune decât „Nasol!“, cu o figură palidă și lipsită de expresie.

– Mda, încuviințează Liv, scoțând un ușor oftat. Mda. Cam așa e.

Liv ascultă la radio știrile de la ora unu noaptea, vag conștientă de sunetele care vin din baia de oaspeți și de sentimentul confuz de neliniște ce o cuprinde de fiecare dată când are pe cineva în casă. Șterge suprafețele de granit ale bufetelor din bucătărie și le lustruiește cu o cârpă moale. Mătură firimituri inexistente de pe jos. În cele din urmă străbate coridorul din lemn și sticlă, suind scara suspendată din lemn și plexiglas care duce în dormitorul ei. Ușile dulapurilor se înșiruie sclipind de curățenie, fără a da vreun indiciu despre puținele haine aflate înăuntru. Patul stă imens și gol în mijlocul dormitorului, cu două somații de plată pe cuvertură, unde le lăsase în dimineața aceea. Se așază, le vâră frumos în plicurile lor, apoi se uită drept în față, la portretul *Fetei pe care ai lăsat-o în urmă*, parcă viu în rama lui aurită, printre nuanțele verzui și cenușii ale încăperii, și se lasă în voia visurilor.

– Seamănă cu tine.

– Ba nu seamănă deloc.

Râsese amețită și emoționată, inundată de un nou val de iubire. Încă pregătită să creadă că așa o vedea el.

Exact așa arăți când...

Fata pe care ai lăsat-o în urmă surâde.

Liv începe să se dezbrace, împăturindu-și hainele și apoi așezându-le frumos pe scaun la căpătâiul patului. Închide ochii înainte de a stinge lumina, ca să nu fie nevoită să privească tabloul încă o dată.

Capitolul 12

Unele existenţe se împacă mai bine cu rutina, cea a lui Liv Halston fiind una dintre ele. În fiecare dimineaţă din zilele de lucru se trezeşte la ora şapte jumătate, îşi pune adidaşii, înşfacă iPod-ul şi, fără să stea prea mult pe gânduri, cu ochii cârpiţi de somn, ia liftul cel şubred şi porneşte la o alergare de o jumătate de oră pe malul fluviului. La un moment dat, croindu-şi drum printre navetiştii încruntaţi şi îndârjiţi, ocolind camionete de aprovizionare dând în marşarier, se dezmeticeşte şi creierul ei începe treptat să se adapteze la ritmurile muzicii care-i răsună în urechi şi la tropăitul înăbuşit al tălpilor pe asfalt. Lucru şi mai important, evită un moment de care continuă să se teamă: acel prim minut vulnerabil de după deşteptare, când pierderea suferită încă o poate răni mişeleşte, fără veste, proiectându-i gândurile într-o ceaţă neagră, stătută şi otrăvitoare. Începuse să alerge dimineaţa după ce-şi dăduse seama că se putea folosi de lumea din exterior, de zgomotul din căşti, de propria mişcare, ca să-şi abată gândurile. Acum a devenit un obicei, un fel de poliţă de asigurare. „Nu trebuie să mă gândesc. Nu trebuie să mă gândesc. Nu trebuie deloc să mă gândesc."

Mai ales azi.

Încetineşte pasul până la mers alert, cumpără o cafea bună şi ia din nou liftul până în Casa de Sticlă, cu usturimi în ochi de la transpiraţie, cu pete urâte de sudoare pe tricou. Face duş, se îmbracă, îşi bea cafeaua şi mănâncă două felii de pâine prăjită cu gem de portocale.

Aproape că nu prea ține mâncare în casă – a ajuns la concluzia că priveliștea unui frigider plin e ciudat de deprimantă, amintindu-i că ar trebui să gătească și să mănânce în loc să trăiască doar cu brânză și biscuiți. Un frigider plin de alimente e un reproș tăcut la adresa singurătății ei.

Pe urmă se așază la birou și-și verifică e-mailurile pentru lucrări venite peste noapte de pe site-ul copywritersperhour.com. Cum nu prea pare a fi cazul în ultima vreme.

– Mo? Îți las cafeaua la ușă.

Se ridică, plecându-și capul pe o parte, în așteptarea vreunui sunet care să-i dea a înțelege că cineva se mișcă în spatele ușii. E opt fără un sfert: prea devreme ca să trezească un oaspete? Este atât de mult de când n-a mai rămas cineva la ea peste noapte, încât nu mai știe ce trebuie să facă. Rămâne pe loc, încurcată, aproape așteptând un răspuns somnoros, ba chiar un mormăit agasat, după care trage concluzia că Mo doarme. În definitiv, a lucrat toată seara. Liv pune în tăcere paharul de plastic în fața ușii, pentru orice eventualitate, și intră sub duș.

În Inbox o așteaptă patru mesaje.

Stimată dnă Halston,

Am adresa dvs. de e-mail de pe Copywritersperhour.com. Eu dețin o papetărie personalizată și am o broșură care trebuie rescrisă. Am văzut că tariful dvs. este de 100 de lire la mia de cuvinte. Există vreo șansă să mai coborâți prețul? Noi lucrăm cu un buget extrem de limitat. Un exemplar din broșură numără în prezent circa 1250 de cuvinte.

Cu stimă,
Dl Terence Blank

Livvy, scumpa mea,

Sunt eu, tatăl tău. Caroline m-a părăsit. Sunt distrus. Am decis să nu mai am nimic de-a face cu femeile. Sună-mă, dacă ai o clipă liberă.

Bună, Liv!

E OK pentru joi? Copiii abia așteaptă. În momentul de față credem că vor fi vreo 20, dar după cum știi, cifra poate oscila. Dă-mi de știre dacă ai nevoie de ceva.

Toate bune,
Abiola

Stimată dnă Halston,

Am încercat de câteva ori să vă contactăm la telefon, dar n-am reușit. Vă rugăm să luați legătura cu noi ca să stabilim când putem discuta despre depășirea limitei dvs. de credit. Dacă nu veți lua legătura cu noi, vom fi nevoiți să vă percepem comisioane suplimentare.

Vă rugăm totodată să vă actualizați datele de contact.

Cu stimă,
Damian Watts
Consilier personal clienți NatWest Bank

Liv tastează răspunsul la primul mesaj.

Stimate dle Blank,

Aș fi încântată să scad prețurile ca să vă fiu de folos. Din păcate, structura mea biologică îmi impune să mă și hrănesc. Vă doresc noroc cu broșura.

Știe că până la urmă se va găsi cineva care să execute broșura la un preț mai mic, cineva căruia să nu-i pese prea mult de ortografie sau de punctuație, și care nu va observa că în broșură scrie „acu“ în loc de „acum“ de douăzeci și două de ori. Dar s-a săturat să-și coboare și mai mult tarifele, oricum prea modeste.

Tată, te sun mai târziu. Dacă la un moment dat totuși se întoarce Caroline, te rog să fii îmbrăcat. Doamna Patel mi-a spus că, săptămâna trecută, ai udat din nou anemonele japoneze în pielea goală, ori știi bine ce părere are poliția despre asta.

Liv x

*

Ultima oară când se dusese să-și consoleze tatăl după una din plecările lui Caroline, el îi deschisese ușa înfășurat într-un halat de damă din mătase orientală, desfăcut în față și, până să protesteze, o strânsese în brațe cu putere.

– Ce naiba, sunt tatăl tău! bombănise el când ea îl dojenise.

Deși de aproape zece ani nu mai primise un rol ca lumea, Michael Worthing nu se vindecase niciodată de lipsa totală de inhibiții care-l făcea să semene cu un copil, nici de reacția agasată la ceea ce el numea „ambalaje". În copilărie, Liv încetase să-și mai invite la ea prietenele după ce Samantha Howcroft se dusese acasă și-i spusese mamei ei că domnul Worthing umbla prin cameră cu „ceva atârnând pe-afară". (În plus, Samantha le spusese tuturor la școală că tatăl lui Liv avea un cocoșel ca un cârnat uriaș. Taică-său rămăsese neobișnuit de nepăsător la remarca asta.)

Caroline, femeia cu părul ca focul care-i fusese prietenă vreme de cincisprezece ani, nu se sinchisea de goliciunea lui. De fapt, ea însăși era încântată să umble prin casă aproape goală. Uneori, Liv își spunea că era mai obișnuită cu priveliștea celor două trupuri îmbătrânite și albicioase, decât cu cea a propriului trup.

Caroline era marea lui pasiune și, o dată la câteva luni, îl părăsea furioasă la culme, reproșându-i că era imposibil, că nu câștiga destul, că avea aventuri scurte și focoase cu alte femei. Ce anume vedeau femeile la el, Liv cu greu își putea imagina.

– Pofta de viață, draga mea! exclama el. Pasiunea! Dacă n-ai pasiune, ești un om mort.

Liv își spunea în sinea ei că probabil era o mare dezamăgire pentru tatăl ei.

Își golește ceașca de cafea și compune un e-mail pentru Abiola.

Bună, Abiola

Ne vedem în fața clădirii Conaghy, la 2 p.m. Din partea mea nu are ce să intervină. Toți sunt puțin emoționați, dar s-au obișnuit cu ideea. Sper că la tine totul e în regulă.

Salutări,

Liv

Trimite mesajul, apoi rămâne cu ochii la cel primit de la consilierul de bancă. Zăbovește cu degetele pe tastatură. Pe urmă întinde mâna și apasă pe *Delete*.

Un grăunte de rațiune îi spune că nu poate continua așa. Aude foșnetul îndepărtat și amenințător al somațiilor de plată, împăturite frumos și puse în plicurile lor, ca pe un răpăit de tobe al unei armate invadatoare. La un moment dat nu va mai fi în stare să le facă față, să găsească pretexte, să se strecoare nebăgată în seamă undeva departe de ele. Trăiește ca un șoarece de biserică, nu cumpără mai nimic, iese în lume arareori, și tot nu-i de ajuns. Cărțile de credit și banii gheață par să-i sară în obraz la bancomate. Anul trecut se trezise la ușă cu cineva de la consiliul primăriei, în cadrul campaniei locale de reevaluare a plătitorilor de taxe către primărie. Femeia umblase de colo-colo prin Casa de Sticlă, apoi o privise pe Liv de parcă aceasta ar fi încercat să înșele primăria. Ca și cum faptul că ea, practic o puștoaică, locuia singură în casa aceea ar fi fost în sine o insultă. Liv nici nu-i putea găsi vreo vină: de când murise David, avusese senzația că e o intrusă. Se simțea ca un paznic de muzeu, protejând amintirea lui David și păstrând casa așa cum ar fi vrut el să fie.

Acum plătește cele mai mari taxe cu putință către primărie, la fel ca bancherii cu salarii de milioane și ca finanțiștii cu bonificațiile lor exagerate. Taxele acoperă mult mai mult de jumătate din câștigul ei pe câteva luni.

Nici nu mai solicită extrase de conturi. N-are rost. Știe perfect ce-ar citi în ele.

– E numai vina mea.

Tatăl ei își lasă capul în mâini, cu un gest teatral. Părul rar și cărunt iese în smocuri printre degetele răsfirate. În jurul lui, bucătăria e plină de oale și cratițe, semne ale unei cine întrerupte: jumătate de bucată de parmezan, un bol de paste congelate, un fel de *Mary Celeste*[1] al armoniei dintr-o casă.

---

1 Vas comercial descoperit în 1872, în Oceanul Atlantic, în stare perfectă, dar complet lipsit de echipaj, a cărui dispariție rămâne unul din marile mistere nerezolvate până în zilele noastre

– Ştiam eu că nici nu trebuia să mă apropii de ea. Dar, Doamne, am fost ca molia atrasă de o flacără. Şi ce flacără! Ce dogoare! Ce *dogoare!*

În glasul lui se citeşte nedumerirea.

Liv dă din cap, înţelegătoare. În adâncul sufletului încearcă să împace episoadele acestei aventuri nefericite cu imaginea lui Jean, patroana în vârstă de vreo cincizeci de ani a florăriei din cartier, care fumează patruzeci de ţigări pe zi şi ale cărei glezne cenuşii ies ca nişte hălci de carne de sub pantalonii prea scurţi.

– Ştiam că fac o mare greşeală. Şi m-am străduit, o, Doamne, cât m-am străduit să nu fac o prostie. Dar m-am dus acolo într-o după-amiază să cumpăr bulbi de primăvară, iar ea a apărut din spatele meu mirosind a frezii şi, până să mă dezmeticesc, aveam o erecţie ca un mugur gata să plesnească...

– Ajunge, tată. Îmi dai prea multe informaţii.

Liv pune ceainicul la fiert. Se apucă să şteargă masa şi bufetul, în timp ce tatăl ei îşi goleşte paharul.

– E prea devreme pentru vin.

– Niciodată nu-i prea devreme pentru vin. Nectar zeiesc. Singura mea consolare.

– Toată viaţa ta e o lungă consolare.

– Cum de-am crescut o femeie cu o asemenea voinţă, cu reguli atât de categorice?

– Nu m-ai crescut tu. M-a crescut mama.

El clatină din cap melancolic, părând să uite de vremea când o blestemase pe nevastă-sa că-l părăsea când Liv era abia un ţânc şi implorase zeii să-şi reverse întreaga mânie pe capul acelei femei necredincioase. Uneori, Liv se gândea că în ziua în care îi murise mama, cu şase ani în urmă, căsnicia scurtă şi tensionată a părinţilor ei se redesenase cumva în mintea tatălui, astfel încât acea femeie intolerantă, târfa, scorpia care otrăvise sufletul unicului lor copil, instigându-l împotriva lui, ajunsese un fel de Maica Domnului. Pe Liv n-o deranja. La fel i se întâmplase şi ei. Când îşi pierduse mama, îi crease în minte imaginea unei femei perfecte. Pornind de la câteva sărutări blânde, câteva cuvinte afectuoase, o îmbrăţişare consolatoare. Cu câţiva ani în urmă, îşi ascultase prietenele plângându-se că aveau nişte mame băgăreţe, fără să le înţeleagă, de parcă ar fi vorbit în coreeană.

– Văduvia te-a înăsprit.

– Pur şi simplu nu mă înamorez de orice persoană de sex opus care-mi vinde un borcan cu roşii conservate.

Liv deschisese sertarele, căutând filtre de cafea. Casa tatălui ei e pe atât de încărcată şi haotică, pe cât de ordonată e a ei.

– Aseară am văzut-o pe Jasmine la Pig's Foot. El se luminează la faţă. O tipă nemaipomenită! M-a întrebat de tine.

Liv găseşte filtrele, deschide cu îndemânare unul şi pune în el cafea cu linguriţa.

– Zău?

– Se mărită cu un spaniol. Unul care seamănă cu Errol Flynn. Nu-şi lua o clipă ochii de la ea. Şi, fii atentă aici, nici eu. Când merge, îşi leagănă şoldurile într-un fel care te hipnotizează. Spaniolul o ia cu copil cu tot. Copilul tre' să fie al altuia. O să locuiască la Madrid.

Liv toarnă cafea într-o ceaşcă pe care i-o întinde tatălui.

– De ce nu vă mai întâlniţi? întreabă el. Eraţi prietene apropiate.

Ea ridică din umeri.

– Drumurile oamenilor se despart.

Nu-i poate spune că-i doar unul dintre motive. E vorba de lucruri pe care le afli doar atunci când îţi pierzi bărbatul, că dormi o veşnicie când te ajunge epuizarea, că sunt zile când până şi trezirea îţi închide pleoapele la loc şi că a ajunge la capătul fiecărei zile îţi cere un efort supraomenesc... că ajungi să-ţi urăşti prietenii fără un motiv anume, că de fiecare dată când vreo amică îţi bate la uşă sau trece strada să te îmbrăţişeze şi să-ţi spună că-i pare foarte, foarte rău pentru tine, te uiţi la ea, la soţul ei, la bebeluşii lor şi rămâi şocată de invidia feroce care te cuprinde. Cum de ei trăiesc şi David este mort? Cum de trăieşte Richard cel plicticos şi grosolan, cu prietenii lui din City, cu jocul lui de golf din fiecare weekend, cu totalul dezinteres pentru orice altceva în afara micului şi comodului său univers, iar David cel sclipitor, afectuos, pasionat şi generos a trebuit să moară? Cum ajunsese prăpăditul de Tim să se reproducă, să aducă pe lume generaţii de mici Tim lipsiţi de imaginaţie, când mintea surprinzătoare, bunătatea, sărutările lui David erau duse pentru totdeauna?

Liv își amintește cum țipa mut în baie, cum fugea de încăperile aglomerate fără să dea vreo explicație, conștientă de impolitețea ei, dar incapabilă să procedeze altfel. Trecuseră ani întregi până când reușise să asiste la fericirea altora fără să jelească pierderea propriei fericiri.

Acum furia s-a stins și totuși Liv preferă să privească fericirea căsniciei altora de la distanță, mai ales în cazul persoanelor pe care nu le cunoaște prea bine, ca și cum fericirea ar fi o noțiune științifică pe care îi ajunge s-o vadă demonstrată.

Nu se mai vede cu prietenii de atunci, cu Cherry, cu Jasmine. Cu cele care și-ar aminti de fata de odinioară. Explicația e prea complicată. Și nu-i place prea mult lumina în care o pune faptul acesta.

– Ei bine, cred că ar trebui să vă întâlniți înainte de plecarea ei. Pe vremuri îmi plăcea să vă privesc cum plecați amândouă în oraș, ca două tinere zeițe.

– Când ai de gând s-o suni pe Caroline? întreabă Liv, adunând firimiturile de pâine de pe masa de bucătărie din lemn de pin și frecând cercul de vin roșu lăsat de un pahar.

– Nu vrea să stea de vorbă cu mine. Aseară i-am lăsat paisprezece mesaje pe mobil.

– Nu trebuie să te mai culci cu alte femei, tată.

– Știu.

– Și e cazul să te apuci să câștigi ceva bani.

– Știu.

– Și să te îmbraci. În locul ei, dacă aș veni acasă și te-aș vedea așa, aș face stânga-mprejur și aș pleca în aceeași clipă.

– Sunt îmbrăcat cu capotul ei.

– Mi-am închipuit.

– Încă-i mai păstrează parfumul.

Adulmecă mâneca halatului lui Caroline, cu o expresie profund tragică și ochii i se umplu de lacrimi.

– Ce-am să mă fac dacă nu se mai întoarce?

Liv încremenește și, pentru o clipă, trăsăturile i se înăspresc. Se întreabă dacă tatăl ei are habar în ce zi sunt. Pe urmă se uită la bărbatul cel amărât, îmbrăcat în capot de damă, la venele lui albăstrii, proeminente pe sub pielea ridată și se întoarce spre chiuvetă.

– Știi ce, tată? Nu sunt persoana cea mai în măsură să-ți răspundă la întrebarea asta.

Capitolul 13

Bătrânul se lasă încetișor pe scaun și scoate un oftat, de parcă ar fi făcut un efort considerabil ca să străbată încăperea. Fiul lui îl privește îngrijorat, cu cotul sprijinit în palmă.

Paul McCafferty așteaptă, apoi aruncă o privire spre Miriam, secretara.

– Doriți ceai sau cafea? întreabă ea.

Bătrânul clatină din cap aproape insesizabil.

– Nu, mulțumesc.

Privirea lui pare a spune: „Să trecem la treabă, da?"

– Atunci vă las, spune Miriam și iese din micul birou.

Paul își deschide dosarul. Își pune palmele pe birou, simțind privirea domnului Nowicki pironită asupra lui.

– Bun, v-am invitat astăzi aici fiindcă am niște vești. Când ați luat prima oară legătura cu mine v-am avertizat că, după părerea mea, cazul va fi delicat, din pricina faptului că nu puteți stabili exact proveniența. După cum știți, multe galerii refuză să cedeze lucrări fără o probă solidă că...

– Îmi amintesc tabloul foarte limpede, îl întrerupe bătrânul, ridicând o mână.

– Știu. Și știți foarte bine că respectiva galerie n-a acceptat să ne ia în evidență, deși propria listă are multe lacune. Cazul s-a complicat și din cauza creșterii spectaculoase a valorii picturii despre care vorbim. Mi-a fost deosebit de dificil, dat fiind că nu aveți nici măcar o fotografie pe care să ne putem baza.

– Cum aş putea face o descriere exactă a picturii? Aveam zece ani când am fost izgoniţi din casa noastră, numai zece ani. Dumneavoastră mi-aţi putea spune ce era pe pereţii casei părinteşti când aveaţi zece ani?

– Nu, domnule Nowicki, n-aş putea.

– De unde era să ştim că niciodată nu ni se va mai îngădui să revenim în propria noastră casă? Sistemul acesta e ridicol. De ce-ar trebui eu să dovedesc că ni s-a furat ceva? După toate prin câte am trecut...

– Tată, am mai discutat o dată despre asta...

Fiul, Jason, pune o mână pe braţul tatălui şi bătrânul îşi strânge buzele nemulţumit, parcă obişnuit să i se spună să tacă.

– Tocmai despre asta voiam să vorbim, spune Paul. V-am prevenit că nu avem un caz solid. Când ne-am întâlnit în ianuarie, mi-aţi pomenit ceva despre prietenia dintre mama dumneavoastră şi un vecin, Artur Bohmann, care a plecat în America.

– Da. Erau vecini buni. Ştiu că el a văzut tabloul în casa noastră. A venit de multe ori la noi. Eu jucam mingea cu fata lui... dar el a murit. V-am spus că a murit.

– Ei bine, am reuşit să dăm de restul familiei, în Des Moines. Iar nepoata lui, Anne-Marie, a răsfoit albumele familiei şi iată ce a găsit într-unul din ele.

Paul scoate din dosar o foaie de hârtie pe care o împinge pe birou spre domnul Nowicki.

Fotografia nu-i perfectă, dar imaginea alb-negru este suficient de clară. O familie se înghesuie pe canapeaua cu perne umflate. O femeie surâde circumspect, ţinând în poală un bebeluş cu ochii ca mărgelele. Un bărbat cu mustăţi lungi se reazemă de spătar, cu braţul întins de-a lungul canapelei. Un băieţel zâmbeşte larg, dând la iveală un dinte lipsă. În spatele lor, pe perete, atârnă un tablou înfăţişând o tânără care dansează.

– Ăsta e, spune încet domnul Nowicki, ducând la gură mâna deformată de artrită. Tabloul lui Degas.

– Am verificat în banca de imagini, apoi cu Fundaţia Edgar Degas. Am trimis avocaţilor lor fotografia, împreună cu o declaraţie semnată de fiica domnului Artur Bohmann, confirmând că şi ea îşi amintește că a văzut tabloul în casa părinților dumneavoastră și că l-a auzit pe tatăl dumneavoastră povestind cum l-a cumpărat.

Paul tace o clipă.

– Dar nu-i singurul lucru de care-și amintește Anne-Marie. Ea spune că după ce au fugit părinții dumneavoastră, Artur Bohmann s-a dus într-o noapte în apartament, ca să adune lucrurile de valoare rămase de pe urma familiei. I-a povestit apoi soției lui, bunica lui Anne-Marie, că se dusese la țanc, fiindcă apartamentul părea neatins. De-abia la plecare și-a dat seama că lipsea tabloul.

Anne-Marie spune că, întrucât toate din casă erau la locul lor, el a crezut întotdeauna că familia dumneavoastră luase tabloul la plecare. Apoi, desigur, cum ați reluat legătura abia după vreo câțiva ani, subiectul n-a mai fost niciodată adus în discuție.

– Nu, spune bătrânul, fără să-și poată desprinde privirea de fotografie. Nu. N-am luat cu noi nimic. Doar verigheta și inelul de logodnă al mamei.

Ochii i se umplu de lacrimi.

– Se prea poate ca naziștii să fi pus ochii pe tablou. Există dovezi că în epoca nazistă au fost ridicate sistematic importante opere de artă.

– A fost mâna domnului Dreschler. El le-a spus. Am știut întotdeauna că el le-a spus. Și mai zicea că tata îi e prieten!

Mâinile îi tremură pe genunchi. Nu-i o reacție ieșită din comun, deși au trecut de atunci mai mult de șaizeci de ani. Mulți dintre clienții lui Paul își amintesc imagini și evenimente din anii '40 mai limpede decât drumul până la biroul lui.

– Sigur, noi am verificat dosarul domnului Dreschler și am găsit o serie de tranzacții ciudate cu germanii, dintre care una se referă simplu la un Degas. Nu reiese clar care tablou anume, dar datele și faptul că la vremea aceea e imposibil să fi fost mai multe picturi în cartier adaugă un plus de credibilitate cauzei dumneavoastră.

Bătrânul se întoarce încet spre fiul lui. „Vezi?" se citește în ochii lui.

– Ei bine, domnule Nowicki, aseară am primit un răspuns din partea galeriei. Vreți să vi-l citesc?

– Da.

Stimate domnule McCafferty,

În lumina noilor dovezi și date fiind lacunele din lista noastră, precum și suferințele pe care am aflat că le-a îndurat familia domnului Nowicki, am decis să nu contestăm solicitarea dumneavoastră de a vă ceda tabloul Femme, dansant *al lui Degas. Custozii galeriei au dat dispoziții avocaților să oprească orice demersuri, în așteptarea instrucțiunilor dumneavoastră privind transferul obiectului respectiv.*

Paul așteaptă.

Bătrânul pare să fi căzut pe gânduri. Într-un târziu, ridică ochii.

– Adică mi-l dau înapoi?

Paul încuviințează. Nu-și poate stăpâni un zâmbet. A fost un caz lung și dificil, dar e încântat de rapiditatea cu care s-a ajuns acum la o soluție.

– Chiar ni-l dau înapoi? Au fost de acord că ne-a fost furat?

– Trebuie doar să le precizați unde să vi-l trimită.

Urmează o lungă tăcere. Jason Nowicki își desprinde privirea de la tatăl lui. Apoi își șterge lacrimile cu podul palmelor.

– Îmi cer iertare, spune el. Nu știu de ce...

– Se întâmplă.

Paul scoate de sub birou o cutie cu șervețele de hârtie și i-o întinde.

– Astfel de cazuri au întotdeauna o încărcătură emoțională. Niciodată nu-i vorba doar de un simplu tablou.

– Am așteptat atâta vreme. Pierderea acelui Degas mi-a amintit tot timpul de ce au îndurat bunicii mei și tata în război. Și nu eram sigur dacă dumneavoastră...

Își umflă obrajii, apoi răsuflă prelung.

– E uimitor cum ați dat de urma acelei familii. Auzisem eu că sunteți buni, dar...

Paul clatină din cap.

– Nu mi-am făcut decât meseria.

Și el, și Jason se uită la bătrân, care nu-și dezlipește privirea de la fotografia cu tabloul. Toată ființa lui pare să se fi micșorat, copleșită parcă de evenimentele petrecute în urmă cu câteva decenii. Același gând îi săgetează pe amândoi.

– Te simți bine, tată?

– Domnule Nowicki?

El își îndreaptă puțin spatele, de parcă abia atunci și-ar fi amintit de prezența celor doi. Palma i se odihnește pe fotografie.

Paul se reazemă de spătarul scaunului, ținând stiloul între degetele celor două mâini.

– Deci, revenind la tablou... Vă pot recomanda o companie specializată în transportul operelor de artă. Aveți nevoie de un vehicul securizat, cu senzori de temperatură și cu suspensie pneumatică. Și v-aș mai sugera să-l asigurați înainte să ajungă la dumneavoastră. Nu-i cazul să vă mai atrag atenția că o asemenea pictură este...

– Aveți relații la casele de licitații?

– Poftim?

Domnul Nowicki și-a recăpătat culoarea din obraji.

– Aveți vreo relație la casele de licitații? Eu am vorbit cu una cu câtva timp în urmă, dar cereau prea mult. Parcă douăzeci la sută. Plus taxele. Prea mult.

– Vreți... să-l evaluați pentru asigurare?

– Nu. Vreau să-l vând.

Își deschide portofelul uzat din piele, fără să ridice ochii, și strecoară fotografia înăuntru.

– Se pare că-i o perioadă bună pentru vânzare. Străinii cumpără orice...

Dă din mână cu un gest indiferent.

Jason a rămas cu ochii la el.

– Bine, tată, dar...

– Cazul acesta ne-a costat mulți bani. Avem facturi de plătit.

– Dar spuneai...

Domnul Nowicki se întoarce cu spatele spre fiul lui.

– Vă puteți ocupa de chestiunea asta pentru mine? Presupun că-mi veți trimite o factură cu ce vă datorez.

De afară răzbate bufnitura unei uși trântite și sunetul reverberează în fațadele clădirilor. Paul o aude pe Miriam vorbind încet la telefon în biroul alăturat. Înghite în sec. Se străduiește să răspundă calm.

– Am să fac ce-mi cereţi.

Se aşterne o tăcere prelungită. Într-un târziu, bătrânul se ridică de pe scaun.

– Ei bine, mi-aţi dat o veste tare bună, spune el în cele din urmă, cu un zâmbet subţire. Chiar foarte bună. Mulţumesc mult, domnule McCafferty.

– N-aveţi pentru ce, răspunde Paul.

Se ridică şi el şi-i întinde mâna.

După plecarea celor doi, Paul McCafferty se aşază iar pe scaun. Închide dosarul, apoi închide ochii.

– N-o poţi lua personal, spune Janey.

– Știu. Atâta doar că...

– Nu-i treaba ta. Noi suntem aici doar ca să recuperăm tablouri.

– Știu. Numai că domnul Nowicki o tot ţinea una şi bună cu ce însemna tabloul ăsta pentru familia lui şi cum reprezenta cea mai mare pierdere a lor şi...

– Nu te mai gândi, Paul.

– Așa ceva nu s-a mai întâmplat niciodată în Echipă.

Se ridică şi începe să umble de colo-colo prin biroul înghesuit al lui Janey. Se opreşte în faţa ferestrei şi priveşte afară.

– Recuperam obiectele oamenilor şi-i făceam fericiţi.

– Doar nu vrei să te întorci în poliţie.

– Știu. Ziceam şi eu. De fiecare dată când am un caz de restituire sunt întors pe dos.

– Păi, ţi-ai câştigat onorariul într-un caz în care nu eram deloc sigură de reuşită. Și o să ai nevoie de toţi banii ăştia când ai să te muţi în casa nouă, nu? Așa că ar trebui să ne pară bine amândurora. Poftim. Janey împinge spre el un dosar. Asta ar trebui să te mai înveselească. A sosit aseară. Pare un caz foarte clar.

Paul scoate hârtiile din dosar. E vorba de portretul unei femei date dispărute în anul 1916, furtul tabloului fiind descoperit abia cu zece ani în urmă, în timpul unui audit efectuat asupra lucrărilor pictorului de către membrii în viaţă ai familiei. Următoarea foaie înfăţişează tabloul respectiv, atârnat îndrăzneţ pe un perete lipsit de alte ornamente. Fotografia fusese publicată într-o revistă de lux cu câţiva ani în urmă.

– Primul Război Mondial?

– Din câte se pare, statutul limitărilor nu se aplică. Pare să fie foarte clar. Se afirmă că există dovezi că pictura a fost furată de nemţi în timpul războiului şi n-a mai fost văzută niciodată. Acum câţiva ani, un membru al familiei a răsfoit o revistă de lux şi ce crezi că a văzut pe pagina dublă din mijloc?

– Sunt siguri că-i vorba de original?

– N-a existat nici o reproducere.

Paul clatină din cap, uitând pe moment de evenimentele din cursul dimineţii, conştient că-l încearcă o undă de entuziasm.

– Şi iată-l. După aproape o sută de ani. Atârnat pe peretele casei cine ştie căror bogătani.

– În articol scrie că-i undeva în centrul Londrei. Aşa zic toate articolele din *Ideal Home*. Nu vor să dea adresa exactă, ca să nu încurajeze spărgătorii. Dar îmi închipui că n-ar fi prea greu să dăm de urma lor. În definitiv, avem numele celor doi soţi.

Paul închide dosarul. Revede în minte buzele strânse ale domnului Nowicki, felul în care îl privise fiul lui, ca şi cum atunci l-ar fi văzut pentru întâia oară.

– Sunteţi american, nu-i aşa? îl întrebase bătrânul când se opriseră în pragul uşii. Atunci n-aveţi cum să înţelegeţi.

Mâna lui Janey se odihneşte uşor pe braţul lui.

– Cum merge cu vizionarea caselor?

– Nu prea grozav. Tot ce-i ca lumea e cumpărat pe loc de cei care plătesc cu banii jos.

– Păi, dacă vrei să-ţi mai ridici moralul, am putea merge să mâncăm ceva. Astă-seară sunt liberă.

Paul reuşeşte să schiţeze un zâmbet. Se străduieşte să nu ia în seamă felul în care Janey îşi duce mâna la păr, surâsul ei dureros de plin de speranţă. Face un pas înapoi.

– Eu lucrez până târziu. Am câteva cazuri cărora vreau să le dau de cap. Mulţumesc oricum. Mâine la prima oră mă apuc de dosarul cel nou.

*

Liv soseşte acasă la ora cinci, după ce i-a făcut de mâncare tatălui ei şi a dat cu aspiratorul la parterul casei unde locuieşte el. Caroline arareori dă cu aspiratorul, prin urmare culorile covoarelor persane, deşi pălite, erau mult mai vii când Liv a terminat treaba. În jurul ei, oraşul fierbe în după-amiaza târzie de vară, zarva din trafic răzbate înăbuşit până la ea, odată cu mirosul de benzină care se ridică din carosabil.

– Bună, Fran, spune ea când ajunge la uşa de la intrare.

Femeia, cu o pălărie de lână lăsată mult pe frunte, în ciuda căldurii, dă din cap în semn de răspuns. Scormoneşte într-o pungă de plastic. Are o colecţie infinită de pungi, fie legate cu sfoară, fie vârâte una într-alta, pe care le sortează şi le aranjează la nesfârşit. Azi şi-a mutat din loc cele două cutii acoperite cu o prelată albastră, ducându-le oarecum la adăpost, în uşa portarului. Vechiul portar o tolerase pe Fran ani la rând, ba chiar se folosise oficial de ea ca să împiedice livrarea de pachete. Noul portar, spune Fran când Liv coboară să-i aducă o cafea, o tot ameninţă că o s-o alunge. Câţiva locatari s-au plâns că strică aspectul casei.

– Te-a căutat cineva.

– Poftim? Oh! La ce oră a plecat?

Liv nu lăsase nici vreun bilet, nici cheia. Se întreabă dacă să treacă mai târziu pe la restaurant, ca să se asigure că totul e în regulă cu Mo. Dar în aceeaşi clipă îşi dă seama că n-o va face. Trăieşte un vag sentiment de uşurare la gândul de-a păşi într-o casă pustie şi tăcută.

Fran ridică din umeri.

– Vrei ceva de băut? întreabă Liv, deschizând uşa.

– Un ceai ar fi grozav, răspunde Fran, apoi adaugă: Trei cuburi de zahăr, te rog, ca şi cum Liv nu i-ar mai fi făcut vreun ceai până atunci.

Apoi, cu aerul preocupat al cuiva prea prins de treburi ca să stea la taclale, se întoarce la pungile ei.

De cum deschide uşa, îi vine în nări fum de ţigară. Mo stă pe podea lângă măsuţa de cafea, cu picioarele încrucişate, cu o mână pe o carte de buzunar, cu cealaltă proptind o țigară de o farfurioară albă.

– Bună, spune ea, fără să ridice privirea.

Liv încremenește cu ochii la ea și cu cheia în mână.

– Credeam... credeam că ai plecat. Fran mi-a spus că ai plecat.

– Ah! Femeia de jos? Mda. Tocmai ce m-am întors.

– Te-ai întors de unde?

– Din tura de zi.

– Lucrezi în tură de zi?

– La un cămin de bătrâni. Sper că nu te-am deranjat azi-dimineață. M-am străduit să plec fără să fac zgomot. M-am temut să nu te trezesc când am umblat în sertarul de la birou. Trezirea la șase dimineața îți cam taie pofta de a primi pe cineva în casă.

– Sertarul de la birou?

– Nu mi-ai lăsat nici o cheie.

Liv se încruntă. Are senzația că discuția o depășește. Mo pune jos cartea și vorbește rar:

– A trebuit să cotrobăi un pic până am găsit cheia de rezervă în sertarul de la biroul tău.

– Ai umblat în sertarul de la biroul meu?

– Mi s-a părut locul cel mai nimerit pentru o cheie. Dă pagina. Stai liniștită, am pus-o la loc. Apoi adaugă, aproape ca pentru sine: Mamă, da' ordonată mai ești!

Se concentrează din nou asupra cărții. Liv se uită la cotor și observă că e cartea lui David. O ediție Penguin din *Introducere în arhitectura modernă,* una din preferatele lui, ferfeniță de atâta răsfoit. Îl revede și acum, citind întins pe canapea. Văzându-i cartea în mâini străine, Liv simte cum i se strânge stomacul de neliniște. Pune jos poșeta și se duce în bucătărie.

Blaturile bufetelor sunt pline de firimituri de pâine. Pe masă vede două cești de cafea, cu cercuri uscate de zaț în interior. Lângă prăjitorul de pâine e un pachet cu pâine albă feliată, pe jumătate deschis și căzut într-o parte. Un plic de ceai folosit s-a lățit pe marginea chiuvetei, iar dintr-un pachet de unt fără sare se înalță un cuțit, parcă înfipt în pieptul victimei unui omor.

Liv rămâne o clipă încremenită, apoi se apucă să facă ordine: aruncă resturile la gunoi, pune ceștile și farfuriile în mașina de spălat vase. Apasă butonul ca să deschidă obloanele din tavan, iar când acestea se dau complet la o parte, apasă butonul care deschide plafonul din sticlă, dând din mâini ca să alunge mirosul stătut de fum de țigară.

Se răsucește în loc și dă cu ochii de Mo, care stă în prag.

– Aici nu se fumează, îi spune ea. Pur și simplu nu e voie.

În tonul ei se ghicește o undă stranie de panică.

– Da, sigur. Nu mi-am dat seama că ai o terasă în spate.

– Nu. Nici pe terasă. Te rog. Pur și simplu nu fuma aici.

Mo aruncă o privire spre blaturi, unde Liv face curat de zor.

– Ascultă, mă ocup eu de asta înainte să plec. Zău că da.

– Nu-i nevoie.

– Ba se pare că da, altfel n-ai face acum infarct. Gata, oprește-te. Curăț eu toată mizeria pe care am lăsat-o. Crede-mă.

Liv se oprește. Știe că reacționează exagerat, dar nu se poate abține. Nu vrea decât s-o vadă plecată pe Mo.

– Trebuie să-i fac lui Fran un ceai, spune ea.

Coboară scara la parter, cu sângele zvâcnindu-i în urechi.

Când se înapoiază, în bucătărie domnește ordinea. Mo se mișcă de colo-colo în tăcere.

– Probabil că devin cam leneșă când vine vorba să curăț după mine imediat, spune ea când Liv revine în bucătărie. Asta fiindcă la serviciu sunt obligată să fac curățenie tot timpul. După bătrâni, după clienții de la restaurant... Faci asta de atâtea ori în cursul zilei, că te răzbuni cumva când vii acasă.

Liv se străduiește să nu se enerveze auzind în gura ei cuvântul „acasă". Abia atunci sesizează un alt miros, dincolo de cel de fum de țigară. Și vede că lumina cuptorului e aprinsă.

Se apleacă să vadă ce e înăuntru și distinge vasul Le Creuset la suprafața căruia bolborosește ceva ce pare a fi brânză.

– Am pregătit ceva de mâncare. Paste la cuptor. Am pus la un loc ce-am găsit și eu la prăvălia din colț. E gata în vreo zece minute. Eu voiam să mănânc mai târziu, dar dacă tot ai venit...

Liv nici nu mai ține minte de când n-a mai aprins cuptorul.

– Ah! exclamă Mo, întinzând mâna după mănușa de bucătărie. A sunat cineva de la consiliul primăriei.

– Poftim?

– Da. Ceva legat de taxe către primărie.

Pentru o clipă, Liv simte cum i se înmoaie picioarele.

– M-am dat drept tine, așa că mi-a spus cât datorezi. O groază de bani.

Îi întinde un petic de hârtie cu o cifră mâzgălită pe ea.

Când Liv deschide gura să protesteze, Mo adaugă:

– A trebuit să mă conving că sunase la persoana care trebuie. M-am gândit că poate era vorba de o greșeală.

Liv știe în linii mari cam la cât se ridică datoria, dar văzând cifra pe hârtie tot trăiește un șoc. Simte privirea lui Mo ațintită asupra ei și, din tăcerea neobișnuit de prelungită, își dă seama că Mo a ghicit adevărul.

– Ascultă. Stai jos. Vezi viața mai în roz când ai stomacul plin.

Liv se simte împinsă către un scaun. Mo deschide ușa cuptorului și bucătăria se umple de aroma neobișnuită a mâncării gătite în casă.

– Iar dacă nu, știu eu un locșor grozav.

Mâncarea e gustoasă. Liv mănâncă o farfurie plină, după care rămâne pe scaun, cu palmele pe burtă, întrebându-se de ce o miră atât de mult faptul că Mo știe să gătească.

– Mulțumesc, spune ea, în timp ce Mo își termină porția. A fost chiar bun. Nici nu mai țin minte de când n-am mai mâncat așa de mult.

– N-ai pentru ce.

„Iar acum trebuie să pleci." Nu poate rosti cuvintele care i-au stat pe buze în ultimele douăzeci de ore. Nu vrea ca Mo să plece chiar acum. Nu vrea să rămână singură cu cei de la primărie, cu ultima lor somație și cu propriile gânduri scăpate din frâu. Brusc, se simte recunoscătoare că în seara asta are pe cineva cu care să poată sta de vorbă – un fel de pavăză umană ca să poată trece ziua.

– Așadar, Liv Worthing, toată povestea cu soțul care a murit...

Liv își așază furculița și cuțitul unul lângă altul.

– Prefer să nu vorbesc despre asta.

Simte cum Mo o sfredelește cu privirea.

– OK. Atunci fără soți decedați. Dar... ai ceva prieteni?

– Prieteni?

– De când... de când cu chestia aia despre care preferi să nu vorbești. Ai avut vreo legătură serioasă?

– Nu.

Mo culege o fărâmă de brânză de pe marginea tăvii scoase din cuptor.

– Vreo relație fizică nerecomandabilă?

– Nici.

Mo ridică brusc capul.

– Nimic? De cât timp?

– De patru ani, murmură Liv.

Minte. A existat ceva, în urmă cu trei ani, după ce niște prietene bine intenționate insistaseră s-o vadă că-și „trăiește viața mai departe". Ca și cum David ar fi fost un fel de obstacol. Liv băuse până când nu mai știuse de ea, ca să suporte experiența, după care plânsese în hohote și cu sughițuri, de durere, vinovăție și silă față de ea însăși. Bărbatul acela – acum nu-și mai amintește nici măcar cum îl chema – cu greu își ascunsese ușurarea când ea spusese că voia să plece acasă. Chiar și acum, când se gândește la acele clipe, o copleșește un sentiment de adâncă rușine.

– Nimic în patru ani? Și ai... cât? Treizeci de ani? Păi, ce-i asta? Un fel de sacrificiu sexual? Ce faci, doamnă Worthing? Te păstrezi pentru domnul Soțul cel Mort în viața de apoi?

– Mă cheamă Halston. Liv Halston. Și... pur și simplu... n-am întâlnit pe nimeni cu care să vreau să...

Liv decide să îndrepte conversația în altă direcție.

– OK, acum zi-mi despre tine. Există în viața ta vreun emo simpatic și cu porniri sinucigașe?

Instinctul de autoapărare o face să se zbârlească.

Mo întinde degetele după o țigară, apoi renunță.

– Mă descurc foarte bine.

Liv așteaptă.

– Am un aranjament.

– Un aranjament?

– Cu Ranic, cel care serveşte vinurile. O dată la câteva săptămâni, ne întâlnim ca să facem sex, foarte eficient ca tehnică, dar complet lipsit de implicaţii sentimentale. La început tipul era dezastruos, dar începe să se descurce foarte bine. Mai ciuguleşte o firimitură de brânză. Numai că se uită la prea multe filme porno. Se vede de la o poştă.

– Deci n-ai nici o relaţie serioasă?

– Ai mei au renunţat să mai discute despre nepoţi cam de prin anul 2000.

– O, Doamne! Bine că ai adus vorba: i-am promis tatălui meu că-l sun, îşi aminteşte brusc Liv. Se ridică şi vâră mâna în poşetă. Auzi, ce-ai zice dacă dau o fugă până la magazin să iau o sticlă de vin?

„O să fie bine", îşi spune ea. „O să stăm la taclale despre părinţi şi despre persoane de care nu-mi mai amintesc, despre colegiu, despre serviciul lui Mo, am s-o fac să lase baltă subiectul sex şi ziua de mâine va veni cât ai clipi, casa mea va redeveni normală, iar data de azi se va repeta de-abia peste un an."

Mo îşi depărtează scaunul de masă.

– Nu şi pentru mine, spune ea luându-şi farfuria de pe masă. Eu trebuie să mă schimb şi s-o întind.

– S-o întinzi?

– La muncă.

Liv a rămas cu mâna pe poşetă.

– Dar ziceai că tocmai ai terminat.

– Am terminat schimbul de zi. Acum intru în schimbul de noapte. Adică peste vreo douăzeci de minute. Îşi ridică părul şi-l prinde cu agrafe. Te deranjează dacă speli tu vasele? Şi dacă iau din nou cheia cu mine?

Scurta senzaţie de bine căpătată în urma cinei se evaporă ca un balon de săpun care se sparge. Liv stă la masa pe jumătate strânsă şi ascultă cu atenţie cum Mo fredonează fals ceva, cum se spală pe faţă şi pe dinţi în baia de serviciu, apoi închide fără zgomot uşa dormitorului.

Strigă în sus pe scară.

– Crezi că mai au nevoie de cineva astă-seară? Vreau să spun că... aş putea da o mână de ajutor. Sunt sigură că aş putea face pe chelnerița.

Nici un răspuns.

– Cândva am lucrat într-un bar.

– Şi eu. Îmi venea să bag cuțitul în ochii oamenilor. Era mai rău decât să lucrez la restaurant.

Mo revine în hol, îmbrăcată într-o fustă neagră şi o geacă scurtă şi strâmtă în talie, cu un şorț la subsuoară.

– Ne vedem mai târziu, tipo, strigă ea. Evident, dacă n-am norocul să mă cuplez cu Ranic.

Coboară scara şi se face nevăzută, dispărând din nou în lumea celor vii. De cum se stinge ecoul vocii ei, liniştea Casei de Sticlă devine palpabilă şi grea, iar Liv îşi dă seama, îngrozită, că locuința ei, refugiul ei, e pe cale s-o trădeze.

Ştie că nu-şi poate petrece seara singură aici.

Capitolul 14

Există locuri unde, ca femeie singură, nu-i indicat să mergi să bei ceva.

1. Bazooka: numit cândva White Horse, un local liniştit, aflat pe colţ, vizavi de cafenea, cu banchete desfundate, îmbrăcate în catifea, ici-colo cu ornamente din alamă şi cu o firmă pe jumătate ilizibilă din pricina vopselii vechi şi scorojite. Acum, aici e un bar scăldat în neon şi plin de fete pieptoase, frecventat la ore târzii de oameni de afaceri şi de tinere nervoase şi machiate strident, care pleacă acasă în zori, încălţate în pantofi cu talpă plată, fumând furioase şi plângându-se de bacşişurile încasate.
2. Dino's: barul de vinuri din cartier, ticsit în tot deceniul nouăzeci, s-a reinventat ca bar familial fără pretenţii, unde mămici pofticioase vin să ia masa în timpul zilei. După ora opt seara barul se ocupă de relaţii întâmplătoare şi rapide. În restul timpului, cu excepţia zilelor de vineri, ferestrele înalte până în tavan îl dezvăluie a fi dureros de lipsit de clienţi.
3. Oricare dintre vechile localuri de pe străzile mai dosnice de dincolo de fluviu, ce atrag mici grupuri de clienţi încruntaţi de prin partea locului, bărbaţi care fumează îndârjit, însoţiţi de pitbuli cu priviri sticloase, şi care se

holbează la o femeie singură ca un imam la o musulmană în bikini.

4. Oricare dintre noile cârciumioare cu geamuri fumurii, aglomerate și vesele, de pe malul fluviului, ticsite de clienți mai tineri decât tine, majoritatea în grupuri, care râd tot timpul, cărându-și după ei laptopurile Apple Mac – toate făcându-te să te simți mai singură decât dacă ai fi rămas închisă în casă.

Liv cochetează cu ideea de a cumpăra o sticlă de vin pentru acasă. Dar de fiecare dată când se imaginează stând de una singură în tot acel spațiu alb și gol, o năpădește un sentiment de spaimă. Nu vrea să se uite la televizor: ultimii trei ani i-au demonstrat că astfel de seri reprezintă un fel de glume ale sorții, când comedia devine pe neașteptate dramă, când întâmplări banale ucid din senin și dureros un soț și când un documentar despre natură e înlocuit cu un altul despre moartea subită. Nu vrea să se trezească stând în fața *Fetei pe care ai lăsat-o în urmă*, amintindu-și ziua în care cumpăraseră tabloul împreună, citind în expresia acelei femei iubirea și împlinirea pe care le simțea și ea. Nu vrea să caute fotografiile care o înfățișau alături de David, cu convingerea obosită că niciodată nu va mai iubi pe cineva așa cum îl iubise pe el și că, deși își amintește de ridurile lui din colțul ochilor sau de degetele lui ținând o cană, totuși nu mai poate reconstitui un chip din toate aceste elemente disparate.

Nu vrea să mai simtă nici cel mai mic impuls de a apela numărul lui de mobil, așa cum făcuse aproape obsesiv în primul an de văduvie, doar ca să-i audă glasul înregistrat pe robot. Acum, în majoritatea zilelor, pierderea lui a devenit o parte din ea, o greutate apăsătoare pe care o poartă după ea tot timpul, invizibilă pentru ceilalți, dar care-i schimbă întru câtva felul de a se târî până la capătul unei zile. Astăzi însă, când se împlinesc patru ani de la moartea lui, e o zi în care nu-i mai ies pasiențele.

Atunci își amintește ce-i spusese una dintre femei în seara precedentă. „Când sora mea vrea să iasă în lume fără să fie hărțuită de nimeni, se duce la un bar de homosexuali. Tare, nu?“ Există un bar de homosexuali la nici zece minute de casa ei. A trecut prin fața lui de sute de ori, fără ca măcar să se întrebe ce zace în spatele grilajelor metalice de la ferestre. Într-un bar de homosexuali nimeni nu se va lua de ea. Liv își ia sacoul, poșeta și cheile. Acum măcar are ceva de făcut.

– Ei bine, e jenant.

– S-a întâmplat o dată. Cu luni în urmă. Dar am senzația că ea n-a dat complet uitării toată tărășenia.

– Asta pentru că tu ești FOARTE BUN.

Greg mai golește un pahar mare de bere, apoi pune paharul gol pe raftul din spate.

– Nu... Ei, da, desigur, acceptă Paul. Zău, Greg, mă încearcă un sentiment de vinovăție de fiecare când se uită la mine. Ca și cum... ca și cum i-aș fi promis ceva ce nu-i pot oferi.

– Care-i regula de aur, frate? Niciodată să nu te ușurezi pe propriul prag.

– Eram băut. A fost chiar seara în care Leonie mi-a spus că ea și Jake se mutau la Mitch. M-am simțit...

– Ți-ai lăsat garda jos, spune Greg cu vocea unui crainic de televiziune. Șefa ți-a tras-o când erai mai vulnerabil. Te-a îndopat cu băutură. Iar acum ai impresia că s-a folosit de tine. Stai o clipă...

Dispare ca să servească un client. Barul e aglomerat pentru o zi de joi, n-a mai rămas nici o masă liberă, la bar clienții stau lipiți unii de alții și un murmur discret și vesel de conversație se ridică peste muzică. Intenționase să meargă acasă după ce termină treaba la birou, dar are rareori ocazia să mai schimbe o vorbă cu fratele lui și, din când în când, merită să mai bei câteva pahare. Chiar dacă asta înseamnă să-ți petreci timpul evitând privirea a șaptezeci de procente din clienți.

Greg încasează niște bani la casă, apoi vine din nou în fața lui.

– Uite, știu cum sună asta. Dar este o fată drăguță. Și mi se pare pur și simplu oribil să fiu nevoit să mă apăr mereu de criticile ei.

– Nasol pentru tine.

– Nici nu-ți închipui cum e să fii în pielea mea.

– Asta pentru că nimeni nu te agaţă când vii însoţit. Cel puţin nu într-un bar de homosexuali. O, nu. Greg mai pune un pahar gol pe tejghea. Ascultă, de ce n-ai cu ea o discuţie aşezată, ca să-i spui că e o fată adorabilă, bla, bla, bla, dar că nu te interesează dintr-un anumit punct de vedere?

– Pentru că-i penibil. Muncim cot la cot şi altele de soiul ăsta.

– Şi aşa nu-i penibil? Toată faza cu „Dacă ai chef de una mică, Paul, după ce termini cazul ăsta". Atenţia lui Greg se îndreaptă spre celălalt capăt al barului. Oho! Cred că avem o prospătură.

Paul fusese vag conştient de prezenţa fetei toată seara. La venire fusese cât se poate de calmă şi echilibrată, iar el îşi închipuise că aştepta pe cineva. Acum fata încearcă să se suie iar pe scaunul înalt de bar. Face două tentative, dar la a doua se poticneşte, dându-se în spate cu paşi împleticiţi. Îşi dă la o parte părul din ochi şi se uită la tejgheaua barului ca la vârful Everest. Se saltă în sus şi când ajunge pe scaun întinde amândouă mâinile ca să-şi găsească echilibrul, după care clipeşte apăsat, ca şi cum ar avea nevoie de câteva secunde ca să se convingă că i-a reuşit figura. Apoi ridică ochii către Greg.

– Iartă-mă, îmi mai torni un pahar de vin?

Și-i întinde paharul gol.

Greg aruncă o privire amuzată şi plictisită spre Paul, după care se uită în altă parte.

– Peste zece minute închidem, spune el, aruncându-şi prosopul pe umăr.

Ştie cum să se poarte cu cei care se îmbată. Paul nu l-a văzut niciodată pe frate-său ieşindu-şi din fire. Aşa cum s-ar fi exprimat mama lor, între ei era o deosebire ca de la cer la pământ.

– Asta înseamnă că mai am zece minute ca să golesc paharul, spune fata, cu un zâmbet nesigur.

Nu arată a lesbiană. Dar, în prezent, puţine lesbiene arată a ceea ce sunt. Nu-i împărtăşeşte fratelui său gândul, ar râde de el şi i-ar spune că a lucrat prea multă vreme în poliţie.

– Scumpete, ţi-am zis-o cu frumosul. Dacă mai bei încă un pahar, încep să-mi fac griji pentru tine. Şi, crede-mă, detest din suflet să ies din tură făcându-mi griji pentru clienţi.

– Doar un păhărel, insistă ea.

Are un zâmbet care-ţi frânge inima.

– De obicei nu beau deloc.

– Mda. Tocmai pentru cei ca tine îmi fac eu griji.

– Azi... Are o privire încordată. Azi e o zi grea pentru mine. Grea de tot. Te rog, mai toarnă-mi un singur pahar. Pe urmă poţi să-mi chemi un taxi respectabil, de la o firmă respectabilă, eu am să mă duc acasă şi am să adorm buştean, iar tu ai să poţi pleca fără să-ţi faci griji pentru mine.

Greg se uită din nou la Paul şi oftează. „Vezi cu ce am eu de a face?"

– Doar un păhărel, acceptă el. Unul mic de tot.

Zâmbetul ei se topeşte şi, cu ochii pe jumătate închişi, se apleacă clătinându-se spre poşeta lăsată la picioare. Paul se răsuceşte cu faţa către bar, ca să-şi verifice mesajele de pe mobil. E rândul lui să-l ia pe Jake acasă în seara următoare şi, deşi relaţia lui cu Leonie merge bine acum, pe undeva tot se teme că ea va găsi un pretext să anuleze aranjamentul.

– Poşeta mea!

Paul ridică ochii.

– Mi-a dispărut poşeta!

Femeia s-a lăsat să alunece jos de pe scaun şi acum cercetează din priviri podeaua, ţinându-se cu o mână de tejgheaua barului. Înalţă ochii, albă ca varul la faţă.

– Te-ai dus cu poşeta la toaletă? întreabă Greg, aplecându-se spre ea peste tejgheaua barului.

– Nu, răspunde fata, uitându-se disperată în jur. Am pus-o sub scaun.

– Ţi-ai lăsat poşeta sub scaun? repetă dezaprobator Greg. N-ai citit afişele?

Barul e plin de afişe:

Nu vă lăsaţi obiectele nesupravegheate.
Atenţie la hoţii de buzunare!

Din locul unde stă, Paul vede cel puţin trei dintre ele.

Ea nu le-a citit.

– Regret, dar locul acesta nu-i prea sigur.

Fata se uită când la unul, când la altul și, așa criță cum e, Paul își dă seama că înțelege ce e în mintea lor: „Fraiera asta s-a îmbătat și uite ce-a pățit".

Paul întinde mâna după mobil.

– Sun la poliție.

– Și ce-ai să le spui? Că am fost atât de proastă încât s-o las sub scaun? Își îngroapă fața în palme. O, Doamne! Și abia scosesem de la bancă două sute de lire ca să-mi plătesc taxele la primărie. Nu-mi vine să cred. Două. Sute. De lire.

– Am mai avut două cazuri săptămâna asta, spune Greg. Așteptăm să ne instaleze o cameră de supraveghere. Dar sunt o sumedenie de cazuri. Îmi pare sincer rău.

Ea ridică privirea și-și șterge ochii. Răsuflă adânc și întretăiat. E limpede că se silește să nu izbucnească în plâns. Paharul cu vin a rămas neatins pe tejghea.

– Îmi pare tare rău, dar nu cred c-am să pot plăti consumația.

– Liniștește-te, spune Greg. Paul, tu cheamă poliția. Eu mă duc să-i fac o cafea. Bun. Domnilor și doamnelor, ora închiderii, vă rog...

Poliția din zonă nu se deplasează pentru poșete furate. Îi dă femeii, pe care o cheamă Liv, un număr de înregistrare, îi promite că-i va trimite o scrisoare despre sprijinul acordat victimelor și o asigură că va lua legătura cu ea dacă descoperă ceva. E limpede pentru toată lumea că n-o vor contacta niciodată.

Când se încheie convorbirea telefonică, barul s-a golit de mult. Greg descuie ușa ca să iasă toți trei, iar Liv întinde mâna să-și ia sacoul.

– Am o prietenă în vizită. I-am dat o cheie de rezervă.

– Vrei s-o suni? întreabă Paul, oferindu-i telefonul.

Ea îl privește cu ochi goliți de orice expresie.

– Nu-i știu numărul. Dar știu unde lucrează.

Paul așteaptă.

– Într-un restaurant, la vreo zece minute de mers pe jos de aici. Înspre Blackfriars.

E douăsprezece noaptea. Paul se uită la ceas. E obosit și fiul lui îi va fi adus a doua zi de dimineață la șapte jumătate. Dar nu poate lăsa o femeie beată, care în mod evident de o oră încoace abia și-a ținut lacrimile în frâu, să meargă singură pe străzile dosnice de pe malul stâng, la miezul nopții.

– Te conduc, spune el.

Îi surprinde privirea ei circumspectă și felul în care se pregătește să-l refuze. Greg o atinge pe braț.

– E-n regulă, scumpete. A fost polițist.

Paul își dă seama că fata se uită la el cu alți ochi. E mânjită de rimel sub un ochi și el abia își stăpânește pornirea de a-i șterge obrazul.

– Garantez pentru el. E programat genetic pentru munca asta, un fel de Saint Bernard în formă umană.

– Bravo, Greg. Mulțumesc.

Ea își pune sacoul.

– Dacă într-adevăr nu te deranjează, e foarte amabil din partea dumitale.

– Te sun mâine, Paul. Și mult noroc, domnișoară Liv. Sper să-ți rezolvi toate problemele.

Greg așteaptă până când cei doi se îndepărtează pe stradă, apoi închide și încuie ușa.

Paul și Liv merg grăbiți și pașii lor răsună în pustietatea străzii pietruite, stârnind ecouri în zidurile clădirilor învăluite în tăcere pe lângă care trec. A început să plouă și Paul își îndeasă adânc mâinile în buzunare și gâtul în gulerul paltonului. Trec pe lângă doi tineri îmbrăcați în hanorace cu glugă și vede limpede cum ea se trage mai aproape de el.

– Ți-ai anulat cardurile? întreabă el.

– O, nu!

Aerul rece o trezește la realitate. Pare disperată și din când în când se poticnește. Paul ar vrea să-i ofere brațul, dar nu crede că ea va accepta.

– La asta nu m-am gândit.

– Îţi mai aminteşti ce fel de carduri aveai?

– Un Mastercard şi un Barclays.

– Stai aşa. Cunosc pe cineva care poate să ne ajute.

Tastează un număr.

– Sherrie? Bună. Sunt domnul McCafferty... Da, bine, mulţumesc. Totul e în regulă. Dar tu?

Aşteaptă.

– Ascultă... poţi să-mi faci un serviciu? Să-mi dai un număr de telefon unde pot reclama carduri bancare furate? Un Mastercard şi un Barclays. Am o prietenă căreia tocmai i s-a furat poşeta... Da. Mulţumesc, Sherrie. Salută băieţii din partea mea. Şi... da, pe curând.

Tastează numerele primite prin mesagerie şi-i întinde lui Liv telefonul.

– E poliţia, spune el. Ce mică-i lumea!

Continuă să meargă în tăcere, în timp ce ea explică operatoarei ce i s-a întâmplat.

– Mulţumesc, spune ea, înapoindu-i mobilul.

– N-ai pentru ce.

– Oricum, m-aş mira să mai aibă ce scoate de pe ele, surâde ea cu tristeţe.

Au ajuns la restaurant, care are specific spaniol. Luminile sunt stinse şi uşile, încuiate. El păşeşte în cadrul uşii, iar ea se uită pe fereastră, parcă sugestionând localul să dea un oarecare semn de viaţă.

Paul se uită la ceas. E douăsprezece şi un sfert.

– Probabil au terminat pentru seara asta.

Liv rămâne pe loc, muşcându-şi buza. Se întoarce către el.

– Poate e la mine acasă. Te superi dacă-mi dai încă o dată telefonul?

El i-l întinde şi ea îl ridică din nou spre lumină, să vadă mai bine afişajul. O priveşte tastând un număr, pe urmă se întoarce cu spatele, trecându-şi o mână prin păr, cu un gest mecanic. Ea priveşte peste umăr, îi zâmbeşte scurt şi nesigur, apoi întoarce din nou capul. Tastează încă un număr, apoi un al treilea.

– Mai poţi suna şi pe altcineva?

– Pe tata. La el am sunat adineauri. Nici acolo nu răspunde nimeni. Deşi e foarte posibil să fi adormit. Când doarme, doarme buştean.

E complet derutată.

– Uite, ce-ar fi să-ţi iau o cameră la hotel? Îmi poţi da banii înapoi când îţi recuperezi cardurile.

Ea continuă să stea pe loc, muşcându-şi buza. *Două sute de lire.* El îşi aminteşte cu câtă disperare le comunicase suma. Fata nu-i genul care să-şi permită o cameră într-un hotel din centrul Londrei.

Acum ploaia s-a înteţit şi-i împroaşcă pe picioare, iar apa adunată gâlgâie de-a lungul canalelor de scurgere. El vorbeşte aproape fără să se gândească:

– Ştii ce? Se face târziu. Eu locuiesc la vreo douăzeci de minute de aici. Eşti de acord să te gândeşti la ce e de făcut după ce ajungem la mine acasă? Dacă vrei, putem analiza situaţia acolo.

Ea îi întinde telefonul. El o vede ezitând şi încercând să ia o hotărâre. Apoi ea surâde oarecum circumspect şi face un pas spre el.

– Mulţumesc. Şi iartă-mă. N-am avut intenţia să se aleagă praful şi de seara altcuiva.

Pe măsură ce se apropie de apartamentul lui, Liv devine tot mai tăcută şi el îşi dă seama că efectul alcoolului începe să se risipească: un strop de raţiune din fiinţa ei se întreabă ce a acceptat să facă. Paul se gândeşte de nu cumva, cine ştie pe unde, o aşteaptă o prietenă. Fata e drăguţă, dar în genul femeilor care nu vor să atragă atenţia bărbaţilor: nemachiată, cu părul prins în coadă de cal. Să fie lesbiană? Are pielea prea curată ca să fi dat în patima alcoolului. Are picioare zvelte şi păşeşte alert, semn că face regulat gimnastică. Dar acum merge cu un aer defensiv, cu braţele încrucişate la piept.

Ajung la apartamentul lui, aflat la etajul doi al unei vilişoare de la marginea zonei Theatreland, la parterul căreia se află o cafenea. El deschide uşa, având grijă să rămână la distanţă în spatele ei.

Paul aprinde lumina şi se duce direct la măsuţa de cafea. Dă la o parte ziarele şi cana de azi-dimineaţă, privindu-şi locuinţa cu ochii unui străin: prea mică, ticsită cu cărţi de specialitate, cu fotografii şi piese de mobilier. Din fericire, nu vede nicăieri şosete aruncate, nici rufe nespălate. Se duce la bucătărie și pune ceainicul în priză, îi aduce lui Liv un prosop cu care să-și usuce părul și o privește pășind nesigură prin cameră, cumva liniștită de rafturile pline ochi cu cărți și de fotografiile de pe comodă: el în unifomă, el și Jake îmbrățișați și râzând cu gura până la urechi.

– E băiețelul tău?

– Da.

– Seamănă cu tine.

Liv ridică o fotografie înfățișându-i pe Paul, Jake și Leonie, făcută pe vremea când Jake avea patru ani. Încă își ține un braț petrecut peste talie. Paul ar vrea să-i ofere un tricou, dar nu vrea ca ea să creadă că-i sugerează să-și scoată hainele.

– Aici e mama lui?

– Da.

– Atunci... nu ești homo?

Pentru o clipă, Paul rămâne fără replică și apoi exclamă:

– Nu! O, nu! Fratele meu e patronul barului.

– Aha!

Paul arată spre fotografia lui în uniformă.

– Crezi că doar mă prefac, ca băieții din Village People[1]? Chiar am fost polițist.

Ea dă să râdă, genul de râs a cărui unică alternativă este plânsul. Apoi își șterge ochii și-i adresează un zâmbet scurt și încurcat.

– Iartă-mă. Azi am avut o zi proastă. Și asta s-a întâmplat înainte de a mi se fura poșeta.

El își dă seama brusc că fata este chiar frumoasă. Are un aer vulnerabil, de parcă ar fi toată numai carne vie. Liv se întoarce către el, și Paul se uită brusc în altă parte.

– Paul, ai ceva de băut? Nu cafea. Știu că probabil îți închipui că sunt alcoolică, dar zău că-n clipa asta mi-ar prinde bine un pahar.

El scoate ceainicul din priză, umple două pahare cu vin și se înapoiază în sufragerie. Ea s-a așezat pe marginea canapelei, cu coatele prinse între genunchi.

---

1 Grup disco, format în SUA în 1977, bine cunoscut pentru costumația de scenă care înfățișa stereotipuri culturale americane

– Vrei să vorbești despre ce ți s-a întâmplat? De regulă, foștii polițiști au auzit fel și fel de lucruri. Îi întinde paharul cu vin. Lucruri mult mai grave decât în cazul tău. Pun pariu.

– Nu prea vreau.

Soarbe din vin și el o aude cum înghite. Apoi, brusc, se răsucește către el:

– Ba da. Azi se împlinesc patru ani de când a murit soțul meu. A murit. Cei mai mulți nici nu puteau rosti acest cuvânt atunci când s-a întâmplat, iar acum îmi tot dau sfaturi că trebuie să-mi trăiesc viața. Sigur, ar fi cazul să-mi văd de viața mea. Numai că nu știu cum. În casa mea locuiește o tânără emo și eu nu-s în stare să-mi amintesc nici numele ei de familie. Datorez bani la toată lumea. Astă-seară m-am dus într-un bar de homosexuali pentru că nu puteam să stau acasă singură și uite că mi-a dispărut poșeta cu două sute de lire scoși de pe card ca să-mi plătesc taxele la primărie. Iar când m-ai întrebat dacă mai pot suna pe cineva, singura persoană la care m-am gândit că mi-ar putea oferi un loc unde să dorm a fost Fran, femeia care locuiește în niște cutii de carton în fața casei mele.

El e atât de șocat de cuvântul „soț“, încât abia aude și restul.

– Păi, eu îți pot oferi un loc unde să dormi.

Din nou privirea aceea circumspectă.

– Patul fiului meu. Nu-i chiar cel mai confortabil din lume. Vreau să spun că frate-meu a mai dormit în el ocazional, după ce s-a despărțit de ultimul lui prieten, și zice că de atunci încoace merge să consulte regulat un osteopat. Dar, oricum, e un pat. Tace. Presupun că-i mai bun decât niște cutii de carton.

Ea îl privește pieziș.

– OK. E oarecum mai bun.

Ea surâde, nu prea amuzată, cu buzele pe marginea paharului.

– Oricum nu puteam apela la Fran. Nu mă invită niciodată înăuntru.

– Păi, nu-i politicos din partea ei. În orice caz, eu, unul, nu mi-aș dori să-i intru în casă. Stai aici. Mă duc să-ți caut o periuță de dinți.

Uneori, își spune Liv, e posibil să ajungi într-o lume paralelă. Crezi că știi ce te așteaptă – o seară de proastă dispoziție, în fața televizorului sau într-un bar unde te refugiezi de teama propriului trecut – pentru ca, dintr-odată, să schimbi macazul către o destinaţie de care până atunci nici n-ai avut habar.

În aparenţă, totul e un dezastru: ţi se fură poşeta, îţi pierzi toţi banii, ţi-a murit soţul, viaţa ta a luat-o razna. Şi iată că stai în micul apartament al unui american cu ochi albaştri, strălucitori, şi cu părul înspicat tuns periuţă, iată că e aproape trei dimineaţa şi americanul te face să râzi, să râzi din toată inima, de parcă n-ai avea nici o grijă pe lume.

A băut mult. Cel puţin trei pahare de când a ajuns aici, plus cele multe de la bar. Dar a atins acel stadiu rar şi plăcut de echilibru pe care-l poate aduce băutura. Nu-i atât de beată încât să-i fie rău sau să se simtă ameţită. E pur şi simplu suficient de binedispusă ca să plutească în plăcerea acestor clipe, în compania acestui bărbat şi a râsului, în micul apartament înghesuit şi liber de orice amintire. Au vorbit şi au tot vorbit, glasurile lor devenind tot mai ridicate şi mai insistente. Iar ea i-a destăinuit tot, eliberată de inhibiţii datorită şocului şi băuturii, precum şi faptului că el e un străin pe care probabil nu-l va mai întâlni vreodată. El i-a povestit despre grozăviile unui divorţ, despre ce înseamnă munca de poliţie şi de ce nu i se potrivea, de ce-i lipseşte New Yorkul şi cum nu se poate întoarce acolo până nu creşte fiul lui. Ea vrea să-i destăinuie tot, pentru că el pare să înţeleagă tot. I-a spus despre supărarea şi furia ei, i-a destăinuit cum se uită la alte cupluri şi cum pur şi simplu nu vede de ce şi-ar mai încerca norocul încă o dată. Pentru că nici una din perechi nu pare cu adevărat fericită. Nici măcar una.

– OK, acum sunt avocatul diavolului, spune Paul, punând jos paharul. Şi asta vine din partea cuiva care şi-a ratat definitiv căsnicia. Dar tu ai fost căsătorită vreme de patru ani, da?

– Aşa e.

– Nu vreau să par cinic, departe de mine gândul ăsta, dar nu crezi că unul din motivele pentru care căsnicia ta ţi s-a părut perfectă e tocmai faptul că soţul ţi-a murit? Întotdeauna lucrurile par perfecte atunci când nu durează mult. Dovadă este o întreagă listă de staruri de cinema plecate dintre noi.

– Vrei să zici că dacă ar fi trăit, am fi ajuns și noi să fim morocănoși și să ne plictisim unul de celălalt?

– Nu neapărat. Dar obișnuința, copiii, munca și stresul vieții de zi cu zi mai tocesc romantismul, de asta să fii sigură.

– Vorbești din experiență.

– Da, probabil.

– Ei bine, nu s-a întâmplat nimic de genul ăsta.

Clatină din cap cu convingere. Camera se învârte puțin în jurul ei.

– Ei, hai, nu se poate să nu fi fost și clipe când te scotea nițel din pepeni. Așa se întâmplă cu toată lumea. De pildă… când se plângea că cheltuiești prea mult, când trăgea un vânt în pat sau nu punea la loc capacul pastei de dinți…

Liv clatină din nou din cap.

– De ce se întâmplă așa cu toată lumea? De ce trebuie toți să desconsidere ceea ce au? Știi ce? Pur și simplu am fost fericiți. Nu ne certam. Nu pentru o pastă de dinți, nici pentru un vânt, pentru nimic. Efectiv țineam unul la altul. Eram… fericiți.

Se luptă să-și rețină lacrimile și întoarce capul spre fereastră, silindu-se să nu plângă. În noaptea asta nu va plânge. Cu nici un chip.

Se așterne o tăcere îndelungată. „Idioată ce sunt", se apostrofează ea în gând.

– Atunci ați fost printre puținii norocoși, spune un glas în spatele ei.

Se întoarce și-l vede pe McCafferty întinzându-i vinul rămas în sticlă.

– Norocoși?

– Nu multe cupluri au parte de așa ceva. Fie vorba chiar și de patru ani. Ar trebui să fii recunoscătoare.

„Recunoscătoare." Acum când o spune el, pare perfect logic.

– Adevărat, încuviințează ea după o clipă. Așa ar trebui să fiu.

– De fapt, povești ca a ta îmi dau speranță.

Ea zâmbește.

– E foarte frumos ce spui.

– Păi, e adevărat. Pentru... Cum îl chema?

Paul ridică paharul.

– David.

– Pentru David. Unul dintre bărbații cumsecade.

Ea surâde – un surâs larg și neașteptat. Vede vaga mirare de pe chipul lui.

– Da, întărește ea. Pentru David.

Paul soarbe din băutură.

– Știi, e prima oară când invit acasă o femeie și-ajung să beau în cinstea soțului ei.

Și iat-o că râde din nou: un râs izvorât din adâncul ființei acestei vizitatoare neașteptate.

Paul se întoarce către ea.

– Știi, toată seara am vrut să fac asta.

Se apleacă și, înainte ca ea să aibă vreo reacție, întinde degetul mare și-i șterge cu blândețe rimelul de sub ochiul stâng.

– E rimel, explică el, arătându-i urma de pe deget. Nu știam dacă ți-ai dat seama.

Liv îl privește țintă și ceva neașteptat, ca un curent electric, îi cutremură tot trupul. Îi privește mâinile puternice și pline de pistrui, locul unde gulerul îi atinge gâtul și mintea i se golește de orice gând. Pune jos paharul, se apleacă și, înainte ca el să spună ceva, își lipește buzele de ale lui. După scurtul șoc al contactului fizic, îi simte răsuflarea pe pielea ei, un braț care-i înlănțuie mijlocul, apoi buzele lui răspunzându-i la sărut, moi și calde, cu un vag gust de tanin.

Liv se lasă moale în îmbrățișarea lui, răsuflând din ce în ce mai iute, euforică din pricina alcoolului, a febrei simțurilor și a plăcerii intense de a fi pur și simplu ținută în brațe. O, Doamne, *bărbatul acesta*. Își ține ochii închiși, i se învârte capul, iar sărutul lui e blând și minunat.

Apoi el face un pas înapoi. Lui Liv îi trebuie o secundă ca să-și dea seama. Se retrage și ea doar câțiva centimetri, uitând să mai respire. „Cine ești tu?“

El o privește drept în ochi. Clipește de câteva ori.

– Știi… cred că ești o fată absolut încântătoare. Dar am anumite principii în privința asta.

Ea își simte buzele îndurerate.

– Ai... pe cineva?

– Nu. Atâta doar că...

Își trece o mână prin păr. Strânge din dinți.

– Liv, nu pari...

– M-am îmbătat.

– Da, da, așa e.

Ea oftează.

– Cândva făceam un sex nemaipomenit când mă îmbătam.

– Acum nu trebuie să mai spui nimic. Încerc să fiu băiat bun, bun cu adevărat.

Ea se reazemă brusc de pernele canapelei.

– Chiar așa. Unele femei sunt un dezastru atunci când beau. Eu n-am fost așa.

– Liv...

– Iar tu ești... delicios.

Obrazul lui are o umbră de barbă, semn că nu mai e mult până dimineață. Ea simte imboldul de a-și trece degetele peste țepii aceia mărunți, ca să-i simtă aspri pe piele. Întinde mâna, dar el se ferește.

– Și acum, am plecat. OK, gata, am plecat.

Se ridică și răsuflă adânc. Nu se uită la ea.

– Uite, acela e dormitorul băiatului. Dacă vrei un pahar cu apă, chiuveta e acolo. Și... chiar curge apă.

Ia în mână o revistă, apoi o pune jos din nou. La fel face și cu a doua.

– Aici ai și reviste. Dacă vrei să citești ceva. Am o grămadă...

Lucrurile nu se pot opri aici. Îl dorește atât de mult, încât emană dorință prin toți porii. În clipa asta ar fi în stare să-l implore. Încă-i simte gustul buzelor și căldura brațului în jurul taliei. Se privesc în ochi câteva clipe. „Chiar nu simți? Nu pleca“, îl îndeamnă ea în gând. „Te rog, nu pleca de lângă mine.“

– Noapte bună, Liv, îi spune el.

Mai zăbovește cu privirea asupra ei câteva momente, apoi pornește pe coridor și închide fără zgomot ușa în urma lui.

Peste patru ore Liv se trezește într-o cameră străină, învelită cu o pătură cu emblema echipei Arsenal și chinuită de o durere de cap atât de îngrozitoare încât trebuie să-şi pipăie creştetul să vadă dacă nu cumva a fost lovită. Clipeşte des, se uită cu ochii împăienjeniţi la micile personaje din desenele animate japoneze care împodobesc peretele din faţa ei, apoi mintea ei începe încet-încet să asambleze frânturile de întâmplări din noaptea precedentă.

Poşeta furată. Închide ochii. O, nu!

Un pat străin. Nu are chei. O, Doamne, nu are chei. Şi nici bani. Vrea să se mişte şi durerea de cap o săgetează în asemenea hal, încât abia îşi stăpâneşte un ţipăt.

Apoi îşi aminteşte de bărbatul acela. *Pete? Paul?* Îşi aminteşte cum mergea pe străzile pustii imediat după miezul nopţii. Apoi îşi aminteşte cum s-a întins să-l sărute şi cum el s-a retras politicos. *Eşti... delicios.*

– O, nu, murmură ea, acoperindu-şi ochii cu palmele. O, doar n-am făcut...

Se ridică în capul oaselor şi se trage la marginea patului, dând cu ochii de o maşinuţă galbenă de plastic lângă piciorul drept. Apoi, când aude deschizându-se o uşă şi începând să curgă apa la duş, Liv îşi ia repede pantofii şi sacoul şi se strecoară afară din apartament, în lumina şi zgomotele stridente ale dimineţii.

Capitolul 15

– Am senzaţia că trăim o invazie.

Directorul executiv se dă înapoi, încrucişându-şi la piept braţele acoperite de mânecile lungi ale cămăşii, şi râde fără tragere de inimă.

– Oare asta simte toată lumea?

– O, da, spune ea.

Nu-i o reacţie neobişnuită.

În jurul ei, vreo cincisprezece adolescenţi umblă de colo-colo prin uriaşul foaier al clădirii Conaghy Securities. Doi dintre ei, Edun şi Cam, sar înainte şi înapoi peste balustrada instalată pe toată lungimea peretelui de sticlă, sprijinindu-se în mâinile lor mari şi proiectându-şi cu pricepere greutatea corpului, cu adidaşii de un alb sclipitor scârţâind în clipa în care se desprind de pardoseala de ciment. Alţi câţiva au şi dat buzna sub cupola principală, îmbulzindu-se şi râzând ascuţit, în timp ce se înşiruie pe podiumurile perfect aliniate, arătându-şi unii altora câte un crap uriaş care înoată leneş în bazinele unghiulare.

– Întotdeauna sunt aşa de zgomotoşi? întreabă directorul.

Abiola, care răspunde de tineri, stă lângă Liv.

– Da. De regulă, le dăm zece minute să se obişnuiască repede cu locul. Pe urmă o să vedeţi ce iute se liniştesc.

– Şi... nu strică niciodată nimic?

– Niciodată.

Liv îl priveşte pe Cam alergând pe un podium de lemn şi ridicându-se pe vârfuri la capătul acestuia.

– În toată lista de firme vizitate, pe care v-am dat-o, n-a existat nici măcar un colţ de covor întors.

Vede expresia lui neîncrezătoare.

– Nu uitaţi că majoritatea copiilor din Marea Britanie locuiesc în case cu o suprafaţă de nici şaptezeci şi şase de metri pătraţi.

Dă din cap.

– Iar cei de acolo probabil au crescut în apartamente mult mai mici. E inevitabil ca, odată lăsaţi liberi, să înceapă să alerge. Dar să fiţi atent. Să vedeţi cum îi influenţează spaţiul.

O dată pe lună, Fundaţia David Halston, parte a firmei Solberg Halston Architects, organizează pentru copiii defavorizaţi vizitarea unor clădiri deosebite din punct de vedere arhitectural. David fusese de părere că tinerii nu trebuie doar învăţaţi ce înseamnă construcţiile din jurul lor, ci şi lăsaţi liberi să utilizeze spaţiul după cum vor ei, ca să-i înţeleagă efectul asupra lor. Dorise ca tinerii să se bucure de spaţiu. Liv îşi aminteşte când îl auzise vorbind pentru întâia oară pe această temă în faţa unui grup de copii bengalezi din cartierul Whitechapel.

– Ce vă sugerează uşa asta? întrebase el, arătând cadrul unei uşi imense.

– Bani, răspunsese unul, şi toţi izbucniseră în râs.

– Asta şi trebuie să sugereze, spusese zâmbind David. Aici e sediul unei firme de brokeraj. Uşa asta, cu pilaştri enormi din marmură şi cu litere aurite, vă spune: „Încredinţaţi-ne banii dumneavoastră. Iar noi vă vom ajuta să faceţi ŞI MAI MULŢI“. Uşa sugerează de departe „NE PRICEPEM LA BANI“.

– Auzi, Nikhil, de-aia are uşa ta de-abia un metru, comentează un puşti, îmbrâncindu-l pe altul, şi amândoi râd de se prăpădesc.

Dar sistemul funcţionase. Liv îl văzuse cum funcţionează încă de pe atunci. David îi determinase să se gândească la spaţiul din jurul lor, dacă-i făcea să se simtă liberi, furioşi sau trişti. Le arătase jocul dintre spaţiu şi lumină, care aproape prindeau viaţă în cele mai ciudate clădiri.

– Trebuie să vadă că există alternative la cutiile în care locuiesc, spunea el. Trebuie să înţeleagă că mediul în care trăiesc le influenţează sentimentele.

De la moartea lui, cu binecuvântarea lui Sven, Liv preluase rolul lui David, întâlnindu-se cu directori de firme, convingându-i de beneficiile proiectului şi de avantajul de a adera la el. Această activitate o ajutase să treacă de primele luni, când simţise că viaţa ei nu mai avea aproape nici un rost. Acum era singurul lucru pe care abia aştepta să-l facă lună de lună.

– Domnişoară? Putem pune mâna pe peşte?

– Nu. Îmi pare rău, dar nu puteţi pune mâna pe nimic. E toată lumea aici?

Aşteaptă, în timp ce Abiola îi numără rapid pe cei prezenţi.

– OK. Începem de aici. Vreau să staţi liniştiţi zece secunde şi să-mi spuneţi cum vă face spaţiul acesta să vă simţiţi.

– Calmi, spune unul, după ce râsetele încetează.

– De ce?

– Nu ştiu. Din pricina apei. Și susurul cascadei. Pe mine mă linişteşte.

– Ce altceva te mai linişteşte?

– Cerul. Nu există acoperiş. Aşa-i?

– Da. De ce crezi tu că aici nu există acoperiş?

– Au rămas fără bani.

Alte râsete.

– Și când ieşiţi afară, care-i primul lucru pe care-l faceţi? Nu, Dean, ştiu ce vrei să spui. Și nu-i vorba despre asta.

– Respirăm adânc. Ca să ne umplem plămânii cu aer.

– Numai că aerul nostru e plin de mizerie. Aerul de aici e, probabil, pompat prin filtre.

– Nu există acoperiş. Nu se poate filtra aerul.

– Și totuşi, eu respir. Respir adânc. Nu pot să sufăr să stau în spaţii strâmte. Camera mea n-are ferestre şi tre' să dorm cu uşa deschisă, ca să nu mă simt ca-ntr-un sicriu.

– Nici camera lu' frate-miu n-are ferestre şi mama i-a cumpărat un poster cu un geam pictat pe el.

Încep să-şi compare dormitoarele. Lui Liv îi plac aceşti copii şi se teme pentru ei, din pricina lipsurilor despre care-i povestesc, a faptului că-şi petrec 99% din viaţă într-un spaţiu de doi sau patru kilometri pătraţi, la care-i limitează constrângeri fizice, frica de bande rivale sau teama de a nu încălca legea.

Acţiunile de caritate nu sunt un capăt de ţară, ci o ocazie de a simţi că viaţa lui David nu s-a irosit în zadar, că ideile lui sunt duse mai departe. Uneori apare câte un puşti cu adevărat isteţ – care se ataşează imediat de ideile lui David –, şi atunci ea încearcă să stea de vorbă cu profesorii lui sau să instituie burse. De vreo câteva ori s-a întâlnit şi cu părinţii lor. Unul din primii *protégés* ai lui David e acum student la arhitectură, taxele de şcolarizare fiind plătite de fundaţie.

Dar, pentru cei mai mulţi, astfel de vizite sunt doar fereastra întredeschisă timp de o oră, două către o altă lume, în care-şi exersează deprinderile de *par-kour*[1] pe scările, balustradele şi holurile de marmură ale altora, o şansă de a privi în interiorul lui Mammon, sub ochii uimiţi ai bogătaşilor convinşi de ea să le deschidă uşa.

– Un studiu făcut cu câţiva ani în urmă arăta că, dacă spaţiul destinat unui copil se reduce de la opt la cinci metri pătraţi, copilul devine mai agresiv şi mai puţin dispus să interacţioneze cu alţii. Ce părere aveţi de asta?

Cam se dă huţa pe capătul unei balustrade.

– Eu tre' să dorm în aceeaşi cameră cu frate-miu şi-mi vine să-l bat mai tot timpul. Mereu îşi pune lucrurile în partea mea de dormitor.

– Atunci, ce locuri vă fac să vă simţiţi bine? Aici vă simţiţi bine?

– Eu simt că nu mai am nici un fel de griji.

– Mie îmi plac plantele. Alea cu frunze mari.

– Băi, tipule. Eu aş sta aici doar să mă uit la peşti. Aici e linişte.

Toţi murmură aprobator.

– Pe urmă aş prinde unul şi maică-mea ar face şi cartofi prăjiţi la el, ce ziceţi?

Râd toţi. Liv se uită la Abiola şi până la urmă nu se poate abţine şi pufneşte şi ea în râs.

---

1 Cursă cu obstacole în care practicanţii găsesc cel mai eficient mod de a junge dintr-un punct în altul folosindu-se doar de mijloacele propriului corp

*

– A mers bine?

Sven se ridică de la birou să-i iasă în întâmpinare. Ea îl sărută pe obraz, apoi pune jos poşeta şi se aşază pe fotoliul Eames[1] din piele albă din faţa lui. Pentru Liv a devenit o rutină să vină la Solberg Halston Associates după fiecare vizită a copiilor, să bea o cafea şi să relateze cum a decurs activitatea. Întotdeauna este mai obosită decât s-ar aştepta.

– Excelent. Am impresia că, din clipa în care domnul Conaghy a înţeles că puştii n-or să plonjeze în bazinele din atrium, a fost chiar încântat de proiect. A rămas cu ei să le dea explicaţii. Cred că aş putea chiar să-l conving să ne sponsorizeze.

– Grozav. Asta-i o veste bună. Stai jos, îţi aduc o cafea. Ce mai faci? Ce mai face ruda aceea a ta foarte grav bolnavă?

Ea îl priveşte fără să înţeleagă.

– Mătuşa ta.

Ea simte cum roşeaţa îi cuprinde gâtul.

– O, da. Destul de bine, mulţumesc. Mai bine.

Sven îi întinde o cafea şi zăboveşte cu ochii în ochii ei o fracţiune de secundă în plus. Se aşază, şi fotoliul lui scârţâie uşor.

– Va trebui s-o ierţi pe Kristen. Pur şi simplu s-a entuziasmat cam mult. Eu i-am spus părerea mea, că tipul ăla e un dobitoc.

– Oh! se crispează ea. Era chiar atât de vizibil?

– Nu şi pentru Kristen. Ea nu ştie că, în general, Ebola nu se rezolvă prin intervenţie chirurgicală.

Auzind-o cum scoate un geamăt, îi zâmbeşte.

– Nu te mai gândi la asta. Roger Folds e un cretin. Măcar ne-a făcut plăcere să ştim că ţi-ai mai revenit şi ai ieşit din nou în lume.

Îşi scoate ochelarii.

– Serios vorbind, ar trebui să ieşi mai des.

– Păi... ăă... în ultima vreme aşa s-a şi întâmplat.

Se îmbujorează, amintindu-şi noaptea petrecută în locuinţa lui Paul McCafferty. De atunci încoace s-a trezit gândindu-se la noaptea

---

[1] Charles Ormond Eames, Jr (1907–1978) şi Bernice Alexandra Eames – designeri de mobilier americani

aceea iar și iar, făcându-și griji pentru cele întâmplate, ca atunci când tot împingi cu limba un dinte care stă să cadă. Oare ce o determinase să se comporte așa? Apoi fiorul acelui sărut, care-i schimbase întreaga viață. O trec răcorile de rușine și totuși amintirea sărutului îi arde blând buzele. Simte că o părticică din ființa ei, multă vreme ascunsă, s-a trezit la viață. Și senzația asta o descumpănește.

– Deci, cum merge cu Goldstein?

– E aproape gata. Am avut unele probleme cu luarea în evidență a noilor construcții, dar suntem pe drumul cel bun. Oricum, familia Goldstein e încântată.

– Ai vreo fotografie?

Clădirea Goldstein fusese visul de arhitect al lui David: o construcție vastă din sticlă, cu forme inspirate din natură, care ocolește jumătate dintr-o piațetă de la marginea zonei City. Lucrase la ea vreme de doi ani în perioada când fuseseră căsătoriți, apoi îi convinsese pe înstăriții frați Goldstein să-i îmbrățișeze viziunea îndrăzneață și crease ceva cu totul diferit de palatele colțuroase de beton din jur, continuând să muncească la proiect până murise.

Sven preluase inițiativa și supraveghease lucrarea în stadiul de proiect, iar acum se ocupa de construcția propriu-zisă. Întâmpinase mari probleme, materialele comandate din China sosiseră cu întârziere, sticla nu era ceea ce trebuia, fundația se dovedise nepotrivită pentru solul argilos al Londrei. Dar acum clădirea se înălța, în sfârșit, conform proiectului, fiecare panou de sticlă sclipind la fel ca solzii unui șarpe uriaș.

Sven răsfoiește niște documente de pe birou, scoate dintre ele o fotografie și i-o întinde. Ea admiră construcția de mari proporții, împrejmuită de panouri albastre, și într-un mod nedefinit recunoaște în ea viziunea lui David.

– O să fie ceva măreț.

Nu-și poate stăpâni zâmbetul.

– Voiam să-ți spun... frații Goldstein au fost de acord să instaleze în hol o placă memorială în amintirea lui.

– Serios?

Liv simte un nod în gât.

– Da. Mi-a spus Jerry Goldstein săptămâna trecută... s-au gândit că ar fi frumos să-l comemoreze cumva pe David. Au ținut mult la el.

Ea încearcă să se obișnuiască cu ideea.

– E... e nemaipomenit.

– Așa mi-am zis și eu. Ai să vii la inaugurare?

– Mi-ar plăcea grozav să vin.

– Bun. Și altfel, cum îți mai merge?

Ea soarbe din cafea. De fiecare dată când vorbește cu Sven despre ce se întâmplă în viața ei, Liv se simte stânjenită. Ca și cum s-ar teme să nu-l dezamăgească vorbindu-i despre lipsa ei de perspective.

– Păi... acum locuiesc cu încă cineva. Mi se pare... interesant. Fac în continuare jogging. La muncă merge așa și așa...

– Cât de rău?

Ea se silește să zâmbească.

– Sincer? Probabil aș câștiga mai bine ca salahor în Bangladesh.

Sven își privește mâinile.

– Nu... nu te-ai gândit că poate e timpul să te apuci de altceva?

– Nu mă pricep la nimic altceva.

Știe de multă vreme că n-a fost o idee prea înțeleaptă să renunțe la serviciu și să-l însoțească peste tot pe David cât timp fuseseră căsătoriți. În timp ce prietenele ei își construiau o carieră, muncind câte douăsprezece ore într-un birou, ea nu făcuse decât să călătorească împreună cu el la Paris, la Sidney, la Barcelona. David nu avusese nevoie ca ea ca să lucreze. Dar ei i se păruse pur și simplu stupid să stea departe de el tot timpul. Pe urmă, abia dacă-i mai fusese de folos. Și asta pentru scurtă vreme.

– Anul trecut am fost nevoită să ipotechez casa. Iar acum nu pot plăti ipoteca.

Abia reușește să îngaime această mărturisire, ca un păcătos care se confesează.

Dar Sven nu pare surprins.

– Știi... dacă vreodată te hotărăști s-o vinzi, nu mi-ar fi greu să găsesc un cumpărător.

– S-o vând?

– Este o casă prea mare ca să te învârţi singură în ea. Şi... nu ştiu. Eşti atât de izolată acolo, Liv. A fost un lucru extraordinar că David şi-a investit tot timpul şi toată energia în casa asta, care a fost un cămin minunat pentru voi doi, dar nu crezi că ar trebui să te întorci la viaţa reală? Să te muţi într-un loc mai vesel? Poate într-un apartament drăguţ din Notting Hill sau Clerkenwell[1]?

– Nu pot să vând casa lui David.

– De ce nu?

– Pentru că n-ar fi cinstit din partea mea.

Sven nu rosteşte ceea ce se vede cu ochiul liber din atitudinea lui. Nici nu-i nevoie: e limpede din felul în care se sprijină de spătarul scaunului şi-şi strânge buzele, ca să nu-i scape acele vorbe.

– Mă rog, spune el, aplecându-se peste birou. N-am făcut decât să-ţi spun care-i părerea mea.

În spatele lui, de cealaltă parte a străzii, se mişcă o macara uriaşă şi braţul ei metalic taie cerul, îndreptându-se spre spaţiul gol unde în curând va fi un acoperiş.

În urmă cu cinci ani, când firma Solberg Halston Architects se mutase aici, de la fereastră se vedea un şir de prăvălioare prăpădite – agenţie de pariuri, spălătorie, haine second-hand – cu zidurile de un cafeniu murdar, cu ferestrele acoperite de plumb şi praf vechi de ani de zile. Acum, în locul lor n-a mai rămas nimic. Se prea poate ca la următoarea vizită Liv să nici nu mai recunoască priveliştea.

– Ce mai fac copiii? întreabă ea, fără nici o legătură.

Iar Sven, cu tactul cuiva care o cunoaşte de ani de zile, schimbă subiectul.

Pe la jumătatea şedinţei lunare, Paul observă că Miriam, secretara comună a lui şi a lui Janey, nu stă pe un scaun, ci pe două cutii mari în care se găsesc dosare. Miriam stă incomod, cu spatele proptit de alte cutii, ţinându-şi picioarele astfel încât să nu i se ridice fusta prea sus.

Cândva pe la mijlocul anilor '90, recuperarea operelor de artă devenise o afacere profitabilă. Nimeni din Trustul de Identificare şi

1 Zone rezidenţiale londoneze

Retrocedare nu părea să se fi așteptat la asta, așa că cincisprezece ani mai târziu, ședințele se țin în biroul din ce în ce mai înghesuit al lui Janey, unde se stă cu coatele rezemate de vrafuri de dosare gata-gata să se prăbușească sau de cutii cu faxuri și fotocopii, iar dacă e vorba de clienți, în cafeneaua de la parter. Paul a remarcat adesea că ar fi cazul să-și caute un nou sediu. De fiecare dată, Janey se uită la el ca și cum l-ar auzi pentru prima oară și spune: „Da-da, este o idee bună", după care nu mișcă un deget în privința asta.

– Miriam?

Paul se ridică și-i oferă scaunul lui, dar ea refuză.

– Nu-i nevoie, spune ea. Stau foarte bine așa.

Dă din cap de mai multe ori, de parcă ar vrea să-și confirme ei însăși că așa și este.

– Ai să cazi peste Dispute nerezolvate 1996, insistă el. „Și-ți văd picioarele sub fustă până la jumătatea coapselor", ar vrea să adauge.

– Ți-am spus, stau foarte comod.

– Miriam, zău că nu pot...

– Miriam stă foarte bine, Paul. Zău că da.

Janey își potrivește ochelarii pe nas.

– Crede-mă, stau cât se poate de bine.

Miriam continuă să dea din cap până când el se uită în altă parte. Se simte stânjenit.

– Deci iată în ce stadiu suntem cu problemele de birou și personal. De fapt, în ce stadiu suntem?

Sean, avocatul, începe să prezinte agenda pentru zilele ce vor urma: abordarea guvernului spaniol pentru a înapoia un Velásquez furat și a-l restitui unui colecționar privat, recuperarea a două sculpturi celebre, o posibilă modificare legală adusă unor solicitări de retrocedare. Paul se sprijină de spătarul fotoliului și-și pune pixul pe blocnotes.

Și iată că ea îi vine iar în gând: surâsul ei trist, hohotul de râs neașteptat. Durerea adunată în riduri fine în jurul ochilor. „Cândva făceam un sex nemaipomenit când mă îmbătam. Chiar așa."

Nu vrea să recunoască ce dezamăgit fusese când ieșise din baie și descoperise că ea pur și simplu plecase pe furiș. Găsise plapuma băiatului frumos aranjată, dar ea nu mai era acolo. Nu-i lăsase nici măcar un mesaj scris în grabă. Nici un număr de telefon. Nimic.

– E clienta ta? îl întrebase în treacăt pe Greg la telefon în seara aceea.

– Nu. N-am mai văzut-o până acum. Îmi pare rău că ţi-am dat-o aşa pe cap, frăţioare.

– Nu-ţi face probleme, răspunsese el.

Nu-şi mai bătuse capul să-i spună lui Greg să fie cu ochii în patru, în caz că fata s-ar fi întors acolo. Ceva îi spunea că asta nu se va întâmpla.

– Paul?

Se sileşte să se concentreze asupra blocnotesului format A4 din faţa lui.

– Mm... păi, după cum se ştie, am restituit tabloul domnului Nowicki, care urmează a fi vândut la licitaţie. Desigur, e o... realizare pentru noi.

Nu ia în seamă avertismentul din privirea lui Janey.

– Luna asta am programată o întâlnire legată de colecţia de statuete de la Bonhams[1], o documentare privind un Lowry[2] furat dintr-o reşedinţă aristocratică din Ayrshire[3] şi...

Îşi răsfoieşte hârtiile.

– Tabloul acela franţuzesc furat în timpul Primului Război Mondial şi identificat în locuinţa unui arhitect din Londra. Dată fiind valoarea lui, presupun că posesorul nu va renunţa la el cu una, cu două. Dar situaţia pare limpede, dacă putem stabili că iniţial a fost într-adevăr furat. Sean, poate încerci tu să afli unele precedente legale din timpul Primului Război Mondial, pentru orice eventualitate.

Sean îşi notează în grabă.

– În afară de asta, mai am cazurile rămase de luna trecută, de care mă ocup în continuare. În momentul de faţă negociez cu nişte asiguratori dacă este sau nu cazul să ne luăm o nouă licenţă în domeniul artelor frumoase.

---

1 Una dintre marile firme internaţionale de licitaţie

2 Pictor britanic din secolul XX

3 Comitat din sud-vestul Scoţiei

– Altă licență? întreabă Janey.

– Din pricina reducerilor de personal la Grupul de Intervenție pentru Artă și Obiecte Rare, explică Paul. Asiguratorii au început să-și facă griji.

– Și totuși, pentru noi ar putea fi o veste bună. În ce punct suntem cu Stubbs[1]?

El tot apasă pe capătul pixului, scoțând și vârând înăuntru mina.

– Într-un punct mort.

– Sean?

– E un caz dificil. Am căutat un precedent, dar este posibil să ajungem la proces.

Janey încuviințează din cap, apoi ridică ochii spre Paul, al cărui mobil tocmai a început să sune.

– Îmi cer scuze, spune el și-și scoate grăbit telefonul din buzunar.

Rămâne cu ochii la numele de pe afișaj.

– De fapt, scuzați-mă o clipă, trebuie să răspund. Alo, Sherrie? Bună.

Simte privirea lui Janey arzându-i spinarea în timp ce pășește peste picioarele colegilor și intră în birou, închizând ușa după el.

– Ai reușit?... Cum o cheamă? Liv. Nu, alt nume nu am. Chiar există? Poți s-o descrii?... Mda, pare să fie ea. Păr blond-șaten, poate chiar blond, lung până la umeri. Strâns în coadă de cal?... Telefonul, portofelul... nu știu de celelalte. Nici o adresă? Nu. Nu știu. Sigur... ascultă, Sherrie, pot să te rog ceva? Pot veni s-o ridic eu?

Rămâne cu privirea ațintită afară pe fereastră.

– Da. Da, desigur. Tocmai mi-am dat seama... cred că am găsit o cale să i-o înapoiez.

– Alo?

– Liv?

– Nu.

El tace o clipă.

– Mm... Liv e acasă?

– Sunteți executor judecătoresc?

---

1 Pictor britanic din secolul al XVIII-lea

– Nu.

– Ei bine, nu-i acasă.

– Știți cumva când se întoarce?

– Sigur nu sunteți executor judecătoresc?

– Nici pomeneală. Poșeta ei e la mine.

– Ești hoț de poșete? Dacă încerci s-o șantajezi, îți pierzi vremea de pomană.

– Nu sunt hoț de poșete. Nici executor judecătoresc. Sunt o persoană care i-a găsit poșeta și care vrea să i-o înapoieze.

Își lărgește gulerul cămășii.

– De unde aveți numărul ăsta?

– A rămas în memoria telefonului. I-am dat telefonul meu ca să sune acasă.

– Dumneavoastră ați fost cu ea?

El simte un fior de bucurie. Șovăie, nu vrea să pară prea interesat.

– De ce? A pomenit de mine?

– Nu.

Se aude șuieratul unui ceainic pus la fiert.

– Pur și simplu eram curioasă. Uitați... este plecată în excursia ei anuală în afara acestor patru pereți. Treceți pe la noi în jur de ora patru, se întoarce până atunci. Dacă nu, sunt eu acasă, să primesc poșeta.

– Dumneavoastră sunteți...?

Se lasă o tăcere lungă și bănuitoare.

– Sunt femeia care primește poșete furate în numele lui Liv.

– Am înțeles. Îmi puteți da adresa?

– N-o știți?

Altă tăcere.

– Hmm. Uitați cum facem, veniți până la intersecția dintre Audley Street și Packers Lane și una din noi se va întâlni cu dumneavoastră...

– Nu sunt hoț de poșete.

– Ați mai spus asta. Sunați când ajungeți.

Parcă-i aude gândurile.

– Dacă nu răspunde nimeni, dați-i poșeta femeii care doarme în niște cutii de carton, lângă ușa din spate. O cheamă Fran. Iar dacă până la urmă ne hotărâm să venim la întâlnire, nu cumva să încercați vreo șmecherie. Avem o armă.

Și înainte ca el să apuce să spună ceva, fata îi închide telefonul. El se așază la birou, cu ochii la mobil.

Janey intră în birou fără să bată la ușă. A început să-l scoată din sărite acest obicei al ei. Parcă ar încerca să-l prindă asupra cine știe cărui fapt.

– În legătură cu tabloul Lefèvre. A fost expediată scrisoarea inițială?

– Nu. Încă mai verific dacă a fost expus undeva.

– Avem adresa actualilor proprietari?

– Revista n-a păstrat adresa. Dar nu face nimic, am să-i trimit scrisoarea la serviciu. Dacă tipul este arhitect, n-o să fie greu să dăm de el. Probabil că firma e pe numele lui.

– Bine. Tocmai am primit un mesaj cum că solicitanții vin la Londra peste câteva săptămâni și doresc o întrevedere. Ar fi excelent dacă am avea un prim răspuns până atunci. O să-mi poți oferi și mie niște date?

– Bineînțeles.

Paul privește țintă monitorul calculatorului, deși nu are în față decât un simplu screensaver, până când Janey înțelege aluzia și pleacă.

Mo e acasă. E o prezență ciudat de discretă, în ciuda părului șocant de negru și a vestimentației. Din când în când, Liv se trezește pe la ora șase și, între somn și trezie, o aude umblând de colo-colo, pregătindu-se să intre în tura de zi la căminul de bătrâni. Prezența altei persoane în casa ei i se pare neobișnuit de reconfortantă.

Mo gătește în fiecare zi sau aduce mâncare de la restaurant, lăsându-i în frigider farfurii acoperite cu folii de plastic și pe masa din bucătărie instrucțiuni mâzgălite în grabă. „Încălzește 40 minute la 180." Asta însemnând: APRINDE CUPTORUL și TERMINĂ ASTA PÂNĂ MÂINE, ALTFEL O SĂ ÎNCEAPĂ SĂ UMBLE PRIN CASĂ ȘI O SĂ NE OMOARE. Casa nu mai miroase a fum de țigară. Liv bănuiește că Mo mai fumează câte una pe furiș, afară pe terasă, dar n-o întreabă.

Au intrat amândouă într-un soi de rutină. Liv se trezește la fel ca întotdeauna și se duce să alerge pe aleile betonate, mișcându-și ritmic picioarele, cu capul invadat de zgomote. A încetat să mai cumpere cafea, așa că face un ceai pentru Fran, își mănâncă pâinea prăjită și se așază la birou, încercând să nu-și facă griji că nu are de lucru. Acum își dă seama că așteaptă oarecum cu nerăbdare să audă cheia răsucindu-se în broască la ora trei, când Mo se întoarce acasă. Mo nu s-a oferit să-i plătească chirie – iar Liv nu știe prea bine dacă vreuna din ele consideră că au un aranjament oficial –, dar a doua zi după ce Mo aflase de poșeta lui Liv, pe masa din bucătărie apăruse un maldăr de bancnote mototolite.

Urgent taxa către primărie, scria pe biletul alăturat. *Nu care cumva să faci mofturi.*

Liv nu făcuse mofturi nici o clipă. Nici nu avea de ales.

Amândouă beau ceai și citesc un ziar gratuit, când deodată sună telefonul. Mo ridică privirea ca un ogar care a luat o urmă, se uită la ceas și spune:

– Oh! Știu cine sună.

Liv își vede în continuare de ziar.

– E tipul cu poșeta.

Ceașca lui Liv încremenește în aer.

– Poftim?

– Am uitat să-ți spun. Te-a căutat și mai devreme. I-am spus să aștepte la colț, că o să coborâm noi.

– Care tip?

– Nu știu. Eu doar am verificat să nu fie un executor judecătoresc.

– O, Doamne! Chiar are poșeta? Crezi că o să-mi ceară o recompensă?

Se caută prin buzunare. Găsește patru lire în monede și ceva mărunțiș. Îi întinde banii lui Mo.

– Nu-i cine știe ce, așa-i?

– În afară de favoruri sexuale, asta-i tot ce-i putem oferi.

– Atunci, patru lire.

Intră amândouă în lift, Liv strângând banii în pumn. Mo zâmbește răutăcios.

– Ce e?

– Mă gândeam. Ar fi nostim dacă noi am fura poşeta de la *el*. Adică să-l jefuim. Două tâlhăriţe la drumul mare. Chicoteşte. Cândva, am şterpelit nişte cretă de la poştă. Am experienţă.

Liv e scandalizată.

– Ei, ce este? întreabă Mo, posomorâtă. Aveam doar şapte ani.

Rămân tăcute până când liftul ajunge la parter.

– Am putea s-o ştergem fără probleme, spune Mo în timp ce se deschid uşile. Tipul nu ştie unde stăm.

– Mo... dă să spună Liv, dar când iese în pragul uşii de la stradă îl vede pe bărbatul din colţ, îi vede culoarea părului, felul în care-şi trece palma peste creştet şi se răsuceşte brusc în loc, cu obrajii arzând.

– Ce e? Unde te duci?

– Nu pot da ochii cu el.

– De ce? Văd că are poşeta ta. Mie mi se pare ca lumea. Nu cred să fie hoţ. Poartă pantofi. Nici un hoţ la drumul mare nu poartă pantofi.

– Vrei să te duci tu să iei poşeta? Crede-mă... nu pot vorbi cu el.

– De ce?

Mo o priveşte scrutător.

– Ce te-ai înroşit aşa?

– Uite ce e, am rămas peste noapte în casa lui. Pur şi simplu mi-e jenă.

– O, Doamne. Ai făcut treaba aia cu tipul.

– Nu, nici vorbă.

– Ba da.

Mo o priveşte printre pleoapele îngustate.

– Sau ai vrut s-o faci. AI VRUT S-O FACI. Na, că te-am prins.

– Mo... te rog, poţi să mergi tu să-mi iei poşeta? Spune-i că nu-s acasă. Te rog.

Până să apuce Mo să mai spună ceva, Liv a şi intrat în lift, cu degetul pe butonul care o duce la ultimul etaj şi cu gândurile vraişte. Când ajunge în Casa de Sticlă se reazemă cu fruntea de uşă şi-şi ascultă bătăile inimii, care-şi găsesc ecoul în bubuiturile timpanelor.

– *Am treizeci de ani*, îşi spune ea.

În spatele ei se deschide ușa liftului.

– O, Doamne, Mo, mulțumesc, eu...

În fața ei se află Paul McCafferty.

– Unde-i Mo? întreabă ea prostește.

– Colega ta de apartament? E... foarte interesantă.

Liv nu-i în stare să scoată un cuvânt. Limba i s-a umflat și-i umple toată gura. Își duce mâna la păr, conștientă că nu-i proaspăt spălat.

– Oricum, spune el. Bună.

– Bună.

El întinde mâna.

– Uite-ți poșeta. Asta-i poșeta ta, așa-i?

– Nu pot să cred că mi-ai găsit-o.

– Mă pricep să găsesc lucruri. E meseria mea.

– O, da. Ai fost polițist. Ei, mulțumesc. Mulțumesc foarte mult.

– Dacă vrei să știi, era într-un tomberon de gunoi. Împreună cu alte două. În fața Bibliotecii Colegiului Universitar. Portarul le-a găsit pe toate trei și le-a predat poliției. Îmi pare rău, dar cardurile și telefonul s-au dus... Vestea bună e că banii sunt tot înăuntru.

– Cum?

– Da. Uimitor. Două sute de lire. Am verificat.

La un moment dat o inundă un sentiment de ușurare, ca o baie fierbinte.

– Serios? Au lăsat banii? Nu înțeleg.

– Nici eu. Singura explicație ar fi că ți-au căzut din portofel în geantă.

Liv ia poșeta din mâna lui și scotocește înăuntru. La fundul ei sunt două sute de lire, alături de peria de păr, cartea de buzunar pe care o citea în dimineața aceea și un ruj rătăcit.

– N-am mai auzit una ca asta până acum. Dar o să-mi fie de mare ajutor. O grijă mai puțin.

El zâmbește. Nici vorbă de zâmbet compătimitor gen „of, biata femeie beată care s-a dat la mine", ci zâmbetul cuiva care trăiește o vie satisfacție.

Își dă seama că-i răspunde la zâmbet.

– E... pur și simplu... uimitor.

– Atunci îmi dai recompensa aia de patru lire?

Ea clipeşte nedumerită.

– Mi-a povestit Mo. Am glumit. Zău.

Paul râde.

– Dar...

Îşi studiază picioarele o clipă.

– Liv... vrei să ieşim împreună într-o seară? Cum ea nu-i răspunde imediat, adaugă: Ceva fără pretenţii. O să avem grijă să nu ne îmbătăm. Şi nici n-o să mergem la un bar de homosexuali. Ne-am putea plimba împreună, cu cheile la noi şi cu grijă să nu ne fure careva portofelele.

– OK, spune ea încet şi-şi dă seama că-i surâde din nou. Mi-ar face plăcere.

Paul McCafferty fluieră încetişor tot timpul cât coboară cu liftul cel zgomotos şi zgâlţâitor. Când ajunge la parter, scoate din buzunar chitanţa de la bancomat, o face ghemotoc şi o aruncă în cel mai apropiat coş de gunoi.

Capitolul 16

Ies împreună de patru ori. Prima oară mănâncă pizza, iar ea nu bea decât apă minerală, până când se convinge că el n-o crede înclinată către băutură, și abia atunci își permite un gin cu apă tonică. E cel mai delicios gin cu apă tonică pe care l-a gustat vreodată. El o conduce până acasă și pare că vrea să plece, dar după o scurtă ezitare o sărută pe obraz și râd amândoi, ca și cum și-ar da seama de propria stingehereală. Fără să se gândească, ea se apleacă și-l sărută cu adevărat, un sărut scurt, dar încărcat de semnificații. Un sărut care spune ceva despre ea însăși. Sărutul o lasă cumva fără suflare. El intră în lift cu spatele, încă zâmbind când ușile se închid în dreptul lui.

Ea îl place.

A doua oară se duc să vadă o formație recomandată de fratele lui și care-i absolut oribilă. După douăzeci de minute, ea își dă seama, cu oarecare ușurare, că și el consideră trupa îngrozitoare, iar când o întreabă dacă vrea să plece, se trezesc ținându-se de mâini, să nu se piardă unul de altul în timp ce-și croiesc drum prin barul supraaglomerat. Cumva, nu-și dau drumul la mâini până ajung la el acasă. Aici discută despre copilăria lor, despre formațiile preferate, despre rase de câini și faptul că amândoi detestă dovleceii, apoi se sărută pe canapea până când ei i se înmoaie picioarele. Liv are urme roșii pe bărbie încă două zile după aceea.

Câteva zile mai târziu, el o sună în pauza de prânz, să-i spună că tocmai trece pe lângă o cafenea și s-o întrebe dacă n-ar vrea să bea o cafea împreună.

– Chiar erai în trecere? îl întreabă ea după ce s-au lungit cu cafeaua și cu prăjitura cât pe ce să depășească pauza de prânz.

– Sigur, răspunde el și, spre încântarea ei, roșește până în vârful urechilor.

O vede privindu-l și-și duce mâna la urechea stângă.

– Fir-ar să fie, nu mă pricep deloc să mint.

A patra oară se duc la un restaurant. Cu puțin înainte să le fie adusă budinca, sună tatăl ei să-i spună că iar l-a părăsit Caroline. Se vaită la telefon atât de tare, încât Paul se duce să se așeze în celălalt capăt al mesei.

– Trebuie să plec, spune ea, refuzându-l când se oferă s-o ajute.

Nu-i pregătită pentru ideea de a-i pune față în față pe cei doi bărbați, mai ales că este foarte posibil ca tatăl ei să nu aibă pantalonii pe el.

Peste o jumătate de oră, când ajunge la locuința acestuia, Caroline e deja acasă.

– Am uitat că-i seara în care merge la cursul de desen după natură, spune tatăl ei, spășit.

Paul nu încearcă să forțeze lucrurile. Liv se întreabă pentru o clipă dacă nu vorbește prea mult despre David, dacă nu cumva a întrecut limita. Pe urmă își spune că poate el se comportă onorabil. Alteori se gândește aproape indignată că David face parte din ființa ei, iar dacă Paul vrea ca ei să fie împreună, ei bine, atunci va trebui să accepte acest lucru. Poartă mai multe conversații imaginare cu el, ba în două rânduri se și ceartă în gând.

Se trezește dimineața cu gândul la el, la felul cum se apleacă atunci când o ascultă, parcă decis să nu-i scape un cuvânt din tot ce-i spune, la tâmplele lui încărunțite prematur, la ochii lui albaștri, albaștri. Uitase cum este să te trezești cu cineva în gând, să vrei să fii alături de un om, să te ia cu amețeală când îți amintești mirosul pielii lui.

Nici acum nu are suficient de lucru, dar nu-şi mai face atâtea griji. Uneori, el îi trimite un SMS în timpul zilei, şi ei i se pare că-l aude vorbind cu accent american.

Se teme să-i arate lui Paul McCafferty ce mult îl place. Se teme să nu interpreteze greşit toată situaţia: regulile par să se fi schimbat mult în cei nouă ani de când nu şi-a mai dat vreo întâlnire. O ascultă pe Mo vorbind detaşat despre întâlnirile date pe internet, despre „prieteni cu avantaje", despre ce trebuie să faci sau să nu faci când ai relaţii sexuale – cum trebuie să te epilezi sau să te razi sau să ai „tehnică" – şi i se pare că-i vorbeşte în poloneză.

Îi vine greu să-l asocieze pe Paul McCafferty cu etichetele aplicate de Mo bărbaţilor: imorali, profitori, tupeişti, obsedaţi de pornografie, leneşi. El este tăcut şi direct, ca o carte deschisă. De aceea nu i se potrivise ascensiunea în ierarhia posturilor din unitatea sa specială din poliţia newyorkeză, îi spune el. „Cu cât urci mai sus, negrul şi albul se contopesc în cenuşiu." Singura ocazie când pare cumva nesigur şi când vorba lui devine şovăielnică e atunci când pomeneşte despre fiul lui.

– Divorţul e o mizerie, declară el. Ne spunem că le va fi bine copiilor, că-i mai bine aşa decât când doi soţi nefericiţi ţipă unul la altul, dar niciodată nu îndrăznim să le cerem copiilor să spună adevărul.

– Adevărul?

– Ce anume doresc ei. Pentru că ştim răspunsul. Şi ne-ar frânge inima.

Rămăsese privind în gol, dar după câteva secunde îşi recapătă zâmbetul.

– Şi, totuşi, Jake e un copil bun. Chiar bun. Mai bun decât merităm noi, părinţii lui.

Îi place stilul lui american, felul în care pare cumva străin de aceste locuri, cu totul altfel decât David. Are un simţ înnăscut al politeţei faţă de o femeie, e genul de bărbat care, din instinct, deschide uşa unei femei, nu fiindcă ar fi vorba de un gest cavaleresc, ci pentru că nici nu i-ar trece prin minte să nu deschidă uşa cuiva care vrea să intre sau să iasă. Are un fel de autoritate subtilă: oamenii se dau la o parte din fața lui atunci când merge pe stradă. Iar el nici măcar nu pare să-și dea seama.

– O, Doamne, n-ai priceput nimic, exclamă Mo.

– Ce anume? Zic și eu așa. Este grozav să-ți petreci timpul cu cineva care pare...

Mo pufnește disprețuitor.

– Se vede pe el că abia așteaptă să v-o trageți.

Dar Liv nu l-a mai invitat în Casa de Sticlă. Mo îi sesizează ezitarea.

– OK, Rapunzel. Dacă ai de gând să rămâi în turnul ăsta al tău, atunci va trebui să lași vreun prinț să-și plimbe degetele prin părul tău.

– Nu știu...

– Așa că m-am gândit la ceva, continuă Mo. Ar trebui să schimbăm câte ceva prin cameră. Prin casă. Altfel o să ai întotdeauna senzația că aduci un străin în locuința lui David.

Liv bănuiește că tot așa se va simți, indiferent cum va fi așezat mobilierul. Dar marți după-amiază, când Mo este liberă, amândouă mută patul în celălalt capăt al dormitorului, lipindu-l de peretele din beton de culoarea alabastrului care, din punct de vedere arhitectonic, trece prin centrul casei ca o coloană vertebrală. Dacă stai să te gândești, locul lui nu-i acolo, dar Liv trebuie să admită că schimbarea îi dă un sentiment reconfortant.

– Acum, spune Mo, cu ochii la tabloul *Fata pe care ai lăsat-o în urmă*, va trebui să atârni pictura asta în altă parte.

– Nu. Pictura rămâne acolo unde este.

– Dar mi-ai spus că David a cumpărat-o pentru tine. Ori asta înseamnă...

– Puțin îmi pasă. Portretul rămâne acolo. În plus...

Liv privește printre pleoapele îngustate la chipul de femeie din ramă.

– Cred că ar arăta ciudat într-o sufragerie. Are o expresie prea... intimă.

– Intimă?

– E... sexi. Nu crezi?

Mo privește și ea cu atenție tabloul.

– Eu, una, nu-mi dau seama. Dacă ar fi camera mea, mi-aş pune pe perete un televizor cu ecran plat cât toate zilele.

Mo pleacă, dar Liv rămâne cu ochii la tablou şi, pentru prima oară, inima nu i se strânge dureros. „Tu ce crezi?“ o întreabă ea pe fata din tablou. „A sosit timpul să-mi văd de viaţa mea?“

Vineri dimineaţa lucrurile încep s-o ia razna.

– Prin urmare, te vezi cu cineva!

Tatăl lui Liv face un pas spre ea şi o strânge în braţe cu putere, ca un urs. Debordează de *joie de vivre*[1], e expansiv şi înţelept. Din nou vorbeşte doar în exclamaţii. În plus, e şi îmbrăcat.

– Este doar... nu vreau să-i acord prea mare importanţă, tată.

– Dar e grozav! Eşti o femeie tânără şi frumoasă! Aşa e în firea lucrurilor: trebuie să fii în mijlocul evenimentelor, să-ţi fluturi penele şi să-ţi arăţi farmecele!

– N-am pene, tată. Liv soarbe din ceai. Şi nu sunt prea convinsă în privinţa farmecelor mele.

– Ia zi, cu ce ai să te îmbraci? Cu ceva care să iasă în evidenţă? Caroline, cu ce să se îmbrace?

Caroline intră în bucătărie, strângându-şi în creştet părul lung şi roşcat. A lucrat la goblenurile ei şi emană un vag miros de oaie.

– Are treizeci de ani, Michael. Poate să aleagă singură cu ce să se îmbrace.

– Dar uite cum se acoperă toată! Încă mai ţine cont de simţul estetic al lui David: totul e negru, cenuşiu şi fără formă. Ar trebui să te uiţi prin cartea lui Caroline, iubito. Ia uite ce culori poartă ea! Aşa atrage o femeie privirea...

– Tu te-ai uita şi după o femeie îmbrăcată ca un iac, comentează Caroline, punând ceainicul la fiert.

Tonul ei e lipsit de orice urmă de ranchiună. Tatăl lui Liv stă în spatele lui Caroline şi-şi lipeşte trupul de al ei. Închide ochii în extaz.

– Noi, bărbaţii, suntem nişte fiinţe primare. Privirea noastră este în permanenţă atrasă de strălucire şi de frumuseţe.

Deschide un ochi, studiind-o pe Liv.

---

1 Bucuria de a trăi (în limba franceză în original)

– Măcar... de-ai purta ceva mai puțin masculin.

– Masculin?

El face un pas înapoi.

– Păi... pulover negru. Jeanși negri. Fără machiaj. Unde-i cântecul de sirenă?

– Liv, tu poartă haine în care să te simți bine. Nu lua în seamă ce-ți spune el.

– Crezi că arăt ca un bărbat?

– Fii atentă, zici că l-ai întâlnit într-un bar de homosexuali. Poate-i plac femeile cu un aer... bărbătesc.

– Mare nerod mai ești, exclamă Caroline și iese din bucătărie cu cana de ceai în mână.

– Așadar, arăt ca o lesbiană activă.

– Nu zic decât că, după părerea mea, ar trebui să-ți pui mai mult fizicul în valoare. Poate să-ți ondulezi puțin părul. Să porți o centură care să-ți sublinieze talia...

Caroline vâră capul pe ușă.

– Nu contează cu ce te îmbraci, scumpo. Tu asigură-te că porți lenjeria potrivită. De fapt, lenjeria este tot ce contează.

Tatăl ei privește spre Caroline, care dispare din bucătărie și trimite o sărutare în urma ei.

– Lenjerie! spune el, plin de venerație.

Liv își privește hainele.

– Bine, tată, mulțumesc. Acum mă simt grozav. Absolut nemaipomenit.

– Cu plăcere. Și altă dată. Lovește cu palma în tăblia mesei de pin. Și dă-mi și mie de știre cum merge! Ai pe cineva! Foarte interesant!

Liv se privește în oglindă. Au trecut trei ani de când un bărbat nu i-a mai văzut trupul și patru de când un bărbat i l-a văzut, ea fiind suficient de trează ca să-i pese. A făcut exact ce-i sugerase Mo: s-a epilat aproape complet, și-a curățat tenul și și-a făcut un tratament de întreținere la păr. A căutat prin sertarul cu lenjerie până a găsit ceva ce putea fi socotit oarecum seducător și neîngălbenit de vreme. Și-a făcut cu ojă unghiile de la picioare și și-a pilit unghiile de la mâini în loc să le taie cu forfecuța.

Lui David nu-i păsase niciodată de astfel de lucruri. Dar David nu mai era.

A scotocit prin şifonier, căutând printre pantalonii şi puloverele terne, negre sau cenuşii. Trebuie să admită că stilul ei e unul funcţional. În cele din urmă, alege o fustă neagră şi un pulover cu decolteu *en coeur*. Asortează la ele o pereche de pantofi roşii cu tocuri înalte şi cu botul decorat cu fluturi, pe care-i cumpărase cândva pentru o nuntă, dar nu-i mai purtase niciodată de atunci, fără să se îndure să-i arunce. Poate nu erau chiar ultima modă, dar nici nu puteau fi luaţi drept accesoriu din ţinuta unei lesbiene.

– Uau! Uită-te la tine!

Mo stă în prag, cu geaca pe ea şi cu un rucsac pe umăr, gata să plece la lucru.

– Oare e prea mult? întreabă Liv, întinzând glezna, indecisă.

– Arăţi trăsnet. Sper că nu poţi pantalonaşi cu dantelă!

Liv răsuflă adânc.

– Nu, nu port pantalonaşi cu dantelă. Şi nici nu mă simt obligată să ţin tot cartierul la curent cu gusturile mele în materie de lenjerie.

– Atunci dă-i înainte şi ai grijă să nu faci vreun pui. V-am lăsat friptura aia de pasăre pe care ţi-am promis-o, iar în frigider e un bol cu salată. Nu-i nevoie decât să adaugi sosul. Eu rămân la Ranic peste noapte, ca să nu vă stau în cale. Ai toată casa la dispoziţia ta.

Râde cu subînţeles la Liv, apoi coboară scara.

Liv se întoarce spre oglinda din care o priveşte o femeie îmbrăcată în fustă şi machiată ca la carte. Se învârte prin cameră, nesigură în pantofii cu care nu-i obişnuită, încercând să-şi dea seama de ce nu-şi poate ţine echilibrul. Fusta îi vine perfect. Alergările de dimineaţă i-au modelat frumos şi sculptural picioarele. Pantofii sunt o binevenită pată de culoare în tot ansamblul ei vestimentar. Lenjeria este foarte frumoasă, fără a fi îndrăzneaţă. Îşi încrucişează braţele şi se aşază pe marginea patului. El ar trebui să sosească în vreo oră.

Liv ridică ochii spre *Fata pe care ai lăsat-o în urmă*. „Vreau să arăt şi eu ca tine“, îi spune ea în gând.

Pentru prima oară, surâsul fetei din tablou nu-i spune nimic. Ba chiar are aerul că-şi bate joc de ea.

„Nici o şansă“, pare ea să-i spună.

Liv închide ochii pentru câteva minute. Apoi întinde mâna după mobil și-i trimite lui Paul un SMS.

Schimbare de plan. Te deranjează dacă ne întâlnim să bem ceva?

– Deci... n-ai avut chef de gătit? Pentru că aș fi luat adus ceva la pachet.

Paul se lasă pe spătarul scaunului, privind scurt către un grup de funcționare care râd și vorbesc în gura mare. Se pare că au stat aici toată după-amiaza, judecând după aspectul lor ușor amețit și după înclinația spre flirturi. Până acum l-a amuzat priveliștea, l-au amuzat femeile nesigure pe picioare și contabilul care picotește într-un colț.

– Am... am vrut doar să ies puțin din casă.

– Ah, da. Fiindcă lucrezi acasă. Uitasem că asta te poate scoate din minți. Când a venit frate-meu din America, stătea la mine cu săptămânile, tot scriind scrisori de intenție ca să-și caute o slujbă, iar când mă întorceam de la lucru, îmi vorbea fără oprire câte o oră.

– Ați venit împreună din America?

– A venit să mă consoleze după divorț. Eram dărâmat. Pe urmă, n-a mai plecat.

Paul venise din America în urmă cu zece ani. Soția lui englezoaică se simțise îngrozitor în State, îi fusese dor de casă, mai ales când Jake era bebeluș, iar el plecase din poliție ca să-i țină companie.

– Când am ajuns aici ne-am dat seama că era ceva în neregulă cu noi, nu cu locul unde trăiam. Ei, ia uite! Tipul în costum albastru încearcă să se dea la tipa aia cu păr frumos.

Liv soarbe din băutură.

– Nu-i părul ei natural.

El se încruntă.

– Poftim? Vorbești serios? Are perucă?

– Extensii. Se vede de la o poștă.

– Eu nu văd. Acum ai să-mi spui că nici sânii nu-s de la mama natură, așa-i?

– Ba da. Sunt de la mama natură. Are un sutien special.

– Special?

– E prea mic. De-aia pare să aibă sânii bombați.

Paul râde atât de tare, încât începe să tușească. Nici nu mai ține minte de când n-a mai râs așa. Ea îi răspunde cu un zâmbet pe care aproape că-l regretă. În seara asta s-a purtat cumva ciudat, de parcă toate reacțiile ei ar fi întârziate de o conversație lăuntrică.

El reușește să-și recapete seriozitatea.

– Deci, ce părere ai? o întreabă, încercând s-o ajute să se destindă. Fata cu sutien prea mic o să-i răspundă pe măsură?

– Poate dacă mai bea un pahar. Nu-s foarte sigură dacă-l place cu adevărat.

– Mda. Se tot uită peste umărul lui în timp ce-i vorbește. Cred că-i place de tipul cu pantofi gri.

– Nici unei femei nu-i plac pantofii gri. Crede-mă.

El ridică o sprânceană și lasă paharul din mână.

– Vezi tu, de-aia li se pare bărbaților mai simplu să spargă molecule și să invadeze țări decât să încerce să-și dea seama ce-i în mintea unei femei.

– Pfff! Dacă ai noroc, într-o bună zi am să te las să arunci un ochi la cartea cu reguli.

El o privește și ea se îmbujorează, ca și cum ar fi vorbit prea mult. Se lasă o tăcere bruscă și inexplicabilă. Ea rămâne cu ochii la băutura din pahar.

– Ți-e dor de New York?

– Îmi place să mai merg acolo din când în când. De fiecare dată când mă duc acasă toți mă iau peste picior pentru accentul meu britanic.

Ea pare doar pe jumătate atentă.

– Nu trebuie să-ți faci atâtea griji, spune el. Zău că nu. Sunt fericit aici.

– Oh! Nu, iartă-mă.

Cuvintele îi îngheață pe buze. Se așterne o tăcere îndelungată. Pe urmă Liv ridică ochii spre el și vorbește, cu degetul sprijinit pe muchia paharului.

– Paul... voiam să te invit la mine acasă în seara asta. Voiam să... Dar... e prea curând. Nu pot. Nu pot să fac așa ceva. De-asta am renunțat la cină.

Gata, a rostit cuvintele. Se înroşeşte până la rădăcina părului.

El deschide gura, apoi o închide la loc. Se apleacă spre ea şi spune liniştit:

– Dacă spuneai că nu ţi-e foame, ar fi fost destul.

Ea face ochii mari, pe urmă se sprijină moale de marginea mesei.

– Of, Doamne. Sunt un coşmar, aşa-i?

– Poate doar ceva mai onestă decât ar fi nevoie.

Ea scoate un geamăt.

– Iartă-mă. N-am nici cea mai mică idee ce...

El se apleacă şi o atinge uşor pe mână. Vrea s-o împiedice să-şi facă griji.

– Liv, spune el pe un ton neutru. Îmi placi mult. Cred că eşti o fată grozavă. Dar înţeleg perfect că ai stat departe prea mult timp. Iar eu nu sunt... nu...

Nici el nu-şi găseşte cuvintele. Pare prea curând pentru o astfel de conversaţie. Şi, fără voia lui, îşi dă seama că se străduieşte să-şi ascundă dezamăgirea.

– Ah, la naiba! Ce zici de nişte pizza? Sunt lihnit de foame. Hai să mâncăm ceva şi să ne simţim penibil în altă parte.

Îi simte genunchiul lipit de al lui.

– Să ştii că eu am mâncare acasă.

El râde. Dar se opreşte.

– OK. Adică nu ştiu ce să spun.

– Spune „Ar fi grozav". Pe urmă poţi să adaugi: „Te rog, Liv, taci din gură, înainte să complici şi mai mult situaţia".

– Atunci, ar fi grozav, repetă Paul.

Îi ţine haina, o ajută să se îmbrace şi ies amândoi din local.

De data asta nu mai merg în tăcere. Atmosfera dintre ei s-a destins, poate prin vorbele lui, poate prin neaşteptatul ei sentiment de uşurare.

Liv râde aproape la fiecare cuvânt al lui. Îşi croiesc drum printre turişti, se îngrămădesc cu sufletul la gură într-un taxi, iar când el se aşază pe bancheta din spate, cuprinzându-i umerii cu braţul, ea se cuibăreşte la pieptul lui, respirându-i mirosul curat şi bărbătesc, puţin ameţită de norocul ei neaşteptat.

Ajung la blocul ei și el râde de prima lor întâlnire. Râde de întâmplarea cu Mo și de convingerea ei că Paul era hoț de poșete.

– N-am uitat că-mi datorezi o recompensă de patru lire, spune el cu o figură serioasă. Mo zice că aveam dreptul la ea.

– Mo crede și că-i perfect acceptabil să pună detergent de vase în băutura clienților care nu-i plac.

– Detergent de vase?

– Cică-i trimite la toaletă toată noaptea. Așa se joacă ea de-a Dumnezeu cu șansele romantice ale clienților. Sunt sigură că n-ai vrea să știi ce face cu cafeaua celor care o calcă pe nervi.

El clatină din cap admirativ.

– Mo își pierde vremea cu slujba aia. Și-ar găsi oricând un loc în crima organizată.

Coboară amândoi din taxi și intră în clădirea depozitului. Aerul uscat și rece vestește apropierea toamnei. Liv îl simte mușcător pe piele. Se grăbesc să ajungă în holul cald și îmbâcsit. Acum Liv se simte puțin ridicolă. Cumva, își dă seama că, în ultimele patruzeci și opt de ore, Paul McCafferty a încetat să mai fie o persoană, începând să fie o idee, un simbol. Simbolul hotărârii ei de a-și trăi viața mai departe. Prea mult pentru o relație atât de nouă.

În minte îi răsună glasul lui Mo: „Haida-de, donșoară. Gândești prea mult".

Apoi, când el închide ușa liftului în urma lor, tac amândoi. Liftul urcă încet, zăngănind asurzitor, luminile clipesc, așa cum fac întotdeauna.

Trece de primul etaj și amândoi aud ecoul unor pași suind pe treptele de beton, apoi niște acorduri îndepărtate de violoncel răzbătând dintr-un apartament.

Liv e perfect conștientă de apropierea lui în acel spațiu îngust, de aroma înțepătoare de lămâie a loțiunii lui de ras, de apăsarea brațului lui înconjurându-i umerii. Își ține ochii în pământ și-și dorește dintr-odată să nu se fi îmbrăcat cu fusta aceea lălâie și cu pantofii fără toc. Îi pare rău că nu și-a luat pantofii colorați, cu toc înalt.

Ridică privirea și Paul nu-și ia ochii de la ea. El nu râde. Îi întinde brațul și ea îl ia de mână. Paul o trage spre el cei doi pași care-i despart în lift și-și apropie obrazul la câțiva centimetri de al ei. Dar n-o sărută.

Ochii lui albaștri se plimbă încet pe ochii și pe genele ei, pe sprâncene, pe buze, până când ea se simte ciudat de expusă. Îi simte răsuflarea pe piele și gura atât de aproape de a ei, încât s-ar putea apleca să-i muște ușor buzele.

El tot n-o sărută.

Așteptarea o face pe Liv să-l dorească și mai mult.

– Nu mă gândesc decât la tine, murmură el.

– Bine faci.

El își lipește nasul de al ei. Buzele abia li se ating. Ea îi simte greutatea trupului lipit de al ei. I se pare că au început să-i tremure picioarele.

– Da, e bine. Adică, nu, mi-e frică. Dar în sensul bun. Eu... cred...

– Nu mai vorbi, murmură el.

Liv îi simte vorbele pe buzele ei, degetele lui îi mângâie gâtul și ea nu mai e în stare să scoată o vorbă.

Și iată-i ajunși la ultimul etaj, sărutându-se. El deschide ușa liftului și amândoi ies poticnindu-se, cu trupurile lipite unul de celălalt, tot mai cuprinși de dorință.

Ea și-a strecurat palma pe spatele lui, pe sub cămașă, simțindu-i căldura pielii. Cealaltă mână bâjbâie undeva în spate, până când reușește să deschidă ușa.

Ajung înăuntru. Ea nu aprinde lumina. Se dă în spate, clătinându-se pe picioare, amețită de buzele lui care îi apasă buzele și de palmele lui care-i cuprind mijlocul. Îl dorește atât de mult, încât i se taie picioarele. Se izbește de perete și-l aude pe Paul înjurând în șoaptă.

– Aici, murmură ea. Acum.

Îi simte trupul vânjos lipit de al ei. Au ajuns în bucătărie. Luna care se vede prin luminator scaldă încăperea într-o lumină rece, albăstruie. Ea ezită o clipă, apoi își scoate puloverul. A redevenit cea de odinioară, netemătoare, lacomă. Cu ochii în ochii lui, ridică mâna și-și descheie bluza. Nasturii se desfac pe rând, primul, al doilea, al treilea. Bluza îi lunecă de pe umeri și rămâne goală până la brâu.

Pielea dezgolită se înfioară de aerul răcoros. Ochii lui se plimbă pe sânii ei goi și ei i se iuțește răsuflarea. Totul în jurul lor încremenește.

În cameră nu se aud decât răsuflările lor. Ea se simte parcă magnetizată. Se apleacă, atracția dintre ei crește, intensă, minunată, și în clipa următoare se sărută, un sărut pe care ea l-a așteptat de ani întregi, un sărut care nu se sfârșește aici. Ea îi respiră mirosul loțiunii de ras, mintea i se umple, apoi i se golește de orice gânduri. Uită unde sunt. El se desprinde cu blândețe, surâzând.

– Ce e? gâfâie ea, cu privirea încețoșată.

– Tu.

El nu-și găsește cuvintele. Ea surâde cu toată fața, apoi îl sărută iar și iar până când se simte amețită, până când nu mai știe de ea, până când o părăsește și ultima fărâmă de rațiune și nu aude decât vuietul insistent și crescând al propriei dorințe. *Aici. Acum.* Brațele lui o cuprind strâns, buzele lui o sărută pe claviculă. Liv îl trage spre ea, răsuflând scurt și precipitat, cu inima bătând năvalnic, atât de sensibilă la atingerea lui, încât se cutremură când degetele lui îi mângâie pielea. Ar vrea să râdă de fericire. El își scoate cămașa fără s-o mai descheie. Sărutările lor devin tot mai apăsate, mai disperate. El o ridică greoi pe masa din bucătărie și ea îl cuprinde cu picioarele. El se apleacă și-i ridică fusta până la brâu, ea se arcuiește pe spate, cu pielea lipită de gresia rece, cu privirea îndreptată spre plafonul de sticlă, cu degetele încleștate în părul lui. Obloanele din jurul ei sunt deschise, pereții de sticlă devenind ferestre către cerul înstelat. Ea își pironește privirea în întunericul spuzit de stele și-și spune, aproape triumfătoare, cu ultimul grăunte de luciditate: „Încă trăiesc".

Apoi închide ochii și renunță să se mai gândească.

Glasul lui îi răscolește întreaga ființă.

– Liv?

O strânge în brațe. Ea își aude propria răsuflare.

– Liv?

Ei îi scapă un ultim geamăt.

– Ești bine?

– Iartă-mă. Da. A... a trecut mult timp.

El o strânge și mai tare în brațe, într-un răspuns tăcut. Altă tăcere.

– Ți-e frig?

Ea așteaptă puțin să-și recapete răsuflarea înainte de a răspunde.

– Am înghețat.

El o ia în brațe și o coboară ușurel de pe masă, apoi se întinde după cămașa aruncată pe jos și i-o pune încet pe umeri. Se privesc în ochi prin semiîntuneric.

– A... a fost...

Liv vrea să spună ceva spiritual și dezinvolt. Dar nu poate rosti o vorbă. Se simte amorțită. Se teme să-i dea drumul din îmbrățișare, ca și cum numai el ar ancora-o de pământ.

În jurul lor începe să se înfiripe lumea reală. Liv este conștientă de vuietul traficului de afară, cumva prea tare, de răceala pardoselii de gresie sub tălpile ei goale. Se pare că și-a pierdut un pantof.

– Cred că am lăsat ușa de la intrare deschisă, spune ea, privind în lungul coridorului.

– Mm... lasă naibii pantoful. Știai că n-ai acoperiș?

Ea ridică privirea. Nu-și amintește când a deschis obloanele. Probabil a apăsat butonul din greșeală când au intrat poticnindu-se în bucătărie. Aerul toamnei îi învăluie, înfiorându-i pielea dezgolită, de parcă abia atunci și-ar da seama ce s-a întâmplat. Puloverul negru al lui Mo atârnă pe un spătar de scaun, ca aripile deschise ale unui vultur abia coborât din văzduh.

– Așteaptă, spune ea.

Străbate bucătăria în picioarele goale și apasă butonul, ascultând bâzâitul acoperișului care se închide. Paul rămâne cu ochii la luminatorul imens, apoi se uită la ea, ca într-un final să privească de jur împrejur, pe măsură ce ochii lui se obișnuiesc cu lumina difuză și încep să distingă obiectele.

– Nu... nu-i deloc cum mă așteptam.

– De ce? La ce te așteptai?

– Nu știu... Tot ce-mi spuneai tu despre taxa către primărie...

Se uită din nou la tavanul deschis.

– Mă așteptam la un apartament micuț și dezordonat. Cam ca al meu. Aici e...

– E casa lui David. El a construit-o.

Pe chipul lui trece o umbră.

– Oh! E prea mult?

– Nu.

Paul se uită în jurul lui prin sufragerie și-și umflă obrajii.

– Ai tot dreptul. David... pare... ăăă... să fi fost un tip nemaipomenit.

Ea toarnă fiecăruia câte un pahar cu apă, străduindu-se să nu se simtă stânjenită în timp ce amândoi se îmbracă. El îi ține bluza ca să-și vâre brațele în mâneci. Se uită unul la altul și aproape le veni să râdă, hainele făcându-i brusc timizi, la gândul celor petrecute între ei.

– Deci... ce se întâmplă acum? Ai nevoie de spațiu? Trebuie să te previn, adaugă el, că dacă vrei să plec, va trebui să aștept să nu-mi mai tremure picioarele.

Ea îl privește pe Paul McCafferty, îi privește trupul pe care acum îl cunoaște cu fiecare fibră. Nu vrea ca el să plece. Vrea să stea culcată lângă el, să-i simtă brațele înlănțuind-o, să se cuibărească la pieptul lui. Vrea să se trezească fără să mai simtă acea pornire instantanee și irezistibilă de a fugi de propriile gânduri. E conștientă de ecoul unei îndoieli – *David* –, dar o alungă. E timpul să trăiască în prezent. Acum este mai mult decât fata pe care David a lăsat-o în urmă.

Nu dorm. Orele devin o minune nebuloasă de trupuri înlănțuite și vorbe murmurate. Ea uitase plăcerea năvalnică de a-și modela trupul pe un alt trup de care să nu se poată desprinde. Simte că și-a reîncărcat bateriile și că acum ocupă un loc nou în univers.

Când în sfârșit lumina rece și electrizantă a zorilor începe să se prelingă în cameră, e ora șase dimineața.

– Locul acesta e uimitor, murmură el, privind afară pe fereastră.

Își țin picioarele împletite și trupul ei poartă urma a nenumărate sărutări. Se simte beată de-atâta fericire.

– Așa e. Totuși, nu-mi permit să locuiesc aici.

Îl privește atent în semiîntuneric.

– Stau cam prost cu banii. Mi s-a spus că ar trebui să vând casa.

– Iar tu nu vrei s-o vinzi.

– Mi se pare... un fel de trădare.

– Păi, înţeleg de ce nu vrei să pleci de-aici, spune el. E atât de frumos... atât de liniştit.

Ridică din nou privirea.

– Uau! Să poţi da la o parte acoperişul ori de câte ori doreşti...

Ea se foieşte puţin în braţele lui, ca să se poată răsuci către fereastra lungă, continuând să-şi sprijine capul pe îndoitura cotului lui Paul.

– Uneori, dimineaţa, îmi place să privesc cum urcă şlepurile spre Tower Bridge. Uite. Într-o anumită lumină, fluviul devine un şuvoi de aur.

– Un şuvoi de aur zici?

Tac amândoi şi, în timp ce privesc afară, camera se luminează treptat. Ea a rămas cu ochii la fluviu, urmărindu-l cum se luminează încet-încet, ca un fir care-i arată viitorul. „E bine ce fac?“ se întreabă ea. „Oare am dreptul să fiu din nou atât de fericită?“

Paul e atât de tăcut, încât ea se întreabă dacă nu cumva l-a furat somnul. Dar când se întoarce către el, îl vede privind peretele din faţa patului. A rămas cu ochii ţintă la *Fata pe care ai lăsat-o în urmă* abia conturată în lumina zorilor. Liv se răsuceşte pe o parte, uitându-se la el. Paul a încremenit, fără să-şi poată desprinde privirea de pe tablou, în timp ce lumina devine tot mai puternică. „L-a cucerit“, îşi spune ea. Simte un fior care ar putea să fie bucurie adevărată.

– Îţi place?

El pare să n-o audă.

Liv se cuibăreşte iarăşi lângă el, cu obrazul pe umărul lui Paul.

– În câteva minute ai să-i vezi culorile mai bine. Se numeşte *Fata pe care ai lăsat-o în urmă*. Sau, cel puţin, noi... eu... aşa cred că se numeşte. Aşa scrie pe spatele tabloului. Este... tot ce mi-e mai drag din casa asta. De fapt, tot ce mi-e mai drag pe lume.

Tace o clipă.

– Mi l-a dăruit David în luna de miere.

Paul tace. Ea îşi plimbă uşor degetul pe braţul lui.

– Ştiu că pare o prostie, dar după moartea lui pur şi simplu m-am izolat de lume. Şedeam aici săptămâni întregi... fără să vreau să dau ochii cu nici o altă ființă omenească. Şi chiar când mă simţeam îngrozitor, în expresia ei citeam ceva... Era singurul chip pe care suportam să-l văd. Parcă-mi reamintea că voi reuşi să trec şi peste această încercare.

Oftează adânc.

– Pe urmă, când ai apărut tu, mi-am dat seama că-mi amintea de altceva. De cum eram eu odinioară. Pe vremea când nu-mi făceam griji din orice. Când ştiam să mă distrez, ştiam... tot felul de lucruri.

Paul tace în continuare.

Liv a vorbit prea mult. Tot ce-şi doreşte ea e ca Paul să-şi aplece obrazul către ea, să-i simtă greutatea trupului pe trupul ei.

Dar el tot nu vorbeşte. Ea aşteaptă o clipă, apoi, vrând doar să rupă tăcerea, spune:

– Poate pare o mare prostie... că mă simt aşa legată de o pictură...

Când se întoarce către ea, Paul are o expresie stranie: încordat şi tras la faţă. Liv îşi dă seama de asta chiar şi în lumina difuză. El îşi înghite nodul din gât.

– Liv, cum te cheamă pe tine?

Ea se strâmbă.

– Liv. Ştii că...

– Nu. Care-i numele tău de familie?

Ea clipeşte.

– Halston. E numele meu de familie. O! Cred că niciodată n-am...

Nu înţelege unde vrea Paul să ajungă. Ar vrea ca el să-şi desprindă privirea de tablou. Brusc, îşi dă seama că atmosfera a încetat să fie relaxată şi că se întâmplă ceva bizar. Stau amândoi acolo, într-o tăcere din ce în ce mai penibilă.

El îşi duce mâna la frunte.

– Mm? Liv? Te superi dacă plec? Trebuie să... Am ceva de lucru.

Liv are senzaţia că a primit o lovitură în plex. Îi trebuie câteva clipe ca să poată scoate o vorbă, şi atunci când o face, glasul îi sună ascuţit, de nerecunoscut.

– La șase dimineața?

– Da. Îmi pare rău.

– Aha! Clipeşte de câteva ori. Da. Bine.

El s-a dat jos din pat și a început să se îmbrace. Parcă lovită în moalele capului, Liv îl privește cum își trage și-și încheie pantalonii, cum își pune cămașa, cu o grabă aproape furioasă. Odată îmbrăcat, se întoarce, șovăie, apoi se apleacă și o sărută pe obraz. Aproape fără să-și dea seama ce face, Liv trage cuvertura până sub bărbie.

– Sigur nu vrei să iei micul dejun?

– Nu. Îmi... îmi pare rău. Nu zâmbește. E-n regulă.

Iese ca din pușcă. Un sentiment de umilință începe să se strecoare în sufletul lui Liv, otrăvindu-i sângele.

Când ajunge în dormitor, el nu-i în stare s-o privească în ochi. Scutură din cap, de parcă ar alunga o muscă.

– Mmm.. uite, am... am să te sun.

– OK.

Liv se străduiește să pară indiferentă.

– Cum vrei.

În timp ce ușa se închide în urma lui, ea întinde gâtul și-i spune:

– Sper să-ți rezolvi problemele de la serviciu...

Privește uluită locul unde a stat el și vorbele lui de o veselie prefăcută răsună în casa cufundată în tăcere. Treptat, un gol imens ia locul acelui ceva pe care Paul McCafferty l-a sădit în sufletul ei.

Capitolul 17

Biroul e gol, așa cum se așteptase Paul. El dă buzna înăuntru, în timp ce becurile fluorescente pâlpâie înainte să se aprindă, și se duce glonț la masa de lucru. Odată ajuns acolo, începe să scotocească prin maldărul de dosare și documente, fără să-i pese de hârtiile care se împrăștie pe jos, până dă de ceea ce căuta. Atunci aprinde lampa de birou și așază în fața ochilor articolul fotocopiat, netezindu-l cu palmele.

– Dă, Doamne, să mă înșel, murmură el. Dă, Doamne, să fi înțeles greșit.

Peretele Casei de Siclă e vizibil doar în parte, dat fiind că imaginea picturii a fost mărită astfel încât să acopere toată pagina format A4. Tabloul e, fără nici o îndoială, *Fata pe care ai lăsat-o în urmă.* Iar în dreapta lui se vede fereastra înaltă până în tavan pe care i-a arătat-o Liv, cea care oferă o panoramă până departe spre orășelul Tilbury.

Citește repede textul articolului.

Halston a proiectat această cameră astfel încât ocupanții ei să fie treziți dimineața de lumina soarelui. „Inițial am vrut să instalez un sistem de transperante pentru zilele de vară", spune el. „Dar, de fapt, atunci când te trezești în mod natural, constați că nu mai ești atât de obosit. Așa că nu m-am mai deranjat niciodată să pun transperantele."

Chiar la intrarea în dormitorul principal e un obiect în stil japonez...

Textul se termină brusc, tăiat de fotocopiator. Paul îl priveşte ţintă o clipă, apoi deschide calculatorul şi tastează în motorul de căutare numele DAVID HALSTON. Aşteaptă să se încarce pagina, bătând nerăbdător darabana cu degetele pe birou.

Ieri au fost aduse omagii arhitectului modernist David Halston, care a murit subit la Lisabona, la vârsta de 38 de ani. Primele relatări sugerează că decesul său a rezultat în urma unui infarct nediagnosticat. Poliţia locală nu pare să considere suspect acest deces. Soţia sa, Olivia Halston, în vârstă de 26 de ani şi care se găsea alături de el în acel moment, e consolată de membrii familiei. O persoană de la Consulatul Britanic din Lisabona a solicitat ca familiei să i se îngăduie să-şi trăiască durerea în intimitate.

Moartea lui Halston pune capăt unei cariere fulminante, care se distinge prin utilizarea inovatoare a sticlei, astfel că, ieri, confraţii săi arhitecţi s-au adunat să-i aducă un ultim omagiu

Paul se lasă încet pe scaun. Răsfoieşte şi celelalte hârtii, apoi reciteşte scrisoarea primită de la avocaţii familiei Lefèvre.

Un caz foarte limpede şi care nu poate fi prescris, date fiind împrejurările... furat de la un hotel din St. Péronne în jurul anului 1917, la scurt timp după ce soţia pictorului a fost luată prizonieră de forţele germane ocupante...

Sperăm ca TIR să rezolve rapid şi satisfăcător cazul de faţă. Aveţi mână liberă pentru a plăti o compensaţie actualilor proprietari, dar e puţin probabil ca această sumă să se apropie de valoarea estimată la licitaţie.

Ar putea pune pariu că Liv n-are habar cine a pictat tabloul.

Îi aude glasul, timid şi ciudat de posesiv: „Este tot ce mi-e mai drag din casa asta. De fapt, tot ce mi-e mai drag pe lume".

Paul îşi cuprinde tâmplele în palme. Rămâne aşa până când începe să sune telefonul.

*

Soarele se ridică deasupra câmpiilor care se întind la est de Londra, inundând dormitorul într-o lumină palid-aurie. Pereții strălucesc puțin, în timp ce lumina aproape fluorescentă se răsfrânge pe suprafețele albe. Altădată, Liv ar fi scos un geamăt, și-ar fi strâns pleoapele până la durere și și-ar fi îngropat capul sub cuvertură. Acum însă stă nemișcată în patul uriaș, cu o pernă mare sub cap și privește țintă în lumina dimineții, cu ochii pironiți în înaltul cerului.

Totul i-a ieșit pe dos.

Vede chipul lui Paul înaintea ochilor și-i aude scuza politicoasă pentru a putea scăpa de ea: „Te superi dacă plec?"

Stă așa de aproape două ore, cu mobilul în mână, întrebându-se dacă să-i trimită un scurt SMS.

Totul e bine între noi? Mi s-a părut că deodată ai...

Iartă-mă dacă am vorbit prea mult de David. Mi-e greu să-mi amintesc că nu toată lumea...

Mi-a făcut mare plăcere să ne vedem aseară. Sper să termini curând ce ai de lucru la serviciu. Dacă ești liber duminică, aș...

Cu ce-am greșit?

Nu trimite nici unul din ele. Analizează iar și iar conversațiile lor, întorcând pe toate părțile fiecare frază, fiecare propoziție, cu migală, ca un arheolog care alege oase din țărână. Aici să fi fost punctul în care el se răzgândise? Făcuse ea ceva? Să fi fost vorba de vreo ciudățenie sexuală de care nu-și dăduse seama?

Să fi fost simplul fapt că locuia în Casa de Sticlă? O casă care, deși nu mai păstra nici unul din lucrurile lui David, totuși îl reprezenta atât de palpabil, imaginea lui fiind prezentă peste tot în casă, la fel ca literele imprimate pe o acadea[1]. Oare se înșelase chiar atât de mult în privința lui Paul? De fiecare dată când se gândește la aceste posibile gafe, i se strânge stomacul de neliniște.

„Mi-a plăcut de el", își spune Liv. „Mi-a plăcut de el cu adevărat."

---

1 Referire la acadelele cilindrice vândute prin stațiuni turistice și care au imprimat numele stațiunilor unde se comercializează

Pe urmă, știind că nu-și va mai găsi somnul, se dă jos din pat și coboară scara până în bucătărie. O ustură ochii de nesomn și simte un gol imens în toată ființa. Își face o cafea și abia se așază la masa din bucătărie, suflând în cafeaua aburindă, când se deschide ușa de la intrare.

– Mi-am uitat cardul de acces. La ora asta nu pot intra în căminul de bătrâni fără el. Iartă-mă... voiam să merg în vârful picioarelor, să nu vă tulbur.

Mo se întrerupe și privește peste umărul lui Liv, de parcă s-ar uita după cineva.

– Atunci... ce e? L-ai înghițit?

– A plecat acasă.

Mo întinde brațul și începe să cotrobăie prin buzunarele celeilalte geci. Găsește cardul de acces și-l pune în buzunar.

– Va trebui să treci peste asta, să știi. Patru ani e mult prea mult ca să nu...

– N-am vrut să plece, înghite în sec Liv. S-a năpustit pe ușă afară.

Mo râde, dar se oprește brusc, dându-și seama că Liv vorbește serios.

– Pur și simplu a ieșit în fugă din dormitor.

Nu-i pasă că propriul glas sună atât de tragic: nu s-ar putea simți mai rău decât se simte acum.

– Înainte sau după ce v-ați tras-o?

Liv soarbe din cafea.

– Ghici.

– Aoleu! Chiar așa de rău a fost?

– Nu, a fost grozav. Adică, cel puțin așa mi s-a părut mie. În ultima vreme nu prea am avut vreun termen de comparație.

Mo privește în jur, parcă în căutare de indicii.

– Ai strâns din casă fotografiile cu David, nu?

– Sigur că da.

– Și n-ai rostit numele lui în clipa supremă?

– Nu.

Își amintește cum o strângea în brațe Paul.

– I-am spus că m-a făcut să mă simt alt om.

Mo clatină din cap cu tristețe.

– Of, Liv. Ai avut mână proastă. Te-ai ales cu un Burlac Toxic.

– Poftim?

– E bărbatul perfect. Onest, grijuliu, atent. Totul merge ca pe roate până când își dă seama că și tu îl placi. Şi atunci o tulește ca din pușcă, în căutarea femeii vulnerabile, aflate în suferință. Adică tu.

Mo se încruntă.

– Şi totuși, mă uimești. Eu, una, chiar n-am crezut că-i genul tău.

Liv coboară o clipă ochii spre cana de cafea. Apoi răspunde, pe un ton vag defensiv:

– Se prea poate să fi vorbit puțin de David. Când i-am arătat tabloul.

Mo face ochii mari, apoi ridică privirea în tavan.

– Ce vrei? Credeam că-i pot vorbi deschis despre orice. Cunoaște situația mea. Credeam că n-o să-i facă nici o impresie.

E conștientă de tonul ei agasat.

– Așa mi-a spus.

Mo se ridică și se duce la cutia cu pâine. Ia o felie, o îndoaie și mușcă din ea.

– Liv, nu poți fi deschisă când vorbești de alți bărbați. Nici un bărbat nu vrea să audă ce grozav a fost cel dinaintea lui, chiar dacă ăla-i mort. E ca și cum te-ai da în spectacol la o emisiune gen „Penisuri enorme pe care le-am cunoscut la viața mea".

– Nu pot pretinde că David nu-i parte din trecutul meu.

– Nu, dar nu cred că e neapărat nevoie să-ți ocupe tot prezentul.

Liv o privește supărată.

– Vrei să-ți spun părerea mea? întreabă Mo. Mie-mi face impresia că te învârți în cerc. Am senzația că și atunci când nu vorbești despre el, te gândești să vorbești despre el.

Ar fi putut fi adevărat până acum câteva săptămâni. Dar nu acum. Liv vrea să-și trăiască viața mai departe. Dorise s-o facă alături de Paul.

– Păi... de fapt nu prea contează, nu? Am ratat tot. Nu cred că se mai întoarce.

Soarbe din cafea. Își arde limba.

– A fost o prostie să-mi pun toate speranțele în el.

Mo îi pune o mână pe umăr.

– Bărbații sunt ciudați. Nu că nu s-ar fi văzut cu ochiul liber că erai la pământ. Of, fir-ar să fie! E târziu! Uite, du-te și fă-ți damblaua cu alergarea, ca în fiecare dimineață. Eu mă întorc la ora trei și am să anunț la restaurant că sunt bolnavă. Pe urmă, putem să înjurăm cât vrem și să ne gândim la niște pedepse ca în Evul Mediu pentru bărbații care se dau grozavi și care-ți servesc una caldă, una rece. Sus, la etaj, am niște argilă, așa că pot să modelez niște păpuși voodoo. Poți face rost de niște scobitori de cocktail? Sau bețe pentru frigărui? Am fugit.

Mo înșfacă cheia de rezervă, o salută pe Liv cu felia de pâine pliată în două și, înainte ca aceasta să apuce să-i răspundă, se face nevăzută.

În ultimii cinci ani, TIR a restituit peste două sute patruzeci de opere de artă proprietarilor sau descendenților acestora, care nu-și închipuiseră că le vor mai vedea vreodată. Paul a auzit relatări despre brutalități din timpul războiului, mai cumplite decât orice întâlnise pe când lucra ca polițist la New York. Istorisirile respective sunt depănate cu o asemenea claritate, de parcă evenimentele s-ar fi petrecut cu o zi înainte, nu în urmă cu șaizeci de ani.

A văzut durere, transmisă peste ani ca o moștenire prețioasă și întipărită pe chipurile celor lăsați în urmă.

A ținut de mână femei bătrâne care plângeau cu lacrimi dulci-amare la gândul că fuseseră în încăperea de unde se furase un mic portret, după ce părinții lor fuseseră uciși. A fost martorul venerației tăcute a membrilor mai tineri ai unor familii, dând cu ochii pentru prima oară de câte un tablou dat dispărut de multă vreme. A adus argumente directorilor principalelor galerii naționale de artă și și-a mușcat buzele când niște sculpturi îndelung disputate au fost înapoiate posesorilor, ca imediat după aceea să fie puse în vânzare. Dar în cei cinci ani de când își face meseria a ajuns să înțeleagă că susține un drept esențial. Auzind atâtea povești despre orori și trădări, despre familii ucise sau obligate să plece în pribegie în timpul celui de-al Doilea Război Mondial, de parcă astfel de atrocități ar fi fost comise abia cu o zi în urmă, știind că victimele continuau să trăiască zi de zi cu sentimentul nedreptăților îndurate, se bucura că putea participa la oferirea unei neînsemnate recompense.

Dar niciodată nu avusese de-a face cu un astfel de caz.

– La dracu'! exclamă Greg. Nasoală treabă.

A ieșit cu Greg să plimbe câinii acestuia, doi terrieri de o energie debordantă. Dimineața e neobișnuit de rece și Paul regretă că nu și-a mai pus un pulover.

– Nu mi-a venit să cred. Chiar portretul cu pricina. Privindu-mă în ochi.

– Și tu ce-ai zis?

Paul își ridică fularul în jurul gâtului.

– N-am zis nimic. Nu mi-a venit nimic în minte. Pur și simplu... am plecat.

– Ai dat bir cu fugiții?

– Îmi trebuia timp de gândire.

Pirate, cel mai mic dintre câinii lui Greg, a țâșnit pe pajiște ca o rachetă telecomandată. Cei doi se opresc să-l privească, încercând să-și dea seama unde anume fugise.

– Dă, Doamne, să nu fie o pisică. Ah, este-n regulă, e Ginger.

În depărtare, Pirate se năpustește fericit la un cocker și amândoi încep să se alerge nebunește prin iarba înaltă, în cercuri tot mai largi.

– Și asta când s-a întâmplat? Azi-noapte?

– Cu două seri în urmă. Știu că ar trebui s-o sun. Dar pur și simplu nu știu ce-aș putea să-i spun.

– Presupun că n-ar fi cel mai nimerit să-i zici „Dă-mi mie pictura aia afurisită".

Greg își cheamă înapoi cățelul și duce mâna streașină la ochi să vadă pe unde umblă Pirate.

– Frățioare, cred că ar trebui să admiți că soarta nu ți-a scos-o în cale pe fătuca asta chiar din întâmplare.

Paul își îndeasă mâinile adânc în buzunare.

– Îmi plăcea de ea.

Greg îl privește pieziș.

– Poftim? Adică ți-a plăcut pe bune?

– Da. Mi-a... mi-a intrat în suflet.

Fratele lui îl privește atent.

– OK. Păi, atunci devine interesant... *Pirate. Aici!* Of, la naiba! Uite c-a venit și vișlă[1]. Urăsc câinele ăla. Ai vorbit cu șefa ta în legătură cu chestia asta?

– Da, de parcă Janey ar ține neapărat să stăm de vorbă despre altă femeie! Bineînțeles că nu. Pur și simplu doar am vorbit cu avocatul, să vedem dacă avem un caz solid. El înclină să creadă că avem sorți de izbândă.

„Astfel de cazuri n-au termen de prescripție, Paul", îi spusese Sean, abia ridicând ochii din hârțoage. „Știi asta foarte bine."

– Și acum, ce-ai de gând să faci?

Greg prinde iarăși câinele în lesă și rămâne pe loc, așteptând.

– Nu pot face mare lucru. Tabloul trebuie să ajungă la proprietarii lui de drept. Nu-mi dau seama cum va reacționa ea în această situație.

– S-ar putea să iasă bine. N-ai de unde să știi.

Greg se duce cu pași mari prin iarbă până în locul unde Pirate aleargă, lătrând ca un nebun la cerul liber, parcă avertizându-l ca nu care cumva să se apropie.

– Dacă ea stă foarte prost cu banii și aici e vorba de o sumă frumușică, poate că-i faci chiar un serviciu.

Greg o ia la fugă și ultimele lui cuvinte ajung la Paul peste umăr, duse de vânt.

– Și ea ar putea simți același lucru pentru tine și atunci nu i-ar mai păsa de nimic altceva. Nu uita, frățioare, la urma urmei este vorba doar de un simplu tablou.

Paul privește țintă spatele fratelui său. Niciodată nu-i vorba doar de un simplu tablou.

Jake e acasă la un prieten. Paul vine să-l ia la trei și jumătate, așa cum a stabilit, și Jake se furișează afară pe ușa de la intrare, cu părul ciufulit și cu geaca pe umăr, parcă anticipând vârsta adolescenței. Pe Paul nu încetează să-l șocheze fiorul cunoscut al dragostei de părinte

---

1 Rasă de câini originară din Ungaria

și natura ei indisolubilă. În unele zile se străduiește să nu-și pună fiul în situații penibile prin profunzimea iubirii pe care i-o poartă. Îl ia cu un braț pe după gât, îl trage spre el și-l sărută fugar pe creștet, în timp ce pornesc amândoi spre stația de metrou.

– Salut, fiule.

– Bună, tati.

Jake e vesel și-i arată diversele mutări ale unui nou joc electronic. Paul dă din cap și zâmbește după caz, dar chiar și atunci își dă seama că poartă în gând o discuție paralelă.

Răsucește în minte problema în tăcere. Ce-ar trebui să-i spună ei? Să-i spună adevărul? Va înțelege atunci când o să-i explice? Să nu se amestece? În definitiv, munca lui vine pe primul loc. A învățat asta cu multă vreme în urmă.

Dar stând alături de băiatul lui, privind cum îi zboară degetele peste comenzi, văzându-l cât e de absorbit de pixelii jocului, gândul îi fuge în altă parte. O simte pe Liv, catifelată și lipită de trupul lui, o vede ridicând încet ochii către el, ca trezită din somn, parcă amețită de profunzimea propriilor sentimente.

– Ți-ai găsit altă casă?

– Nu. Nu încă.

„Nu mă gândesc decât la tine."

– Ce zici de o pizza diseară?

– Sigur.

– Zău?

– Mm.

Încuviințează din cap. Dezamăgirea ei când el a vrut să plece. Era atât de transparentă și pe chip i se oglindea fiecare emoție, de parcă, asemenea casei, nici Liv nu știuse niciodată ce anume trebuie să ascundă.

– Și înghețată?

– Sigur.

„Mi-e frică. Dar în sensul bun."

Iar el fugise. Fără nici o explicație.

– Îmi cumperi Super Mario Smash Bros pentru Nintendo?

– Nu-ți forța norocul, glumește Paul.

Weekendul pare nesfârşit şi copleşit de tăcere. Mo vine şi pleacă. Ultimul ei verdict referitor la Paul: „Burlac divorţat şi toxic. Cea mai păcătoasă specie". Îi face lui Liv o mică statuetă din argilă reprezentându-l pe Paul şi o îndeamnă să înfigă ace în ea.

Liv trebuie să admită că părul acelui Paul în miniatură e alarmant de reuşit.

– Şi crezi că asta o să-i dea dureri de stomac?

– Nu garantez. Dar o să te facă să te simţi mai bine.

Liv ia o scobitoare de cocktail şi o apasă uşor pe stomacul acelui Paul-în-Miniatură, dar imediat se simte vinovată şi netezeşte adâncitura cu degetul mare. Nu prea poate pune de acord această versiune a lui Paul cu cea ştiută de ea, dar e suficient de inteligentă să înţeleagă că asupra anumitor lucruri nu merită să zăboveşti. Aşadar, a urmat sfatul lui Mo şi a alergat până când au început s-o doară gambele. A făcut lună Casa de Sticlă de sus şi până jos. A aruncat pantofii cu fluturi. Şi-a verificat telefonul de patru ori, apoi l-a închis, blestemându-se în gând că încă îi mai pasă.

– Prea puţin. Nu i-ai rupt nici măcar degetele de la picioare. Vrei să mă ocup eu? întreabă Mo luni dimineaţă, studiind miniatura.

– Nu. E în regulă. Zău aşa.

– Eşti prea blândă. Hai să-ţi spun eu cum facem. Când mă întorc acasă, îl adun cocoloş şi fac din el o scrumieră.

Când Liv revine în bucătărie, Mo deja a înfipt în capul păpuşii cincisprezece chibrituri.

Luni primeşte două comenzi. Una din ele, un exemplar dintr-un catalog pentru o firmă de marketing, e plină de greşeli gramaticale şi de ortografie. Până la ora şase, Liv a modificat atât de mult, încât s-ar putea spune că a rescris tot materialul. Calculatorul e cumplit de lent. Dar ei puţin îi pasă. E atât de bucuroasă că poate lucra în loc să se gândească la altceva, încât ar fi în stare să scrie un catalog întreg pentru Forbex Solutions, fără să pretindă nici un ban.

Se aude soneria de la intrare. Probabil că Mo şi-a uitat cheile la serviciu.

Liv se ridică de la birou, se întinde şi se îndreaptă către interfon.

– Le-ai lăsat aici.

– Sunt eu, Paul.

Ea încremenește.

– O, bună.

– Pot să vin sus?

– Nu-i cazul. Eu...

– Te rog. Trebuie să stăm de vorbă.

N-are timp să se uite în oglindă, nici să-și perie părul. Rămâne pe loc, șovăind cu degetul pe butonul care deschide ușa. Îl apasă, apoi se trage înapoi, de parcă s-ar aștepta să urmeze o explozie.

Liftul urcă făcând zgomot și, pe măsură ce huruitul se apropie, Liv simte cum i se strânge stomacul. Și iată-l că apare, privind-o fix prin grilajul ascensorului. Poartă o haină bej și ochii lui sunt neobișnuit de circumspecți. Pare epuizat.

– Bună.

El iese din lift și așteaptă pe hol. Ea rămâne pe loc, cu brațele încrucișate, într-o atitudine defensivă.

– Bună.

– Pot... pot să intru?

Ea face un pas înapoi.

– Vrei să bei ceva? Vreau să zic... rămâi?

El îi sesizează tonul încordat.

– Grozav, mulțumesc.

Ea străbate apartamentul și se duce la bucătărie, cu trupul țeapăn. El o urmează. Ea pregătește două cești de ceai, conștientă că el o urmărește cu privirea. Când îi întinde o ceașcă, îl vede masându-și tâmpla, cu un aer gânditor. O vede uitându-se la el și-i spune, aproape scuzându-se:

– Mă doare capul.

Liv ridică ochii către figurina de argilă de pe frigider și se înroșește la față de rușine. Lovește, chipurile, din neatenție figurina, făcând-o să cadă după frigider.

Paul își pune ceașca pe masă.

– OK. Îmi vine foarte greu. Aș fi ajuns la tine mai devreme, dar a venit fiul meu și aveam nevoie să mă gândesc la ce trebuie să fac. Uite, am să-ți vorbesc deschis și am să-ți explic tot. Dar mai întâi cred că e cazul să stai jos.

Liv a rămas cu ochii la el.

– O, Doamne! Ești însurat.

– Nu sunt însurat. Asta ar fi… aproape simplu. Te rog, Liv, stai jos.

Ea rămâne în picioare. El scoate din haină o scrisoare, pe care i-o întinde.

– Ce-i asta?

– Tu citește-o. Pe urmă am să-mi dau silința să-ți explic totul.

TIR
Ap. 6, Grantham Street no. 115
Londra W1

15 octombrie 2006

Stimată doamnă Halston,

Lucrăm pentru o organizație denumită Trustul de Identificare și Retrocedare, înființată pentru a restitui opere de artă unor persoane care au fost lipsite de ele fie în urma unor jafuri, fie prin vânzarea silită a obiectelor personale în timpul războiului.

Am înțeles că sunteți în posesia unui tablou semnat de pictorul francez Édouard Lefèvre și denumit Fata pe care ai lăsat-o în urmă. *Am primit confirmare scrisă din partea descendenților domnului Lefèvre că este vorba despre o lucrare deținută cândva de soția artistului și scoasă la vânzare prin executare silită.*

Solicitanții, și ei de naționalitate franceză, doresc ca lucrarea să fie înapoiată familiei artistului, astfel că, în termenii Convenției de la Geneva și ai Convenției de la Haga pentru protecția proprietății culturale în eventualitatea unui conflict armat, dorim să vă informăm că susținem această cerere în numele lor.

În multe cazuri, asemenea opere de artă pot fi înapoiate posesorilor cu un minimum de intervenții legale. Prin urmare, vă invităm să luați legătura cu noi pentru a stabili o întâlnire între dumneavoastră și reprezentanții familiei Lefèvre, pentru a porni demersurile necesare.

Apreciem că o astfel de notificare poate fi un şoc. Dar am dori să vă punem în vedere că există un solid precedent legal pentru restituirea operelor de artă obţinute prin abuzuri comise în timpul războiului, adăugând totodată că ar putea exista şi fonduri nelimitate pentru a compensa pierderea dumneavoastră.

Ne exprimăm speranţa că, la fel ca în cazul altor lucrări de acest gen, conştiinţa faptului că o operă de artă este în cele din urmă înapoiată proprietarilor de drept va aduce o oarecare satisfacţie persoanelor afectate.

Vă rog, nu ezitaţi să ne contactaţi dacă doriţi să discutăm în detaliu această problemă.

Paul McCafferty
Janey Dickinson
Directori TIR

Liv rămâne cu ochii la numele din josul paginii şi camera se învârte în jurul ei. Reciteşte cuvintele, spunându-şi că trebuie să fie o glumă. Nu, probabil că e vorba de un alt Paul McCafferty, o persoană cu totul diferită. Trebuie să fie sute de bărbaţi pe care-i cheamă astfel. E un nume suficient de răspândit. Apoi îşi aminteşte felul ciudat în care Paul se uitase la tablou cu trei zile în urmă şi cum nu mai fusese în stare s-o privească în ochi. Se lasă greoi pe scaun.

– E cumva o glumă?

– Aş vrea eu.

– Ce dracu' e TIR ăsta?

– Ne ocupăm de depistarea operelor de artă date dispărute şi supervizăm demersurile de restituire ale acestora către proprietarii de drept.

– „Ne"? întreabă ea, fără să-şi poată lua ochii de la scrisoare. Ce… ce legătură are asta cu mine?

– *Fata pe care ai lăsat-o în urmă* face obiectul unei solicitări de restituire. Tabloul aparţine unui pictor pe nume Édouard Lefèvre. Familia lui cere să-i fie înapoiat tabloul.

– Dar… este ridicol. Am tabloul de ani întregi. Ani. Aproape un deceniu.

El vâră mâna în buzunar și scoate altă scrisoare, cu o imagine fotocopiată.

– Asta a sosit la birou acum câteva săptămâni. Am găsit-o în tăvița de corespondență. Eram prins cu alte treburi, așa că n-am făcut legătura între cele două. Pe urmă, când m-ai invitat la tine acum două seri, am recunoscut imediat tabloul.

Ea citește cu atenție scrisoarea, apoi aruncă o privire la fotocopie. De pe pagina colorată o privește propriul tablou, lipsit de strălucire din pricina reproducerii.

– E din *Architectural Digest.*

– Da. Cred că da.

– Au venit aici pentru un articol despre Casa de Sticlă, imediat după căsătoria noastră.

Liv duce mâna la gură.

– David s-a gândit că ar fi o publicitate bună pentru meseria lui.

– Familia Lefèvre a comandat un audit pentru toate lucrările lui Édouard Lefèvre, ocazie cu care s-a descoperit că lipseau vreo câteva, printre care *Fata pe care ai lăsat-o în urmă.* După 1917 nu mai există nici o atestare documentară în privința ei. Poți să-mi spui de unde ai achiziționat-o?

– E o nebunie. Era... David a cumpărat-o de la o americancă. La Barcelona.

– Dintr-o galerie? Ai o chitanță?

– Oarecum. Dar nu valorează nimic. Americanca oricum voia să-l arunce. Fusese scos în stradă.

Paul își trece palma peste obraz.

– Ai idee cine era femeia?

Liv clatină din cap.

– Asta s-a întâmplat cu ani în urmă.

– Liv, trebuie să-ți amintești. E important.

– Nu mai țin minte! izbucnește ea. Nu poți să vii să-mi ceri să mă justific că dețin un tablou numai pentru că cineva a decis că acum un milion de ani aparținea altcuiva! Adică, ce înseamnă asta?

Ocolește masa din bucătărie.

– Nu... nu reușesc să pricep.

Paul își îngroapă fața în palme. Apoi înalță capul și se uită la ea.

– Iartă-mă, Liv. E cel mai nenorocit caz cu care am avut vreodată de-a face.

– Caz?

– Cu asta mă ocup. Caut opere de artă furate și le înapoiez proprietarilor.

Ea sesizează tonul lui straniu și implacabil.

– Dar tabloul ăsta nu-i furat. David l-a cumpărat, a plătit pentru el. Pe urmă mi l-a oferit mie. Este al meu.

– A fost furat, Liv. Acum o sută de ani, e drept, dar a fost furat. Uite, vestea bună e că proprietarii sunt dispuși să ofere o compensație în bani.

– O compensație? Tu crezi că aici e vorba despre bani?

– Eu spuneam doar...

Ea se ridică și-și duce mâna la frunte.

– Știi ce, Paul? Cred că ar fi mai bine să pleci.

– Știu că tabloul înseamnă mult pentru tine, totuși trebuie să înțelegi...

– Repet, aș vrea să pleci.

Se privesc în ochi. Ea fierbe de mânie. Nu-și amintește să fi fost vreodată în viața ei atât de furioasă.

– Uite, încerc să mă gândesc la o cale de a rezolva situația așa încât să te aranjeze...

– La revedere, Paul.

Îl însoțește până la ușă. Trântește ușa în urma lui și izbitura răsună atât de tare, încât Liv simte cum îi vibrează sub tălpi toată clădirea.

Capitolul 18

Luna lor de miere. O lună de miere ieşită din comun. David lucrase la un nou centru de conferinţe în Barcelona, o construcţie monolit, concepută astfel încât să reflecte albastrul cerului şi jocul de lumini din apa mării. Liv îşi aminteşte unda de surpriză cu care-l ascultase vorbind cursiv spaniola, uimirea ei faţă de câte ştia David şi faţă de câte nu cunoştea ea despre el. În fiecare după-amiază stăteau amândoi lungiţi pe patul hotelului, după care se plimbau agale pe străzile medievale din Cartierul Gotic şi din Born, căutând locurile umbroase, oprindu-se să bea mojitos sau sprijinindu-se leneş unul de celălat cu trupurile lipicioase din pricina căldurii. Încă îşi mai aminteşte mâna lui odihnindu-se pe coapsa ei. Avea mâini de artist. Obişnuia să le ţină cu degetele uşor depărtate, de parcă ar fi ţinut captive nişte planuri nevăzute.

Tocmai se plimbau prin spatele pe la Plaça de Catalunya când au auzit vocea americancei. Striga cu glasul înecat în lacrimi la trei bărbaţi nepăsători, care ieşeau pe uşa lambrisată, scoţând în stradă piese de mobilier, obiecte casnice şi diverse bibelouri fără valoare. „Nu puteţi face una ca asta!“, exclama ea.

David îi dăduse drumul la mână şi se apropiase. Femeia – o făptură osoasă, de vârstă mijlocie, cu un păr blond strălucitor – gemuse disperată: „Of, of, of“, în clipa când un scaun fusese aruncat în stradă. În jurul ei se adunaseră mai mulţi turişti, care urmăreau scena.

– Sunteţi bine? o întrebase el, prinzând-o de cot.

– Proprietarul... Aruncă toate lucrurile mamei mele. Eu îi tot spun că n-am unde să le pun.

– Unde-i mama dumneavoastră?

– A murit. Am venit aici să-i pun ordine în lucruri şi el îmi pretinde să golesc apartamentul azi. Oamenii ăştia îmi aruncă lucrurile în stradă şi habar n-am ce să fac cu ele.

Liv îşi aminteşte cum David intervenise, cum îi spusese lui Liv s-o ducă pe femeia aceea la cafeneaua de vizavi, cum îi certase pe muncitori în spaniolă, în timp ce americanca, pe nume Marianne Johnson, şedea bând un pahar de apă cu gheaţă şi se uita neliniştită la ce se întâmplă peste drum. Sosise cu avionul în aceeaşi dimineaţă, povestise ea. Jura că nu ştie dacă să rămână sau să plece.

– Of, îmi pare tare rău. Când a murit mama dumneavoastră?

–Acum trei luni. Ştiu că ar fi trebuit să mă ocup de asta mai demult. Dar e atât de greu când nu ştii spaniola. A trebuit să-i duc acasă cu avionul trupul neînsufleţit, pentru înmormântare... iar eu sunt proaspăt divorţată şi mă ocup singură de toate...

Avea încheieturile degetelor mari şi albe, împodobite cu un număr ameţitor de inele de plastic. Îşi prinsese părul cu o bentiţă turcoaz, cu model multicolor. Tot timpul ducea mâna la bentiţă, într-un gest menit s-o liniştească.

David discuta cu un bărbat care putea fi proprietarul. La început, omul păruse circumspect, dar după zece minute, cei doi îşi strângeau călduros mâinile. David venise la masa lor. Femeia trebuia să aleagă obiectele pe care dorea să le păstreze, spusese David, dându-i numărul de telefon al unei firme de transport care putea ambala obiectele, urmând să i le trimită apoi acasă.

Proprietarul acceptase să lase aceste obiecte în apartament până a doua zi. Restul puteau fi ridicate şi aruncate de muncitori, în schimbul unei sume neînsemnate.

– Staţi bine cu banii? o întrebase încet David.

Aşa era felul lui.

Marianne Johnson aproape plânsese de recunoştinţă. O ajutaseră amândoi să sorteze lucrurile, în dreapta sau în stânga, în funcţie de ce voia să păstreze și ce nu. În timp ce stăteau acolo și femeia indica diverse obiecte, mutându-le cu grijă într-o parte sau în alta, Liv se uitase mai atent la lucrurile de pe trotuar. Văzuse acolo o mașină de scris Corona, albume uriașe, legate în piele, cu tăieturi decolorate din ziare.

– Mama a fost ziaristă, explicase femeia, punând cu multă grijă albumele pe o treaptă de piatră. Se numea Louanne Baker. Îmi amintesc că umbla cu ele când eram eu mică.

– Ce-i asta? întrebase Liv, arătând un mic obiect cafeniu.

Deși nu putea distinge obiectul fără să se apropie, se cutremurase de un fior. Ceea ce văzuse păreau să fie dinți.

– Oh! Acelea sunt capete zbârcite. Mama colecționa diverse chestii. Pe undeva trebuie să fie și o cască nazistă. Credeți că le-ar accepta vreun muzeu?

– O să vă fie greu să le treceți prin vamă.

– Of, Doamne! Va trebui să le pun pur și simplu în fața intrării și să fug.

Se oprise să-și șteargă fruntea de transpirație.

– Vai, ce căldură! Simt că mor!

În clipa aceea, Liv văzuse portretul. Proptit de un șezlong, chipul din tablou atrăgea privirea ca un magnet, în ciuda zgomotului și a haosului din jur. Liv se oprise și se întorsese încet spre el. Din rama aurită și uzată o privea o fată cu o expresie ușor provocatoare. Pe umeri i se revărsa o coamă de păr auriu-roșcat și schița o umbră de surâs în care se ghicea mândrie, dar și altceva, mai intim. Ceva erotic.

– Seamănă cu tine, murmurase abia auzit David, care venise lângă ea. Așa arăți și tu.

Liv avea părul blond, nu roșcat, și tuns scurt. Dar își dăduse și ea seama. Privirea schimbată între ei făcuse să dispară în jur întreaga stradă.

David se întorsese către Marianne Johnson.

– Pe ăsta vreți să-l păstrați?

Ea își îndreptase spatele, privind tabloul printre pleoapele îngustate.

– Oh... nu. Nu cred.

David coborâse glasul.

– Mi-l puteți vinde mie?

– Să vi-l vând? E al dumneavoastră. Măcar atât să fac, dacă tot mi-ați salvat viața.

Însă David refuzase. Rămăseseră pe trotuar, antrenați într-o stranie negociere total opusă celor obișnuite, cu David insistând să-i dea mai mulți bani decât cerea femeia. În cele din urmă, în timp ce continua să sorteze un maldăr de haine, Liv întorsese capul și-i văzuse bătând palma pentru un anumit preț.

– Îmi face plăcere să vă dau tabloul, spusese americanca în vreme ce David număra bancnotele. Sincer vorbind, mie nu mi-a plăcut niciodată tabloul ăsta. Când eram copil, aveam impresia că râde de mine. Femeia aia mi s-a părut întotdeauna încrezută.

Se despărțiseră de americancă în amurg, lăsându-i numărul de telefon mobil al lui David și trotuarul curat în fața locuinței. Marianne Johnson își adunase lucrurile ca să se întoarcă la hotel. Merseseră prin căldura sufocantă, el surâzând în culmea încântării, de parcă ar fi pus mâna pe o comoară neprețuită, și ținând tabloul cu aceeași venerație cu care avea s-o strângă în brațe pe Liv în aceeași seară.

– Consideră-l cadoul tău de nuntă, îi spusese el. Asta pentru că nu ți-am dăruit încă nimic.

– Credeam că vrei să nu întrerupi prin nimic linia albă a pereților, îl tachinase ea.

Se opriseră pe strada înțesată de lume, iar el ridicase tabloul în dreptul ochilor, ca să-l privească încă o dată. Liv își amintește pielea netedă și arsă de soare de pe ceafa lui, firele de praf de pe brațele ei. Străzile fierbinți ale Barcelonei, soarele de după-amiază reflectat în ochii lui.

– Cred că pentru cineva drag putem încălca toate regulile.

– Deci tu și David ați cumpărat de bună-credință tabloul ăla? întreabă Kristen. Se întrerupe ca să plesnească peste mână o adolescentă care scormonește printre resturile de mâncare din frigider. Nu. Fără spumă de ciocolată. N-ai să mai mănânci nimic la cină.

– Da. Am reușit să găsesc chitanța.

O avusese în poșetă: un petic de hârtie mototolită, rupt din ultima pagină a unui ziar.

Suma primită împreună cu mulțumiri pentru un portret posibil intitulat Fata pe care ai lăsat-o în urmă: *200 euro. Marianne Baker.*

– Deci este al tău. L-ai cumpărat și ai chitanța. Asta trebuie să pună capăt întregii povești. Tasmin? Vrei să-i spui lui George că peste zece minute servim cina?

– Așa s-ar crede. Iar femeia de la care am cumpărat portretul zicea că maică-sa îl avea de jumătate de secol. Nici măcar nu voia să ni-l vândă, ci să ni-l dăruiască. David a fost cel care a insistat să i-l plătească.

– Păi atunci, toată chestia asta este pur și simplu ridicolă.

Kristen încetează să mai amestece salata și ridică brațele, exasperată.

– Adică până unde se va ajunge? Dacă ai cumpărat o casă și terenul de sub ea a fost furat în Evul Mediu, când pământul era luat cu japca, asta înseamnă că într-o bună zi cineva va ridica pretenții și asupra casei? Trebuie să înapoiez și inelul meu cu diamant pentru că piatra a fost luată din cine știe ce colț al Africii? Pentru numele lui Dumnezeu, e vorba de Primul Război Mondial! Au trecut aproape o sută de ani. Sistemul juridic întrece orice limită.

Liv se reazemă de spătarul scaunului. În aceeași după-amiază îl sunase pe Sven, tremurând din pricina șocului, iar Sven o invitase pe la ei în seara aceea. Când îi povestise de scrisoare, Sven îi vorbise calm și încurajator, ba chiar ridicase din umeri citind-o.

– Trebuie să fie o variațiune pe tema goanei după clienți. Totul sună extrem de incert. Am să verific povestea asta… dar nu-ți face griji. Ai chitanța, ai cumpărat legal tabloul, prin urmare presupun că ceilalți nu pot avea câștig de cauză într-un proces.

Kristen așază pe masă castronul cu salată.

– Oricum, cine a pictat tabloul? Îți plac măslinele?

– Mi se pare că pe pictor îl cheamă Édouard Lefèvre. Însă tabloul nu-i semnat. Și da, mulțumesc.

– Voiam să-ți spun… după ce-am vorbit ultima oară. Kristen se uită la fiica ei și o conduce către ușă. Du-te, Tasmin. Am nevoie de puțin timp și pentru mine.

Liv așteaptă, în timp ce Tasmin iese afară din bucătărie, privind peste umăr cu o expresie nemulțumită.

– E vorba de Rog.

– De cine?

– Am o veste proastă.

Face o grimasă, apoi se apleacă peste masă și răsuflă adânc, cu un aer teatral.

– Voiam să-ți spun săptămâna trecută, dar nu prea știam cum. Vezi tu, a fost de părere că ești teribil de drăguță, dar mă tem că nu ești... adică... zice că nu ești genul lui.

– Cum?

– Vrea una mai... tânără. Îmi pare tare rău. M-am gândit că trebuie să știi adevărul. Nu puteam suporta ideea că stai acasă și aștepți un telefon de la el.

Liv se străduiește să-și ia un aer serios. În același moment Sven intră în bucătărie. Ține în mână un teanc de foi scrise în mare grabă.

– Tocmai am vorbit la telefon cu un amic care lucrează la Sothesby's[1]. Deci… vestea proastă e că TIR e o organizație respectabilă. Se ocupă cu depistarea operelor de artă furate, dar treptat s-au axat pe problema cea mai dificilă: lucrări dispărute în vreme de război. În ultimii câțiva ani au înapoiat câteva opere bine-cunoscute, unele aparținând chiar galeriilor naționale. Sunt cazuri tot mai frecvente.

– Dar *Fata* nu-i o lucrare bine-cunoscută. E doar un mic portret în ulei pe care l-am cumpărat în luna noastră de miere.

– Mm... este foarte adevărat până la un punct. Liv, după ce ai primit scrisoarea, te-ai documentat cine-i acest Lefèvre?

Fusese prima ei grijă. Un membru nesemnificativ al școlii impresioniste din secolul trecut. O fotografie sepia înfățișa un bărbat solid, cu ochi căprui, aproape negri, și cu un păr care-i ajungea până la guler. Pentru scurt timp, lucrase cu Matisse.

---

[1] Cea mai mare firmă internațională de licitație în materie de obiecte de artă

– Încep să înțeleg de ce lucrarea lui – dacă *într-adevăr* îi aparține – ar putea face obiectul unei solicitări de restituire.

– Zi mai departe.

Liv vâră în gură o măslină. Kristen a rămas în picioare lângă ea, cu cârpa de bucătărie în mână.

– Evident, nu i-am pomenit absolut nimic amicului meu despre solicitare, iar el nu poate evalua tabloul fără să-l vadă, dar în baza ultimei vânzări organizate de ei pentru Lefèvre și dată fiind proveniența picturii, el o estimează undeva între două și trei milioane de lire.

– Poftim? îngaimă Liv.

– Întocmai. Micul dar de nuntă al lui David s-a dovedit a fi o investiție excelentă. *Minimum* două milioane de lire, exact așa s-a exprimat. De fapt, mi-a recomandat să-l evaluezi imediat, în vederea unei asigurări. După cât se pare, Lefèvre ăsta al nostru a devenit o figură de prim rang pe piața operelor de artă. Rușii îl apreciază foarte mult și asta a făcut ca prețurile să crească astronomic.

Liv înghite măslina întreagă și se îneacă. Kristen o bate pe spate și-i toarnă un pahar cu apă. Ea soarbe, și cuvintele lui Sven i se învălmășesc în minte. I se pare că nu au sens.

– Așadar, îmi închipui că nu trebuie să te surprindă că apar câte unii din senin, dornici cu orice preț să pună mâna pe orice le pică în cale. Am rugat-o pe Shirley de la birou să caute câteva studii de caz și să mi le trimită prin e-mail: solicitanții scormonesc puțin în istoria familiei, solicită tabloul, susțin că a fost un obiect de preț pentru bunicii lor și că li se frânge inima să renunțe la el... Iar când îl recapătă, ce credeți că se întâmplă?

– Ce se întâmplă? întreabă Kristen.

– Îl vând. Și ajung mai bogați decât ar fi visat vreodată.

În bucătărie se așterne tăcerea.

– Între două și trei milioane de lire? Dar noi... am plătit doar două sute de euro pe el.

– Ca în *Antiques Roadshow*[1], declară veselă Kristen.

---

1 Serial prezentat de BBC, în care specialiști examinează și evaluează vechi obiecte de artă

– Așa era David. Întotdeauna a avut în el harul lui Midas[1].

Sven își toarnă un pahar cu vin.

– Păcat că au aflat că este la tine în casă. Fără dovezi, cred că n-ar fi putut să demonstreze că e în posesia ta. Se știe sigur că-l ai tu?

Ea se gândește la Paul. Și i se strânge stomacul.

– Da, răspunde ea. Se știe că-i la mine.

– OK. Ei, oricum, trebuie să-ți facem rost de un reprezentant legal, spune Sven, așezându-se alături de ea și punându-i o mână pe umăr. Și încă repede.

În următoarele două zile, Liv își duce viața ca o somnambulă, cu mintea un vârtej de gânduri, cu inima bătând nebunește. Se duce la dentist, cumpără lapte și pâine, își predă comenzile la termen, îi duce cești de ceai lui Fran și urcă iar în apartament cu ele când Fran se plânge că a uitat să-i pună zahăr. Aproape nu conștientizează ce se întâmplă în jurul ei. Se gândește la sărutările lui Paul, la acea primă întâlnire întâmplătoare, la oferta lui de ajutor neobișnuit de geneoasă. Oare pusese totul la cale de la bun început? Dată fiind valoarea tabloului, oare fusese atrasă într-o cursă pusă la cale cu mare pricepere? Îl caută pe Google pe Paul McCafferty, citește declarații despre anii cât lucrase la Departamentul Opere de artă din poliția newyorkeză, despre „excepționalul lui talent de investigator", despre „gândirea lui strategică". Tot ce crezuse despre el dispare. Gândurile i se învârtejesc în minte și se ciocnesc unul de altul, îndreptându-se spre noi și înfricoșătoare direcții. De două ori se simte atât de rău, încât trebuie să se ridice de la birou și să-și dea pe față cu apă rece, sprijinindu-se de porțelanul răcoros al chiuvetei din baie.

În noiembrie anul trecut, TIR a contribuit la restituirea unui mic Cézanne către o familie de evrei ruși. Valoarea tabloului era estimată la circa cincisprezece milioane de lire. În secțiunea Despre noi a website-ului TIR se precizează că organizația funcționează pe bază de comision.

El îi trimite trei SMS-uri:

---

1 Rege al Frigiei antice, care avea darul de a preschimba în aur tot ce atingea

Putem sta de vorbă? Știu că ți-e greu, dar... te rog... putem totuși sta de vorbă?

Se străduieşte să aibă un ton rezonabil. Tonul unei persoane aproape demne de încredere. Ea doarme pe apucate şi se sileşte să mănânce.

Mo e martoră la tot şi, pentru prima oară, nu face nici un comentariu.

Liv aleargă. În fiecare dimineață, uneori chiar şi seara. Alergatul ține acum loc de gândire, de mâncare, uneori şi de somn.

Aleargă până o arde pielea şi simte că-i vor exploda plămânii. Aleargă pe alte trasee: străbate străzile dosnice din Southwark, trece podul spre sclipitoarele culoare în aer liber din City, ocolind bancherii la costum şi secretarele cu cafele în mână care-i ies în cale.

Vineri seara la ora şase porneşte din nou să alerge. Este o seară frumoasă şi răcoroasă, când întreaga Londră arată ca un decor de film romantic. Aburii răsuflării ei se înalță în aerul încremenit. Și-a pus pe cap o căciuliță de lână, pe care o să și-o scoată cu puțin înainte de a ajunge la podul Waterloo. În depărtare se văd luminile din Square Mile clipind pe clădirile profilate la orizont. Autobuzele înaintează în pas de melc de-a lungul cheiului. Străzile forfotesc de lume. Își pune căștile de la iPod, închide uşa blocului, își îndeasă cheile în buzunarul şortului şi porneşte în pas săltat. Își lasă mintea să se umple de ritmurile asurzitoare al muzicii de dans, prea insistente ca să mai lase loc de gânduri.

– Liv.

Paul îi taie calea şi ea se împiedică, întinde mâna, apoi şi-o retrage când îşi dă seama despre cine e vorba.

– Liv... trebuie să stăm de vorbă.

El poartă o geacă maronie, cu gulerul ridicat din pricina frigului şi ține sub braț un dosar plin de hârtii. Se privesc în ochi, apoi ea se întoarce brusc, înainte să-şi dea seama dacă simte ceva, şi o ia la fugă, cu inima bătând să-i spargă pieptul.

Paul e în spatele ei. Liv nu întoarce capul, dar îi distinge vocea peste bubuitul muzicii. Dă muzica mai tare, totuşi aproape că simte vibrația paşilor lui pe trotuar în urma ei.

– *Liv*.

Întinde mâna s-o apuce de braţ, dar ea își face vânt și, aproape instinctiv, îl plesnește peste faţă. Impactul e atât de puternic, încât amândoi se dau înapoi, el ţinându-se cu palma de nas.

Liv își scoate căștile.

– Lasă-mă în pace! urlă ea, recăpătându-și echilibrul. *Cară-te!*

– Trebuie să stăm de vorbă.

Sângele i se prelinge printre degete. Privește în jos și vede sângele.

– Dumnezeule!

Scapă din mână dosarul și se chinuie să-și vâre mâna liberă în buzunar, de unde scoate o batistă mare din bumbac, pe care și-o apasă peste nas. Ridică cealaltă mână într-un gest împăciuitor.

– Liv, știu că ești furioasă pe mine, dar tu...

– Furioasă? Furioasă? Asta nu-i *nici pe departe* ce simt faţă de tine în clipa asta. Găsești un subterfugiu ca să pătrunzi în casa mea, umbli cu minciuni cum că mi-ai găsit poșeta, mă duci cu zăhărelul ca să ajungi în patul meu și pe urmă... Ah, ce surpriză! Dai cu ochii de tabloul pe care – ce coincidenţă! – ești plătit ca să-l recuperezi în schimbul unui comision gras.

– Poftim? Glasul lui răsună înăbușit de sub batistă. Poftim? Crezi că eu ţi-am furat poșeta? Crezi că eu *am înscenat* toate astea? Ai înnebunit?

– Nu te apropia de mine.

Îi tremură vocea și-i bubuie timpanele. Se îndepărtează de el, mergând cu spatele. Mai multe persoane s-au oprit în drum ca să-i privească.

Paul pornește după ea.

– *Nu*. Fă bine și ascultă. Ascultă-mă un minut. Am fost poliţist. Nu mă ocup cu furtul de poșete și, la drept vorbind, nici cu recuperarea lor. Te-am cunoscut și mi-a plăcut de tine, ca pe urmă să descopăr, printr-o întorsătură nenorocită a sorţii, că tocmai tu deţii tabloul pe care sunt plătit ca să-l recuperez. De-aș fi putut pasa altcuiva cazul ăsta, crede-mă că aș fi făcut-o. Iartă-mă. Dar trebuie să mă asculţi.

Își ia batista de la nas. Are sânge pe buză.

– Pictura aia a fost furată, Liv. Am răsfoit documentaţia de un milion de ori. E un portret al soţiei artistului, Sophie Lefèvre. Ea a fost ridicată de nemţi, iar tabloul a dispărut imediat după aceea. A fost furat.

– *Acum o sută de ani.*

– Şi crezi că asta îndreaptă situaţia? Ştii ce înseamnă să ţi se smulgă de lângă tine ceea ce ţi-e drag?

– Ai să râzi, îi răspunde ea cu năduf. Dar chiar ştiu.

– Liv... ştiu că eşti un om bun. Ştiu că povestea asta a căzut ca o lovitură de trăsnet, dar dacă te gândeşti bine, ai să faci ceea ce se cuvine. Răul nu se preschimbă în bine prin simpla trecere a timpului. Iar tabloul tău a fost furat de la familia bietei femei. E tot ce le-a rămas de la ea, le aparţine. E corect să le fie înapoiat.

Vorbeşte încet, aproape convingător.

– Când ai să afli adevărul despre ce s-a întâmplat cu Sophie Lefèvre, cred că ai s-o priveşti cu alţi ochi.

– O, scuteşte-mă de tâmpeniile astea ipocrite.

– Poftim?

– Crezi că nu ştiu cât valorează?

El o priveşte încremenit.

– Crezi că nu m-am interesat de tine şi de firma ta? Cum lucraţi voi? Ştiu despre ce e vorba, Paul, şi asta n-are nimic de-a face cu dreptatea şi cu nedreptatea. Se strâmbă. Doamne, ce fraieră mă crezi! Proasta aia din casa ei pustie, care încă mai jeleşte după soţul mort, stă singură cuc şi habar n-are ce se află chiar sub nasul ei. Aici e vorba despre *bani*, Paul. Tu şi cine o mai fi în spatele acestei poveşti vreţi portretul pentru că valorează o avere. Ei bine, mie puţin îmi pasă de bani. Nu pot fi cumpărată – şi nici tabloul. Și acum, lasă-mă în pace.

Se răsuceşte pe călcâie şi o ia la fugă înainte ca el să apuce să mai scoată vreun cuvânt. Inima îi bate asurzitor, acoperind toate celelalte zgomote din jur. Nu încetineşte decât când ajunge la South Bank Centre[1] şi se întoarce. El a plecat, pierzându-se printre miile de oameni care circulă pe străzile Londrei în drum spre casă. Ajunge în

---

1 Cel mai mare centru de artă din lume, situat în capitala Marii Britanii

fața ușii de la intrare înghițindu-și lacrimile. Mintea îi vuiește de gânduri despre Sophie Lefèvre. „E tot ce le-a rămas de la ea. Este corect să le fie înapoiat."

– Dracu' să te ia, repetă ea în șoaptă, încercând să-și alunge din minte cuvintele lui. *Dracu' să te ia, dracu' să te ia.*

– Liv!

Tresare violent când un bărbat se desprinde de cadrul ușii. E tatăl ei, cu o beretă neagră pe cap, un fular multicolor în jurul gâtului și îmbrăcat cu vechiul palton de tweed lung până la genunchi. Chipul lui lucește auriu în lumina fluorescentă. Deschide brațele ca s-o strângă la piept, dând la iveală un tricou uzat cu emblema Sex Pistols.

– Iată-te! N-am mai auzit nimic de tine de când cu Marea Întâlnire Amoroasă. M-am gândit să trec să întreb cum a mers!

Capitolul 19

– Doriți o cafea?

Liv ridică ochii către secretară.

– Mulțumesc.

Stă aproape nemișcată pe fotoliul de piele căptușit cu pluș, uitându-se fără să vadă la ziarul pe care pretinde că-l citește de un sfert de oră.

E îmbrăcată în taior, singurul pe care-l are. Croiala e probabil demodată, dar azi are nevoie să se simtă susținută de ceva, să fie sigură pe ea. După prima vizită la biroul de avocați o încearcă senzația că e depășită de situație. Acum are nevoie să creadă că nu se bazează doar pe propriul curaj ca să reziste.

– Henry a coborât să-i aștepte în sala de recepție. Nu mai întârzie mult.

Cu un zâmbet profesional, secretara se răsucește pe tocurile înalte și se îndepărtează.

E cafea adevărată. E și cazul, la cât se ridică tariful pe oră. Sven a insistat că, în cazul de față, nu are rost să se lupte fără artileria potrivită. Sven s-a sfătuit cu prietenii de la firmele de licitații și cu contactele lui din barou, legat de cine s-ar fi putut ocupa de solicitarea de restituire. Din păcate, adăugase el, armamentul greu costa bani grei. De fiecare dată când Liv se uită la Henry Phillips, la tunsoarea lui impecabilă, la pantofii frumoși, lucrați de mână, la obrazul lui strălucind în urma unei vacanțe costisitoare, singurul lucru care-i vine în minte este: „Ești bogat datorită unor oameni ca mine".

Aude pași și voci pe hol. Se ridică în picioare, netezindu-și fusta, și-și ia o expresie sigură pe ea. Și iată-l că apare. Cu fularul albastru de lână, cu un dosar sub braț, abia vizibil în spatele lui Henry, împreună cu alte două persoane pe care nu le cunoaște. El îi surprinde privirea și ea întoarce repede capul, simțind cum i se zbârlește părul la ceafă.

– Liv? Suntem toți aici. Vrei să vii și tu în sala de consiliu? Am să rog să-ți fie adusă cafeaua acolo.

Ea îl privește în ochi pe Henry, care trece pe lângă ea și ține ușa deschisă, să intre cealaltă femeie. Liv e conștientă de prezența lui Paul, de parcă ar emana aburi fierbinți. E aici, lângă ea. Poartă jeanși, ca și cum acest fel de întâlnire ar fi tot atât de importantă pentru el ca o plimbare în parc.

– Ai mai escrocat recent și alte femei ca să le iei obiecte de valoare? întreabă ea încet, ca s-o audă numai el.

– Nu. Sunt prea ocupat să fur poșete și să seduc ființe vulnerabile.

Ea ridică brusc capul și privirile li se întâlnesc. Liv constată, oarecum șocată, că și el e la fel de furios.

Sala de consiliu are lambriuri de lemn, scaune grele și îmbrăcate în piele. Un perete e căptușit cu cărți legate în piele. Încăperea sugerează ani întregi de discuții serioase pe teme juridice și emană măreție și înțelepciune. Îl urmează pe Henry și, peste câteva secunde, toți se așază de o parte și de alta a mesei. Liv își privește blocnotesul, mâinile, cafeaua, orice, numai să nu se uite la Paul.

– Deci...

Henry așteaptă să li se toarne cafeaua, apoi își împreunează vârfurile degetelor.

– Suntem aici ca să discutăm, fără idei preconcepute, solicitarea adresată doamnei Halston prin intermediul TIR și pentru a vedea dacă putem găsi vreo cale de a ajunge la o înțelegere. Fără a apela la măsurile legale.

Ea se uită la persoanele așezate de cealaltă parte a mesei. Femeia are în jur de treizeci de ani. E brunetă și cârlionții negri îi încadrează obrazul, pe care se citește încordarea. Scrie grăbit ceva pe un blocnotes. Bărbatul de lângă ea este francez și are trăsăturile apăsate ale cuiva de vârstă mijlocie, gen Serge Gainsbourg[1]. Liv își spune adesea că poți ghici naționalitatea cuiva după fizionomie, fără să-l auzi vorbind. Bărbatul acesta are un asemenea aer galic, de parcă ar fuma Gauloises și ar purta la gât o funie de ceapă.

Iar lângă ei e Paul.

– Cred că ar fi o idee foarte bună să începem prin a face prezentările. Numele meu este Henry Phillips și mă ocup de cazul doamnei Halston. Dumnealui este Sean Flaherty, din partea TIR, iar dânșii sunt Paul McCafferty și Janey Dickinson, directorii firmei. Dincoace, îl avem pe domnul André Lefèvre, din familia Lefèvre, autorul solicitării adresate TIR. Doamnă Halston, TIR este o organizație care se ocupă de depistarea și restituirea...

– Știu ce este TIR, îl întrerupe ea.

Oh, și el e atât de aproape. Așezat chiar în fața ei, îi distinge fiecare vinișoară de pe mâini, vede cum îi ies manșetele cămășii din mânecile sacoului. Poartă cămașa din noaptea în care s-au întâlnit. Dacă și-ar întinde picioarele pe sub masă, le-ar atinge pe-ale lui. Își strânge cuminte picioarele sub scaun și întinde mâna după cafea.

– Paul, poate ai vrea să-i explici doamnei Halston cum s-a ajuns la această solicitare.

– Da, spune ea cu glas de gheață. Chiar aș vrea să aud.

Ridică încet capul și vede că Paul se uită drept la ea. Se întreabă dacă el o vede cum tremură. Își închipuie că toată lumea observă asta. O trădează propria respirație.

– Ei bine... aș vrea să încep prin a-mi cere scuze, spune el. Sunt conștient că tot ce am să vă spun acum va fi un șoc pentru dumneavoastră. Este o situație foarte nefericită. Partea proastă e că nu putem umbla cu menajamente.

O privește drept în ochi. Simte că el așteaptă ca ea să-i dea cumva a înțelege că-l ascultă. Liv își încleștează degetele pe genunchi, sub masă, înfigându-și puternic unghiile în carne, ca să se poată concentra asupra durerii.

– Nimeni nu dorește să ia un obiect ce aparține în mod legitim altcuiva. Nu despre asta este vorba în cazul nostru. Dar e o realitate

---

[1] Poet și compozitor francez din a doua jumătate a secolului XX

faptul că, în urmă cu mulți ani, în timpul războiului, a fost comisă o nedreptate. Un tablou, *Fata pe care ai lăsat-o în urmă*, semnat de Édouard Lefèvre și aflat în posesia soției lui, căreia îi era nespus de drag, a fost ridicat, ajungând în posesia nemților.

– Asta nu aveți de unde ști, intervine ea.

– Liv.

Glasul lui Henry trădează o umbră de avertisment.

– Am obținut probe documentare, un jurnal ținut de o vecină a doamnei Lefèvre, care sugerează că portretul soției pictorului a fost furat sau cedat cu forța unui *Kommandant* german încartiruit acolo la vremea aceea. Ei bine, e un caz neobișnuit, prin aceea că cea mai mare parte a muncii noastre se bazează pe pierderi din timpul celui de-al Doilea Război Mondial. De data asta considerăm că furtul inițial a fost comis în timpul primului război. Totuși, încă se aplică prevederile Convenției de la Haga.

– Dar de ce acum? întreabă Liv. La aproape o sută de ani de când afirmați că a fost furat. Ce convenabil că se întâmplă ca tabloul domnului Lefèvre să valoreze un car de bani tocmai acum, nu credeți?

– Valoarea n-are nici o importanță.

– Perfect. Dacă spuneți că valoarea n-are nici o importanță, atunci am să plătesc o compensație. Acum, pe loc. Vreți să vă dau atât cât am plătit și noi pentru portret? Pentru că am păstrat chitanța. Acceptați această sumă pentru ca apoi să mă lăsați în pace?

În încăpere se așterne tăcerea.

Henry întinde mâna și o atinge ușor pe braț. Liv strânge pixul între degete cu atâta putere că i s-au albit încheieturile.

– Dacă mi se permite să intervin, spune Henry cu blândețe. Scopul acestei întâlniri este de a găsi mai multe soluții la această problemă și de a vedea dacă vreuna dintre ele este acceptabilă.

Janey Dickinson schimbă câteva cuvinte în șoaptă cu André Lefèvre. Are calmul studiat al unei profesoare de școală primară.

– În ce privește familia Lefèvre, trebuie să vă spun că dumnealor nu doresc decât să le fie înapoiat tabloul, spune ea.

– Numai că nu-i tabloul lor, intervine Liv.

– Conform prevederilor Convenției de la Haga, este, spune calmă Janey.

– Asta-i o tâmpenie.

– Așa sună legea.

Liv ridică privirea și dă cu ochii de Paul, care se uită fix la ea. Expresia lui nu se schimbă, dar îi citește în ochi o vagă scuză. Pentru ce? Pentru strigătul pornit din cealaltă parte a mesei lăcuite din mahon? Pentru o noapte furată? Pentru o pictură furată? N-ar putea spune. „Nu te mai uita la mine", îl îndeamnă ea în gând.

– Poate... începe Sean Flaherty. Poate, așa cum spune Henry, reușim măcar să schițăm câteva soluții posibile.

– N-aveți decât să le schițați, spune Liv.

– Există un număr de precedente pentru astfel de cazuri. Unul ar fi că doamna Halston e liberă să compenseze solicitarea. Asta înseamnă, doamnă Halston, că puteți plăti familiei Lefèvre contravaloarea picturii, pentru ca apoi s-o păstrați.

Janey Dickinson nu ridică ochii de pe blocnotes.

– După cum am mai precizat, familia nu este interesată de bani. Vrea tabloul.

– Ah, bun, spune Liv. Credeți că eu n-am mai negociat nimic la viața mea? Că nu știu ce înseamnă să iei pe cineva tare de la început?

– Liv, intervine din nou Henry. Dacă am putea...

– Îmi dau perfect de bine seama ce se întâmplă aici. „Ah, nu, noi nu vrem bani." Asta până când se ajunge la o cifră cât un câștig la loterie. Pe urmă, fiecare reușește cumva să treacă peste sentimentele rănite.

– Liv, repetă calm Henry.

Ea răsuflă prelung. Mâinile îi tremură sub masă.

– Există ocazii când se ajunge la o înțelegere prin care un tablou devine un bun comun. În cazul a ceea ce numim valori indivizibile, ca în situația noastră, recunosc că lucrurile sunt complicate. Dar au fost și cazuri când părțile au convenit să dețină alternativ o operă de artă, ori s-au înțeles ca lucrarea să fie în posesie comună, totodată acceptând să fie expusă într-o galerie importantă. Bineînțeles, asta ar însemna să existe anunțuri care să informeze vizitatorii despre cum a fost furată opera respectivă și despre generozitatea proprietarilor.

Liv clatină din cap fără un cuvânt.

– Mai este și varianta vânzării și împărțirii banilor, caz în care noi...

– Nu, răspund în același timp Liv și Lefèvre.

– Doamnă sau domnișoară Halston...

– Doamnă Halston, precizează ea.

– Doamnă Halston.

Tonul lui Paul s-a înăsprit.

– Am obligația să vă informez că avem un caz foarte solid. Deținem un mare număr de dovezi în sprijinul restituirii, precum și o serie de precedente care vin în sprijinul cauzei noastre. În propriul dumneavoastră interes, vă sugerez să vă gândiți foarte serios la varianta unei înțelegeri.

În sală se lasă liniștea.

– Asta o spuneți ca să mă speriați? întreabă Liv.

– Nu, răspunde el încet. Dar vă reamintesc că e în interesul tuturor ca situația să se rezolve amiabil. Problema nu va dispărea de la sine. Eu... noi nu vom renunța.

Brusc, ea și-l imaginează cu brațul petrecut peste talia ei dezgolită, cu părul castaniu odihnind pe sânul ei stâng. Îi vede ochii zâmbitori în semiîntuneric.

Ridică puțin bărbia.

– Nu-mi veți lua portretul, declară ea. Ne vedem la tribunal.

E în biroul lui Henry. A băut un whisky dublu. În viața ei n-a băut whisky în timpul zilei, dar Henry i-a umplut paharul, ca și cum ar fi fost de la sine înțeles că simțea nevoia. Henry așteaptă câteva minute, timp în care ea soarbe câteva înghițituri.

– Trebuie să te previn că acest caz te va costa o mulțime de bani, spune Henry, lăsându-se pe spătarul fotoliului.

– Cât?

– Păi, în multe cazuri opera de artă a trebuit vândută imediat după încheierea procesului, pur și simplu pentru a putea fi achitate cheltuielile de judecată. De curând, în Connecticut a existat un solicitant care a recuperat opere de artă furate, în valoare de douăzeci şi două de milioane de dolari. Numai că datora peste zece milioane de dolari onorariu doar unui singur avocat. Va trebui să plătim experţi, în special experţi juridici francezi, dată fiind istoria tabloului. Iar astfel de cazuri durează mult, Liv...

– Dar dacă vom câştiga, vor trebui să ne plătească ei cheltuieli de judecată, nu?

– Nu neapărat.

Ea chibzuieşte asupra celor auzite.

– Păi, despre ce sumă vorbim... cinci cifre?

– Eu aş zice şase. Depinde cu ce vin ei. Dar au un precedent în favoarea lor.

Henry ridică din umeri.

– Putem dovedi că ai dreptul legal să deţii tabloul. Numai că, după toate aparenţele, istoria tabloului prezintă lacune, iar dacă ei aduc probe cum că le-a fost luat în timpul războiului...

– Şase cifre? repetă Liv, ridicându-se şi începând să se plimbe de colo-colo prin birou. Nu pot să cred. Nu pot să cred că cineva poate pur şi simplu să intre în viaţa mea şi să pretindă să-mi ia ceva ce-mi aparţine. Ceva ce mi-a aparţinut dintotdeauna.

– Cazul lor e departe de a fi fără fisură. Dar trebuie să-ţi atrag atenţia că, în acest moment, climatul politic e în favoarea solicitanţilor. Anul trecut, Sothesby's a vândut treizeci şi opt asemenea opere de artă. Cu zece ani în urmă, n-a vândut nici una.

Liv încă se resimte după întâlnirea de adineauri.

– El... ei n-o să-mi ia tabloul, declară ea.

– Dar gândeşte-te la bani. Mi-ai dat de înţeles că deja eşti într-o situaţie financiară precară.

– Am să reînnoiesc ipoteca, spune ea. Ce pot să fac ca să nu crească costurile?

Henry se apleacă peste birou.

– Dacă decizi să intri în lupta asta, ai o mulţime de opţiuni. Lucrul cel mai important: cu cât afli mai multe despre provenienţa tabloului, cu atât poziţia noastră devine mai puternică. Altfel va trebui să numesc pe careva de aici să preia cazul și să te taxez cu ora, asta fără a mai pune la socoteală experții care trebuie aduși ca martori când vom ajunge la proces. Părerea mea e că, dacă poți face asta, vom ști pe ce ne bazăm și atunci am să mă ocup de instruirea unui avocat pledant.

– Am să încep să mă documentez.

Îi răsună în urechi glasurile sigure pe sine ale părții adverse. „Avem un caz foarte solid. Deținem o serie de precedente care vin în sprijinul cauzei noastre.“ Îi vine în minte chipul lui Paul, prefăcuta lui îngrijorare: „E în interesul tuturor ca situația să se rezolve amiabil“.

Liv soarbe din whisky, cuprinsă de un vag sentiment de deprimare. Brusc, se simte foarte singură.

– Henry, tu ce-ai face? Vreau să spun, dacă ai fi în locul meu?

El își împreunează vârfurile degetelor și își sprijină nasul de ele.

– Cred că-i o situație teribil de nedreaptă. Totuși, Liv, eu, unul, nu m-aș repezi să ajung la proces. Astfel de cazuri pot lua o întorsătură... urâtă. Poate ar merita să te mai gândești dacă nu cumva există vreo cale de a ajunge la o înțelegere.

Ei nu-i iese din minte chipul lui Paul.

– Nu, răspunde cu glas lipsit de orice expresie. El n-o să pună mâna pe tablou.

– Chiar dacă...

– Nu.

Își strânge lucrurile și iese din birou, simțind tot timpul ochii lui Henry ațintiți asupra ei.

Paul tastează numărul pentru a patra oară și zăbovește cu degetul deasupra tastei *Apelează*, apoi se răzgândește și vâră mobilul la loc în buzunar. Peste drum, un bărbat în costum se ceartă, gesticulând frenetic, cu un polițist de la circulație, care-l privește impasibil.

– Vii la masă? întreabă Janey, ivindu-se în cadrul ușii. Am rezervat masa pentru ora unu jumătate.

Probabil că tocmai s-a parfumat. Mirosul se răspândește în încăpere, ajungând până la el, în spatele biroului.

– Chiar ai nevoie de mine?

N-are chef de conversații banale. Nu vrea să fie fermecător, nu vrea să povestească despre uimitorul palmares în materie de retrocedări al firmei. Nu vrea să stea lângă Janey, s-o simtă lipindu-se de el când râde, să-i simtă genunchiul apropriindu-se de al lui. Lucru și mai important, nu-l place pe André Lefèvre, cu ochii lui bănuitori și colțurile gurii lăsate în jos. Rareori i-a displăcut un client chiar din prima clipă.

– Pot să vă întreb când v-ați dat seama pentru prima oară că lipsea tabloul? îl întrebase el pe Lefèvre.

– Am descoperit în urma unui audit.

– Deci nu v-a lipsit dumneavoastră personal.

– Personal?

Lefèvre ridicase din umeri la auzul acestui cuvânt.

– De ce să beneficieze financiar altcineva de pe urma unei lucrări care ar trebui să se afle în posesia noastră?

– Nu vrei să vii? De ce? insistă Janey. Ce mai ai acum de făcut?

– Mă gândeam să mai lucrez la niște dosare cu care am rămas în urmă.

Janey zăbovește cu privirea asupra lui. E rujată. Poartă pantofi cu toc înalt. Are picioare frumoase, își spune el absent.

– Paul, avem nevoie de cazul ăsta. Și trebuie să-i insuflăm lui André convingerea că vom câștiga.

– Atunci cred că mi-aș folosi mai bine timpul documentându-mă decât luând masa cu el.

Nu se uită la ea. Și-a încleștat maxilarul cu încăpățânare. Toată săptămâna a fost acru cu toată lumea.

– Ia-o pe Miriam, spune el. Merită și ea o masă ca lumea.

– Nu cred că bugetul nostru ne permite să oferim mese secretarelor dacă și când avem chef.

– Nu văd de ce nu. Lefèvre ar putea totuși s-o placă. Miriam? Miriam?

Continuă s-o privească în ochi pe Janey și se lasă pe spătarul fotoliului.

Miriam vâră capul pe ușă, cu gura plină de sendviș cu ton.

– Da?

– Nu vrei să mergi în locul meu la masă cu domnul Lefèvre?

– Paul, noi...

Janey strânge din dinţi.

Miriam se uită scurt de la unul la altul. Înghite mâncarea din gură.

– Sunteţi foarte amabil, dar...

– Miriam are un sendviş. Şi contracte de dactilografiat. Mulţumesc, Miriam.

Janey aşteaptă până se închide uşa şi strânge din buze, căzând pe gânduri.

– Paul, totul e în regulă?

– Cum nu se poate mai în regulă.

– Bine.

Tonul ei trădează iritare.

– Văd că nu te pot convinge. Abia aştept să aud ce-ai mai descoperit legat de acest caz. Nu mă îndoiesc că va fi vorba de nişte probe concludente.

Mai întârzie o clipă, apoi pleacă. Paul o aude vorbind în franceză cu Lefèvre, în timp ce amândoi ies din birou.

Paul stă jos, privind în gol.

– Ascultă, Miriam!

Secretara apare din nou, cu restul de sendviş în mână.

– Îmi pare rău. A fost...

– Nu face nimic, surâde ea şi muşcă dintr-o bucată de pâine care stă să cadă, după care adaugă ceva ce el nu reuşeşte să înţeleagă.

Nu-i este limpede dacă Miriam a auzit frânturi din conversaţia de adineauri.

– A sunat careva?

Ea înghite cu zgomot.

– Numai directorul Asociaţiei Muzeelor, v-am mai spus. Vreţi să-l sun din partea dumneavoastră?

Zâmbetul lui e vag şi nu se reflectă şi în privire.

– Nu, nu-ţi bate capul.

Aşteaptă până când ea închide uşa, apoi scoate un oftat care, deşi abia audibil, umple tăcerea încăperii.

*

Liv ia tabloul de pe perete. Își plimbă ușor degetele peste uleiurile de pe pânză, pipăind tușele și vârtejurile de vopsele, fascinată de faptul că au fost așternute acolo chiar de mâna pictorului, apoi rămâne cu ochii la femeia înfățișată în tablou. Rama aurită este ciobită ici și colo, dar ei i s-a părut întotdeauna superbă. A încântat-o contrastul dintre ornamentele vechi și sărăcăcioase și liniile sigure și bine definite ale portretului. I-a plăcut că *Fata pe care ai lăsat-o în urmă* e singura pată de culoare din încăpere, un obiect vechi și valoros, strălucind ca un mic giuvaier la căpătâiul patului.

Numai că acum portretul nu mai este pur și simplu *Fata*, un fragment de istorie pe care o împart amândouă, o glumă intimă între soț și soție. Acum femeia aceea e soția unui pictor celebru, dată dispărută, poate chiar ucisă. E ultima verigă ce o leagă de un soț aflat într-un lagăr de concentrare. Este o pictură dispărută, obiectul unui proces, ținta unor investigații viitoare. Liv nu știe ce să simtă despre această nouă versiune a *Fetei*: știe doar că deja a pierdut o parte din ea.

„Tabloul... a fost luat, ajungând în posesia nemților."

André Lefèvre, pus pe harță și lipsit de emoții, nu catadicsise nici măcar să arunce o privire la portretul lui Sophie. Pe urmă McCafferty. De fiecare dată când își amintește de Paul McCafferty în sala de consiliu i se suie sângele la cap. Uneori are senzația că furia o arde, ca o fierbințeală permanentă. Cum să renunțe la Sophie?

Liv își scoate pantofii sport din cutia de sub pat, trage pe ea un trening, își vâră cheia și telefonul în buzunar și pleacă să alerge.

O lasă în urmă pe Fran, care stă pe o ladă răsturnată, urmărind-o în tăcere cu privirea în timp ce se îndepărtează pe chei. Liv doar a ridicat mâna în semn de salut. N-are chef de vorbă.

E după-amiază devreme și malurile Tamisei sunt ticsite de lume care circulă încoace și încolo, funcționari întorcându-se la birou după prânzuri prelungite, grupuri de școlari dojeniți și adunați la un loc de profesori agasați, mame plictisite cu bebeluși pe care aproape că nu-i bagă în seamă, preocupate să tasteze SMS-uri în timp ce împing cărucioarele.

Aleargă ocolindu-i şi încetinind pasul doar când i se taie respiraţia sau simte câte un junghi în coastă, aleargă până când se pierde printre oameni, până când devine invizibilă, până când nu se mai distinge dintre ei. Îşi croieşte drum prin mulţime. Aleargă până o ustură gambele, până când transpiraţia lasă un T întunecat pe spatele tricoului, până când faţa îi luceşte de sudoare. Aleargă până când o doare, până când nu se mai poate gândi la nimic altceva decât la simpla durere fizică.

Într-un târziu, trece la pas prin dreptul centrului cultural Somerset House şi, în aceeaşi clipă, telefonul îi anunţă un mesaj. Se opreşte şi-l scoate din buzunar, ştergându-şi faţa de transpiraţia care face s-o usture ochii.

Liv, sună-mă.

Liv se îndreaptă aproape alergând spre malul fluviului şi, fără să se gândească prea mult, îşi ia avânt şi aruncă telefonul în Tamisa. Aparatul dispare fără zgomot, fără ca cineva să-i dea atenţie, scufundându-se în apa cenuşie şi învolburată care curge repede spre centrul oraşului.

Capitolul 20

FEBRUARIE 1917

Scumpa mea soră,

Sunt trei săptămâni și patru zile de la plecarea ta. Nu știu dacă scrisoarea asta va ajunge la tine sau dacă au ajuns și celelalte. Primarul a creat o nouă linie de comunicare și mi-a promis că-ți va trimite rândurile mele de îndată ce i se confirmă că linia e sigură. Așa încât aștept... și mă rog.

Plouă de paisprezece zile și ploaia a preschimbat în noroi și ce mai rămăsese din drumurile noastre, așa că înotăm în glodul care desprinde până și potcoavele cailor. Rareori am îndrăznit să ne aventurăm mai departe de piațetă: e mult prea frig și prea greu și, sincer vorbind, nu vreau să mai las copiii singuri, fie și numai pentru câteva minute. După plecarea ta, Édith a stat la fereastră trei zile încheiate, refuzând să se miște de acolo, până când m-am temut să nu fie bolnavă și pur și simplu am dus-o cu forța la masă și apoi în pat. Nu mai vorbește, are ochii duși în fundul capului și pe față i se citește teama. Nu-și desprinde degetele de fusta mea, de parcă s-ar aștepta în orice clipă să vină cineva și să mă smulgă și pe mine de lângă ea. Din păcate, aproape că n-am timp să stau s-o liniștesc. Acum vin mai puțini nemți seara la masă, dar destui cât să muncesc seară de seară până la miezul nopții ca să le dau de mâncare și apoi să fac curat.

Aurélien a dispărut. A plecat la scurtă vreme după tine. Am auzit de la madame *Louvier că e tot în St. Péronne și că stă la Jacques Arriège, deasupra tutungeriei, dar îți spun drept că n-am nici un chef să-l văd. Nici el nu-i mai breaz, ți-a trădat încrederea la fel cum a făcut-o și* Kommandant *Hencken. Cu toată încrederea ta în bunătatea oamenilor, eu, una, nu pot să cred că, dacă* Herr Kommandant *ți-ar fi dorit binele, te-ar fi smuls de lângă noi în acest mod, făcând să afle tot orașul de așa-zisele tale păcate. Eu, una, nu pot să văd pic de omenie în ce-au făcut ei. Pur și simplu nu pot.*

Mă rog pentru tine, Sophie. Am chipul tău în minte de cum mă trezesc dimineața, iar când mă răsucesc în pat, ceva în adâncul sufletului meu tresare la gândul că nu ești pe perna de alături, cu părul împletit într-o coadă groasă, făcându-mă să râd și să mă gândesc la mâncare. Mă întorc să te chem pe nume, dar acolo unde ar trebui să fii, e doar tăcere. Mimi vine sus în dormitorul tău și se uită înăuntru, de parcă și ea s-ar aștepta să te găsească acolo, stând la birou, scriind sau privind în gol, cu gândurile duse. Ții minte cum stăteam cândva la fereastră, închipuindu-ne ce-i dincolo de ea? Când visam la zâne și prințese, la nobili veniți să ne salveze? Mă întreb ce-am fi gândit noi, copii fiind, despre orașul ăsta, cu drumuri pline de hârtoape, cu oameni ca niște năluci în zdrențe, cu copii muritori de foame.

Orașul a fost foarte tăcut de la plecarea ta. De parcă odată cu tine i-ar fi murit și sufletul. Madame *Louvier vine pe aici, perversă cum nu se mai poate, și insistă ca numele tău să fie rostit în continuare. Ține predici oricui vrea s-o asculte.* Herr Kommandant *nu se numără printre puținii nemți care mai vin seara la masă. Cred sincer că nu are curajul să mă privească în ochi. Sau poate știe că tare aș vrea să înfig în el cuțitul meu cel ascuțit și atunci a decis să păstreze distanța.*

Mai ajung până la noi unele frânturi de informații: un petic de hârtie care mi-a fost strecurat sub ușă relata despre o altă epidemie de gripă lângă Lille, despre un convoi de soldați ai Aliaților, capturați în apropiere de Douai, despre cai sacrificați pentru carne la granița cu Belgia. Nici o veste de la Jean-Michel. Nici o veste de la tine.

În unele zile, am senzația că sunt îngropată într-o mină și aud numai ecouri de glasuri omenești, undeva la mare depărtare. Toți cei dragi, în afară de copii, mi-au fost luați de lângă mine și nu știu despre nici unul din voi dacă mai trăiți sau nu. Uneori mi-e atât de teamă pentru voi, că aproape mă simt paralizată, asta în timp ce amestec în vreo supă sau pun masa, și atunci trebuie să mă silesc să respir și să-mi spun că trebuie să fiu tare de dragul copiilor. Și, mai presus de orice, trebuie să am credință. „Ce-ar face Sophie în locul meu?" mă întreb eu cu convingere, iar răspunsul e întotdeauna limpede.

Surioara mea dragă, te implor să ai multă grijă de tine. Nu-i supăra și mai rău pe nemți, dacă te afli în mâinile lor. Nu risca nimic, oricât te-ar tenta s-o faci. Tot ce contează e să vă întoarceți la noi teferi și nevătămați, tu, Jean-Michel și iubitul tău Édouard. Îmi tot repet că scrisoarea asta va ajunge la tine. Îmi spun că poate, printr-o minune, sunteți împreună amândoi, dar nu în felul de care îmi este cel mai teamă. Îmi spun că Dumnezeu trebuie să fie drept, oricât s-ar juca cu soarta noastră în acest prezent întunecat.

Ai grijă de tine, Sophie.

Sora ta iubitoare,
Hélène

Capitolul 21

Paul lasă din mână scrisoarea obținută dintr-o arhivă cu corespondență adunată de membri ai Rezistenței în timpul Primului Război Mondial. Scrisoarea e singura dovadă pe care a găsit-o despre familia lui Sophie Lefèvre. La fel cum s-a întâmplat cu celelalte, nici aceasta nu pare să fi ajuns la ea.

Fata pe care ai lăsat-o în urmă a devenit o prioritate pentru Paul. Se documentează la sursele lui obișnuite: muzee, arhive, case de licitații, experți în cazuri internaționale legate de opere de artă. Neoficial, discută cu surse mai puțin neutre: vechi cunoștințe de la Scotland Yard, contacte din lumea infracționalității legate de opere de artă, un român cunoscut pentru evidența aproape matematică pe care o ține cu privire la mișcările clandestine ale unei serii întregi de opere de artă europene furate.

Descoperă următoarele fapte: că până nu de mult, Édouard Lefèvre a fost cel mai puțin cunoscut dintre artiștii de la Académie Matisse. Există doar două persoane specializate în opera lui și nici una nu deține mai multe informații decât Paul în privința tabloului *Fata pe care ai lăsat-o în urmă*.

O fotografie și câteva jurnale obținute de familia Lefèvre au dat la iveală faptul că pictura fusese odinioară atârnată la vedere într-un hotel pe nume Le Coq Rouge din St. Péronne, orășel ocupat de nemți în Primul Război Mondial. Tabloul a dispărut fără urmă la câtva timp după arestarea lui Sophie Lefèvre.

Lucrarea reapare abia după o absență de vreo treizeci de ani, ajungând în posesia unei anume Louanne Baker, care o ținuse în locuința ei din Statele Unite vreme de treizeci de ani, până se mutase în Spania, unde și murise, moment în care o cumpărase David Halston.

Ce se întâmplase între aceste două date? Dacă tabloul fusese întradevăr furat, unde fusese dus? Ce se întâmplase cu Sophie Lefèvre, care dispăruse pur și simplu din istorie? Faptele există, ca într-un joc din bucățele în care imaginea finală nu se întrevede nici o clipă. Există mai multe dovezi scrise despre portretul lui Sophie Lefèvre decât despre ea însăși.

În timpul celui de-al Doilea Război Mondial, operele de artă furate erau ținute clandestin în seifuri secrete din Germania, pentru a putea fi protejate. Aceste lucrări, de ordinul milioanelor, fuseseră depistate cu eficiență militară, cu contribuția comercianților și a experților în artă. Nu fusese un jaf întâmplător, comis de soldați aflați în război, ci o acțiune sistematică, perseverentă, controlată și bine documentată.

Din Primul Război Mondial, însă, datează prea puține documente privind obiectele furate, mai ales în nordul Franței. Asta înseamnă, spune Janey, că au de-a face cu un caz care-i pune la grea încercare. Ea spune asta cu un oarecare sentiment de mândrie. Adevărul e că acest caz e vital pentru firma lor. Astfel de firme apar în număr tot mai mare și toate se ocupă de depistarea provenienței operelor de artă, de liste cu lucrări pe care rudele celor morți au încercat să le găsească decenii la rând. Acum au apărut firme plătite pentru fiecare caz rezolvat și care oferă tarife mai scăzute, promițând cerul cu pământul unor oameni dispuși să creadă orice, numai să-și recapete un obiect drag.

Sean relatează că avocatul lui Liv a încercat prin diverse mijloace legale să nu ajungă la proces. Henry susține că acest caz depășește statutul limitărilor și că tabloul fusese achiziționat de la Marianne Baker „de bună credință". Din varii și complicate motive, toate aceste tentative au eșuat. Ca atare, acum vor merge în instanță, declară vesel Sean.

– Pare-se, săptămâna viitoare. Va prezida judecătorul Berger. De regulă, decide în favoarea reclamantului. Avem șanse mari!

– Bravo! spune Paul.

Are în birou o fotocopie A4 a *Fetei pe care ai lăsat-o în urmă*, expusă pe perete, printre alte picturi date dispărute sau făcând obiectul unor cereri de restituire. Paul se uită tot timpul la ea, dorindu-și să nu simtă ochii lui Liv Halston întorcându-i privirea de fiecare dată. Încearcă să se concentreze la hârtiile din fața lui. „Nu-i genul de tablou pe care te aștepți să-l vezi într-un umil hotel de provincie", îi scrie *Kommandant*-ul soției lui la un moment dat. „Adevărul este că nu-mi pot lua ochii de la el."

De la el? se întreabă Paul. Sau de la ea?

La câțiva kilometri depărtare, Liv lucrează și ea. Întotdeauna se trezește la șapte, își pune pantofii de alergare, căștile în urechi și-și ascultă inima bătând în ritm cu cadența pașilor. Se întoarce acasă după ce Mo pleacă la lucru, face un duș, își pregătește micul dejun, îi duce niște ceai lui Fran. Acum însă, pleacă din Casa de Sticlă și-și petrece ziua în biblioteci specializate în artă, în arhivele cu miros stătut ale unor expoziții, pe internet, în căutarea unor indicii. Ia zilnic legătura cu Henry, se duce la el de fiecare dată când o cheamă să se sfătuiască, să-i explice importanța unor depoziții legale făcute de francezi și dificultatea de a găsi experți dispuși să fie martori.

– În concluzie, spune ea, vrei să-ți aduc probe concrete despre un tablou care nu figurează în nici o evidență și despre o femeie care pare să nu fi existat.

Surâsul lui Henry e încărcat de neliniște. Asta se întâmplă cam tot timpul.

Liv trăiește și respiră doar pentru tablou. N-o interesează că se apropie Crăciunul, nici telefoanele și văicărelile tatălui ei. N-o mai interesează decât ca Paul să nu pună mâna pe pictură. Henry i-a dat toate dosarele părții adverse: copii ale scrisorilor dintre Sophie și soțul ei, referiri la tablou și la orășelul în care locuiau.

Frunzărește sute de lucrări academice și politice, articole din ziare despre restituiri: despre familii distruse la Dachau, despre nepoții supraviețuitori care împrumută bani ca să recupereze un Tițian, despre o familie poloneză, a cărei unică membră a murit fericită la două luni după ce recuperase o mică statuetă de Rodin aparținând tatălui ei. Aproape toate aceste articole sunt scrise din punctul de vedere al solicitantului, al familiei care a pierdut tot, pentru ca apoi să descopere cu mare greutate un tablou al bunicii. Cititorul e invitat să se bucure laolaltă cu ei după ce-și recuperează bunurile. Cuvântul „nedreptate“ apare aproape în fiecare paragraf. Articolele oferă doar arareori opinia persoanei care a cumpărat de bună-credință obiectul, după care l-a pierdut.

Și pretutindeni descoperă amprenta lui Paul, ca și cum ea ar pune întrebări nepotrivite, ar căuta unde nu trebuie sau ar procesa informații pe care el le-a obținut deja.

Se ridică și se întinde, apoi se plimbă puțin în jurul biroului. A mutat *Fata pe care ai lăsat-o în urmă* pe un raft de bibliotecă, parcă pentru a o ajuta să se inspire în timp ce lucrează. Acum se uită la tablou mai tot timpul, cumva conștientă că e posibil să nu mai aibă prea mult timp de stat împreună.

Pe măsură ce se apropie data procesului, gândul nu-i dă pace nici o clipă, ca răpăitul de tobe al unei bătălii îndepărtate. „Dă-mi niște răspunsuri, Sophie. Măcar în ceasul al doisprezecelea, dă-mi un indiciu.“

– Bună.

Mo apare în prag, mâncând dintr-un pahar de iaurt. Au trecut șase săptămâni și ea continuă să locuiască în Casa de Sticlă. Liv îi este recunoscătoare pentru prezența ei acolo. Se întinde și se uită la ceas.

– Cum, deja este trei? Doamne, azi n-am găsit absolut nimic.

– Nu vrei să arunci o privire aici?

Mo scoate de la subsuoară un ziar de seară londonez și i-l întinde.

– Vezi la pagina trei.

Liv deschide ziarul.

„Văduva unui arhitect deținător de premii se luptă pentru o operă de artă furată de naziști, în valoare de câteva milioane“, sună titlul. Dedesubt, vede o fotografie mare cât jumătate de pagină, înfățișând-o alături de David la o acțiune caritabilă, cu câțiva ani în urmă. Liv poartă o rochie de un albastru electric și ține în mână o cupă de şampanie, parcă toastând pentru cameraman. Alături este o poză mică a tabloului *Fata pe care ai lăsat-o în urmă*, iar dedesubtul ei, un text: Pictura impresionistă, în valoare de mai multe milioane, a fost „furată de germani".

– Frumoasă rochie, comentează Mo.

Liv simte cum i se scurge tot sângele din obraji. Nu se recunoaște în femeia zâmbitoare de la petrecere, femeia dintr-o altă viață.

– O, Doamne...

Are senzația că cineva i-a deschis vraiște ușile și ferestrele casei și dormitorului.

– Îmi închipui că-i în avantajul lor să te prezinte ca pe o scorpie din înalta societate. În felul ăsta pot să-l victimizeze pe francez.

Liv închide ochii. Dacă-i ține închiși, poate că articolul va dispărea din fața ei.

– Din punct de vedere istoric, e limpede că e total greșit. Vreau să zic că în Primul Război Mondial n-au fost naziști. Așa că mă îndoiesc că cineva va acorda atenție articolului. În locul tău, nu mi-aș face griji.

Se lasă o tăcere prelungită.

– Și nu cred că te va recunoaște cineva. Acum arăți cu totul altfel. Mult mai... Se străduiește să-și aleagă cuvintele. Mai puțin înstărită. Și cumva mai în vârstă.

Liv deschide ochii. Și iat-o, alături de David, o versiune a ei mai avută și mai lipsită de griji.

Mo scoate lingurița din gură și o studiază cu atenție.

– Numai să nu te uiți la versiunea online, da? Unele comentarii ale cititorilor sunt cam... aspre. Liv ridică ochii. O, ce vrei? În zilele noastre fiecare își dă cu părerea. Numai tâmpenii.

Mo pune ceainicul la fiert.

– Auzi, ai ceva împotrivă să-l invit pe Ranic în weekend? Locuiește cu încă vreo cin'șpe persoane. Ar fi plăcut să-și poată întinde picioarele în fața televizorului fără să-i ardă cuiva un șut în fund.

Liv lucrează toată seara, încercând să-și potolească neliniștea crescândă. Are permanent în fața ochilor articolul din ziar: titlul, soția din înalta societate cu cupa de șampanie în mână. Îl sună pe Henry, care o sfătuiește să nu ia în seamă articolul, spunând că era de așteptat așa ceva. Ea îl ascultă cu atenție, disecându-i spusele ca un legist și încercând să-și dea seama dacă e la fel de încrezător pe cât vrea să pară.

– Ascultă, Liv. E un caz răsunător. Vor juca murdar. Trebuie să fii pregătită pentru orice.

Henry a relatat cazul unui avocat pledant. Îi comunică lui Liv numele avocatului, ca și cum ea ar fi trebuit să-l cunoască. Liv întreabă cât o s-o coste și-l aude pe Henry răsfoind niște hârtii. Când îi spune suma, ea are senzația că a primit o lovitură în plex și i se taie respirația.

Telefonul sună de trei ori: unul dintre apeluri este de la tatăl ei, care-i spune că are un rol mic într-un turneu cu producția *Run for Your Wife*[1]. Ea îi răspunde pe un ton absent că se bucură pentru el și-l sfătuiește să nu alerge după nevasta altcuiva.

– *Exact* așa mi-a spus și Caroline! exclamă el și închide telefonul.

Al doilea apel e de la Kristen.

– O, Doamne! începe ea, fără nici o altă introducere. Tocmai am văzut articolul.

– Da... Recunosc că nu-i chiar cea mai plăcută lectură de după-amiază.

Aude cum Kristen a acoperit microfonul telefonului, apoi voci înăbușite purtând o scurtă conversație.

– Sven zice să nu mai vorbești cu nimeni. Să nu sufli nici măcar o vorbă.

– Nici n-am suflat.

– Atunci de unde au scos chestiile alea îngrozitoare?

– Henry spune că probabil provin de la TIR. E în interesul lor să lase să se scurgă informații care pun cazul în cea mai proastă lumină cu putință.

– Vrei să vin la tine? Nu sunt prea ocupată în clipa asta.

– Drăguț din partea ta, Kristen, dar totul e în regulă.

Liv n-are chef să stea de vorbă cu nimeni.

---

1 *Aleargă după soția ta*, titlul unei piese de teatru jucate cu succes timp de nouă ani, la diverse teatre din West End, Londra

– Atunci pot veni la proces, dacă dorești. Sau dacă vrei să prezint undeva versiunea ta asupra cazului, fii sigură că am relații. Poate vreo declarație în revista *Hello*?

– Asta... nu. Mulțumesc.

Liv închide telefonul. Acum toată lumea este la curent. Kristen e mult mai eficientă în răspândirea unor informații decât ziarul de seară. Liv anticipează că va trebui să se justifice în fața prietenilor și a cunoștințelor. Tabloul deja nu-i mai aparține. Acum e cunoscut de toată lumea, e un subiect de discuție, un simbol al nedreptății.

Nici nu pune bine receptorul în furcă și telefonul sună din nou, făcând-o să tresară violent.

– Kristen, eu...

– Doamna Olivia Halston?

O voce de bărbat.

Ea șovăie.

– Da?

– Numele meu e Robert Schiller. Sunt corespondent pe teme de artă la *The Times*. Iertați-mă că vă deranjez într-un moment nepotrivit, dar încerc să scriu un articol de fond referitor la tabloul dumneavoastră și mă întrebam dacă ați...

– Nu. Nu, mulțumesc.

Trântește receptorul în furcă. Privește bănuitoare telefonul, apoi ia receptorul din furcă, de teamă să nu sune din nou. De trei ori îl pune iar în furcă și de trei ori telefonul sună în aceeași clipă. Sunt ziariști care-și lasă numele și numerele de mobil. I se adresează pe un ton amabil și ademenitor. Îi promit corectitudine, se scuză că-i răpesc din timpul ei. Liv stă în casa pustie, ascultându-și bătăile năvalnice ale inimii.

Mo sosește puțin după ora unu noaptea și o găsește în fața calculatorului, cu telefonul scos din priză. Liv trimite e-mailuri fiecărui expert în arta franceză de la începutul secolului XX: „Mă întrebam dacă știți ceva despre... Încerc să aflu istoria unui... orice aveți sau cunoașteți... absolut orice..."

– Vrei niște ceai? întreabă Mo, scoțându-și haina.

– Mulțumesc, răspunde Liv, fără să ridice privirea.

O ustură ochii. E conștientă că a ajuns în punctul în care nu face decât să deschidă mecanic un site sau altul, verificându-și iar și iar e-mailurile, dar nu se poate abține. Preferă să aibă senzația că face ceva, oricât de inutil ar fi fost, decât să nu facă absolut nimic.

Mo se așază față în față cu Liv, în bucătărie, și împinge o cană în direcția ei.

– Arăți îngrozitor.

– Mulțumesc.

Mo o privește cum tastează fără vlagă, apoi soarbe din ceai și-și trage scaunul mai aproape de Liv.

– OK. Hai să privim problema direct, prin prisma licenței mele *magna cum laude* în istoria artei. Ai căutat prin arhivele muzeelor? Prin cataloage de la licitații? Ai vorbit cu comercianți de artă?

Liv închide calculatorul.

– Am făcut toate astea.

– Ziceai că David a cumpărat tabloul de la o americancă. N-o poți întreba de unde îl avea mama ei?

Liv își răsfoiește hârtiile.

– Partea... adversă a întrebat-o deja. Nu știe. Portretul era în posesia lui Louanne Baker, după care l-am cumpărat noi. Americanca nu știe mai mult de atât. Și nici n-a avut vreodată nevoie să știe.

Privește țintă articolul din ziarul de seară, care sugerează că ea și David erau cumva vinovați, cumva neîndreptățiți din punct de vedere moral să dețină tabloul. Îi vine în minte chipul lui Paul, ochii lui care o priveau neîncetat în biroul avocatului.

Tonul lui Mo e neobișnuit de liniștit.

– Te simți bine?

– Da. Adică nu. Mi-e drag tabloul ăsta, Mo. Îl iubesc cu tot sufletul. Știu că pare o prostie, dar gândul că l-aș putea pierde... e ca și cum aș pierde o parte din mine. Sprâncenele lui Mo s-au ridicat până aproape de mijlocul frunții. Iartă-mă. Doar că... Să te vezi în paginile ziarelor drept inamicul public numărul unu e... Of, fir-ar să fie, Mo, nici nu știu ce dracului fac. Mă lupt cu un om care-și câștigă existența din așa ceva, în timp ce eu scormonesc după frânturi de indicii și nu găsesc absolut nimic.

Își dă seama, umilită, că e gata-gata să plângă.

Mo trage dosarele spre ea.

– Du-te afară, îi spune. Ieşi pe terasă, priveşte cerul zece minute şi aminteşte-ţi că până la urmă ducem o existenţă fără sens, inutilă şi că mica noastră planetă va fi probabil înghiţită de o gaură neagră, aşa că nimic din toate astea nu va mai conta. Între timp, eu am să văd dacă te pot ajuta în vreun fel.

Liv suspină.

– Dar trebuie să fii frântă de oboseală.

– Aş! Trebuie şi eu să ies din priză după ce-mi termin tura. Asta ca să dorm bine. Hai, du-te.

Începe să frunzărească dosarele de pe masă.

Liv îşi şterge ochii, îşi pune un pulover şi iese pe terasă. Afară, în bezna nesfârşită a nopţii, are impresia stranie că devine imponderabilă. Priveşte în jos, la marele oraş de la picioarele ei şi respiră aerul rece. Se întinde, simţindu-şi umerii anchilozaţi şi gâtul înţepenit. Şi, ca întotdeauna, undeva în adâncul sufletului, are senzaţia că-i scapă ceva. Nişte secrete aflate la îndemână, dar pe care nu reuşeşte să le sesizeze.

Zece minute mai târziu, când se întoarce în bucătărie, o găseşte pe Mo notând ceva în grabă pe blocnotes.

– Îţi aminteşti de domnul Chambers?

– Chambers?

– Care ţinea cursul de pictură medievală. Sunt sigură că l-ai urmat şi tu. Mă tot gândesc la o afirmaţie de-a lui, care mi-a rămas întipărită în minte – cam singura, de altfel. Spunea că uneori istoria unui tablou nu se referă doar la tabloul în sine. E şi istoria unei familii, cu toate tainele şi păcatele ei.

Mo bate cu pixul în masă.

– Ei bine, chestia mă depăşeşte, totuşi sunt curioasă, dat fiind că fata locuia împreună cu familia la vremea când a dispărut tabloul, când a dispărut şi *ea,* iar familia părea a fi foarte unită. De ce nu există nici un fel de informaţii despre familia lui Sophie?

Liv rămâne trează până târziu, răscolind prin teancurile groase de documente, verificând iar şi iar. Caută pe internet, cu ochelarii pe vârful nasului. Când în sfârşit găseşte ceea ce caută, puţin după ora cinci dimineaţa, mulţumeşte lui Dumnezeu pentru meticulozitatea cu care francezii ţin evidenţa documentelor civile. Apoi se reazemă de spătarul scaunului şi aşteaptă să se trezească Mo.

– Există vreo şansă să i te răpesc lui Ranic weekendul viitor? întreabă ea când Mo apare în cadrul uşii, cu ochii cârpiţi de somn, cu părul negru ca pana corbului până la umeri.

Fără dermatograful negru aplicat la ochi, faţa ei pare ciudat de trandafirie şi vulnerabilă.

– Nu, mulţumesc, nu vreau să te însoţesc la alergări. Şi nici la altă activitate în care m-ar trece transpiraţiile.

– Cândva vorbeai cursiv franceza, aşa-i? Vrei să mergi cu mine la Paris?

Mo se îndreaptă către ceainic.

– De fapt, vrei să spui că au început să-ţi placă femeile? Pentru că, deşi iubesc Parisul, nu mă dau deloc în vânt după sexul cu femei.

– Nu. De fapt, vreau să spun că am nevoie de excelenta ta capacitate de a vorbi franceza, ca să pot sta de vorbă cu un bătrân de optzeci de ani.

– Iată un weekend chiar pe placul meu.

– Adaugă la asta şederea într-un prăpădit de hotel de o stea. Poate şi o zi la Galeriile Lafayette. Privind vitrinele.

Mo se întoarce încet şi-o priveşte printre pleoapele îngustate.

– Cum aş putea să te refuz? La ce oră plecăm?

Capitolul 22

Se întâlneşte cu Mo la gara St. Pancras la cinci şi jumătate după-amiază şi, văzând-o cum îi face un semn scurt cu mâna din faţa unei cafenele, cu ţigara între degete, îşi dă seama, spre ruşinea ei, că aproape se simte uşurată să plece două zile din oraş. Două zile departe de tăcerea morbidă a Casei de Sticlă. Două zile departe de telefonul pe care a ajuns să-l vadă ca pe un obiect radioactiv: paisprezece reporteri diferiţi i-au lăsat mesaje pe robot, tonul lor variind de la amical la oficial. Două zile departe de Paul, a cărui simplă existenţă îi aminteşte de tot ce i-a mers prost.

Cu o seară înainte i-a povestit lui Sven despre planul ei, iar el a întrebat-o imediat:

– Îţi poţi permite drumul ăsta?

– Nu-mi mai pot permite nimic. Am ipotecat din nou casa.

Tăcerea lui Sven era încărcată de semnificaţii.

– Chiar n-am avut încotro. Firma de avocatură a cerut garanţii.

Costurile legale îi mănâncă toţi banii. Numai avocatul pledant o taxează cinci sute de lire pe oră şi încă n-a început procesul.

– Totul va fi bine în momentul în care tabloul va fi din nou al meu, spune ea dezinvoltă.

Afară, Londra e scăldată în ceţurile înserării. Soarele care apune trimite flăcări portocalii pe cerul de un violet murdar.

– Sper că nu ţi-am stricat programul, îi spune ea lui Mo când amândouă îşi ocupă locurile.

– Doar am ratat seara de cor care se ţine o dată pe lună la hotelul Comfort Lodge, răspunde Mo, trântind în faţa lor un vraf de reviste ilustrate şi nişte ciocolată. Dar schimbarea de tonalitate din cântecul *Hai să ne atârnăm rufele pe linia Siegfried*[1] nu-i o noutate pentru mine. Deci, cine-i tipul cu care o să ne întâlnim şi ce legătură are cu cazul nostru?

Philippe Bessette e fiul lui Aurélien Bessette, fratele mai mic al lui Sophie Lefèvre. Aurélien a locuit la hotelul Le Coq Rouge în anii ocupaţiei, explică Liv. Era acolo când a fost arestată Sophie şi a mai rămas în oraş încă vreo câţiva ani după eveniment.

– El ar fi în măsură să ştie cum a dispărut tabloul. Am stat de vorbă cu directoarea căminului unde se află bătrânul şi ea mi-a spus că domnul Bessette ar trebui să fie în stare să susţină o conversaţie, fiindcă încă are mintea foarte limpede, numai că trebuie să merg acolo în persoană, pentru că-i cam surd şi nu m-ar auzi la telefon.

– Atunci îmi pare bine că-ţi pot fi de ajutor.

– Mulţumesc.

– Sper că ştii că, de fapt, nu vorbesc franceza.

Liv se răsuceşte pe locul ei. Mo tocmai goleşte o sticluţă de vin roşu în două pahare de plastic.

– Cum?

– Nu vorbesc franceza. Totuşi, înţeleg în linii mari ce bălmăjeşte un bătrân, aşa că poate reuşesc să mai prind câte ceva.

Liv se lasă să cadă pe scaun.

– *Am glumit*. Dumnezeule, dar repede te mai laşi păcălită.

Mo îi întinde vinul şi soarbe şi ea o înghiţitură zdravănă.

– Uneori, mă îngrijorezi. Zău că da.

Ulterior, Liv nu-şi mai aminteşte mare lucru din călătoria cu trenul. Beau amândouă vin, încă două sticle, şi stau de vorbă. Un simulacru de ieşire în lume după săptămâni întregi. Mo îi povesteşte cum s-a înstrăinat de părinţii ei, care nu-i pot înţelege lipsa de ambiţie, nici opţiunea pentru căminul de bătrâni, o slujbă care-i este foarte dragă.

---

[1] În original *We're Going to Hang Out the Washing on the Siegfried Line*, cântec care ia în derâdere linia de fortificaţii germane de la graniţa vestică a Germaniei, denumită Linia Siegfried

– O, ştiu că noi, asistentele sociale, suntem la coada cozii, dar bătrânii sunt nişte oameni cumsecade. Unii sunt chiar inteligenţi, alţii amuzanţi. Îmi place de ei mai mult decât de cei mai mulţi de vârsta noastră.

Liv aşteaptă o completare gen „persoanele de faţă se exclud" şi încearcă să nu se simtă ofensată că fraza nu soseşte.

În cele din urmă, îi povesteşte lui Mo despre Paul. Pentru un timp, Mo rămâne fără replică.

– Te-ai culcat cu el fără să-l cauţi pe Google? întreabă ea când îşi regăseşte glasul. O, Doamne, când mi-ai spus că ai uitat cum e să-ţi dai întâlniri, nu mi-am închipuit nici o clipă... Nu te culci cu cineva fără să vezi *cine e şi de unde vine*. Pentru numele lui Dumnezeu!

Se reazemă de spătarul scaunului şi-şi umple iar paharul. O clipă pare ciudat de binedispusă.

– Ha! Tocmai mi-am dat seama de ceva: Liv Halston, s-ar putea ca tu să fi avut parte de Cea Mai Costisitoare Partidă de Sex din Istorie.

Petrec noaptea la un hotel ieftin din suburbiile Parisului, în care baia e modelată dintr-o bucată de plastic galben, iar şamponul seamănă identic la miros şi culoare cu un detergent de vase. După un croasant uscat şi unsuros şi o cafea, sună la căminul de bătrâni. Liv îşi strânge lucrurile, simţind un nod în stomac de emoţie şi nerăbdare.

– Eh, s-a zis cu vizita, spune Mo, punând receptorul în furcă.

– Cum aşa?

– Nu se simte bine. Azi nu primeşte pe nimeni.

Liv, care tocmai se machiază, o priveşte şocată.

– Le-ai spus că venim tocmai de la Londra?

– Le-am spus că venim de la Sydney. Dar femeia a replicat că bătrânul se simte slăbit şi că, dacă venim, o să-l găsim dormind. I-am lăsat numărul meu de mobil şi mi-a promis că mă sună dacă-şi mai revine.

– Dacă moare?

– E doar o răceală, Liv.

– Dar e bătrân.

– Haide. Să mergem să bem ceva prin baruri și să ne uităm la haine pe care nu ni le permitem. Dacă sună asistenta, luăm un taxi cât ai zice Gérard Depardieu.

Își petrec dimineața colindând diversele raioane ale Galeriilor Lafayette, decorate pentru Crăciun și pline de cumpărători în preajma sărbătorilor. Liv încearcă să-și schimbe gândurile, să se bucure de schimbare, dar este dureros de conștientă de prețul fiecărui lucru. De când au devenit două sute de lire un preț acceptabil pentru o pereche de jeanși? Oare o cremă hidratantă de o sută de lire chiar îndepărtează ridurile? De cum ia în mână umerașele se și grăbește să le pună la loc.

– Stai chiar atât de prost cu banii?

– Avocatul pledant mă costă cinci sute de lire pe oră.

Mo așteaptă să-i dea prin minte o replică glumeață, dar nu-i vine nici una.

– Aoleu! Sper că tabloul merită efortul.

– Henry pare să creadă că avem o apărare bună. Zice că știu să vorbească.

– Atunci nu-ți mai face griji, Liv, pentru numele lui Dumnezeu. Distrează-te și tu puțin. Haide. Ăsta-i weekendul în care ai să întorci situația în favoarea ta.

Dar Liv nu se poate distra. E aici ca să obțină informații de la un bătrân de optzeci de ani, care va fi sau nu în stare să-i vorbească. Procesul urmează să înceapă luni și, ca să facă față, are nevoie de mult mai multe date decât deține acum.

– Mo?

– Mm?

Mo ține în mână o rochie de mătase neagră. Se tot uită la camerele de supraveghere într-un fel care o neliniștește puțin pe Liv.

– Ce-ai zice să mergem în altă parte?

– Sigur. Unde vrei să mergem? Palais Royal? Le Marais? Poate găsim un bar unde să dansezi, dacă te bate gândul să revii la o viață normală.

Liv scoate din poșetă o hartă și se apucă s-o despăturească încet.

– Nu. Vreau să mergem la St. Péronne.

*

Amândouă închiriază o maşină şi pornesc la nord de Paris. Mo nu conduce, aşa că Liv trece la volan, silindu-se să-şi amintească să stea pe partea dreaptă a şoselei. Sunt ani întregi de când n-a mai condus. Simte apropierea localităţii St. Péronne ca pe răpăitul unei tobe îndepărtate. Suburbiile fac loc terenurilor agricole, vastelor domenii industriale şi, în sfârşit, aproape două ore mai târziu, şesurilor din nord-est. Urmăresc indicatoarele, se rătăcesc pentru scurt timp, se întorc din drum şi, cu puţin înainte de ora patru, conduc încet pe strada principală a orăşelului. Târguşorul e liniştit, cele câteva standuri din piaţă deja îşi strâng marfa, şi în piaţeta pavată cu piatră cenuşie nu mai zăbovesc decât o mână de localnici.

– Am rămas fără suflu. Ai idee unde o fi cel mai apropiat bar?

Trag pe dreapta, ridicând privirea spre hotelul din piaţetă. Liv coboară geamul şi ridică ochii spre faţada de cărămidă.

– Aici e.

– Aici e ce?

– Le Coq Rouge. Hotelul unde a locuit familia.

Coboară încet din maşină, privind printre gene firma hotelului. Arată la fel cum trebuie să fi arătat în primii ani ai secolului trecut. Canaturile ferestrelor sunt vopsite în culori vii, iar ghivecele sunt pline de crăciuniţe. De un cârlig de fier forjat atârnă un anunţ. Printr-o arcadă se văd în curtea interioară mai multe maşini scumpe. I se strânge inima de nelinişte sau de nerăbdare, nici ea nu ştie prea bine.

– Are stele din catalogul Michelin[1]. Super!

Liv o priveşte fără să înţeleagă.

– Of! Toată lumea ştie că restaurantele marcate în Ghidul Michelin au personalul cel mai prezentabil.

– Şi... Ranic?

– În străinătate funcţionează alte reguli. Se ştie că nu mai contează când eşti în altă ţară.

---

[1] Cel mai cunoscut ghid european de hoteluri şi restaurante, care acordă stele în funcţie de calitatea serviciilor

Mo a și intrat și s-a oprit la bar. Un tânăr neverosimil de atrăgător, cu un șorț apretat, vine s-o întâmpine. Liv stă alături de Mo, care pălăvrăgește în franceză cu tânărul.

Liv simte în nări arome de mâncăruri gătite, ceară de albine, trandafiri parfumați puși în vaze. Privește pereții. Cu aproape o sută de ani în urmă, aici a fost locuința *Fetei pe care ai lăsat-o în urmă* și a celei care i-a servit drept model. Aproape că se așteaptă ca tabloul să apară pe perete, ca și cum aici i-ar fi locul lui.

Se întoarce către Mo.

– Întreabă-l dacă hotelul aparține și acum familiei Bessette.

– Bessette? *Non.*

– Nu. Se pare că aparține unui leton. Proprietarul unui lanț de hoteluri.

Liv e dezamăgită. Își închipuie barul plin de nemți și pe fata cea roșcată trebăluind în spatele barului, cu ochii arzând de furie mocnită.

– Știe ceva despre istoria restaurantului?

Liv scoate fotocopia din poșetă și o desface. Mo repetă grăbită întrebarea, în franceză. Barmanul se apleacă să privească fotocopia și ridică din umeri.

– Lucrează aici abia din august. Zice că nu știe absolut nimic.

Barmanul adaugă ceva și Mo traduce:

– Zice că-i o fată frumoasă.

Își dă ochii peste cap.

– Și mai zice că ești a doua persoană care-l întreabă același lucru.

– Poftim?

– Așa mi-a spus.

– Și cum arăta persoana?

Nici nu-i nevoie s-o descrie. Un bărbat trecut de treizeci de ani, înalt de vreun metru optzeci, cu părul scurt și ușor grizonant.

– *Comme un gendarme*[1]. El lăsat carte de vizită, spune barmanul, întinzându-i lui Liv un cartonaș.

Paul McCafferty
Director TIR

---

1 Ca un jandarm (în limba franceză în original)

Liv are senzația că-i ard măruntaiele. „*Iarăși?* Până și *aici* ai ajuns înaintea mea?“ Ca și cum ar sfida-o.

– Pot s-o păstrez? întreabă ea.

– *Mais bien sûr*[1], răspunde barmanul, ridicând din umeri. Să vă conduc la o masă, *mesdames*?

Liv se înroșește. „Nu ne putem permite.“

Dar Mo încuviințează, studiind meniul.

– Da. Este Crăciunul. Hai să servim o masă ca-n povești.

– Dar...

– Fac eu cinste. Îmi petrec viața servindu-i pe alții. Dacă tot vreau să-mi fac de cap, atunci o să-mi fac aici, într-un restaurant din Ghidul Michelin, servită de un frumos Jean-Pierre. Mi-am câștigat dreptul ăsta. Și, în definitiv, îți sunt datoare.

Mănâncă la restaurant. Mo e vorbăreață, flirtează cu ospătarii, exclamă la fiecare fel, cum nu-i stă în fire, și arde ritualic cartea de vizită a lui Paul la flacăra lumânării mari și albe.

Liv se străduiește să nu uite de ce se află acolo. Mâncarea e într-adevăr delicioasă. Ospătarii sunt atenți și pricepuți. E o Nirvana gastronomică, tot repetă Mo. Dar stând acolo, în restaurantul aglomerat, i se întâmplă un lucru straniu: nu mai vede în jur o simplă sală de mese. O vede la bar pe Sophie Lefèvre, aude ecoul cizmelor nemțești bocănind pe podelele vechi din lemn de ulm. Vede focul aprins în șemineu, aude trupe mărșăluind și bubuit îndepărtat de tunuri. Vede afară pe trotuar o femeie târâtă și suită într-un camion german, o soră care plânge, frântă de durere, cu capul plecat chiar peste acest bar.

– Nu-i decât un tablou, spune Mo, pierzându-și oarecum răbdarea, când Liv refuză fondantul de ciocolată și-i destăinuie ce e în gândul ei.

– Știu, încuviințează Liv.

Când, în cele din urmă, se înapoiază la hotel, duce toate documentele în baia cu pereți de plastic și, în timp ce Mo doarme, le recitește iar și iar la lumina aspră a neonului, încercând să-și dea seama ce anume îi scapă.

---

1 Desigur (în limba franceză în original)

*

Duminică dimineață, când Liv și-a terminat de ros toate unghiile în afară de una, sună directoarea căminului de bătrâni. Le dă o adresă, undeva în nord-estul orașului. Pornesc amândouă într-acolo, în mașinuța închiriată, rătăcind pe străduțe necunoscute și pe șoseaua de centură unde se merge bară la bară. Mo, care a băut aproape două sticle de vin cu o seară în urmă, este tăcută și irascibilă.

Și Liv e tăcută, epuizată din pricina lipsei de somn, cu mintea răvășită de întrebări.

Se așteptase la un loc deprimant, gen cutie din cărămidă de culoare sângerie, cu ferestre din PVC și o parcare ordonată. Dar clădirea în fața căreia opresc mașina e o construcție cu patru niveluri, cu ferestre elegante, prevăzute cu obloane, și cu fațada îmbrăcată în iederă. Căminul de bătrâni e înconjurat de grădini bine îngrijite, accesul făcându-se prin două porți înalte din fier forjat. Mai multe alei pavate conduc în locuri amenajate ca niște separeuri.

Liv apasă butonul soneriei și așteaptă, în timp ce Mo se rujează din nou.

– Cine ești tu? întreabă Liv, privind-o. Anna Nicole Smith?

Mo chicotește și încordarea lor se risipește.

Așteaptă câteva minute la Recepție, până când să le acorde cineva atenție. Din spatele ușilor de sticlă din stânga răzbate un cor de glasuri tremurătoare care intonează un cântec, în timp ce o tânără tunsă scurt acompaniază la o orgă electronică. Într-un mic birou, două femei de vârstă mijlocie studiază un tabel.

Într-un târziu, una din femei se întoarce către ele.

– *Bonjour*.

– *Bonjour*, spune și Mo.

– Pe cine căutați?

– Pe domnul Bessette.

Mo i se adresează femeii într-o franceză fără cusur.

Femeia dă din cap.

– Englezoaice?

– Da.

– Vă rog să vă treceți numele în registru. Apoi să vă spălați pe mâini. Pe urmă, poftiți pe aici.

Amândouă își scriu numele într-un registru, după care femeia le arată un recipient cu dezinfectant și ele se spală aproape ostentativ, frecându-și fiecare deget.

– Frumos loc, murmură Mo, cu un aer cunoscător.

O urmează pe femeie, care merge cu pas întins, străbătând un labirint de coridoare, până când ajunge la o ușă întredeschisă.

– *Monsieur, vous avez des visiteurs.*[1]

Așteaptă stânjenite la ușă până când femeia intră și poartă drept discuție rapidă, aparent cu spatele unui fotoliu. Apoi iese din cameră.

– Puteți intra, spune ea. Sper că n-ați venit cu mâna goală.

– Directoarea ne-a sugerat să-i aducem niște *macarons*[2].

Femeia aruncă o privire la cutia în ambalaj scump pe care Liv o scoate din poșetă.

– *Ah, oui*, spune ea, zâmbind ușor. Astea-i plac.

– Nici nu se face ora cinci și o să ajungă în camera asistentelor, murmură Mo în timp ce franțuzoaica se îndepărtează.

Philippe Bessette stă într-un fotoliu cu rezemători laterale și privește afară în curtea mică, unde este o fântână. Alături, pe o măsuță cu rotile, se vede o butelie de oxigen, din care pleacă un tub subțire, prins cu leucoplast de nara lui. Are obrazul cenușiu și ridat, parcă prăbușit. Pielea străvezie dezvăluie pe alocuri vinișoarele delicate de dedesubt. Are un păr alb și neașteptat de des, iar mișcarea ochilor trădează o minte mai ageră decât s-ar zice după înfățișare.

Liv și Mo ocolesc fotoliul, ca să ajungă în fața lui, iar Mo se apleacă, așa încât să fie la înălțimea lui. Se simte imediat în mediul ei, își spune Liv. Ca și cum ar fi un pacient de-al ei.

– *Bonjour*, i se adresează Mo, după care se apucă să facă prezentările.

Dau mâna și Liv îi oferă pricomigdalele. El le privește câteva momente, apoi bate cu degetul în capacul cutiei. Liv dă deoparte capacul și-i oferă cutia. El îi face semn să se servească ea prima, iar când Liv refuză, bătrânul alege încet una și așteaptă.

– Poate vrea să i-o pui tu în gură, murmură Mo.

---

[1] Domnule, aveți vizitatori. (în limba franceză în original)

[2] Pricomigdale (în limba franceză în original)

Liv șovăie, apoi îi duce pricomigdala la buze. Bessette deschide gura ca un pui de pasăre, apoi o închide, strângând din pleoape și savurând gustul.

– Spune-i că vrem să-i punem câteva întrebări despre familia lui Édouard Lefèvre.

Bessette ascultă și oftează audibil.

– L-ați cunoscut pe Édouard Lefèvre?

O pune pe Mo să traducă, apoi așteaptă.

– Nu l-am cunoscut niciodată.

Vorbește rar, ca și cum fiecare cuvânt i-ar cere un mare efort.

– Dar tatăl dumneavoastră, Aurélien, l-a cunoscut?

– Tata l-a întâlnit în câteva ocazii.

– Tatăl dumneavoastră locuia la St. Péronne?

– Toată familia mea a locuit la St. Péronne până când am împlinit eu unsprezece ani. Mătușa mea Hélène locuia la hotel, iar tata, deasupra tutungeriei.

– Aseară am mers la hotel, spune Liv.

Dar el nu pare să înțeleagă. Liv desface fotocopia.

– A pomenit vreodată tatăl dumneavoastră de acest tablou?

Bătrânul privește lung portretul.

– Se pare că tabloul s-a aflat la hotelul Le Coq Rouge, dar apoi a dispărut. Încercăm să aflăm mai multe despre istoria lui.

– Sophie, spune el într-un târziu.

– Da, întărește Liv, dând din cap cu tărie. Sophie.

Simte încolțind un vag licăr de speranță.

Privirea bătrânului zăbovește pe fotocopie, dar ochii lui lăcrimoși și afundați în orbite rămân fără expresie, de parcă ar purta în ei bucuriile și durerile atâtor ani. Clipește și pleoapele lui zbârcite se închid încet, ca la o stranie creatură preistorică.

Într-un târziu, ridică fruntea.

– Nu vă pot spune nimic. Nu ni se dădea voie să vorbim despre ea.

Liv aruncă o privire către Mo.

– Poftim?

– Numele lui Sophie... nu era rostit în casa noastră.

Liv clipeşte.

– Dar... era mătuşa dumneavoastră, nu? A fost măritată cu un mare pictor.

– Tata n-a pomenit niciodată despre asta.

– Nu înţeleg.

– Să ştii că nu tot ce se întâmplă într-o familie poate fi explicat.

În cameră se lasă liniştea. Mo are un aer încurcat. Liv încearcă să schimbe subiectul.

– Atunci... ştiţi câte ceva despre domnul Lefèvre?

– Nu. Dar am achiziţionat două dintre tablourile lui. După dispariţia lui Sophie, un comerciant din Paris a trimis câteva picturi la hotel. Asta se întâmpla înainte de naşterea mea. Cum Sophie nu era acolo, Hélène a păstrat două tablouri şi i-a dat alte două tatălui meu. El i-a spus că nu le voia, dar după moartea lui, le-am descoperit în podul casei. A fost o mare supriză să aflu cât valorau. I-am dat unul fiicei mele, care locuieşte la Nantes. Pe celălalt l-am vândut acum câţiva ani. Cu banii îmi plătesc locul la cămin. Aici... e plăcut să locuieşti. Aşa că... cred că relaţia mea cu mătuşa Sophie a fost bună, în ciuda a tot ce s-a întâmplat.

Expresia lui se îndulceşte o clipă.

Liv se apleacă înspre el.

– În ciuda a tot ce s-a întâmplat?

Chipul bătrânului e impenetrabil. Liv se întreabă o clipă dacă nu cumva a adormit. Dar el începe să vorbească.

– S-a zvonit... umbla vorba... la St. Péronne că mătuşa mea a fost colaboraţionistă. De-asta spunea tata că nu vrea să vorbim despre ea. Era mai simplu să ne prefacem pur şi simplu că nu există. În copilăria mea nici mătuşa şi nici tata n-au pomenit vreodată de ea.

– Colaboraţionistă? Adică spioană?

El tace o clipă înainte să răspundă.

– Nu. Cică relaţia ei cu ocupanţii nemţi n-a fost... cea cuvenită. Ridică ochii către cele două femei. Pentru familia noastră a fost un lucru foarte dureros. Dacă n-aţi trăit vremuri ca acelea, dacă familia dumneavoastră n-a locuit într-un târguşor de provincie, nu puteţi înţelege ce a însemnat asta pentru noi. Nici o scrisoare, nici o imagine, nici o fotografie. Din clipa în care a fost ridicată, mătuşa mea a încetat să mai existe pentru tata. El era... Oftează. Un om neiertător. Din păcate, şi restul familiei a hotărât s-o şteargă din memorie.

– Chiar şi sora ei?

– Chiar şi Hélène.

Liv e năucită. Atâta vreme şi-a închipuit-o pe Sophie ca pe o supravieţuitoare, dată fiind expresia ei triumfătoare şi adoraţia pentru soţ care i se citea pe chip. Se chinuie să împace propria imagine despre Sophie cu femeia părăsită de toţi şi neiubită de nimeni.

Răsuflarea prelungă şi obosită a bătrânului trădează o mare suferinţă. Brusc, Liv se simte vinovată că l-a obligat să-şi retrăiască durerea.

– Îmi pare rău, spune ea, neştiind ce altceva ar putea să spună.

Îşi dă seama că nu vor ajunge nicăieri. Nu-i de mirare că Paul McCafferty nici nu s-a obosit să bată drumul până aici.

Tăcerea se prelungeşte. Mo vâră pe furiş în gură o pricomigdală. Liv îşi ridică ochii şi întâlneşte privirea lui Philippe Bessette.

– Vă mulţumesc că ne-aţi primit, domnule.

Îl atinge uşor pe braţ.

– Mi-e foarte greu să asociez femeia pe care ne-aţi descris-o cu cea pe care o văd eu. Am... am portretul ei. Mi-a fost drag întotdeauna.

El ridică imperceptibil capul. O priveşte intens pe Liv, în timp ce Mo traduce.

– Mi-am închipuit sincer că arăta ca o femeie care se ştia iubită. Mi s-a părut că avea flacără.

Asistenta apare în prag şi le priveşte. În spatele ei se vede o femeie cu un cărucior pe rotile şi un aer nerăbdător. De pe hol răzbate miros de mâncare.

Liv se ridică să plece. Dar, în aceeaşi clipă, Bessette ridică o mână.

– Aşteptaţi, spune el, făcând semn cu arătătorul către un raft cu cărţi. Cea cu copertă roşie.

Liv îşi trece degetele peste cotoarele mai multor cărţi până când el încuviinţează din cap. Liv scoate din raft un dosar ferfeniţit.

– Acolo sunt hârtii de-ale mătuşii Sophie. Câte ceva despre relaţia ei cu Édouard Lefèvre, lucruri pe care le-au găsit ascunse în camera ei. Nimic despre tablou, din câte ţin eu minte. Dar v-ar putea da o imagine mai clară despre ea. La vremea când numele ei era mânjit, hârtiile astea mi-au dezvăluit... partea umană a mătuşii mele. A fost o fiinţă minunată.

Liv deschide dosarul cu grijă. Înăuntru găseşte câteva ilustrate, scrisori îngălbenite de vreme, mici desene. Pe o bucată de hârtie gata să se fărâmiţeze vede semnătura *Sophie*, caligrafiată cu înflorituri. I se taie respiraţia.

– Am găsit dosarul printre lucrurile tatei, după moartea lui. Îi spusese lui Hélène că l-a ars, că a ars tot. Mătuşa Hélène a murit convinsă că tot ce era legat de Sophie a fost distrus. Aşa era tata.

Liv nu-şi poate lua ochii de la hârtiile din dosar.

– Am să le copiez şi am să vi le trimit imediat înapoi, bâiguie ea.

El dă din mână cu indiferenţă.

– Ce să mai fac cu ele? Oricum nu mai pot citi.

– Domnule... trebuie să vă pun o întrebare. Nu înţeleg. Sunt convinsă că familia Lefèvre ar fi dorit să vadă toate astea.

– Sigur.

Liv schimbă o privire cu Mo.

– Atunci de ce nu le-aţi dat lor dosarul?

O umbră coboară peste privirea bătrânului.

– Veneau la mine pentru prima oară. Ce ştiam despre tablou? Nu-i puteam ajuta cu nimic? Întrebări peste întrebări...

Clatină din cap şi ridică vocea:

– Până atunci nu le păsase de Sophie. De ce ar profita acum de pe urma ei? Familia lui Édouard nu se preocupă decât de ea însăşi. Nu ştiu decât de bani, bani şi iar bani. Aş fi fericit să aflu că au pierdut procesul.

Pe chip i se citeşte înverşunarea. Întrevederea pare să se fi încheiat. Asistenta zăboveşte la uşă, arătând cu degetul spre ceasul de la mână. Liv îşi dă seama că întârzie prea mult, dar trebuie să mai pună o ultimă întrebare. Întinde mâna să-şi ia haina.

– Domnule... aveţi cumva idee ce s-a întâmplat cu Sophie după ce a fost ridicată de la hotel? Aţi aflat vreodată?

El priveşte fugar spre fotocopia portretului şi-şi odihneşte palma pe chipul ei. Suspină din adâncul sufletului.

– A fost arestată şi dusă de nemţi într-un lagăr de concentrare. Şi, la fel cum s-a întâmplat cu atâţia alţii, din ziua aceea familia n-a mai ştiut nimic de ea.

Capitolul 23

1917

Camionul scârțâia și sălta pe drumurile pline de hârtoape, virând din când în când spre iarba de pe margine, să ocolească gropile prea adânci pentru a putea trece peste ele. O ploaie subțire înăbușea zgomotele, făcând să se învârtă roțile în glodul vâscos, în timp ce motorul huruia, împotrivindu-se, iar roțile se străduiau să înainteze, împroșcând noroi în jur.

După doi ani petrecuți în micul și liniștitul nostru orășel, eram șocată să constat ce se găsea dincolo de el, câtă distrugere. La numai câțiva kilometri de St. Péronne, sate și orașe întregi deveniseră de nerecunoscut, bombardate și nimicite în întregime, cu magazinele și casele ajunse mormane de piatră cenușie și moloz. Pretutindeni se vedeau cratere uriașe, pline cu apă stătută, dovadă fiind algele și lintița de la suprafața lor. Localnicii ne priveau trecând, fără să scoată un cuvânt. Am străbătut trei localități fără să-mi pot da seama unde ajunsesem și treptat am început să înțeleg amploarea celor petrecute în jurul nostru.

Priveam afară prin deschizătura prelatei care flutura în vânt și vedeam trecând coloane de soldați călare pe cai numai piele și os, oameni cu obrazul cenușiu cărând tărgi, uniforme ude și murdare, camioane hurducându-se, din care se ițeau fețe bănuitoare, cu priviri de nepătruns. Când și când, șoferul oprea camionul ca să schimbe câteva cuvinte cu vreun alt şofer şi-mi părea rău că nu cunosc cât de cât germana, ca să-mi fac idee încotro ne îndreptam.

Umbrele erau abia vizibile, din pricina ploii, dar mi se părea că mergem spre sud-est. Înspre Ardennes, mi-am spus, străduindu-mă să respir normal. Ajunsesem la concluzia că singura cale de a-mi ţine sub control spaima viscerală care ameninţa să mă sufoce era să-mi închipui că merg la Édouard.

În realitate, mă simţeam amorţită. În primele ceasuri petrecute în remorcă n-aş fi fost în stare să încropesc o frază. Şedeam acolo, cu vorbele aspre ale concetăţenilor mei încă răsunându-mi în urechi, continuam să am în faţa ochilor expresia de dezgust a fratelui meu şi-mi simţeam gura uscată la gândul celor petrecute nu cu multă vreme în urmă. O revedeam pe sora mea, cu faţa schimonosită de durere, simţeam strânsoarea disperată a braţelor micuţe ale lui Édith încercând să se agaţe de mine. În acele clipe îmi fusese atât de frică, încât mă temusem să nu păţesc vreo ruşine. Frica mă năpădea valuri-valuri, făcând să-mi tremure picioarele şi să-mi clănţăne dinţii. Apoi, privind oraşele în ruine, mi-am dat seama că, pentru cei mai mulţi deja se întâmplase ce era mai rău şi mi-am impus să mă calmez: nu era decât o etapă necesară ca să mă întorc la Édouard. Asta cerusem. Trebuia să cred că aşa se va întâmpla.

La o oră după plecarea din St. Péronne soldatul din faţa mea şi-a încrucişat braţele la piept, s-a rezemat cu ceafa de latura camionului şi a adormit. Evident, ajunsese la concluzia că nu prezentam nici un pericol sau poate se simţea atât de istovit că nu se putea împotrivi somnului ce venea odată cu legănarea camionului. Cum frica mă năpădea din nou, ca o fiară de pradă, am închis ochii, mi-am încleştat mâinile pe sacul de pânză şi m-am gândit la soţul meu...

Édouard râdea încetişor, ca pentru sine.

– Ce e?

Mi-am împreunat braţele pe după gâtul lui, lăsându-i cuvintele să cadă uşor pe pielea mea.

– Mi-am amintit de tine aseară, cum îl fugăreai pe domnul Farage în jurul propriului bar.

Datoriile noastre erau acum prea mari. Îl cărasem după mine pe Édouard prin barurile din Place Pigalle, cerând bani de la cei care-i erau datori și refuzând să plec până când nu-și achitau datoriile. Farage refuzase, apoi mă insultase, iar Édouard, care de felul lui nu se înfuria cu una cu două, își repezise pumnul uriaș și-l pocnise. Farage își pierduse cunoștința încă înainte de a cădea lat. Plecasem din bar în toiul unui scandal cu mese răsturnate și pahare zburându-ne pe la ureche. Dar eu refuzasem să fug: îmi ridicasem poala fustei și ieșisem elegant, după ce luasem din casa de marcat exact suma datorată lui Édouard.

– Nu știi ce-i frica, soțioară.

– Cu tine alături, nu știu.

Probabil că am ațipit și m-am trezit când camionul a frânat brusc și m-am lovit cu capul de bara de fier de care era agățată prelata. Soldatul era deja jos, de vorbă cu un alt militar. Am privit pe furiș afară, masându-mi capul acolo unde mă lovisem și întinzându-mi picioarele înghețate și înțepenite. Ne găseam într-un oraș, numai că gara era rebotezată de germani cu un nume pe care nu-l recunoșteam. Umbrele se alungiseră și lumina zilei pălise, semn că se lăsa seara. Prelata s-a ridicat și în deschizătură s-a ivit chipul unui militar neamț, care a părut surprins că eram doar eu singură înăuntru. A strigat la mine și mi-a făcut semn să cobor. Cum nu m-am mișcat suficient de repede, m-a smucit de braț, iar eu m-am poticnit și sacul cu lucruri mi-a căzut în noroi.

Erau doi ani de când nu mai văzusem atâția oameni adunați într-un singur loc. Locul acela, compus din două platforme, era un furnicar – din câte-mi dădeam eu seama, soldați și prizonieri. Prizonierii puteau fi recunoscuți după banderolele de pe braț și hainele murdare, în dungi. Stăteau cu capul în piept. Am început să le privesc pe rând chipurile, în căutarea lui Édouard, în timp ce eram împinsă printre ei, dar mă duceau prea repede și nu reușeam să le disting trăsăturile.

– *Hier! Hier!*[1]

---

1 Aici! Aici! (în limba germană în original)

O ușă glisantă a fost trasă în lături și am fost îmbrâncită într-un vagon de marfă, între ai cărui pereți de scânduri am deslușit nenumărate trupuri. M-am străduit să-mi țin bine sacul cu lucruri și am auzit ușa glisantă trântindu-se în urma mea, după care ochii au început să se adapteze la semiîntuneric.

Înăuntru erau două bănci înguste de lemn, de o parte și de alta, fiecare plină până la refuz de oameni. Și mai mulți zăceau întinși pe jos. Pe margini stăteau unii cu capetele rezemate de bocceluțe care păreau să fie haine. Greu de spus, dat fiind că totul era peste poate de murdar. Aerul era irespirabil, din pricina celor care nu se spălaseră – sau chiar mai rău – de câtva timp.

– *Français?*[1] am întrebat eu în tăcerea așternută.

Câteva chipuri s-au ridicat spre mine, lipsite de expresie. Am repetat întrebarea.

– *Ici,*[2] s-a auzit un glas în spatele vagonului.

Am început să-mi croiesc cu grijă drum pe toată lungimea vagonului, încercând să nu-i trezesc pe cei care dormeau. Am auzit o voce care putea fi a unui rus. Am călcat pe părul cuiva și m-am ales cu o înjurătură. În cele din urmă am ajuns în capătul vagonului. De acolo mă privea un bărbat ras în cap. Avea pe față urme ca de vărsat și pomeții i se profilau sub piele ca la un schelet.

– *Français?* a întrebat și el.

– Da, i-am răspuns. Ce-i asta? Unde mergem?

– Unde mergem?

M-a privit uimit, apoi, dându-și seama că vorbeam serios, a râs fără veselie.

– Tours, Amiens, Lille. De unde să știu? Ne plimbă la nesfârșit încoace și încolo ca să nu ne dăm seama unde suntem.

Tocmai voiam să spun ceva, când am văzut o siluetă pe podea. O haină neagră atât de cunoscută încât la început nici n-am îndrăznit să mă uit mai de aproape. Am făcut un pas în față, dincolo de bărbatul acela și am îngenuncheat.

– Liliane?

---

1 Francez (în limba franceză în original)

2 Aici (în limba franceză în original)

Îi vedeam obrazul încă plin de vânătăi, sub ceea ce mai rămăsese din păr. Ea a deschis un ochi, de parcă nu i-ar fi venit să-şi creadă urechilor.

– Liliane! Sunt eu, Sophie.

Ea m-a privit fix.

– Sophie, a şoptit.

Pe urmă a ridicat mâna şi a atins-o pe a mea.

– Édith?

Glasul ei, chiar şi aşa slăbit, tot trăda spaima.

– E cu Hélène. E în siguranţă.

Ochiul s-a închis.

– Eşti bolnavă?

În aceeaşi clipă am văzut sângele închegat din jurul fustei ei. Şi obrazul alb ca varul.

– E de mult aşa?

Francezul a ridicat din umeri, de parcă ar fi văzut prea multe trupuri ca al lui Liliane ca să-i mai inspire milă.

– Era aici acum câteva ore, când am fost suiţi noi în vagon.

Liliane avea buzele crăpate şi ochii duşi în fundul capului.

– Are cineva nişte apă? am strigat.

Câteva chipuri s-au întors spre mine.

– Crezi că ăsta-i vagon restaurant? m-a întrebat compătimitor francezul.

– Are cineva o gură de apă? am întrebat din nou, ceva mai tare.

Am văzut oamenii uitându-se unii la alţii.

– Femeia asta şi-a riscat viaţa ca să aducă ştiri în oraşul nostru. Dacă cineva are apă, vă implor, doar câţiva stropi.

Un murmur a străbătut vagonul.

– Vă rog! Pentru numele lui Dumnezeu!

După câteva minute, ca prin minune, a apărut un castron smălţuit, trecut din mână în mână. Pe fundul lui se găsea un deget de apă, care părea a fi de ploaie. Am mulţumit cu glas tare şi am ridicat cu blândeţe capul lui Liliane, strecurându-i printre buze câteva picături preţioase.

Francezul s-a însufleţit brusc.

– Trebuie să scoatem afară ceşti, castroane, orice, câtă vreme plouă. Nu ştim când vom mai căpăta hrană sau apă.

Liliane a înghiţit cu greutate. M-am aşezat pe jos, ca s-o pot sprijini de mine. Trenul s-a pierdut în câmpie, în scrâşnetul metalic al roţilor pe calea ferată.

N-aş fi putut spune cât timp am rămas în tren. Înainta încet, oprind frecvent, fără vreun motiv anume. Priveam afară prin crăpătura dintre scândurile vagonului la mişcarea neîncetată de trupe, prizonieri şi civili, ţinând-o în braţe pe Liliane, aflată în stare de somnolenţă. Ploaia s-a înteţit şi am auzit murmure de satisfacţie în timp ce oamenii din vagon îşi treceau unii altora apa pe care reuşiseră s-o adune. Îmi era frig, dar îmi părea bine că plouă şi că temperatura e scăzută: nici nu îndrăzneam să mă gândesc cum ar fi fost vagonul pe arşiţă, când miasmele ar fi devenit insuportabile.

În timp ce orele treceau pe rând, am stat de vorbă cu francezul. L-am întrebat ce era cu numărul de pe tichia lui şi ce însemna banda roşie de pe haină. Mi-a spus că provenea din ZAB – *Zivilarbeiter Battalion*[1] –, unde prizonierii erau puşi la cele mai grele munci, în prima linie a frontului, sub focul artileriei Aliaţilor. Mi-a povestit despre trenurile pline ochi cu tineri, femei şi fete, pe care le vedea în fiecare săptămână şi care circulau încoace şi încolo, spre Somme, Escaut şi Ardennes, ca să lucreze ca sclavii pentru nemţi. Diseară, mi-a spus el, ne vor caza în nişte cazărmi, fabrici sau şcoli dărăpănate din satele evacuate. Nu ştia dacă urma să fim duşi în vreun lagăr de detenţie sau la un batalion de muncă.

– Ne înfometează, să fim prea slăbiţi ca să evadăm. Cei mai mulţi sunt mulţumiţi să li se cruţe viaţa.

M-a întrebat dacă în sac aveam mâncare şi a fost dezamăgit când i-am spus că nu. I-am dat o batistă, pe care Hélène mi-o pusese între alte lucruri, simţindu-mă obligată să-i dăruiesc ceva. El a privit bumbacul proaspăt spălat de parcă ar fi ţinut în mână fire de mătase. Pe urmă mi-a înapoiat batista.

---

1 Batalionul de muncitori civili (în limba germană în original)

– Ține-o tu, mi-a spus, privind în gol. Folosește-o pentru prietena ta. Ce-a făcut?

Când i-am povestit despre curajul ei, despre cum întreținuse speranța în orășelul nostru prin știrile pe care le aducea, s-a uitat la ea cu alți ochi, de parcă n-ar mai fi văzut un simplu trup, ci o făptură omenească. I-am povestit că încercam să aflu vești despre soțul meu, trimis în Ardennes. Pe fața francezului s-a așternut un aer grav.

– Am petrecut câteva săptămâni acolo. Știi că a fost epidemie de febră tifoidă? Am să mă rog pentru tine, ca soțul tău să fi scăpat cu viață.

Mi-am înghițit nodul de spaimă din gât.

– Unde-i restul batalionului tău? l-am întrebat, vrând să schimb subiectul.

Trenul a încetinit, trecând pe lângă un nou convoi de prizonieri care abia își târau picioarele. Nici unul n-a ridicat privirea spre trenul care-i depășea, parcă prea rușinați de situația de sclavi în care ajunseseră. I-am privit pe fiecare cu atenție, temându-mă ca Édouard să nu fie printre ei.

Francezul a tăcut o clipă, apoi a spus:

– Eu sunt singurul supraviețuitor.

La câteva ore după lăsarea întunericului am fost trași pe o linie secundară. Ușile glisante s-au dat deoparte cu zgomot și niște voci ne-au strigat în nemțește să coborâm. Trupurile lungite pe podeaua vagonului s-au ridicat, sfârșite, cu degetele încleștate pe castroanele de tablă și au înaintat de-a lungul unei linii ferate nefolosite. De o parte și de alta erau infanteriști nemți, care ne împingeau cu armele să intrăm în convoi. Mă simțeam ca un animal ținut în turmă, ca și cum aș fi încetat să mai fiu o ființă omenească. Mi-am amintit de prizonierul acela disperat care încercase să scape la St. Péronne și brusc am înțeles ce anume îl determinase să fugă, deși știa aproape cu certitudine că nu avea nici o șansă.

O țineam pe Liliane strâns lipită de mine, sprijinind-o de subsuori. Ea pășea încet, mult prea încet. Un neamț a venit în spatele nostru și a lovit-o cu piciorul.

– Las-o în pace! am protestat eu, şi în clipa următoare neamţul şi-a repezit patul armei şi m-a lovit în cap.

M-am prăvălit la pământ, rămânând acolo câteva momente. Am simţit braţe ridicându-mă de jos şi am pornit din nou înainte, ameţită, cu ochii împăienjeniţi. Mi-am dus mâna la tâmplă şi mi-am retras degetele lipicioase de sânge.

Am fost îngrămădiţi într-o fabrică enormă. Pe jos era plin de sticlă sfărâmată care scrâşnea sub picioare, iar vântul rece al nopţii şuiera prin ferestrele sparte. În depărtare auzeam bubuitul tunurilor de mare calibru, ba chiar distingeam din când în când fulgerul unei explozii. Am privit afară, întrebându-mă unde ne găseam, dar nu se vedea nimic în jur din pricina întunericului.

– Ia, haideţi, a rostit un glas şi francezul s-a ivit între noi, sprijinindu-ne şi ducându-ne într-un colţ. Uite, avem mâncare.

Era supă, servită la o masă lungă de către alţi prizonieri, care turnau din două cazane mari.

Nu mâncasem absolut nimic din zorii zilei. Supa era apoasă şi în ea pluteau nişte forme nedesluşite, dar mi se strânsese stomacul la gândul mâncării. Francezul a umplut castronul lui de tablă, plus o cană pe care mi-o pusese Hélène în sacul de pânză. Am căpătat şi trei felii de pâine neagră, după care ne-am aşezat într-un colţ şi am mâncat. I-am dat lui Liliane să soarbă câte o înghiţitură (avea degetele rupte la o mână şi nu le putea folosi) şi am şters castronul cu degetele, să nu pierdem nici o picătură.

– Nu se dă mâncare întotdeauna. Poate că situaţia este pe cale să se schimbe, a spus francezul, deşi nu era prea convins.

S-a îndreptat spre masa unde se găseau cazanele şi unde oamenii deja se îmbulzeau, sperând să capete mai mult. M-am blestemat în gând că nu mă mişcasem şi eu suficient de repede. Mi-era teamă s-o las singură pe Liliane fie şi pentru o clipă. Peste câteva minute francezul s-a înapoiat cu castronul plin. A rămas în picioare lângă noi, mi-a întins castronul şi a făcut semn spre Liliane.

– Ia şi dă-i, m-a îndemnat el. Are nevoie să-şi recapete puterile.

Liliane a ridicat capul. S-a uitat la el de parcă ar fi uitat ce însemna să fie tratată cu omenie şi mi s-au umplut ochii de lacrimi. Francezul a dat din cap spre noi, ca şi cum am fi trăit în altă lume şi el ne-ar fi urat politicos noapte bună, apoi s-a dus în locul unde dormeau bărbații. M-am așezat și i-am dat să mănânce lui Liliane Béthune, înghițitură cu înghițitură, ca unui copil. După ce a terminat al doilea castron, a suspinat întretăiat, și-a sprijinit capul de mine și a adormit. Am rămas acolo pe întuneric, înconjurată de trupuri care se mișcau tăcut, unii tușind, unii plângând. Auzeam glasuri de ruși, englezi, polonezi ajunși acolo. Când și când simțeam vibrând podeaua, când vreun obuz îndepărtat își atingea ținta, vibrație pe care nimeni nu părea s-o remarce. Am ascultat tunurile din depărtare, murmurele celorlalți prizonieri și, cum în hală se făcuse mai rece, am început să tremur.

M-am dus cu gândul la casa mea, la Hélène dormind alături de mine, la micuța Édith, cu degetele pierdute în părul meu. Am început să plâng pe înfundate în întuneric, până când, într-un târziu, m-a învins oboseala și am adormit.

M-am trezit și mi-au trebuit câteva secunde să-mi dau seama unde mă găseam. Brațul lui Édouard îmi înconjura mijlocul și trupul lui era lipit de al meu. O fracțiune de secundă m-a inundat un sentiment de ușurare – *Édouard era aici!* –, apoi am văzut că acela care stătea lipit de mine nu era soțul meu. O mână de bărbat se furișase, insistentă, pe sub fusta mea, la adăpostul întunericului, poate bazându-se pe frica și epuizarea mea. Am încremenit și brusc m-a năpădit un val de furie rece și nestăpânită, înțelegând ce spera să obțină intrusul de la mine. Să țip? Oare i-ar fi păsat cuiva? Nu cumva nemții vor folosi acest pretext ca să mă pedepsească? Mi-am vârât brațul încet sub corp și degetele mele au întâlnit un ciob de sticlă rece și ascuțit, rătăcit acolo de la ferestrele sparte. L-am apucat între degete și aproape fără să mă gândesc ce fac, m-am răsucit pe o parte și am lipit muchia zimțată de beregata atacatorului necunoscut.

– Dacă mai îndrăznești vreodată să mă atingi, înfig ăsta în tine, am șuierat.

Mi-a venit în nări răsuflarea lui stătută și l-am simțit cât era de șocat. Nu se așteptase să-i opun rezistență. Nici măcar nu eram sigură dacă înțelesese ce-i spuneam. Dar înțelesese ce însemna muchia aceea ascuțită. A ridicat mâinile în semn de renunțare, poate și de scuză. I-am mai apăsat gâtul cu ciobul încă o clipă, ca să priceapă clar că nu glumeam. În bezna aproape completă ne-am privit în ochi și am văzut că era înspăimântat.

Și el se trezise într-o lume unde nu existau nici reguli, nici ordine. Dacă într-o astfel de lume el putea ataca o femeie străină, atunci și femeia îi putea tăia beregata. În clipa în care am slăbit apăsarea, s-a grăbit să se ridice în picioare. Abia am reușit să-i disting silueta care s-a îndepărtat, poticnindu-se de trupurile adormite și ducându-se tocmai în cealaltă parte a halei.

Am vârât ciobul în buzunarul fustei, m-am așezat în capul oaselor, ținând-o în brațe pe Liliane care dormea și am început să aștept.

Mi s-a părut că am ațipit vreo câteva minute, când ne-a trezit un strigăt. Paznicii nemți au pășit până în mijlocul halei, lovind cu patul puștii sau izbind cu cizma pe cei care dormeau, ca să-i trezească. M-am silit să mă ridic. M-a săgetat o durere de cap și abia mi-am stăpânit un țipăt. Am văzut ca prin ceață cum soldații se apropiau de noi și am tras de Liliane, ridicând-o de jos înainte ca nemții să ne lovească dur cu picioarele.

În lumina aspră și albăstruie a zorilor am început să disting locul în care ne găseam. Fabrica era enormă și aproape părăsită, în centrul acoperișului se căsca o gaură cu țigle sfărâmate, pe jos zăceau împrăștiate bârne și cioburi de ferestre. Pe mesele cu trei picioare din capătul cel mai îndepărtat al halei se servea ceva ce părea a fi cafea și câte un colțuc de pâine neagră. Am ridicat-o pe Liliane: trebuia s-o duc tocmai până acolo înainte să se termine mâncarea.

– Unde suntem? a întrebat Liliane, uitându-se afară prin fereastra cu geamurile sparte.

Un bubuit îndepărtat ne-a dat a înțelege că eram undeva în preajma frontului.

– Habar n-am, am răspuns, ușurată că se simțea îndeajuns de în putere ca să schimbe cu mine câteva cuvinte.

Ne-am umplut cana cu cafea, apoi castronul francezului. M-am uitat după el, neliniștită că poate îl lipseam de masă, dar un ofițer neamț deja împărțea bărbații în grupuri, dintre care unele tocmai plecau din fabrică. Mie și lui Liliane ni s-a ordonat să ne alăturăm unui grup separat, alcătuit în majoritate din femei, și am fost trimise spre veceul comun. La lumina zilei vedeam murdăria lipită de pielea celorlalte femei și păduchii cenușii care le umblau nestingheriți prin păr. Am simțit o mâncărime și, uitându-mă în jos, am dat cu ochii de unul pe fustă. L-am măturat cu palma, conștientă de inutilitatea gestului. Știam că nu voi scăpa de ei. Era cu neputință să fiu atâta vreme în contact cu ceilalți și să nu iau păduchi.

Trebuie să fi fost vreo trei sute de femei care încercau să se spele și să meargă la toaletă într-un spațiu creat doar pentru douăsprezece persoane. Când am reușit s-o duc pe Liliane mai aproape de cabine, amândouă am vomitat de ce-am văzut acolo. Ne-am spălat cum am putut mai bine la chiuveta cu apă rece, urmând exemplul celorlalte femei: ele nu-și scoteau hainele ca să se spele și tot timpul se uitau în jur, parcă așteptându-se ca nemții să le întindă o cursă.

– Uneori dau buzna înăuntru, a spus Liliane. E mai ușor... și mai sigur să stai cu hainele pe tine.

În timp ce nemții se ocupau de bărbați, am căutat afară prin moloz și am găsit câteva nuiele și bucățele de sfoară, după care m-am așezat lângă Liliane. În lumina apoasă, i-am prins degetele rupte ale mâinii stângi în niște atele improvizate. A fost extrem de curajoasă, nici n-a clipit, deși știam că gesturile mele îi stârnesc dureri. N-am îndrăznit s-o întreb ce i se întâmplase.

– Mă bucur că te văd, Sophie, mi-a spus ea, privindu-și mâna.

Undeva înăuntru, mi-am spus eu, ar mai putea fi vreo femeie cunoscută din St. Péronne, ajunsă acum o umbră.

– Niciodată nu m-am bucurat mai mult să văd altă ființă omenească, i-am spus, ștergându-i obrazul cu batista mea curată, și chiar așa era.

Bărbații au fost trimiși la muncă. Îi vedeam în depărtare, stând la rând pentru lopeți și târnăcoape, apoi încolonându-se și pornind spre zgomotele infernale de la orizont. M-am rugat în tăcere ca francezul nostru omenos să fie în siguranță, apoi am rostit o altă rugăciune pentru Édouard, ca de obicei. Între timp, femeile au fost conduse către un vagon de tren. Mi s-a strâns inima la gândul unei noi călătorii îndelungate, în mirosuri pestilențiale, apoi mi-am făcut reproşuri. Mi-am zis că poate mă găseam la doar câteva ore de Édouard. Poate chiar acesta era trenul care mă ducea la el.

Am urcat în vagon, fără să mă plâng. Acest vagon era mai mic şi totuşi pare-se că nemţii se aşteptau să încapă acolo toate cele trei sute de femei. S-au auzit câteva înjurături şi certuri în şoaptă în momentul când am încercat să ne aşezăm. Am găsit un colţ de banchetă pentru Liliane, iar eu m-am aşezat la picioarele ei şi mi-am împins sacul adânc dedesubt, înţepenindu-l sub banchetă. Aveam mare grijă de el, ca de un copil, şi-l socoteam o avere preţioasă. Un obuz a explodat îndeajuns de aproape cât să se zgâlţâie tot trenul şi cineva a scos un urlet de spaimă.

– Povesteşte-mi despre Édith, m-a rugat ea când trenul s-a urnit din loc.

– Are moralul bun, am răspuns, încercând să par cât mai convingătoare. Mănâncă bine, doarme liniştită şi nu se desparte o clipă de Mimi. Adoră bebeluşul, care o adoră şi el la rândul lui.

În timp ce vorbeam, descriindu-i cum o ducea fiica ei la St. Péronne, Liliane a închis ochii. Nu-mi dădeam seama dacă dintr-un sentiment de uşurare sau de tristeţe.

– E fericită?

– E un copil, am răspuns eu, alegându-mi cu grijă cuvintele. O vrea pe *maman* a ei. Dar ştie că la hotelul Le Coq Rouge e în siguranţă.

Nu-i puteam spune mai mult, dar părea să fie de ajuns. Nu i-am povestit despre coşmarurile lui Édith, despre nopţile în care plânsese cu sughiţuri după mama ei. Liliane nu era proastă: îmi închipui că în adâncul sufletului cunoştea adevărul. Când am terminat ce aveam de spus, a rămas mult timp cu privirea aţintită afară, cufundată în gânduri.

– Dar tu cum de-ai ajuns aici, Sophie? m-a întrebat într-un târziu, întorcându-se spre mine.

Probabil că nimeni în lume n-ar fi înţeles mai bine decât Liliane. M-am uitat la chipul ei, temător chiar şi acum. Dar gândul de a-mi putea descărca sufletul faţă de altcineva era mult prea ademenitor.

I-am spus. I-am spus despre *Kommandant*, despre noaptea în care mă dusesem la cazarmă şi despre târgul pe care i-l propusesem.

Ea m-a privit îndelung. Nu mi-a spus că eram o naivă, nici că n-ar fi trebuit să mă încred în cuvântul lui, nici că, nefăcându-i pe plac *Kommandant*-ului, îmi pusesem viaţa în joc, de nu cumva şi viaţa celor dragi.

N-a spus nimic.

– Eu tot cred că-şi va respecta partea lui de înţelegere. Cred în continuare că mă va trimite la Édouard, am spus cu toată convingerea de care eram în stare.

Ea a întins degetele tefere şi mi-a strâns mâna într-a ei.

La asfinţit, într-o pădurice, trenul s-a oprit cu un zgâlţâit. Am aşteptat să se pună iarăşi în mişcare, dar de data asta uşile glisante din capătul vagonului s-au deschis şi femeile dinăuntru, dintre care multe adormiseră, au început să mormăie, nemulţumite.

Eu picoteam şi m-a trezit glasul lui Liliane şoptindu-mi la ureche:

– Sophie. Trezeşte-te. Trezeşte-te.

În uşă stătea un soldat neamţ. Mi-au trebuit câteva clipe până să înţeleg că rostea numele meu. Am sărit în picioare, amintindu-mi să-mi înşfac repede sacul de pânză, apoi i-am făcut semn lui Liliane să vină după mine.

– *Karten*, a cerut el.

Eu şi Liliane i-am întins cărţile de identitate. El a confruntat numele noastre cu cele de pe o listă, apoi ne-a făcut semn spre un camion. Am auzit femeile oftând dezamăgite, în timp ce uşile se trânteau în urma noastră.

Eu şi Liliane am fost îmbrâncite către camion. Am simţit cum încetineşte pasul.

– Ce e? am întrebat.

Pe chip i se aşternuse o umbră de neîncredere.

– Nu prea-mi place, a spus, privind scurt în urmă, spre trenul care se punea în mişcare.

– E bine, am insistat eu. Asta înseamnă că am fost cumva alese. Cred că aici e mâna *Kommandant*-ului.

– Exact asta nu-mi place, a replicat ea.

– În plus… ascultă… nu mai aud tunurile. Probabil că ne îndepărtăm de linia frontului. Nu crezi că asta-i bine?

Ne-am apropiat șchiopătând de remorcă și am ajutat-o să suie, tot scărpinându-mă la ceafă. Începusem să am mâncărimi și găsisem păduchi pe sub haine. Încercam să nu le dau atenție. Faptul că fusesem luate din tren nu putea să nu fie un semn bun.

– Ai încredere, i-am spus, strângând-o de braț. Măcar avem, în sfârșit, unde să ne întindem picioarele.

Un soldat tânăr a suit în remorcă și ne-a privit încruntat. Am încercat să zâmbesc, dându-i a înțelege că nu aveam de gând să încerc să evadez, dar el m-a privit cu scârbă și și-a așezat arma între noi doi, parcă pentru a mă ține la distanță.

Atunci mi-am dat seama că probabil și eu miroseam a nespălare și că, după atâta înghesuială, și părul meu colcăia de gângănii, așa că mi-am făcut de lucru căutând prin haine și strivind păduchii pe care-i găseam.

Camionul s-a pus în mișcare, iar Liliane se strâmba de durere la fiecare zguduitură. După vreo câțiva kilometri a adormit din nou, istovită din pricina durerii. Și mie îmi zvâcnea capul, dar eram mulțumită că încetase bubuitul tunurilor. „Trebuie să avem încredere“, mi-am spus eu în gând, pentru amândouă.

Călătoream de aproape o oră. Soarele de iarnă cobora încet în spatele munților din depărtare, pe marginea șoselei sclipeau ace de gheață. Deodată prelata a fluturat, lăsând să se vadă un indicator. Probabil că n-am văzut bine, mi-am zis eu. M-am aplecat în față, am ridicat colțul prelatei, ca să nu-mi scape următorul indicator și am mijit ochii din pricina luminii. Și am văzut indicatorul.

Mannheim.

Lumea a încremenit în jurul meu.

– Liliane? am șoptit, zgâlțâind-o ca să se trezească. Liliane! Uită-te afară. Ce vezi?

Camionul încetinise ca să ocolească niște gropi din drum, așa că atunci când a privit afară, am știut că nu avea cum să nu vadă.

– Ar trebui să mergem către sud, am spus. Spre Ardennes.

Acum vedeam că umbrele rămâneau în urma noastră. Mergeam spre est, așa cum mersesem de o bună bucată de vreme.

– Dar Édouard e în Ardennes.

Nu-mi puteam stăpâni panica din glas.

– Aşa am primit de veste. Trebuia să mergem spre sud, înspre Ardennes. Spre sud.

Liliane a dat drumul prelatei. Apoi mi-a vorbit fără să se uite la mine. Din obrajii ei dispăruse şi puţina culoare de până atunci.

– Sophie, nu mai auzim tunurile pentru că am trecut de linia frontului, mi-a spus ea pe un ton lipsit de orice inflexiune. Mergem în Germania.

Capitolul 24

Trenul e plin de veselie. Un grup de femei din capătul vagonului 14 izbucnește în hohote de râs zgomotos. O pereche între două vârste de pe locurile de vizavi, poate întorcându-se de undeva unde sărbătorise Crăciunul, se împodobise cu beteală. Plasele de bagaje sunt ticsite de cumpărături, în aer plutesc arome de sezon: brânzeturi fermentate, vin, ciocolată scumpă. Dar pentru Mo și Liv călătoria înapoi spre Anglia nu debordează de bună dispoziție. Amândouă stau în vagon și abia dacă schimbă o vorbă. Mahmureala lui Mo s-a prelungit toată ziua și, după toate aparențele, trebuie combătută cu mai multe sticluțe de vin la un preț exorbitant. Liv își citește și-și recitește însemnările, traducând cuvânt cu cuvânt cu ajutorul micului dicționar englez-francez sprijinit de măsuța pliantă.

Soarta tristă a lui Sophie Lefèvre a aruncat o umbră apăsătoare peste această călătorie. Pe Liv o obsedează destinul fetei pe care a crezut-o întotdeauna strălucitoare și învingătoare. Oare chiar să fi fost colaboraționistă? Ce se întâmplase cu ea?

Un chelner împinge un cărucior cu rotile pe coridorul dintre scaune, oferind băuturi și dulciuri. Liv e atât de absorbită de existența lui Sophie, încât abia dacă ridică ochii. Acel univers al soților absenți, al dorului, al înfometării și al fricii de nemți i se pare deodată mai real decât cel în care se mișcă. Simte în nări mirosul de fum al șemineului din Le Coq Rouge și aude pași pe podele. De fiecare dată când închide ochii, portretul de pe peretele de acasă se preschimbă în chipul îngrozit al lui Sophie Lefèvre, aruncată de nemţi într-un camion tras în faţa casei, şi renegată de cei dragi.

Paginile sunt îngălbenite şi absorb umezeala de pe degetele ei. Aici sunt primele scrisori ale lui Édouard către Sophie, când el se înrolase în regimentul de infanterie, iar ea se mutase la St. Péronne, să stea cu sora ei. Din câte îi scrie Édouard, îi e teribil de dor de ea, atât de dor încât sunt nopţi în care abia mai poate să respire. Îi spune că încearcă să şi-o imagineze, că-i zugrăveşte chipul în aerul rece din jur. În corespondenţa ei, Sophie îşi invidiază propria imagine din mintea lui, se roagă pentru soţul ei şi-l dojeneşte. Îi spune *poilu*[1]. Imaginea celor doi soţi, aşa cum reiese din vorbele lui Sophie, e atât de pregnantă şi de intimă încât, chiar şi chinuindu-se să traducă din franceză, Liv rămâne aproape fără suflu. Îşi plimbă degetul peste foaia decolorată, uimită că fata din portret fusese capabilă să scrie astfel de cuvinte. Sophie Lefèvre a încetat să mai fie o fată seducătoare dintr-o ramă aurită şi roasă de vreme: a devenit o fiinţă reală, o făptură tridimensională care trăieşte şi respiră. O femeie care vorbeşte despre rufe de spălat, despre lipsa hranei, despre uniforma soţului, despre propriile temeri şi frustrări. Liv îşi dă seama încă o dată că nu poate renunţa la tablou.

Frunzăreşte alte două pagini. Aici textul e mai dens şi întrerupt de o fotografie sepia oficială a lui Édouard Lefèvre, privind undeva în faţa lui.

Octombrie 1914

Gare du Nord era ticsită, o mare mişcătoare de soldaţi şi femei înlăcrimate, aerul îmbâcsit de aburi şi fum de ţigară, de voci disperate care-şi luau rămas-bun. Ştiam că Édouard n-ar fi vrut să plâng.

În plus, despărţirea nu avea să dureze mult, aşa spuneau toate ziarele.

„Vreau să ştiu ce faci clipă de clipă", i-am spus eu. „Desenează cât mai mult pentru mine. Şi ai grijă să mănânci bine. Şi să nu

---

[1] Blănosul (în limba franceză în original)

faci vreo prostie, să te îmbeţi şi să sari la bătaie, ca să te aresteze. Vreau să te întorci acasă cât mai curând posibil.“

Mi-a cerut să-i promit că eu şi Hélène vom avea grijă de noi. „Dacă prindeţi de ştire că linia frontului se apropie de voi, promite-mi că plecaţi de îndată la Paris.“

Când eu am dat din cap, mi-a spus: „Nu-ţi lua aerul ăsta de sfinx, Sophie. Promite-mi că mai întâi de toate ai să te gândeşti la tine. N-am să fiu în stare să lupt dacă o să-mi închipui că eşti în primejdie“.

„Ştii bine că sunt o fire puternică.“

El a aruncat o privire în spate, către ceas. Undeva la distanţă, trenul a scos un şuierat ascuţit. În jurul nostru s-au înălţat aburi şi miros de ulei de locomotivă, învăluind pentru o clipă mulţimile de pe peron. Am întins mâna să-i potrivesc chipiul de serj albastru. Pe urmă am făcut un pas în spate ca să-l privesc. Ce bărbat grozav e soţul meu! Un uriaş pe lângă ceilalţi. Umerii păreau mai laţi în vestonul uniformei şi era cu un cap mai înalt decât toţi cei din jur. O prezenţă fizică copleşitoare: îmi creştea inima numai uitându-mă la el. Cred că nici măcar în acele clipe nu-mi venea să cred că pleacă.

Cu o săptămână în urmă terminase o mică guaşă înfăţişându-mă pe mine. Acum s-a bătut cu palma peste buzunarul de sus al vestonului: „Ai să fii mereu cu mine“.

Mi-am dus mâna la inimă. „Şi tu cu mine.“ În sinea mea îmi părea rău că nu am şi eu un portret al lui.

Am privit în jur. Uşile vagoanelor se închideau şi se deschideau, mâini se întindeau peste capetele noastre, degete se înlănţuiau pentru ultima oră.

„Nu vreau să te văd plecând, Édouard“, i-am spus. „Am să închid ochii şi am să-ţi păstrez imaginea aşa cum stai în faţa mea.“

A dat din cap. A înţeles.

„Înainte să pleci“, a spus el deodată.

M-a luat în braţe şi m-a sărutat, cu buzele lipite de ale mele, cu braţele lui de uriaş strângându-mă la piept, aproape să-mi taie răsuflarea. L-am îmbrăţişat şi eu, cu pleoapele strânse până la durere și am respirat mirosul lui, ca și cum aș fi încercat să păstrez această ultimă amintire a lui tot timpul cât va fi plecat. Ca și cum abia atunci aș fi înțeles că trebuia să plece. Soțul meu pleca. Iar când n-am mai putut suporta, m-am smuls din îmbrățișare, străduindu-mă să-mi recapăt calmul.

Am rămas cu ochii închiși și l-am apucat strâns de mână, refuzând să văd expresia de pe chipul lui, apoi m-am întors repede, cu spatele drept, și mi-am croit drum prin mulțime, îndepărtându-mă de el.

Nu știu de ce n-am vrut să-l văd suind în tren. De atunci regret asta în fiecare zi.

Abia când am ajuns acasă am vârât mâna în buzunar și am dat de un petic de hârtie pe care probabil mi-l strecurase acolo când mă ținea în brațe: o caricatură înfățișându-ne pe amândoi, el un urs uriaș, în uniformă, zâmbind larg, cu un braț petrecut pe după umerii mei, iar eu petite[1]*, cu talia îngustă, cu figura rece și solemnă, cu părul strâns sever la spate. Sub caricatură era o însemnare, cu scrisul lui cursiv și plin de înflorituri: „Niciodată până la tine n-am cunoscut adevărata fericire".*

Liv clipește. Pune foile cu grijă în dosar. Stă și se gândește. Apoi derulează fotocopia portretului lui Sophie, cu aerul ei zâmbitor și complice. E oare posibil ca domnul Bessette să fi avut dreptate? Cum putea o femeie să-și înșele soțul pe care pur și simplu îl adora, și asta nu doar cu un alt bărbat, ci cu un dușman? I se pare de neînțeles. Liv rulează la loc fotocopia și-și îndeasă însemnările în poșetă.

Mo își scoate căștile din urechi.

– Mai e o jumătate de oră până la St. Pancras. Crezi că ai obținut ce voiai?

Ea ridică din umeri. Nu poate vorbi din pricina unui imens nod în gât.

Părul lui Mo este pieptănat spre spate în șuvițe negre ca pana corbului, lăsându-i complet liberă fața albă ca laptele.

– Îți faci griji pentru ziua de mâine?

---

1 Micuță (în limba franceză în original)

Liv înghite în sec și surâde vag. În ultimele șase săptămâni n-a fost în stare să se gândească la nimic altceva.

– Nu știu dacă te ajută cu ceva, spune Mo, ca și cum s-ar fi gândit la asta de câtva timp, dar eu nu cred că McCafferty te-a tras pe sfoară.

– Cum?

– Cunosc o groază de oameni mincinoși și de jigodii. El nu-i așa.

Își ciugulește o pieliță de pe degetul mare, apoi spune:

– Cred că soarta pur și simplu a decis să vă joace o festă și să vă arunce pe poziții adverse.

– Dar nu trebuia să încerce să-mi ia tabloul.

Mo ridică din sprânceană.

– Zău?

Liv își pironește ochii afară pe fereastră, simțind din nou nodul în gât, în timp ce trenul gonește către Londra.

Cei doi soți împodobiți cu beteală de pe bancheta de vizavi stau sprijiniți unul de celălalt. Au adormit mână în mână.

Ulterior nu-și dă seama ce o determină să facă asta. Ajunse la St. Pancras, Mo o anunță că se duce acasă la Ranic și-i dă instrucțiuni: nu cumva să stea pe internet toată noaptea, în căutarea cine știe căror cazuri de restituire și să pună camembert-ul în frigider înainte s-o ia la fugă prin casă și să otrăvească tot aerul. Liv rămâne pe peronul aglomerat, ținând în mână o pungă de plastic cu brânză puturoasă și urmărind cu privirea mica siluetă în negru care a pornit-o spre metrou, cu poșeta agățată neglijent pe umăr.

Tonul lui Mo când pomenește despre Ranic a devenit încrezător și serios. Liv intuiește că s-a schimbat ceva în relația lor.

Așteaptă până când Mo se pierde în mulțime. În jurul ei trec navetiști în toate direcțiile, ocolind-o ca pe un pietroi în mijlocul unui curs de apă. Toți sunt perechi, se țin de braț, discută, se privesc drăgăstos și însuflețit, iar dacă sunt singuri, merg cu capul în piept, îndreptându-se hotărât spre casă, unde-i așteaptă cineva drag. Vede verighete, inele de logodnă, aude frânturi de conversații murmurate despre mersul trenurilor, despre un pahar de lapte băut în ultima clipă sau întrebări gen *„Poţi veni să mă iei de la gară?"* Mai târziu se va gândi, mai realist, la cei mulţi care se tem de partenerul la care se întorc, care caută pretexte ca să nu ia trenul sau se ascund prin baruri. Deocamdată însă, cei plictisiţi, cei necăjiţi, ceilalţi oameni singuri sunt invizibili. I se pare că mulţimea e o jignire la adresa propriei singurătăţi. „Cândva am fost şi eu ca voi", îşi spune ea, nereuşind să-şi imagineze cum ar fi să fie iarăşi la fel ca ei.

Niciodată până la tine n-am cunoscut adevărata fericire.

Tabela cu mersul trenurilor clipeşte, anunţând noi destinaţii, magazinele cu faţade din sticlă sunt ticsite cu ultimii clienţi înainte de Crăciun. „Oare e posibil să redevii cea care ai fost odată?" se întreabă Liv. Şi înainte să se simtă complet paralizată de răspuns, îşi ia valiza şi aproape aleargă spre staţia de metrou.

În apartament e o altfel de tăcere de când Jake a plecat înapoi la mama lui. O linişte compactă, apăsătoare, total diferită de cea care se lasă atunci când puştiul tău e plecat la un prieten pentru câteva ore.

Liniştea deplină din apartament în astfel de momente, îşi spune Paul uneori, emană o undă de vinovăţie, de eşec. La gândul că nu există nici o şansă ca fiul lui să revină mai devreme de cel puţin patru zile. Paul termină de făcut curăţenie în bucătărie (Jake a făcut prăjiturele cu ciocolată şi orezul expandat este pe sub toate aparatele de bucătărie), apoi se aşază, cu ochii la ziarul de duminică pe care-l cumpără în fiecare săptămână, din obişnuinţă, dar pe care nu-l citeşte niciodată.

În primele zile după plecarea lui Leonie, cel mai teamă îi fusese de primele momente ale dimineţii. Până atunci nu-şi dăduse seama cât de drag îi era să-l audă pe Jake lipăind cu picioruşele goale şi apărând în uşa dormitorului cu părul ciufulit şi ochii pe jumătate închişi, cerând să se cocoaţe în pat, între ei doi. Cât de dragi îi erau tălpile lui îngheţate, mirosul pielii lui de copil. Cât îi plăcea acea senzaţie viscerală, de îndată ce băieţelul lui se cuibărea în mijlocul patului, că totul pe lume era perfect. În primele luni după plecarea soţiei şi a copilului se trezise singur, şi fiecare dimineaţă vestea doar o nouă zi în care va lipsi din viața fiului său. În care va rata alte mici aventuri sau accidente, diverse întâmplări neînsemnate care urmau să-l preschimbe în bărbatul de mai târziu, și la care Paul nu avea să mai ia parte.

Acum suporta mai bine diminețile (poate pentru că Jake rareori se trezea înaintea lui, la ora nouă), dar primele ore după ce băiețelul se întorcea din nou la Leonie încă îi mai dădeau o stare depresivă.

O să-și calce niște cămăși. Poate o să meargă la sala de gimnastică, după care o să facă un duș și o să mănânce. O să se uite la televizor câteva ore, poate o să mai răsfoiască prin dosare, să se asigure că totul e perfect pus la punct pentru proces, pe urmă o să doarmă.

Tocmai termină de călcat cămășile când sună telefonul.

– Bună, se aude glasul lui Janey.

– Cine-i la telefon? întreabă el, deși știe exact cine-i la celălalt capăt al firului.

– Eu sunt, răspunde ea, silindu-se să ascundă că se simte ușor jignită. Janey. M-am gândit să verific cum stăm pentru mâine.

– Bine, îi spune el. Sean a citit din nou toate documentele. Avocatul este pregătit. Suntem perfect în ordine.

– S-a mai găsit ceva referitor la cum a dispărut inițial tabloul?

– Nu cine știe ce. Dar avem suficientă corespondență din partea unor terți ca să pună faptul sub un mare semn de întrebare.

Janey tace câteva clipe.

– Brigg și Sawston își înființează propria agenție de depistare a operelor de artă, spune ea.

– Cine?

– Cei de la firma de licitații. Își extind sfera de activitate. Se bucură și de un sprijin puternic.

– La dracu'!

Paul se uită la maldărul de documente de pe biroul lui.

– Deja au început să se intereseze de personal la alte agenții. Se pare că angajează foști membri ai Grupului de Intervenție pentru Artă și Obiecte Rare.

Paul aude întrebarea nerostită.

– Pe oricine are experiență în munca de detectiv.

– Ei bine, pe mine nu m-au abordat.

Urmează o scurtă tăcere. Paul se întreabă dacă ea îl crede.

– Trebuie să câştigăm cazul ăsta, Paul. Trebuie să ne asigurăm că rămânem pe piaţă. Că suntem firma la care apelează lumea când trebuie găsite şi returnate obiecte de valoare care s-au pierdut.

– Înţeleg, spune el.

– Voiam... voiam doar să ştii cât eşti de important. Important pentru firmă.

– Ţi-am mai spus că nimeni nu m-a abordat, Janey.

Alte câteva clipe de tăcere.

– OK.

Janey mai vorbeşte câteva minute, povestindu-i despre cum şi-a petrecut weekendul, despre drumul la părinţii ei, despre o nuntă în Devon la care a fost invitată. Vorbeşte atât de mult despre nuntă încât Paul se întreabă dacă nu cumva îşi face curaj ca să-l invite, aşa că schimbă brusc subiectul. În cele din urmă, Janey închide telefonul.

Paul îşi pune nişte muzică şi măreşte volumul, încercând să acopere zgomotul străzii de sub el. Întotdeauna i-a plăcut agitaţia şi vitalitatea din West End, dar cu anii a învăţat că, dacă nu are starea de spirit potrivită, veselia ostentativă a cartierului nu face decât să-i sporească melancolia firească a serilor de duminică. Apasă în continuare butonul de volum. Ştie care-i motivul, dar refuză să-l recunoască. N-are rost să se gândească la ceva ce nu poate să schimbe.

Tocmai a terminat să se spele pe cap când aude vag soneria de la uşă. Înjură, bâjbâie după un prosop şi se şterge pe faţă. S-ar duce la parter înfăşurat în prosop, dar bănuieşte că ar putea fi Janey. Nu vrea ca ea să considere asta drept o invitaţie.

Coboară scara cu tricoul lipit de pielea încă udă, repetându-şi în gând câteva cuvinte de scuze.

„Îmi pare rău, Janey, tocmai mă pregătesc să plec."

„Da. Trebuie să discutăm despre asta la serviciu. Ar fi cazul să facem o şedinţă, să implicăm pe toată lumea."

„Janey, cred că eşti o fată minunată. Dar nu cred că-i o idee bună. Îmi pare rău."

Deschide uşa de la intrare, gata să rostească ultimele cuvinte. Numai că nu-i Janey.

Pe trotuar stă Liv Halston, ţinând strâns în mână o geantă de voiaj. Deasupra capului ei, şiraguri de lumini de sărbătoare se profilează pe cerul înnoptat. Ea lasă să-i cadă la picioare geanta de voiaj şi-şi ridică spre el obrazul palid şi grav, ca şi cum ar fi uitat pentru o clipă ce voia să-i spună.

– Procesul începe mâine, rosteşte el, văzând că Liv continuă să tacă.

Nu-şi poate lua ochii de la ea.

– Ştiu.

– Nu trebuie să discutăm între noi.

– Nu.

– Am putea avea amândoi necazuri.

Paul rămâne pe loc, aşteptând. Chipul ei, încadrat de gulerul paltonului gros şi negru, e teribil de încordat şi ochii îi sticlesc de parcă ar purta în minte un milion de conversaţii la care el nu are acces. Paul dă să se scuze. Dar ea vorbeşte prima.

– Uite. Ştiu că probabil o să ţi se pară fără sens, dar n-am putea face abstracţie de caz? Măcar pentru o seară? Tonul ei trădează o fiinţă extrem de vulnerabilă. N-am putea redeveni din nou doi oameni ca toţi ceilalţi?

Paul McCafferty îi aude lacrima din glas şi asta îi topeşte orice urmă de rezistenţă. Dă să spună ceva, apoi se apleacă şi-i ia geanta de voiaj, pe care o târăşte pe hol. Înainte ca vreunul din ei să se răzgândească, o trage pe Liv spre el şi o înlănţuie strâns cu braţele. Amândoi rămân îmbrăţişaţi până când lumea din jurul lor se risipeşte şi dispare.

– Hei, somnoroaso!

Liv se saltă în capul oaselor, dându-şi încet seama unde se află. Paul stă pe marginea patului şi toarnă cafea într-o cană pe care i-o întinde. Pare uimitor de treaz. Ceasul arată 6:32 dimineaţa.

– Ţi-am adus şi nişte pâine prăjită. Mă gândeam că poate vrei să ai timp să dai o fugă până acasă înainte...

Înainte...

De proces. Lui Liv îi trebuie o clipă să conştientizeze această realitate. El o aşteaptă până se freacă la ochi, apoi se apleacă şi o sărută cu blândețe. Liv observă că s-a spălat pe dinți, spre deosebire de ea.

– Nu știam ce vrei să mănânci cu pâinea prăjită. Sper că n-ai nimic împotriva gemului.

Ridică borcanul de pe tavă.

– Asta preferă Jake. Cam nouăzeci și opt la sută zahăr.

– Mulțumesc.

Clipește, cu ochii la farfuria din poală. Nici nu mai ține minte de când nu i-a mai adus cineva micul dejun la pat.

Se privesc lung în ochi. „O, Doamne“, își spune ea, amintindu-și de noaptea care a trecut. Orice altceva îi dispare din minte. Paul își încrețește colțurile ochilor, ca și cum i-ar citi gândurile.

– Vii înapoi în pat? întreabă ea.

Paul se răsucește spre ea și picioarele lui calde și vânjoase le înlănțuie pe ale ei. Ea se așază astfel încât el s-o cuprindă pe după umeri, apoi se sprijină de el și închide ochii, savurând simpla lui atingere. Trupul lui e cald și miroase a somn. Liv nu-și dorește decât să-și reazeme obrazul de pielea lui și să stea acolo, respirându-l până când își umple plămânii la refuz cu mici molecule din ființa lui Paul. Brusc, își aduce aminte de un băiat cu care se întâlnea în adolescență. Îl adorase. Când în sfârșit ajunseseră să se sărute, fusese șocată că pielea, părul, tot trupul lui miroseau altfel decât își închipuise. Ca și cum corpul lui ar fi avut o compoziție chimică menită să-i repugne. Pielea lui Paul... Ar fi putut sta acolo, respirându-i mirosul, ca pe un parfum de calitate.

– Ești bine?

– Mai mult decât bine, răspunde ea și ia o înghițitură de cafea.

– Mai nou, îmi plac serile de duminică. N-am idee de ce.

– Este clar că serile de duminică nu-s prețuite așa cum merită.

– La fel și musafirii neașteptați. Mă temeam să nu fie cineva de la Martorii lui Iehova.

Cade pe gânduri.

– Deși, dacă Martorii lui Iehova ar face ce-ai făcut tu azi-noapte, presupun că ar avea parte de o primire mai bună.

– Ar trebui să le spui.

– Chiar s-ar putea s-o fac.

La un moment dat se lasă o tăcere prelungită. Amândoi ascultă mașina salubrității dând cu spatele până în dreptul blocului, zăngănitul înfundat al tomberoanelor, și ronțăie pâine prăjită într-o tăcere care le dă un sentiment de intimitate.

– Mi-a fost dor de tine, Liv, spune el.

Ea își lasă capul într-o parte și se sprijină de el. Afară se aud două glasuri ridicate discutând în italiană. Liv simte o durere plăcută în mușchi, de parcă și-ar fi eliberat trupul de o tensiune îndelungată, de care aproape nu fusese conștientă. Are senzația că e o persoană pe care o uitase. Se întreabă ce ar spune Mo de toată situația și zâmbește dându-și seama că știe răspunsul.

Apoi glasul lui Paul rupe tăcerea:

– Liv... mă tem că acest proces o să te ruineze.

Liv nu-și ia ochii de la ceașca de cafea.

– Liv?

– Nu vreau să vorbim despre proces.

– N-am de gând să-ți dau... detalii. Țin doar să-ți spun că sunt îngrijorat.

Ea se silește să zâmbească.

– Păi, să nu fii. Încă n-ai câștigat.

– Chiar dacă ai să câștigi tu. Taxele legale înseamnă o groază de bani. Am trecut prin asta de câteva ori, așa că am idee cât te costă.

Pune jos cana și o prinde de mână.

– Uite, săptămâna trecută am stat de vorbă neoficial cu familia Lefèvre. Partenera mea, Janey, care-i tot director, nici nu știe. Le-am explicat situația ta, le-am spus ce drag îți e tabloul și că nu vrei să te desparți de el. I-am convins să accepte o înțelegere convenabilă. Contra unei sume considerabile, cu șase cifre. Asta ți-ar acoperi taxele legale și ți-ar mai rămâne și ție niște bani.

Liv a rămas cu ochii la degetele ei cuprinse în palma lui. Buna ei dispoziție s-a evaporat.

– Vrei... să mă convingi să renunț?

– Nu din motivele pe care le crezi tu.

– Asta ce vrea să însemne?

El privește drept înainte.

– Am găsit niște lucruri.

Liv simte un fior de gheață în adâncul sufletului.

– În Franța?

El strânge din buze, parcă încercând să se decidă cât să-i spună.

– Am descoperit un articol într-un ziar vechi, scris de ziarista din America, cea care a deținut tabloul. Ea povestește cum i-a fost dat tabloul dintr-un depozit cu opere de artă furate, aflat lângă Dachau.

– Și?

– Și? Asta înseamnă că acele opere de artă au fost prădate. Asta ar întări argumentația noastră că portretul a fost obținut pe căi ilegale, ajungând astfel în posesia nemților.

– E o presupunere.

– Care aduce atingere oricărei achiziții ulterioare.

– Așa spui tu.

– Sunt bun în munca mea, Liv. Am parcurs jumătate din drum. Iar dacă există noi dovezi, știi bine că am să le descopăr.

Ea îngheață.

– Cred că aici cuvântul crucial e „dacă".

Își retrage mâna dintr-a lui.

El își schimbă poziția ca s-o privească în ochi.

– OK. Uite ce nu pricep eu. Lăsând deoparte ce-i corect și ce nu în cazul de față, nu pot să înțeleg motivul pentru care o femeie cu adevărat inteligentă, aflată în posesia unei picturi care a costat-o mai nimic și despre care a aflat că are un trecut îndoielnic, nu-i de acord s-o înapoieze pentru niște bani buni. Infinit mai buni decât a plătit ea inițial.

– Nu-i vorba de bani.

– Dă-o *încolo,* Liv! Eu îți vorbesc de lucruri care se văd de la o poștă. Dacă mergi mai departe cu procesul și nu câștigi, ai să pierzi sute de mii de lire. Poate chiar și casa. Tot ce-ți oferă siguranță. Pentru un tablou? Hai, zău!

– Locul lui Sophie nu-i lângă ei. Lor... lor nu le pasă de ea.

– Sophie Lefèvre este moartă de vreo optzeci de ani. Sunt sigur că pentru ea nu mai contează în nici un fel.

Liv se dă jos din pat și se uită în jur, căutându-și pantalonii.

– Chiar nu înțelegi, așa-i?

Își pune pantalonii, trăgând furioasă fermoarul.

– Dumnezeule! Nu eşti deloc aşa cum te-am crezut.

– Nu. Sunt un om care, paradoxal, nu vrea să te vadă că-ţi pierzi casa pentru nimic.

– O, nu, uitasem. Întâi de toate, eşti omul care mi-a adus beleaua asta în casă.

– Şi crezi că n-ar fi venit un altul în locul meu? Este un caz limpede ca lumina zilei, Liv. La tot pasul sunt firme ca a noastră, care ar fi zis mersi să pună mâna pe aşa un caz.

– Am terminat discuţia?

Liv îşi încheie sutienul şi-şi trage puloverul pe cap.

– Of, la dracu'! Uite. Vreau doar să te gândeşti la treaba asta. Nu... nu vreau să pierzi tot doar de dragul unui principiu.

– O, deci e vorba doar de grija ta pentru mine. Bine.

El îşi masează fruntea, ca şi cum ar încerca să-şi păstreze cumpătul. Pe urmă clatină din cap.

– Ştii ce? Eu cred că nu-i deloc vorba de tablou, ci de neputinţa de a-ţi vedea în continuare de viaţa ta. Renunţând la tablou ai senzaţia că-l laşi în urmă pe David. Şi nu găseşti puterea să faci asta.

– Dar mi-am văzut de viaţa mea! Ştii bine asta! Ce dracu' crezi c-a însemnat noaptea trecută?

El o priveşte în ochi.

– Ştii ce? N-am idee. N-am nici cea mai vagă idee.

Liv îşi face loc pe lângă el să plece, iar Paul nici nu încearcă s-o oprească.

Capitolul 25

Două ore mai târziu, Liv e într-un taxi, cu ochii la Henry, care înfulecă o plăcintă, sorbind dintr-o cafea, în timp ce ei i se strânge stomacul.

– Trebuie să duc copiii la școală, spune el, risipind firimiturile printre picioare. Niciodată n-am timp să iau micul dejun.

Liv e îmbrăcată într-un sacou cambrat pe talie, gri-închis, și o fustă albastru intens. Poartă aceste haine ca pe o armură. Vrea să spună ceva, dar are senzația că i-a înțepenit maxilarul. Parcă nici n-ar mai avea nervi: a devenit ea însăși un singur nerv imens. Dacă ar atinge-o cineva, ar vibra ca o coardă întinsă.

– Poți pune pariu că, exact în clipa când te-ai așezat cu ceașca de cafea în față, unul din ei vine să-ți ceară pâine prăjită, sau terci de ovăz, sau mai știu eu ce.

Ea dă din cap, fără un cuvânt. În minte îi răsună iar și iar glasul lui Paul: „Toate operele astea au fost furate".

– Cred că de un an de zile mănânc ce apuc să înșfac din cutia de pâine, în drum spre ușă. Au început să-mi placă brioșele uscate.

În fața tribunalului s-a adunat lume. În fața treptelor se agită un grup de oameni. La început, Liv își închipuie că sunt turiști – dar când vrea să coboare din taxi, Henry o ia de braț.

– O, Doamne. Stai cu ochii în pământ.

– Poftim?

De cum pune piciorul pe trotuar, în jur încep să sclipească blițurile. O clipă, Liv încremenește locului. Apoi brațul lui Henry o împinge înainte, dincolo de coatele mulţimii care se îmbulzeşte în jurul ei, strigându-i numele în ureche. Cineva îi vâră în mâna liberă un petic de hârtie. Liv aude vocea lui Henry şi unda de panică din tonul lui în clipa când mulţimea pare s-o încercuiască. E înconjurată de o multitudine de sacouri şi de reflexia oarbă a unor lentile uriaşe.

– Daţi-vă la o parte, vă rog. Toată lumea la o parte.

Zăreşte pentru o clipă sclipirea unei insigne de alamă de pe uniforma unui poliţist, închide ochii şi se simte împinsă într-o parte, în timp ce Henry o strânge şi mai tare de braţ.

Apoi pătrund în clădirea tăcută a tribunalului, trec dincolo de punctul de control şi Liv clipeşte către el, şocată.

– Ce dracu' a fost asta? întreabă ea, gâfâind.

Henry îşi netezeşte părul şi întoarce capul să se uite prin uşă.

– Presa. Mă tem că acest caz a atras teribil de multă atenţie.

Liv îşi îndreaptă sacoul şi priveşte în jur, la timp ca să-l zărească pe Paul trecând de punctul de control. Poartă o cămaşă bleu, pantaloni închişi la culoare şi pare perfect calm. Nimeni şi nimic nu-l tulbură. Privirile li se întâlnesc, iar ea îl străfulgeră cu o privire în care se citeşte o furie mută. El încetineşte pasul o fracţiune de secundă, fără să-şi schimbe expresia. Priveşte scurt peste umăr, cu documentele sub braţ, apoi îşi vede de drum, îndreptându-se spre Sala Doi.

Abia atunci îşi dă seama că ţine în pumn peticul de hârtie. Îl despătureşte cu grijă.

Să fii în posesia obiectelor prădate de germani e o CRIMĂ.
Pune capăt suferinţei poporului evreu. Înapoiază ce le aparţine.
Lasă să se facă dreptate până când nu e PREA TÂRZIU.

– Ce-i aia? întreabă Henry, uitându-se peste umărul ei.

– De ce mi-au dat biletul? Reclamanţii nici măcar nu sunt evrei! exclamă ea.

– Te-am prevenit că furtul la vreme de război este un subiect foarte sensibil. Mă tem că o să ai de-a face cu tot felul de grupuri de interese, fie că sunt direct afectate sau nu.

– Dar e ridicol! Noi n-am furat blestematul ăla de tablou. Îl avem de peste zece ani!

– Hai, Liv. Să mergem în Sala Doi. Am să spun cuiva să-ți aducă puțină apă.

Zona rezervată presei e plină până la refuz. Liv vede reporterii înghesuiți unul lângă altul, murmurând și glumind, răsfoind ziarele zilei înainte de sosirea judecătorului: o haită de fiare flămânde, destinse, dar pândindu-și prada, gata să atace. Liv privește cu atenție rândurile, în căutarea vreunei figuri cunoscute în toată acea vânzoleală. Ar vrea să se ridice și să strige la ei: *Pentru voi e doar un joc, așa-i? O foaie de ziar în care mâine o să vă ambalați peștele cu cartofi prăjiți.* Inima îi bate nebunește.

Judecătorul, o informează Henry așezându-se pe locul lui, are experiență în astfel de cazuri și e de o corectitudine absolută. Când ea îl întreabă de câte ori a dat sentința în favoarea actualilor posesori, răspunsul lui e vag, așa cum nu-i stă în fire.

Fiecare din părți a adus dosare voluminoase cu documentație, liste cu experți chemați ca martori, declarații privitoare la paragrafe obscure din dreptul francez. Henry a spus în glumă că Liv cunoaște acum atât de multe despre conflictele de acest gen încât ulterior i-ar putea oferi o slujbă.

– S-ar putea să am nevoie, răspunde ea posomorâtă.

– Vă rog să vă ridicați.

– Începe, șoptește Henry, atingându-i cotul și zâmbind încurajator.

Cei doi bărbați în vârstă reprezentând familia Lefèvre stau deja pe banchetă, împreună cu Sean Flaherty, urmărind în tăcere procedurile, în timp ce avocatul lor pledant, Christopher Jenks, expune cazul. Liv se uită lung la ei, la chipurile lor sobre, la felul cum își încrucișează brațele la piept, parcă pregătiți să-și arate nemulțumirea. Maurice și André Lefèvre sunt legatarii moștenirii și lucrărilor rămase de la Édouard Lefèvre, explică avocatul curții. Interesul celor doi, continuă el, este să păstreze operele pictorului și să-i protejeze moștenirea pentru viitor.

– Și să-și umple buzunarele, bombăne Liv.

Henry clatină din cap.

Jenks se plimbă încoace și încolo prin sala tribunalului, uitându-se doar arareori la însemnările făcute și adresându-și comentariile direct judecătorului. Cum popularitatea lui Édouard Lefèvre a crescut în ultimii ani, urmașii lui au cerut un audit al lucrărilor rămase, ocazie cu care s-au descoperit referiri la un portret denumit *Fata pe care ai lăsat-o în urmă*, aflat cândva în posesia soției pictorului, Sophie Lefèvre.

O fotografie și câteva jurnale personale au scos la iveală faptul că tabloul atârna la vedere în hotelul cunoscut sub numele de Le Coq Rouge din St. Péronne, orășel ocupat de nemți în timpul Primului Război Mondial.

Se consemnează faptul că *Kommandant*-ul garnizoanei din oraș, un anume Friedrich Hencken, admirase lucrarea în câteva ocazii. Le Coq Rouge fusese rechiziționat de nemți pentru folosința lor personală. Sophie Lefèvre își manifestase deschis opoziția față de ocuparea hotelului de către germani.

Sophie Lefèvre fusese arestată și ridicată din St. Péronne la începutul anului 1917. Cam tot atunci dispăruse și tabloul.

Faptele de mai sus, susține Jenks, sunt suficient de concludente pentru a sugera un act de forță, o însușire „imorală" a unei picturi extrem de îndrăgite. Dar, subliniază el apăsat, aceasta nu este unica dovadă că tabloul a fost achiziționat în mod ilegal.

Probele obținute de curând atestă reapariția picturii în timpul celui de-al Doilea Război Mondial, în Germania, la Berchtesgaden, într-un depozit cunoscut sub numele de Centrul de colectare, unde erau adunate opere de artă furate sau luate cu japca și ajunse în posesia nemților. Avocatul rostește de două ori cuvintele „furate sau luate cu japca", parcă pentru a-și sublinia punctul de vedere. De aici, continuă Jenks, tabloul a ajuns în mod misterios în proprietatea unei ziariste americane, Louanne Baker, care petrecuse o zi la Centrul de colectare și scrisese despre el pentru un ziar american. Relatările ei din vremea aceea menționează faptul că primise „un dar" sau „o amintire" cu ocazia evenimentului. Americanca păstrase tabloul acasă, fapt confirmat și de familia ei, până în urmă cu zece ani, când lucrarea îi fusese vândută lui David Halston, care, la rândul lui, i-o oferise soției sale ca dar de nuntă.

Toate aceste amănunte sunt deja cunoscute pentru Liv, care a văzut toate dovezile expuse acum în public. Cu toate acestea, ascultă povestea tabloului ei spusă cu voce tare în sală și-i vine greu să asocieze portretul, mica pictură care atârna nevinovată pe peretele din dormitor, cu o astfel de traumă, cu astfel de evenimente de însemnătate mondială.

Aruncă o privire spre băncile presei. Reporterii sunt numai urechi, la fel și judecătorul. Liv se gândește cu un aer absent că, dacă n-ar depinde întreg viitorul ei de acest proces, probabil că și ea ar asculta cu sufletul la gură. Paul stă la locul lui, sprijinit de spătar, cu brațele încrucișate ca un luptător.

Liv îi aruncă o căutătură piezișă, iar el o privește drept în ochi. Ea se înroșește ușor și întoarce capul. Se întreabă dacă el va fi acolo în fiecare zi cât va dura procesul și dacă e posibil să ucizi un om într-un tribunal înțesat de lume.

Christopher Jenks s-a oprit în fața spectatorilor.

– Domnule judecător, printr-o întâmplare extrem de nefericită doamna Halston a fost târâtă fără voia ei într-o serie de nedreptăți istorice, care rămân totuși niște nedreptăți. Din punctul nostru de vedere, tabloul a fost furat de două ori: întâi din locuința lui Sophie Lefèvre, apoi de la urmașii acesteia, în timpul celui de-al Doilea Război Mondial, prin dăruirea ilegală a lucrării aflate la Centrul de colectare, într-o perioadă atât de haotică pentru Europa încât acest abuz n-a fost consemnat nicăieri, rămânând nedescoperit până în cazul de față. Numai că legea, în conformitate cu Convenția de la Geneva și cu legislația curentă în materie de restituire, spune că astfel de nedreptăți pot fi îndreptate. Noi susținem că tabloul trebuie înapoiat proprietarilor de drept, familia Lefèvre. Mulțumesc.

Alături de ea, chipul lui Henry rămâne impasibil.

Liv se uită în colțul sălii, unde a fost expusă o fotocopie a tabloului *Fata pe care ai lăsat-o în urmă*, așezată pe un mic stativ. Flaherty ceruse ca tabloul să fie reținut, cu scopul de a-l proteja până când i se decidea soarta, dar Henry îi spusese că nu era obligată să accepte.

Și totuși, o tulbură să vadă *Fata pe care ai lăsat-o în urmă* stând aici, unde nu-i este locul și privind cumva ironic procedurile care se desfășoară chiar sub ochii ei. Acasă, Liv descoperă că se duce în dormitor doar ca să privească tabloul, cu atât mai intens cu cât este foarte posibil ca nu peste multă vreme să nu-i mai poată arunca o privire.

Orele după-amiezii se scurg una câte una. Aerul din sala tribunalului e mai greu şi mai apăsător din pricina caloriferelor. Christopher Jenks demolează tentativa de a limita în timp pretenţia de restituire cu eficienţa unui chirurg legist care disecă plictisit o broască. Din când şi când, Liv ridică ochii la auzul unor expresii ca „transfer de titlu de proprietate" şi „provenienţă incompletă". Judecătorul tuşeşte şi-şi consultă însemnările. Paul îi murmură ceva directoarei de la firma lui. De fiecare dată ea zâmbeşte, arătându-şi dinţii mici, albi şi perfecţi.

Acum Christopher Jenks începe să citească:

15 ianuarie 1917

Azi au ridicat-o pe Sophie Lefèvre. O scenă cum n-am văzut în viaţa mea. Fata îşi vedea de treabă în pivniţa hotelului Le Coq Rouge, când doi nemţi au traversat piaţeta şi au târât-o sus pe scări, scoţând-o afară ca pe o criminală. Sora ei plângea şi se ruga de ei, la fel şi fetiţa orfană a lui Liliane Béthune. Mulţimea din restaurant s-a ridicat, protestând, dar nemţii i-au dat pur şi simplu la o parte ca pe nişte muşte. Doi bătrâni au fost pur şi simplu trântiţi la podea în vânzoleala care s-a stârnit. Mon Dieu, *jur că dacă există dreptate în viaţa de apoi, atunci nemţii vor plăti scump.*

Au dus fata de acolo într-un camion de vite. Primarul a încercat să-i oprească, dar în prezent e un om slab şi doborât de moartea fiicei sale, prea înclinat spre compromisuri cu germanii. Ei nici nu-l iau în serios. După plecarea camionului, a apărut şi primarul în barul Le Coq Rouge, anunţând plin de importanţă că va reclama incidentul la cel mai înalt nivel. Nimeni nu i-a dat atenţie. Biata soră a lui Sophie, Hélène, plângea cu capul pe tejghea, fratele ei, Aurélien, a fugit ca un câine opărit, iar copilul pe care Sophie crezuse de cuviinţă să-l primească în casa ei – fetiţa lui Liliane Béthune – şedea într-un colţ, albă la faţă ca un strigoi.

– Să ştii că Hélène o să aibă grijă de tine, i-am spus.

M-am aplecat şi i-am vârât în pumn o monedă, dar ea s-a uitat la ban de parcă n-ar fi ştiut ce e. Când a ridicat privirea către mine, avea ochii cât cepele.

– Nu trebuie să-ţi fie teamă, fetiţo. Hélène e o femeie cumsecade. Va avea grijă de tine.

Ştiu că înainte de plecarea camionului a avut loc un incident cu fratele lui Sophie Lefèvre, dar auzul mă cam lasă, aşa că n-am prins despre ce a fost vorba, din pricina agitaţiei şi a gălăgiei. Totuşi, mă tem că Sophie a fost victima nemţilor. Ştiam că, odată ce luaseră decizia să rechiziţioneze Le Coq Rouge, soarta ei era pecetluită, dar ea n-a vrut să plece urechea la mine. Probabil că i-a ofensat cumva: întotdeauna a avut o fire impetuoasă. Nu pot s-o condamn pentru asta: presupun că, dacă nemţii s-ar instala în casa mea, şi eu i-aş ofensa.

Da, am avut neînţelegerile mele cu Sophie, dar în seara asta am inima grea. S-o văd împinsă într-un camion de vite, ca un animal deja sacrificat, să-mi imaginez ce-o aşteaptă... Trăim vremuri negre. Când mă gândesc că am ajuns să trăiesc astfel de vremuri... Sunt nopţi în care îmi vine să cred că orăşelul nostru a ajuns o casă de nebuni.

Christopher Jenks încheie lectura scrisorii, pe care a citit-o cu glas coborât şi sonor. Cei din sală au încremenit. În tăcerea aşternută se aude doar persoana care stenografiază. În tavan se roteşte încet un ventilator care nu reuşeşte să mişte aerul din loc.

– „Ştiam că, odată ce luaseră decizia să rechiziţioneze Le Coq Rouge, soarta ei era pecetluită.“ Doamnelor şi domnilor, cred că această pagină de jurnal ne spune foarte clar că relaţia lui Sophie Lefèvre cu nemţii din St. Péronne n-a fost una prea fericită.

Păşeşte prin sala tribunalului de parcă s-ar plimba pe o faleză, studiind calm paginile fotocopiate.

– Dar acesta nu-i unicul document. Aceeaşi localnică, Vivienne Louvier, s-a dovedit a fi o preţioasă sursă de informaţii privind viaţa din micul orăşel. Dacă ne uităm în urmă cu câteva luni, iată ce scrie:

Nemţii iau masa la hotelul Le Coq Rouge. Le-au pus pe surorile Bessette să le gătească mese atât de copioase, încât aromele care ajung până în piaţetă aproape că ne scot din minţi de poftă. La brutărie i-am spus lui Sophie Bessette – sau Lefèvre, cum o cheamă acum – că taică-său n-ar fi înghiţit una ca asta, dar ea mi-a răspuns că nu are de ales.

Jenks ridică fruntea.

– „N-are de ales." Nemţii au ocupat hotelul soţiei pictorului, obligând-o să gătească pentru ei. Duşmanul i-a intrat în casă, iar ea e complet neputincioasă în faţa lui. Sunt elemente extrem de interesante. Dar nu e singura dovadă. O cercetare efectuată în arhiva Lefèvre a scos la iveală o scrisoare a lui Sophie Lefèvre către soţul ei. Se pare că scrisoarea n-a ajuns niciodată la destinaţie, dar eu consider că acest detaliu se va dovedi a fi irelevant.

Ridică scrisoarea în dreptul ochilor, parcă străduindu-se să distingă scrisul la lumină.

Herr Kommandant *nu-i nesăbuit ca Becker, dar mă descumpăneşte mai mult. Rămâne cu ochii la portretul pe care mi l-ai pictat tu şi aş vrea să-i spun că n-are nici un drept. Acest tablou, mai mult decât toate celelalte, ne aparţine nouă, ţie şi mie. Şi mai ştii care-i ciudăţenia, Édouard? Chiar îţi admiră talentul. Se pricepe, ştie de Académie Matisse, de Weber şi de Purrmann. Ce straniu să ajung în situaţia de a-ţi apăra creaţia în faţa unui* Kommandant *german!*

Însă refuz să dau tabloul jos de pe perete, indiferent ce zice Hélène. Îmi aminteşte de tine şi de un timp când eram fericiţi împreună. Îmi aminteşte că omenirea e capabilă de iubire şi frumuseţe, nu numai de distrugere.

Iubitule, mă rog din tot sufletul să te întorci acasă curând, nevătămat.

A ta, ca întotdeauna,
Sophie

– „Acest tablou, mai mult decât toate celelalte, ne aparţine nouă, ţie şi mie.“

Jenks lasă fraza să plutească în aer.

– Aşadar, această scrisoare, descoperită la mult timp după moartea lui Sophie, ne spune că tabloul avea o semnificaţie deosebită pentru soţia pictorului. În egală măsură, e o dovadă concludentă că un *Kommandant* german pusese ochii pe portret. Mai mult decât atât, neamţul cunoştea extrem de bine lumea artei. Dacă vreţi, era un *aficionado*[1].

Pronunţă cuvântul accentuând fiecare silabă, de parcă l-ar rosti pentru prima oară.

– Şi iată, jafurile din perioada Primului Război Mondial par să le anticipeze pe cele din al doilea. În primul caz avem de a face cu ofiţeri germani educaţi, care ştiu ce vor, ce-i de valoare şi trec acele lucruri pe listă...

– Obiectez.

Angela Silver, avocata lui Liv, s-a ridicat în picioare.

– E o mare diferenţă între a admira un tablou, a cunoaşte un artist şi sechestrarea obiectului în sine. Distinsul meu coleg n-a adus nici o dovadă că acel *Kommandant* a luat tabloul, ci doar că-l admira şi că lua masa în hotelul unde locuia doamna Lefèvre. Toate acestea sunt probe circumstanţiale.

– Se aprobă, murmură judecătorul.

Christopher Jenks îşi şterge fruntea.

– Eu doar încerc să pictez un tablou, ca să mă exprim aşa, al vieţii din orăşelul St. Péronne în 1916. Nu se poate înţelege cum a ajuns un tablou în custodia cuiva fără a înţelege atmosfera timpului şi faptul că nemţii aveau *carte blanche*[2] pentru *réquisition*[3] sau luau ce le poftea inima din orice casă doreau.

– Obiectez!

Angela Silver îşi studiază însemnările.

– Comentariul e irelevant. Nu există dovezi că tabloul ar fi fost rechiziţionat.

---

1 Cunoscător şi pasionat de un subiect sau de o activitate

2 Mână liberă (în limba franceză în original)

3 Rechiziţionare (în limba franceză în original)

– Se aprobă. Vorbiți la obiect, domnule Jenks.

– Încercam din nou să... pictez un tablou, domnule judecător.

– Vă rog, lăsați pictatul pe seama lui Lefèvre.

În sală se aud râsete înfundate.

– Vreau să demonstrez că multe obiecte de valoare rechiziționate de trupele germane n-au fost înregistrate nicăieri, la fel cum n-au fost nici „plătite", după cum promiteau conducătorii nemţi la vremea aceea. Menționez climatul general care favoriza un asemenea comportament, întrucât noi susținem că *Fata pe care ai lăsat-o în urmă* face parte tocmai din această categorie. „Rămâne cu ochii la portretul pe care mi l-ai pictat tu şi aş vrea să-i spun că n-are nici un drept." Ei bine, domnule judecător, noi suntem de părere că *Herr Kommandant* Friedrich Hencken considera că are toate drepturile. Şi că pictura a rămas în posesia nemților vreme de încă treizeci de ani.

Paul se uită la Liv. Ea întoarce capul.

Se concentrează pe imaginea lui Sophie. *Nerozilor*, pare ea să spună, cuprinzându-i pe toţi cei de față cu privirea ei impenetrabilă.

„Da", se gândeşte Liv. „Da, aşa e."

Şedinţa se suspendă la ora trei şi jumătate. Angela Silver mănâncă un sendviş în biroul ei. Şi-a pus peruca alături şi are pe birou o cană cu cafea. Henry s-a aşezat în fața ei.

Amândoi îi spun lui Liv că prima zi a decurs aşa cum se aşteptaseră. Dar în atmosferă pluteşte o stare de încordare, la fel ca sarea din aer la kilometri depărtare de țărmul unei mări. Liv răsfoieşte teancul de traduceri fotocopiate, iar Henry se întoarce spre Angela.

– Liv, nu spuneai tu că atunci când ai stat de vorbă cu nepotul lui Sophie ţi-a pomenit că ea căzuse în dizgrație? Mă întreb dacă merită mers pe acest fir.

– Nu înţeleg, spune Liv.

Henry şi Angela o privesc întrebător.

Silver înghite ce avea în gură şi vorbeşte:

– Ei bine, dacă a căzut în dizgrație, asta nu înseamnă că relația ei cu *Kommandant*-ul poate să fi fost liber consimțită? Treaba e că, dacă putem dovedi că așa au stat lucrurile, dacă putem sugera că a avut o relație extraconjugală cu un ofițer german, atunci putem susține și că tabloul poate a fost un dar. Nu-i de neconceput ca o femeie îndrăgostită nebunește să-i dăruiască iubitului un portret al ei.

– Nu și Sophie, spune Liv.

– Asta n-avem de unde ști, intervine Henry. Mi-ai spus că după dispariția ei familia nici nu i-a mai pomenit numele. Fără îndoială că, de-ar fi fost fără pată, familia ar fi ținut să-și amintească de ea. În schimb, iat-o trecută sub tăcere, parcă de rușine.

– Nu cred să fi avut o relație liber consimțită cu acel *Kommandant*. Uitați-vă la ilustrata asta.

Liv deschide din nou dosarul.

– „Tu ești steaua mea călăuzitoare în această lume a nebuniei." Sunt rânduri scrise cu trei luni înainte de a începe presupusa „colaborare". Nu mi se pare c-ar fi vorba de doi soți care nu se iubesc, nu credeți?

– Cu siguranță că e un soț care-și iubește soția, spune Henry. Dar nu avem idee dacă ea îi întorcea sentimentul. Poate că la vremea aceea era îndrăgostită până peste cap de un ofițer neamț. Poate se simțea singură sau derutată. Faptul că-și iubea soțul nu înseamnă că nu se putea îndrăgosti de un altul după plecarea lui.

Liv își îndepărtează părul de pe obraz.

– Mi se pare îngrozitor s-o compromitem, spune ea.

– E deja compromisă. Propria familie n-are nici un cuvânt bun despre ea.

– Nu vreau să folosesc vorbele nepotului în defavoarea ei, spune Liv. E singurul căruia pare să-i pese de ea. Atâta doar... că eu nu-s convinsă că știm toată povestea.

– Nu-i important să știm toată povestea.

Angela Silver răsucește cutia în care a fost sendvișul și o aruncă fix în coșul de gunoi.

– Uitați, doamnă Halston, dacă puteți dovedi că ea și *Kommandant*-ul au avut o aventură, șansele dumneavoastră de a păstra tabloul cresc considerabil. Câtă vreme partea cealaltă sugerează că portretul a fost furat sau obținut prin forță, cazul nostru devine vulnerabil.

Angela își șterge mâinile și-și pune din nou peruca.

– Meciul se joacă pe viață și pe moarte. Și puteți fi sigură că partea adversă așa îl și joacă. În ultimă instanță este vorba de un singur lucru: cât de mult țineți să păstrați tabloul?

Liv stă la masă, având în față sendvișul neatins. Cei doi avocați se ridică, gata să se înapoieze în sală. Liv privește țintă însemnările din fața ei. Nu poate întina memoria lui Sophie. Dar nu poate nici să renunțe la tablou. Și lucrul cel mai important, nu-l poate lăsa pe Paul să câștige.

– Mă mai uit o dată, spune ea.

Capitolul 26

Nu mă tem, deși e straniu să-i vedem mâncând și stând de vorbă aici, chiar sub acoperișul nostru. În general sunt amabili, aproape prevenitori. Și sunt convinsă că Herr Kommandant *nu va tolera nici o ieșire nepermisă. Așa că a început dificilul nostru armistițiu...*

Partea ciudată e că Herr Kommandant *este un om de cultură. A auzit de Matisse! De Weber și de Purrmann! Îți imaginezi cât de ciudat îmi pare să discut despre finețea tușelor tale cu un neamț?*

Astă-seară am mâncat bine. Herr Kommandant *a venit la bucătărie și ne-a dat voie să mâncăm ce mai rămăsese din pește. Micuțul Jean a plâns când s-a terminat mâncarea. Mă rog la Dumnezeu să ai ce mânca, oriunde te-ai găsi...*

Liv citește și recitește aceste fragmente, încercând să umple golurile dintre cuvinte. Este greu de stabilit o înșiruire a evenimentelor: Sophie a scris pe petice de hârtie disparate și pe alocuri cerneala s-a decolorat, dar se întrevede limpede că relația ei cu Friedrich Hencken devenea tot mai puțin încordată. Sophie pomenește de conversații prelungite, de unele gesturi binevoitoare, de faptul că ofițerul neamț le dădea mereu mâncare. Fără îndoială că Sophie n-ar fi discutat despre artă, nici n-ar fi acceptat alimente din partea cuiva pe care l-ar fi socotit o bestie.

Cu cât citeşte mai mult, cu atât se simte mai apropiată de autoarea acelor rânduri. Citeşte povestea bebeluşului-purcel, traducând-o de două ori, să fie sigură că a înțeles-o bine, și ar vrea să chiuie de bucurie pentru felul cum s-a încheiat.

Se întoarce la hârtiile pregătite pentru tribunal, în care doamna Louvier descrie nesupunerea lui Sophie, curajul şi inima ei bună. Sufletul ei pare să se aştearnă pe fiecare pagină. O clipă îşi doreşte să-i poată vorbi lui Paul despre toate acestea.

Închide cu grijă dosarul. Pe urmă se uită cu un aer vinovat la marginea biroului, unde ține hârtiile pe care nu i le-a arătat lui Henry.

> Kommandant-*ul are o privire pătrunzătoare, inteligentă și totuși cumva precaută, de parcă ar încerca să-și ascundă adevăratele sentimente. Mă tem că va reuși să-și dea seama că sunt pe cale să-mi pierd cumpătul.*

Restul foii lipseşte, a fost rupt sau poate s-a distrus odată cu trecerea anilor.

> *„Am să dansez cu dumneavoastră,* Herr Kommandant“, *am spus. „Dar numai în bucătărie.“*

Mai este şi un colț de hârtie, cu o caligrafie care nu-i a lui Sophie. Pe el scrie doar atât: *„Odată făcut pasul, nu mai e cale de întoarcere.“* Prima oară când citise aceste cuvinte, lui Liv i se oprise inima în piept.

Citeşte şi reciteşte cuvintele, imaginându-și o femeie îmbrățișând în taină un bărbat care ar fi trebuit să-i fie duşman. Apoi închide dosarul şi ascunde colțul de hârtie sub teancul de documente.

– Câte ai primit azi?

– Patru, răspunde ea, întinzându-i povara zilnică de scrisori otrăvite.

Henry i-a spus să nu deschidă nici una dacă nu recunoaşte scrisul.

De asta se vor ocupa oamenii lui, raportându-le pe toate cele care conţin ameninţări. Liv se străduieşte să-şi păstreze stăpânirea de sine, dat fiind noul curs al evenimentelor, dar i se strânge inima de fiecare dată când vede un scris nefamiliar. La gândul că undeva afară există atâta ură inexplicabilă, care aşteaptă să-şi găsească o ţintă. Nu mai poate tasta în motorul de căutare cuvintele *Fata pe care ai lăsat-o în urmă.* Iniţial existau două consemnări istorice, dar acum au apărut versiuni web ale articolelor de ziar din toată lumea, reproduse de grupuri de interese sau de chat-rooms unde se discută despre egoismul de care dau dovadă ea şi Paul, despre evidenta lor lipsă de consideraţie faţă de ceea ce-i corect. Primeşte cuvintele ca pe nişte lovituri: *Jefuit. Furat. Căţea.*

De două ori, cineva i-a vârât rahat de câine în cutia poştală din hol.

În dimineaţa asta n-a fost decât o singură protestatară, o femeie între două vârste, cu părul în dezordine, îmbrăcată într-un trenci albastru şi care insista să-i înmâneze altă broşură confecţionată la domiciliu, referitoare la Holocaust.

– Asta n-are nici o legătură cu mine sau cu cazul meu, îi replicase Liv, îndesându-i broşura în palmă.

– Dacă nu faci nimic, atunci eşti complice.

Chipul femeii era schimonosit de furie.

Henry o trăsese pe Liv deoparte.

– N-are nici un rost să stai la discuţii, îi spusese el.

În mod straniu, vorbele lui nu-i atenuaseră sentimentul de vinovăţie.

Sunt semne făţişe de dezaprobare. Există şi urmări mai puţin vizibile ale cazului în curs de judecare. Vecinii n-o mai salută zâmbitori, se mulţumesc să dea din cap, cu ochii în pământ, când trec pe lângă ea. De când cazul a apărut în ziare, nimeni nu i-a mai strecurat vreo invitaţie pe sub uşă. Nici la cină, nici la vreo vizionare, nici la vreun eveniment arhitectural la care era de regulă invitată, deşi de obicei refuza. Mai întâi a crezut că erau simple coincidenţe: acum însă începe să-şi pună întrebări.

Ziarele relatează zilnic cum se îmbracă, descriind-o ca pe o persoană „posomorâtă“, uneori „lipsită de ostentaţie“, dar întotdeauna „blondă“. Par să aibă un apetit nepotolit pentru toate aspectele cazului. Liv nu ştie dacă vreun reporter a încercat s-o contacteze pentru comentarii: telefonul e scos din priză de zile întregi.

Priveşte, de-a lungul rândurilor pline de public, către cei doi Lefèvre, la chipurile lor impenetrabile şi la expresia lor de îndârjire resemnată, aceeaşi ca în prima zi. Se întreabă ce simt când aud cum a fost luată Sophie din sânul familiei, singură şi neiubită de nimeni. Oare acum gândesc altfel despre ea? Sau nici măcar nu-şi dau seama de prezenţa ei reală, ci doar de cea simbolică, în miezul acestor evenimente?

Paul se aşază în fiecare zi în celălalt capăt al banchetei. Nu se uită la el, dar îi simte prezenţa ca pe un curent electric.

Christopher Jenks ia cuvântul. Anunţă Curtea că va expune ultima dovadă că *Fata pe care ai lăsat-o în urmă* este de fapt o opera de artă însuşită prin jaf în timpul războiului. E un caz neobişnuit, spune el, dat fiind că cercetările sugerează că portretul a fost obţinut pe căi neortodoxe, nu numai o dată, ci de două ori. Cuvintele „căi neortodoxe“ o fac de fiecare dată pe Liv să se crispeze.

– Actualii proprietari ai tabloului, soţii Halston, l-au cumpărat dintr-o serie de obiecte aparţinând unei anume Louanne Baker. „Neînfricata domnişoară Baker“, după cum i se spunea, a fost corespondent de război în 1945, una dintre puţinele femei din elita jurnalismului la vremea aceea. Deţinem decupaje din *New York Register*[1] care detaliază prezenţa ei la Dachau la sfârşitul celui de-al Doilea Război Mondial. Aceste relatări din presă oferă o mărturie grăitoare a prezenţei ei acolo când lagărul a fost eliberat de forţele aliate.

Liv vede cum bărbaţii din presă îşi notează totul cu febrilitate.

– Subiecte din cel de-al Doilea Război Mondial, murmurase Henry, când se aşezaseră. Presa adoră să depisteze un nazist.

---

[1] Registrul oraşului New York, publicaţie oficială care consemnează diverse date, nume de persoane, acţiuni

Cu două zile în urmă Liv ar fi putut jura că doi dintre jurnaliști jucau „Spânzurătoarea".

– Unul dintre aceste decupaje relatează că, în perioada eliberării, doamna Baker a petrecut o zi la un mare depozit cunoscut sub numele de Centrul de colectare, instituit în foste birouri ale naziștilor și unde americanii au depozitat opere de artă însușite de nemți.

Jenks expune cazul unei alte ziariste căreia i s-a oferit un tablou în semn de mulțumire că-i ajutase pe Aliați la vremea aceea. Tabloul fusese disputat în instanță, după care fusese restituit proprietarilor de drept.

Henry clatină ușor din cap.

– Domnule judecător, vă vom înmâna acum copii ale unui articol din ziar, datat 6 noiembrie 1945 și intitulat „Cum am devenit guvernator la Berchtesgaden", articol care, susținem noi, demonstrează cum o umilă ziaristă, Louanne Baker, a ajuns să posede, pe căi neortodoxe, o capodoperă de artă modernă.

În sală se lasă liniștea, iar jurnaliștii se apleacă în față, cu pixurile pregătite să noteze în blocnotesuri. Christopher Jenks începe să citească:

Anii de război te pregătesc pentru o mulțime de situații. Nu și pentru aceea în care m-am trezit numită șef la Berchtesgaden, răspunzătoare pentru prăzile lui Göring, pentru opere de artă furate, în valoare de vreo sută de milioane de dolari.

Glasul tinerei ziariste răsună peste negura timpului, îndrăzneț și capabil. Debarcase împreună cu Screaming Eagles[1] pe plaja Omaha[2]. Fusese încartiruită împreună cu ei în apropiere de München. Ziarista reda gândurile tinerilor soldați care nu fuseseră niciodată până atunci plecați atâta timp de acasă și-i descrie fumând, făcând pe grozavii sau pradă unei nostalgii ascunse de ochii celorlalți. Și iată că, într-o bună dimineață, privește cum trupele ies din cazarmă și se

---

[1] Numele dat diviziei 101 aeropurtată, participantă la debarcarea din Normandia, la 6 iunie 1944

[2] Nume de cod pentru unul din cele cinci sectoare în care s-a făcut debarcarea

îndreaptă spre un lagăr de detenție aflat la câțiva kilometri depărtare, ea fiind dată în grija a doi pușcași marini și călătorind cu o mașină de pompieri.

„Armata americană nu-și permitea nici cel mai neînsemnat risc de accident când avea în custodie o asemenea comoară."

Jurnalista povestește despre vădita pasiune a lui Göring pentru artă, despre faptul că în acea clădire se găsea dovada unui jaf sistematic și-și exprimă sentimentul de ușurare la înapoierea trupelor americane, moment în care încetase să mai poarte răspunderea pentru conținutul depozitului.

Apoi Christopher Jenks face o pauză.

La plecare, sergentul mi-a spus că puteam să-mi iau un obiect ca amintire, ca răsplată pentru ceea ce el numea „datoria mea patriotică". Așa am și făcut, iar obiectul e și azi la mine, o mică amintire a celei mai neobișnuite zile din viața mea.

Jenks se ridică în picioare, înălțând din sprâncene.

– Halal amintire.

Angela Silver e deja în picioare.

– Obiectez! Nicăieri în articol nu se pomenește că-i vorba de *Fata pe care ai lăsat-o în urmă.*

– Faptul că ea declară că i s-a îngăduit să ia un obiect din depozit e o coincidență ieșită din comun.

– Articolul nu precizează nicăieri că acel obiect era o pictură. Cu atât mai puțin pictura în cauză.

– Se aprobă.

Angela Silver trece la bară.

– Domnule judecător, am studiat mult arhivele de la Berchtesgaden și nu există nici o mențiune scrisă că acest tablou ar proveni de la Centrul de colectare. Nu figurează pe nici una din listele de inventar din acea vreme. Prin urmare, colegul meu face o asociere tendențioasă.

– E cunoscut faptul că în timpul războiului există întotdeauna obiecte neînregistrate nicăieri. Am auzit mărturiile experților, care au declarat că unele lucrări n-au figurat niciodată pe vreo listă de obiecte furate în timpul războiului, pentru ca ulterior să reiasă că făceau parte exact din această categorie.

– Domnule judecător, dacă distinsul meu coleg susţine că *Fata pe care ai lăsat-o în urmă* e un obiect furat şi ajuns la Berchtesgaden, atunci reclamanţii trebuie mai întâi să dovedească dincolo de orice dubiu că tabloul a ajuns acolo. Nu există nici o dovadă concretă că a făcut parte din colecţie.

Jenks clatină din cap.

– David Halston *în persoană* declara că, atunci când a cumpărat tabloul, fiica lui Louanne Baker i-a spus că mama ei îl luase din Germania în 1945. Americanca nu ştia exact provenienţa picturii, iar domnul Halston nu cunoştea îndeajuns de bine piaţa operelor de artă ca să-şi dea seama că ar fi trebuit să întrebe. E ciudat ca un tablou dispărut din Franţa în timpul ocupaţiei germane şi la care pare să fi râvnit un *Kommandant* neamţ, să apară în casa unei femei de curând întoarse din Germania, şi care a declarat în scris că l-a adus acasă ca pe o amintire preţioasă dintr-o călătorie într-un loc unde nu se va mai întoarce niciodată.

În sala tribunalului se lasă linişte. Ceva mai încolo pe bancă, Liv vede o femeie brunetă, îmbrăcată în verde pal, care ascultă atentă, aplecată înainte, cu degetele noduroase sprijinite de spătarul banchetei din faţă.

Liv se întreabă unde a mai văzut-o. Femeia clatină din cap cu convingere. În sălile de judecată vin mulţi oameni în vârstă: câţi dintre ei mai păstrează o amintire personală despre acest război? Câţi or fi pierdut picturi care le aparţineau?

Angela Silver se adresează judecătorului:

– Domnule judcător, şi acestea sunt probe circumstanţiale. În articol nu se face nici o referire explicită la vreun tablou. „Amintirea", cum e denumit aici obiectul, putea foarte bine să fi fost vreo insignă militară sau o pietricică. Tribunalul trebuie să decidă exclusiv pe baza unor dovezi. Autoarea articolului nu se referă nici măcar o singură dată la tabloul în cauză.

Angela Silver se aşază.

– O putem chema la bară pe Marianne Andrews?

Femeia în verde se ridică greoi şi se îndreaptă către boxa martorilor. După ce depune jurământul, priveşte în jur, clipind uşor. Îşi strânge poşeta între degete cu atâta forţă, încât i s-au albit încheieturile umflate. Liv tresare, amintindu-şi unde a mai văzut femeia: pe o stradă toropită de arşiţă din Barcelona, cu aproape zece ani în urmă, numai că pe atunci femeia avea părul blond, nu negru ca smoala. *Marianne Johnson.*

– Doamnă Andrews. Sunteţi unica fiică a lui Louanne Baker.

– Da. Sunt văduvă. Şi da, aşa e.

Liv îşi aminteşte pronunţatul ei accent american.

Angela Silver arată spre pictură.

– Doamnă Andrews, recunoaşteţi tabloul – copia lui – expusă în această sală?

– Fără îndoială. Tabloul acesta a stat în sufrageria noastră tot timpul cât am fost copil. Se numeşte *Fata pe care ai lăsat-o în urmă* şi a fost pictat de Édouard Lefèvre.

Pronunţă numele Le Fever.

– Doamnă Andrews, v-a vorbit vreodată mama dumneavoastră despre amintirea la care se referă în articol?

– Nu, doamnă.

– Nu v-a spus niciodată că ar fi vorba de o pictură?

– Nu, doamnă.

– V-a spus vreodată de unde provine tabloul?

– Nu, cel puţin nu mie. Tot ce pot să vă spun e că mama n-ar fi luat niciodată acel tablou dacă şi-ar fi închipuit că aparţinuse unei victime din lagăr. Mama nu era aşa.

Judecătorul se apleacă în faţă.

– Doamnă Andrews, trebuie să ne limităm la ceea ce se cunoaşte. Nu-i putem atribui motive mamei dumneavoastră.

– Păi, cam asta faceţi toţi aici.

E supărată.

– N-aţi cunoscut-o. Credea în fairplay. Amintirile pe care le-a păstrat erau capete deshidratate, arme sau numere de maşini. Obiecte de care nu i-ar fi păsat nimănui.

Se gândeşte o clipă.

– Sigur, capetele deshidratate au aparţinut cândva cuiva, dar pun pariu că nu le-a revendicat nimeni, nu?

În sală se aud râsete înfundate.

– Mama a fost foarte tulburată de ce a văzut la Dachau. Ani după aceea, cu greu putea vorbi despre asta. Ştiu bine că n-ar fi luat nimic de acolo dacă ar fi bănuit că aduce o suferinţă în plus acelor bieţi oameni.

– Deci dumneavoastră nu credeţi că mama dumneavoastră a luat acest tablou din Berchtesgaden.

– Mama n-a luat niciodată nimic de la nimeni. Întotdeauna a plătit ce trebuia plătit. Aşa era felul ei.

Jenks se ridică în picioare.

– Toate bune şi frumoase, doamnă Andrews, dar din câte aţi declarat, nu cunoaşteţi de unde avea pictura, corect?

– V-am mai spus, mama n-a fost o hoaţă.

Liv se uită cum judecătorul îşi face câteva însemnări. Se uită la Marianne Andrews şi-i vede grimasa de pe faţă în timp ce asistă la murdărirea reputaţiei mamei ei. Se uită la Janey Dickinson, care zâmbeşte către fraţii Lefèvre, cu o expresie triumfătoare pe care abia reuşeşte s-o ascundă. Se uită la Paul, care s-a aplecat în faţă, cu mâinile împreunate pe genunchi, ca pentru rugăciune.

Liv întoarce capul de la fotocopia tabloului şi simte o nouă greutate pe suflet, o apăsare care o înfăşoară ca o pătură, cufundând-o în întuneric.

– Bună, spune ea, intrând în casă.

E patru jumătate, dar nu se vede nici urmă de Mo. Liv intră în bucătărie şi ia în mână biletul de pe masă: „Sunt la Ranic. Mă întorc mâine. Mo".

Liv dă drumul biletului şi oftează uşor. S-a obişnuit cu Mo umblând prin casă, cu sunetul paşilor ei, cu glasul fredonând încetişor, cu apa curgând în baie, cu aroma mâncării încălzite în cuptor. Acum casa îi pare pustie. Nu i se păruse pustie înainte de venirea lui Mo.

De zile întregi, Mo a fost distantă. Liv se întreabă dacă a ghicit ce se întâmplase după venirea lor de la Paris. Şi asta, la fel ca toate celelalte, o duce cu gândul la Paul.

Dar n-are rost să se gândească la Paul.

Nu are corespondenţă, doar un prospect pentru utilarea bucătăriei şi două facturi.

Îşi scoate haina şi-şi face o cană de ceai. Îl sună pe tatăl ei, care nu-i acasă. Robotul telefonic îi cere cu glas răsunător să-şi lase numele şi numărul de telefon.

„Trebuie neapărat! TARE MULT VREM să aflăm veşti despre tine!“

Deschide radioul, dar muzica e prea agasantă şi ştirile, prea deprimante. Nu vrea să intre pe internet: slabe şanse să mai primească vreun e-mail care să-i dea de lucru şi se teme ca nu cumva să găsească ceva legat de proces. Nu vrea să aibă de-a face cu pixelii furioşi ai unui milion de necunoscuţi care să-i intre în computer şi, de acolo, în minte.

Nu vrea să iasă în oraş.

„Ei, hai“, se dojeneşte singură. „Eşti mai tare de-atât. Gândeşte-te ce a avut de înfruntat Sophie.“

Îşi pune puţină muzică, doar ca să n-o mai supere tăcerea. Îndeasă câteva rufe în maşina de spălat, pentru a crea o aparenţă de normalitate. Apoi ia teancul de foi şi plicuri pe care le-a ignorat în ultimele două săptămâni, îşi trage un scaun şi începe să facă ordine în ele.

Pune facturile la mijloc, somaţiile în dreapta. În stânga pune tot ce nu-i urgent. Nu dă atenţie extrasurilor de cont de la bancă. Declaraţiile avocaţilor constituie o categorie aparte.

Are un blocnotes mare, în care scrie o coloană de cifre. Parcurge meticulos lista, adunând, scăzând şi notând rezultatele pe marginea paginii. Se reazemă de spătarul scaunului, înconjurată de cerul negru al nopţii şi rămâne cu ochii la cifre.

În cele din urmă îşi lasă capul pe spătar şi priveşte cerul prin luminator. E întuneric ca la miezul nopţii, dar când se uită la ceas, vede că nu-i nici ora cinci. Se uită la liniile drepte şi perfecte ale creației lui David, la felul în care încadrează o porțiune vastă din cerul licărind de stele, indiferent de unde l-ar privi.

Se uită la pereți, la sticla termică dublată cu folii imposibil de subțiri din material izolant adus din California și China, menite să păstreze liniște și căldură în casă. Se uită la peretele de beton de culoarea alabastrului, pe care scrisese cândva cu marker DE CE DRACU' NU MĂ LAȘI ÎN PACE?, la începutul căsniciei lor, când se certase într-o zi cu David pe motiv că ea era dezordonată. Cu toată migala unor specialiști în reparații, în anumite condiții atmosferice încă se mai văd vagi urme a ceea ce scrisese.

Privește cerul, care se vede prin cel puțin un perete transparent din fiecare cameră, așa încât Casa de Sticlă pare în orice moment suspendată în spațiu, undeva deasupra străzilor aglomerate.

Se duce în dormitor și rămâne cu ochii la portretul lui Sophie Lefèvre. Ca de fiecare dată, Sophie îi răspunde cu aceeași privire directă. Azi însă, nu mai pare impasibilă și autoritară. Azi, lui Liv i se pare că are altă expresie, una de înțelegere.

„Ce s-a întâmplat cu tine, Sophie?"

De zile întregi știe că va fi nevoită să ia această hotărâre. Probabil a știut întotdeauna. Și cu toate astea, i se pare o trădare.

Răsfoiește agenda cu numere de telefon, apoi ridică receptorul și formează numărul.

– Alo? Agenția imobiliară?

Capitolul 27

– Deci, când a dispărut tabloul dumneavoastră?

– În 1941. Poate 1942. Greu de spus, dat fiind că toți cei implicați au murit.

Blonda râde fără veselie.

– Mda, așa ați declarat. Și-mi puteți da o descriere completă a picturii?

Femeia împinge pe masă un dosar.

– Asta-i tot ce avem. Cele mai multe date figurează în scrisoarea pe care v-am trimis-o în noiembrie.

Paul frunzărește dosarul, străduindu-se să-și amintească amănuntele.

– Așadar, până la urmă ați depistat tabloul într-o galerie din Amsterdam. Și inițial v-ați adresat...

Miriam bate la ușă și intră, aducând cafeaua. Paul așteaptă, iar ea o toarnă în două cești, după care dă din cap politicos și se retrage, de parcă ar fi făcut ceva rău. El îi murmură un mulțumesc și ea se crispează ușor.

– Da, le-am scris o scrisoare. Cât credeți că valorează?

– Poftim?

– Cât credeți că valorează?

Paul ridică ochii din hârtii. Femeia se reazemă de spătarul scaunului. Are un chip frumos, cu pielea luminoasă, cu trăsături bine definite care încă nu trădează primele semne de îmbătrânire. Dar totodată lipsit de expresie, remarcă el acum, ca și cum, cu timpul, femeia s-ar fi obişnuit să-şi ascundă sentimentele. Sau poate îşi injectase Botox. Se uită pe furiş la părul ei des, cu gândul că Liv şi-ar fi dat imediat seama dacă era părul ei natural.

– Pentru că un Kandinsky ar trebui să facă o groază de bani, nu? Aşa zice soţul meu.

Paul îşi alege cu grijă cuvintele.

– Da, sigur, dacă se dovedeşte că tabloul vă aparţine. Dar mai este până atunci. Putem reveni la ideea de proprietate? Aveţi vreo dovadă privind modul în care a fost achiziţionat tabloul?

– Păi, bunicul meu a fost prieten cu Kandinsky.

– OK, spune Paul, sorbind din cafea. Aveţi vreun document în acest sens?

Ea îl priveşte fără să înţeleagă.

– Fotografii? Scrisori? Ceva care să ateste că cei doi au fost prieteni?

– O, nu. Dar bunica mea vorbea adesea despre el.

– Bunica dumneavoastră mai trăieşte?

– Nu. V-am precizat asta în scrisoare.

– Iertaţi-mă, vă rog. Care era numele bunicului dumneavoastră?

– Anton Perovsky.

Rosteşte numele pe litere, în timp ce arată spre însemnările lui Paul.

– Mai există membri ai familiei, încă în viaţă, care ar putea fi la curent cu acest fapt?

– Nu.

– Aveţi idee dacă tabloul a fost expus vreodată?

– Nu.

Paul ştiuse că era o greşeală să-şi facă publicitate, ajungând astfel să aibă de-a face cu cazuri şubrede asemenea celui de faţă, dar Janey insistase.

– Trebuie să avem o abordare proactivă, spusese ea, folosind impropriu termenul din management. Trebuie să ne stabilizăm poziţia pe piaţă, să ne consolidăm reputaţia. Trebuie să ne extindem pretutindeni pe piaţa asta.

Alcătuise o listă cu toate celelalte firme de depistare şi restituire a operelor de artă şi sugerase s-o trimită pe Miriam la concurenţă, în calitate de așa-zis client, ca să constate ce metode foloseau. Nu-i făcuse nici o impresie când el îi atrăsese atenția că asta ar fi fost curată nebunie.

– V-ați documentat în ce privește istoria tabloului? Ați căutat pe Google? În albume de artă?

– Nu. Am presupus că de asta vă plătesc pe dumneavoastră. Sunteți cei mai buni din branșă, nu? Doar ați găsit portretul lui Lefèvre.

Se așază picior peste picior și se uită la ceas.

– Cam cât durează astfel de cazuri?

– Greu de spus. Unele cazuri le rezolvăm rapid, dacă avem dovezi ale istoricului și ale provenienței operei de artă. Altele durează ani întregi. Fără îndoială, ați auzit că procedurile legale în sine sunt foarte costisitoare. E ceva la care nu vă sfătuiesc să vă angajați fără să chibzuiți bine ce faceți.

– Și lucrați pe bază de comision?

– Depinde, totuși da, la sfârșit primim un mic procent din valoarea finală. Avem și o secție juridică proprie.

Răsfoiește iar dosarul. Înăuntru nu se găsesc decât câteva fotografii ale tabloului, o declarație scrisă a lui Anton Perovsky cum că a primit tabloul de la Kandinsky în 1938. În 1941 familia a fost alungată din casă și n-au mai văzut niciodată tabloul. Mai este și o scrisoare din partea guvernului german, prin care se ia notă de solicitare. O altă scrisoare din partea Rijksmuseum din Amsterdam, care dezminte politicos că s-ar afla în posesia tabloului. Foarte puține date pe care să se bazeze o cerere de restituire.

Paul încearcă să estimeze în gând dacă merită efortul, când femeia i se adresează din nou:

– M-am dus să văd și firma cea nouă. Parcă Brigg and Sawston. Spuneau că tariful lor e cu unu la sută mai mic ca al firmei dumneavoastră.

Paul încremenește cu mâna pe blocnotes.

– Poftim?

– Vorbesc de comision. Mi-au spus că-mi cer cu unu la sută mai puțin ca dumneavoastră ca să-mi restituie tabloul.

Paul tace câteva momente înainte să-i răspundă.

– Domnişoară Harcourt, firma noastră e una respectabilă. Dacă doriţi să ne folosim priceperea, experienţa şi contactele de ani de zile ca să dăm de urma operei de artă atât de dragi familiei dumneavoastră şi, eventual, să v-o înapoiem, voi lua în consideraţie solicitarea şi vă voi da cele mai competente sfaturi în privinţa şanselor de a vă recăpăta proprietatea. Dar nu intenţionez să stau şi să mă târguiesc cu dumneavoastră.

– Păi, e vorba de o mulţime de bani. Dacă acest Kandinsky valorează milioane, e în interesul meu să închei afacerea cea mai rentabilă.

Paul simte cum i se încleştează maxilarul.

– Dat fiind că până acum un an şi jumătate nici nu ştiaţi de existenţa acestui tablou, consider că, dacă vom reuşi să vi-l înapoiem, e foarte probabil să încheiaţi o afacere foarte rentabilă.

– Prin asta vreţi să spuneţi că nu veţi avea în vedere un comision mai... competitiv?

Privirea ei e inexpresivă. Are figura imobilă, dar îşi ţine picioarele încrucişate elegant. Una dintre baretele pantofilor a lunecat de pe călcâi şi acum atârnă în aer. E o femeie obişnuită să obţină ce-şi doreşte, şi asta fără urmă de sentimente sau emoţii.

Paul pune pixul pe birou. Închide dosarul şi-l împinge în direcţia ei.

– Domnişoară Harcourt. Mi-a făcut plăcere să vă cunosc. Dar cred că discuţia noastră s-a încheiat.

Tăcere. Ea clipeşte.

– Poftim?

– Cred că nu mai avem ce să ne spunem.

Janey tocmai trece prin birou, cu o cutie de bomboane de Crăciun în mână, când aude voci ridicate şi se opreşte.

– Sunteţi cel mai grosolan bărbat pe care l-am cunoscut vreodată, şuieră furioasă domnişoara Harcourt.

Îţi ţine la subsuoară poşeta scumpă, iar Paul îi vâră în mână dosarul cu scrisori, conducând-o către uşă.

– Mă îndoiesc.

– Dacă vă închipuiţi că aşa se fac afacerile, atunci sunteţi mai naiv decât mi-am închipuit.

– Un motiv în plus să nu-mi încredinţaţi dificila misiune de a căuta pictura despre care se vede că vă e atât de dragă, spune el sec.

Deschide uşa şi domnişoara Harcourt iese într-un nor de parfum scump, strigând ceva ce nu se distinge foarte clar în clipa când ajunge în dreptul scărilor.

– Ce dracu' a fost asta? întreabă Janey când Paul trece cu paşi mari pe lângă ea, înapoindu-se în birou.

– Nu mă întreba. Nu mă întreba, ai înţeles?

Trânteşte uşa după el şi se aşază la birou. Când într-un târziu îşi ridică fruntea din mâini, primul lucru de care dă cu ochii este portretul *Fetei pe care ai lăsat-o în urmă.*

Formează numărul ei din colţul străzii Goodge, la intrarea în gura de metrou. A mers pe jos de-a lungul Marylebone Road, gândindu-se ce-i va spune, dar când ea răspunde, uită tot.

– Liv?

Scurta pauză dinainte să-i audă vocea îl face să înţeleagă că ea ştie cine sună.

– Ce doreşti, Paul?

Tonul ei e rece, circumspect.

– Fiindcă dacă-i ceva legat de Sophie...

– Nu. N-are nimic de a face cu... voiam doar...

Îşi duce mâna la cap şi priveşte în jur, la forfota de pe stradă.

– Voiam doar să ştiu... dacă eşti bine.

Altă pauză prelungă.

– Păi... încă trăiesc.

– Mă gândeam... poate când se termină tot... poate... ne întâlnim...

Îşi aude propriul glas, vlăguit şi neconvingător, şi nu şi-l recunoaşte. Îşi dă seama brusc că vorbele pe care le-a rostit nu-s pe măsura haosului pe care Paul l-a dezlănţuit în viaţa ei. În definitiv, ce-a făcut ea ca să merite tot ce i se întâmplă?

Aşa că, atunci când îi aude răspunsul, nu este prea surprins.

– În clipa asta... nu prea pot gândi dincolo de următoarea şedinţă a tribunalului. Este... prea complicat.

Urmează o nouă tăcere. Un autobuz trece pe lângă el, scârțâind și accelerând cu o furie neputincioasă, acoperind orice alt sunet, așa că Paul își lipește telefonul de ureche. Închide ochii. Ea nu încearcă să umple tăcerea.

– Deci... pleci de Crăciun?

– Nu.

„Pentru că procesul mi-a mâncat toți banii", îi aude el replica tăcută. „Și asta din vina ta."

– Nici eu. Adică am să mă duc în vizită la Greg. Dar este...

– Cum spuneai tu, Paul, poate că nici n-ar trebui să stăm de vorbă.

– Bine. Atunci... mă bucur că ești bine. Cred că asta-i tot ce-am vrut să-ți spun.

– Sunt bine.

De data asta tăcerea e insuportabilă.

– Atunci la revedere.

– La revedere, Paul.

Liv închide telefonul.

Paul rămâne în colțul străzii Tottenham Court Road, cu mobilul în mână, în timp ce în urechi îi răsună sunetul metalic al colindelor de Crăciun. Pe urmă își îndeasă telefonul în buzunar și pornește, încet, înapoi spre birou.

Capitolul 28

– Deci aici e bucătăria. După cum vedeți, apartamentul oferă o panoramă spectaculoasă în trei direcții, asupra fluviului și a orașului. În dreapta se vede Tower Bridge, acolo e London Eye, iar în zilele senine puteți apăsa pe butonul acesta – corect, doamnă Halston? – și acoperișul se deschide.

Liv se uită la cei doi soți, care privesc în sus. Bărbatul, un om de afaceri trecut de cincizeci de ani, poartă o pereche de ochelari unicat, de firmă. De când a venit păstrează o expresie impenetrabilă, poate presupunând că urma cea mai vagă de entuziasm l-ar dezavantaja în caz că se decide să avanseze o sumă.

Dar nici el nu-și poate ascunde surpriza văzând cum tavanul de sticlă se trage în lături. Cu un bâzâit aproape imperceptibil, acoperișul lunecă într-o parte și cu toții pot admira albastrul infinit. Aerul rece al iernii pătrunde încet în bucătărie, săltând primele foi din teancul de documente de pe masă.

– Nu-i cazul să-l lăsăm prea mult deschis, nu?

Tânăra agentă imobiliară, care nu s-a plictisit de mecanism în decursul celor trei vizionări pe care le-a efectuat în această dimineață, se preface că a luat-o frigul, apoi urmărește cu o încântare abia disimulată cum acoperișul se închide etanș. Femeia, o japoneză micuță, cu gâtul înfășurat într-o eșarfă înnodată complicat, își înghiontește ușor soțul și-i murmură ceva la ureche. El dă din cap și ridică iar privirea.

– Acoperişul, la fel ca o bună parte a casei, e făcut dintr-o sticlă specială, care reţine căldura la fel ca un perete cu izolaţie obişnuită. De fapt, e chiar mai ecologic decât o locuinţă terasată obişnuită.

Cei doi n-au aerul să fi pus în viaţa lor piciorul într-o astfel de locuinţă. Japoneza se plimbă prin bucătărie, deschizând şi închizând sertarele şi bufetele, studiindu-le în interior cu privirea ascuţită a unui chirurg pregătit să facă o incizie.

Liv stă tăcută lângă frigider, conştientă că-şi muşcă obrazul pe dinăuntru. Ştiuse întotdeauna că nu-i va fi uşor, dar nu-şi închipuise că se va simţi atât de penibil, atât de vinovată în prezenţa unor oameni care-i umblă prin casă, inspectându-i lucrurile cu priviri posesive şi lipsite de orice sentiment. Îi urmăreşte cum ating suprafeţele de sticlă, cum îşi plimbă degetele peste rafturi, îi aude discutând în şoaptă despre posibilitatea de a pune câteva tablouri pe perete, ca să mai „încălzească atmosfera" şi-i vine să-i dea pe uşă afară.

– Toată aparatura casnică e de ultimă generaţie şi inclusă în preţul de vânzare, spune agenta imobiliară, deschizând uşa frigiderului.

– Cuptorul este aproape nefolosit, adaugă o voce din prag.

Mo s-a dat cu un fard de pleoape purpuriu şi sclipitor şi poartă o geacă peste uniforma de asistent social de la căminul de bătrâni.

Agenta de asigurări e puţin descumpănită.

– Eu sunt asistenta personală a doamnei Halston, spune Mo. Va trebui să ne scuzaţi o clipă. Se apropie ora la care trebuie să-şi ia medicamentele.

Agenta imobiliară zâmbeşte stânjenită şi-i conduce grăbită pe cei doi spre uriaşa cameră de zi cu acoperiş de sticlă. Mo o trage pe Liv deoparte.

– Hai să bem o cafea, îi spune ea.

– Trebuie să fiu de faţă.

– Ba nu, nu trebuie. Ăsta-i masochism. Haide, ia-ţi haina pe tine.

E prima oară când o vede pe Mo după zile întregi. Prezenţa ei îi trezeşte lui Liv un neaşteptat sentiment de uşurare. Îşi dă seama că a tânjit măcar după un crâmpei de normalitate, care acum a luat înfățișarea unei rockerițe de un metru jumătate, cu pleoapele fardate purpuriu, îmbrăcată într-o uniformă de un alb imaculat. Viața ei a devenit bizară, dată peste cap, nu mai știe decât de sala tribunalului unde se duelează cei doi avocați, de sugestii și respingeri, de războaie și comandanți puși pe jafuri. Vechea ei viață, vechile rutine au fost înlocuite de un soi de arest la domiciliu, lumea ei de acum constă din fântâna arteziană de la etajul doi al tribunalului, băncile tari de lemn și ticul judecătorului de a-și mângâia nasul înainte de a începe să vorbească. Plus imaginea tabloului ei, așezat pe un stativ.

Paul. La un milion de kilometri depărtare, în boxa reclamanților.

– Chiar vrei s-o vinzi? întreabă Mo, făcând semn din cap în direcția casei.

Liv deschide gura să-i răspundă, dar își dă seama că, dacă începe să vorbească despre adevăratele ei sentimente, nu s-ar mai opri. Va sta aici, murmurând și zeflemisind până la Crăciunul viitor. Vrea să-i spună lui Mo că ziarele scriu zilnic despre cazul ei, că numele ei e vehiculat încoace și încolo, încât pentru ea aproape și-a pierdut sensul. Cuvintele „furt", „corectitudine" și „infracțiune" apar în toate articolele de presă. Vrea să-i spună lui Mo că a renunțat până și la alergare: un bărbat o așteptase la intrarea în bloc numai ca s-o scuipe. Vrea să-i spună că medicul i-a prescris somnifere pe care se teme să le ia. Când i-a explicat doctorului situația în care se află, s-a întrebat dacă nu cumva citise dezaprobare chiar și în ochii lui.

– Sunt bine, spune ea.

Mo își îngustează pleoapele.

– Zău că da. În definitiv, e vorba doar de niște cărămizi lipite cu mortar. Mă rog, beton și sticlă.

– Cândva am avut și eu un apartament, spune Mo, continuând să amestece cafeaua cu lingurița. În ziua când l-am vândut, m-am așezat pe jos și am plâns ca un copil.

Liv încremenește cu ceașca în aer.

– Am fost măritată. Dar n-a mers cum trebuie.

Mo ridică din umeri și începe să vorbească despre vreme.

Ceva s-a schimbat la Mo. Nu a devenit chiar evazivă, dar între ele s-a ridicat un fel de barieră invizibilă, ca un perete de sticlă. „Poate că-i vina mea", își spune Liv. „Am fost atât de preocupată de bani și de proces, încât n-am mai întrebat-o care-i viața ei."

– Știi, mă gândeam la Crăciun, începe Liv după câteva clipe de tăcere. Mă întrebam dacă Ranic ar vrea să rămână la noi în seara de Ajun. Din motive egoiste, zâmbește ea. Mă gândeam că voi doi ați putea să mă ajutați la gătit. Niciodată n-am pregătit o masă de Crăciun, iar tata și Caroline gătesc foarte bine și n-aș vrea să mă fac de râs.

Își dă seama că bate câmpii. *Am nevoie să mă gândesc cu plăcere la ceva*, ar vrea să spună. *Vreau să zâmbesc fără să mă gândesc ce mușchi să-mi folosesc.*

Mo își privește mâna. Pe degetul mare de la mâna stângă stă scris cu pix albastru un număr de telefon.

– Mda. Asta...

– Îmi amintesc ce mi-ai spus, cum că la el este prea mare aglomerație. Așa că dacă vrea să rămână și în seara de Crăciun e perfect. Va fi cumplit de greu să găsească un taxi ca să se întoarcă acasă.

Se silește să surâdă vesel.

– Cred că ne vom distra grozav. Cred... cred... că toți avem nevoie de ceva distracție.

– Liv, Ranic n-o să vină.

– Cum?

– N-o să vină.

Mo strânge din buze.

– Nu înțeleg.

Mo începe să vorbească, alegându-și cu grijă cuvintele, de parcă ar chibzui la implicațiile fiecăruia din ele.

– Ranic e bosniac din Balcani. Părinții lui au pierdut tot ce aveau. Ce ți se întâmplă ție cu procesul... toată mizeria asta, el a trăit-o. Nu... nu vrea să vină să sărbătorească în casa ta. Îmi pare rău.

Liv o privește fix, apoi pufnește și împinge zaharnița în cealaltă parte a mesei.

– Da. Ai dreptate. Uiți un lucru, Mo. Stăm amândouă împreună de prea multă vreme.

– Poftim?

– Oi fi eu naivitatea întruchipată, dar de data asta nu mă duci.

Dar Mo nu râde. Nici măcar n-o privește în ochi. Liv așteaptă și atunci Mo adaugă:

– OK, bine, dacă e pe-așa... Răsuflă adânc. Nu spun că sunt de acord cu Ranic, dar cumva și eu cred că ar trebui să înapoiezi tabloul.

– Cum?

– Uite, pe mine mă doare în cot a cui e pictura, dar ai să pierzi, Liv. Toată lumea vede asta, numai tu nu.

Liv a rămas cu ochii la ea.

– Citesc și eu ziarele. Sunt tot mai multe probe împotriva ta. Dacă ții cu tot dinadinsul să continui lupta, ai să pierzi tot. Și pentru ce? Pentru câțiva stropi de ulei pe o pânză?

– Pur și simplu nu pot renunța la tablou.

– De ce dracu' nu?

– Celor doi Lefèvre puțin le pasă de Sophie. Nu-i interesează decât banii.

– Pentru numele lui Dumnezeu, Liv, este doar un simplu tablou!

– Nu, nu-i doar un simplu tablou! Sophie a fost trădată de toți cei din jur. La sfârșit n-a mai avut pe nimeni! Și e... ea e tot ce mi-a mai rămas.

Mo o privește pătrunzător.

– Zău? Atunci aș vrea și eu o parte zdravănă din nimicul cu care te alegi tu.

Rămân o clipă ochi în ochi, apoi amândouă își mută privirea în altă parte. Pe gâtul lui Liv încep să apară pete de roșeață.

Mo trage aer în piept și se apleacă în față.

– Înțeleg că în prezent îți vine greu să mai ai încredere în cineva după tot ce-ai pățit cu Paul, dar trebuie să renunți. Și vrei să fiu sinceră cu tine? Nu cred să mai fie careva care să-ți spună asta verde în față.

– Atunci, mulțumesc. O să-mi amintesc de asta data viitoare când am să mai deschid un teanc de scrisori mustind de ură sau când va mai veni un om străin să-mi vadă casa.

Cele două femei schimbă o privire neașteptat de rece. Între ele se lasă tăcerea, Mo strânge din buze, ca să-și înfrâneze potopul de cuvinte.

– Bine, spune ea într-un târziu. Atunci, din moment ce lucrurile au ajuns atât de departe, trebuie să-ţi spun. Plec din casa ta.

Se apleacă şi-şi face de lucru cu pantoful, aşa că vocea ei se aude înfundat, de sub tăblia mesei.

– Am să stau cu Ranic. Nu-i vorba de proces. Cum spuneai şi tu, iniţial ne-am înţeles să locuiesc la tine numai provizoriu.

– Aşa vrei tu?

– Cred că aşa e cel mai bine.

Liv pare lipită de scaun. La masa alăturată stau doi bărbaţi. Unul din ei sesizează schimbarea de atmosferă şi aruncă o privire înspre masa lor, fără să se întrerupă din discuţie.

– Îţi sunt... recunoscătoare că... m-ai lăsat să rămân atâta timp.

Liv clipeşte apăsat, apoi se uită în altă parte. Simte un junghi în stomac. Conversaţia de la masa alăturată încetează şi se aşterne o tăcere stânjenitoare.

Mo soarbe şi ultima înghiţitură de cafea, apoi împinge ceaşca pe masă.

– Ei, atunci asta e.

– Bine.

– Plec mâine, dacă n-ai nimic împotrivă. Astă-seară vin târziu de la muncă.

– E în regulă.

Liv încearcă să-şi păstreze un ton lipsit de inflexiuni.

– A fost... o discuţie lămuritoare.

N-a intenţionat să sune atât de sarcastic.

Mo mai zăboveşte o clipă, apoi se ridică, îşi pune geaca şi-şi saltă pe umăr rucsacul.

– Doar ca idee, Liv. Ştiu că nu l-am cunoscut pe David. Dar ai vorbit atâta despre el. Uite care-i treaba. Mă tot întreb: Ce-ar fi făcut David?

Numele lui loveşte tăcerea ca o mică explozie.

– Serios. Dacă toată povestea asta ar fi izbucnit când David al tău încă mai era în viaţă... mă refer la istoria tabloului, de unde provine, ce-au suferit fata aceea şi familia ei... tu ce crezi că ar fi făcut?

Şi, lăsându-şi ideea să plutească în aer, Mo îi întoarce spatele şi iese din cafenea.

*

Sven sună chiar în momentul când Liv iese din cafenea. Tonul lui e încordat.

– Poţi să treci pe la birou?

– Nu-i momentul cel mai potrivit, Sven.

Liv îşi freacă ochii şi priveşte în sus, la Casa de Sticlă. Îi tremură mâinile.

– E important.

Sven închide telefonul înainte ca ea să mai apuce să adauge ceva.

Liv renunţă să se ducă acasă şi porneşte spre biroul lui. Acum merge pe jos oriunde se duce, cu capul în piept, cu o pălărie trasă peste urechi, evitând privirile străine. De două ori trebuie să-şi şteargă lacrimile care i s-au furişat în colţurile ochilor.

Când ajunge la birourile Solberg Halston nu mai găseşte acolo decât două persoane: Nisha, o tânără cu o tunsoare aproape geometrică şi un bărbat al cărui nume nu şi-l aminteşte. Amândoi par ocupaţi, aşa că Liv străbate holul sclipitor şi se duce spre biroul lui Sven, fără să-i mai salute. Uşa e deschisă şi, când intră Liv, Sven se ridică să închidă uşa în urma ei. O sărută pe obraz, dar nu-i oferă cafea.

– Cum merge cazul?

– Nu prea grozav, răspunde ea.

E agasată de tonul autoritar cu care a chemat-o. În minte încă îi răsună ultima întrebare a lui Mo: „Ce-ar fi făcut David?"

Abia atunci îşi dă seama că Sven are obrazul cenuşiu, obrajii supţi şi că priveşte fix la un blocnotes aflat în faţa lui.

– E totul în regulă? întreabă ea.

Trăieşte o clipă de panică. „Te rog, spune-mi că Kristen e bine, că şi copiii sunt toţi bine."

– Liv, am o problemă.

Ea se aşază, cu poşeta pe genunchi.

– Fraţii Goldstein s-au retras.

– Poftim?

– Au reziliat contractul. Din pricina cazului tău. Azi-dimineaţă m-a sunat Simon Goldstein. Au urmărit ce scrie în ziare. Zice că... zice că familia lui a pierdut tot în timpul regimului nazist şi că nici el, nici fratele lui nu pot avea relații cu cineva care consideră că asta e firesc.

Lumea încremenește în jurul lor. Liv ridică privirea spre Sven.

– Dar... nu pot face una ca asta. Eu nu sunt... nu fac parte din firmă, nu?

– Ești director onorific, Liv, iar numele lui David e implicat în apărarea ta. Simon face apel la o clauză secundară. Dar continuând să-ți susții cauza în ciuda unor dovezi concludente, aduci atingere reputației firmei. I-am spus că e o decizie lipsită de temei, dar el mi-a replicat că n-avem decât s-o contestăm, numai că ei au buzunare foarte adânci. Citez: „Te poți lupta cu mine, Sven, dar am să câștig". Vor solicita altei echipe să termine lucrarea.

Liv e năucită. Clădirea Goldstein e apoteoza muncii de o viață a lui David: construcția ridicată în memoria lui.

A rămas încremenită, cu ochii la profilul lui Sven. Chipul lui pare tăiat în piatră.

– Simon și fratele lui au păreri foarte categorice în privința restituirii.

– Dar... nu-i cinstit. Până în acest moment nici măcar nu cunoaștem adevărul despre acest tablou.

– Nu despre asta-i vorba.

– Dar noi...

– Liv, am discutat problema asta toată ziua. Singura cale ca frații Goldstein să lucreze în continuare cu firma noastră e ca... Trage aer în piept. Ca numele de Halston să nu mai fie asociat cu ea. Asta înseamnă să renunți la funcția de director onorific. Și să schimbăm numele firmei.

Ea răspunde abia după ce repetă în gând cuvintele, încercând să le priceapă sensul.

– Adică vreți ca numele lui David să nu mai figureze în firmă.

– Da.

Liv își privește fix genunchii.

– Îmi pare rău. Înțeleg că e un șoc pentru tine. Dar a fost un șoc și pentru noi.

În mintea lui Liv se aprinde un gând.

– Și ce se va întâmpla cu munca mea cu copiii?

El clatină din cap.

– Îmi pare rău.

Liv are senzația că tot miezul ființei ei e un sloi de gheață. Se lasă o tăcere lungă. Apoi Liv vorbește din nou, foarte rar, cu glasul răsunând neobișnuit de tare în liniștea biroului.

– Deci ați decis cu toții că, din moment ce nu vreau să renunț la tabloul cumpărat legal de David cu ani în urmă, trebuie să vă purtați în mod necinstit. Și mai vreți să ne scoateți din afacerea lui și din opera lui de caritate. Să ștergeți numele lui David de pe clădirea creată chiar de el.

– E un mod melodramatic de a vedea lucrurile. Pentru prima oară, Sven pare stânjenit. Liv, e o situație teribil de dificilă. Dacă sunt de partea ta în cazul ăsta, toată lumea de la firmă riscă să-și piardă slujba. Știi cât ne-am implicat în proiectul cu clădirea Goldstein. Dacă ei se retrag, firma Solberg Halston nu va supraviețui. Se apleacă peste birou. Clienți miliardari nu se găsesc chiar la tot pasul. Iar eu trebuie să mă gândesc la angajații mei.

Dincolo de ușa biroului cineva își ia rămas-bun. Se aude un hohot de râs. În birou tăcerea e copleșitoare.

– Deci dacă renunț la tablou, vor păstra numele lui David pe clădire?

– N-am discutat acest aspect. Se prea poate.

– Se prea poate.

Liv chibzuiește la cele auzite.

– Și dacă refuz?

Sven bate cu pixul în birou.

– Vom dizolva firma și vom înființa una nouă.

– Cu care frații Goldstein vor colabora.

– Posibil, da.

– Prin urmare, nu prea contează ce spun eu. A fost doar un telefon dat din politețe.

– Îmi pare rău, Liv. E o situație imposibilă. Mă aflu într-o situație imposibilă.

Liv mai rămâne câteva clipe. Apoi, fără un cuvânt, se ridică și iese din biroul lui Sven.

*

E ora unu noaptea. Liv stă cu ochii în tavan şi ascultă paşii lui Mo umblând de colo-colo prin camera de oaspeţi, sunetul fermoarului unei genţi de voiaj, o bufnitură înfundată când geanta e scoasă în faţa uşii. Aude apa la toaletă, din nou paşi uşori, după care tăcere, semn că Mo s-a dus la culcare. Liv a rămas lungită în pat, întrebându-se dacă să pornească pe coridor, să încerce s-o convingă pe Mo să nu plece, dar cuvintele care îi roiesc în minte refuză să se aşeze într-o ordine care să-i fie de folos. Se gândeşte la o clădire din sticlă aflată la câţiva kilometri depărtare, pe jumătate terminată, şi la arhitectul ei, al cărui nume va fi îngropat la fel de adânc precum fundaţia construcţiei.

Întinde mâna şi-şi ia mobilul pe care-l ţine lângă pat. Rămâne cu ochii la afişajul pe care-l distinge în penumbră.

Nici un mesaj nou.

Singurătatea o izbeşte cu o forţă aproape fizică. Pereţii care o înconjoară îşi pierd substanţa şi n-o mai protejează de lumea ostilă din afară. Casa nu mai e atât de transparentă şi de pură cum o dorise David: spaţiile ei libere sunt reci, deloc emoţionale, liniile drepte sunt încărcate de istorie, iar suprafeţele de sticlă sunt întunecate de hăţişul de nepătruns al unor existenţe omeneşti.

Liv încearcă să-şi stăpânească un vag sentiment de panică ce o inundă valuri-valuri. Se gândeşte la însemnările lui Sophie, la prizoniera suită într-un tren. Ştie că dacă ar aduce însemnările în faţa tribunalului, poate ar mai avea şanse să păstreze tabloul.

Dar dacă-l păstrez, îşi spune ea, toţi o vor şti pe Sophie drept o femeie care s-a culcat cu un neamţ şi care şi-a trădat ţara şi soţul. Iar eu n-aş fi cu nimic mai bună decât concetăţenii din oraşul ei care au ostracizat-o.

Odată făcut pasul, nu mai e cale de întoarcere.

Capitolul 29

1917

Nu mai plângeam de dor de casă. N-aş fi putut spune de cât timp călătoream, pentru că zilele şi nopţile se înşirau fără deosebire, iar de dormit dormeam numai ocazional şi puţin. Când mai erau doar câţiva kilometri până la Mannheim am început să am dureri de cap, urmate imediat de o febră care când îmi dădea frisoane, când mă înfierbânta în aşa măsură, încât abia mă stăpâneam să nu arunc de pe mine şi puţinele haine pe care le mai aveam. Liliane şedea alături, ştergându-mi fruntea cu poalele fustei, ajutându-mă când făceam escale. Avea obrazul supt din pricina încordării. „Am să mă fac bine curând", îi repetam eu, impunându-mi să cred că nu era decât o răceală trecătoare, urmarea inevitabilă a ultimelor zile, a aerului rece şi a şocului.

Camionul se opintea şi ocolea gropile din drum, prelata se umfla de vânt, lăsând să pătrundă înăuntru o ploaie şfichiuitoare şi rece ca gheaţa, capul tânărului soldat sălta, iar el deschidea ochii când treceam peste vreun hop mai mare şi ne fixa brusc cu o privire furioasă, parcă avertizându-ne să rămânem acolo unde eram.

Aţipeam şi mă trezeam, sprijinită de Liliane, cu ochii la micul triunghi din prelată prin care zăream ocazional peisajul pe care-l lăsam în urmă. Am văzut cum marginile drumului, pline de cratere lăsate de bombardament, au făcut treptat loc unor oraşe mai acătării, cu şiruri întregi de case aparent neatinse, cu grinzi negre profilate strident pe albul zidurilor, cu grădini pline de tufe frumos tunse și grădini de zarzavat bine îngrijite.

Am trecut pe lângă lacuri întinse, am străbătut păduri dese de brazi, unde camionul scârțâia și roțile se chinuiau să înainteze prin șleaurile noroioase. Eu și Liliane nu primeam mai nimic: niște cești cu apă și câteva bucăți de pâine neagră azvârlite în remorcă la fel cum se aruncă resturile la porci.

Pe măsură ce febra creștea, îmi păsa tot mai puțin de lipsa hranei. Durerea din stomac era atenuată de alte dureri: mă dureau capul, încheieturile, ceafa. Mi-a dispărut complet pofta de mâncare și Liliane era nevoită să mă oblige să înghit apă, deși aveam dureri în gât, amintindu-mi că trebuia să mănânc cât timp aveam mâncare și să-mi păstrez puterile. În tot ce-mi spunea ea simțeam o undă de mânie, de parcă ar fi știut mult mai multe decât lăsa să se ghicească despre soarta ce ne aștepta. La fiecare oprire, ochii ei erau măriți de neliniște și, deși aveam mintea încețoșată din pricina bolii, mă molipsisem și eu de teama ei.

Când Liliane dormea, obrazul i se schimonosea din pricina coșmarurilor. Uneori se trezea cu degetele încovrigate ca niște gheare, scoțând sunete nedeslușite și înspăimântate. Dacă mă simțeam în stare, mă întindeam spre ea și o atingeam pe braț, încercând s-o trezesc cu blândețe la realitate. Uneori, cu ochii la peisajul german, mă întrebam de ce fac asta.

De când descoperisem că nu ne îndreptam către Ardennes, începusem să-mi pierd și eu încrederea. Acum *Herr Kommandant* și înțelegerea făcută cu el păreau la un million de kilometri depărtare. Viața mea la hotel, cu barul lui lucios din lemn de mahon, sora mea și satul în care crescusem păreau acum un vis, o închipuire de demult. Realitatea noastră însemna o situație greu de îndurat, frig, durere și frică permanentă, ca un zumzet neîncetat în mintea mea. Încercam să mă concentrez, să-mi amintesc chipul lui Édouard, vocea lui, dar nu reușeam nici asta. Puteam evoca frânturi din imaginea lui: părul lui moale și castaniu căzând în cârlionți pe guler, mâinile lui puternice, dar nu izbuteam să le pun laolaltă într-un tablou care să-mi aducă mângâiere. Acum îmi erau mai familiare degetele rupte ale lui Liliane odihnindu-se în mâna mea. Mă uitam lung la degetele învinețite, prinse în atelele improvizate de mine și-mi impuneam să cred că toate acestea aveau un scop: că principiul credinței era tocmai acela că trebuia pusă la încercare. Dar cu fiecare kilometru, îmi era din ce în ce mai greu să cred.

Ploaia s-a oprit. Am făcut escală într-un sătuc și tânărul soldat și-a întins picioarele lungi ca să se dezmorțească, apoi a coborât. Motorul s-a oprit și am auzit afară glasuri discutând în nemțește. M-am întrebat o clipă dacă aș fi putut cere puțină apă. Aveam buzele uscate și-mi simțeam mâinile și picioarele vlăguite.

În fața mea Liliane ședea nemișcată, ca un iepure care adulmecă în vânt, simțind primejdia. Am încercat să fac abstracție de durerea de cap și să mă gândesc, așa că am deslușit treptat zgomotele unei piețe: strigările vesele ale piețarilor, vorba înceată a unor femei care se târguiau cu cei de la tarabe. Am închis ochii o clipă, încercând să-mi imaginez că auzeam vorbindu-se franceza, nu germana, și că erau sunete din St. Péronne, unde îmi petrecusem copilăria. Mi-am închipuit-o pe sora mea, cu coșul agățat de braț, alegând roșii și vinete, cântărindu-le în palmă și apoi punându-le cu grijă la loc. Aproape că simțeam soarele pe față, mirosul de *saucisson*[1], de *fromagerie*[2], mă vedeam mergând agale printre tarabe. Apoi s-a ridicat colțul prelatei și în deschizătură s-a ivit un chip de femeie.

Apariția a fost atât de neașteptată, încât am icnit fără voia mea. Femeia m-a privit fix și o clipă am crezut că ne va da ceva de mâncare – dar ea a întors capul, continuând să țină cu mâna colțul prelatei și a strigat ceva în germană.

Liliane s-a târât până în capătul cel mai îndepărtat al remorcii, trăgându-mă după ea.

– Acoperă-ți capul, mi-a șoptit.

– Cum?

N-a apucat să mai spună și altceva că de afară a venit o piatră care m-a lovit dureros în braț. Am privit în jos, buimăcită, apoi o altă piatră m-a izbit în tâmplă. Am clipit, și în clipa următoare s-au ivit alte trei-patru femei, cu chipurile schimonosite de ură, cu brațele

---

1 Cârnat (în limba franceză în original)

2 Brânzeturi (în limba franceză în original)

încărcate de pietre, cartofi putreziți, bucăți de lemn, orice le fusese la îndemână.

– *Huren!*[1]

Eu și Liliane ne-am ghemuit într-un colț, încercând să ne ferim capetele, în timp ce o ploaie de proiectile se abătea asupra noastră. Le-am simțit lovindu-mă în cap și pe mâini. Îmi venea să le strig: „De ce faceți asta? Cu ce v-am greșit?“ Dar ura de pe fețele și din glasurile lor mă îngrozea. Femeile astea chiar ne disprețuiau. Dacă ar fi avut ocazia, ne-ar fi sfâșiat. Am simțit spaima suindu-mi în gât ca fierea. Până în clipa aceea n-o simțisem ca pe ceva concret, o creatură capabilă să-mi distrugă identitatea, să-mi dinamiteze gândurile, să-mi răscolească intestinele de spaimă. M-am rugat... m-am rugat ca femeile acelea să plece, să înceteze toată scena. Când am îndrăznit să ridic ochii, l-am zărit pe tânărul soldat care șezuse în remorcă. Stătea departe și-și aprindea o țigară, privind calm piața. Am simțit că mi se suie sângele la cap.

Bombardamentul a continuat minute întregi, care mi s-au părut lungi cât niște ore. Un fragment de cărămidă m-a lovit peste gură și am simțit pe buză gust de sânge amestecat cu murdărie.

Liliane nu țipa, dar tresărea în brațele mele de fiecare dată când o lovea vreun proiectil. Mă agățam de ea ca și cum ar fi fost unicul meu punct de sprijin.

Apoi, brusc, totul s-a oprit. Urechile au încetat să-mi mai țiuie și în colțul ochiului mi s-a prelins un firicel cald de sânge. Am distins cu greu o conversație afară. Apoi motorul a început să huruie, tânărul soldat a suit nonșalant în remorcă și camionul s-a pus în mișcare.

Am suspinat adânc, un suspin de ușurare.

– Nemernici, am murmurat în franceză.

Liliane m-a strâns de mână cu degetele tefere. Cu inimile bubuind, ne-am dus înapoi pe băncile noastre, tremurând din toate încheieturile. Când, în sfârșit, am ieșit din orășel, am simțit cum mi se evaporă adrenalina, lăsându-mă stoarsă de puteri. Mi-era frică să adorm, frică de ce ar fi putut urma, dar Liliane, cu ochii larg deschiși, scruta micul petic de peisaj ce se întrevedea printre marginile

---

1 Târfe (în limba germană în original)

prelatei. Egoismul din mine știa că Liliane va veghea asupra mea, că nu va adormi din nou. Mi-am pus capul pe banchetă și, în timp ce bătăile inimii mi se potoleau încet-încet, am închis ochii și m-am lăsat să alunec în neant.

La următoarea oprire am văzut zăpadă: o câmpie aridă, în care se zărea un singur pâlc de arbori și un șopron dărăpănat. Am fost târâte afară, în semiîntuneric și împinse spre copaci, unde ni s-a dat a înțelege, prin gesturi făcute cu arma, ce anume trebuia să facem. Eram sleită de puteri. Abia mă mai țineau picioarele, din pricina febrei și a frisoanelor. Liliane s-a dus șchiopătând la adăpostul precar al șopronului și am așteptat-o, cu peisajul învârtindu-se în jurul meu. M-am lăsat să cad în zăpadă, vag conștientă de bărbații care băteau din picioare lângă camion ca să-și pună sângele în mișcare.

O parte din mine se bucura de răceala gheții pe picioarele mele înfierbântate. Am lăsat aerul rece să-mi atingă pielea, să-mi răcească sângele în vene, bucurându-mă de scurtul moment în care mă simțeam din nou ancorată de pământ. M-am uitat la cerul infinit, pe care se iveau stele sclipitoare, până când m-a luat cu amețeală. M-am străduit să-mi amintesc nopțile în care, cu multe luni în urmă, îmi imaginasem că el era undeva, departe, privind aceleași stele ca mine. Apoi am întins degetul și am scris pe suprafața albă și curată ÉDOUARD.

După o clipă i-am scris numele și de cealaltă parte a mea, ca și cum aș fi vrut să mă conving că Édouard nu era un vis, că se găsea pe undeva și că el – că noi – chiar existaserăm în realitate. I-am scris numele iar și iar, apăsându-mi în zăpadă degetele învinețite până când m-am înconjurat de numele lui: *Édouard, Édouard, Édouard.* I-am scris numele de zece, douăzeci de ori. Nu vedeam nimic altceva. Mă găseam într-un cerc mare de Édouard dansând în jurul meu. Ar fi fost atât de simplu să intru în acest cerc, să rămân în acest palat de Édouard și să las baltă toate celelalte. M-am lăsat puțin pe spate și am izbucnit în râs.

Liliane a apărut din spatele șopronului și a încremenit în loc. Am văzut-o fixându-mă cu privirea și am constatat pe chipul ei aceeași expresie pe care o văzusem cândva și la Hélène: un fel de oboseală, dar nu trupească. Părea sătulă de viață, neștiind dacă mai avea energia să ducă această luptă. Și atunci ceva m-a trezit la realitate.

– Eu... eu... am fusta udă, am spus.

Era singurul lucru rezonabil care-mi trecuse prin minte.

– Nu-i decât zăpadă.

M-a apucat de braț, ajutându-mă să mă ridic, m-a scuturat de zăpadă, după care, ea șchiopătând și eu clătinându-mă pe picioare, ne-am înapoiat, trecând pe lângă soldații nepăsători și armele lor și am suit în camion.

Lumină. Liliane se uita în ochii mei, astupându-mi gura cu palma. Am clipit și m-am săltat involuntar, dar ea și-a dus degetul la buze. A așteptat până când am dat din cap, în semn că am înțeles, și când și-a luat palma de pe gura mea, mi-am dat seama că vehiculul în care ne aflam oprise din nou. Ne găseam într-o pădure. Zăpada se așternuse ici și colo, printre copaci, cufundând totul în nemișcare și înăbușind zgomotele.

Liliane mi-a făcut semn spre soldatul care ne păzea. Dormea tun, întins pe banchetă, cu capul rezemat de raniță. Sforăia, complet expus, cu tocul pistolului la vedere, cu gâtul dezgolit vreo câțiva centimetri deasupra gulerului. Fără voia mea, am vârât mâna în buzunar, apucând între degete ciobul de sticlă.

– Sari! mi-a șoptit Liliane.

– Poftim?

– Sari. Dacă o luăm prin șanțul de colo, unde nu-i zăpadă, n-o să lăsăm urme. Până se trezesc ei, o să căpătăm un avans de câteva ceasuri.

– Bine, dar suntem în Germania.

– Eu vorbesc puțin germana. O să ne descurcăm.

Vorbea cu însuflețire și convingere. Nu cred că o mai văzusem trepidând așa încă din St. Péronne. Am clipit spre soldatul adormit, apoi m-am uitat din nou la Liliane, care a ridicat cu băgare de seamă prelata, privind afară în lumina albăstruie.

– Dacă ne prind, o să ne împuște.

– O să ne împuşte şi dacă stăm aici. Iar dacă nu ne împuşcă, o să ne fie şi mai rău. Haide! Avem o şansă.

A rostit mut cuvintele, făcându-mi în tăcere semn să-mi iau sacul cu lucruri.

M-am ridicat. Am privit cu luare-aminte spre pădure. M-am oprit.

– Nu pot.

Ea s-a întors spre mine. Încă îşi mai ţinea mâna ruptă lipită de piept, parcă temându-se să n-o atingă de ceva. Acum, în lumina zorilor, îi vedeam zgârieturile şi vânătăile de pe faţă, acolo unde o loviseră proiectilele cu o zi în urmă.

Mi-am înghiţit nodul din gât.

– Şi dacă mă duceau la Édouard?

Liliane s-a holbat la mine.

– Ţi-ai pierdut minţile? mi-a şoptit ea. Hai, Sophie, vino. E o ocazie unică.

– Nu pot.

Ea şi-a vârât din nou capul înăuntru, uitându-se neliniştită la soldatul adormit, apoi m-a apucat de încheietura mâinii cu degetele tefere. Pe chip i s-a aşternut o expresie feroce.

– Sophie, mi-a şuierat ea, ca şi cum i-ar fi vorbit unui copil handicapat. Nu te duce nimeni la Édouard.

– *Kommandant* a spus…

– Este neamţ, Sophie! L-ai umilit. L-ai făcut să se simtă ca un animal! Crezi că te va răsplăti vreodată pentru asta?

– E un grăunte de speranţă, ştiu. Dar este... tot ce mi-a rămas.

Ea continua să mă privească, iar eu mi-am tras sacul spre mine.

– Uite, du-te tu. Ia ăsta. Ia tot. Poţi s-o faci.

Liliane a înşfăcat sacul şi s-a uitat din nou afară, chibzuind. Se pregătea mental, parcă încercând să se decidă încotro s-o ia. Eu mă uitam neliniştită la soldatul adormit, temându-mă să nu se trezească.

– *Fugi.*

Nu puteam pricepe de ce n-o lua din loc. Ea s-a întors încet spre mine, îndurerată.

– Dacă eu fug, o să te lichideze.

– Poftim?

– Fiindcă m-ai ajutat să fug. O să te împuşte.

– Dar nu poţi rămâne. Ai fost prinsă împărţind manifeste ale Rezistenţei. Situaţia mea e alta.

– Sophie. Ai fost singura care m-a tratat ca pe o fiinţă omenească. Nu pot avea pe conştiinţă moartea ta.

– Am să scap cu bine. Aşa s-a întâmplat întotdeauna.

Liliane Béthune s-a uitat la hainele mele murdare, la trupul meu slăbit şi bântuit de febră dârdâind în aerul rece al dimineţii. A rămas aşa timp îndelungat, apoi s-a aşezat greoi, lăsând să-i cadă sacul, de parcă puţin i-ar fi păsat cine o să-l audă. M-am uitat la ea, dar a întors capul. Am tresărit puternic amândouă în clipa în care motorul s-a trezit brusc la viaţă. Am auzit un ordin. Camionul s-a pus încet în mişcare, săltând peste o groapă şi făcându-ne să ne izbim violent de latura remorcii. Soldatul a sforăit gutural, fără să se trezească.

Am prins-o de braţ.

– Liliane, fugi, i-am şuierat eu. Cât încă mai poţi. Încă mai e timp. N-o să te audă.

Dar ea nu mi-a dat nici o atenţie. A împins sacul spre mine cu piciorul şi s-a aşezat alături de soldatul adormit. S-a sprijinit de latura camionului, cu privirea în gol.

Camionul a ieşit din pădure şi a pornit la drum în câmp deschis. Am parcurs următorii câţiva kilometri în tăcere. Am auzit în depărtare împuşcături şi am văzut şi alte vehicule militare. Am încetinit, depăşind o coloană de bărbaţi care de-abia mergeau, îmbrăcaţi în haine cenuşii şi zdrenţuite. Toţi păşeau cu capetele în piept. Păreau nişte spectre, nu oameni în carne şi oase. M-am uitat la Liliane, care-i privea, şi am simţit prezenţa ei în camion ca pe o greutate apăsătoare. De n-aş fi fost eu, ar fi reuşit să fugă. Am fi putut fugi împreună. Pe măsură ce gândurile mi se limpezeau, mi-am dat seama că probabil îi distrusesem şi ultima şansă de a ajunge înapoi la fiica ei.

– Liliane...

Ea a clătinat din cap, ca şi cum ar fi refuzat să mă asculte.

Ne-am continuat drumul. Cerul s-a înnorat şi a început din nou să plouă, o lapoviţă rece, cu picuri muşcători care-mi biciuiau pielea prin găurile prelatei de deasupra noastră. Am început să tremur violent şi fiecare hurducătură mă făcea să simt durere în tot trupul. Aş fi vrut să-i spun că-mi pare rău. Să-i spun că refuzul meu fusese un gest îngrozitor şi egoist. Ar fi trebuit să-i acord această şansă. Avea dreptate: mă amăgisem cu speranţa că *Herr Kommandant* mă va răsplăti pentru ce făcusem.

– Sophie? a deschis ea gura în cele din urmă.

– Da?

Doream din tot sufletul să-mi vorbească. În glasul meu se citea probabil o nerăbdare aproape disperată.

Ea şi-a înghiţit nodul din gât, privindu-şi vârfurile pantofilor.

– Dacă... dacă mi se întâmplă ceva, crezi că Hélène va avea grijă de Édith? Vreau să spun, îi va purta cu adevărat de grijă? O va iubi?

– Bineînţeles. Hélène n-ar fi în stare să nu iubească un copil, aşa cum n-ar fi în stare să... ştiu eu?... să treacă de partea nemţilor.

M-am silit să zâmbesc. Ţineam neapărat să par mai puţin bolnavă decât mă simţeam, să-i dau asigurări că se puteau întâmpla şi lucruri bune. M-am foit pe banchetă, străduindu-mă să-mi îndrept spatele. Simţeam că mă doare fiecare oscior.

– Nu trebuie să gândeşti aşa. Vom trece şi peste asta, Liliane, şi atunci te vei putea înapoia acasă, la fetiţa ta. Poate chiar peste câteva luni.

Şi-a dus mâna zdravănă la obraz, plimbându-şi degetele pe o cicatrice roz pal care-i brăzda obrazul pornind de la sprânceană. Părea adâncită în gânduri, cu mintea dusă undeva departe de mine. M-am rugat la Dumnezeu ca vorbele mele să-i fi redat cât de cât încrederea.

– Până acum am supravieţuit, nu? am continuat eu. Nu mai trăim coşmarul din camionul ăla de vite. Şi am ajuns să fim împreună. N-am nici o îndoială că soarta ne-a surâs când a făcut să ne întâlnim.

Pe neaşteptate, Liliane mi-a amintit de Hélène în zilele ei mohorâte. Aş fi vrut să mă întind până la ea, să-i ating braţul, dar eram prea slăbită. De abia reuşeam să mă ţin în capul oaselor pe bancheta de lemn.

– Trebuie să-ţi păstrezi încrederea. Lucrurile încă mai pot lua o întorsătură favorabilă. Sunt sigură de asta.

– Chiar crezi că ne putem întoarce acasă? La St. Péronne? După ce am făcut şi tu, şi eu?

Soldatul s-a străduit să se ridice în capul oaselor, frecându-se la ochi. Părea enervat, ca şi cum l-ar fi trezit conversaţia noastră.

– Păi... poate nu chiar imediat, am bâiguit eu. Dar ne putem întoarce în Franţa. Într-o bună zi. Situaţia va fi...

– Sophie, acum ne găsim în ţara nimănui. Pentru noi nu mai există un loc pe care să-l numim acasă.

Atunci Liliane a ridicat capul. M-a privit cu ochi imenşi şi întunecaţi. Acum nu mai avea nimic comun cu femeia elegantă pe care o vedeam odinioară trecând mândră prin faţa hotelului. Dar nu numai cicatricile şi vânătăile îi schimbaseră înfăţişarea: undeva, în adâncul sufletului, se înrăise şi se întunecase.

– Tu chiar crezi că prizonierii ajunşi în Germania se mai întorc?

– Liliane, te implor, nu mai vorbi aşa. Te rog. Nu trebuie decât...

Glasul mi s-a stins.

– Sophie, draga de tine, tu cu credinţa şi încrederea ta oarbă în firea omenească. Aproape mi-a zâmbit, un surâs oribil şi sumbru. Nici n-ai idee ce o să ne facă.

Spunând acestea, înainte să apuc să mai rostesc vreun cuvânt, a smuls pistolul din tocul soldatului, şi-a lipit ţeava de tâmplă şi a apăsat pe trăgaci.

Capitolul 30

– Ne-am gândit să împrumutăm un film pentru după-amiază. În dimineaţa asta Jakey o să mă ajute să plimb câinele.

Greg conduce prost, apăsând şi ridicând piciorul de pe acceleraţie în ritm cu muzica, astfel încât Paul e proiectat în faţă când se aşteaptă mai puţin, tot timpul cât maşina parcurge Fleet Street.

– Pot să-mi iau jocul Nintendo?

– Nu, nu poţi să-ţi iei jocul Nintendo, dependentule. Ai să dai cu capul într-un copac, cum ai păţit data trecută.

– Exersez să mă caţăr pe copaci, ca Super Mario.

– Nu-ţi merge, puştiulică.

– La ce oră te întorci, tati?

– Mm?

Pe locul din dreapta, Paul studiază ziarele. Există patru relatări despre evenimentele petrecute la tribunal în ziua precedentă. Titlurile anticipează Victoria TIR şi a fraţilor Lefèvre. Nu-şi aminteşte să fi fost vreodată mai puţin entuziasmat de un verdict favorabil.

– Tati?

– La dracu'! Ştirile!

Se uită la ceas, apoi se apleacă şi potriveşte butonul radioului de maşină.

„Supravieţuitori ai lagărelor de concentrare germane au cerut guvernului să urgenteze legislaţia care va reglementa retrocedarea operelor de artă prădate în timpul războiului…

Potrivit unor surse juridice, numai în acest an au decedat şapte supravieţuiori, tot aşteptând verdictele unor procese prin care să fie înapoiate bunuri aparţinând familiilor lor, situaţie care a fost descrisă drept „tragică"... Solicitarea e consecinţa faptului că procesul legat de un tablou presupus a fi fost furat în timpul Primului Război Mondial trenează la Curtea Supremă..."

Paul se apleacă în faţă.

– Cum se dă mai tare?

„De unde scot chestiile astea?"

– Tre' să încerci Pac-man. Ăla da, joc pe calculator.

– Cum?

– Tati? La ce oră?

– Aşteaptă o clipă, Jake. Trebuie să aud ştirea asta.

„... Halston, care susţine că soţul ei, decedat între timp, a cumpărat tabloul de bună-credinţă. Acest caz controversat ilustrează dificultăţile unui sistem legal care, în ultimele decenii, a fost nevoit să facă faţă unui număr crescând de cazuri complexe de restituire. Cazul Lefèvre a atras atenţia opiniei publice din întreaga lume, iar grupurile de supravieţuitori..."

– Dumnezeule! Biata domnişoară Liv! exclamă Greg, clătinând din cap.

– Poftim?

– N-aş vrea să fiu în pielea ei.

– Ce vrei să spui?

– Păi, toate chestiile astea din ziare, de la radio... încep să fie greu de suportat.

– Aici e vorba de afaceri.

Greg îi aruncă privirea rezervată clienţilor care-i cer să le vândă pe datorie.

– E complicat.

– Da? Parcă ziceai că astfel de lucruri sunt întotdeauna ori negre, ori albe.

– Vrei să nu te amesteci, Greg? Sau trec pe la tine mai târziu, să-ţi dau sfaturi cum să-ţi administrezi barul? Să vezi şi tu cum e.

Greg şi Jake se privesc unul pe altul, ridicând din sprâncene. Reacţia lui Paul e neaşteptată şi agasantă.

Paul se răsucește pe scaun.

– Jake, te sun de îndată ce termin la tribunal, OK? Diseară mergem la film sau facem ce vrei tu.

– Dar ne uităm la film azi după-masă. Tocmai ți-a spus Greg.

– Curtea Supremă e imediat pe stânga. Vrei să fac stânga-mprejur?

Greg dă semnal stânga și întoarce în loc atât de brusc, încât toți sunt proiectați în față. Un taxi îi depășește, claxonând supărat.

– Nu știu dacă pot opri aici. Dacă iau amendă, tu plătești, da? Ia stai, nu-i ea?

– Cine? întreabă Jake, aplecându-se în față.

Paul se uită de cealaltă parte a străzii, la mulțimea adunată în fața Tribunalului Suprem. Trotuarul din fața treptelor e plin de lume. În ultimele zile s-au adunat tot mai mulți, dar chiar și prin ceață, Paul își dă seama că astăzi atmosfera e diferită: oamenii sunt furioși, au chipurile încruntate, abia ascunzându-și antipatia.

– Oho! exclamă Greg, și Paul se uită în direcția unde privește fratele lui.

Peste drum, Liv se apropie de intrarea tribunalului, cu mâinile încleștate pe poșetă și cu capul în piept, parcă adâncită în gânduri. Ridică ochii și, în clipa când își dă seama de atitudinea mulțimii, expresia ei este una de spaimă. Cineva îi strigă numele: *Halston*. Mulțimii îi trebuie o clipă ca să înțeleagă și Liv iuțește pasul, încercând să treacă repede de ei, dar lumea îi repetă numele, întâi ca un murmur, care se întețește, devenind o acuzație.

Henry, abia vizibil de cealaltă parte a ușii de la intrare, pornește grăbit spre ea, pășind pe dalele de beton, ca și cum ar anticipa ce o să urmeze. Pașii lui Liv devin șovăielnici, iar Henry face un salt înainte, numai că oamenii se agită și se îmbulzesc, despărțindu-se pentru o clipă, pentru ca apoi s-o înghită, ca un organism gigantic.

– Dumnezeule...

– Ce dr...?

Paul lasă din mână dosarele și sare din mașină, traversând în fugă strada. Se aruncă în mulțime și se luptă să ajungă în mijlocul ei. E un vârtej de mâini și lozinci, o gălăgie infernală. Îi trece prin fața ochilor cuvântul FURT, pe o pancartă care cade. Vede blițul unui aparat de fotografiat, o șuviță din părul lui Liv, o apucă de braț și o aude țipând, înspăimântată. Mulțimea avansează și Paul aproape își pierde echilibrul. Îl zărește pe Henry de cealaltă parte a lui Liv și-și face loc spre el, înjurând un bărbat care-l prinde de haină. Apar câțiva polițiști în uniformă și pieptare fluorescente, care se apucă să disperseze mulțimea. „Împrăștiați-vă! ÎNAPOI! ÎNAPOI!" I se taie respirația, cineva îl lovește violent în rinichi și, în clipa următoare, se eliberează din mulțime și pornește în fugă pe scări împreună cu Henry, ținând-o pe Liv între ei ca pe o păpușă. Sunt însoțiți de polițiștii ursuzi, în pocnetele și șuierăturile aparatelor de emisie-recepție, trec de punctul de control și ajung în tăcerea și siguranța din interior. Frustrată, mulțimea își urlă protestele afară și răcnetele reverberează în zidurile tribunalului.

Liv e albă ca varul. Nu scoate o vorbă, încă își apără fața cu mâna, are obrazul zgâriat și părul i s-a desprins pe jumătate din coada de cal de la spate.

– Doamne, Dumnezeule! Unde erați? strigă Henry la polițiști, îndreptându-și sacoul. Unde erau cei de la pază? Ar fi trebuit să vă închipuiți!

Polițistul dă din cap cu un aer absent, cu o mână ridicată, în timp ce cu cealaltă ține aparatul de emisie-recepție în dreptul gurii și dă instrucțiuni.

– E pur și simplu inadmisibil!

– Ești bine? întreabă Paul, dându-i drumul de mână.

Ea încuviințează din cap și se trage deoparte, ferindu-se de el, de parcă abia atunci și-ar fi dat seama că e acolo. Îi tremură mâinile.

– Mulțumesc, domnule McCafferty, spune Henry, potrivindu-și gulerul. Mulțumesc mult că ați intervenit. A fost...

Renunță să-și ducă fraza la bun sfârșit.

– Îi putem aduce lui Liv ceva de băut? Se poate așeza undeva?

– O, Doamne! exclamă Liv în șoaptă, privindu-și mâneca. Cineva m-a scuipat.

– Scoate haina. Hai, scoate-o!

Paul îi ia haina de pe umeri.

– Nu-ți face griji, Liv. Am să rog pe cineva din oamenii mei s-o ducă la curățat. Și vom face tot posibilul să ieși pe ușa din spate.

– Aşa e, doamnă. Vă scoatem noi pe uşa din spate mai târziu, întăreşte poliţistul.

– Ca pe o infractoare, spune ea pe un ton lipsit de inflexiuni.

– N-am să las să ţi se mai întâmple aşa ceva, declară Paul, făcând un pas spre ea. Îţi promit. Îmi pare... Îmi pare nespus de rău.

Ea ridică ochii spre el, îşi îngustează pleoapele şi face un pas înapoi.

– Ce e?

– De ce-aş avea încredere în tine?

Înainte ca el să apuce să-i răspundă, Henry apare lângă ea şi Liv se îndepărtează, escortată pe coridor şi în sala tribunalului de către echipa ei de jurişti. Parcă şi mai mică în haina de culoare neagră, fără să-şi dea seama că părul îi stă tot desfăcut la spate.

Paul traversează agale strada, îndreptându-şi umerii pe sub sacou. Greg, în picioare lângă maşină, îi întinde dosarele răvăşite şi servieta de piele. A început iar să plouă.

– Eşti bine?

El dă din cap în semn că da.

– Şi ea e bine?

– Păi...

Paul priveşte peste umăr spre clădirea tribunalului şi-şi trece degetele prin păr.

– Oarecum. Uite, trebuie să plec. Ne vedem toţi mai târziu.

Greg se uită la el, apoi la mulţimea acum mai rărită şi mai cuminţită. Oamenii se plimbă de colo-colo, stând la taifas, de parcă ultimele zece minute nici n-ar fi existat. Expresia lui e neobişnuit de rece.

– Deci, spune el, suind înapoi în maşină, cum rămâne cu principiul tău că eşti de partea celor buni?

Demarează fără să se mai uite la Paul. Chipul lui Jake, palid, cu nasul lipit de geamul din spate, îl urmăreşte cu privirea până când maşina dispare din raza lui vizuală.

Urcă treptele spre sala de judecată, cu Janey alături. Părul ei e prins cu grijă şi are buzele date cu un ruj roşu şi strălucitor.

– Emoţionant, spune ea.

Paul se face că n-o aude.

Sean Flaherty îşi trânteşte dosarele pe o banchetă, pregătindu-se să treacă de punctul de control.

– Lucrurile încep să scape de sub control. N-am văzut în viaţa mea aşa ceva.

– Mda, încuviinţează Paul, frecându-şi bărbia. Aproape că... O, nu ştiu. Se pare că porcăriile ajunse în presă încep să-şi facă efectul.

Se întoarce spre Janey.

– Adică? întreabă ea cu răceală.

– Adică cei care dau informaţii jurnaliştilor şi aţâţă grupurile de interese evident nu dau doi bani pe cât de urâtă poate deveni situaţia.

– În timp ce tu eşti cavalerismul întruchipat, comentează Janey, privindu-l în ochi.

– Janey? Ai cumva vreo legătură cu protestul?

Tăcerea ei e cu o fracţiune de secundă prea lungă.

– Nu vorbi prostii.

– Pentru numele lui Dumnezeu!

Sean îşi plimbă scurt privirea de la unul la celălalt, de parcă tocmai atunci şi-ar da seama că în faţa lui se poartă o discuţie paralelă. Se scuză, mormăind ceva despre necesitatea de a-i da unele informaţii avocatului pledant. Janey şi Paul rămân singuri pe coridorul lung de piatră.

El îşi trece o mână prin păr şi se uită spre sala tribunalului.

– Nu-mi place. Nu-mi place deloc.

– E vorba de afaceri. Şi n-ai avut niciodată obiecţii până azi.

Janey se uită la ceas, apoi priveşte afară pe fereastră. Bulevardul Strand nu se vede de aici, dar huiduielile mulţimii răzbat până la ei, amortizate de zidurile clădirii. Ea îşi ţine braţele încrucişate la piept.

– Oricum, cred că nici tu nu poţi face pe nevinovatul.

– Ce vrei să spui?

– Ai de gând să-mi spui şi mie ce se întâmplă? Cu tine şi cu doamna Halston?

– Nu se întâmplă nimic.

– Nu-mi insulta inteligenţa.

– OK. Nu se întâmplă nimic care să te privească.

– Dacă ai o relaţie cu persoana reclamată de noi, atunci cred că mă priveşte foarte mult.

– Nu am o relaţie cu ea.

Janey se apropie de el.

– Nu te juca cu mine, Paul. I-ai contactat pe cei doi Lefèvre fără ştirea mea, încercând să ajungi la o înţelegere.

– Da. Aveam de gând să-ţi spun şi ţie...

– Am asistat la micul spectacol de adineauri. Încerci să negociezi o soluţie în favoarea ei doar cu câteva zile înainte de verdict?

– OK. Paul îşi scoate sacoul şi se trânteşte pe o banchetă. OK.

Ea aşteaptă.

– Am avut o scurtă relaţie cu ea înainte să-mi dau seama cine este. Relaţia s-a terminat în momentul când amândoi am descoperit că ne situam pe poziţii adverse. Asta-i tot.

Janey studiază un ornament de pe tavanul boltit. Îi adresează din nou cuvântul, pe un ton indiferent.

– Ai de gând să te combini din nou cu ea? Când se termină toată povestea?

– Asta nu-i treaba nimănui.

– La dracu', cum să nu fie? Trebuie să ştiu dacă ţi-ai dat toată silinţa pentru firma mea. Şi dacă acest caz nu-i compromis.

Glasul lui explodează în holul pustiu.

– Doar câştigăm, nu? Ce vrei mai mult de atât?

Ultimii jurişti intră în sala tribunalului. Chipul lui Sean se iveşte pe după uşa masivă din stejar şi le şopteşte să vină înăuntru.

Paul răsuflă adânc. Se străduieşte să vorbească pe un ton împăciuitor.

– Uite ce e. Lăsând deoparte problemele personale, chiar cred că cel mai bine ar fi să ajungem la o înţelegere. Am fi tot...

Janey întinde mâna să-şi ia dosarele.

– Nu negociem nimic.

– Dar...

– De ce dracu' să negociem? Suntem pe punctul de a câştiga cel mai important caz în care a fost vreodată implicată firma noastră.

– Distrugem viaţa cuiva.

– Şi-a distrus-o singură în clipa când a decis să lupte împotriva noastră.

– Urma să-i luăm un obiect pe care-l considera al ei. Bineînţeles că s-a decis să lupte împotriva noastră. Înţelege, Janey, aici e vorba de dreptate.

– Nu-i vorba de dreptate. N-are nici o legătură cu dreptatea. Nu fi ridicol.

Îşi suflă nasul. Apoi se răsuceşte spre el, cu ochii sticlind de mânie.

– Procesul mai durează două zile. Dacă nu mai intervine nimic, Sophie Lefèvre va merge acolo unde-i este locul.

– Şi tu eşti convinsă că ştii care-i locul ăsta.

– Da, sunt. Şi ar trebui să ştii şi tu. Iar acum ar fi cazul să mergem înăuntru, înainte ca domnii Lefèvre să înceapă să se întrebe ce dracu' facem aici.

Paul intră în sala tribunalului cu capul vâjâind, fără să ia în seamă privirea supărată a grefierului. Se aşază şi răsuflă adânc de câteva ori, ca să-şi limpezească gândurile. Janey e absorbită într-o conversaţie cu Sean, dar se vede că e răvăşită. Pe măsură ce i se domolesc bătăile inimii, Paul îşi aminteşte de un detectiv pensionar cu care obişnuia să stea de vorbă când se mutase la Londra, un bărbat care se amuza grozav de mersul lumii.

– Tot ce contează e adevărul, domnule McCafferty, obişnuia el să spună înainte ca berea să-l facă să bată câmpii. Fără adevăr, practic nu faci decât să jonglezi cu ideile prosteşti ale unuia sau ale altuia.

Paul îşi scoate blocnotesul din buzunarul hainei şi scrie în grabă câteva cuvinte, apoi îndoaie foaia. Se uită scurt într-o parte, apoi îl bate uşor pe umăr pe omul din faţa lui.

– Puteţi da asta consilierului juridic, vă rog?

Se uită cum foaia albă trece din mână în mână până la rândul din faţă, ajungând la tânărul consilier juridic, apoi la Henry, care îi aruncă o privire, apoi i-o înmânează lui Liv.

Ea o priveşte cu o expresie obosită, parcă temându-se s-o despăturească. Apoi Paul o vede cum citeşte biletul şi cum înlemneşte, străduindu-se să priceapă sensul cuvintelor scrise în el.

*

AM SĂ REZOLV SITUAȚIA ASTA.

Liv se întoarce și-i caută privirea. Când îi întâlnește ochii, ridică ușor bărbia. *De ce-aș avea încredere în tine?*

Timpul pare să încremenească în loc. Liv își mută privirea în altă parte.

– Spune-i lui Janey că a trebuit să plec. Am o întâlnire urgentă, îi spune el lui Sean.

Se ridică în picioare și-și face drum spre ieșire.

Ulterior, nu-și dă prea bine seama ce l-a adus aici. Apartamentul, aflat într-un bloc elegant din spatele Marylebone Road, are pereții tapetați într-o nuanță rozalie, cu un model opalescent de forma unor vârtejuri, care adaugă un luciu vag de culoarea piersicii. Perdelele sunt tot roz. Canapelele, roz-închis. De-a lungul pereților se înșiră rafturi pline de figurine de porțelan reprezentând animale, beteală și felicitări de Crăciun. O bună parte din aceste obiecte sunt tot roz. Iar în fața lui Paul, purtând pantaloni de casă și pulover, stă Marianne Andrews. Îmbrăcată din cap până în picioare în verde pal.

– Faci parte din echipa domnului Flaherty.

Se apleacă puțin, ca și cum ar fi prea înaltă ca să treacă prin cadrul ușii. Are ceea ce mama lui Paul ar numi „oase mari", cu încheieturi protuberante ca la cămile.

– Iertați-mă că am venit așa, pe nepusă masă. Voiam să stăm de vorbă. În legătură cu cazul.

Ea are aerul că ar vrea să-l refuze, apoi ridică mâna ei mare.

– Atunci intră. Dar te previn, sunt furioasă la culme pentru cum ai vorbit despre mama mea, ca și cum ar fi fost o infractoare. Nici presa nu-i mai brează. În ultimele zile m-au sunat prieteni de acasă care au citit despre povestea asta și mi-au dat a înțelege că, după părerea lor, mama a făcut ceva îngrozitor. Tocmai am vorbit la telefon cu vechea mea prietenă din liceu, Myra, și a trebuit să-i spun că în șase luni mama a făcut mai multe lucruri bune decât tâmpitu' de bărbat'-su în cei treizeci de ani cât a stat cu fundu' ăla gras lipit de scaun la Bank of America.

– Sunt convins de asta.

– Pun pariu că eşti, scumpule.

Îi face semn cu degetul să intre. Merge ţeapăn, târşâind picioarele.

– Mama a fost o socialistă progresistă. A scris despre situaţia grea a muncitorilor, despre copii despărţiţi de familiile lor. O îngrozea războiul. N-ar fi fost în stare să fure un ac, cum n-ar fi fost în stare să-i ceară întâlnire lui Göring. Presupun că vrei să bei ceva?

Paul acceptă o coca-cola dietetică şi se aşază pe una dintre canapelele joase. De afară răzbate zgomotul traficului la ora de vârf, peste aerul supraîncălzit. Un motan gras, pe care Paul l-a luat la început drept pernă, se descolăceşte şi-i sare în braţe, unde începe să-i frământe coapsele, într-un extaz tăcut.

Marianne Andrews se lasă pe spate şi-şi aprinde o ţigară, apoi trage aer în piept, cu un aer teatral.

– Accentul dumitale e de Brooklyn?

– New Jersey.

– Hm!

Îl întreabă de vechea lui adresă şi dă din cap ca să-i confirme că ştie despre ce-i vorba.

– Eşti de mult în Anglia?

– De şapte ani.

– Eu de şase. Am venit cu cel mai bun dintre soţii mei, Donald. A murit în iulie anul trecut.

Apoi continuă, cu glas ceva mai blând:

– Oricum, ce pot face pentru dumneata? Nu cred că pot să-ţi dau mai multe informaţii decât la tribunal.

– Nu ştiu. Pur şi simplu mă întreb de nu cumva mai e ceva, orice, care să ne fi scăpat.

– Nu. După cum i-am spus şi domnului Flaherty, n-am idee de unde a apărut tabloul. Sinceră să fiu, când mama îşi amintea de anii când lucra ca ziaristă, prefera să povestească mai degrabă despre cum a rămas blocată în toaleta unui avion cu JFK. Şi te asigur că pe mine şi pe tata nu ne interesa câtuşi de puţin. Crede-mă, dacă auzi o singură poveste a unui reporter vârstnic, le-ai auzit pe toate.

Paul se uită în jurul lui prin casă. Când îşi întoarce ochii iar spre Marianne, constată că femeia nu şi-a luat privirea de la el.

Îl cântăreşte atent din ochi, trimiţând un inel de fum în aerul încremenit.

– Domnule McCafferty. Clienţii dumitale îmi vor cere cumva despăgubiri în caz că tribunalul va decide că tabloul a fost furat?

– Nu. Cei doi nu vor decât pictura.

Marianne Andrews clatină din cap.

– Bag mâna-n foc că o vor.

Renunţă să mai stea picior peste picior şi schiţează o grimasă, ca şi cum mişcarea i-ar produce suferinţă.

– După părerea mea, tot cazul ăsta este o murdărie. Nu-mi place să văd numele mamei mele târât în noroi. Nici numele domnului Halston. Tabloul i-a plăcut la nebunie.

Paul coboară privirea spre motan.

– Se poate oare ca domnul Halston să-şi fi dat seama de adevărata valoare a tabloului?

– Cu tot respectul, domnule McCafferty, dar dumneata n-ai fost de faţă. Dacă vrei să zici că ar trebui să mă simt trasă pe sfoară, atunci nu ştii cu cine ai de-a face.

– Chiar nu vă pasă de valoarea lui?

– Presupun că dumneata şi cu mine avem opinii diferite despre sensul cuvântului „valoare".

Motanul se uită la Paul cu ochi lacomi şi, totodată, ostili.

Marianne Andrews îşi stinge ţigara.

– Şi mi-e o milă teribilă de biata Olivia Halston.

El ezită o clipă, apoi spune încet:

– Da. Şi mie.

Ea ridică o sprânceană.

El oftează.

– Cazul ăsta e... tare păcătos.

– Suficient de păcătos, încât s-o aducă pe sărmana fată la sapă de lemn?

– Îmi fac doar datoria, doamnă Andrews.

– Mda. Cred că şi maică-mea a auzit fraza asta de vreo câteva ori.

O spune cu blândeţe, dar el tot simte că-i suie sângele în obraji.

Ea îl priveşte preţ de un minut, apoi exclamă tare „Ha, ha!", speriind motanul, care sare jos din braţele lui Paul.

– O, pentru numele lui Dumnezeu! Nu vrei ceva mai tare? Eu una simt nevoia să beau ceva mai zdravăn. Sunt sigură că-i aproape ora prânzului.

Se ridică și se duce la micuțul bar.

– Bourbon?

– Mulțumesc.

Și atunci, cu băutura în mână și accentul țării lui de baștină în urechi, Paul începe să i se destăinuie cu glas întretăiat, de parcă nici cuvintele nu s-ar aștepta să spargă tăcerea. Povestea lui începe cu o poșetă furată și se încheie cu un rămas-bun mult prea brusc la ușa unei săli de tribunal. Ies la iveală noi aspecte, fără ca el să-și dea seama. Neașteptata lui fericire alături de ea, vinovăția lui, proasta dispoziție care pare să crească în jurul ființei lui, la fel ca scoarța unui copac. Nu înțelege de ce-și deschide sufletul față de această femeie. Nu-și dă seama de ce se așteaptă ca ea, mai mult decât oricine, să-l înțeleagă.

Dar Marianne Andrews îl ascultă și trăsăturile ei mari schițează o grimasă de compătimire.

– Păi, domnule McCafferty, în mare încurcătură ai intrat.

– Da. Îmi dau seama de asta.

Ea își aprinde încă o țigară și dojenește motanul, care miaună jalnic în bucătărie, cerând mâncare.

– Scumpule, eu una n-am ce să-ți răspund. Fie ai să-i frângi dumneata inima, luându-i tabloul, fie o să ți-o frângă ea pe a dumitale când ai să-ți pierzi slujba.

– Sau pur și simplu vom da uitării toată povestea.

– Și atunci o să fiți amândoi cu inima frântă.

Vorbele ei descriu perfect adevărul situației. Amândoi stau acolo, în tăcere. Afară răsună zgomotele traficului, de mașini înaintând bară la bară.

Paul soarbe din băutură, pradă gândurilor.

– Doamnă Andrews, mama dumneavoastră și-a păstrat cumva carnetele? Carnetele de reporter?

Marianne Andrews ridică privirea.

– Le-am adus înapoi de la Barcelona, dar mă tem că am aruncat o bună parte din ele. Le-au ros termitele. La fel s-a întâmplat și cu unul din capetele deshidratate. Riscurile unui scurt mariaj în Florida. Deși...

Se ridică, sprijinindu-se în brațele lungi.

– M-ai făcut să mă gândesc la ceva. S-ar putea să mai am vreo câteva dintre jurnalele ei în dulapurile de pe hol.

– Jurnale?

– Jurnale zilnice. Mi-a trecut prin minte ideea incredibilă că poate cineva va vrea într-o bună zi să scrie o biografie a ei. Mama a făcut o mulțime de lucruri interesante. Poate unul din nepoții mei. Sunt aproape sigură că pe undeva există o cutie cu decupaje din articolele ei și câteva jurnale. Stai să iau cheia și mergem să ne uităm.

Paul o urmează pe Marianne Andrews în holul blocului. Suflând din greu, ea îl conduce două etaje mai jos, unde scările nu mai sunt acoperite de traverse, iar la perete sunt aliniate mai multe biciclete.

– Apartamentele noastre sunt cam mici, spune Marianne Andrews, așteptând ca Paul să deschidă o ușă grea de incendiu. Așa că unii dintre noi închiriază debaralele portarului. Parcă ar fi poleite cu aur. Anul trecut domnul Chua, vecinul de alături, mi-a oferit patru mii de lire ca să preia contractul pentru spațiul meu. Patru mii! I-am zis că doar dacă triplează suma, poate nici atunci.

Ajung în fața unei uși mari, de culoare albastră. Marianne caută pe inelul cu chei, mormăind ca pentru sine, până când o găsește pe cea pe care o caută.

– Aici e, spune ea, apăsând un comutator.

Lumina palidă a becului dinăuntru dezvăluie un dulap lung, de culoare închisă. Pe o parte are rafturi metalice, iar pe podea zac nenumărate cutii de carton, maldăre de cărți, o lampă veche. Miroase a ziare vechi și a ceară de albine.

– Ar trebui să arunc toate astea, oftează Marianne, încrețindu-și nasul. Dar întotdeauna găsesc ceva mai bun de făcut.

– Vreți să vă aduc ceva de aici?

Marianne își înconjoară umerii cu brațele.

– Știi ce, scumpule? Te superi dacă te las singur să scormonești prin lucruri? Sufăr de astm, tot praful ăsta îmi face și mai rău. Aici nu-i nimic de valoare. Dumneata încuie ușa și strigă-mă dacă găsești ceva, O, şi dacă dai de o poşetă vernil cu încuietoare de aur, adu-o sus. Tare aş vrea să ştiu unde a dispărut.

Paul petrece o oră în debaraua strâmtă, scoţând cutii după cutii în holul slab luminat, cele despre care îşi închipuie că i-ar fi de trebuinţă, stivuindu-le lângă perete.

Sunt aici ziare datând din 1941, cu paginile îngălbenite şi colţurile rupte. Încăperea îngustă, lipsită de ferestre, e ceva între o navă spaţială şi o maşină a timpului. Conţinutul ei se adună pe hol, pe măsură ce debaraua se goleşte: geamantane pline de hărţi vechi, un glob, cutii cu pălării, haine de blană mâncate de molii, încă un cap deshidratat, rânjind la Paul cu cei patru dinţi supradimensionaţi. Paul le clădeşte pe toate la perete şi acoperă capul cu o faţă de pernă brodată. Praful i s-a depus în strat pe mâini şi pe încreţiturile pielii obrazului. Găseşte reviste cu fuste stil New Look, fotografii de la încoronare, role de film. Paul le scoate pe toate afară, punându-le pe jos, alături de el. Are hainele negre de praf şi-l usturǎ ochii. Descoperă câteva carnete, din fericire datate pe copertă: 1968, noiembrie 1969, 1971. Citeşte despre situaţia grea a pompierilor grevişti din New Jersey, despre procesul preşedintelui Americii. Ici-colo, pe marginea paginii mai apare câte o însemnare scrisă în grabă: „Dean! Seară de dans, vineri, 7 p.m." Sau „De spus lui Mike că a sunat Frankie". Nimic relevant legat de anii războiului sau de tablou.

Paul caută metodic prin fiecare cutie, răsfoieşte paginile fiecărei cărţi, cercetează conţinutul fiecărui dosar. Deschide fiecare cutie, răsturnând alături toate lucrurile dinăuntru şi apoi punându-le frumos la loc. O combină veche, două cutii cu cărţi vechi, o cutie de pălării cu suveniruri. Se face ora unsprezece, douăsprezece, douăsprezece şi jumătate. Se uită la ceas, dându-şi seama că e un efort zadarnic.

Îşi îndreaptă spatele, ştergându-şi mâinile de pantaloni, nerăbdător să iasă din acel spaţiu înghesuit şi fără aer. Brusc, îl năpădeşte dorul de casa albă şi spaţioasă a lui Liv, de liniile ei drepte, de camerele aerisite.

A golit toată debaraua. Oriunde s-ar afla adevărul, nu-i aici, în acest spaţiu ticsit de lucruri, aflat la nord de autostrada A40. Şi în aceeași clipă zărește bareta unei vechi genți de umăr din piele, scorojită și ruptă în două, ca o felie subțire de carne uscată.

Vâră mâna sub rafturi și o trage afară.

Strănută de două ori, își șterge ochii, apoi deschide geanta. Înăuntru sunt șase caiete cartonate. Deschide unul, dând cu ochii de scrisul complicat de pe prima pagină. Aruncă o privire la dată: 1941. Mai deschide unul: 1944. Le răsfoiește în grabă, abandonându-le pe rând în nerăbdarea lui de a găsi ce caută. Și iată, în penultimul caiet găsește: 1945.

Iese poticnindu-se pe hol, unde lumina e mai puternică, și frunzărește caietul sub becul alb de neon.

30 aprilie 1945

Ei bine, astăzi a fost o zi plină de surprize. Cu patru zile în urmă lt.col. Danes îmi spusese că mi se permitea să intru în lagărul de concentrare Dachau...

Paul mai citește vreo câteva rânduri și înjură de două ori, din ce în ce mai furios. Rămâne încremenit și semnificația a ceea ce ține acum în mâini îi devine, cu fiecare clipă, tot mai profundă. Răsfoiește paginile și înjură din nou.

Puzderie de gânduri îi roiesc în minte. Ar putea îndesa repede toate lucrurile la loc în debara, pentru ca apoi să se înapoieze imediat la Marianne, spunându-i că n-a găsit nimic. Ar putea câștiga procesul, urmând să încaseze comisionul. Ar putea restitui portretul lui Sophie Lefèvre proprietarilor de drept.

Sau...

Îi vine în minte Liv, cu capul în piept, măturată de valul opiniei publice, asaltată de vorbele grele ale unor străini, ajunsă în pragul dezastrului financiar. O revede cu părul în dezordine, încercând să-și îndrepte umerii și pășind în sala tribunalului pentru o nouă zi de proces.

Revede micul ei surâs de bucurie după întâiul lor sărut.

Odată făcut pasul, nu mai e cale de întoarcere.

Paul McCafferty azvârle caietul și geanta lângă sacou și începe să așeze cutiile din nou în debara.

*

Marianne apare în prag chiar când el aranjează ultimele cutii, plin de praf și de transpirație după atâta efort. Fumează o țigară dintr-un portțigaret lung, cum obișnuiau femeile din anii '20.

– Doamne, începusem să mă întreb ce-i cu dumneata.

El își îndreaptă spatele și-și șterge fruntea.

– Uitați ce-am găsit.

Îi arată geanta de voiaj de culoare vernil.

– Ai găsit-o? Bravo!

Bate din palme, apoi ia geanta din mâna lui și o mângâie drăgăstos.

– Tare mă temeam că am lăsat-o pe undeva. Sunt așa de împrăștiată! Mulțumesc. Mulțumesc mult. Dumnezeu știe cum ai reușit să dai de ea în tot haosul de acolo.

– Am mai găsit ceva.

Ea ridică privirea.

– Aveți ceva împotrivă să le iau cu împrumut?

Ridică geanta de umăr în care sunt jurnalele.

– E cumva vorba de ceea ce credeai? Ce scrie în ele?

– Scrie... Răsuflă adânc și expiră prelung. Că tabloul i-a fost într-adevăr dăruit mamei dumneavoastră.

– Ți-am spus eu! exclamă Marianne Andrews. V-am spus că mama n-a fost hoață! Tot timpul v-am spus asta.

Se lasă o tăcere prelungită.

– Și dumneata ai de gând să le dai doamnei Halston, spune ea încet.

– Nu știu dacă ar fi înțelept din partea mea. Acest jurnal ar însemna ca firma mea să piardă procesul.

Chipul ei se întunecă.

– Ce tot spui acolo? Nu vrei să-i dai jurnalele?

– Întocmai.

Paul vâră mâna în buzunar după un pix.

– Dar dacă le las aici, nimic nu vă poate împiedica să i le dați dumneavoastră, așa-i?

Scrie repede un număr și i-l întinde.

– Iată numărul ei de mobil.

Pentru o clipă, se privesc în ochi. Marianne zâmbeşte larg, ca şi cum situaţia i-ar apărea în cu totul altă lumină.

– Asta am să şi fac, domnule McCafferty.

– Doamnă Andrews?

– Marianne. Pentru numele lui Dumnezeu.

– Marianne. Este mai bine ca toată povestea asta să rămână între noi. Nu cred că în anumite cercuri ar fi apreciată.

Ea încuviinţează viguros din cap.

– Nici n-ai călcat pe aici, tinere.

Brusc, o săgetează un gând.

– Nu vrei să-i spun nici măcar doamnei Halston? Să nu-i spun că dumneata ai fost cel care...

El clatină din cap şi-şi vâră pixul la loc în buzunar.

– Cred că am pierdut trenul. Pentru mine va fi de ajuns să văd că a câştigat procesul.

Se apleacă şi o sărută pe obraz.

– Jurnalul care ne interesează este cel pe care scrie „Aprilie 1945“. Cel cu colţul îndoit.

– Aprilie 1945.

Paul e aproape ameţit de enormitatea a ceea ce face. TIR, fraţii Lefèvre vor pierde procesul. Nu există altă soluţie, date fiind cele citite de el. „Tot trădare se cheamă şi dacă o faci cu un scop nobil?“ Simte nevoia să bea ceva. Să iasă la aer curat. Ceva. „Oare am luat-o razna?“ Nu are în faţa ochilor decât chipul lui Liv, expresia ei de uşurare. Vrea să vadă din nou zâmbetul luminându-i treptat faţa, parcă uimit de sine însuşi.

Îşi ia haina, pregătindu-se de plecare, şi-i întinde lui Marianne cheile de la debara. Ea îi atinge cotul, oprindu-l.

– Trebuie neapărat să-ţi spun ceva legat de experienţa celor cinci căsnicii prin care am trecut. De fapt, despre cele cinci căsnicii şi despre relaţiile mele de prietenie cu soţii care mai trăiesc şi acum.

Îi numără pe degetele noduroase.

– Adică trei.

El aşteaptă.

– Am învăţat tot ce se putea învăţa despre iubire.

Paul dă să zâmbească, dar ea n-a terminat ce avea de zis. Degetele ei îl strâng de braț neașteptat de tare.

– Dar ceea ce am învățat în primul rând, domnule McCafferty, e că viața înseamnă mult mai mult decât ideea de a câștiga.

Capitolul 31

Henry o întâmpină pe Liv la poarta din spate a tribunalului. I se adresează printr-o ploaie de firimituri de *pain au chocolat*[1]. E congestionat la față și aproape că nu se înțelege ce spune.

– Tipa nu vrea să-l dea nimănui altcuiva.

– Ce? Cine nu vrea?

– E la intrarea principală. Hai odată!

Înainte ca Liv să apuce să mai spună ceva, Henry o împinge spre poarta din spate a tribunalului, printr-un labirint de coridoare și scări cu trepte de piatră, trecând-o prin punctul de control de la intrarea principală. Marianne Andrews așteaptă lângă bariera de la punctul de control, îmbrăcată într-un mantou de culoare purpurie și purtând pe cap o bentiță lată, cadrilată. O vede pe Liv și oftează cu un aer teatral.

– *Doamne*, dar greu se mai ajunge la dumneata! o dojenește ea, întinzându-i o geantă mirosind a mucegai. Am amețit cât te-am sunat la telefon.

– Îmi pare rău, se scuză Liv, clipind nedumerită. Nu mai răspund la telefon.

– Uite, ia asta, arată Marianne către jurnal. Aici ai tot ce-ți trebuie. Aprilie 1945.

Liv a rămas cu ochii la vechile caiete pe care le ține în mână. Ridică privirea, fără să-i vină a crede.

---

1 Croasant cu ciocolată (în limba franceză în original)

– Tot ce-mi trebuie?

– Tabloul, explică exasperată femeia. Pentru numele lui Dumnezeu, fetițo! Doar nu vorbim de o rețetă de supă de creveți.

Evenimentele încep să se deruleze cu viteză. Henry dă fuga în biroul judecătorului și solicită o scurtă amânare. Jurnalele sunt fotocopiate, se fac sublinieri și conținutul lor e trimis avocaților fraților Lefèvre, conform legii care cere ca dovezile să fie făcute cunoscute părții adverse.

Liv și Henry stau într-un colț al biroului, scanând paginile marcate de ei, în timp ce Marianne vorbește încontinuu, plină de mândrie, spunând cum a știut ea dintotdeauna că mama ei n-a fost o hoață și că afurisitul de Jenks poate să se ducă dracului.

Un avocat mai tânăr aduce cafea și sendvișuri. Pe Liv o strânge prea tare stomacul ca să poată mânca. Sendvișurile rămân neatinse în cutia de carton. Liv nu-și ia ochii de la jurnal, nevenindu-i să creadă că acel caiet cu colțurile îndoite ar putea conține soluția la problema ei.

– Voi ce credeți? întreabă ea când Angela Silver și Henry termină de discutat.

– Cred că am putea avea vești bune, răspunde el, dar zâmbetul larg spune mai multe decât cuvintele lui circumspecte.

– Pare foarte limpede, spune și Angela. Dacă putem dovedi că ultimele două situații în care tabloul a trecut din mână în mână au fost perfect corecte și că nu există dovezi concludente pentru prima preluare, atunci s-ar zice că ne întoarcem în ring.

– Mulțumesc din suflet, spune Liv, neîndrăznind încă să creadă în această răsturnare fericită de situație. Mulțumesc, doamnă Andrews.

– O, nici nu-ți închipui cât sunt de încântată, declară Marianne, fluturându-și țigara prin aer.

Nimeni nu s-a obosit să-i atragă atenția să nu fumeze. Marianne se apleacă și pune o mână osoasă pe genunchiul lui Liv.

– *Pe deasupra*, tot el mi-a găsit și poșeta preferată.

– Poftim?

Zâmbetul femeii devine șovăielnic. Își face de lucru, încercând să-și fixeze broșa.

– O, nimic. Nu lua în seamă tot ce-ți spun.

Liv rămâne cu ochii la ea, iar culoarea din obraz îi dispare treptat.

– Nu vrei sendvișuri? întreabă veselă Marianne.

Sună telefonul.

– Bine, spune Henry, punând receptorul în furcă. Gata toată lumea? Doamnă Andrews, sunteți pregătită să citiți o parte din aceste dovezi în fața judecătorului?

– Am în poșetă cei mai buni ochelari de citit.

– Perfect.

Henry trage aer în piept.

– Atunci, e timpul să mergem în sală.

30 aprilie 1945

Ei bine, astăzi a fost o zi plină de surprize. Cu patru zile în urmă lt.col. Danes îmi spusese că mi se permitea să intru în lagărul de concentrare Dachau împreună cu ei. Danes acesta nu-i un tip rău. La început a strâmbat nițel din nas auzind că sunt ziaristă – așa cum fac aproape toți –, dar cum debarcasem împreună cu Screaming Eagles pe plaja Omaha, și-a dat seama că nu sunt o gospodină care să-l bată la cap cu vreo rețetă, așa că s-a mai îmbunat. Acum cei din Divizia 101 aeropurtată mi-au dat titlul onorific de camarad, așa că atunci când port banderola pe braț, chiar sunt una de-a lor. Prin urmare, ne-am înțeles că puteam intra cu ei în lagăr, ca să-mi scriu articolul despre prizonierii dinăuntru, poate chiar să iau și câteva interviuri deținuților despre condițiile din lagăr, ca apoi să trimit articolul la ziar. Și postul de radio WRGS voia un scurt material, așa că aveam banda pregătită.

Și iată-mă, gata la 6 a.m., cu banderola pe braț, în formă aproape perfectă și a naibii să fiu dacă tipul n-a bătut la ușa mea.

„Păi bine, domnule colonel“, am glumit eu. Încă îmi aranjam părul. „Nu mi-ați spus niciodată că vă pasă.“

E o glumă veche între noi. El zice că și cizmele lui militare sunt mai bătrâne decât mine.

„Schimbare de planuri, Toots", mi-a zis el.

Fuma, lucru care nu-i stătea în fire.

„Nu te pot lua acolo."

Am încremenit cu mâna în păr.

„Sper că glumiți."

Toată redacția ziarului meu aștepta articolul. Îmi rezervaseră două pagini, fără reclame.

„Louanne, e... dincolo de ce ne-am închipuit că vom găsi aici. Am primit ordin să nu las pe nimeni înăuntru până mâine."

„Ei, asta-i acum!"

„Vorbesc serios."

A coborât glasul.

„Știi bine că te-aș lua cu mine. Dar nici nu ți-ar veni să crezi ce-am văzut ieri acolo... N-am dormit toată noaptea, nici eu, nici băieții. Sunt bătrâne, copii, care merg ca niște... vreau să zic copii mici..."

A clătinat din cap și s-a uitat în altă parte. Danes e un om în toată firea, dar jur că era gata să plângă ca un bebeluș.

„Afară era un tren și cadavrele erau doar... de ordinul miilor... E inuman. Îți jur."

Dacă voia să mă convingă să nu merg, reușise exact contrariul.

„Trebuie să mă luați înăuntru, domnule colonel."

„Îmi pare rău. Am ordine stricte. Așteaptă încă o zi, Louanne. Pe urmă îți dau permisiunea. Îți promit că ai să fii singura ziaristă care va intra acolo."

„Sigur, și pe urmă o să mă iubiți o viață. Haideți, vă rog..."

„Louanne, azi nu intră nimeni acolo în afară de militari și de Crucea Roșie. Am nevoie de toți oamenii de care dispun, ca să ajute."

„La ce să ajute?"

„La arestarea naziștilor. Să ajute prizonierii. Să-i împiedice pe ai noștri să lichideze bestiile de SS-iști pentru ce-au găsit

acolo. Când a văzut ce le-au făcut polonezilor, tânărul Maslowicz şi-a ieşit din minţi, plângea şi urla ca un nebun. Am fost nevoit să-i confisc arma. Aşa că trebuie să institui o pază strictă. Şi..." A înghiţit în sec. „Mai trebuie să vedem ce facem cu cadavrele."

„Cadavre?"

El a clătinat din cap.

„Da, cadavre. Mii de morţi. Îi adunau grămezi şi le dădeau foc. Poţi să-ţi închipui una ca asta?"

Şi-a umflat obrajii.

„Oricum, Toots. Legat de asta, trebuie neapărat să te rog ceva."

„Să mă rugaţi ceva?"

„Trebuie să-ţi dau în grijă depozitul."

M-am holbat la el.

„La marginea Berchtesgaden există un depozit. L-am deschis aseară şi am văzut că e plin ochi cu opere de artă. Naziştii, Göring, au prădat cum nu poţi să-ţi închipui. Şefii noştri sunt de părere că acolo sunt lucruri în valoare de o sută de milioane de dolari, majoritatea furate."

„Şi ce legătură am eu cu asta?"

„Am nevoie de o persoană de încredere care să păzească depozitul, numai azi. O să dispui de nişte pompieri şi de doi puşcaşi marini. În oraş e haos şi trebuie să mă asigur că nimeni nu intră şi nimeni nu iese. E pradă bogată înăuntru, Toots. Nu mă prea pricep la artă, dar mi s-a părut... nu ştiu... că văd Mona Lisa *sau cam aşa ceva."*

Ştiţi ce gust are dezamăgirea? Plombe de tablă cu cafea rece. Asta simţeam în gură când m-a dus Danes la depozit cu maşina. Şi asta înainte să aflu că Marguerite Higgins[1] intrase în lagăr cu o zi în urmă, împreună cu generalul de brigadă Linden[2].

---

1 Reporter şi corespondent de război de origine americană care s-a ocupat de al Doilea Război Mondial

2 General de brigadă american din timpul celui de-al Doilea Război Mondial, cu un rol activ în eliberarea lagărului Dachau

Nu era un depozit propriu-zis, mai curând un bloc de piatră uriaș și cenușiu, ca o școală sau ca o primărie supradimensionată. Danes mi i-a arătat pe cei doi pușcași marini, care m-au salutat, apoi m-a condus în biroul de lângă intrarea principală, unde urma să mă instalez. Trebuie să spun că nu-l puteam refuza, dar nici n-am fost în stare să-mi ascund nemulțumirea. Îmi era perfect clar că oamenii începeau să afle adevărul. Băieții, de obicei veseli și plini de viață, se adunaseră grupuri-grupuri, albi la față și trăgând din țigări. Superiorii lor vorbeau încet, cu chipurile grave. Voiam să știu ce găsiseră acolo, indiferent cât de oribil era. Trebuia să fiu de față, să fac cunoscută știrea. Și-mi era teamă: cu fiecare zi care trecea, creșteau și șansele ca șefii armatei să-mi refuze cererea. Fiecare zi care trecea mărea șansele reporterilor de la ziarele cu care mă aflam în competiție.

„Așadar, Krabowski, aici de față, o să-ți dea tot ce-ți trebuie, iar Rogerson va lua legătura cu mine dacă se ivește vreo problemă. OK?“

„Sigur.“

Mi-am cocoțat picioarele pe birou și am oftat ostentativ.

„Avem o înțelegere. Tu faci asta pentru mine, iar eu te duc acolo mâine, Toots. Îți promit.“

„Pun pariu că așa vorbiți cu toate fetele“, am spus eu.

De data asta însă, nici măcar n-a zâmbit.

Am stat acolo două ore, privind afară pe fereastra biroului. Era o zi caldă, căldura răbufnea din trotuarele de piatră încinse de soare, dar domnea o atmosferă stranie, care părea să scadă temperatura. În susul și în josul străzii, treceau scrâșnind vehicule ale armatei încărcate de militari. Soldați germani încolonați, cu mâinile pe creștet, erau conduși în direcția opusă. Mici grupuri de femei și copii germani stăteau încremeniți pe la colțurile străzilor, probabil întrebându-se ce se va întâmpla cu ei. (Am aflat ulterior că fuseseră chemați să ajute la îngroparea morților.) Și în permanență, undeva în depărtare, răsunau sirenele ascuțite ale ambulanțelor, vorbind despre orori nevăzute. Orori pe care eu nu le puteam afla.

Nu știu de ce era Danes atât de îngrijorat. Nimeni nu părea să acorde atenție clădirii în care mă găseam. Am început să scriu un articol, am mototolit hârtia, am băut două cești de cafea și am fumat jumătate de pachet de țigări, devenind tot mai prost dispusă. Am început să mă întreb de nu cumva fusese doar un șiretlic ca să mă țină departe de miezul acțiunii.

„Hai, Krabowski", am spus într-un târziu. „Arată-mi și mie căsoiul ăsta."

„Domnișoară, nu știu dacă..." a început el.

„Ai auzit ce-a spus colonelul, Krabowski. Azi eu sunt la comandă. Și-ți ordon să-mi arăți depozitul."

El m-a privit exact cum făcea câinele meu când voiam să-i trag un șut undeva. A schimbat câteva cuvinte cu Rogerson, după care a venit cu mine.

La început nu mi s-a părut cine știe ce. Doar șiruri-șiruri de rafturi acoperite cu pături militare, cenușii. Apoi m-am apropiat și am tras afară un tablou aflat pe unul din rafturi: o pictură modernă, cu un cal profilat pe un peisaj abstract, încadrat cu o ramă bogată, aurită. Chiar și în lumina precară a imensului depozit, culorile sclipeau ca o comoară. L-am răsucit în mâini. Era un Braque[1]*. L-am privit țintă o clipă, după care l-am pus cu grijă la loc pe raft și mi-am continuat plimbarea prin depozit. Am început să scot obiecte la întâmplare: icoane medievale, picturi impresioniste, uriașe pânze renascentiste, cu rame delicate, uneori depozitate în cutii special construite. Mi-am trecut degetele peste un Picasso, uimită de propria îndrăzneală de a atinge opere de artă pe care înainte nu le văzusem decât în reviste sau în expoziții.*

„O, Doamne, Krabowski. Ai văzut asta?"

El s-a uitat.

„Mm... da, domnișoară."

„Știi ce-i ăsta? Un Picasso."

Chipul lui a rămas perfect impasibil.

„Un tablou de Picasso. Celebrul pictor."

---

1 Important pictor și sculptor francez din secolul XX

„Nu mă pricep la artă, domnișoară."

„Ai zice că și surioara ta cea mică ar desena mai bine, așa-i?"

El a zâmbit ușurat.

„Da, domnișoară."

Am pus la loc tabloul și am tras afară altul. Era portretul unei fetițe, cu mâinile încrucișate frumos în poală. Pe spate scria: „Kira, 1922".

„Așa sunt toate încăperile?"

„Mai sunt două spații la etaj, cu statui și altele asemenea, nu cu picturi. Dar în general, da. Treisprezece camere cu tablouri, domnișoară. Asta-i cea mai mică dintre ele."

„O, Dumnezeule!"

M-am uitat în jur, la rafturile prăfuite care se aliniau până în celălalt capăt al sălii, apoi la portretul pe care-l țineam în mână. Fetița din tablou mă privea cu o expresie sobră. Abia în clipa aceea m-a trăsnit gândul că fiecare dintre aceste tablouri aparținuse cuiva. Fiecare atârnase pe peretele unei case, fiecare fusese admirat de cineva. O persoană în carne și oase pozase ca model sau pusese bani deoparte să-și cumpere tabloul, sau îl pictase, sau sperase să-l lase moștenire copiilor. Și mi-a venit în minte ce-mi spusese Danes, că trebuiau să facă ceva cu cadavrele, la câțiva kilometri depărtare. Mi-am adus aminte de chipul lui colțuros, marcat de ceea ce văzuse, și m-am cutremurat.

Am pus cu grijă la loc pe raft portretul fetiței și l-am acoperit cu o pătură.

„Krabowski, hai să ne întoarcem la parter. Poate-mi faci rost de o ceașcă de cafea."

A trecut dimineața, a venit ora prânzului, apoi s-a făcut după-amiază. Temperatura a crescut și aerul din depozit a încremenit în loc. Am scris un articol despre depozit pentru Register *și le-am luat interviu lui Krabowski și lui Rogerson pentru un mic material din* Woman's Home Companion *despre speranța soldaților că se vor înapoia acasă. Pe urmă am ieșit afară să-mi mai dezmorțesc picioarele și să fumez o țigară. M-am cocoțat pe capota unui jeep militar și m-am așezat acolo, simţind metalul fierbinte prin pantalonii de bumbac. Domnea o tăcere aproape mormântală. Nu se auzeau nici voci, nici păsări. Păreau să fi încetat până şi sirenele ambulanţelor. Am ridicat capul, cu pleoapele pe jumătate închise din pricina soarelui, şi am văzut o femeie care venea pe drum spre mine.*

Înainta greu, şchiopătând vizibil, deşi nu părea să aibă mai mult de şaizeci de ani. În ciuda arşiţei, era legată la cap cu un batic şi ţinea sub braţ o boccea. Când m-a văzut, s-a oprit şi s-a uitat în jur. A dat cu ochii de banderola de pe braţul meu, pe care uitasem să mi-o scot când mi se anulase permisiunea de a merge în lagăr.

„Englische?"

„American."

Ea a dat din cap, de parcă răspunsul ar fi mulţumit-o.

„Hier ist *unde depozitat picturi,* ja?"[1]

N-am spus nimic. Nu părea a fi spion, dar nu ştiam cât de mult i-aş fi putut spune. Erau vremuri ciudate.

Ea a scos bocceaua de sub braţ.

„Poftim. Ia asta."

Am făcut un pas înapoi.

Ea m-a privit o clipă, apoi a desfăcut bocceaua. Era un tablou, la prima privire un portret.

„Te rog. Ia ăsta. Pune-l înăuntru."

„De ce vreţi să duc tabloul înăuntru, doamnă?"

Ea a privit peste umăr, parcă stânjenită că venise aici.

„Te rog. Ia-l. Nu-l vreau în casa mea."

Am luat din mâna ei tabloul. Era chipul unei fete cam de vârsta mea, cu păr lung şi roşcat. Fără a fi neapărat o frumuseţe, avea ceva care te făcea să nu-ţi poţi lua ochii de la ea.

„E al dumneavoastră?"

„A fost al soţului meu."

Atunci am văzut că, deşi probabil arăta ca o bunică tipică, cu obrajii dolofani şi chipul zâmbitor, când se uita la tablou buzele i se strângeau într-o linie subţire, trădându-i amărăciunea.

---

[1] Aici este… da? (în limba germană, aproximativ în original)

„Dar e un tablou frumos. De ce vreți să renunțați la el?“

„Nu l-am vrut niciodată în casa mea“, mi-a răspuns femeia. „Soțul meu m-a obligat să-l păstrez. Vreme de treizeci de ani a trebuit să trăiesc cu femeia asta în casă. Fie că găteam, spălam sau stăteam cu soțul meu, eram silită s-o am în fața ochilor.“

„Dar nu-i decât un tablou“, i-am spus. „Nu puteți fi geloasă pe o pictură.“

Ea aproape nu m-a auzit.

„Aproape treizeci de ani mi-a zâmbit batjocoritor. Eu și soțul meu am fost cândva fericiți, dar ea l-a distrus. Iar eu a trebuit să îndur obsesia chipului ei în fiecare zi a căsniciei noastre. Acum el a murit și nu mai sunt obligată s-o văd uitându-se la mine. În sfârșit, poate să meargă unde-i este locul.“ Am văzut cum își ștergea ochii cu dosul palmei. „Dacă nu vrei să-l iei“, s-a stropșit ea, „eu dat foc.“

Am luat tabloul. Ce altceva puteam să fac?

M-am înapoiat în birou. A venit și Danes, cu o figură cadaverică, promițându-mi că mâine pot să-l însoțesc.

„Ești sigură că vrei să vezi ce-i acolo, Toots?“ m-a întrebat. „Nu-i deloc o priveliște plăcută. Nu știu dacă-i ceva pentru ochii unei doamne.“

„De când ați început să-mi spuneți doamnă?“ am glumit eu, dar el nu avea nici un chef de glumă.

S-a așezat greoi pe marginea patului de campanie și și-a prins capul în mâini. Așa cum mă uitam la el, umerii au început să i se zgâlțâie. Stăteam acolo, neștiind ce să fac. În cele din urmă am scos din raniță o țigară, am aprins-o și i-am întins-o. A luat-o, a schițat un gest de mulțumire și și-a șters ochii, fără să ridice capul.

Eram foarte tulburată, eu care nu-mi pierd niciodată cumpătul.

„Destul... mulțumesc pentru azi. Asta-i tot. Mi-au zis băieții că ai făcut treabă bună.“

Nu știu de ce, dar nu i-am spus despre tablou. Presupun că ar fi trebuit, dar în definitiv nu făcea parte dintre obiectele adunate în depozit. N-avea nimic de a face cu depozitul.

Nemţoaica aceea bătrână nu dădea doi bani unde ajungea tabloul, cu condiţia să nu mai fie obligată să-l privească.

Pentru că ştiţi ce? În sinea mea îmi place ideea de a avea un tablou atât de impresionant, încât să poată clătina o căsnicie. Iar fata e chiar drăguţă. Nu-mi pot lua ochii de la ea. Dat fiind tot ce pare să se întâmple pe aici, e bine să te poţi uita şi la ceva frumos.

Când Marianne Andrews închide jurnalul pe care-l are în faţă, în sala tribunalului este linişte deplină. Liv s-a concentrat atât de mult, încât aproape îi vine să leşine. Priveşte pieziş mai încolo pe banchetă şi-l vede pe Paul, cu coatele sprijinite de genunchi şi cu bărbia ridicată. Lângă el, Janey Dickinson scrie furibund ceva pe un blocnotes.

O poşetă.

Angela Silver s-a ridicat în picioare.

– Deci să ne lămurim, doamnă Andrews. Tabloul pe care-l ştiţi sub numele de *Fata pe care ai lăsat-o în urmă* nu era şi nici nu fusese vreodată în depozit atunci când i-a fost dat mamei dumneavoastră.

– Nu, doamnă.

– Şi, s-o spunem încă o dată, în timp ce depozitul era plin de opere de artă, opere de artă furate, tabloul în chestiune i-a fost dăruit mamei dumneavoastră – şi asta nici măcar în interiorul depozitului.

– Da, doamnă. Mama l-a primit de la o nemţoaică. Aşa cum scrie în jurnal.

– Domnule judecător, acest jurnal, cu scrisul olograf al doamnei Louanne Baker, dovedeşte fără putinţă de tăgadă că tabloul n-a fost niciodată la Centrul de colectare. Portretul a fost dat din casă de o femeie care nu-l dorise niciodată. *Dat din casă*. Din ce motiv, un bizar sentiment de gelozie, vreun resentiment istoric, nu vom afla niciodată. Elementul esenţial aici este că acest tablou, despre care am aflat acum că era la un pas de a fi distrus, a fost primit în *dar*. Domnule judecător, în ultimele două săptămâni a devenit limpede că provenienţa tabloului e reconstituită incomplet, la fel cum se întâmplă cu multe picturi în cea mai mare parte a unui secol agitat. Ceea ce putem noi dovedi dincolo de orice îndoială este că ultimele două schimbări de proprietari au fost corecte. David Halston a cumpărat legal tabloul pentru soția lui în 1997, iar ea deține o chitanță doveditoare. Louanne Baker, proprietara anterioară a portretului, l-a primit în 1945, fapt consemnat în jurnalul ei, jurnalul unei femei cunoscute pentru onestitatea și corectitudinea ei. Din acest motiv, susținem că *Fata pe care ai lăsat-o în urmă* trebuie să rămână la actualul proprietar. Înstrăinarea tabloului ar constitui, desigur, o gravă încălcare a legii.

Angela Silver se așază. Paul ridică privirea către ea. În fracțiunea de secundă cât îi surprinde privirea, Liv e sigură că sesizează pe chipul lui o umbră de zâmbet.

Ședința se suspendă pentru masa de prânz. Marianne fumează pe treptele ușii din spate, cu poșeta albastră agățată de cot, privind strada cenușie.

– N-a fost grozav? întreabă ea pe un ton conspirativ, când Liv se apropie.

– Ați fost nemaipomenită.

– O, Doamne, trebuie să-ți mărturisesc... că mi-a făcut mare plăcere. Acum vor trebui să-și înghită vorbele pe care le-au spus despre mama mea. Eu știam că mama nu s-ar fi atins de un obiect care nu era al ei. Marianne dă din cap și scutură scrumul țigării. Știi, i se spunea „Neînfricata domnișoară Baker".

Liv se sprijină de balustradă în tăcere. Își ridică gulerul ca să se apere de frig. Marianne fumează ce-a mai rămas din țigară, trăgând fumul în piept cu lăcomie.

– El a făcut asta, așa-i? întreabă Liv în cele din urmă, continuând să privească drept în fața ei.

– O, scumpo, am promis că n-am să suflu o vorbă. Marianne se întoarce spre ea, schițând o strâmbătură. Azi-dimineață mi-a venit să-mi dau una. Sigur că el a fost. Bietul băiat e nebun după tine.

Christopher Jenks se ridică în picioare.

– Doamnă Andrews. O întrebare simplă. A întrebat-o mama dumneavoastră pe femeia aceea uimitor de generoasă cum o cheamă?

Marianne Andrews clipește de câteva ori.

– N-am idee.

Liv nu-şi poate lua ochii de la Paul. „Chiar ai făcut asta pentru mine?“ îl întreabă ea în gând. În mod straniu, el nu-i mai caută privirea. Stă lângă Janey Dickinson cu un aer stingher, uitându-se mereu la ceas şi la uşă. Lui Liv nu-i vine în minte ce să-i spună.

– E o mare calitate să accepţi un dar fără să vrei să afli cine ţi-l face.

– Păi, la vremuri nebune, daruri nebune. Dacă n-aţi trăit anii aceia, e greu de judecat.

În sală se aud râsete înfundate. Marianne Andrews schiţează o mişcare de dans în care Liv ghiceşte ambiţii artistice neîmplinite.

– Într-adevăr. Aţi citit toate jurnalele mamei dumneavoastră?

– Oh, Doamne, nu, răspunde ea. Ce scrie acolo se întinde pe vreo treizeci de ani. Noi... eu... l-am găsit abia aseară.

Priveşte scurt spre banchetă.

– Dar am găsit pasajul care ne interesa. Cel în care mama povesteşte cum a primit tabloul. Pe acela l-am adus.

Rosteşte apăsat cuvântul „primit“, privind pieziş spre Liv şi dând din cap ca pentru sine.

– Deci n-aţi citit jurnalul lui Louanne Baker din 1948?

Se lasă o scurtă tăcere. Liv vede cum Henry îşi face propriile însemnări.

Jenks întinde mâna şi consilierul juridic îi întinde o foaie.

– Domnule judecător, fiţi amabil să vă uitaţi la pagina de jurnal din luna mai 1948, intitulată „Mutarea în altă casă“?

– Ce se întâmplă?

În sfârşit, Liv se concentrează din nou asupra procesului. Se sprijină de Henry, care citeşte în fugă paginile.

– Asta încerc şi eu să-mi dau seama, îi şopteşte el.

– Pe această pagină, Louanne Baker scrie cum s-a mutat din Newark, comitatul Essex, în Saddle River.

– Corect, spune Marianne. Saddle River. Acolo am crescut.

– Da... Veţi vedea că Louanne Baker descrie destul de amănunţit mutarea asta. Povesteşte cum încerca să-şi găsească cratiţele, coşmarul de a fi înconjurată de cutii nedesfăcute. Cred că toţi ştim ce simte omul în astfel de clipe. Şi, poate lucrul cel mai pertinent, se plimbă prin casă încercând... Face o pauză, parcă asigurându-se că citează din jurnal cuvânt cu cuvânt. „Încercând să găsească locul cel mai potrivit unde să atârne tabloul lui Liesl".

Liesl.

Liv vede cum ziariștii își răsfoiesc notițele. Își dă seama că numele îi sună cunoscut și o încearcă o senzație de greață.

– Rahat! mormăie Henry.

Și Jenks cunoaște numele. Angajații lui Sean Flaherty sunt cu mult înaintea lor. Probabil că o întreagă echipă a citit ziarele în pauza de prânz.

– Domnule judecător, aș dori să vă atrag atenția asupra evidențelor ținute de armata germană în timpul Primului Război Mondial. *Kommandant*-ul încartiruit la St. Péronne începând din 1916, cel care și-a adus oamenii la masă în hotelul Le Coq Rouge, se numea Friedrich Hencken.

Tace, așteptând ca cei de față să rețină amănuntul.

– În arhivă se menționează că unicul *Kommandant* încartiruit acolo, cel care admira atât de mult portretul soției lui Édouard Lefèvre, era un anume Friedrich Hencken. Iar acum aș dori să le arăt celor de față datele recensământului din 1945 pentru zona din jurul Berchtesgaden. Fostul *Kommandant* Friedrich Hencken și soția lui, Liesl, s-au stabilit acolo după pensionarea lui. La numai câteva străzi de Centrul de colectare. De asemenea, ea figurează ca mergând șchiopătat, dat fiind că suferise de poliomielită în copilărie.

Angela e în picioare.

– Și aici e vorba de o dovadă circumstanțială.

– Domnul și doamna Hencken. Domnule judecător, noi susținem că acest *Kommandant*, Friedrich Hencken, a luat tabloul din hotelul Le Coq Rouge în 1917. L-a dus acasă, pare-se împotriva voinței soției lui, care se poate să fi obiectat pe bună dreptate față de o imagine atât de... pregnantă a unei alte femei. Tabloul a rămas în casă până la moartea lui Hencken, moment în care doamna Hencken a fost atât de dornică să se descotorosească de tablou, încât l-a luat la subsuoară și l-a cărat cale de câteva străzi, până în locul unde știa că sunt adăpostite un milion de opere de artă și unde urma ca portretul să dispară fără urmă.

Angela Silver se aşază.

Jenks continuă, brusc însufleţit:

– Doamnă Andrews, să revenim la amintirile mamei dumneavoastră de la acea vreme. Aţi putea citi următorul paragraf, vă rog? Aş dori să se consemneze că pasajul provine din aceleaşi pagini de jurnal. E vorba de pasajul în care Louanne Baker pare să fi găsit locul perfect pentru *Fată*, cum denumeşte ea tabloul.

De cum am agățat-o pe peretele din salonașul de la intrare a părut să se simtă ca acasă. Acolo nu stă în bătaia directă a soarelui, dar lumina caldă care pătrunde prin fereastra dinspre sud dă o altă strălucire culorilor. Oricum, Fata *pare fericită!*

Acum Marianne citeşte încet, dând ochii cu aceste rânduri ale mamei ei pentru întâia oară. Marianne ridică ochii spre Liv, parcă cerându-i iertare din priviri, dându-şi seama unde urmează să se ajungă.

Mi-am vârât unghiile în carne – Howard face întotdeauna în zid un găuroi cât pumnul când e vorba să agațe un tablou –, dar chiar când mă pregăteam să atârn portretul pe perete, ceva m-a făcut să-l întorc și să mă mai uit o dată pe partea cealaltă. Asta m-a făcut să-mi amintesc de femeia aceea necăjită, de chipul ei îmbătrânit, abătut și amărât. Și mi-am amintit ceva din vremea războiului, ceva ce uitasem între timp.

Întotdeauna am presupus că era ceva ivit de nicăieri. Când Liesl mi-a întins tabloul, mi l-a luat o clipă înapoi, de parcă s-ar fi răzgândit. Pe urmă a început să râcâie pe spatele picturii, ca și cum ar fi vrut să șteargă ceva. A râcâit și a râcâit, de parcă și-ar fi pierdut mințile. Râcâia atât de tare, că mi-a fost teamă să nu-și rănească degetele.

Toată asistenţa a încremenit, ascultând.

Ei bine, acum m-am uitat pe dosul tabloului, la fel cum făcusem și atunci. Asta fiindcă la vremea aceea mă întrebasem dacă fusese în toate minţile când mi-l dăduse mie. Fiindcă oricât te-ai uita pe dosul lui, în afară de denumirea picturii, nu se vede nimic acolo, afară de o urmă de cretă.

Oare e incorect să iei ceva de la un om cu mintea rătăcită? Încă n-am ajuns la o concluzie. În realitate, la vremea aceea lumea părea să fie atât de nebună - ororile din lagăre, oamenii în toată firea care plângeau, eu păzind obiecte aparţinând altor persoane şi valorând un miliard de dolari -, încât priveliştea bătrânei Liesl răcâind cu încheieturile sângerânde o notaţie invizibilă nu mi se părea deloc ieşită din comun.

– Domnule judecător, noi înclinăm să credem că acest detaliu – precum şi faptul că Liesl nu şi-a spus şi numele de familie – reprezintă o dovadă clară că cineva încerca să mascheze sau chiar să distrugă orice semn al provenienţei tabloului în cauză. Oricum, femeia aceea cu siguranţă a reuşit.

Face o pauză, timp în care cineva din echipa lui de jurişti străbate sala şi-i înmânează o foaie de hârtie. El o citeşte şi respiră adânc. Îşi plimbă privirea asupra asistenţei.

– Evidenţele recensământului german obţinute de noi arată că Sophie Lefèvre s-a îmbolnăvit de gripă spaniolă la scurt timp după ce a ajuns în lagărul din Ströhen. Puţin după aceea a şi murit.

Liv îl aude ca prin vis, atât de tare îi ţiuie timpanele. Vorbele lui vibrează înlăuntrul ei, ca undele de şoc ale unei lovituri reale.

– Domnule judecător, după cum s-a mai spus în această sală, Sophie a fost victima unei cumplite nedreptăţi. La fel cum s-a întâmplat şi cu urmaşii ei. A fost lipsită de soţ, de demnitate, de libertate şi, în ultimă instanţă, chiar de viaţa ei. Toate i-au fost furate. Ceea ce i-a rămas – portretul – a fost, conform tuturor dovezilor, luat de la familia ei de însuşi cel care a nedreptăţit-o cel mai mult. Există o singură cale de a îndrepta răul făcut, chiar şi acum în al doisprezecelea ceas: tabloul trebuie înapoiat familiei Lefèvre.

Liv abia dacă înregistrează ultimele lui cuvinte. Paul stă cu fruntea în palme. Liv se uită la Janey Dickinson şi, când aceasta îi întâlneşte privirea, Liv înţelege uşor şocată că nu-i singura dintre cei implicaţi pentru care miza procesului e mult mai mult decât un simplu tablou.

Când părăsesc sala de judecată, până şi Henry e abătut. Liv are senzaţia că parcă a trecut trenul peste ei.

Sophie a murit în lagăr. Bolnavă şi singură. Fără să-şi mai vadă vreodată soţul.

Se uită în celălalt capăt al sălii, la fraţii Lefèvre cei surâzători, vrând cumva să se bucure pentru ei. Vrând să simtă că e pe cale să îndrepte o mare nedreptate. Dar îşi aminteşte cuvintele lui Philippe Bessette şi faptul că familia hotărâse să nu se mai pomenească nici măcar numele lui Sophie. Simte că Sophie e pe punctul de a fi dată pe mâna duşmanului pentru a doua oară. Trăieşte straniul sentiment că ceva se rupe din ea.

– Ei haide, cine ştie ce va decide judecătorul, spune Henry, însoţind-o spre punctul de control de lângă uşa din spate. Încearcă să nu te gândeşti prea mult la asta în weekend. Pentru moment nu puteam face mai mult de atât.

Ea se străduieşte să-i zâmbească.

– Mulţumesc, Henry, îi spune. Am să... te sun.

Afară, în lumina soarelui de iarnă, are senzaţia stranie că a petrecut mai mult de o după-amiază în sala tribunalului. Parcă s-ar fi trezit aici venind tocmai din anul 1945. Henry îi cheamă un taxi, apoi se îndepărtează, făcându-i un semn de rămas-bun. Abia atunci îl vede pe Paul, la punctul de control. Pare s-o fi aşteptat şi vine drept spre ea.

– Îmi pare rău, spune el, posomorât.

– Paul, te rog, nu...

– Chiar am crezut... îmi pare rău pentru tot.

Ochii lui îi întâlnesc pe ai ei pentru ultima oară, apoi el se îndepărtează, fără să ia în seamă clienţii care ies din barul Seven Stars sau grefierii împingând cărucioare cu dosare. Îi vede umerii gârboviţi, capul plecat în piept, cum nu-i stă în fire, şi e picătura care umple paharul, determinând-o să reacţioneze.

– Paul!

Din pricina traficului, e nevoită să-l strige de două ori, până o aude.

El întoarce capul. Chiar și din locul în care se găsește, Liv îi poate distinge pupilele.

– Știu.

El rămâne nemișcat un minut: un bărbat înalt, puțin abătut, îmbrăcat într-un costum de calitate.

– Știu. Îți mulțumesc că ai încercat.

Uneori viața constă dintr-o serie de obstacole, totul este să pășești punând un picior înaintea celuilalt. Uneori, își dă ea seama brusc, e vorba doar de încredere oarbă.

– Vrei... vrei să mergem într-o bună zi să bem ceva, cum mi-ai propus altădată? Înghite în sec. Chiar și acum.

El își privește scurt pantofii, gândindu-se, apoi ridică din nou ochii spre ea.

– Poți să mă aștepți un minut?

Urcă din nou treptele tribunalului. Liv o vede pe Janey Dickinson discutând aprins cu avocatul ei. Paul o atinge pe cot și schimbă cu ea câteva cuvinte. Liv e neliniștită, o voce înăbușită nu-i dă pace: „Acum oare ce-i mai spune?" Se întoarce și urcă în taxi, încercând să nu ia în seamă întrebarea. Când se uită iar pe geam, îl vede coborând grăbit treptele, în timp ce-și înfășoară fularul în jurul gâtului. Janey Dickinson se holbează la taxiul ei, încremenită, cu dosarele în mână.

Paul deschide portiera și urcă în taxi, trântind portiera după el.

– Mi-am dat demisia, spune el.

Răsuflă scurt și întinde mâna, apucând-o pe a ei.

– Bun. Și acum, unde mergem?

Capitolul 32

Greg deschide uşa. Pe faţa lui nu se citeşte nimic.

– Mă bucur că te văd, domnişoară Liv, spune el, de parcă prezenţa ei la uşa lui ar fi cel mai firesc lucru din lume.

Face un pas înapoi, în holul de la intrare, în timp ce Paul o ajută să-şi scoată haina şi potoleşte câinii, care au dat năvală să întâmpine vizitatoarea.

– S-a ales praful de risotto, dar Jake zice că nu contează, că lui oricum nu-i plac ciupercile. Aşa că poate comandăm o pizza.

– Pizza e o idee excelentă. Fac eu cinste, spune Paul. S-ar putea să nu ne mai permitem alta multă vreme.

Îşi strâng mâinile într-o tăcere uluită, în locuinţa lui Greg de la jumătatea lui Fleet Street.

– Din pricina mea ţi-ai pierdut slujba, spune ea în cele din urmă. Şi comisionul uriaş. Şi şansa de a cumpăra un apartament mai mare pentru băiatul tău.

Până acum el a privit doar înainte.

– Nu din pricina ta. Am renunţat din proprie iniţiativă.

Greg ridică o sprânceană.

– În bucătărie e o sticlă de vin roşu, pe care am deschis-o acum o jumătate de oră. Fără nici o legătură cu faptul că am avut azi toată ziua grijă de nepotul meu. Aşa e, Jake?

– Greg zice că în casa asta e întotdeauna ora vinului, răsună un glas de copil din cealaltă cameră.

– Măi, gură mare! îl apostrofează Greg, apoi se întoarce spre Liv: O, nu. Nu te pot lăsa să bei. Ai văzut ce s-a întâmplat când ai băut ultima oară la barul meu. Fratele meu mai mare era un om cu capul pe umeri și tu ai făcut din el un adolescent care suspină cu obrazu-ntors spre lună.

– E cazul să-ți amintesc din nou că în țara asta „obraz“ mai înseamnă și altceva[1], spune Paul, conducând-o pe Liv în bucătărie. Liv, ai face bine să aștepți câteva clipe să te obișnuiești. Gustul lui Greg în materie de decorațiuni interioare se rezumă la principiul „Prea mult tot nu-i destul“. Nu știe ce-i aia minimum posibil.

– Căsuța asta poartă amprenta mea și, într-adevăr, nu-i *tabula rasa.*

– Frumos, spune ea, referindu-se la pereții colorați, la litografiile îndrăznețe și la micile fotografii expuse pretutindeni.

Se simte ciudat de în largul ei în căsuța aceasta cu muzica dată la maximum, cu nenumărate obiecte dragi înghesuite pe toate rafturile și pe fiecare colțișor de perete, cu un copil așezat pe covor în fața televizorului.

– Salut, spune Paul, intrând în sufragerie, unde puștiul se răsucește pe spate ca un cățeluș.

– Tati!

Jake aruncă o privire către Liv și ea abia se abține să nu dea drumul mâinii lui Paul când băiețelul îi vede ținându-se de mână.

– Tu ești fata de azi-dimineață? întreabă Jake după un minut.

– Sper că da. Doar dacă nu era altcineva.

– Nu cred, remarcă Jake. Credeam c-o să te calce în picioare.

– Da, cumva așa am crezut și eu.

Băiețelul o studiază câteva clipe.

– Ultima oară când s-a întâlnit cu tine, tati s-a dat cu parfum.

– Loțiune după ras, îl corectează Paul, aplecându-se să-l sărute. Gură mare!

Deci acesta e Paul în miniatură, își spune ea și gândul îi face plăcere.

---

1 Joc de cuvinte: în engleză, *mooning* (derivat din *moon*, „lună“) înseamnă „a-și expune fesele goale“.

– Jake, fă cunoștință cu Liv. Liv, ți-l prezint pe Jake.

Liv îi întinde mâna.

– Nu cunosc multe persoane de vârsta ta, așa că probabil o să spun lucruri teribil de neinteresante, dar mă bucur să te cunosc.

– Nu face nimic. Sunt obișnuit.

Greg vine și-i oferă un pahar cu vin roșu. Ochii lui fug de la unul la altul.

– Deci, ce înseamnă asta? O *entente cordiale*[1] între părțile adverse? Acum voi doi... colaborați în secret?

Liv clipește auzindu-i vorbele. Se întoarce și se uită la Paul.

– Nu-mi pasă de slujbă, spune el liniștit, strângându-i mâna într-a lui. Știu doar că atunci când nu sunt cu tine sunt rău și furios pe toată lumea.

– Ba nu, îl contrazice Liv, regăsindu-și zâmbetul. Paul tocmai și-a dat seama că tot timpul a fost de partea cui nu trebuie.

Când Andy, prietenul lui Greg, sosește în sfârșit, cinci persoane se înghesuie în căsuța care totuși nu pare aglomerată. Liv stă în fața unui teanc de felii de pizza și se gândește la Casa ei rece de Sticlă de deasupra depozitului. Brusc, casa i se pare atât de legată de proces, de propria nefericire, încât nu-i mai vine să se întoarcă acolo.

Nu vrea să mai privească portretul lui Sophie, știind ce urmează să se întâmple. Stă între toți acești oameni aproape străini, jucând jocuri și râzând la glumele lor de familie, și-și dă seama că nesfârșita ei uimire vine din revelația că, în pofida a tot ce se întâmplă, e fericită: fericită cum nu-și amintește să fi fost vreodată.

Și pe urmă e Paul. Paul, epuizat după evenimentele din timpul zilei, ca și cum el, nu ea, ar fi pierdut tot. Ori de câte ori se întoarce s-o privească, o părticică din ea se vindecă, de parcă trupul ei ar trebui să se adapteze la șansa de a fi fericită.

„Ești bine?" o întreabă el din ochi.

„Da", îi răspunde ea tot din priviri și chiar așa este.

– Deci, ce se întâmplă luni? se interesează Greg când se așază toți în jurul mesei.

---

1 Înțelegere cordială (în limba franceză în original)

Le-a arătat eșantioane din diverse materiale cu care urmează să-și redecoreze barul. Masa e plină de firimituri și pahare de vin pe jumătate goale.

– Chiar trebuie să înapoiezi tabloul? E sigur că ai să pierzi procesul?

Liv se uită la Paul.

– Cred că da, răspunde ea. Trebuie doar să mă obișnuiesc cu ideea de... de a renunța la el.

Simte pe neașteptate un nod în gât, dar surâde, străduindu-se să-și revină.

Greg întinde mâna către ea.

– O, draga de tine, iartă-mă. N-am vrut să te întristez.

Ea ridică din umeri.

– Este în regulă. Serios. *Fata* nu-mi mai aparține. De mult ar fi trebuit să-mi dau seama. Presupun că... refuzam să văd ce era chiar sub nasul meu.

– Măcar îți rămâne casa, spune Greg. Mi-a povestit Paul că e uluitoare.

Prinde avertismentul din privirea lui Paul.

– Ei, ce e? Nu vrei să știe că ai vorbit mereu de ea? Ce naiba, suntem în clasa a patra?

Paul se intimidează o clipă.

– Ah, exclamă ea. Nu chiar. De fapt, nu.

– Nu ce?

– Am scos-o la vânzare.

Paul înțepenește.

– Am fost nevoită s-o vând ca să-mi achit taxele legale.

– Dar îți rămân bani ca să cumperi altă locuință, nu?

– Încă nu știu.

– Bine, dar casa aia…

– … era deja ipotecată în întregime. Și cred că mai are nevoie de unele modificări. Eu n-am mai făcut nimic la ea de la moartea lui David. Se pare că acea uimitoare sticlă de import termoizolantă nu durează o veșnicie, deși David era convins de asta.

Paul își încleștează maxilarul. Brusc își depărtează scaunul și se ridică de la masă.

Liv se uită la Greg și la Andy, apoi la ușă.

– Probabil că s-a dus în grădină, își dă cu părerea Greg, ridicând din sprânceană. E doar o palmă de loc. N-ai cum să nu-l găsești acolo.

– Grozav îmi place cum îl faci praf pe frate-meu, murmură el când Liv se ridică în picioare. Păcat că n-am avut și eu talentul tău la paisprezece ani.

Paul stă în curtea interioară, plină cu ghivece de lut cu plante crescând în toate direcțiile, acum casante din pricina gerurilor iernii. E cu spatele la ea și-și ține mâinile adânc înfipte în buzunare. Are un aer îndurerat.

– Deci chiar ai pierdut tot. Din pricina mea.

– Exact cum spuneai, de n-ai fi fost tu, ar fi fost altcineva.

– Ce-a fost în capul meu? Mă întreb ce dracu' a fost în capul meu?

– Nu ți-ai făcut decât datoria.

El își prinde obrazul în palmă.

– Știi ce? Zău că nu-i cazul să mă liniștești.

– Mi-e bine. Crede-mă.

– Cum să-ți fie? explodează el disperat. Mie nu mi-ar fi. Aș fi furios ca... O, *Dumnezeule.*

Ea așteaptă, apoi îl ia de mână și-l trage spre măsuța din curte. Fierul forjat e rece ca gheața, îl simte și prin haine. Liv își trage scaunul mai în față și se așază cu genunchii între ai lui, așteptând până când este sigură că el o ascultă.

– Paul. Chipul lui e încremenit. Paul. Uită-te la mine. Trebuie să înțelegi un lucru. Nu mi se poate întâmpla nimic mai rău decât ce mi s-a întâmplat deja.

El ridică privirea.

Ea înghite în sec, conștientă că-i pe cale să spună niște cuvinte înțepenite în gât și care poate vor refuza să se lase rostite.

– Acum patru ani, eu și David am mers la culcare, la fel ca în oricare altă seară. Ne-am spălat pe dinți, am citit, am stat de vorbă despre un restaurant la care urma să mergem a doua zi... iar când m-am trezit în dimineața următoare... el era lângă mine, rece. Vânăt.

Nici n-am... nici n-am simțit când s-a întâmplat. Nici n-am apucat să-i spun... Se lasă o scurtă tăcere. Îți poți închipui cum e să știi că ai dormit în timp ce omul cel mai drag s-a stins chiar lângă tine? Să știi că poate l-ai fi ajutat cumva? Că poate l-ai fi salvat? Să nu știi dacă s-a uitat la tine, dacă te-a implorat mut să...

Glasul i se frânge, i se taie răsuflarea și bine-cunoscutul val de disperare amenință s-o doboare. El întinde încet mâinile, le cuprinde pe ale ei și o așteaptă să poată vorbi din nou.

– Am fost convinsă că pentru mine totul s-a sfârșit. Că în viața mea nu va mai apărea niciodată nimic bun și că mi se putea întâmpla orice dacă nu eram cu ochii în patru. Nu mâncam. Nu ieșeam în lume. Nu voiam să văd pe nimeni. Dar am supraviețuit, Paul. Spre marea mea uimire, am reușit să trec prin asta. Iar viața... ei bine, viața mi-a arătat treptat că merită trăită. Se apleacă și mai mult spre el. Așa că acest... tablou, casa... Am avut revelația când am auzit ce s-a întâmplat cu Sophie. Nu sunt decât niște *simple obiecte*. Din partea mea, n-au decât să mi le ia pe toate. Tot ce contează sunt oamenii. Privește în jos la mâinile lui și vocea începe să-i tremure. Tot ce contează e pe cine iubești.

El nu vorbește, dar își pleacă fruntea astfel încât să și-o lipească de a ei. Stau amândoi acolo, în peisajul hibernal al grădinii, respirând aerul cenușiu, ascultând râsul înăbușit al băiețelului răzbătând din casă. Pe stradă, Liv aude sunetele serii ce se lasă deasupra orașului, zăngănit de cratițe prin bucătării îndepărtate, televizoare deschise, o bufnitură de portieră, lătratul unui câine supărat din cine știe ce motiv. Viața în totalitatea ei, mai mult sau mai puțin plăcută.

– Am să mă revanșez față de tine, spune el încet.

– Te-ai revanșat deja.

– Ba am să mă revanșez.

Pe obrajii ei se preling lacrimi. Nu-și dă seama când au ajuns acolo. Ochii lui albaștri se liniștesc brusc. Îi cuprinde obrazul în palme și o sărută, îi usucă lacrimile, buzele lui moi lipite pe pielea ei făgăduind un viitor. O sărută până când amândoi surâd și ei i s-au înmuiat picioarele.

– Ar trebui să plec acasă. Mâine vin cumpărătorii, spune ea, desprinzându-se de el fără prea mare tragere de inimă.

În cealaltă parte a orașului, se înalță pustie Casa de Sticlă. Tot n-o atrage gândul de a se întoarce acolo. Aproape se așteaptă ca el să protesteze.

- Vrei... vrei să vii cu mine? Jake ar putea dormi în camera de oaspeți. I-aș arăta cum se deschide și se închide acoperișul. Poate așa mai cresc puțin în ochii lui.

El privește în altă parte.

- Nu pot, îi răspunde cu glas lipsit de inflexiuni. Adică, mi-ar plăcea grozav, se grăbește să adauge. Dar e...

- Ne putem vedea în weekend?

- Jake stă la mine acum, dar... sigur. Găsim noi o cale.

Pare ciudat de absent, cu gândul dus în altă parte. Ea remarcă umbra de îndoială de pe chipul lui. „Oare vom fi vreodată în stare să uităm ce scump am plătit unul pentru celălalt?" se întreabă în treacăt, simțind un fior care nu are nimic de-a face cu frigul.

– Te conduc acasă cu mașina, spune el, și clipa de nesiguranță trece.

Când intră în casă, o întâmpină tăcerea. Încuie ușa, pune cheile deoparte și se duce în bucătărie, cu pașii răsunând pe pardoseala de gresie. Nu-i vine a crede că a plecat de aici abia azi-dimineață: i se pare că a trecut o viață de atunci.

Apasă butonul robotului telefonic. Un mesaj de la agentul imobiliar, care o anunță pe un ton plin de importanță că cei doi cumpărători urmează să-și trimită arhitecții a doua zi, apoi îi urează multă sănătate.

Un reporter de la o obscură revistă de artă îi cere un interviu despre cazul Lefèvre.

Consilierul de la bancă. Aparent făcând abstracție de nebunia din media. Ar putea Liv să sune cât mai curând ca să discute despre depășirea limitei de credit? Este a treia oară când încearcă să dea de ea, adaugă el cu subînțeles.

Un telefon de la tatăl ei, care-i trimite sărutări. „Caroline zice să-i dai dracului pe toți."

Liv distinge bași înfundați din apartamentul de dedesubt, aude bufnitura ușii de la intrare și râsete – sunete tipice ale unei seri de vineri în oraş. Asta îi aminteşte că, în alte părţi, viaţa îşi urmează cursul. Şi că, dincolo de această stranie încremenire, există totuşi viaţă.

Orele serii continuă să treacă teribil de încet. Liv deschide televizorul, dar nu găseşte nimic interesant, aşa că preferă să facă duş şi să-şi spele părul. Îşi pregăteşte hainele pentru a doua zi, apoi ronţăie nişte biscuiţi şi brânză.

Dar nu reuşeşte să se liniştească: nervii ei zbârnâie ca nişte umeraşe goale într-un dulap. E sleită de puteri, totuşi umblă de colo-colo prin casă, fără să-şi găsească locul. Simte pe buze gustul lui Paul, în urechi îi răsună vorbele lui. Se gândeşte să-i dea un telefon scurt, dar când ia în mână mobilul încremeneşte cu degetele pe taste. În definitiv, ce-ar putea să-i spună? „N-am vrut decât să-ţi aud vocea."

Se duce în camera de oaspeţi, care e goală şi neatinsă, de parcă nimeni n-ar fi locuit vreodată acolo. Se învârte prin încăpere, atingând în treacăt suprafaţa scaunului şi comoda. Nu mai găseşte mângâiere în linişte şi în singurătate. Şi-o imaginează pe Mo cuibărită lângă Ranic într-o casă suprapopulată şi gălăgioasă, la fel ca aceea de unde tocmai a plecat.

Într-un târziu îşi face o cană de ceai şi se duce în dormitor. Se aşază în mijlocul patului, se sprijină de perne şi studiază portretul lui Sophie în rama lui aurită.

„În sinea mea îmi place ideea de a avea un tablou atât de impresionant încât să poată clătina o căsnicie."

Ei bine, Sophie, se gândeşte Liv, tu ai clătinat mult mai mult de atât. Rămâne cu ochii la portretul pe care l-a iubit aproape un deceniu şi, în cele din urmă, îşi îngăduie să se gândească la ziua în care ea şi David l-au cumpărat, şi cum îl ridicaseră în razele soarelui din Spania, făcând culorile să iasă în evidenţă în lumina albă, parcă reflectând viitorul pe care erau convinşi că-l vor trăi împreună.

Îşi aminteşte cum, la întoarcerea acasă, au atârnat tabloul în această cameră. Cum o privise pe *Fată*, întrebându-se dacă David chiar o vedea pe ea în acel tablou şi simţindu-se mai frumoasă pentru că aşa era în ochii lui.

„Seamănă cu tine când..."

Își amintește o zi, în primele săptămâni de după moartea lui, când ridicase buimăcită capul de pe perna udă de lacrimi și când Sophie păruse s-o privească drept în ochi. Poți să înduri și asta, parcă-i spusese ea. Poate că nu-ți dai seama acum. Dar vei supraviețui.

Numai că Sophie nu supraviețuise.

Deodată, Liv simte cum îi urcă un nod în gât.

– Îmi pare tare rău pentru ce ți s-a întâmplat, spune ea cu glas tare în liniștea încăperii. Aș fi vrut să ai un alt destin.

Brusc copleșită de tristețe, se ridică în picioare, se duce la portret și îl întoarce pe partea cealaltă, ca să nu-l mai vadă. Poate că este mai bine că va pleca din această casă: spațiul gol rămas pe perete i-ar aminti în permanență de eșecul ei. Deja i se pare straniu și simbolic modul în care Sophie a fost pur și simplu ștearsă din istorie.

În ultimele săptămâni, în camera de lucru s-au instalat haosul și dezordinea, teancuri de hârtii ocupă toate suprafețele. Liv umblă prin încăpere cu un scop bine definit, stivuindu-le cu grijă și legând fiecare teanc cu elastic. Nu știe ce va face cu ele după încheierea procesului. În cele din urmă, caută dosarul roșu pe care i l-a dat Philippe Bessette. Răsfoiește foile fragile până când dă de cele două pe care le caută.

Se uită bine la ele, apoi le duce în bucătărie. Aprinde o lumânare și ține foile pe rând deasupra flăcării pâlpâitoare, până când din ele nu mai rămâne decât scrum.

– Uite, Sophie, rostește ea. Darul meu pentru tine.

„Și acum“, își spune ea, „mai am un lucru de făcut, pentru David.“

Capitolul 33

– Credeam că ai și plecat. Jake a adormit în fața *Celor mai nostime videoclipuri din America.*

Greg se duce grăbit la bucătărie în picioarele goale, căscând.

– Vrei să instalez patul pliant? Este cam târziu acum să cari copilul până acasă.

– Ar fi grozav, răspunde Paul, abia ridicând privirea din dosare.

Are laptopul proptit în fața lui.

– La ce te mai uiți prin ele? Doar luni urmează să fie dat verdictul. Și... mm... nu ți-ai dat demisia?

– Există ceva ce mi-a scăpat până acum. Știu asta.

Paul își plimbă degetul în josul paginii, apoi dă foaia nerăbdător, trecând la următoarea.

– Trebuie să verific toate probele.

– Paul. Greg își trage un scaun lângă el. Paul, spune el ceva mai tare.

– Ce e?

– S-a terminat, frățioare. Și totul e în regulă. Ea te-a iertat. Ai făcut un gest mare. Acum cred că ar trebui să lași totul baltă.

Paul se lasă pe spătarul scaunului, ducându-și mâinile la ochi.

– Crezi?

– Chiar vorbești serios? Ai o figură de obsedat.

Paul ia o înghițitură de cafea. E rece.

– Asta o să ne distrugă.

– Ce anume?

– Liv a iubit tabloul ăsta, Greg. Și n-o să-și găsească liniștea pentru... pentru că eu... sunt de vină că-i va fi luat. Poate nu acum, poate nu peste un an sau doi. Dar într-o bună zi, așa se va întâmpla.

Greg se reazemă de bufetul din bucătărie.

– La fel ar putea spune și ea despre slujba ta.

– Cu slujba n-am nici o problemă. Oricum era momentul să plec de acolo.

– Iar Liv ți-a spus că n-are nici o problemă cu tabloul.

– Mda. Numai că ea e încolțită.

Când Greg clatină din cap exasperat, Paul se apleacă peste dosare.

– Eu știu cum se pot schimba lucrurile, Greg. Știu cum ceva ce nu ți-ai fi închipuit că te va deranja vreodată ajunge într-o bună zi să distrugă și ce-i bun.

– Dar...

– Și mai știu cum oamenii ajung să fie obsedați de ceea ce au pierdut. Nu vreau ca într-o zi Liv să se uite la mine și în mintea ei să încolțească gândul: „Ăsta-i omul care mi-a distrus viața".

Greg lipăie cu picioarele goale prin bucătărie și pune apă la fiert. Face trei cafele și-i întinde una lui Paul. Își pune mâna pe umărul fratelui său, pregătindu-se să ducă celelalte cești în sufragerie.

– Știu că-ți place să pui lucrurile în ordine, frățiorul meu mai mare. Dar vrei să-ți spun părerea mea? În cazul ăsta nu poți decât să speri ca bunul Dumnezeu să îndrepte lucrurile.

Paul nu-l aude.

– Lista proprietarilor, murmură el ca pentru sine. Lista proprietarilor actuali ai operelor lui Lefèvre.

Opt ore mai târziu, Greg se trezește cu obrăjorul unui copil aplecat deasupra lui.

– Mi-e foame, spune puștiul, frecându-și zdravăn nasul. Ziceai că ai cereale Coco Pops, dar nu dau de ele.

– În dulapul de jos, răspunde Greg mahmur.

Observă ca prin vis că printre draperii nu răzbate nici o geană de lumină.

– Și n-ai nici lapte.

– Cât e ceasul?

– Șapte fără un sfert.

– Uff!

Greg se ghemuiește sub plapumă. Nici câinii nu se trezesc la ora asta.

– Zi-i lui taică-tău să-ți dea de mâncare.

– Nu-i aici.

Greg deschide încet pleoapele și se uită printre draperii.

– Cum adică nu-i aici?

– A plecat. Sacul de dormit e încă strâns, așa că nu cred c-a dormit pe canapea. Putem lua cornuri de la brutăria de pe stradă? De-alea cu ciocolată.

– Gata, gata. Mă scol.

Greg se saltă în capul oaselor, scărpinându-se în creștet.

– Și Pirate a făcut pipi pe jos.

– O, Doamne! Bine mai începe ziua de sâmbătă.

Într-adevăr, Paul nu-i acolo, dar a lăsat pe masa din bucătărie un bilet scris pe spatele unei liste cu probe pentru tribunal și așezat deasupra unui teanc de foi.

A trebuit să plec. Te rog mult, mai ai grijă de Jake. Te sun.

*

– S-a întâmplat ceva? întreabă Jake, privindu-l atent.

Cana de pe masă are un inel negru de cafea uscată. Foile rămase par proiectate de o explozie.

– Totul e în regulă, Puștiulache, răspunde Greg, ciufulindu-i părul.

Împăturește biletul, îl vâră în buzunar și începe să aranjeze cât de cât dosarele și foile.

– Știi ceva? Eu zic să facem clătite la micul dejun. Ce-ai zice să ne punem paltoanele peste pijamale și să dăm o fugă până la magazinul din colț, să cumpărăm niște ouă?

De îndată ce Jake iese din cameră, înșfacă mobilul și tastează repede un mesaj.

Dacă în clipa asta ești la ea și ți-o tragi, să știi că-mi ești dator PE VIAȚĂ.

Așteaptă câteva clipe înainte să-și pună mobilul în buzunar, dar nu primește nici un răspuns.

Din fericire, sâmbătă programul e încărcat. Liv așteaptă să vină cumpărătorii și să facă măsurători, apoi constructorii și arhitectul angajați de ei ca să evalueze volumul aparent enorm de muncă ce trebuie investit. Liv se învârte printre acești străini veniți în casa ei, încercând să adopte atitudinea potrivită, între tolerantă și prietenoasă, așa cum se cuvine atunci când vinzi o casă, fără să-și trădeze adevăratele sentimente, ceea ce ar însemna să strige „AFARĂ!" și să facă gesturi demne de un copil. Își face de lucru împachetând și ordonând una sau alta, găsindu-și mângâiere în mici treburi ale casei. Sună câteva agenții de închiriere și, când le spune ce sumă își poate permite, se lasă o tăcere lungă și disprețuitoare.

– Nu ne-am mai întâlnit? o întreabă un arhitect în clipa în care Liv pune receptorul în furcă.

– Nu, se grăbește ea să răspundă. Nu cred.

Paul nu sună.

După-amiază se duce acasă la tatăl ei.

– Caroline ți-a pregătit *cea* mai grozavă mâncare de Crăciun, o anunță el. O să-ți placă la nebunie.

– Mă bucur, răspunde ea.

La prânz mănâncă amândoi salată și o mâncare mexicană. Caroline fredonează încetișor în timp ce mestecă. Tatăl lui Liv joacă într-un clip publicitar pentru asigurări auto.

– Trebuie să imit cum face o găină. O găină căreia i se reduce asigurarea auto pentru că n-a făcut nici un accident.

Liv se străduiește să fie atentă la ce-i spune el, dar gândul îi fuge mereu la Paul. Reia în minte filmul întâmplărilor din ajun. În sinea ei e surprinsă că nu i-a telefonat. „O, Doamne! Am început să mă comport ca femeile alea care se țin scai. Și nu suntem oficial împreună nici de douăzeci și patru de ore." Îi vine să râdă de cuvântul „oficial".

Nu vrea să se înapoieze în Casa de Sticlă, aşa că rămâne la tatăl ei mai mult decât de obicei. El pare încântat la culme, bea cam mult, scoate poze de-ale ei alb-negru pe care le-a găsit când făcea ordine într-un sertar. Privindu-le, Liv trăieşte un straniu sentiment de apartenenţă: fotografiile îi amintesc că a avut o viaţă a ei înainte de proces, înainte de Sophie Lefèvre, înainte de casa pe care nu şi-o permite şi de ziua oribilă şi decisivă de la tribunal, de care n-o desparte prea mult timp.

– Ce copil frumos!

Figura deschisă şi zâmbitoare din fotografie aproape o face să plângă. Tatăl ei îi cuprinde umerii cu braţul.

– Nu te necăji prea tare pentru luni. Ştiu că ţi-a fost greu. Dar să ştii că suntem tare mândri de tine.

– Pentru ce? se miră ea, suflându-şi nasul. Am pierdut, tată. Cei mai mulţi cred că nici n-ar fi trebuit să insist.

Tatăl ei o strânge la piept. Miroase a vin roşu şi a o parte din existenţa ei rămasă parcă la un milion de ani distanţă.

– Pentru simplul fapt că n-ai abandonat. Uneori, fetiţo, şi ăsta e un gest eroic.

Când îl sună pe Paul e aproape patru jumătate. Calculează că au trecut aproape douăzeci şi patru de ore. Fără îndoială că regulile obişnuite ale întâlnirilor amoroase nu mai funcţionează atunci când cineva şi-a sacrificat jumătate din viaţă pentru tine. Inima îi bate ceva mai tare când formează numărul: deja anticipează sunetul vocii lui. Îşi imaginează cum vor sta împreună în seara aceea, cuibăriţi pe canapeaua din micul şi înghesuitul lui apartament sau poate jucând cărţi cu Jake pe covor. Dar după trei apeluri intră în funcţiune robotul telefonic. Liv închide repede, neaşteptat de descumpănită, pe urmă se dojeneşte singură că se poartă ca un copil.

Se duce să alerge, face un duş, pregăteşte ceaiul pentru Fran („Ultima oară mi-ai pus doar două cuburi de zahăr"), se aşază lângă mobil şi, în cele din urmă, la şase jumătate, formează iarăşi numărul. Din nou răspunde prompt robotul. Nu are numărul lui de fix. Să se ducă direct acolo? Poate că e la Greg. Dar, îşi dă ea seama, nu are nici numărul lui Greg. Vineri când mersese la el acasă, fusese atât de dezorientată de evenimentele zilei, încât acum nu știe nici măcar adresa exactă.

E ridicol, își spune ea. O să mă sune.

N-o sună.

La opt și jumătate, știind că nu e în stare să petreacă tot restul serii în casă, se ridică, își pune haina și-și ia cheile.

Nu-i mult de mers până la barul lui Greg, ba chiar puțin dacă aproape alergi, încălțată în pantofi sport. Pe micul podium din stânga, un bărbat îmbrăcat în haine femeiești cântă răgușit pe un ritm disco, acompaniat de chiotele asurzitoare ale asistenței în extaz. În celălalt capăt al barului mesele sunt toate ocupate, iar în spațiile dintre ele forfotesc trupuri zvelte, îmbrăcate în haine strâns mulate. Îi ia câteva minute ca să-l descopere pe Greg mișcându-se alert dintr-o parte în alta a barului, cu un prosop aruncat pe umăr. Își face loc prin mulțime până la el, pe jumătate vârâtă pe sub brațul cuiva, și-l strigă pe nume.

O aude abia după mai multe încercări. Se întoarce. Ei îi îngheață zâmbetul pe buze. Expresia lui e neobișnuit de ostilă.

– Bravo, bună oră ți-ai mai ales să vii.

Ea clipește.

– Poftim?

– Aproape la ora nouă? Voi vă bateți joc de mine?

– Nu știu despre ce vorbești.

– L-am avut pe ăla mic la mine toată ziua. Andy ar fi trebuit să iasă în oraș în seara asta. Numai că a trebuit să-și anuleze întâlnirea ca să stea acasă cu puștiul. Să știi de la mine că nu-i deloc încântat.

Liv se chinuie să-l audă peste gălăgia din bar. Greg ridică o mână și se apleacă să ia o comandă.

– Adică, știi bine că-l iubim, nu? continuă el, înapoindu-se. Ne e drag ca ochii din cap. Dar să ne trateze ca pe niște dădace din oficiu, asta-i...

– Îl caut pe Paul, spune ea.

– Nu-i cu tine?

– Nu. Și nu răspunde nici la telefon.

– Știu că nu răspunde la telefon. Am crezut că asta-i din cauză că e cu... O, e nebunie curată. Vino-ncoace.

Ridică tăblia barului pentru ca ea să se poată strecura înăuntru, înălțând brațele să stăvilească valul de proteste al clienților care așteaptă.

– Două minute, băieți. Două minute.

Pe micul coridor care duce la bucătărie, ritmul muzicii răzbate prin perete și Liv simte cum îi vibrează tălpile.

– Dar unde s-a dus? întreabă ea.

– Nu știu.

Mânia lui Greg s-a topit.

– Când ne-am trezit, am găsit un bilet în care Paul zicea că trebuie să plece. Atâta tot. Aseară, după plecarea ta s-a purtat oarecum ciudat.

– Cum adică, ciudat?

El șovăie, de parcă deja i-ar fi destăinuit prea mult.

– Ce e?

– Nu era deloc în apele lui. A luat povestea asta foarte în serios.

Își mușcă buza.

– Ce anume?

Greg pare încurcat.

– Păi, a... a spus că tabloul ăsta va distruge orice șansă a voastră de a avea o relație.

Liv face ochii mari.

– Crezi că-i...?

– Sunt sigur că n-a vrut să...

Dar Liv își croiește deja drum spre ușa barului.

Fără nimic de făcut, duminica pare să nu se mai sfârșească. Liv stă în casa ei cea încremenită, cu telefonul mut, cu gândurile care nu-i dau pace, și așteaptă sfârșitul lumii.

Mai formează o dată numărul lui de mobil, apoi închide brusc când aude iar robotul.

Paul parcă a intrat în pământ.

„Bineînțeles că nu-i așa."

A avut timp să se gândească la câte renunță pentru relația cu mine.

„Trebuie să ai încredere în el."

Ar vrea ca Mo să fie acolo.

Noaptea se lasă încet, cerul se întunecă, înecând orașul într-o ceață deasă. Nu reușește să urmărească nimic la televizor, adoarme și se trezește de mai multe ori, are vise bizare, fără legătură între ele, și se trezește la patru dimineața, cu gândurile înțepenite într-un nod otrăvitor. La patru jumătate renunță să mai adoarmă la loc, umple cada și stă în apă un timp, privind prin luminator la întunericul care-i aduce mângâiere.

Își usucă atent părul cu uscătorul, se îmbracă într-o bluză cenușie și o fustă cu dungulițe fine, despre care David spunea cândva că-i vine foarte bine. El comenta că ținuta asta o făcea să arate ca o secretară, ca și cum i-ar fi făcut un compliment. Își prinde la gât un șirag de perle false și-și pune pe deget verigheta. Se machiază cu grijă. E fericită că are posibilitatea să-și ascundă cearcănele de sub ochi, tenul obosit și pământiu.

„O să vină", își spune ea. „Trebuie să crezi în ceva."

În jurul ei, lumea se trezește încet la viață. Casa de Sticlă e învăluită în cețuri, făcând-o să se simtă și mai izolată de restul orașului. Jos în stradă, mașinile înșiruite bară la bară și vizibile numai prin minusculele faruri de frână înaintează încet, ca sângele într-o arteră îngroșată. Bea puțină cafea și mănâncă o jumătate de felie de pâine prăjită. Radioul o anunță că traficul este blocat în cartierul Hammersmith și că în Ucraina a existat un complot pentru asasinarea unui politician. Când termină, face ordine în bucătărie, lustruind toate suprafețele.

Apoi ia din dulap o pătură veche și învelește cu băgare de seamă *Fata pe care ai lăsat-o în urmă*. O înfășoară ca pe un cadou, având grijă să țină portretul întors cu spatele, ca să nu fie nevoită s-o privească în ochi pe Sophie.

Fran nu e în cutia ei. Stă pe o găleată întoarsă cu fundul în sus, privind în lungul străzii pietruite care dă spre fluviu și descurcând o bucată de sfoară încâlcită, înfășurată de câteva sute de ori în jurul unui teanc imens de pungi de supermarket.

Ridică ochii când Liv se apropie cu două ceşti, apoi priveşte în sus spre cer. Cerul s-a prăvălit în jurul lor în stropi minusculi care înăbuşă orice sunet şi fac din malul fluviului capătul lumii.

– Azi nu alergi?

– Nu.

– Asta-i o schimbare pentru tine.

– Toate sunt schimbate pentru mine.

Liv îi întinde o cană cu cafea. Fran soarbe o îngiţitură, mormăie satisfăcută, apoi se uită la ea.

– Nu sta aşa ca o momâie. Ia loc.

Liv se uită în jur şi-şi dă seama că Fran îi face semn spre o navetă pentru sticle de lapte. Trage lădiţa şi se aşază. Un porumbel ţopăie pe pavajul străzii, apropiindu-se de ea. Fran bagă mâna în sacoşa mototolită şi-i aruncă o coajă de pâine. Aici Liv se simte ciudat de liniştită, cu valurile Tamisei clipocind uşor la mal, cu sunetul îndepărtat de trafic. Se gândeşte oarecum amuzată ce-ar zice presa să vadă în compania cui îşi ia micul dejun văduva din înalta societate. Un şlep îşi face apariţia din ceţuri şi trece în tăcere prin dreptul lor, cu luminile dispărând în zorii cenuşii.

– Deci ţi-a plecat prietenul.

– De unde ştii?

– Stau de prea multă vreme aici ca să nu ştiu tot. Asculţi, înţelegi? Se ciocăneşte uşor cu degetul în tâmplă. Nimeni nu mai ascultă. Toţi ştiu numai ce vor să audă, dar de ascultat nu ascultă nimeni. Se opreşte o clipă, de parcă şi-ar aminti ceva. Te-am văzut în ziar.

Liv suflă în cafea ca s-o răcească.

– Cred că toată Londra m-a văzut în ziar.

– Îl am aici. În cutia mea.

Arată spre pragul uşii de la intrare.

– Ăsta-i obiectul?

Face semn spre tabloul înfăşurat în pătură pe care Liv îl ţine la subsuoară.

– Da.

Liv soarbe din cafea.

– Da, ăsta.

Aşteaptă ca Fran s-o învinuiască la rândul ei, să-i înşiruie motivele pentru care n-ar fi trebuit să încerce niciodată să păstreze portretul, dar Fran nu spune nimic. Se mulţumeşte să tragă aer pe nas şi să privească fluviul.

– De-aia nu-mi place mie să am prea multe lucruri. Când locuiam la adăpost, ăia de-acolo mi le furau întotdeauna. Nu conta unde le laşi – sub pat, în dulăpior –, aşteptau până plecai şi puneau mâna pe ele. Ajungeai să nu mai vrei să ieşi pe stradă, de teamă că rămâi fără nimic. Dacă poţi să-ţi închipui.

– Ce să-mi închipui?

– Ce pierzi. Ce înseamnă să te agăţi de câteva fleacuri.

Liv se uită la obrazul zbârcit şi colţuros al lui Fran, brusc luminat de satisfacţie, la gândul unei existenţe căreia nu-i mai duce dorul.

– E ţicneală curată, spune Fran.

Liv priveşte nemişcată fluviul cenuşiu şi, brusc, ochii i se umplu de lacrimi.

Capitolul 34

Henry o aşteaptă la intrarea din spate a tribunalului. Cu o zi în urmă, la intrarea principală s-au adunat camere de televiziune şi protestatari. Henry o prevenise că aşa va fi. Liv coboară din taxi şi, când Henry vede ce are sub braţ, zâmbetul lui se preschimbă în grimasă.

– Asta-i ce... Nu era cazul să faci aşa ceva! Dacă pierdeam, le-am fi pretins să aducă o maşină blindată. Pentru numele lui Dumnezeu, Liv! Nu poţi să cari la subsuoară o operă de artă în valoare de câteva milioane de lire ducând-o ca pe o pâine!

Liv îşi încleştează degetele pe tablou.

– Paul e aici?

– Paul?

Henry o zoreşte spre sala tribunalului, ca un doctor grăbit să ducă la spital un copilaş bolnav.

– McCafferty.

– McCafferty? Habar n-am.

Aruncă iarăşi o privire spre obiectul înfăşurat în pătură.

– La dracu', Liv. Puteai să mă previi.

Ea îl urmează dincolo de punctul de control, apoi pe coridor. El cheamă paznicul şi face semn către tablou. Paznicul pare uluit, apoi dă din cap şi comunică ceva prin staţia de emisie-recepţie. Probabil solicitând pază suplimentară. De abia când intră în sala de judecată începe şi Henry să se relaxeze. Se aşază, răsuflă adânc şi-şi freacă obrazul cu amândouă palmele. Apoi se întoarce către Liv.

– Să știi că încă nu s-a terminat, spune el, zâmbind trist, cu ochii la tablou. Asta nu-ți câștigă votul de încredere.

Ea nu spune nimic. Privește atent prin sala care se umple rapid în jurul lor.

Deasupra, la galerie, o mulțime de chipuri o studiază atent, bănuitoare și impasibile, de parcă s-ar afla pe banca acuzaților. Liv se străduiește să nu întâlnească privirea nimănui. O vede pe Marianne, îmbrăcată în portocaliu, cu cercei de plastic de aceeași culoare și bătrâna îi face cu mâna, schițând un mic semn de încurajare cu degetul mare ridicat: o figură prietenoasă într-o mare de chipuri lipsite de expresie. O vede pe Janey Dickinson așezându-se ceva mai încolo și schimbând câteva cuvinte cu Flaherty. Sala se umple de sunete: pași târșâiți, conversații politicoase, hârșâit de scaune, genți trântite. Reporterii stau la taclale amical unii cu alții, sorbind cafea din paharele de plastic și făcând schimb de însemnări. Unul din ei îi întinde altuia un pix de rezervă. Liv se luptă să-și învingă un sentiment crescând de panică. E ora nouă patruzeci. Ochii ei rătăcesc iar și iar spre ușă, în căutarea lui Paul. „Ai încredere", își spune ea. „O să vină."

Își repetă același lucru la zece fără zece, apoi la zece fără opt minute. Judecătorul își face intrarea aproape de zece fix. Cei din sală se ridică în picioare. Pe Liv o cuprinde brusc spaima.

„Nu vine. După tot ce s-a întâmplat, sigur nu vine. O, Doamne, nu pot face asta dacă el nu-i aici." Își impune să respire adânc și închide ochii, încercând să-și recapete calmul.

Henry răsfoiește dosarele.

– Ești bine?

Liv parcă are gura umplută cu praf.

– Henry, șoptește ea, pot să spun ceva?

– Poftim?

– Pot să spun ceva? În fața tribunalului. Este foarte important.

– Acum? Judecătorul tocmai se pregătește să anunțe verdictul.

– E important.

– Ce vrei să spui?

– Tu cere-i voie. Te rog.

El pare neîncrezător, dar ceva din expresia ei reușește să-l convingă. Se apleacă în față, murmurându-i la ureche Angelei Silver. Avocata aruncă o privire în spate, la Liv, se încruntă și, după ce schimbă cu Henry câteva cuvinte, se ridică și cere permisiunea să se apropie de judecător. Christopher Jenks e invitat să se apropie și el.

În timp ce avocații pledanți și judecătorul se consultă în șoaptă, Liv simte că-i asudă palmele. Are furnicături în tot corpul. Se uită în jur la sala în care n-ai unde să arunci un ac. Atmosfera de ostilitate tăcută e aproape palpabilă. Strânge și mai tare în brațe tabloul. „Imaginează-ți că ești Sophie", își spune. „Ea ar fi avut curajul să facă asta."

În cele din urmă, judecătorul i se adresează.

– După câte se pare, doamna Olivia Halston ar dori să se adreseze Curții. Se uită la ea pe deasupra ochelarilor. Poftiți, doamnă Halston.

Liv se ridică și se duce în fața asistenței, continuând să strângă la piept tabloul. Își aude fiecare pas pe podeaua de lemn și simte cum o ard toate privirile ațintite asupra ei. Henry, poate încă temător pentru tablou, stă la câțiva pași în urma ei.

Liv respiră adânc.

– Aș dori să spun câteva cuvinte despre *Fata pe care ai lăsat-o în urmă.*

Tace o clipă, conștientă de surpriza așternută pe toate chipurile din jur, apoi continuă cu glas abia auzit, ușor tremurător, în tăcerea sălii. Un glas care parcă nu-i al ei.

– Sophie Lefèvre a fost o femeie curajoasă și onorabilă. Cred... sper că asta reiese clar după toate cele auzite în această sală.

Vede ca prin vis cum Janey Dickinson scrie grăbit ceva pe blocnotes, aude murmurele plictisite ale avocaților. Apucă și mai strâns de rama tabloului și se silește să continue.

– Soțul meu, David Halston, decedat între timp, a fost și el un om cumsecade. Un om cu adevărat bun. Am acum convingerea că, dacă ar fi știut povestea portretului lui Sophie, pictura care-i era atât de dragă... ar fi renunțat de mult la el. Faptul că eu am contestat cererea de restituire a făcut ca numele să-i fie șters de pe construcția care a fost visul vieții lui, și asta va fi pentru mine un motiv de imens regret, întrucât acea clădire, clădirea Goldstein, ar fi trebuit ridicată în memoria lui David.

Vede cum reporterii ridică ochii, aude murmurul de interes care circulă prin sală. Câțiva comentează între ei și încep să scrie de zor.

– Cazul de față – tabloul – a distrus în mare măsură ceea ce ar fi trebuit să fie moștenirea lui, la fel cum a distrus și moștenirea lui Sophie. Din acest punct de vedere, și unul, și altul au suferit o mare nedreptate. Glasul i se frânge. Se uită în jur. Din acest motiv, aș dori să se consemneze că decizia de a lupta a fost numai a mea. Dacă am greșit, regret din toată inima. Eu atât am avut de spus. Mulțumesc.

Face doi pași șovăielnici într-o parte. Îi vede pe reporteri luându-și febril notițe, unul chiar verificând cum se scrie „Goldstein". Doi consilieri juridici discută aprins în spatele sălii.

– Bună mișcare, îi spune încet Henry, aplecându-se spre ea. Erai bună de avocat.

„Am făcut-o", își spune ea în gând. „Acum David e legat public de clădirea lui, orice ar face Goldstein."

Judecătorul cere să se facă liniște.

– Doamnă Halston, mai aveți și alte motive să-mi amânați verdictul? întreabă el obosit.

Liv clatină din cap. Își simte gâtul uscat. Janey îi șoptește ceva avocatului ei.

– Acela e tabloul, da?

– Da.

Continuă să-l țină strâns lipit de ea, ca pe un scut.

Judecătorul se întoarce spre ușier.

– Se poate aranja ca tabloul să fie pus sub pază strictă? Nu știu dacă e cazul să se afle aici, doamnă Halston.

Liv îi dă ușierului portretul. Pentru o clipă, degetele parcă refuză să-i dea drumul, ca și cum în sinea ei s-ar fi decis să nu ia în seamă instrucțiunile primite. Când în cele din urmă își desprinde palmele de pe tablou, îl vede pe ușier încremenind în fața ei o clipă, de parcă i s-ar înmâna un obiect radioactiv.

„Iartă-mă, Sophie", îi spune Liv în gând și, brusc dezvelit, chipul fetei o fixează cu privirea.

Se înapoiază la locul ei cu pași nesiguri, cu pătura adunată ghem sub braț, abia auzind zarva din jur. Judecătorul discută cu ambii avocați pledanți. Câteva persoane se îndreaptă spre ușă, poate reporteri la ziare de seară, iar cei de la galerie discută înfierbântat. Henry o atinge pe braț, murmurându-i că a făcut o treabă bună.

Liv se așază, cu ochii în jos, la verigheta pe care și-o răsucește iar și iar pe deget, întrebându-se cum e posibil să se simtă atât de pustiită pe dinăuntru.

Și atunci îl aude.

– Dacă-mi permiteți...

Cuvintele trebuie repetate de două ori ca să se audă peste hărmălaia din sală. Liv ridică ochii, urmărind direcția privirilor care se întorc spre ușă și acolo, în prag, stă Paul McCafferty.

E îmbrăcat într-o cămașă albastră, are barba nerasă de o zi și o expresie impenetrabilă. Deschide ușa ceva mai larg și împinge încet înăuntru un scaun cu rotile.

Se uită în jur după Liv și, dintr-odată, în sală nu mai sunt decât ei doi. „Ești bine?“ o întreabă el mut, iar ea dă din cap, răsuflând adânc, fără să-și dea seama că-și ținuse respirația.

– Îmi permiteți? spune el din nou, ridicând vocea ca să acopere gălăgia. Domnule judecător?

Ciocănelul judecătorului izbește lemnul ca o pocnitură de armă. În sală se așterne liniștea. Janey Dickinson se ridică în picioare și se întoarce să vadă ce se întâmplă. Paul împinge prin sală scaunul cu rotile în care se află o femeie în vârstă, cocoșată ca un vârf de toiag și-și ține mâinile împreunate pe o poșetă mică.

Altă femeie, îmbrăcată elegant în bleumarin, pășește grăbit în urma lui Paul, sfătuindu-se cu el în șoaptă. Paul face un gest spre judecător.

– Bunica mea deține informații importante legate de acest caz, spune femeia.

Vorbește cu un pronunțat accent franțuzesc și pășește pe coridorul dintre bănci, privind stingher spre oamenii așezați de o parte și de alta.

Judecătorul ridică brațele.

– De ce nu? mormăie el. Se pare că toată lumea are ceva de zis. Să vedem dacă şi femeia de serviciu doreşte să-şi exprime punctul de vedere, nu?

Femeia aşteaptă şi judecătorul adaugă, exasperat:

– O, pentru numele lui Dumnezeu, doamnă! Veniţi încoace, vă rog.

Amândoi schimbă câteva cuvinte. Judecătorul îi cheamă pe cei doi avocaţi pledanţi şi discuţia se lungeşte.

– Ce-i asta? se tot întreabă Henry, lângă Liv. Ce naiba se întâmplă?

În sală se face linişte.

– Se pare că merită să auzim ce are de spus doamna aceasta, spune judecătorul.

Îşi ia pixul şi-şi răsfoieşte însemnările.

– Mă întreb dacă cineva din sala asta e interesat de o chestiune atât de banală ca verdictul.

Scaunul rulant e răsucit pe loc şi aşezat în faţa sălii. Bătrâna începe să vorbească în franceză şi fiica ei traduce.

– Înainte de a fi decisă soarta tabloului, trebuie să ştiţi un lucru. Cazul porneşte de la o premisă falsă.

Femeia face o pauză, aplecându-se să audă ce spune bătrâna, apoi îşi îndreaptă iarăşi spatele.

– *Fata pe care ai lăsat-o în urmă* n-a fost niciodată furată.

– Şi de unde ştiţi asta, *madame*?

Liv ridică privirea spre Paul. El se uită drept în ochii ei, cu un straniu aer de triumf.

Bătrâna ridică o mână, parcă pentru a se lipsi de fiica ei. Îşi drege glasul şi vorbeşte limpede şi rar, de data asta în engleză.

– Pentru că eu sunt cea care i-a dat-o domnului *Kommandant* Hencken. Numele meu este Édith Béthune.

Capitolul 35

1917

Am fost dată jos la câtva timp după ivirea zorilor. Nu știu cât timp călătorisem: mă copleșise febra, așa că zilele și visele mele se confundau unele cu altele și nici nu mai știam dacă exist sau dacă, asemenea unui spectru, lunecam când spre leșin, când spre realitate. Când închideam ochii, o vedeam pe sora mea trăgând obloanele ferestrei de la bar, apoi întorcându-se spre mine cu un zâmbet, cu părul lucind în lumina soarelui. O vedeam pe Mimi râzând. Îl vedeam pe Édouard, îi vedeam chipul și mâinile, îi auzeam glasul în urechea mea, blând și mângâietor. Întindeam mâna să-l ating, dar el dispărea și mă trezeam pe podeaua camionului, cu obrazul lângă niște cizme soldățești, cu capul zvâcnind dureros de câte ori săltam peste vreun șleau din drum.

O vedeam pe Liliane.

Trupul ei rămăsese undeva pe drumul spre Hanovra, unde o azvârliseră ca pe un sac, într-o ploaie de blesteme. De atunci trecuseră ore întregi și eu zăceam împroșcată cu sângele ei, și chiar mai mult de atât. Aveam hainele pătate de sânge. Îi simțeam gustul pe buze. Sângele se închegase într-o baltă lipicioasă pe podeaua camionului, de unde nu mai aveam forța să mă ridic. Nu mai simțeam pișcăturile păduchilor. Eram amorțită. Nu mă simțeam cu mult mai vie decât cadavrul lui Liliane.

Soldatul din fața mea se trăsese cât mai departe de mine, furios că i se pătase uniforma, furios pe perdaful încasat de la superiorul lui pentru că Liliane îi furase arma. Stătea cu fața întoarsă spre deschizătura prelatei, care lăsa să intre aerul proaspăt de afară. I-am văzut expresia: era una de silă. Pentru el eu nu mai eram o făptură omenească. Am încercat să-mi amintesc de vremea când fusesem altceva decât un obiect, când îmi păstram demnitatea chiar și într-un oraș plin de germani, când impuneam respect, dar mi-a fost greu. Tot universul meu părea să se fi redus la acest camion. La podeaua dură de metal. La mâneca mea de lână, cu pata stacojie de pe ea.

Camionul huruia și se hurduca prin noapte, oprind scurt din când în când. Îmi pierdeam temporar cunoștința și mă trezea numai durerea sau arșița cumplită care-mi mistuia trupul. Respiram aerul rece, fumul de țigară, ascultam conversația soldaților din cabină și mă întrebam de voi mai auzi vreodată un glas vorbindu-mi în franceză.

Și deodată, când se crăpa de ziuă, ne-am oprit brusc. Mi-am dezlipit pleoapele îndurerate și l-am auzit pe băiețandrul în uniformă sărind jos din camion. L-am auzit întinzându-se cu un geamăt, apoi pocnetul unei brichete și voci vorbind încet în germană. Am auzit sunetul prelung și necuviincios al bărbaților care se ușurau, ciripit de păsări și foșnet de frunze.

Atunci am înțeles că aveam să mor acolo și, sinceră să fiu, nu-mi mai păsa.

Durerea îmi îmbolnăvea tot trupul, mă furnica pielea de la febră, mă chinuiau încheieturile și-mi simțeam capul greu. O aripă a prelatei din spate s-a ridicat și remorca a fost deschisă. Unul din paznici mi-a ordonat să mă dau jos. De abia mă puteam mișca, dar el m-a smucit de braț ca pe un copil neascultător. Îmi simțeam corpul atât de ușor, încât aproape am zburat din remorcă.

Dimineața era învăluită în ceață și am zărit ca prin vis un gard de sârmă ghimpată și niște porți imense. Deasupra porților se vedea scris STRÖHEN. Știam ce înseamnă asta.

Alt soldat mi-a făcut semn să rămân pe loc, apoi s-a îndreptat spre ghereta unei santinele. A avut loc o scurtă conversație, după care unul din ei s-a aplecat și s-a uitat la mine. Dincolo de porți vedeam şiruri întregi de clădiri lungi, ca nişte depozite de fabrică. Era un loc mohorât şi impersonal, cu un aer de nefericire şi zădărnicie aproape palpabil. În fiecare colţ se înălţa câte un turn de pază, ca să împiedice orice încercare de evadare. N-aveau nici un motiv să-şi facă griji.

Ştiţi ce înseamnă a te resemna cu propria soartă? Aproape că-mi părea bine. Avea să se termine cu suferinţa, cu teama, cu dorul. Moartea speranţei e cea mai mare mângâiere. Nu peste multă vreme l-aş fi putut ţine pe Édouard în braţe. În viaţa de apoi aveam să fim din nou uniţi, fiindcă eram convinsă că, dacă Dumnezeu era milostiv, atunci n-ar fi avut cruzimea să ne lipsească de această consolare.

Am distins vag o discuţie aprinsă în ghereta santinelei. Un bărbat a ieşit şi mi-a cerut actele. Eram atât de slăbită încât abia după a treia încercare am reuşit să le scot din buzunar. Mi-a făcut semn să-i arăt actul de identitate. Eram plină de păduchi şi nu voia să mă atingă.

A bifat ceva pe o listă şi a dat un ordin răstit în germană soldatului care mă ţinea. Au avut o scurtă discuţie. Le auzeam glasurile cu intermitenţă şi nu-mi mai dădeam seama dacă ei coborau glasul sau mintea mea se întuneca. Devenisem cuminte şi supusă ca un miel. Eram un obiect, gata să merg unde mi se ordona. Nu mai voiam să mă gândesc. Nu mai voiam să-mi imaginez ce orori mă aşteptau.

Febra făcea să-mi vâjâie capul şi să-mi ardă ochii în cap. Eram sfârşită. Auzeam vocea lui Liliane şi, într-un ungher al minţii mele, ştiam că atât timp cât trăiesc, încă voi avea motiv să-mi fie teamă: „Nici n-ai idee ce o să ne facă“. Cumva însă, nu mai eram în stare nici să-mi fie teamă. Dacă soldatul nu m-ar fi ţinut de braţ, probabil că m-aş fi prăbuşit la pământ.

Porţile s-au deschis, lăsând să iasă un vehicul, după care s-au închis din nou. Din când în când îmi pierdeam cunoştinţa. Mi s-au închis ochii şi pentru câteva clipe m-am văzut stând la o cafenea din Paris, cu capul lăsat pe spate, cu faţa scăldată în lumina soarelui. Soţul meu şedea alături de mine, hohotele lui de râs îmi umpleau urechile, în timp ce mâna lui uriaşă se întindea s-o prindă pe a mea, pe masă.

„Oh, Édouard“, am început să plâng în tăcere, tremurând în aerul rece al dimineții. „Mă rog la Dumnezeu ca tu să nu înduri această suferință. Mă rog la Dumnezeu ca ție să-ți fie mai ușor acolo unde ești.“

Am fost trasă din nou înainte. Cineva striga la mine. M-am poticnit în fuste, încă ținând strâns în mână sacul cu lucruri. Porțile s-au deschis din nou și am fost împinsă brutal în incinta lagărului. Când am ajuns la al doilea post de control, santinela m-a oprit din nou.

„Duceți-mă odată în baracă. Nu vreau decât să zac.“

Eram nespus de istovită. Am revăzut în minte mâna lui Liliane, gestul sigur și premeditat cu care-și dusese pistolul la tâmplă. I-am revăzut ochii privind țintă în ochii mei în ultimele ei clipe de viață. Două hăuri negre, fără fund, ferestre deschise spre abis. Acum nu mai simte nimic, mi-am spus, și o părticică încă lucidă din mine a recunoscut că o invidiam.

Când mi-am pus actul de identitate la loc în buzunar, degetele mele au atins ciobul de sticlă cu margini zimțate și am avut o revelație de o clipă.

Aș fi putut apropia vârful acela de un anume punct din gât. Știam unde-i vena și cât de tare ar fi trebuit să apăs. Mi-am amintit cum se prăvălise purcelul atunci la St. Péronne: o mișcare scurtă și sigură, după care ochii lui se închiseseră într-un fel de extaz tăcut. Am rămas pe loc, lăsând gândul să prindă rădăcini în minte. Aș fi putut face asta fără să stau prea mult pe gânduri. M-aș fi putut elibera.

Nici n-ai idee ce-o să ne facă.

Degetele mele s-au încleștat pe ciob. Și atunci am auzit.

Sophie.

În clipa aceea am înțeles că venea eliberarea. Am dat drumul ciobului. Deci asta era, glasul blând al soțului meu, conducându-mă spre casă. Aproape am zâmbit, atât mă simțeam de ușurată. M-am clătinat puțin, lăsându-i chemarea să răsune în toată ființa mea.

Sophie.

O mână de neamț m-a răsucit în loc și m-a împins înapoi spre poartă. Nedumerită, m-am poticnit și am privit în urmă. Atunci l-am văzut pe paznic apropiindu-se prin ceață. În fața lui era un bărbat înalt și adus de spate, care ținea strâns o boccea în dreptul pântecelui. Mi-am îngustat pleoapele, conștientă că înfățișarea lui îmi părea cunoscută. Dar avea lumina în spate și nu reușeam să-l disting prea bine.

Sophie.

Mi-am încordat privirea și, dintr-odată, lumea s-a oprit în loc și totul în jurul meu s-a cufundat în liniște. Nemții au tăcut, motoarele s-au oprit, chiar și copacii au încetat să mai foșnească. Am văzut că prizonierul venea șchiopătând spre mine, o siluetă stranie, cu umerii numai piele și os, dar cu pasul sigur, parcă atras spre mine de un magnet. Am început să tremur convulsiv, ca și cum trupul meu l-ar fi recunoscut înaintea mea.

– Édouard?

Vocea mea era un fel de hârâit. Nu puteam să-mi cred ochilor. Nu îndrăzneam să cred.

– Édouard?

El târșâia picioarele, aproape alergând spre mine, cu paznicul iuțind pasul în urma lui. Am încremenit în loc, încă temându-mă să nu fie o păcăleală îngrozitoare, temându-mă să nu mă trezesc pe podeaua camionului, cu o cizmă lângă cap. „Te implor, Doamne. Tu nu poți fi atât de crud."

Apoi el s-a oprit la câțiva metri în fața ea. Un schelet cu chipul răvășit, cu părul lui frumos ras până la piele, cu cicatrici pe față. Dar, Dumnezeule, era fața lui. „Fața lui. Édouard al meu." Era prea mult. Mi-am ridicat ochii spre cer, sacul mi-a căzut din mână și am căzut la pământ. În aceeași clipă i-am simțit brațele înlănțuindu-mă.

– Sophie. Sophie a mea. Ce ți-au făcut?

Édith Béthune se lasă pe spate în scaunul cu rotile, în tăcerea mormântală așternută în sala tribunalului. Un funcționar îi aduce niște apă, iar ea dă din cap în semn de mulțumire. Până și reporterii au încetat să mai ia notițe: au încremenit cu pixurile în aer, cu gurile căscate.

– Noi n-am știut ce s-a întâmplat cu ea. Am crezut-o moartă. La câteva luni după ce mama a fost arestată s-a creat o nouă rețea de informații și atunci am primit vestea că Sophie se număra printre cei care muriseră în lagăre. Hélène a plâns o săptămână întreagă după asta.

Apoi, într-o dimineață, s-a întâmplat să cobor la parter în zori, gata să pregătesc cele necesare pentru ziua aceea – o ajutam pe Hélène la bucătărie –, și am văzut o scrisoare care fusese împinsă pe sub ușa hotelului Le Coq Rouge. Am vrut s-o ridic, dar Hélène mi-a luat-o înainte și a pus mâna pe ea.

– N-ai văzut nimic, mi-a spus și am rămas șocată, fiindcă niciodată până atunci nu-mi vorbise cu atâta asprime.

Era albă ca varul la față.

– M-ai auzit? N-ai văzut scrisoarea, Édith. Nu trebuie să spui nimănui. Nici măcar lui Aurélien. Mai ales lui Aurélien.

Am dat din cap, dar n-am vrut să plec de acolo. Voiam să știu ce-i cu scrisoarea. Hélène a deschis-o cu degete tremurătoare. S-a rezemat de bar, cu fața luminată de primele raze ale dimineții, și mâinile îi tremurau atât de tare, încât nu înțelegeam cum de putea citi cuvintele. Apoi tot trupul i s-a destins și, ducând o mână la gură, a început să plângă încet, cu suspine: „O, Doamne, mulțumescu-ți ție, Doamne".

Erau în Elveția. Primiseră acte de identitate false, emise pentru „servicii aduse statului german" și fuseseră duși într-o pădure din apropierea graniței elvețiene. Sophie era atât de bolnavă, încât Édouard fusese nevoit s-o țină în brațe pe ultimii douăzeci de kilometri până la punctul de control. Soldatul care-i dusese cu mașina le pusese în vedere să nu ia legătura cu nimeni din Franța și nici să nu riște să dezvăluie cine-i ajutase. Scrisoarea era semnată „Marie Leville".

Bătrâna a cuprins cu privirea întreaga asistență.

– Au rămas în Elveția. Noi știam că nu se vor mai putea întoarce niciodată la St. Péronne, atât de puternic era resentimentul față de ocupația germană. Dacă s-ar fi înapoiat, lumea ar fi început să-și pună întrebări. Și, desigur, între timp îmi dădusem seama cine i-a ajutat să scape împreună.

– Și cine a fost acea persoană, doamnă?

Bătrâna își strânge buzele, de parcă până și după atâția ani tot îi vine greu să rostească numele.

– *Kommandant* Friedrich Hencken.

– Iertați-mă, intervine judecătorul. Este într-adevăr o poveste extraordinară. Dar tot nu înțeleg ce legătură are cu pierderea tabloului.

Édith Béthune își recapătă calmul.

– Hélène nu mi-a arătat scrisoarea, dar eu știam că stă cu gândul la ea. Era neliniștită în prezența lui Aurélien, deși după plecarea lui Sophie, el rareori venea la hotelul Le Coq Rouge. Parcă n-ar fi suportat să pună piciorul acolo. Dar după două zile, când el deja plecase, iar cei mici dormeau în camera alăturată, Hélène m-a chemat în dormitorul ei.

„Édith, vreau să faci ceva pentru mine."

Ședea pe podea, sprijinind cu o mână portretul lui Sophie. S-a uitat la scrisoarea pe care o ținea în cealaltă mână, parcă verificând ceva, a clătinat ușor din cap, apoi a scris cu cretă câteva cuvinte pe spatele tabloului. L-a înfășurat cu grijă într-o pătură și mi l-a dat.

„În după-amiaza asta, *Herr Kommandant* e la vânătoare în pădure. Vreau să-i duci tabloul."

„Niciodată." Îl detestam pe omul acela din tot sufletul. El era de vină că-mi pierdusem mama.

„Fă ce ți-am spus. Trebuie să i-l duci lui *Herr Kommandant.*"

„Nu."

Nu mi-era frică de el, deja îmi făcuse cel mai mare rău cu putință, dar nu voiam să stau nici măcar o clipă în prezența lui.

Hélène s-a uitat fix la mine și cred că și-a dat seama cât eram de hotărâtă. M-a tras lângă ea și i-am citit pe față o expresie dârză cum nu văzusem niciodată până atunci.

„Édith, *Herr Kommandant* trebuie să aibă acest tablou. Poate că tu și cu mine am vrea să-l știm mort, dar trebuie să respectăm..."

A șovăit.

„... dorința lui Sophie."

„Du-i-l tu."

„Nu pot. Dacă fac asta, tot orașul o să vorbească și nu pot să risc ca numele meu să fie târât în noroi cum s-a întâmplat cu numele surorii mele. În plus, Aurélien va ghici că se întâmplă ceva. Iar el nu trebuie să afle adevărul. Nu trebuie să știe nimeni. Pentru siguranța ei și a noastră. Ai să te duci?"

N-am avut de ales. În aceeași după-amiază, când Hélène mi-a spus că venise momentul, am luat tabloul la subsuoară și am pornit pe alee, traversând câmpul în direcția pădurii. Tabloul era greu și rama mă împungea la subsuoară. *Herr Kommandant* era acolo, împreună cu un alt ofițer. Când i-am văzut cu armele în mâini, au început să-mi tremure genunchii de frică. În clipa în care el a dat cu ochii de mine, i-a ordonat celuilalt să plece. Am înaintat încet printre copaci, cu picioarele înfrigurate din pricina pământului înghețat. Când m-am apropiat, am văzut că era oarecum tulburat și-mi amintesc că mi-am spus în gând: „Foarte bine. Sper să te tulbur pentru toată viața".

„Voiai să vorbești cu mine?" m-a întrebat.

Nu voiam să-i dau tabloul. Nu voiam să aibă parte de nimic pe lume. Deja îmi luase cele două ființe care-mi fuseseră cele mai dragi. Îl uram pe omul acela. Și cred că atunci mi-a și venit ideea.

„Mătușa Hélène mi-a spus să vă dau asta."

Herr Kommandant a luat tabloul și a desfăcut pătura în care era învelit. L-a privit cu un aer nesigur, apoi l-a întors pe partea cealaltă. Când a văzut ce era scris pe spate, ceva straniu s-a întâmplat cu el. Chipul i s-a îmblânzit pentru o clipă și ochii lui de un albastru pal s-au umezit ușor, de parcă i-ar fi venit să plângă de bucurie.

„*Danke*", mi-a șoptit. „*Danke schön.*"[1]

L-a întors din nou, ca să privească portretul lui Sophie, apoi iar s-a uitat pe spate, citind cuvintele în gând.

„*Danke*", a repetat, dar cui îi mulțumea, ei sau mie, n-aș fi putut spune.

N-am suportat să văd fericirea și deplina ușurare de pe chipul lui, când mie îmi distrusese orice speranță de a fi fericită. Îmi distrusese toată viața. Și atunci m-am trezit spunând cu un glas care suna cristalin în aerul încremenit: „Sophie a murit. A murit după ce ne-a cerut să vă dăm tabloul. A murit în lagăr, de gripă spaniolă."

El a tresărit violent.

---

[1] Mulțumesc. Mulțumesc frumos. (în limba germană în original)

„Cum?"

Nu știu de unde îmi veneau cuvintele. Vorbeam fără să mă bâlbâi și fără teamă de ce ar fi putut urma.

„A murit. Pentru că a fost luată de aici. A murit curând după ce ne-a trimis vorbă să vă dăm tabloul."

„Ești sigură?" a întrebat el cu glas răgușit. „Adică, poate au fost zvonuri..."

„Foarte sigură. Probabil că nici n-ar fi trebuit să vă spun. Este secret."

Am rămas acolo, cu inima împietrită, uitându-mă cum privea țintă portretul, în timp ce chipul îi îmbătrânea sub ochii mei, brăzdat de durere.

„Sper că vă place tabloul", am spus și am pornit încet către hotelul Le Coq Rouge.

De atunci nu cred că mi-a mai fost vreodată teamă de ceva.

Herr Kommandant a mai rămas nouă luni în orășelul nostru. Dar niciodată n-a mai pus piciorul în hotelul Le Coq Rouge. Am socotit asta drept o victorie a mea.

În sală nu se aude nici un sunet. Reporterii nu-și iau ochii de la Édith Béthune. Ca și cum istoria s-ar fi trezit la viață chiar aici, în această sală neîncăpătoare. De data asta vocea judecătorului e blândă.

– Doamnă, ne puteți spune ce scria pe spatele tabloului? Pare să fie un detaliu important în cazul de față. Vă aduceți aminte cu exactitate?

Édith Béthune se uită în jur, la sala arhiplină.

– O, sigur. Îmi amintesc perfect. Îmi amintesc, pentru că n-am reușit să-mi dau seama ce înseamnă. Acolo era scris cu cretă: *„Pour Herr Kommandant, qui comprendra: pas pris, mais donné."*

Tace o clipă.

– Pentru *Herr Kommandant,* care va înțelege: nu luat, ci dăruit.

Capitolul 36

Liv aude cum se iscă zarva în jurul ei, ca un stol de păsări. Îi vede pe reporteri îngrămădindu-se în jurul bătrânei, fluturându-şi pixurile ca pe nişte antene, în vreme ce judecătorul discută grăbit cu avocaţii şi bate zadarnic cu ciocănelul în masă. Liv priveşte spre galerie, unde stau spectatorii, se uită la chipurile lor înfierbântate şi, în mod bizar, aude un început de aplauze, pentru bătrână sau pentru adevăr, nu-şi dă prea bine seama.

Paul îşi face cu greu drum prin mulţime. Când ajunge lângă ea, o strânge la piept, cu capul lipit de al ei, murmurându-i în ureche:

– *Fata* e a ta, Liv, spune el, abia reuşind să rostească vorbele, de mulţumire şi de uşurare.

– A trăit, spune ea, râzând şi plângând totodată. S-au regăsit.

Stă în braţele lui şi priveşte în jur la haosul din sala tribunalului, fără să se mai teamă de mulţime. Oamenii zâmbesc, ca şi cum rezultatul ar fi pe placul lor, ca şi cum ea n-ar mai fi duşmanul. Vede cum fraţii Lefèvre se ridică în picioare cu feţele întunecate ca doi ciocli, pregătindu-se să plece, şi o inundă un sentiment de uşurare că Sophie nu se va întoarce cu ei în Franţa. O vede pe Janey adunându-şi încet lucrurile, cu o figură împietrită, parcă nevenindu-i să creadă ce s-a întâmplat cu puţin timp în urmă.

– Ei, ce părere ai de asta?

Henry îi pune o mână pe umăr, zâmbind cu gura până la urechi.

– Ce părere ai de asta? Nimeni nu se mai oboseşte să asculte verdictul sărmanului Berger.

– Hai, îi spune Paul, cuprinzându-i protector umerii cu braţul. Hai să ieşim.

Apare uşierul, care şi-a croit drum prin marea de oameni. Se opreşte în faţa ei, nelăsând-o să treacă, gâfâind uşor din pricina efortului de a ajunge până acolo.

– Poftiţi, doamnă, spune el, înmânându-i tabloul. Cred că vă aparţine.

Liv îşi încleştează degetele pe rama aurită. Se uită la Sophie, cu părul sclipind viu în lumina precară a sălii, cu acelaşi surâs tainic dintotdeauna.

– Cred că-i mai bine să plecaţi pe uşa din spate, adaugă uşierul.

Lângă ei se iveşte un paznic, care le face loc spre uşă, deja vorbind în aparatul de emisie-recepţie.

Paul dă să facă un pas, dar Liv îi pune o mână pe braţ, oprindu-l.

– Nu, spune ea.

Răsuflă adânc şi-şi îndreaptă umerii, astfel că pare puţin mai înaltă.

– Nu şi de data asta. Ieşim pe uşa principală.

Epilog

Între 1917 și 1922, Anton și Marie Leville au locuit într-o căsuță pe malul unui lac din orașul elvețian Montreux. Erau o pereche liniștită, nu prea dornică de distracții, pare-se mai fericiți să-și țină companie unul celuilalt. Doamna Leville lucra ca chelneriță într-un restaurant din partea locului. Lumea și-o amintește ca fiind eficientă și prietenoasă, dar nu dispusă să se angajeze în conversații. („O mare calitate la o femeie", remarca proprietarul, privind pieziș către soția sa.)

În fiecare seară la ora nouă și un sfert, Anton Leville, un bărbat înalt, cu părul negru și un mers ciudat și dezlânat, putea fi văzut mergând pe jos până la restaurantul aflat la distanță de un sfert de oră. Acolo îl saluta prin ușă pe patron, ridicându-și pălăria, după care aștepta afară până când venea soția lui. Îi oferea brațul, ea îl lua și porneau amândoi spre casă, oprindu-se uneori ca să admire asfințitul soarelui pe lac sau vreo vitrină aranjată mai deosebit. Din spusele vecinilor, asta era rutina lor în zilele de lucru și rareori se abăteau de la ea. Când și când, doamna Leville trimitea prin poștă pachete, mici daruri, la o adresă din nordul Franței. Altfel, cei doi soți păreau prea puțin interesați de tot ce era în afara casei lor.

În weekenduri, soții Leville preferau să stea acasă. Câteodată ieșeau la vreo cafenea din cartier, unde, dacă era destul de mult soare, petreceau câteva ore jucând cărți sau stând alături într-o tăcere plină de afecțiune, cu mâna lui cea mare peste mâna ei micuță.

– Tata îi spunea în glumă domnului Leville că n-o s-o ia vântul pe doamna dacă-i dă drumul de mână pentru o clipă, spunea Anna Baertschi, care crescuse în casa alăturată. Tata îi mărturisea mamei că i se părea cumva necuviincios să stai așa, lipit de soție, în văzul lumii.

Nu se știau prea multe despre domnul Leville, doar că nu stătea prea bine cu sănătatea. Se presupunea că avea o sursă personală de venit. La un moment dat se oferise să picteze portretul celor doi copii ai vecinilor, dar date fiind culorile bizare și tușa neobișnuită, picturile nu se bucuraseră de cine știe ce apreciere.

Majoritatea localnicilor preferau pictura tradițională și imaginile mai conforme cu realitatea realizate de domnul Blum, care locuia lângă ceasornicar.

În Ajunul Crăciunului sosește un e-mail.

OK. De regulă, sunt varză când e vorba de predicții. Și poate și de prietenii. Dar chiar aș dori să te văd, dacă nu cumva ți-ai folosit priceperea deprinsă de la mine și ai modelat figurine voodoo cu înfățișarea mea (e chiar foarte posibil, dat fiind că în ultima vreme am avut mari dureri de cap. Dacă tu ești cauza, atunci îmi exprim întreaga admirație, deși am motive să-ți port pică.)

Relația cu Ranic nu merge prea grozav. Se pare că nu-i raiul de pe lume să locuiești într-un apartament cu două dormitoare, împreună cu cincisprezece băieți din Europa de Est care lucrează la hotel. De unde era să știu? Am găsit altă locuință prin Gumtree, așa că acum stau cu un contabil înclinat spre vampirism, care-și închipuie că relația cu una ca mine îi dă șanse să fie respectat în lume. Cred că-i nițel dezamăgit că nu i-am umplut frigiderul cu victime și nici nu i-am lăsat urme de dinți. Altfel, tipul e OK. Are televiziune prin satelit și stă la două minute de mers pe jos de căminul de bătrâni, așa că nu mai am nici o scuză să duc dorul pungii cu mărunțiș a doamnei Vincent. (Să nu mă întrebi nimic!)

Oricum, mă bucur din suflet că ai reușit să-ți recapeți tabloul. Zău că da. Și îmi pare rău că diplomația nu-i chiar punctul meu forte. Mi-e dor de tine.

Mo

– Invit-o aici, spune Paul, privind peste umărul lui Liv. Viața e scurtă, nu?

Ea formează numărul de telefon fără a sta prea mult pe gânduri.

– Ei, ce faci mâine? întreabă, înainte de a-i da răgaz lui Mo să vorbească.

– E o întrebare-capcană?

– Nu vrei să vii încoace?

– Și să ratez festivalul anual al pisălogelii, adică părinții mei, telecomanda stricată și ediția de Crăciun de la *Radio Times*? Glumești?

– Te aștept la zece. Gătesc pentru patru mii de oameni. Am nevoie de ajutor la curățatul de cartofi.

– O să fiu acolo.

Mo abia își ascunde încântarea.

– S-ar putea să am și un cadou pentru tine. Unul pe care chiar l-am cumpărat. O! Numai că pe la șase tre' s-o întind să cânt ceva cu moșulicii.

– *Chiar* ai inimă bună.

– Mda. Nu m-ai nimerit când ai înfipt țepușa.

Micuțul Jean Montpellier a murit de gripă în ultimele luni ale războiului. Hélène Montpellier a suferit un șoc, nefiind în stare să plângă nici când a venit antreprenorul să ridice trupul micuțului, nici când acesta a fost vârât în pământ. A continuat să se comporte aparent normal, deschizând barul Le Coq Rouge la orele permise și refuzând orice ofertă de ajutor, dar – din câte își amintea primarul în memoriile sale despre acele vremuri – a rămas „o femeie moartă pe dinăuntru".

Édith Béthune, care preluase tacit multe dintre îndatoririle lui Hélène, vorbește despre o după-amiază, câteva luni mai târziu, când la ușa lor s-a oprit un bărbat slab și istovit, îmbrăcat în uniformă, cu brațul stâng imobilizat într-o eșarfă. Édith ștergea niște pahare și l-a așteptat să intre, numai că el a rămas pe trepte, privind înăuntru cu o expresie stranie. Édith i-a oferit un pahar cu apă și, cum el tot nu intra, fata îl întrebase:

– Vreți s-o chem pe doamna Montpellier?

– Da, fetițo, răspunsese el, lăsând capul în piept. Repetase cu glasul tremurând ușor: Da. Te rog.

Édith povestește cum Hélène venise în bar cu pași șovăielnici, cu o expresie neîncrezătoare. Scăpase mătura din mână, își adunase fustele și se repezise spre el ca un proiectil, strigând atât de tare că glasul i se auzise prin ușa deschisă tocmai departe pe străzile din St. Péronne, astfel că până și vecinii înăspriți de pierderea celor dragi ridicaseră privirea de la treburile zilei ca să-și șteargă ochii.

Édith își amintește cum ședea pe scară la ușa dormitorului lor, ascultându-le suspinele înăbușite când își jeleau fiul cel mort. Édith remarcă, fără urmă de autocompătimire, că, deși ținuse mult la Jean, totuși nu vărsase nici o lacrimă. După moartea mamei ei, declară ea, nu mai plânsese niciodată.

Istoria consemnează că, în toți anii în care aparținuse și fusese administrat de familia Montpellier, Le Coq Rouge nu-și închisese ușile decât o singură dată, în 1925, timp de trei săptămâni. Localnicii își amintesc că Hélène, Jean-Michel, Mimi și Édith nu spuseseră nimănui că urmau să plece, ci pur și simplu trăseseră obloanele, încuiaseră ușile și dispăruseră, agățând de clanță un anunț pe care scria: „Plecați în vacanță". Întâmplarea îi nedumerise întru câtva pe locuitorii orășelului, ba chiar existaseră și două scrisori de reclamații către ziarul local, iar Le Bar Blanc își sporise considerabil clientela. La întoarcerea familiei, fiind întrebați unde au fost, Hélène răspunsese că făcuseră o călătorie în Elveția.

– Suntem de părere că aerul de acolo e foarte bun pentru sănătatea lui Hélène, declarase domnul Montpellier.

– O, fără îndoială, întărise Hélène, surâzând ușor. Ajută la... refacere.

Se consemnează că *madame* Louvier remarca în jurnalul ei că una e ca hotelierii să dispară netam-nesam în țări străine, fără să-și ia măcar rămas-bun, şi cu totul altceva să se înapoieze arătând atât de mulţumiţi de călătoria făcută.

Niciodată n-am aflat ce s-a întâmplat cu Sophie şi Édouard. Ştiu că până în 1930 au locuit la Montreux, dar singura care a ţinut regulat legătura cu ei a fost Hélène, care a murit subit în 1934. După aceea scrisorile mi-au fost returnate.

Édith Béthune şi Liv şi-au scris de patru ori, făcând schimb de informaţii rămase ascunse multă vreme şi umplând golurile. Liv a început să scrie o carte despre Sophie, fiind abordată de doi editori. La drept vorbind, e o misiune foarte grea, dar Paul o întreabă cine altul ar fi mai potrivit s-o scrie.

Scrisul bătrânei are linii ferme pentru cineva de vârsta ei, literele păstrează distanţe egale şi sunt înclinate spre dreapta. Liv se trage mai aproape de veioză ca să citească.

I-am scris unei vecine care auzise că Édouard se îmbolnăvise, dar nu avea nici o dovadă concretă în acest sens. Odată cu trecerea anilor, astfel de înştiinţări m-au făcut să cred în ce-i mai rău. Unii îşi aminteau că s-a îmbolnăvit, alţii că Sophie era cea cu sănătatea şubrezită. Cineva spunea că cei doi pur şi simplu dispăruseră. Mimi parcă şi-o amintea pe mama ei spunând că cei doi plecaseră în locuri mai calde. Între timp, eu m-am mutat de atâtea ori, încât lui Sophie i-ar fi fost cu neputinţă să ia legătura cu mine.

Raţiunea mă împinge să-mi imaginez ce s-a întâmplat cu doi oameni fragili, cu trupurile chinuite de înfometare şi detenţie. Dar întotdeauna am preferat să cred că, la şapte-opt ani după război, eliberaţi de orice răspundere faţă de alţii, poate că în sfârşit socotiseră că puteau să-şi vadă mai departe de viaţa lor, aşa că-şi făcuseră bagajele şi plecaseră. Prefer să-mi închipui că trăiau în ţinuturi mai însorite, la fel de fericiţi cum îi găsisem când mersesem la ei în vacanţă, la fel de mulţumiţi unul de compania celuilalt.

În jurul ei, dormitorul e mai gol ca de obicei, gata de mutarea care urmează să aibă loc săptămâna viitoare. Va locui în micul apartament al lui Paul. Poate își va cumpăra unul propriu, dar deocamdată nici unul din ei nu vrea să discute pe această temă.

Îl privește lung cum doarme lângă ea, încă impresionată de frumusețea lui, de conturul trupului, de simpla bucurie de a-l avea acolo. Îi vine în minte ce-i spusese tatăl ei când o vizitase de Crăciun. Venise după ea în bucătărie și se apucase să șteargă vasele pe care ea le spăla, în timp ce toți ceilalți jucau jocuri, râzând și glumind tare în sufragerie. Liv ridicase ochii, mirată să-l vadă așa tăcut, lucru care nu-i stătea în fire.

– Să știi că lui David i-ar fi plăcut de el.

Nu se uitase la ea, continuând să șteargă vasele.

Liv își șterge ochii, așa cum face adesea când se gândește la astfel de lucruri (în clipa de față e teribil de emotivă) și revine la scrisoare.

Acum sunt o femeie bătrână, așa că poate asta nu se va întâmpla pe timpul vieții mele, dar cred că într-o bună zi vor apărea o serie întreagă de tablouri frumoase și stranii, de proveniență necunoscută, pictate în culori neașteptate și bogate. Toate vor înfățișa o femeie cu păr roșcat, la umbra unui palmier sau poate privind spre soarele auriu, cu chipul ușor îmbătrânit, poate cu fire albe în păr, dar cu același zâmbet larg și aceiași ochi plini de iubire.

Liv ridică privirea spre portretul din fața patului și tânăra Sophie se uită în ochii ei, scăldată în lumina aurie a veiozei. Liv citește scrisoarea încă o dată, studiind cuvintele, spațiile dintre ele. Îi vine în minte căutătura lui Édith Béthune: dârză și atotștiutoare. Pe urmă, recitește scrisoarea pentru a treia oară.

– Heei...

Paul se răsucește somnoros spre ea. Întinde brațul și o trage către el. Are pielea caldă și răsuflarea parfumată.

– Ce faci?

– Mă gândesc.

– Asta-i periculos.

Liv pune jos scrisoarea și se cuibărește sub plapumă, până când ajunge față în față cu el.

– Paul.

– Liv.

Ea surâde. Surâde de fiecare dată când îl privește. Trage ușor aer în piept.

– Știi cât ești de priceput să descoperi lucruri...

Mulţumiri

Cartea de faţă este în mare măsură datoare excelentei lucrări *Lunga tăcere: viaţa civililor în timpul ocupaţiei germane din nordul Franţei, 1914–1918,* semnată de Helen McPhail şi referitoare la un episod din Primul Război Mondial, în mare măsură neconsemnat de istorie.

Aş mai dori să-i mulţumesc lui Jeremy Scott, partener la Lipman Karas, pentru sprijinul său generos şi competent în problema retrocedărilor, şi pentru răbdarea cu care mi-a răspuns la întrebări. Am fost nevoită să adaptez unele aspecte şi proceduri legale, ca să slujească firului narativ al cărţii, prin urmare orice erori sau abateri de la practicile concrete fără îndoială că îmi aparţin.

Mulţumesc editorilor mei de la Penguin, în special lui Louise Moore, Mari Evans, Clare Bowron, Katya Shipster, Elizabeth Smith, Celine Kelly, Viviane Basset, Raewyn Davies, Rob Leyland şi Hazel Orme. Mulţumesc lui Guy Sanders pentru ajutorul oferit la documentare, dincolo de obligaţiile de serviciu.

Mulţumesc tuturor celor de la Curtis Brown, îndeosebi agentului meu Sheila Crowley, dar şi următorilor: Jonny Geller, Katie McGowan, Tally Garner, Sam Greenwood, Sven Van Damme, Alice Lutyens, Sophie Harris şi Rebecca Ritchie.

Nu într-o ordine anume, mai doresc să le mulţumesc lui Steve Doherty, Drew Hazell, Damian Barr, Chris Luckley, „familia" mea literară de la Writersblock, precum şi pentru uluitorul sprijin al celor care scriu pe Twitter. Aici ar fi prea multe nume de menţionat.

Cele mai călduroase mulţumiri, ca întotdeauna, lui Jim Moyes, lui Lizzie şi Brian Sanders şi familiei mele, Saskia, Harry şi Lockie, precum şi lui Charles Arthur, corector şi consilier în chestiuni de adaptare a intrigii, veşnic dispus să asculte un scriitor în suferinţă. Acum ştiţi ce înseamnă asta...

Blue MOON este noua colecție pe care Editura Litera o dedică cititoarelor sale, care include cele mai frumoase povești de dragoste ale literaturii contemporane, cele mai apreciate titluri ale momentului, romane aflate în topurile internaționale, premiate, ecranizate sau în curs de ecranizare, traduse în zeci de limbi, cărți ale unor autoare care s-au bucurat de succes în ultimii ani, dar și volume noi ale unor scriitoare consacrate.

În colecția Blue MOON au apărut:

Jojo Moyes, *Ultima scrisoare de dragoste*

Danielle Steel, *Învingătorii*

Elin Hilderbrand, *Zvonul*

Jacqueline Susann, *Valea păpușilor*

Tatiana de Rosnay, *Se numea Sarah*

Jojo Moyes, *Înainte să te cunosc*

Nora Roberts, *Obsesia*

Danielle Steel, *Daruri de preț*

Danielle Steel, *Sub acoperire*

Kristin Hannah, *Privighetoarea*

Jojo Moyes, *După ce te-am pierdut*

Danielle Steel, *O viață perfectă*

Danielle Steel, *Jocuri de putere*